ANATÈM

NEAL STEPHENSON

ANATÈM

1

roman

Traduit de l'anglais (États-Unis)
par Jacques Collin

ALBIN MICHEL

Édition originale :
ANATHEM
publié chez HarperCollins Publishers, New York

À mes parents

Anathyme : **1**. Au féminin, en proto-tærran, louange poétique ou musicale de notre mère Hylaéa, devenue depuis l'époque d'Adrakhonès le point culminant de la liturgie quotidienne (d'où le terme ouaïl *hymne* [imn], décrivant un chant à la résonance émotionnelle importante, particulièrement s'il inspire les auditeurs à le reprendre en chœur). NB : ce sens est archaïque et n'est utilisé que dans un contexte rituel, où il ne peut être confondu avec le sens 2, beaucoup plus commun. **2**. Au masculin, en novo-tærran, auction par laquelle un fraa ou une soor irréformable est chassé de la math, et son œuvre placée sous séquestre (d'où le terme ouaïl *anathème* [anatèm], décrivant des déclarations ou des idées inacceptables). Cf. **Proscrit**.

LE DICTIONNAIRE, 4e édition, 3000 apr. R.

Note au lecteur

Si vous êtes coutumier de la lecture d'œuvres de fiction spéculative et que vous aimez découvrir les choses par vous-même, vous pouvez sauter cette note. Sinon, sachez que le décor de ce livre n'est pas la Terre, mais une planète appelée Arbre, comparable à la Terre de bien des façons.

Les transcriptions arbriennes se lisent comme le français et le tréma y joue le même rôle de séparateur de syllabes, mais beaucoup de consonnes finales se prononcent (en particulier dans les noms propres, par exemple *Déât*, qui se prononce *dé-hâte*, et non *déâ*).

Les unités de mesure arbriennes ont été remplacées par celles utilisées sur Terre. Cette histoire se déroulant près de quatre mille ans après que les Arbriens ont fixé leur système d'unités commun, ce dernier leur paraît maintenant archaïque et désuet. Les anciennes unités terrestres surannées (pouces, toises, etc.) ont donc été préférées au système métrique moderne.

Là où s'est développé dans la culture de langue tærrane un vocabulaire dérivé des langues anciennes d'Arbre, j'ai créé des mots à partir de nos langues mortes. *Anathyme* en est un exemple évident et significatif. Il est construit à partir des mots *hymne* et *anathème*, aux racines latines et grecques. Le tærran classique, la langue traditionnelle d'Arbre, possède son propre vocabulaire, et les mots qui y signifient *hymne*, *anathème* et *anathyme* diffèrent, mais restent liés par le même genre d'associations. Plutôt que reproduire les mots tærrans, qui seraient vides de sens et dénués de connotations pour le lecteur, je me suis efforcé de concevoir des termes qui en sont approximativement les équivalents terrestres, tout en préservant leur saveur tærrane. Les mêmes principes ont été appliqués, *mutatis mutandis*, pour nombre d'autres choses ici.

Les noms des espèces animales et végétales arbriennes ont été traduits par leurs équivalents terrestres approximatifs. Ainsi, les personnages pourront parler de carottes, de pommes de terre, de chiens, de chats, etc., sans que cela signifie nécessairement qu'Arbre possède exactement les mêmes espèces. Arbre a des animaux et des végétaux qui lui sont propres, mais les substitutions permettent d'éviter de s'imposer de longues digressions détaillant les différences de phénotype de l'équivalent arbrien d'une carotte.

Une chronologie extrêmement sommaire de l'histoire d'Arbre suit. Rien de tout cela n'aura beaucoup de sens tant que le lecteur n'aura pas progressé un peu plus avant, mais elle constituera ensuite une référence utile.

Chronologie

– 3400 à – 3300(env.) : Ère de Cnoüs et de ses filles, Déât et Hylaéa.
– 2850 : Fondation du temple Orithéna par Adrakhonès, le père de la géométrie.
– 2700 : Diax chasse les enthousiastes, fonde la théorique sur des principes axiomatiques, et lui donne son nom.
– 2621 : Début de la période pérégrine. Une grande partie des théôs survivants se rapprochent de la cité-État d'Éthras.
– 2600 à – 2300 : Âge d'or d'Éthras.
– 2396 : Exécution de Thélénès.
– 2415 à – 2335 : Vie et mort de Protas.
– 2272 : Éthras intégrée par les armes à l'empire bazien.
– 2204 : Fondation de l'arche de Baz.
– 2037 : L'arche de Baz devient la religion officielle de l'Empire.
– 1800 : Apogée de l'empire bazien.
– 1500 : De multiples revers militaires entraînent une contraction importante de l'empire bazien. Les théôs se retirent de la vie publique. Saunte Cartas écrit le *Sæculum*, instaurant l'ère mathique classique.
– 1472 : Chute de Baz, incendie de sa bibliothèque. Les lettrés survivants se réfugient dans les monastères baziens et les maths cartasiennes.

– 1150 : Essor des mystagogues.

– 600 : Rééclosion. Purge des mystagogues, percée des Livres.

– 500 : Propagation du système mathique, ère des explorations, découverte des lois de la dynamique, création de la théorique appliquée moderne. Début de l'ère praxique.

– 74 : Première Préfiguration.

– 52 : Deuxième Préfiguration.

– 43 : Proc fonde le Cercle.

– 38 : L'œuvre de Proc est répudiée par Halikaarn.

– 12 : Troisième Préfiguration.

– 5 : Événements horrifiques.

0 : Reconstitution. Première convoxe. Fondation du système mathique moderne. Promulgation du livre de la Discipline, et première édition du Dictionnaire.

121 : Les avôts de la concente Saunt-Muncoster se scindent en deux factions, les syntactiques et les sémantiques, fondant respectivement l'ordre des Prociens et celui des Halikaarniens. À partir de là, les ordres se mettent à proliférer.

190 à 210 : Les avôts de Saunte-Baritoe font une percée significative dans la manipulation de la nucléosynthèse à partir des techniques syntactiques. Création de la néomatière.

211 à 213 : Premier Sac.

214 : La convoxe post-Sac bannit la plupart des formes de néomatière. Promulgation de la version révisée du livre de la Discipline. L'ordre des Faaniens naît d'un schisme des Prociens. L'ordre des Événédriciens naît d'un schisme des Halikaarniens.

297 : Saunt Édhar établit son propre ordre, provoquant un schisme des Événédriciens.

300 : Durant une aperte centennale, il apparaît que de nombreuses maths centénariennes ont défléchi (sont devenues centglées) depuis l'an 200.

308 : Saunt Édhar fonde la concente du même nom.

320 à 360 : Nombreuses avancées dans la praxis de la séquence génétique, réalisées dans plusieurs concentes, généralement

subséquentes à une collaboration entre Faaniens et Halikaarniens.

360 à 366 : Deuxième Sac.

367 : Convoxe post-Sac. La manipulation des séquences génétiques est bannie. Démarcation de plus en plus nette entre les ordres syntactiques et sémantiques. Dissolution de l'ordre des Faaniens. Promulgation de la nouvelle version révisée du livre de la Discipline. Les appareils syntactiques sont mis au ban du monde mathique. Création des tics ; de nombreux ex-faaniens les rejoignent. L'Inquisition est établie, afin de faire respecter les nouvelles règles. Des férules édictrices sont instituées dans toutes les concentes ; le système des hiérarques est constitué dans sa forme moderne, qui perdurera au moins durant les trois millénaires suivants.

1000 : Première convoxe millennale.

1107 à 1115 : La détection d'un dangereux astéroïde (la Grosse Pépite) pousse le pouvoir sæculier à requérir une convoxe extraordinaire.

2000 : Deuxième convoxe millennale.

2700 : La rivalité croissante entre les ordres prociens et halikaarniens donne naissance aux légendes sæculières des rhétôs et des incantants.

2780 : Durant une aperte décennale, le pouvoir sæculier prend conscience des extraordinaires praxis que développent les rhétôs et les incantants.

2787 à 2856 : Le troisième Sac dépeuple toutes les concentes à l'exception des trois inviolées.

2857 : La convoxe post-Sac réorganise les concentes. Les dotations deviennent illégales. Diverses mesures sont prises pour réduire le luxe ostentatoire de la vie mathique. Le nombre des ordres est réduit. Les ordres restants sont restructurés afin d'apporter un plus grand « équilibre » entre les mouvances prociennes et halikaarniennes. Promulgation de la deuxième nouvelle version révisée du livre de la Discipline.

3000 : Troisième convoxe millennale.

3689 : Début de notre histoire.

PREMIÈRE PARTIE

LE PROVENEUR

Extra-muros : **1.** En haut-tærran, littéralement « hors les murs ». Souvent employé par rapport aux cités-États fortifiées de l'époque. **2.** En moyen-tærran, le monde non mathique ; la situation turbulente et violente qui prévalut après la chute de Baz. **3.** En tærran praxique, les régions géographiques et les classes sociales non encore éclairées par la sagesse résurgente du monde mathique. **4.** En novo-tærran, similaire au sens 2, mais souvent appliqué aux implantations de l'immédiate proximité de l'enceinte d'une math, impliquant par comparaison richesse, stabilité, etc.

LE DICTIONNAIRE, 4e édition, 3000 apr. R.

« Vos voisins se brûlent-ils vifs les uns les autres ? » voilà comment fraa Orolo entama la conversation avec artisan Flec.

L'embarras me frappa. L'embarras est une chose que je ressens dans ma chair, comme une motte de boue chauffée au soleil s'écrasant sur ma tête.

« Vos chamans se déplacent-ils sur des échasses ? » poursuivit fraa Orolo, en consultant une feuille qui, à en juger par son aspect brunâtre, avait au moins cinq cents ans. Puis il releva les yeux et ajouta obligeamment : « Il se peut que vous les appeliez pâtres ou guérisseurs. »

L'embarras commença à se répandre. Il me hérissa le cuir chevelu en deux pans égaux.

« Quand un enfant tombe malade, priez-vous ? Faites-vous des sacrifices à un bâton peint, ou incriminez-vous une vieille femme ? »

Maintenant, l'embarras brûlait mon visage, bouchait mes oreilles et irritait mes yeux. Je n'entendais quasiment plus les questions de fraa Orolo.

« Présumez-vous que vous retrouverez vos chiens et chats morts dans une sorte d'au-delà ? »

Orolo m'avait demandé de l'accompagner en tant qu'amanuensis. Le terme étant imposant, j'avais accepté. Il avait appris qu'un artisan d'extra-muros avait été admis dans la nouvelle bibliothèque pour remplacer un chevron pourri que nous ne pouvions pas atteindre avec nos échelles ; le problème venait juste d'être repéré, et nous n'avions plus le temps d'ériger convenablement un échafaudage avant l'aperte. Orolo désirait s'entretenir avec l'homme, et il voulait que je transcrivisse ce qu'il en résulterait.

De mes yeux bruineux, je regardai la feuille posée devant moi. Elle demeurait aussi vide que mon esprit. Je n'avais encore rien écrit.

Le plus important était de noter ce que disait l'artisan. Jusqu'ici, rien. Quand l'entrevue avait débuté, il était occupé à frotter un objet insuffisamment tranchant contre une pierre. Maintenant, il ne faisait plus que dévisager Orolo.

« Quelqu'un de votre connaissance a-t-il jamais été mutilé pour avoir été surpris en train de lire un livre ? »

Artisan Flec ferma la bouche pour la première fois depuis un certain temps. Je sus que lorsqu'il la rouvrirait, il aurait quelque chose à dire. Je grattai le bord de ma feuille, juste pour m'assurer que ma plume n'avait pas séché. Fraa Orolo s'était tu, et regardait l'artisan comme une nébuleuse nouvellement découverte dans l'oculaire d'un télescope.

« Pourquoi ne pas simplement le visuer ? demanda artisan Flec.

– Visuer… visuer… visuer… », répéta fraa Orolo à plusieurs reprises à mon adresse, tandis que je transcrivais.

Sans cesser d'écrire, je pris la parole en m'exprimant par salves : « Lorsque je suis arrivé – enfin, avant que je ne sois recouvré – nous, je veux dire ils avaient quelque chose qui s'appelait des visues… Sauf que nous ne disions pas "visuer", mais "défiler des visues"… » Par considération pour l'artisan, j'avais choisi de m'exprimer en ouaïl, si bien que ce délire éthylique phrasé ne semblait qu'à moitié aussi ridicule que si je l'avais proféré en tærran. « C'était une sorte de…

– D'image animée », devina Orolo. Il tourna la tête vers l'artisan, et poursuivit en ouaïl : « Nous avions compris que "visuer" signifiait se livrer à quelque praxis de l'image animée – ce que vous appelleriez une technologie –, qui prévaut chez vous.

– De l'image animée. C'est une façon insolite de le formuler », dit l'artisan. Il concentra toute son attention sur la fenêtre, comme s'il s'était agi de la visue d'un documentaire historique. Il trémulait d'un rire muet.

« C'est du tærran praxique, alors cela peut vous paraître pittoresque, reconnut fraa Orolo.

– Pourquoi ne pas simplement l'appeler par son nom ?

– Visuer ?

– Oui.

– Parce que lorsque fraa Érasmas, ici présent, est entré dans la math, il y a de cela dix ans, cela s'appelait "défiler des visues", et qu'à mon arrivée, voici trente ans, nous disions "spinther". L'avôt qui vit de l'autre côté du mur, là-bas, et qui ne célèbre l'aperte qu'une fois tous les cent ans connaît cela sous une autre appellation encore. Nous ne pourrions pas en parler entre nous.

– Spinther, s'exclama artisan Flec qui n'avait plus rien

écouté après ce mot, ce n'est pas du tout la même chose ! On ne peut pas regarder une spinthe sur un visueur, il faut d'abord la réencrypter et rétroconvertir le format… »

Cela avait autant d'intérêt pour fraa Orolo que l'allusion au séculos pour l'artisan, alors la conversation s'interrompit assez longtemps pour que je pusse achever ma transcription. Mon embarras s'était évanoui sans que je m'en avisasse, comme un hoquet. Artisan Flec, pensant la conversation terminée, se tourna pour observer l'échafaudage que ses hommes avaient érigé sous le chevron défaillant.

« Pour répondre à votre question…, reprit fraa Orolo.

– Quelle question ?

– Celle que vous avez posée il y a juste une minute : si je veux savoir comment sont les choses extra-muros, pourquoi ne les visué-je pas ?

– Oh », laissa échapper l'artisan, un peu déconcerté par l'étendue de la capacité attentionnelle de fraa Orolo. *Je souffre d'un trouble du surcroît de l'attention*, aimait à dire ce dernier, comme si c'était drôle.

« Tout d'abord, dit fraa Orolo, nous ne disposons pas d'un instrument à visues.

– Un instrument à visues ? »

En agitant la main comme si cela allait disperser les brumes de la confusion linguistique, Orolo précisa : « L'appareil qui vous sert à visuer.

– Oh, si vous avez un vieux résonateur à spinthes, j'ai un convertisseur dans ma pile de ferraille…

– Nous n'avons pas non plus de résonateur à spinthes, dit fraa Orolo.

– Pourquoi ne pas en acheter un ? »

Cela plongea Orolo dans une nouvelle réflexion. Je pouvais sentir une nouvelle série de questions embarrassantes s'accumuler dans son esprit : *Pensez-vous que nous avons de l'argent ? Que la raison pour laquelle le pouvoir sæculier nous protège est que nous avons amassé un immense trésor ?*

Que nos millénariens savent transmuer les métaux vils en or ? Mais il sut se contenir. « Dans la Discipline cartasienne qui est la nôtre, répondit-il, nos seuls supports sont la craie, l'encre et la pierre. Mais il y a une autre raison.

– Oui ? Et laquelle ? demanda artisan Flec, réagissant à la curieuse habitude qu'avait fraa Orolo d'annoncer ce qu'il allait dire plutôt que de simplement l'exprimer.

– C'est difficile à expliquer, mais pour moi, pointer un réceptacle à visues, ou une chambre à spinthes, ou quoi que vous appeliez cela...

– Un visuocapteur.

– ... en direction de quelque chose ne saisit pas ce qui m'importe. J'ai besoin qu'une personne le perçoive par tous ses sens, l'absorbe dans ses pensées, et l'exprime par des mots.

– Des mots, répéta l'artisan, avant de regarder en tout sens alentour. Demain, c'est Quin qui viendra à ma place, annonça-t-il, avant d'ajouter, un peu sur la défensive : Moi, je dois contre-embraser les nouveaux surcompensateurs à clanex – l'arborescence des sortances me paraît un peu poussive, pour ce que je peux en dire.

– Je n'ai pas la moindre idée de ce que tout cela signifie, commenta Orolo, éberlué.

– Aucune importance. Vous pourrez lui poser toutes vos questions. Lui a la langue bien pendue. » Et, pour la troisième fois en autant de minutes, l'artisan regarda l'écran de son brelot. Nous avions insisté pour qu'il en coupât toutes les fonctions de transmission, mais il s'en servait encore de montre de poche. Il ne semblait pas réaliser que, de l'autre côté de la fenêtre, pleinement visible de tous, se dressait une horloge de cinq cents pieds de haut.

Je marquai une pause après avoir retranscrit sa dernière phrase et me tournai vers une étagère, parce que je craignais d'avoir l'air amusé. Quelque chose dans la façon dont il avait dit : *Demain, c'est Quin qui viendra à ma place* donnait l'impression qu'il l'avait décidé sur l'instant. Fraa Orolo l'avait probablement perçu aussi. Si je commettais l'erreur de le regarder, je m'esclafferais, et lui pas.

L'horloge commença à sonner le proveneur.

« C'est mon signal », dis-je. Puis j'ajoutai, à l'intention de l'artisan : « Mes excuses, je dois aller remonter l'horloge.

– Je me demandais… », commença-t-il, et il se tourna vers sa boîte à outils. Il en tira un sac en poly, en chassa la poussière d'un souffle, en défit l'attache (qui était d'un type que je n'avais jamais vu auparavant), et en extirpa un tube argenté de la taille de son doigt. Puis il regarda fraa Orolo dans une implorante expectative.

« Je ne sais pas ce qu'est ceci, et je ne comprends pas ce que vous voulez, dit ce dernier.

– C'est un visuocapteur !

– Ah. Vous avez entendu parler du proveneur, et puisque vous êtes là, vous aimeriez y assister et en faire une image animée ? »

L'artisan acquiesça.

« C'est acceptable, pour autant que vous demeuriez là où vous aurez été placé. Mais ne l'allumez pas maintenant ! » Fraa Orolo leva une main, en se tenant prêt à détourner le regard. « La férulaire édictrice le saurait, et me ferait faire pénitence ! Je vais vous envoyer voir les tics. Ils vous instruiront de votre placement. »

Et de bon nombre d'autres choses encore, car la Discipline est faite de maintes règles, que nous avions embrouillées dans l'esprit d'artisan Flec en lui permettant de s'aventurer dans une math décénarienne.

Cloître : 1. En haut-tærran, tout espace ceint et retranché (Thélénès avait été confiné dans un cloître avant son exécution, mais, ce qui tend à prêter à confusion pour les plus jeunes des phytes, le terme n'avait alors pas les connotations mathiques des sens 2 et suivants). **2.** En moyen-tærran primitif, la math dans son ensemble. **3.** En moyen-tærran tardif, jardin ou cour entouré de bâtiments, et considéré comme le cœur ou le centre de la math. **4.** En novo-tærran, tout espace calme et contemplatif préservé des distractions et perturbations.

LE DICTIONNAIRE, 4ᵉ édition, 3000 apr. R.

Je m'étais servi de ma sphère comme tabouret. Du bout des doigts, je traçai des cercles dans le sens inverse des aiguilles d'une montre sur sa surface, et elle se réduisit jusqu'à tenir dans ma main. Ma chape s'était entortillée pendant que j'étais resté assis. Je la retendis et en redressai les plis tout en filant entre les tables, les chaises, les globes, et les fraas trop lents. Je passai sous une arche de pierre et entrai dans le scriptorium. L'endroit sentait fortement l'encre. C'était peut-être parce qu'un vieux fraa et ses deux phytes copiaient là des livres. Je me demandai combien de temps l'odeur mettrait à disparaître si personne ne se servait plus de ce lieu ; beaucoup d'encre y avait coulé, et ses effluves humides devaient avoir tout profondément pénétré.

À l'autre bout, une porte plus petite menait à l'ancienne bibliothèque, l'un des bâtiments originels qui flanquaient le cloître. Son sol de pierre, de deux mille trois cents ans plus vieux que celui de la nouvelle bibliothèque, était si lisse sous la plante de mes pieds que je pouvais à peine le sentir. J'eusse pu trouver mon chemin les yeux fermés en laissant simplement mes pieds lire l'empreinte laissée par ceux qui étaient passés là auparavant.

La galerie couverte du cloître encadrait le périmètre d'un jardin rectangulaire. Du côté intérieur, rien ne fermait le cloître aux éléments sinon la rangée de colonnes qui soutenait son toit. De l'autre côté, il était délimité par des murailles, dans lesquelles étaient percées des ouvertures qui permettaient d'accéder à des bâtiments comme l'ancienne bibliothèque, le réfectoire et diverses salles de craie.

Chaque objet que je dépassais – les bibliothèques sculptées, les pierres ajustées pour paver le sol, les encadrements des fenêtres, les pentures en fer forgé des portes et les clous faits un à un qui les fixaient au bois, les chapiteaux des colonnes qui bordaient le cloître, les allées et parterres du jardin lui-même –, tout avait été façonné dans une forme spécifique par des gens ingénieux il y avait de cela bien longtemps. Certaines choses, comme les portes de l'ancienne bibliothèque, avaient consumé les vies entières de ceux qui les avaient réalisées. D'autres donnaient l'impression d'avoir été improvisées en un paresseux après-midi, mais avec une telle sagacité qu'elles avaient ensuite été chéries pendant des centaines ou des milliers d'années. Certaines n'étaient qu'une pure application des principes fondamentaux de la géométrie. D'autres se complaisaient dans de telles intrications qu'elles mettaient au défi de deviner si leur forme obéissait à une règle quelconque. D'autres encore étaient des représentations de personnes qui avaient vécu et pensé des choses intéressantes à une époque ou à une autre – ou, sinon, qui appartenaient aux conditions courantes : déolâtres, physiologues, burgos et pécos. Si on me l'avait demandé, j'eusse peut-être pu expliquer un quart d'entre elles. Un jour viendrait où je saurais les expliquer toutes.

La lumière du soleil se déversait généreusement dans le jardin du cloître, où les allées de gazon ou de gravier circonvoluaient entre les plantations, les buissons, et quelques arbres disséminés çà et là. Je portai la main à mon épaule, attrapai le bord liséré de ma chape, et le tirai par-dessus ma tête. J'en repoussai l'autre moitié, qui pendait sous ma cordelière, jusqu'à ce que le bord effiloché balayât le sol et couvrît mes pieds. Je réunis mes mains sous les plis à ma taille, juste au-dessus de la cordelière, et m'engageai sur l'herbe. Celle-ci était vert pâle et rêche, parce qu'il avait fait chaud. En sortant à ciel ouvert, je jetai un coup d'œil en direction du cadran sud de l'horloge. Restait dix minutes.

« Fraa Lio, je ne crois pas que le brambasier fasse partie des Cent soixante-quatre », dis-je en faisant allusion à la liste des plantes dont la culture était autorisée, selon la deuxième nouvelle version révisée du livre de la Discipline.

Lio était plus trapu que moi. Plus jeune, on l'avait connu potelé, mais maintenant, il était juste costaud. Accroupi à l'ombre d'un pommier sur un carré de terre retournée, il semblait hypnotisé par ce qu'il y voyait. Il avait enroulé le bord liséré de sa chape autour de sa taille et entre ses cuisses, formant l'élémentaire nœud de modestie. Le reste était roulé en un cylindre serré, noué aux deux bouts par sa cordelière, et rejeté en travers de son dos, comme un matériel de couchage. Il avait inventé ce drapage, dont personne n'avait suivi l'exemple. Je devais néanmoins admettre que, même ridicule, cela paraissait confortable par les jours de chaleur. Son fondement était à dix pouces du sol : il avait réglé sa sphère à la taille d'une tête, et se dandinait dessus.

« Fraa Lio ! » répétai-je, mais Lio avait une forme d'esprit bizarre, qui ne répondait pas toujours à la parole.

Une ronce de brambasier se trouva sur mon chemin. J'y choisis une zone sans épines, la saisis de la main, la déracinai d'un coup sec, et la fis tourner jusqu'à ce que les petites fleurs à son extrémité vinssent frotter le crâne de fraa Lio. « Bourricot ! » m'exclamai-je dans le même temps.

Lio partit en arrière comme si je l'avais frappé avec un gourdin. Ses pieds se dressèrent vers le ciel, puis revinrent chercher prise dans les racines du pommier. Il se redressa, genoux fléchis, menton bas, torse droit, des mottes de terre retombant de son dos en sueur. Sa sphère, qui était allée rouler, se logea dans une pile de mauvaises herbes arrachées.

« Tu m'as entendu ?

– Le brambasier ne fait pas partie des Cent soixante-quatre, c'est vrai. Mais pas non plus des Onze. Ce n'est pas comme si je devais le brûler à vue et le signaler dans la Chronique. Il peut attendre.

– Attendre quoi ? Qu'est-ce que tu fais ? »

Il m'indiqua le sol du doigt.

Je me penchai et regardai. Beaucoup n'eussent pas pris un tel risque. Encapuchonné, je ne pouvais plus distinguer fraa Lio dans ma vision périphérique. Il était considéré comme de bon sens de toujours garder un œil sur fraa Lio, parce qu'on ne savait jamais quand il pouvait entamer le corps-à-corps. J'avais moi-même eu plus que mon compte de prises, d'étranglements, de projections, et d'immobilisations aux mains de Lio, ou de meurtrissures au contact de son crâne. Mais je savais qu'il ne m'attaquerait pas en un tel instant, parce que je faisais montre de respect pour une chose qu'il jugeait fascinante.

Lio et moi avions été recouvrés il y avait de cela une décennie, à l'âge de huit ans, dans une collecte de trente-deux garçons et filles. Les deux premières années, nous avions vu une équipe de quatre fraas, plus grands que nous, remonter chaque jour l'horloge. Une équipe de huit soors sonnait les cloches. Plus tard, Lio et moi avions été choisis, ainsi que deux autres garçons relativement larges d'épaules, pour former l'équipe de remontage suivante. De la même façon, huit filles de notre collecte avaient été sélectionnées pour apprendre l'art des cloches, qui nécessitait moins de force, mais était peut-être plus ardu, parce que certaines variations duraient des heures et exigeaient une concentration sans faille.

Depuis plus de sept ans maintenant, mon équipe remontait chaque jour l'horloge, sauf quand fraa Lio oubliait, et que nous le faisions à trois. Il avait oublié, deux semaines plus tôt, et soor Trestanas, la férulaire édictrice, lui avait infligé pour pénitence de désherber les parterres, dans la période la plus chaude de l'année.

Plus que huit minutes. Mais gloser sur l'heure avec fraa Lio ne me mènerait nulle part ; je ne pouvais que me résoudre à écouter, et jusqu'au dernier mot, ce dont il voulait me parler, quoi que ce fût.

« Des fourmis ? » m'enquis-je. Puis, connaissant Lio, je me corrigeai : « Un combla de fourmis ? »

Je pus l'entendre sourire.

« Des fourmis de deux couleurs, fraa Raz. Elles sont en conflit. J'ai le regret de dire que c'est par ma faute. » Il indiqua une pile de ronces de brambasiers déracinées.

« Et tu vois cela comme une bataille, ou un simple mouvement de panique généralisé ?

– C'est justement ce que j'essayais de me figurer, répondit-il. Dans une bataille, il y a une stratégie et des tactiques. Comme celle qui consiste à prendre l'ennemi à revers. Les fourmis en sont-elles capables ? »

Je voyais à peine de quoi il parlait. Lio puisait ce genre de choses dans de vieux traités de combla – les écrits de la Combe de l'art de la guerre – comme s'il eût extrait des dents de dragon d'une mâchoire fossilisée.

« Je suppose que oui, tentai-je, tout en sentant que la question recelait un piège et que Lio pouvait prendre mes dires à revers à tout moment. Qu'est-ce qui les en empêcherait ?

– Par accident, elles le peuvent, évidemment ! Quand on les regarde d'en haut, on peut se dire qu'elles ont pris les autres à revers. Mais s'il n'y a pas de commandement pour observer le champ de bataille et diriger les mouvements, peut-on vraiment parler de manœuvres coordonnées ?

– Un peu comme dans la spéculation de saunt Taunga, fis-je valoir : *Une masse suffisamment grande d'automatons cellulaires peut-elle penser ?*

– Eh bien, le peuvent-elles ? insista-t-il.

– J'ai vu des fourmis travailler ensemble pour emporter une partie de mon déjeuner, alors je sais qu'elles peuvent coordonner leurs actions.

– Si je suis une fourmi parmi cent qui poussent le même grain de raisin, je peux sentir son mouvement, n'est-ce pas ? Alors, le grain en lui-même devient une façon de communiquer entre les cent. Mais si je suis une fourmi seule sur un champ de bataille…

– Bourricot, c'est le proveneur.

– Bien », dit-il, en me tournant le dos et en s'éloignant.

C'était cette propension à abandonner des conversations en plein milieu, ainsi que quelques autres particularités inhabituelles, qui lui avaient valu la réputation de ne pas être complètement fini. Et il avait encore oublié sa sphère. Je la ramassai et la lançai dans sa direction. Elle rebondit sur l'arrière de son crâne, et fila vers le ciel ; il tendit la main, regardant à peine, et l'attrapa lorsqu'elle retomba. Je fis le tour du champ de bataille, peu enclin à retrouver des combattantes vivantes ou mortes sur mes pieds, puis partis à sa suite.

Lio atteignit le bord du cloître bien avant moi, et coupa la route à un groupe de soors au pas lent d'une façon à la fois si indélicate et si dérisoire qu'elles en gloussèrent toutes et ne lui en tinrent pas rigueur. J'étais venu prévenir fraa Lio afin qu'il ne fût pas en retard ; maintenant, j'allais arriver le dernier, et c'est sur moi que se poseraient tous les regards désapprobateurs.

Auction : **1.** En proto- et haut-tærran, action délibérément entamée par une entité, généralement une personne. **2.** En moyen-tærran et ultérieur, rite formel, généralement pratiqué par une assemblée d'avôts, par lequel la math ou la concente effectue une démarche collective, normalement solennisée par des hymnes, des services ou des gestes codifiés, ou autres manifestations rituelles.

LE DICTIONNAIRE, 4e édition, 3000 apr. R.

En un sens, l'horloge était le mynstère entier, et ses fondations. Cela dit, quand la plupart des gens parlaient de l'horloge, ils voulaient dire ses quatre cadrans, intégrés très haut dans les murs du præsidium – la tour centrale du mynstère. Les cadrans avaient été réalisés à des époques distinctes, et chacun indiquait l'heure de façon différente, mais les quatre étaient connectés au même mécanisme interne. Tous énonçaient l'heure, le jour de la semaine, le mois, la phase de la lune, l'année, et, pour ceux qui savaient les lire, de nombreux autres arcanes cosmographiques.

Le præsidium s'appuyait sur quatre supports et, pour la plus grande partie de sa hauteur, était de section carrée. Mais, peu après les cadrans, les coins en étaient coupés, changeant sa section en un octogone ; un peu plus haut encore, l'octogone devenait un hexadécagone ; et au-dessus enfin, il devenait circulaire.

Le toit du præsidium était un disque, ou plutôt une lentille, puisque renflé en son centre afin de disperser l'eau de pluie. Il portait les mégalithes, les dômes, ainsi que les locaux et les tourelles de l'astrohenge, qui entraînaient et étaient entraînés par les mêmes mécanismes qui commandaient les cadrans.

Sous chaque cadran se trouvait un beffroi, masqué par des entrelacs sculptés. Sous les beffrois, la tour déployait de puissants arcs de pierre appelés contreforts. Ceux-ci s'appuyaient sur les sommets de quatre tours périphériques, moins hautes et plus ramassées que le præsidium, mais construites selon les mêmes alignements. Ces tours étaient reliées entre elles par un enchevêtrement monumental d'arches et de traverses, qui englobait la moitié basse du præsidium et formait toute la structure de base du mynstère.

De très hautes voûtes de pierre constituaient le plafond de ce dernier. Au-dessus de ces voûtes avait été construit un toit plat, sur lequel s'étendait le domaine de la férule pourfendeuse. Son espace intérieur, aligné sur le præsidium, était couvert, clos et divisé en magasins et cabinets, mais sa périphérie était une corniche à ciel ouvert par laquelle les sentinelles de la pourfendeuse pouvaient faire le tour entier du mynstère en quelques minutes, et voir jusqu'à l'horizon dans toutes les directions (hors là où un contrefort, une pile, une tour ou un pinacle faisait obstacle). Des douzaines d'avancements qui s'incurvaient et saillaient des murs soutenaient cette corniche, et s'achevaient chacun en un perchoir pour une gargouille, qui montait sempiternellement la garde. La moitié d'entre elles (les gargouilles de la pourfendeuse) étaient tournées vers l'extérieur, et l'autre moitié (les gargouilles de l'édictrice) pliaient leur cou écailleux et dirigeaient leurs oreilles pointues et leurs yeux fendus vers la concente, qui s'étendait en contrebas. Tapies en retrait entre les saillies, et plongées dans l'ombre de la corniche des sentinelles, se nichaient les arches mathiques trapues des fenêtres de la férule édictrice. Rares étaient les parties de la concente qui ne pouvaient être observées depuis au moins l'une d'entre elles – et il va sans dire que nous les connaissions toutes par cœur.

Saunt, saunte : 1. En novo-tærran, terme de vénération attribué aux grands érudits, presque toujours de façon posthume… NB : ce mot n'a été admis qu'à partir de la convoxe tærranéenne millennale de 3000 apr. R. Jusqu'alors, il était considéré comme une forme fautive de ***savant***. Sur la pierre, où l'on n'utilise que des majuscules, ce dernier s'écrit SAVANT (ou ST. si le graveur manque de place). Dans l'effondrement généralisé des compétences propre aux décennies qui avaient suivi le troisième Sac, la confusion entre les lettres U et V était devenue courante (l'« aléa du graveur fainéant »), à partir de quoi beaucoup se mirent à le confondre avec SAUANT. Lequel évolua rapidement en *saunt* (maintenant admis) et même en *sant* (toujours récusé). À l'écrit, *St.* peut être utilisé comme abréviation de n'importe lequel de ces termes. Dans certains ordres traditionnels, il reste prononcé [savan]. En toute logique, ce devrait être également le cas chez les millénariens.

LE DICTIONNAIRE, 4e édition, 3000 apr. R.

Le mynstère émergeait d'une excroissance aplanie de ce qui avait été autrefois les confins d'une chaîne de montagnes. Le piton de la math millénarienne le surplombait à l'est. Les autres maths et implantations s'étalaient en contrebas, au sud et à l'ouest. Celle dans laquelle je vivais avec les autres dixies en était distante de deux cents toises. Une galerie couverte, constituée de sept escaliers liés par des paliers, reliait notre math à un patio de pierre sur lequel ouvrait le portail que nous utilisions pour entrer dans le mynstère. C'était le chemin qu'empruntaient la plupart des dixies alentour.

Au lieu d'attendre que la nuée de vieilles soors dégageât ce goulot d'étranglement, je revins sur mes pas jusqu'à la capitulaire – qui n'était guère plus, en fait, qu'un élargissement dans la galerie ceignant le cloître. Elle disposait d'une autre sortie qui me mena dans un couloir couvert, entre des salles de craie et des ateliers. Les murs étaient percés de niches dans lesquelles nous engrangions les travaux en cours. Des amoncellements sans fin de manuscrits inachevés, qui jaunissaient et se racornissaient lentement, faisaient paraître le couloir plus étroit encore qu'il ne l'était.

Après l'avoir parcouru au petit trot et avoir plongé sous

une petite arche traversière, j'émergeai dans un pré en contrebas du socle rocheux sur lequel le mynstère était bâti, et qui faisait tampon entre notre math et celle des centénariens. Un mur de pierre haut de seize pieds le scindait en deux. Les séculos se servaient de leur moitié de terrain pour élever du bétail. Lorsque j'avais été recouvré, nous nous servions de la nôtre pour engranger du foin. Il y avait de cela quelques années, en fin d'été, fraa Lio et fraa Jesry y avaient été envoyés avec des houes, voir s'il ne s'y trouvait pas des plantes appartenant aux Onze. Et ils étaient effectivement tombés sur ce qui ressemblait à de la joviale. Alors ils en avaient arraché tous les plants, les avaient entassés au milieu du pré, et y avaient mis le feu.

Le temps que la journée s'achevât, notre pré tout entier s'était mué en une étendue de débris végétaux incandescents et fumants, et les bruits provenant du mur suggéraient que des brandons étaient passés du côté des séculos. Chez nous, le long de la limite entre le pré et les lacis, qui fournissaient la plus grande partie de notre alimentation, les fraas et les soors avaient formé une chaîne qui courait jusqu'à la rivière, apportant les seaux pleins et renvoyant les vides afin de noyer les endroits où le feu était le plus susceptible de se raviver. Qui a déjà vu des lacis bien pourvus en fin d'été sait que leur biomasse est imposante, et qu'à cette période de l'année elle est assez sèche pour s'embraser.

Au niveau de l'Inquisition, le férulaire édicteur subalterne de faction à ce moment-là avait indiqué que l'incendie initial avait produit tant de fumée qu'il n'avait pu voir clairement ce que Lio et Jesry avaient fait. Alors, tout avait été consigné dans la Chronique en tant qu'accident, et les garçons s'en étaient tirés avec une pénitence. Mais je sais, parce que Jesry me l'a raconté plus tard, que quand le feu des joviales avait commencé à se propager aux herbes environnantes, Lio, au lieu de le fouler aux pieds, avait proposé de combattre le feu par le feu, et de le circonscrire par un combla de flammes.

Leurs tentatives d'allumer des contre-feux n'avaient fait qu'empirer les choses. Jesry avait forcé Lio à se mettre à l'abri alors que celui-ci tentait d'allumer des contre-contre-feux pour contenir la série de contre-feux censés contenir le feu original, mais dont ils avaient perdu le contrôle. Pour en arracher Lio, Jesry avait dû abandonner sa sphère, qui aujourd'hui encore demeurait rigide à un endroit et ne pouvait plus devenir totalement transparente. Quoi qu'il en soit, l'incendie nous avait fourni une excuse pour mettre enfin en œuvre une chose dont il était question depuis une éternité : couvrir le pré de trèfle et autres plantes à fleurs, et y élever des abeilles. Lorsqu'il y avait un commerce extra-muros, nous pouvions vendre le miel aux burgos sur un étal du marché devant le portail de jour, et acheter avec l'argent gagné des choses difficiles à produire à l'intérieur de la concente. Lorsque les conditions extérieures étaient post-apocalyptiques, nous pouvions manger notre production.

Je trottais vers le mynstère, le mur de pierre à ma droite. Les lacis – aujourd'hui aussi touffus et riches qu'avant l'incendie – étaient presque tous à main gauche, derrière moi. Devant, un peu plus haut, se trouvaient les sept escaliers, grouillant d'avôts. Comparé aux autres fraas, tous enveloppés dans leur chape, Lio, à demi nu et progressant deux fois plus vite, ressemblait à une fourmi de la mauvaise couleur.

Le cancel, cœur du mynstère, était octogonal (selon les termes plus soigneusement choisis des théôs, son groupe de symétrie était celui des racines huitièmes de l'unité). Ses huit murs étaient de denses remplages, certains de pierre, d'autres de bois. Nous les appelions des écrans, une source de malentendu avec les visiteurs extra-muros, pour qui un écran servait à regarder une visue ou à jouer à un jeu. Pour nous, un écran était un mur plein de trous à travers lequel on pouvait voir, entendre, et sentir.

Quatre grandes nefs se déployaient vers le nord, l'est, le sud et l'ouest depuis le pied du mynstère. Si vous avez jamais assisté à un mariage ou à des funérailles dans l'une des arches des déolâtres, alors nos nefs vous rappelleraient la vaste partie dans laquelle les assistants s'asseyent, se lèvent, s'agenouillent, se flagellent, se roulent par terre, et toutes activités du même genre. Le cancel, alors, correspondrait à l'endroit où le prêtre se tient derrière l'autel. Lorsque l'on voit le mynstère de loin, ce sont les quatre nefs qui rendent sa base si large.

Les visiteurs extra-muros, comme artisan Flec, étaient autorisés à entrer par le portail de jour et à assister aux auctions de la nef nord, pour peu qu'ils ne fussent pas particulièrement contagieux et se tinssent approximativement bien. Cela avait été plus ou moins la règle durant le dernier siècle et demi. Si vous veniez dans notre concente en entrant par le portail de jour, vous seriez entraîné vers la porte de la façade nord, et remonteriez l'aile centrale de la nef nord jusqu'à faire face à l'écran qui la ferme. Il serait compréhensible que vous en concluiez que le mynstère n'était constitué que de cette seule nef et de l'espace octogonal de l'autre côté de l'écran, et quelqu'un dans les nefs est, ouest ou sud ferait la même méprise. Parce que, les écrans étant assombris du côté nef et éclairés du côté cancel, on pouvait voir l'intérieur de ce dernier, mais pas au-delà, ce qui créait l'illusion optique que chaque nef était unique, et qu'elle incluait le cancel.

La nef est était vide, et rarement utilisée. Quand nous demandions pourquoi à des fraas ou des soors plus chevronnés, ils balayaient la question de la main, et « expliquaient » qu'il s'agissait de l'entrée protocolaire du mynstère. Si c'était le cas, alors elle était tellement cérémonielle que personne ne savait quoi en faire. Fut un temps où un grand orgue s'y dressait, mais il avait été ravagé durant le deuxième Sac, et les enrichissements ultérieurs de la Discipline avaient proscrit tout nouvel instrument de musique. Quand ma collecte était plus jeune, Orolo nous avait fait croire pendant des années qu'il était question d'en faire un sanctuaire pour les fraas décamillénariens, si la concente Saunt-Édhar décidait jamais de leur construire une math. *La proposition a été soumise aux millénariens il y a six cent quatre-vingt-neuf ans, et leur réponse est attendue dans trois cent onze ans*, nous avait-il dit.

La nef sud était réservée aux centénariens, qui pouvaient la rejoindre en traversant leur moitié de pré. Elle était bien trop grande pour eux. Nous, les dixies, qui devions nous entasser dans un espace attenant beaucoup plus restreint, en étions agacés depuis plus de trois mille ans.

La nef ouest disposait des vitraux les plus élégants et des sculptures les plus gracieuses, parce qu'elle était utilisée par les unétariens, dont la math était de loin la mieux pourvue. Mais ils étaient largement assez nombreux pour remplir l'endroit, alors nous ne leur en voulions pas de disposer d'autant d'espace.

Restaient quatre écrans dans le cancel – nord-est, sud-est, sud-ouest et nord-ouest –, de la même taille et de la même forme que ceux qui ouvraient sur les points cardinaux, mais non reliés à des nefs proprement dites. Du côté sombre de ces écrans se trouvaient les quatre coins du mynstère, encombrés d'éléments structurels intempestifs pour l'activité humaine, mais indispensables pour que l'ensemble ne s'effondrât pas. Notre coin, au sud-ouest, était de loin le plus fréquenté, parce qu'il y avait environ trois cents dixies. Notre espace avait donc été accru par l'adjonction de deux tours latérales, qui saillaient de la muraille du mynstère, et expliquaient l'asymétrie flagrante de notre pan.

Le coin nord-ouest était relié aux quartiers du primat, et n'était utilisé que par lui, ses invités, les férulaires et les autres hiérarques ; il n'y avait pas là de risque de congestion. Directement relié à leur fantastique escalier de pierre ciselé à la main, qui gravissait en circonvoluant capricieusement le flanc de leur piton rocheux, le coin sud-est était voué aux millénariens.

Le coin nord-ouest, à l'opposé du nôtre, était réservé aux tics. Leur portail communiquait directement avec leur cour des miracles couverte, laquelle emplissait l'espace entre ce côté du mynstère et la falaise qui, pour cette partie, formait l'enceinte extérieure de la concente. Un tunnel leur donnait censément accès aux structures souterraines de l'horloge, qu'il était de leur devoir d'entretenir. Mais, à l'instar de toutes nos informations concernant les tics, ce n'était guère plus qu'un ouï-dire.

Il y avait donc huit entrées au mynstère, si l'on s'en tenait au plan officiel. Néanmoins, l'architecture mathique étant tout sauf simple, il existait également bon nombre de portes plus petites, rarement utilisées et presque inconnues, sauf des phytes aventureux.

Je me pressai à travers la luzerne en prenant soin de ne pas marcher sur une abeille. Même avec ces précautions, je progressais plus vite que ceux des sept escaliers, et atteignis bientôt la porte du pré, encastrée dans une arche de maçonnerie greffée directement dans la roche. Une volée de marches me ramena au niveau du sol du mynstère. Je filai à travers une série d'étranges petites réserves sinistres dans lesquelles les vêtements et objets cérémoniels étaient remisés les saisons où personne n'en avait l'usage. Puis j'émergeai dans la capilotade architecturale du coin sud-ouest dont nous, les dixies, usions en lieu de nef. Les fraas et soors qui entraient me faisaient obstacle, mais il y avait des voies libres partout où la vue était obstruée par un pilier. Dans l'un de ces passages, juste au pied d'un pilier, s'étalait notre garde-robe. Elle avait été, pour la plus grande partie, déversée sur le sol. Les fraas Jesry et Arsibalt se tenaient à proximité, déjà drapés d'écarlate, l'air exaspéré. Fraa Lio fourrageait dans la soie, s'efforçant de retrouver sa robe préférée. Je mis un genou à terre et trouvai quelque chose à ma taille parmi celles qu'il avait rejetées. Je l'enfilai promptement, la nouai, et m'assurai qu'elle ne m'encombrerait pas les jambes, puis emboîtai le pas à Jesry et à Arsibalt. Un instant plus tard, Lio nous rejoignit, me serrant de trop près. Nous sortîmes de l'ombre du pilier et nous frayâmes un chemin à travers la foule à la suite de Jesry, qui nous entraînait vers l'écran sans craindre de jouer des coudes. Mais ce n'était pas bondé. À peine la moitié des dixies étaient venus aujourd'hui ; les autres se trouvaient trop occupés à préparer l'aperte. Nos fraas et soors étaient assis devant l'écran sud-ouest, en rangées étagées. Ceux de la première rangée étaient assis par terre. Ceux de la rangée suivante étaient assis sur leur sphère, de la taille d'une tête. Et ce jusqu'à la rangée du fond, où les sphères étaient plus grandes que ceux qui étaient assis dessus, gonflées comme de grands ballons pelliculaires. Serrées d'un mur à l'autre comme des œufs dans une boîte, elles ne pouvaient plus rouler et renverser leurs occupants sur la pierre.

Grand-fraa Mentaxénès ouvrit la petite porte de notre écran. Il était très vieux, et nous étions convaincus que seul ce geste, répété chaque jour, le maintenait en vie. Nous passâmes l'un après l'autre sur un plateau de poudre de colophane pour que la plante de nos pieds eût une meilleure prise sur le sol.

Puis nous entrâmes et, tels des grains de sucre dans une tasse de thé, nous nous dissolûmes dans un immense espace. Quelque chose dans la construction du cancel évoquait une cuve contenant toute la lumière jamais déversée sur la concente.

Si l'on regardait depuis le bord intérieur de l'écran, l'on pouvait voir les voûtes du plafond du mynstère, culminant à près de deux cents pieds, ruisseler de la lumière qui se déversait à travers les vitraux sur toute la claire-voie. Une lumière aussi intense, en se répandant sur les surfaces intérieures brillantes des huit écrans, les rendait opaques et nous donnait l'impression à tous les quatre que nous jouissions du mynstère pour nous seuls. Les millénariens qui avaient descendu leur escalier couvert et cloisonné pour assister au proveneur nous voyaient en l'instant à travers leur écran, mais ils ne pouvaient pas voir artisan Flec, avec son maillot jaune et son visuocapteur, dans la nef nord. De la même façon, Flec ne pouvait pas les voir. Mais tous pouvaient voir l'auction de proveneur, entièrement célébrée à l'intérieur du cancel, et totalement indifférenciable du même rite accompli mille, deux mille ou trois mille ans plus tôt.

Le præsidium s'appuyait sur quatre piliers de pierre cannelés qui s'enfonçaient dans le sol au centre du cancel et, je le supposais, à travers le caveau où les tics prenaient soin des mouvements de ses pièces. En avançant, nous dépassâmes l'une de ces colonnes. Celles-ci n'étaient pas de section ronde, elles s'étiraient diagonalement, presque comme l'empennage d'une fusée de l'ancien temps, mais en beaucoup moins élancé. Nous arrivâmes donc dans le conduit central du mynstère. Si on levait les yeux, on pouvait cette fois voir deux fois plus haut, jusqu'au sommet du præsidium, où se trouvait l'astrohenge. Nous prîmes nos positions, marquées par des enfoncements teintés de colophane.

Une porte s'ouvrit dans l'écran du primat ; entra un homme aux robes plus ouvragées que les nôtres, et pourpres, pour indiquer qu'il s'agissait d'un hiérarque. Apparemment, le primat était occupé ce jour-là – il se préparait probablement lui aussi pour l'aperte –, alors il avait dépêché l'un de ses assistants. D'autres hiérarques prirent place après lui. Fraa Delrakhonès, le férulaire pourfendeur, s'assit dans son fauteuil à la gauche de celui du primat, et soor Trestanas, la férulaire édictrice, dans celui de droite.

Quinze fraas et soors aux robes vertes – trois pour chacun des registres : soprano, alto, ténor, baryton et basse – émergèrent de l'écran des unétariens. C'était leur tour d'entonner les chants et hymnes, ce qui signifiait que leur exécution serait probablement bien piètre, même s'ils avaient eu près d'un an pour les apprendre.

Le hiérarque prononça les premières paroles de l'auction, puis il bascula le levier qui engageait le mouvement du proveneur.

Comme vous le dirait l'horloge si vous saviez la lire, nous étions en période ordinale pour encore deux jours. C'est-à-dire qu'aucun festival ni aucune célébration n'était en cours, et la liturgie n'avait pas de thème particulier à aborder. Elle se rabattait donc sur une lente récapitulation fragmentaire de notre histoire, nous rappelant comment nous en étions venus à savoir tout ce que nous savons. Durant la première moitié de l'année, nous couvrions tout ce qu'il s'était passé avant la Reconstitution. Ensuite, nous traitions l'après. La liturgie du jour avait à voir avec la théorique des groupes finis, qui avait été développée il y a près de treize cents ans, et avait valu à son initiateur, saunt Bly, d'être proscrit par son férulaire édicteur et de passer le reste de sa vie au sommet d'une butte, entouré de pécos qui l'adoraient comme un dieu. Ils en avaient même cessé de consommer de la joviale, ce qui les avait rendus hargneux, et ils l'avaient tué, avant de manger son foie, persuadés à tort qu'il s'agissait du siège de sa réflexion. Si vous vivez dans une concente, consultez les Chroniques pour en apprendre plus sur saunt Bly. Si ce n'est pas le cas, sachez que nous disposons d'assez d'histoires de cette veine pour que l'on puisse assister au proveneur chaque jour de sa vie sans jamais entendre la même deux fois.

J'ai déjà mentionné les quatre piliers du præsidium. En

plein milieu, dans l'axe central du mynstère, pendait une chaîne avec un poids à son extrémité. Elle remontait si haut dans la colonne d'espace vide au-dessus de nous qu'elle finissait par se dissoudre dans la poussière et l'obscurité.

Le poids était une masse de métal gris parsemée de cavités, comme si elle avait été à moitié rongée par les vers : une météorite de nickel-fer vieille de quatre milliards d'années, faite de la même matière que le cœur d'Arbre. Durant les quasi vingt-quatre heures depuis la dernière célébration de proveneur, il était descendu presque jusqu'au sol. On eût pratiquement pu tendre le bras et le toucher. Il descendait régulièrement la plupart du temps, parce qu'il entraînait l'horloge. À l'aube et au crépuscule, néanmoins, lorsqu'il devait fournir assez d'énergie pour ouvrir ou fermer le portail de jour, il s'abaissait si vite que les visiteurs surpris devaient s'écarter précipitamment de sa trajectoire.

Il y avait quatre autres poids au bout de quatre autres chaînes, toutes indépendantes dans leur mouvement. Ils attiraient moins l'attention parce qu'ils ne pendaient pas au centre, et qu'ils ne bougeaient pas beaucoup. Ils progressaient sur des glissières de métal fixées aux quatre piliers du præsidium. Chacun avait une forme géométrique : un cube, un octaèdre, un dodécaèdre et un icosaèdre, tous corroyés à partir du minerai volcanique noir extrait des carrières des collines d'Ecba, et transporté par-dessus le pôle Nord par des trains-traîneaux. Tous quatre s'élevaient imperceptiblement chaque fois que l'horloge était remontée. Le cube descendait une fois par an pour ouvrir le portail de l'an et l'octaèdre tous les dix ans pour ouvrir le portail de la décennie, donc ces deux-là étaient proches des sommets de leurs glissières respectives. Le dodécaèdre et l'icosaèdre faisaient de même pour les portails du siècle et du millénaire respectivement. Le premier étant à neuf dixièmes de son sommet, le dernier à environ sept dixièmes du sien, un simple coup d'œil nous apprenait que nous étions en 3689, environ.

Bien plus haut dans le præsidium, dans les altitudes de la chronozone – le vaste espace aéré derrière les cadrans, où se rejoignaient tous les mécanismes de l'horloge –, se trouvait une salle de pierre hermétiquement scellée, qui contenait un sixième poids : une sphère de métal gris qui montait et descendait sur un vérin.

Il permettait à l'horloge de continuer de fonctionner pendant que nous la remontions. En dehors de cela, il ne se mouvait que lorsque la météorite était à terre – c'est-à-dire si nous avions failli à célébrer l'auction quotidienne de proveneur. Lorsque cela arrivait, l'horloge désengageait la plus grande partie de ses mécanismes pour conserver l'énergie, et entrait en hibernation, gouvernée par la lente descente de la sphère, jusqu'à être de nouveau remontée. Cela n'était arrivé que durant les trois Sacs et à quelques rares autres occasions, quand tous dans la concente avaient été si malades que personne n'avait pu remonter l'horloge. Nul ne savait combien de temps elle pouvait fonctionner selon ce mode, mais l'on considérait que c'était de l'ordre d'une centaine d'années. Nous savions en tout cas qu'elle s'était maintenue durant toute la période où, à la suite du troisième Sac, les millénariens s'étaient réfugiés sur leur piton, et que le reste de la concente était resté inhabité pendant sept décennies.

Toutes les chaînes remontaient à la chronozone, où elles étaient suspendues à des pignons tournant sur des axes reliés à des cascades d'engrenages et d'échappements qu'il était du devoir des tics d'entretenir et d'inspecter. La chaîne principale – celle qui courait au centre et portait la météorite – était raccordée à un immense système de trains d'engrenages et d'articulations, artistiquement dissimulé dans les piliers du præsidium comme il poursuivait son chemin vers le caveau sous nos pieds. Sa seule partie apparente pour les non-tics était le moyeu massif qui se dressait au centre du cancel, tel un autel circulaire. Quatre barres horizontales se projetaient de ce moyeu comme des rayons à hauteur d'épaule, longues d'environ huit pieds chacune. Au moment convenu du service, Jesry, Arsibalt, Lio et moi allâmes chacun au bout d'une barre de bois, nous y posâmes nos mains et, sur une mesure précise de l'anathyme, nous mîmes en position derrière notre levier, celle d'un marin qui veut lever l'ancre avec un cabestan. Mais de mon côté rien ne bougea hors mon pied droit, qui décolla du sol et glissa de quelques pouces avant de reprendre prise. Nos forces combinées ne suffisaient pas à triompher du frottement statique des centaines de pieds de mécanismes et d'engrenages déployés entre nous et le pignon dont dépendaient la chaîne et le poids. Une fois le mouvement lancé, nous aurions assez de force pour le perpétuer, mais le débloquer nécessitait une poussée puissante (dans le cas où nous voudrions user de force brute) ou, si nous préférions nous montrer malins, un léger tremblement : une vibration subtile. Des praxiciens différents développeraient probablement des solutions distinctes à ce problème. À Saunt-Édhar, nous le faisions avec nos voix.

Dans les temps très anciens, quand les colonnes de marbre des forums d'Orithéna se dressaient encore sur les roches noires d'Ecba, tous les théôs du monde se rassemblaient sous la grande coupole juste avant la mi-journée. Leur chef (Adrakhonès à l'origine, plus tard Diax ou l'un de ses phytes) se tenait sur l'analemme, attendant que le trait de lumière de l'oculus se posât sur lui à midi, une apothéose exaltée par le chant de l'anathyme à notre mère Hylaéa, qui nous avait apporté la lumière de son père Cnoüs. L'auction était tombée en désuétude lorsque Orithéna avait été détruit et que les théôs survivants avaient entrepris la Pérégrination. Mais, beaucoup plus tard, lorsque les théôs s'étaient retirés dans les maths, saunte Cartas l'avait sortie de l'oubli pour asseoir la liturgie, qui fut ensuite célébrée durant toute l'ère mathique classique. L'auction tomba encore une fois en désuétude durant la Dispersion vers les nouveaux périklynes et l'ère praxique qui suivit, mais ensuite, après les Événements horrifiques et la Reconstitution, elle fut de nouveau ravivée, sous une forme nouvelle, focalisée sur le remontage d'une horloge.

L'anathyme hylaéenne existait maintenant en des milliers de versions différentes, d'autant que, chez les avôts, chaque compositeur avait toutes les chances de s'y frotter au moins une fois dans sa vie. Toutes les versions usaient des mêmes mots et de la même structure, mais elles étaient aussi variées que les nuages. Les plus anciennes étaient homophoniques, autrement dit toutes les voix chantaient la même note. La version en usage à Saunt-Édhar était polyphonique : diverses voix chantaient des mélodies différentes qui s'entrelaçaient de façon harmonieuse. Ces monos dans leur robe verte ne chantaient que certaines des parties. Les autres voix provenaient de derrière les écrans. Traditionnellement, les millénos chantaient les notes les plus graves. La rumeur prétendait qu'ils avaient développé des techniques particulières pour détendre leurs cordes vocales, ce que je croyais, parce que personne dans notre math ne pouvait chanter dans une tonalité aussi basse que ce grondement qui émanait de leur nef.

L'anathyme débutait de manière fort accessible, puis devenait presque trop complexe pour que l'oreille pût la suivre. À l'époque où nous avions un orgue, elle nécessitait quatre organistes, chacun usant de ses deux mains et de ses deux pieds. Dans l'auction antique, cette partie de l'anathyme représentait le khaos de la pensée non systématique qui avait précédé Cnoüs. Le compositeur l'avait presque trop bien réalisée, parce que durant cette partie de la composition l'oreille pouvait à peine trouver une signification à toutes ces voix. Mais ensuite, un peu comme lorsqu'on regarde une forme géométrique évoquant un enchevêtrement dénué du moindre sens, qu'on la tourne juste un peu et que tous ses plans et sommets s'alignent soudain, qu'on la voit exactement pour ce qu'elle est, toutes ces voix se rejoignaient en quelques mouvements et s'unissaient en un ton pur qui résonnait dans le puits de lumière de notre horloge et faisait tout vibrer en accord avec lui. Que ce fût par un accident heureux ou par quelque coup d'éclat de la praxis, la vibration suffisait justement à briser le scellement de frottement statique de l'arbre de remontage. Lio, Arsibalt, Jesry et moi, sachant pourtant que cela allait arriver, tombâmes pratiquement en avant lorsque le moyeu se mit en mouvement. Quelques instants plus tard, après que le jeu d'entredents dans le train d'engrenages se fut calé, la météorite au-dessus de nos têtes commença à s'élever. Et nous savions que, vingt battements plus tard, nous pouvions nous attendre à sentir toute la poussière et les fientes de chauve-souris de la journée accumulées des centaines de pieds au-dessus de nous commencer à nous tomber sur la tête.

Dans la liturgie antique, cet instant représentait la Lumière naissant dans l'esprit de Cnoüs. Le chant se séparait maintenant en deux fils antagonistes, l'un représentant Déât et l'autre Hylaéa, les deux filles de Cnoüs. Nous, nous progressions autour du moyeu dans le sens inverse d'un cadran, d'un pas régulier en synchronisme avec le rythme de l'anathyme. La météorite commença à s'élever d'environ deux pouces par seconde, et allait continuer à ce rythme jusqu'à atteindre l'extrémité supérieure de sa course, ce qui prendrait environ vingt minutes. Dans le même temps, les quatre roues dentées auxquelles les quatre autres chaînes étaient suspendues tournaient également, quoique bien plus lentement. Le cube allait pour sa part remonter d'environ un pied durant cette auction. L'octaèdre de près d'un pouce, etc. Et, dans les hauteurs, la sphère descendait lentement pour faire fonctionner l'horloge pendant le temps où nous la remontions.

Il convient de préciser qu'une telle quantité d'énergie n'est pas réellement ce que requiert le fonctionnement d'une horloge, même immense, en vingt-quatre heures. Presque toute l'énergie que nous transmettions au système servait aux à-côtés, comme les cloches, les portails, le grand planétaire jouxtant le portail de jour, divers petits planétaires annexes, et les axes polaires des télescopes de l'astrohenge.

Je ne pensais à aucune de ces choses en poussant ma barre et en tournant autour du moyeu. Certes je les avais eues à l'esprit durant les premières minutes, simplement parce que je savais qu'artisan Flec regardait, et que je m'efforçais d'imaginer comment je pourrais les lui expliquer au cas où il le demanderait. Mais dès lors que nous trouvâmes le rythme, que mon cœur se mit à battre lentement à la cadence de nos pas réguliers, et que la sueur commença à rouler le long de mon nez, j'oubliai tout d'artisan Flec. Le chant des monos valait mieux que ce que j'avais supposé – disons qu'il n'était pas assez mauvais pour attirer en soi l'attention. Une minute ou deux, je songeai à l'histoire de saunt Bly. Ensuite, je pensai surtout à moi et à ma situation dans le monde. Je savais que c'était égoïste, et bien loin de ce que j'aurais dû faire durant une auction. Mais les pensées spontanées et malvenues sont celles que l'on a le plus de mal à chasser de son esprit. Vous trouverez peut-être de mauvais goût l'objet de mes pensées si je vous le dis. Vous jugerez peut-être cela inutilement personnel, peut-être même immoral – un bien mauvais exemple pour les phytes qui découvriront peut-être un jour ce témoignage dans une niche d'un mur. Mais cela fait partie de l'histoire.

Comme je remontais l'horloge ce jour-là, je me demandais ce que cela ferait de monter sur la corniche de la pourfendeuse et de sauter dans le vide.

Si vous trouvez une telle chose impossible à comprendre,

vous n'êtes probablement pas un avôt. La nourriture que vous mangez provient de cultures aux gènes amendés de séquences de totobono, voire de produits plus puissants. Aucune pensée mélancolique ne vous viendra peut-être jamais à l'esprit. Et, si c'est le cas, vous aurez la force de les repousser. Je n'avais pas cette force, et je commençais à me lasser de la compagnie de telles pensées. Une façon de les chasser à jamais serait de franchir le portail décénarien dans une semaine, de retourner vivre dans ma famille originelle (à supposer qu'ils m'acceptassent), et de manger ce qu'ils mangeaient. L'autre impliquait de monter les escaliers en spirale qui partaient de notre coin du mynstère.

Mystagogue : 1. En moyen-tærran primitif, théoricien spécialisé dans les problèmes irrésolus, et tout particulièrement celui qui enseigne leur étude aux phytes. 2. En moyen-tærran tardif, membre d'une suvine qui domina les maths, du milieu du XIIe siècle av. R. jusqu'à la Rééclosion. Ceux-ci soutenaient qu'aucun problème théorique ne serait plus résolu, décourageaient toute recherche théorique, se réservaient exclusivement les bibliothèques, et avaient développé une obsession pour les énigmes et les mystères. 3. En tærran praxique et ultérieur, terme péjoratif décrivant toute personne dont le comportement évoque ceux du sens 2.

LE DICTIONNAIRE, 4e édition, 3000 apr. R.

« Les gens meurent-ils de faim ? Ou sont-ils malades d'être trop gros ? »

Artisan Quin se gratta la barbe et réfléchit un temps. « Vous parlez des pécos, je présume ? » commenta-t-il.

Fraa Orolo haussa les épaules.

Quin trouvait cela drôle. Contrairement à artisan Flec, il n'hésitait pas à rire ouvertement. « Un peu les deux en même temps, finit-il par admettre.

– Très bien », dit fraa Orolo sur le ton de *On arrive*

enfin à quelque chose, puis il tourna la tête vers moi pour s'assurer que j'en prenais bien note.

Après l'entrevue avec Flec, j'avais reparlé à fraa Orolo : « Pa, que faites-vous avec ce questionnaire vieux de cinq cents ans ? C'est délirant.

– C'est une copie vieille de huit cents ans d'un questionnaire vieux de onze cents ans, avait-il rectifié.

– Je comprendrais encore si vous étiez un séculos. Mais comment les choses auraient-elles pu autant changer en seulement dix ans ? »

Fraa Orolo m'avait alors expliqué que, depuis la Reconstitution, par quarante-huit fois des changements radicaux étaient survenus en l'espace d'une décennie, et qu'en deux occurrences cela s'était terminé par un sac – peut-être, par conséquent, les plus soudaines étaient-elles les plus importantes. D'autant qu'une décennie était un laps de temps suffisamment long pour que les gens qui vivaient extra-muros, immergés dans les aléas de leur quotidien, pussent ne pas prendre conscience de ces changements. Qu'ainsi donc un dixie lisant un questionnaire vieux de onze cents ans à un artisan rendait possiblement service à la société extra-muros (en supposant que quelqu'un là-bas y prêtât attention). Et que cela pourrait participer à expliquer pourquoi nous n'étions pas seulement tolérés, mais protégés (quand nous l'étions) par le pouvoir sæculier.

« L'homme qui voit un grain de beauté sur son front chaque jour en se rasant ne s'aperçoit pas forcément qu'il évolue ; le médecin qui le voit une fois par an reconnaîtra facilement un cancer.

– C'est bien beau, avais-je répondu, mais vous ne vous êtes jamais intéressé au pouvoir sæculier auparavant. Alors quelle est la vraie raison ? »

Il avait fait mine d'être déconcerté par ma question. Mais une fois qu'il avait vu que je n'en démordrais pas, il avait haussé les épaules et ajouté : « Juste une vérification de routine de DDC.

– DDC ?

– Déchirure du domaine causal. » Ce qui revenait quasiment à dire qu'il ne faisait que me mener en bateau.

Mais parfois, il y avait quelque chose derrière, quand il faisait cela. Plus exactement, il y avait *toujours* quelque chose derrière et, *parfois* seulement, je réussissais à le saisir. Aussi avais-je posé mon visage dans mes mains et maugréé : « C'est bon, ouvrez les vannes.

– Bien. Un domaine causal est juste un ensemble de choses liées par des relations mutuelles de cause à effet.

– Mais tout dans l'univers n'est-il pas lié de cette façon ?

– Cela dépend de la manière dont leurs cônes de lumière sont organisés. On ne peut pas affecter les choses de notre passé. Et certaines choses sont trop éloignées pour pouvoir nous affecter de façon significative.

– Mais on ne peut pas pour autant dissocier totalement les domaines causaux.

– En général, non. Mais tu es bien plus fortement lié de façon causale avec moi qu'avec un extrasylvestre d'une autre galaxie. Donc, en fonction du niveau d'approximation que l'on est prêt à accepter, on peut dire que toi et moi appartenons à un domaine causal, et l'extrasylvestre à un autre.

– D'accord, avais-je dit. Et quel niveau d'approximation êtes-vous prêt à accepter, pa Orolo ?

– Eh bien, l'idée même de vivre dans une math cloîtrée est de réduire au minimum nos liens causaux avec le monde extra-muros, n'est-ce pas ?

– Socialement, oui. Culturellement, oui. Écologiquement, aussi. Mais nous utilisons la même atmosphère, nous entendons leurs tomobiles passer dehors – d'un point de vue purement théorique, il n'y a pas de séparation causale du tout ! »

Il n'avait pas paru m'avoir entendu. « S'il y avait un autre univers, totalement séparé du nôtre – absolument aucun lien causal entre les univers A et B –, le temps s'écoulerait-il de la même façon dans les deux ?

– La question n'a pas de sens, avais-je répondu après y avoir réfléchi un instant.

– C'est étrange, elle me semblait en avoir un, avait-il rétorqué, un peu amer.

– Eh bien, cela dépend de la façon dont on mesure le temps. »

Il avait attendu.

« Cela dépend de ce qu'est le temps ! » avais-je repris. J'avais passé quelques minutes à explorer diverses possibilités d'explications, chacune me menant dans une impasse. « Eh bien, avais-je fini par dire, je suppose qu'il ne me reste qu'à invoquer la bascule. En l'absence d'un bon argument contraire, je dois choisir la réponse la plus simple. Et la réponse la plus simple est que le temps s'écoule différemment dans l'univers A et dans l'univers B.

– Parce que ce sont deux domaines causaux séparés.

– Oui.

– Et si ces deux univers – chacun aussi immense et aussi vieux et aussi complexe que le nôtre – étaient entièrement séparés, sauf qu'un unique photon aurait réussi de quelque façon à voyager de l'un à l'autre ? Cela suffirait-il à totalement asservir les temps de A et de B dans une parfaite unicité pour l'éternité ? »

J'avais soupiré, comme chaque fois que l'un des pièges d'Orolo se refermait sur moi.

« Ou serait-il possible, avait-il repris, d'avoir un petit glissement de temps – une déchirure – entre deux domaines causaux qui ne sont que très lâchement liés ?

– Donc, pour en revenir à votre entrevue avec artisan Flec, vous voulez me faire croire que vous ne faisiez que vérifier s'il ne s'était pas écoulé dix mille ans de l'autre côté de la muraille pendant qu'il ne se passait que dix ans ici ?

– Je n'ai pas vu de mal à me renseigner », avait-il répondu. Puis il m'avait paru avoir envie de dire autre chose. Quelque chose de malicieux. J'avais pris la parole avant qu'il n'eût eu le temps de le faire : « Oh ! Tout cela serait-il lié à vos folles histoires d'une erratique math décamillénarienne ? »

Quand nous étions de jeunes phytes, Orolo avait un jour prétendu avoir trouvé mention dans les Chroniques d'un portail qui s'était ouvert quelque part et dont étaient sortis plusieurs avôts qui disaient être des décamillénariens célébrant l'aperte. Ce qui était insensé, puisque les avôts dans leur forme actuelle n'existaient (à l'époque) que depuis trois mille six cent quatre-vingt-deux ans. Nous nous étions dit que le but de cette fable était de voir si nous avions prêté la moindre attention à nos leçons d'histoire. Mais peut-être que cette fable avait eu pour but d'instiller quelque chose de plus profond.

« On peut faire beaucoup de choses en dix mille ans si l'on s'y attelle, avait répondu Orolo. Et si l'on découvrait un moyen de rompre tout lien causal avec le monde extra-muros ?

– C'est totalement ridicule. Vous attribuez à ces gens des pouvoirs d'incantants.

– Mais si c'était possible, alors la math en question deviendrait un univers distinct, et son temps ne serait plus synchronisé avec celui du reste du monde. Une déchirure du domaine causal deviendrait envisageable…

– Bel exercice intellectuel, avais-je conclu. J'ai compris. Merci pour la calca. Mais dites-moi s'il vous plaît que vous ne vous attendez pas vraiment à voir des preuves de DDC quand les portails s'ouvriront !

– C'est ce à quoi l'on ne s'attend pas, avait-il répondu, que l'on a le plus besoin de rechercher. »

« Avez-vous, dans vos wigwams, ou vos tentes, ou vos gratte-ciel, ou dans quelque endroit où vous viviez…
– Dans des caravanes sans roues, principalement, dit artisan Quin.
– Très bien. Dans celles-ci, donc, est-il courant d'avoir des choses qui peuvent penser, mais qui ne sont pas humaines ?
– Ça a été le cas un temps, mais elles ont toutes cessé de fonctionner, alors on les a jetées.
– Savez-vous lire ? Et, par cela, je n'entends pas la seule interprétation des logotypes…
– Plus personne ne se sert de ça, réagit Quin. Vous parlez des symboles sur vos sous-vêtements qui vous disent de ne pas utiliser de Javel, ce genre de choses ?
– Nous ne disposons pas de sous-vêtements, ni de Javel – seulement de la chape, de la cordelière et de la sphère », rétorqua fraa Orolo, en tapotant le tissu rejeté sur sa tête, la cordelière nouée à sa taille, et la sphère sous ses fesses. Une petite blague à nos dépens pour mettre Quin à l'aise.

Celui-ci se leva, en projetant son long corps d'un geste brusque qui fit glisser son blouson.

Il n'était pas massif, mais musclé par le travail. Il prit son blouson devant lui et se servit de ses pouces pour exhiber une série d'étiquettes cousues à l'intérieur du col. Je vis le logo d'une société, que je reconnus bien qu'il eût été simplifié depuis dix ans. Dessous se trouvait une grille de petits dessins qui s'animaient.

« Des kinagrammes. Ils ont obsolenté les logotypes. »

Je me sentis vieux ; un sentiment nouveau, pour moi.

Orolo était demeuré curieux jusqu'au moment où il avait vu les kinagrammes ; maintenant, il paraissait déçu. « Oh, dit-il d'un ton doux et poli, vous racontez des foulx-thèses. »

Je fus frappé d'embarras. Quin était abasourdi. Puis son visage s'empourpra. Il semblait parti pour s'emporter.

« Fraa Orolo n'a pas dit ce que vous croyez ! » informai-je

Quin. Je voulus ponctuer mon intervention d'un gloussement, mais ne produisis qu'un hoquet. « C'est un vieux mot tærran.

– Ça ressemble beaucoup à...

– Je sais ! Mais fraa Orolo a tout oublié du mot auquel vous pensez. Ce n'est pas ce qu'il a voulu dire.

– Qu'a-t-il voulu dire, alors ? »

Fraa Orolo était stupéfait de nous voir, Quin et moi, parler de lui comme s'il n'était pas là.

« Il veut dire qu'il n'y a pas de réelle différence entre les kinagrammes et les logotypes.

– Si, il y en a une ! répondit Quin. Ils sont incompatibles. » Son visage avait perdu de sa pourpre ; il prit plusieurs inspirations, réfléchit, puis finit par hausser les épaules. « Mais je vois ce que vous voulez dire. Nous aurions pu continuer de nous servir de logotypes.

– Pourquoi sont-ils devenus obsolètes, alors ? demanda Orolo.

– Pour que les gens qui nous ont apporté les kinagrammes puissent gagner des parts de marché. »

Orolo plissa le front et considéra cette phrase. « Cela ressemble aussi à des foulx-thèses.

– Pour qu'ils puissent gagner de l'argent.

– Très bien. Et comment ces gens ont-ils atteint leur objectif ?

– En rendant l'usage des logotypes de plus en plus difficile et celui des kinagrammes de plus en plus facile.

– C'est fort déplaisant. Et personne ne s'est rebellé ?

– Avec le temps, on nous a amenés à penser que les kinagrammes étaient effectivement meilleurs. Mais j'imagine que vous avez raison. C'était effectivement des fou... » Il s'interrompit brusquement.

« Vous pouvez le dire. Ce n'est pas un gros mot.

– Je ne préfère pas, je n'ai pas l'impression que ce soit une chose à dire ici, en ce lieu.

– Comme vous voulez, artisan Quin.

– Où en étions-nous ? » demanda-t-il, avant de répondre à sa propre question : « Vous me demandiez si je savais lire, non pas ceci, mais les lettres figées que l'on utilise pour écrire le tærran. » Il fit un signe de tête en direction de ma feuille, qui se noircissait précisément de ce genre d'écriture.

« Eh bien ?

– Je le peux si je le dois, parce que mes parents me l'ont fait apprendre. Mais je ne le fais pas, parce que je n'en ai jamais besoin, dit Quin. Mon fils, par contre, c'est une tout autre histoire.

– Son père le lui a fait apprendre ? intervint Orolo.

– Oui, répondit Quin en souriant.

– Il lit des livres ?

– Tout le temps.

– Son âge ? » Visiblement, ce n'était pas dans le questionnaire.

« Onze ans. Et il n'a pas encore été brûlé sur le bûcher. »

Quin avait dit cela sur un ton parfaitement sérieux. Je me demandai si fraa Orolo avait compris qu'il plaisantait, qu'il le taquinait. Orolo n'en laissa rien transparaître. « Avez-vous des criminels ? demanda-t-il.

– Évidemment. »

Mais le simple fait que Quin eût répondu de cette façon poussa Orolo à passer à une autre feuille de son questionnaire. « Comment le savez-vous ?

– Quoi ?

– Vous dites qu'*évidemment*, il y a des criminels, mais si vous regardez quelqu'un, comment savez-vous s'il est ou non un criminel ? Les criminels sont-ils marqués au fer rouge ? Tatoués ? Confinés ? Qui décide de qui est ou n'est pas un criminel ? Est-ce qu'une femme aux sourcils rasés énonce : *Vous êtes un criminel* et agite une clochette d'argent ? Ou un homme avec une perruque qui frappe un bloc de bois avec un marteau ? Jetez-vous l'accusé à travers un aimant en forme d'anneau ? Ou utilisez-vous une baguette fourchue qui tremble dès qu'on l'approche du mal ? Un empereur produit-il depuis son trône la décision écrite à l'encre vermillon et scellée de cire noire, ou l'accusé doit-il marcher sur une plaque chauffante ? Il se peut aussi qu'il existe une praxis omniprésente et omnisciente de l'image animée – ce que vous appelleriez les visuocapteurs –, mais dont les secrets ne peuvent être dévoilés que par une assemblée d'eunuques ayant mémorisé chacun une partie d'une longue suite de chiffres. Ou peut-être qu'une foule se rassemble et jette des pierres sur l'accusé jusqu'à ce qu'il meure.

– Comment voulez-vous que je vous prenne au sérieux ? s'exclama Quin. Vous n'êtes dans la concente que depuis, quoi, trente ans ? »

Fraa Orolo soupira en regardant dans ma direction. « Vingt-neuf ans, onze mois, trois semaines, six jours.

– Et il est évident que vous appréhendez l'aperte, mais vous ne pouvez tout de même pas croire que les choses ont autant changé ! »

Un autre regard dans ma direction. « Artisan Quin, dit Orolo après une pause pour donner plus de poids à ses paroles, nous sommes en l'an 3689 de la Reconstitution.

– C'est aussi ce que dit mon calendrier, précisa Quin.

– L'an 3690 débute demain. L'aperte sera célébrée non seulement par la math unétarienne, mais également par nous, décénariens. Selon de très anciennes règles, nos portails s'ouvriront. Durant dix jours, nous serons libres de sortir, et les visiteurs tels que vous seront les bienvenus. Et dans dix ans encore, le portail centénarien s'ouvrira, pour la première – et probablement la dernière – fois de ma vie.

– Lorsqu'il se refermera, de quel côté du portail serez-vous ? » demanda artisan Quin.

Je fus de nouveau embarrassé, parce que je n'aurais jamais

osé poser une telle question. Mais j'étais secrètement ravi que Quin l'eût fait pour moi.

« Si j'en suis jugé digne, j'aimerais beaucoup être à l'intérieur », dit fraa Orolo. Il me jeta un coup d'œil amusé, comme s'il avait deviné mes pensées. « Le fait est que, dans un peu plus de neuf ans, je peux m'attendre à être mandé dans le haut-labyrinthe, qui sépare ma math de celle des centénariens. Là, je trouverai mon chemin et atteindrai une grille dans une pièce obscure, et derrière cette grille se tiendra l'un des centénariens (sauf s'ils sont tous morts, disparus, ou devenus autre chose), qui me posera des questions qui me paraîtront tout aussi étranges que vous paraissent les miennes. Parce qu'il leur faut préparer leur aperte, tout comme nous préparons la nôtre. Il est fait mention, dans leurs livres, de toutes les pratiques judiciaires dont eux, ou d'autres dans d'autres maths, ont eu connaissance durant les trois mille sept cents et quelques dernières années. Les exemples que je vous ai égrenés il y a une minute ne sont qu'un paragraphe d'un livre aussi épais que mon bras. Alors, même si vous jugez l'exercice ridicule, je vous serais extrêmement reconnaissant de me décrire très simplement comment vous déterminez vos criminels.

– Ma réponse sera enregistrée dans ce livre ?

– Si elle présente quelque chose de nouveau, oui.

– Eh bien, nous avons toujours les docteurs-magistrats qui ambulent chaque nouvelle lune dans des bahuts pourpres scellés…

– Oui ; eux, je m'en souviens.

– Mais ils ne venaient pas aussi souvent que nous en avions besoin. Et comme les pouvoirs en place ne les protégeaient pas bien, certains ont plongé dans des ravins. Alors les pouvoirs en place ont mis plus de visuocapteurs. »

Fraa Orolo se précipita sur une autre feuille. « Qui y a accès ?

– On ne sait pas. » Tandis que fraa Orolo cherchait une

autre feuille encore, Quin précisa : « Mais si quelqu'un commet un crime suffisamment grave, les pouvoirs en place lui implantent un truc sur la colonne vertébrale qui le handicape pour un certain temps. Puis ça tombe, et la personne redevient normale.

– C'est douloureux ?

– Non. »

Nouvelle feuille. « Lorsque vous voyez une personne qui porte l'un de ces dispositifs, pouvez-vous dire quel crime elle a commis ?

– Oui, c'est écrit dessus, en kinagrammes.

– Le vol, l'agression, l'escroquerie ?

– Évidemment.

– La sédition ? »

Quin attendit longtemps avant de répondre : « Ça, je ne l'ai jamais vu.

– L'hérésie ?

– Ce serait probablement du domaine de la férule céleste. »

Fraa Orolo lança les bras vers le ciel, si haut que sa chape tomba de sa tête et découvrit même une de ses aisselles. Puis il les rabaissa, pour prendre son visage dans ses mains. C'était un geste sarcastique qu'il aimait faire dans les salles de craie, quand un phyte se montrait impossiblement obtus.

Quin en saisit visiblement le sens, et parut embarrassé. Il s'agita sur son siège, leva le menton vers le plafond, puis le rabaissa et se tourna vers la fenêtre qu'il était censé réparer. Mais il y avait aussi quelque chose d'amusant dans le grand geste d'Orolo, qui donna à Quin l'impression qu'il n'y avait pas de problème. « D'accord, dit-il finalement. Je ne l'avais jamais vu de cette façon, mais maintenant que vous m'y faites penser, nous avons *trois* systèmes…

– Les types des bahuts pourpres, les clampes spinales, et cette nouvelle chose dont ni moi ni fraa Érasmas n'avons jamais entendu parler, et que vous appelez la férule céleste », énonça fraa Orolo en parcourant de nombreuses feuilles de son questionnaire.

Quelque chose avait affecté artisan Quin. « Je n'en avais pas fait mention parce que je pensais que vous saviez tout d'eux !

– Cela, répondit fraa Orolo en trouvant la feuille qu'il cherchait et en la survolant, parce qu'ils prétendaient venir de la concente… et apporter les lumières du monde mathique aux élus qui en étaient dignes.

– Oui. Ce n'était pas le cas ?

– Non. Absolument pas. » Voyant à quel point Quin était surpris, Orolo ajouta : « Ce genre de choses se reproduit tous les deux ou trois cents ans. Un charlatan apparaît, et revendique le pouvoir sæculier sur le fondement d'une prétendue association avec le monde mathique, qui est en fait mensongère. »

Je connaissais la réponse à ma question avant même de balbutier : « Et artisan Flec, est-ce un disciple, un adepte de la férule céleste ? »

Quin et Orolo me dévisagèrent tous deux, en émoi pour des raisons différentes.

« Oui, dit Quin. Il écoute leurs trans en travaillant.

– Et c'est pour cette raison qu'il a fait une visue du proveneur, poursuivis-je. Parce que cette férule céleste prétend appartenir à notre monde. S'il y a quelque chose de mystérieux ou… eh bien… de majestueux en cet endroit, cela ne peut que faire paraître cette férule céleste plus grande et plus puissante. Et, dans la mesure où cet artisan Flec est un disciple de la férule céleste, il considère qu'une partie lui en revient. »

Orolo ne dit rien, ce qui m'embarrassa sur l'instant. En y repensant plus tard, par contre, je compris la raison de son silence : ce que j'avais dit était indéniablement vrai.

« Flec n'a pas fait de visue, dit Quin, qui semblait quelque peu confus.

– Pardon ? » réagis-je.

Orolo, lui, demeurait distrait, l'esprit encore occupé par la férule céleste.

« Ils ne l'y ont pas autorisé. Son visuocapteur était trop puissant », expliqua Quin.

Étant vieux et sage, fraa Orolo se tendit, pinça les lèvres, et parut mal à l'aise. N'étant ni l'un ni l'autre, je demandai : « Qu'est-ce que vous voulez dire ? »

La main d'Orolo se referma sur mon poignet, m'empêchant d'écrire. Et je soupçonnai qu'il eût voulu refermer l'autre sur la bouche de Quin.

« Un résoluteur vautour, un stabifixe, un dynazoom… Mis ensemble, ils permettraient de voir dans les autres parties de votre mynstère, et même à travers les écrans. Du moins, c'est ce que lui ont dit les…

– Artisan Quin ! » tonna fraa Orolo, assez fort pour s'attirer les regards de tous ceux qui étaient présents dans la bibliothèque. Puis il baissa de beaucoup la voix : « Je crains que vous ne vous apprêtiez à nous dire quelque chose que votre ami Flec a appris en parlant avec les tics. Et je dois vous rappeler qu'une telle chose n'est pas autorisée par notre Discipline.

– Désolé, dit Quin. C'est un peu déconcertant.

– Je sais.

– Très bien. Oublions le visuocapteur. Je suis désolé. Où en étions-nous ?

– Nous parlions de la férule céleste, répondit Orolo, en se détendant un peu et en lâchant mon poignet. Et, pour ce qui me concerne, la seule chose que nous ayons besoin d'établir, c'est si son férulaire est un proscrit qui a viré au mystagogue ou un fricoteur de bouteille, parce que, dans le premier cas, cela peut être dangereux. »

Kéfédokhlès : 1. Phyte des forums d'Orithéna qui survécut à l'éruption d'Ecba et devint l'un des quarante pérégrins mineurs. Sur le tard, il semble avoir rejoint le périklyne, quoique certains érudits considérassent qu'il devait plutôt s'agir du fils ou d'un homonyme de l'Orithénien. Il joua un rôle mineur dans plusieurs des grands dialogues, et plus particulièrement *Uraloabus*, où son intervention opportune et plus que prolixe permit à Thélénès – qui avait été déstabilisé par les nombreux sarcasmes de son adversaire – de retrouver ses marques, changer de sujet, et se lancer dans l'anéantissement systématique de la pensée sphénique, qui compose le dernier tiers du dialogue et aboutit au suicide public de son personnage éponyme. De la phase pérégrine de la carrière de Kéfédokhlès ont survécu trois dialogues, de ses années sur le périklyne huit. Quoique talentueux, il donnait l'impression d'être insupportablement fat et pédant, d'où le sens 2. 2. Interlocuteur insupportablement fat et pédant.

LE DICTIONNAIRE, 4e édition, 3000 apr. R.

« Je me doute de ce qu'est un proscrit qui a viré au mystagogue, dis-je plus tard à fraa Orolo, tandis que j'épluchais des carottes dans la cuisine du réfectoire, et que lui les mangeait. Et je devine même en quoi ils sont dangereux : ils sont en colère, ils veulent retourner là où ils ont été anathymisés, et prendre leur revanche.

– Oui, et c'est pour cela que Quin et moi avons passé tout l'après-midi avec le férulaire pourfendeur.

– Mais qu'est-ce qu'un fricoteur de bouteille ?

– Imagine un sorcier dans une société qui ne connaît pas le verre. Une bouteille est rejetée sur le rivage. Elle a des caractéristiques incroyables. Il l'enfile au bout d'un bâton, l'exhibe partout, et convainc tout le monde qu'il est lui-même doté d'une partie de ses pouvoirs incroyables.

– Mais les fricoteurs de bouteille ne sont pas dangereux ?

– Non, trop faciles à impressionner.

– Et les pécos qui ont mangé le foie de saunt Bly ? Eux n'ont pas paru impressionnés. »

Pour cacher son sourire, fraa Orolo fit semblant d'inspecter une pomme de terre. « L'argument est fondé, mais n'oublie pas que saunt Bly vivait seul sur une butte. Le simple fait d'avoir été proscrit le coupait des objets et des auctions les plus susceptibles d'impressionner les sociétés promptes à produire des fricoteurs de bouteille.

– Alors, qu'avez-vous décidé avec le férulaire pourfendeur ? »

Fraa Orolo me jeta un regard alentour indiquant que j'aurais dû me montrer plus discret. « Attends-toi à un renforcement des précautions prises pour l'aperte. »

Je baissai la voix : « Alors, le pouvoir sæculier va envoyer, je ne sais pas...

– Des robots armés de matraques paralysantes ? Des échelons d'archers montés ? Des tubes de gaz anesthésiant ?

– J'imagine.

– Cela dépend de l'importance que la férule céleste a pu prendre à proportion de celle des mamamouchis, dit fraa Orolo, ainsi qu'il aimait appeler les autorités sæculières. Et il est très difficile pour nous de nous en rendre compte. À l'évidence, moi, je n'en sais rien du tout. Mais c'est exactement le genre de choses pour lesquelles le bureau du férulaire pourfendeur a été créé, et je suis certain que fraa Delrakhonès y travaille en cet instant même.

– Cela pourrait-il mener à... vous savez...

– Un sac ? Local ou global ? Je ne pense sincèrement pas que cela puisse entraîner le Quatrième. Fraa Delrakhonès aurait déjà eu des échos de la part d'autres férulaires pourfendeurs. Même un simple sac local est fort improbable. Évidemment, je ne serais pas surpris de voir des déprédations la dixième nuit ; mais c'est pour cela que nous préparons l'aperte en transférant tout ce qui a de l'importance à nos yeux dans les labyrinthes.

– Vous avez dit à Quin que des changements extra-muros radicaux avaient par deux fois abouti à des sacs », lui rappelai-je.

Orolo laissa quelques instants s'écouler, puis fit : « Oui ? » Et avant que je n'eusse pu reprendre, il afficha ce sourire de fraa joyeux dont il usait lorsqu'il voulait dérider une salle de craie remplie de phytes moroses. « Tu ne redoutes tout de même pas le Quatrième, n'est-ce pas ? » me demanda-t-il.

J'assassinai une carotte, et répétai trois fois le râteau de Diax dans ma barbe.

« Trois sacs globaux en trois mille sept cents ans, ce n'est pas mal, me fit-il remarquer. Les statistiques du monde sæculier sont autrement préoccupantes.

– Je m'en inquiétais *un petit peu*, dis-je. Mais ce n'est pas ce que j'allais vous demander lorsque vous m'avez fait votre Kéfédokhlès. »

Orolo ne dit rien, peut-être parce que je serrais un grand couteau. J'étais las et fébrile. Un peu plus tôt, j'avais enfoncé ma sphère pour en faire un boisseau, et j'étais parti dans les lacis les plus proches du cloître, pour m'apercevoir qu'ils avaient déjà été écumés. Pour ramasser tout ce qu'il nous était nécessaire pour faire la soupe, j'avais dû traverser la rivière et ratisser les lacis entre cette dernière et le mur.

J'extirpai une carotte durement gagnée et la tendis vers le ciel. « Vous ne m'avez enseigné que les étoiles, lui dis-je. L'histoire, j'ai dû l'apprendre avec d'autres ; principalement fraa Corlandin.

– Il a probablement dû te dire que les trois sacs étaient de notre faute », dit Orolo, en usant du « notre » de façon particulièrement extensible, pour inclure tous les avôts jusqu'à ma Cartas.

Parfois, quand je discutais avec bourricot, il détendait soudain le bras pour me donner un petit coup sur la clavicule, qui suffisait à me laisser en suspension les quatre fers en l'air, conscient qu'une seule autre pichenette suffirait à me faire basculer en arrière. C'était de cette manière charmante que Lio me faisait savoir que j'étais mal assis, selon ses manuels de combla. Je trouvais cela absurde. Mais mon corps, lui, était toujours d'accord avec fraa Lio, parce que je surréagissais. Une fois, en essayant de recouvrer l'équilibre, je m'étais froissé un muscle du dos, qui m'avait fait mal pendant trois semaines.

La dernière phrase de fraa Orolo m'étrilla l'esprit de la même façon. Et, de la même façon, je surréagis. Mon visage s'empourpra et mon cœur battit plus fort. J'étais comme dans un dialogue où Thélénès amène son interlocuteur à dire quelque chose d'idiot, et se prépare à le tailler en pièces comme une carotte sur une planche à découper.

« Chaque sac fut bien suivi par une réforme, non ? dis-je.

– Passons ton affirmation au râteau, et disons que chaque sac a entraîné des changements dans les maths qui sont encore observés aujourd'hui. »

Le style dont usait fraa Orolo me confirma que nous étions en dialogue. Les autres fraas cessèrent de peler des pommes de terre ou de hacher des herbes, et se rapprochèrent pour me regarder me faire mettre en plan.

« Très bien, appelez cela comme vous voulez », dis-je avant de renâcler, parce que je savais que je m'étais découvert – ce qui équivalait à tomber en arrière sur les fesses après une pichenette de fraa Lio. Je n'aurais jamais dû mentionner Kéfédokhlès. J'allais le payer cher.

Je ne pus m'empêcher de jeter un coup d'œil par la fenêtre. La cuisine, orientée plein sud, donnait sur un jardin de plantes aromatiques et d'herbes potagères qui prenait presque tout l'espace jusqu'aux premiers lacis – ceux qui étaient cultivés par les plus âgés des fraas et des soors, afin qu'ils n'eussent pas trop à marcher pour effectuer leurs corvées. De ce côté, un long surplomb prolongeait le toit pour empêcher le soleil de chauffer la cuisine plus qu'elle ne l'était déjà. Les soors Tulia et Ala, assises ensemble à l'ombre de cet auvent, juste sous la fenêtre, découpaient des pneus pour faire des sandales. Je ne voulais pas que Tulia m'entendît me faire mettre en plan, parce que j'avais le béguin pour elle, et je ne voulais pas qu'Ala l'entendît, parce que cela lui ferait trop plaisir. Heureusement, lancées comme à leur habitude dans une longue explication, elles n'avaient pas la moindre idée de ce qu'il se passait ici.

« Appelez cela comme vous voulez ? Quelle étrange chose à dire, phyte Érasmas, dit Orolo. Voyons… puis-je les appeler des carottes, ou des dalles ? »

Des ricanements jaillirent de toute part, comme des moineaux chassés d'un beffroi.

« Non, fraa Orolo. Cela n'aurait aucun sens que de dire que chaque sac fut suivi d'une carotte.

– Et pourquoi cela, phyte Érasmas ?

– Parce que le mot "carotte" a un sens différent de "réforme" ou "changement dans les maths".

– Donc, parce que les mots ont cette remarquable propriété de posséder des sens spécifiques, nous devons prendre soin d'employer celui qui est correct ? Cette énonciation est-elle conforme à ce que tu viens de dire, ou fais-je erreur ?

– Elle est correcte, pa Orolo.

– Peut-être que certains des présents, qui ont tant appris du Nouveau Cercle et des Anciens Faaniens réformés, auront remarqué quelque erreur dans tout cela, et voudront nous corriger ? »

De l'œil placide de la vipère humant l'air, fraa Orolo parcourut du regard les visages de la demi-douzaine de phytes qui nous entouraient.

Personne ne bougea.

« Très bien. Aucun d'entre vous ne souhaite soutenir l'hypothèse novatrice de saunt Proc. Nous pouvons poursuivre en présumant que les mots ont un sens. Quelle est la différence entre dire que les sacs ont été suivis de *réformes*, et qu'ils ont été suivis de *changements dans les maths* ?

– Je suppose que c'est en rapport avec les connotations du mot "réforme" », répondis-je, parce que je capitulais, acceptant la mise en plan qui s'annonçait. Non pas que cela me plût, mais il était par trop inhabituel que fraa Orolo exposât son opinion sur un autre sujet que les étoiles et les planètes.

« Peut-être que tu voudras développer, phyte Érasmas, car je n'ai pas ta maîtrise du mot, et que je serais attristé d'échouer à saisir ton raisonnement.

– Très bien, pa Orolo. Dire qu'il y a eu *des changements* semble être une formulation plus diaxienne – ratissée de tout jugement émotionnel subjectif –, alors que quand on parle de *réforme*, cela donne l'impression que quelque chose n'allait pas dans la façon dont les maths étaient conduites, et que…

– Que nous méritions d'être mis à sac ? Que les mamamouchis avaient *besoin* de venir nous amender ?

– Quand vous le présentez de cette façon, pa Orolo, et sur ce ton, vous semblez suggérer que les changements effectués n'étaient pas nécessaires, qu'ils nous ont été imposés à tort par le pouvoir sæculier. » J'avais buté sur quelques mots, excité d'avoir entraperçu un moyen d'acculer Orolo. Parce que ces réformes – ces changements – étaient aussi fondamentales pour les maths que d'aller au proveneur chaque jour, et qu'il pourrait difficilement s'inscrire en faux contre elles.

Mais fraa Orolo ne fit qu'agiter tristement la tête, comme s'il peinait à croire la maigreur du gruau qui nous était dispensé dans les salles de craie. « Tu as besoin de relire le *Sæculum* de saunte Cartas. »

Les avôts qui consacraient beaucoup de temps à regarder dans des télescopes étaient connus pour leur approche excentrique de l'étude de l'histoire, alors je ne ris pas. Certains autres échangèrent des ricanements.

« Pa Orolo, je l'ai lu l'année dernière.

– Ce que tu as lu était probablement un abrégé d'une traduction en moyen-tærran. Beaucoup de ces traductions ont été influencées par une sorte de mentalité protoprocienne apparue durant l'ère mathique classique, un peu avant l'essor des mystagogues. Tu souris, mais cela devient évident dès que l'on commence à le remarquer. Ils ont mal traduit certaines parties, parce que leur sens les mettait mal à l'aise ; puis, lorsqu'ils ont eu fait leur sélection, ils ont coupé ces mêmes parties, parce qu'elles leur faisaient honte. Tu devrais donc plutôt faire le choix de lire Cartas dans le texte. Lire le haut-tærran n'est pas aussi difficile que certains voudraient le faire croire.

– Et qu'apprendrais-je en faisant cela ?

– Que dans le document fondateur du monde mathique, saunte Cartas elle-même souligne qu'il ne s'agit pas d'un compromis avec le sæculum, mais d'une sorte d'opposition à celui-ci. D'un rééquilibrage.

– La mentalité de concente fortifiée ? suggéra l'un des auditeurs, pour relancer Orolo.

– Ce n'est pas une appellation qui me convient, dit Orolo, mais si je la glose, le ragoût ne se fera pas, et il y aura bientôt deux cent quatre-vingt-quinze avôts affamés qui réclameront nos têtes. Disons simplement, phyte Érasmas, que saunte Cartas n'aurait jamais accepté la notion que le pouvoir sæculier pourrait ou devrait "réformer" les maths. Néanmoins, elle aurait reconnu qu'ils avaient la capacité de nous contraindre à des changements. »

Proc : Métathéoricien de l'ère praxique tardive, dont on suppose qu'il fut exécuté lors des Événements horrifiques. Durant le bref intervalle de stabilité entre la deuxième et la troisième Préfiguration, Proc fut le porte-étendard d'un groupe resserré appelé le Cercle, qui affirmait que les symboles n'avaient aucune signification réelle, et que tout discours prétendant avoir un sens n'était rien d'autre qu'une manipulation de la syntaxe ou des règles d'association des symboles. Dans la foulée de la Reconstitution, il fut fait saunt patron de la faculté syntactique de la concente Saunt-Muncoster. En tant que tel, il est considéré comme l'inspirateur de tous les ordres qui descendent de cette faculté, par opposition à ceux qui descendent des facultés sémantiques, dont le patron est saunt Halikaarn.

LE DICTIONNAIRE, 4e édition, 3000 apr. R.

« J'ai cru entendre qu'il y avait eu de la mise en plan dans la cuisine ?

– Croyez-moi, cela ne méritait ni l'encre ni même la craie. »

Fraa Corlandin, le PPÉ – premier parmi les égaux – de l'ordre du Nouveau Cercle, s'était assis de l'autre côté de la table, face à moi.

Durant mes premières neuf années trois quarts à la concente, il m'avait ignoré, sauf dans la salle de craie où il était obligé de me prêter attention ; ces derniers temps, il agissait comme si nous étions proches. Attitude pour le moins prévisible. Si nous avions de la chance, trente à quarante nouveaux avôts nous rejoindraient durant l'aperte. Même s'ils n'étaient pas encore là, ils semblaient nous entourer comme des fantômes, et me faisaient paraître plus vieux par comparaison.

Un peu plus tard, si tout se passait comme à l'accoutumée, les cloches sonneraient l'auction d'éligeur, et tous les dixies se rassembleraient pour me regarder prononcer un vœu qui me lierait à un ordre ou à un autre.

Dans ma collecte, onze avaient été recouvrés – amenés directement à la math depuis l'extra-muros. Les vingt et un autres avaient d'abord rejoint la math unétarienne, et passé au moins un an dans les règles de leur Discipline avant d'être promus chez les dixies ; ils tendaient à être un peu plus âgés que les recouvrés. Tous les recouvrements, et la plupart des promotions, avaient lieu durant l'aperte. Quoique, quand un monos s'avérait extrêmement prometteur, il pût être promu d'emblée en traversant le labyrinthe qui reliait la math unétarienne à la décénarienne. Mais cela n'était arrivé que trois fois depuis que je me trouvais ici. Les façons dont les avôts arrivaient ici depuis extra-muros ou les petites maths d'amenée de la région et celles dont ils passaient d'une math à une autre étaient complexes, et leur recensement ne serait pas d'un grand intérêt. Disons simplement que, pour maintenir notre effectif nominal de trois cents, nous, les dixies, allions devoir intégrer une quarantaine de nouveaux venus durant l'aperte. Certains – nous ne pouvions savoir combien – seraient promus depuis la math unétarienne. Le reste viendrait d'un recouvrement, et d'une exploration des hôpitaux et des abris en quête de nouveau-nés abandonnés.

Une fois cela fait, je serais confronté à un choix. Fraa Corlandin me sondait – me recrutait, peut-être même – pour le Nouveau Cercle.

J'avais toujours été considéré comme un phyte d'Orolo et des quelques autres édhariens qui l'assistaient dans ses théoriques. Ils passaient des journées entières ensemble dans des petites salles de craie, et quand ils en ressortaient, j'y allais pour voir leurs écritures entremêlées sur le tableau – des écheveaux circonvolués d'équations et de diagrammes dont je reconnaissais tout au plus un symbole sur vingt. En cet instant même, j'étais censé travailler sur un problème qu'Orolo m'avait préparé : une tablette photomnémonique affichant une image de la nébuleuse de Saunt-Tancred, qui devait me permettre de répondre à certaines questions concernant la formation de noyaux lourds au cœur des étoiles. Vraiment pas le genre du Nouveau Cercle. Alors pourquoi se mettaient-ils soudain en tête que j'allais peut-être les choisir lors de l'éligeur ?

« Fraa Orolo est un admirable théoricien, dit fraa Corlandin. Je regrette de ne pas avoir été plus souvent instruit par lui. »

La faille était évidente : il était probable que Corlandin allait passer encore soixante ou soixante-dix ans dans la même math qu'Orolo. Si là était vraiment son souhait, pourquoi ne prenait-il pas simplement son bol de ragoût pour traverser le réfectoire jusqu'à la table d'Orolo ?

Heureusement, j'avais la bouche pleine de pain, et je ne soumis pas fraa Corlandin à une cinglante admonestation de logique thélénienne. Mâcher me donna le temps de réaliser qu'il ne faisait qu'énoncer des banalités. Les édhariens ne s'exprimaient jamais de cette façon. À passer tout mon temps avec des édhariens, j'avais oublié comment faire la conversation.

Je tentai de défroisser les parties de mon esprit qui servaient à ces échanges : ce ne pouvait qu'être utile, de toute façon, à la veille de l'aperte.

« Je suis certain que vous pourriez vous assurer de son instruction en vous asseyant non loin de lui et en proférant une énormité. »

Fraa Corlandin gloussa de ma plaisanterie. « Je crains de ne pas en savoir assez sur les étoiles pour même réussir à dire quelque chose de saugrenu.

– Eh bien, justement, aujourd'hui, il a parlé d'autre chose que des étoiles.

– C'est ce que l'on m'a dit. Qui aurait jamais imaginé que notre cosmographe pût se montrer aussi enthousiaste au sujet d'une langue morte ? »

Toute sa phrase glissa sur moi – un peu comme quand on mange une salade de fruits en bocal et qu'elle vous descend dans la gorge avant que vous n'ayez eu le temps de mâcher. Ayant finalement recouvré ma capacité aux urbanités, je lui rendis la politesse en gloussant de sa remarque. Mais, avant que je n'eusse eu le temps de m'intéresser réellement à ce qu'il disait, je remarquai Lio et Jesry qui emportaient leur bol vers la cuisine. Deux autres phytes se levèrent, comme entraînés dans leur sillage, et firent de même.

En suivant leurs regards, je vis grand-soor Tamura debout près de la sortie, les bras croisés. Elle réagit comme si je l'avais touchée avec une boulette à travers une salle de craie bondée, penchant la tête pour m'incendier du regard. Je n'avais toujours pas idée de ce qu'il se passait, mais je pris congé de fraa Corlandin et partis avec mon bol vers la cuisine. Sept des autres phytes étaient là, qui nettoyaient précipitamment leurs bols, mais aucun n'en savait plus que moi.

> **Incantant** : Personnage légendaire, associé dans l'esprit sæculier au monde mathique, censément capable d'altérer la réalité physique par l'incantation de certains mots ou phrases codés. Le concept peut être retracé jusqu'à des travaux menés dans le monde mathique avant le troisième Sac. Il a été considérablement exagéré dans la culture populaire, où des incantants de fiction (prétendument liés aux traditions halikaarniennes) affrontaient leurs ennemis mortels les rhétôs (prétendument liés aux Prociens), de façon plus ou moins spectaculaire. Une suvine particulièrement influente parmi les érudits historiens soutient que l'incapacité des sæculiers à faire la distinction entre de tels divertissements et la réalité fut en grande partie responsable du troisième Sac.
>
> *LE DICTIONNAIRE, 4ᵉ édition, 3000 apr. R.*

Quelques minutes plus tard, nous étions réunis, les trente-deux phytes et grand-soor Tamura, dans la salle de craie Saunt-Grod, habituellement destinée à accueillir dix-huit personnes.

« Ne devrions-nous pas passer dans la salle Saunte-Venster, où il y a plus de place ? » suggéra soor Ala.

Soor Ala était la meneuse autoproclamée de l'équipe

des sonneuses de cloches – et de tous ceux qui passaient à portée de son regard péremptoire. Derrière son dos, les autres aimaient à dire que, de toute la collecte de phytes du moment, c'était celle qui avait le plus de chances de finir férulaire édictrice.

Grand-soor Tamura fit mine de ne pas entendre. Elle avait vécu ici soixante-quinze ans et connaissait bien la taille de toutes les salles disponibles. Elle avait dû avoir une raison de choisir celle-ci – probablement, réalisai-je, parce que personne ne pouvait masquer son ignorance ou son ennui lorsque nous étions ainsi entassés. Il n'y avait pas assez de place pour faire des tabourets de nos sphères, alors nous les gardâmes réduites et rangées dans nos chapes.

Je remarquai que certaines des soors étaient plus serrées encore, et pleuraient dans les épaules les unes des autres. Parmi celles-ci se trouvait Tulia, que j'aimais plutôt bien. J'avais dix-huit ans, Tulia un peu moins.

Ces derniers temps, j'avais songé à avoir une liaison avec elle, lorsqu'elle en aurait l'âge. Dans l'ensemble, je la regardais plus souvent que nécessaire. Parfois, elle me retournait mon regard. Mais quand j'essayai cette fois de croiser son regard, elle détourna délibérément la tête, et dirigea ses yeux rouges et gonflés vers le grand vitrail au-dessus du tableau. Étant donné que a) il faisait nuit dehors, que b) le vitrail représentait saunt Grod et ses chercheurs-assistants en train de se faire rouer de coups avec des tuyaux en caoutchouc dans les geôles de quelque agence de renseignement de l'ère praxique, et que c) Tulia avait déjà passé quelque chose comme le quart de sa vie dans cette salle, je me dis que la contemplation du vitrail n'était pas vraiment son objectif premier.

J'avais beau être obtus, je finis par m'aviser que c'était la dernière fois de notre vie que notre collecte de trente-deux phytes serait rassemblée en tant que telle.

Les filles, avec leur invraisemblable capacité à détecter

de telles choses, y étaient sensibles ; nous, les garçons, avec notre balourdise tout aussi fabuleuse, n'étions affectés que dans la mesure où les filles qui nous plaisaient pleuraient.

Grand-soor Tamura ne faisait pas cela par sentimentalisme, cela dit. « Notre sujet sera les iconographies et leurs origines, annonça-t-elle. Si je conclus que vous en savez assez et que vous comprenez l'importance de ce que vous savez, vous serez autorisés à déambuler extra-muros durant les dix jours de l'aperte. Sinon, vous resterez dans le cloître pour votre sécurité. Phyte Érasmas, que sont les iconographies, et pourquoi nous en inquiétons-nous ? »

Pourquoi était-ce à moi que grand-soor Tamura avait posé la première question ? Probablement parce que j'avais transcrit ces entretiens pour fraa Orolo, et que j'avais un avantage sur les autres. Je décidai de formuler ma réponse en conséquence : « Eh bien, les extras…

– Les sæculiers, me reprit Tamura.

– Les sæculiers savent que nous existons. Ils ne savent pas trop quoi en penser. La vérité est trop complexe pour qu'ils l'intègrent dans leur tête. Alors, à la place de la vérité, ils ont de nous des représentations simplifiées – des caricatures. Elles fluctuent, et ce depuis Thélénès. Mais si l'on s'y arrête et qu'on les analyse, on y découvre des schémas récurrents comme… comme des attracteurs dans un système chaotique.

– Épargne-moi les envolées poétiques », dit grand-soor Tamura en roulant des yeux.

Il y eut de nombreux ricanements, et je dus me forcer à ne pas regarder en direction de Tulia. « Eh bien, poursuivis-je, il y a bien longtemps, ces schémas ont été identifiés et décrits de façon systématique par des avôts étudiant l'extra-muros. On appelle ces représentations des iconographies. Elles sont importantes parce que si nous savons à quelle iconographie un extra donné – pardon, un sæculier donné – recourt, cela nous donne un aperçu exploitable de ce qu'il pense et de la façon dont il va pouvoir réagir. »

Grand-soor Tamura ne laissa rien paraître de son appréciation de ma réponse, mais elle détourna son regard de moi – le mieux que j'eusse pu espérer. « Phyte Ostabon, dit-elle en se tournant vers un fraa de vingt et un ans à la barbe mal taillée, qu'est-ce que l'iconographie témnestrienne ?

– C'est la plus ancienne...

– Je ne t'ai pas demandé à quand elle remontait.

– Elle vient de la comédie antique...

– Je ne t'ai pas non plus demandé d'où elle venait.

– L'iconographie témnestrienne..., recommença-t-il.

– Je sais comment elle s'appelle. *Qu'est-ce que c'est ?*

– Elle nous dépeint comme des clowns, répondit fraa Ostabon, un peu brusquement. Mais... des clowns avec un côté sinistre. C'est une iconographie en deux phases : d'abord, on nous voit, disons, parader avec des filets à papillons, ou observer des formes dans les nuages...

– Parler à des araignées », ajouta quelqu'un.

Aucune réprimande ne venant de grand-soor Tamura, un autre dit : « Lire des livres à l'envers. »

Et un autre : « Recueillir nos urines dans des éprouvettes.

– Donc, dans un premier temps, cela paraît comique, reprit fraa Ostabon. Mais ensuite, dans la seconde phase, un côté sombre apparaît. Un enfant impressionnable est séduit, une mère de famille rendue folle, un dirigeant politique poussé à prendre des décisions totalement insensées.

– C'est une façon de rejeter sur nous la responsabilité de la dégénérescence de la société – de faire de nous les dégénérés originels, dit grand-soor Tamura. Ses origines, phyte Dulien ?

– *Tisserand des nuages*, une pièce satirique du dramaturge Témnestra, qui brocardait nommément Thélénès, et servit de preuve à son procès.

– Comment sait-on si quelqu'un que l'on rencontre souscrit à cette iconographie, phyte Olph ?

– Il se montre en général courtois tant que la conversation se limite à ce qu'il comprend, mais devient étrangement hostile si l'on commence à parler d'abstractions…

– Des abstractions ?

– Eh bien, disons tout ce qui nous vient de notre mère Hylaéa.

– Niveau de dangerosité, sur une échelle de un à dix ?

– Étant donné ce qu'il est arrivé à Thélénès, je dirais dix. »

Cette réponse n'eut pas la faveur de grand-soor Tamura : « Je ne peux pas vous en vouloir de surestimer un risque, mais…

– Thélénès fut exécuté à la suite d'une procédure judiciaire régulière du pouvoir sæculier, pas par une foule en colère, suggéra Lio. Or, les mouvements de foule sont moins prévisibles, et donc plus difficiles à éviter.

– Très bien, dit grand-soor Tamura, visiblement surprise d'entendre une réponse aussi probante de la part de Lio. Donc, nous considérerons que son niveau de dangerosité est de huit. Phyte Halak, quelle est l'origine de l'iconographie doxienne ?

– Un feuilleton en images animées de l'ère praxique. Une série d'aventures traitant d'un vaisseau spatial militaire envoyé dans une partie éloignée de la galaxie pour empêcher des extrasylvestres hostiles d'étendre leur hégémonie, et naufragé lorsque leur hyperpropulsion fut endommagée lors d'une embuscade. Le capitaine du vaisseau était un passionné, une tête brûlée. Son second, Dox, était un brillant théoricien, mais impassible et froid.

– Phyte Jesry, que nous dit l'iconographie doxienne ?

– Que nous sommes utiles au pouvoir sæculier. Nos dons devraient être appréciés. Mais nous sommes aveuglés – ou paralysés, comme vous voulez – par euh…

– Par ces mêmes qualités qui nous rendent utiles », compléta phyte Tulia.

Voilà pourquoi j'étais incapable de me la sortir de la tête : d'un battement de cœur à l'autre, elle pouvait autant faire montre de sensiblerie que de l'intelligence la plus vive.

« Comment identifier ceux qui sont sous l'influence de l'iconographie doxienne, phyte Tulia encore ?

– Ils vont se montrer curieux de nos connaissances, admiratifs, mais condescendants – convaincus que nous devons être subordonnés à des responsables intuitifs et de bon sens.

– Niveau de dangerosité, phyte Branca ?

– Je le placerais très bas. C'est quasiment la situation dans laquelle nous vivons, de toute façon. »

Cela provoqua des rires, qui ne furent pas vraiment du goût de grand-soor Tamura : « Phyte Ala, qu'est-ce que les iconographies yorrienne et doxienne ont en commun ? »

Soor Ala dut réfléchir une minute avant de hasarder : « Elles proviennent toutes les deux de feuilletons en images animées de l'ère praxique ? Quoique, c'était un livre illustré, non ?

– Ensuite, ils en ont tiré des images animées », indiqua fraa Lio.

Quelqu'un chuchota quelques mots à l'oreille d'Ala, et tout lui revint : « Oui. Yorr est considéré comme un théoricien, mais quand on voit la façon dont il passe son temps, c'est plutôt un praxique. Il est devenu vert à force de travailler avec des produits chimiques, et il a un tentacule qui sort de l'arrière de son crâne. Toujours vêtu d'une blouse de laboratoire blanche. Psychopathe. A toujours un plan en cours pour devenir maître du monde.

– Fraa Arsibalt, comment l'iconographie décrit-elle les rhétôs ? »

Oh, il était prêt comme jamais. « Comme abominablement doués pour déformer les paroles et dérouter les sæculiers – ou, ce qui est pire, pour les influencer de manière si subtile qu'ils n'ont même pas conscience de l'être. Ils utilisent les maths unétariennes pour recruter et former des sbires qu'ils renvoient dans le monde sæculier où ils deviennent des burgos influents – mais demeurent en fait des marionnettes de la conspiration rhétôs.

– Cette partie-là, au moins, est logique », lâcha phyte Olph.

Tout le monde se tourna vers lui pour voir s'il plaisantait. Il parut tomber des nues.

« Au moins, on sait pour quel ordre tu vas signer ! s'exclama une soor courroucée, dont tout le monde savait qu'elle allait rejoindre le Nouveau Cercle.

– Parce qu'il hait les Prociens, ou parce qu'il est socialement inepte ? ajouta l'une de ses voisines à voix basse mais parfaitement intelligible.

– Assez ! coupa grand-soor Tamura. Les sæculiers ne savent pas différencier nos ordres, et nous sommes donc tous – pas seulement les Prociens – vulnérables à l'iconographie que fraa Arsibalt vient de décrire. Poursuivons. »

Et cela continua. L'iconographie muncostrienne : celle du théoricien excentrique, brouillon, sympathique et rêveur, qui veut bien faire. La pendarthienne : les fraas en je-sais-tout pédants, nerveux et envahissants, qui n'avaient tout simplement aucun sens des réalités, et d'une telle veulerie que les sæculiers, forcément plus virils, l'emportaient toujours. L'iconographie klévienne : le théôs comme un homme d'État chenu suprêmement sage, qui peut résoudre tous les problèmes du monde sæculier. L'iconographie baudienne : nous sommes des imposteurs affreusement cyniques vivant dans le luxe aux frais des gens du commun. La penthabrienne : nous sommes les dépositaires des anciens secrets mystiques de l'univers que nous a confiés Cnoüs lui-même, et toutes nos histoires de théorique ne sont qu'un écran de fumée visant à dissimuler notre véritable pouvoir à la populace.

Grand-soor Tamura passa ainsi en revue une bonne douzaine d'iconographies. J'avais entendu parler de toutes, mais je n'avais pas réalisé qu'il y en avait tant avant qu'elle ne nous les fît décrire une par une. Sans oublier le classement des niveaux de dangerosité, qui fut particulièrement instructif. Après bien des tâtonnements, nous conclûmes que la plus dangereuse de toutes celles citées n'était pas la yorrienne, comme on eût pu s'y attendre, mais plutôt la moshianienne, un hybride de la klévienne et de la penthabrienne : elle soutenait que nous allions émerger de nos portails, apporter nos lumières au monde, et le faire entrer dans une nouvelle ère. Elle tendait à culminer tous les cent ou mille ans, quand les gens anticipaient l'ouverture des portails centénariens ou millénariens. Elle était dangereuse parce qu'elle exacerbait les espérances de la population jusqu'au délire, attirait énormément de pèlerins, et beaucoup trop l'attention.

De par mon travail avec Orolo, je savais que l'iconographie moshianienne avait le vent en poupe, sous la forme de la soi-disant férule céleste. Nos hiérarques en avaient pris conscience, et le férulaire pourfendeur avait demandé à grand-soor Tamura de nous entraîner dans ce débat.

Au bout du compte, elle nous accorda à tous la permission de sortir extra-muros durant l'aperte, ce qui ne surprit personne : la menace de nous cloîtrer n'avait servi qu'à s'assurer de notre attention.

La discussion, en fait, était devenue assez intéressante, et elle ne prit fin qu'avec la cloche du couvre-feu. Notre Discipline voulait que l'on ne dormît jamais deux nuits de suite dans la même cellule. Les affectations étaient inscrites chaque soir sur un tableau dans le réfectoire. Il nous fallait donc y retourner pour voir où nous dormirions et avec qui nous allions devoir fraterniser. Ainsi le groupe entier sortit-il de la salle de craie et fit-il le tour du cloître, en papotant et en riant de Dox et de Yorr et des autres personnages pittoresques que les extras avaient inventés pour essayer de nous appréhender. Des fraas et soors plus âgés étaient assis sur les bancs qui donnaient sur le cloître. Ils assemblaient des sandales – une tâche qui nous était normalement impartie – et nous regardaient d'un sale œil.

Il était important de ne pas laisser un des assembleurs de sandales croiser mon regard, alors je regardai ailleurs. J'aperçus fraa Orolo qui émergeait d'une autre salle de craie, une liasse de feuilles couvertes de calculs sous le bras. Il fit mine de partir d'un côté puis, voyant notre escouade, préféra s'enfoncer dans le jardin, et se dirigea vers le mynstère. J'eus un pincement au cœur, parce qu'une certaine tablette de la nébuleuse de Saunt-Tancred prenait la poussière sur une table d'un atelier, en haut, dans l'astrohenge, posée comme presse-papiers sur deux ou trois feuilles couvertes de quelques notes peu concluantes et de ratures, toutes de mon écriture ; Orolo le remarquerait, et saurait que je n'y avais pas travaillé depuis des jours.

Quelques minutes plus tard, j'étais dans la cellule que je devais partager cette nuit-là avec deux autres fraas, enroulé dans ma chape avec ma sphère comme oreiller. On aurait pu s'attendre à ce que, étendu là à chercher le sommeil, j'eusse songé à l'aperte ou aux iconographies. Mais apercevoir fraa Orolo dans le cloître m'avait remis à l'esprit une phrase louvoyante que fraa Corlandin avait prononcée durant le dîner, et que j'avais gobée sans plus y penser. Depuis, elle était devenue l'une de ces ruminations que l'on ne sait plus se sortir de la tête.

C'est ce que l'on m'a dit, avait dit fraa Corlandin. Mais mon dialogue avec Orolo n'avait eu lieu qu'une heure avant le dîner. Qui parmi les présents s'était précipité pour le rapporter dans les quartiers du Nouveau Cercle ? Et en quoi cela présentait-il un quelconque intérêt pour qui que ce fût ?

Jusqu'à l'année dernière, Corlandin avait été engagé dans une liaison avec soor Trestanas, également du Nouveau Cercle. Puis un jour, les cloches avaient sonné pour annoncer une auction de régret, ce qui signifiait que quelqu'un avait pris la décision de faire retraite. Nous nous étions réunis dans le mynstère, et le primat avait prononcé un nom, celui de notre férulaire édicteur. Malgré toutes les pénitences que cet homme nous avait infligées au fil des années, nous avions tous été tristes en entonnant les chants de l'auction, car il s'était montré raisonnable et sage.

Statho, le primat, avait ensuite nommé soor Trestanas férulaire édictrice. C'était un peu une surprise, parce qu'elle était jeune, mais sans controverse, car tout le monde la savait brillante. Elle était allée s'installer dans les quartiers du primat, où elle disposait maintenant d'une cellule personnelle, et prenait ses repas avec les autres hiérarques. Mais la rumeur prétendait que sa liaison avec fraa Corlandin perdurait. Certains avôts, de nature suspicieuse, pensaient que les hiérarques disposaient d'appareils répartis sur toute la concente, qui leur permettaient d'entendre ce que nous disions. Cette croyance était plus ou moins partagée selon ce que les gens pensaient des hiérarques du moment. Elle avait pris de l'ampleur depuis que soor Trestanas avait été nommée férulaire édictrice. Il m'était impossible de ne pas y penser maintenant. Peut-être qu'elle avait écouté mon dialogue avec Orolo, puis l'avait répété à Corlandin.

D'un autre côté (disait la partie de moi-même qui suppliait ces pensées de disparaître), je devais bien reconnaître que j'avais moi aussi trouvé étrange qu'Orolo s'intéressât soudain aux erreurs de traduction du haut-tærran.

Qui aurait jamais imaginé que notre cosmographe pût se montrer aussi enthousiaste au sujet d'une langue morte ? Eh bien, « enthousiaste » faisait partie de ces termes qui avaient perduré quasiment sans varier depuis le proto-tærran jusqu'à l'ouaïl. En ouaïl, la langue à laquelle Corlandin m'avait d'abord semblé se référer, cela décrivait simplement quelqu'un qui aimait beaucoup quelque chose. Par contre, son sens en proto-tærran était très loin d'être élogieux pour un fraa, en particulier pour un théoricien comme Orolo. Et « langue morte » constituait un choix de termes tout aussi intéressant. Cette langue était-elle réellement morte, si Orolo la lisait ? Et si Orolo avait raison au sujet de la traduction, alors qualifier l'original de « mort » n'était-il pas pour Corlandin une façon d'énoncer une position, et ce de façon détournée, sans avoir à faire l'effort de l'argumenter ?

Après ce qui parut être des heures à rester éveillé et à me torturer l'esprit, j'eus l'illumination que les choses que m'avait dites fraa Orolo – même quand elles avaient provoqué mon embarras, voire une véritable douleur – ne m'avaient jamais fait chiffonner ma chape la nuit comme ces paroles de fraa Corlandin. Cela me fit penser que je préférerais rejoindre les édhariens.

Si, évidemment, les édhariens voulaient bien de moi. Je n'étais pas si certain que ce serait le cas. Je n'avais jamais saisi la théorique pure aussi vite que certains des autres phytes.

Cela avait dû être remarqué. Je me demandai pourquoi grand-soor Tamura m'avait posé la première – et la plus facile – des questions. Pensait-elle que je ne pouvais pas répondre à quelque chose de plus difficile ? Pourquoi Orolo m'avait-il fait travailler en tant qu'amanuensis plutôt que me faire faire de la théorique ? Pourquoi Corlandin essayait-il maintenant de me recruter ? En additionnant tout cela, j'en vins à la conclusion que tout le monde savait que je n'étais pas digne de rejoindre l'ordre des Édhariens, et que certains me préparaient un atterrissage en douceur.

DEUXIÈME PARTIE

L'APERTE

Tic : 1. En tærran praxique tardif, acronyme (d'où la graphie TIC dans certains textes anciens) dont l'étymologie précise disparut dans l'anéantissement des informations mal préservées qui enténébrera pour toujours l'époque des Préfigurations et des Événements horrifiques. Les érudits considèrent généralement que les deux premières initiales faisaient référence à des variations de technologie et d'information, la technologie de l'information étant une foulx-thèse mercantile de l'ère praxique tardive désignant les appareils syntactiques. La troisième initiale est disputée ; les hypothèses incluent centre, chef, cogniticien, collection, combinaison, commercial, composé, contractant, coresponsable. Chacune induit à l'évidence une représentation différente du rôle que les tics pouvaient jouer dans les années précédant la Reconstitution, et elles tendent donc à être soutenues par autant de suvines. 2. En novo-tærran antérieur au deuxième Sac, faculté dans une concente vouée à la praxis des appareils syntactiques. 3. En novo-tærran ultérieur, caste artisanale prohibée, tolérée dans les trente-sept concentes construites autour d'une grande horloge, qui sont techniquement toutes en contravention avec les réformes du deuxième Sac, dans le sens où leurs horloges furent construites avec des sous-systèmes qui font appel à des appareils syntactiques ; la tâche des tics est de faire fonctionner et d'entretenir ces sous-systèmes, tout en étant maintenus dans une stricte ségrégation d'avec les avôts.

LE DICTIONNAIRE, 4ᵉ édition, 3000 apr. R.

La dernière nuit de 3689, je rêvai que quelque chose troublait fraa Orolo, et que tout le monde l'avait remarqué, mais qu'en aucun cas ni lui ni personne n'en aurait parlé ouvertement. Alors cela constituait un mystère. Et pourtant, chacun connaissait la vérité : les planètes déviaient de leurs trajectoires, et les indications de l'horloge s'en trouvaient erronées. Car une partie de l'horloge était un planétaire, un modèle réduit mécanique du Système solaire qui indiquait la position du moment des planètes et de nombre de leurs lunes. Installé dans le narthex, le vestibule reliant le portail de jour à la nef nord, il avait été d'une exactitude parfaite durant trente-quatre siècles, mais là, il était détraqué.

Les sphères de marbre, de cristal, d'acier et de lapis qui représentaient les planètes avaient pris des positions manifestement différentes de celles que fraa Orolo pouvait observer, même avec le plus simple des télescopes. Il était patent, dans mon rêve, que le problème devait avoir un lien avec les tics, car le planétaire faisait partie des systèmes contrôlés par les appareils que les tics entretenaient dans les caves voûtées et souterraines du mynstère.

Ce même système, disait la rumeur, effectuait de subtiles corrections sur le mouvement de l'horloge principale. Si l'erreur dans les caves n'était pas corrigée, elle entraînerait des erreurs plus grandes qui deviendraient visibles de tous, comme les cloches sonnant midi alors que le soleil n'avait pas atteint son zénith, ou le portail de jour s'ouvrant avant ou après le lever du soleil.

En toute logique, ces erreurs eussent dû apparaître après la constatation des écarts entre le planétaire et les planètes. Mais dans la logique d'un rêve, tout se passait simultanément, si bien que je me demandais ce qui troublait fraa Orolo en même temps que je voyais le planétaire indiquer la mauvaise phase de la lune, et que des burgos franchissaient le portail de jour à minuit. Mais, pour quelque raison, rien de tout cela ne me troublait autant que ce qui émanait du beffroi : les cloches qui retentissaient de façon erronée…

J'ouvris les yeux en entendant sonner l'aperte. Du moins, c'est ce que supposèrent mes compagnons de cellule. Il n'y avait aucun moyen de s'en assurer, sauf à écouter attentivement durant plusieurs minutes. La mécanique du beffroi pouvait jouer des airs prédéfinis, par exemple pour sonner les heures. Mais pour annoncer les auctions et autres événements, notre équipe de sonneuses devait désengager le mécanisme et sonner les changements et permutations de tons. Il y avait une structure ou un code en eux – que nous avions appris à comprendre –, censés permettre à des messages d'être transmis à une vaste concente sans que personne extra-muros sût ce qu'il se disait.

Non qu'il y eût quoi que ce fût de secret au sujet de l'aperte. Nous étions le premier jour de 3690, et donc non seulement le portail de jour allait-il s'ouvrir au lever du soleil, mais également le portail unétarien et le décénarien. Tout extra ayant aperçu un calendrier le savait parfaitement, et nous aussi. Mais, pour je ne sais quelle raison, aucun de nous ne sortirait du lit ni ne réagirait tant que nous n'aurions pas entendu la juste séquence sonner au beffroi : une mélodie inversée, renversée, et retournée sur elle-même d'une façon tout à fait particulière.

Nous nous assîmes, trois fraas nus dans une cellule froide, avec nos chapes, cordelières et sphères en désordre sur les paillasses. Un tel jour imposait un drapage formel, qui était difficile à réaliser seul. Les pieds de fraa Holbane avaient touché le sol en premier, donc je me penchai et fourrageai dans sa chape chaude et chiffonnée jusqu'à trouver le bord effiloché, que je tirai vers moi. Fraa Arsibalt, le troisième dans la cellule, était le dernier à s'être réveillé ; après quelques paroles acerbes de notre part, il finit par saisir le bord liséré de la chape d'Holbane. Nous sortîmes dans le couloir et la tendîmes entre nous. Fraa Holbane l'avait faite courte, épaisse et lâche, pour qu'elle fût chaude.

Arsibalt et moi tirâmes le vêtement, puis reculâmes en nous écartant l'un de l'autre à mesure qu'Holbane le faisait trois fois plus long et plus fin. Sa cordelière roulée en boule dans la main, il se glissa dessous, puis se redressa de façon que la chape fût tendue sur son épaule gauche. Alors nous n'eûmes plus qu'à aller d'un côté et de l'autre, et lui à lever et baisser les bras au bon moment pendant qu'Arsibalt et moi tournions autour de lui comme des planètes dans un planétaire, déployant la chape, formant ou lissant les plis selon ce qui était nécessaire. Le drapage final étant notoirement instable, nous le maintînmes en place tandis qu'Holbane passait sa cordelière par plusieurs endroits et réalisait plusieurs nœuds stratégiques. Cela achevé, il put, avec Arsibalt, me draper à mon tour de ma chape. Enfin, Holbane et moi fîmes la même chose pour Arsibalt, qui aimait passer en dernier, traditionnellement celui qui obtenait le meilleur résultat. Non pas qu'il fût vaniteux. Au contraire : de toute notre collecte, il semblait le mieux taillé pour vivre dans une math. Massif et corpulent, il n'avait de cesse de se laisser pousser la barbe, pour mieux ressembler au vieux fraa qu'il était destiné à devenir. Mais contrairement à, disons, fraa Lio, qui inventait tout le temps de nouveaux drapages, lui ne recherchait qu'une parfaite réalisation du sien.

Lorsque nous fûmes tous habillés, nous consacrâmes plusieurs minutes à faire quelques passes de plus avec nos cordelières, et à former les plis qui nous couvraient la tête : la seule partie du drapage où nous pouvions faire preuve d'un style un peu personnel.

Des sandales assemblées étaient empilées sur le sol près

de la sortie du bâtiment aux cellules. Je les explorai du bout du pied, cherchant une paire assez grande pour moi. La Discipline avait été créée par des gens qui vivaient dans des contrées chaudes. Elle autorisait chaque avôt à posséder une chape, une cordelière, et une sphère, mais ne disait rien des chaussures. Cela ne nous gênait pas beaucoup pendant l'été. Mais les premiers froids arrivaient et, durant l'aperte, nous risquions de sortir extra-muros et de marcher dans des villes dont les rues étaient jonchées de bouts de verre et autres embûches. Nous forcions un peu la Discipline, et portions des sandales en pneu pour l'aperte, et des mukluks à semelles souples durant les mois d'hiver. Les avôts de Saunt-Édhar faisaient cela depuis longtemps, maintenant, et l'Inquisition ne nous avait toujours pas menacés de ses foudres, alors il semblait que nous ne risquions rien. J'élus une paire de sandales, et les nouai à mes pieds.

Finalement, chacun de nous prit sa sphère et la fit de la taille d'un poing. En nous dirigeant vers le mynstère, nous les glissâmes dans l'extrémité nouée de nos cordelières, tressée en un filet simple pour les envelopper, puis fîmes inhaler et gonfler nos sphères pour que la cordelière se tendît. Nous les fîmes briller d'une douce lueur écarlate. La lumière nous permettait de voir où nous marchions, et la couleur nous signalait comme dixies, ce qui était nécessaire parce que nous allions bientôt être mêlés aux monos.

Une fois tous ces préparatifs achevés, les sphères pendaient à notre hanche gauche en se balançant contre notre cuisse, ce qui pouvait paraître fascinant étant donné qu'environ deux cents d'entre nous convergeaient vers le mynstère dans l'obscurité. Si l'on voulait ressembler à la statue d'un vrai saunt, il suffisait d'exhiber la sphère brillante dans une main en la caressant de l'autre et en regardant au loin, comme absorbé par la lumière de Cnoüs.

Quarante avôts s'étaient préparés en avance pour se rassembler dans le cancel. Ils chantaient l'hymne processionnelle de l'aperte décennale lorsque nous entrâmes. Dans les entrailles de l'hymne se tissait une mélodie que je n'avais plus entendue depuis dix ans, depuis que je m'étais trouvé à l'intérieur du portail de la décennie au lever du soleil et que j'avais regardé ses portes de pierre et d'acier se refermer sur tout ce que j'avais toujours connu. La perception soudaine de cette mélodie s'instilla si profondément dans mon esprit que j'en perdis littéralement l'équilibre, et cherchai appui sur un autre fraa : Lio, qui, pour une fois, n'en profita pas pour me faire rouler sur sa hanche et me projeter à terre, mais me repoussa en me remettant droit comme une icône pourrissante, avant de reporter son attention sur l'auction.

La totalité de la musique était synchronisée avec l'horloge, qui servait de métronome et de chef d'orchestre. Elle se poursuivit encore un quart d'heure, sans discours, sans homélie – juste cette mélodie.

Le ciel étant clair, au moment du lever du soleil la lumière se déversa dans le puits depuis le prisme de quartz du sommet de l'astrohenge. La musique cessa. Nous éteignîmes nos sphères. J'eus d'abord l'impression que la lumière venue d'en haut était couleur émeraude, mais peut-être ne fut-ce qu'une illusion d'optique ; le temps que j'eusse cillé une fois, elle avait pris la couleur du dos de la main lorsqu'on projette une lumière à travers sa paume dans une salle obscure. Il y eut un intolérable instant d'immobilité quand nous redoutâmes tous que, comme dans mon rêve, l'horloge se trompât et que rien ne se passât.

Puis le poids central commença à s'abaisser. Cela se produisait chaque matin au lever du soleil, pour l'ouverture du portail de jour. Mais aujourd'hui, ce fut pour tous le signal de se démancher le cou pour regarder vers l'endroit où les piliers du præsidium perçaient les voûtes du mynstère. Nous entendîmes, puis vîmes un mouvement. Cela fonctionnait ! Deux des poids descendaient, dévalant leurs glissières pour ouvrir le portail de l'an et le portail de la décennie.

Nous hoquetâmes et claironnâmes et tonitruâmes, et nombre d'entre nous durent s'essuyer le coin de l'œil. J'entendis jusqu'aux millénos réagir derrière leur écran. Le cube et l'octaèdre apparurent à la vue de chacun, et nous rugîmes tous. Nous les applaudîmes comme des célébrités à une cérémonie. Lorsqu'ils approchèrent du sol du cancel, nous nous tendîmes, comme de crainte qu'ils ne s'écrasassent, mais ils ralentirent progressivement en fin de course, et finirent par s'immobiliser à une largeur de main au-dessus du sol. Alors nous nous esclaffâmes.

En un sens, c'était ridicule. L'horloge n'était qu'un mécanisme. Elle n'avait d'autre choix en cet instant que de libérer ces deux poids. Et pourtant, y assister provoquait une sensation qui ne pouvait être expliquée à qui n'était pas présent. Le chœur était maintenant censé entonner un chant polyphonique ; d'émotion, ils manquèrent ne pouvoir le faire. Mais la rugosité subséquente de leurs voix fut en elle-même une musique.

De l'extérieur, par-delà le chant, me parvenait le bruit de l'eau vive.

> **Avôt** : **1.** Personne ayant fait vœu de se soumettre à la Discipline cartasienne pour une ou plusieurs années ; fraa ou soor. **2.** Groupement de telles personnes. **3.** Communauté, formellement constituée, de telles personnes, par exemple un chapitre ou une math.
>
> *LE DICTIONNAIRE, 4e édition, 3000 apr. R.*

Il n'y a pas de bonne manière de construire une horloge, avait l'habitude de dire fraa Corlandin lorsqu'il nous enseignait l'histoire moderne (post-Reconstitution). Un euphémisme pour dire que les praxiciens de Saunt-Édhar avaient été un peu dingues.

Notre concente était lovée dans le méandre d'une rivière, là où celle-ci contournait les derniers prolongements d'une vaste saillie rocheuse, ultime extrémité d'une chaîne de montagnes qui s'étendait sur des centaines de lieues au nord-ouest, et qui, par ses glaciers et son manteau neigeux, pourvoyait à l'alimentation dudit cours d'eau. Il y avait une série de cataractes juste en amont. Nous pouvions les entendre la nuit, quand les pécos ne faisaient pas trop de bruit. Après ces chutes, comme si elle se reposait de toute cette excitation, la rivière s'écoulait lentement et paisiblement quelque temps, en serpentant à travers une prairie bien drainée. Nos murailles englobaient une partie de cette prairie, et trois quarts de lieue de rivière.

Vers les cataractes, il était facile de construire un pont, et il se trouvait généralement là une agglomération. À certaines époques, elle s'étendait et engloutissait notre enceinte, de sorte que des employés de bureau pouvaient contempler les sommets de nos bastions depuis les fenêtres de leurs gratte-ciel. En d'autres temps, elle rétrécissait et se réduisait à une station d'approvisionnement ou un arsenal au niveau de l'enjambement. Des poutrelles rongées par la rouille et des blocs de pierre synthétique couverts de mousse rendaient notre bout de rivière dangereux, vestiges emportés en aval de ponts construits à cet endroit et qui s'étaient effondrés avec le temps.

La plus grande partie de nos terres et presque tous nos bâtiments se trouvaient à l'intérieur de ce coude, mais nous nous étions approprié une bande de terre sur l'autre berge, ceinte par nos fortifications : des murailles parallèles à la rivière là où elle était droite, des bastions lorsqu'elle s'incurvait. Trois de ces bastions abritaient des portails, respectivement pour les maths unétarienne, décénarienne et centénarienne (le portail millénarien se trouvait sur la montagne et fonctionnait différemment). Chaque portail était fait de deux portes, censées s'ouvrir et se refermer à des instants donnés. Cela avait posé un problème aux praxiciens, en ce sens que les portails étaient excentrés et situés de l'autre côté d'une rivière, par rapport à l'horloge qui était supposée en commander l'ouverture.

Les praxiciens avaient trouvé une solution dans l'énergie hydraulique. Loin de nos murailles, en amont des cataractes (et donc à une altitude bien supérieure à la nôtre), ils avaient creusé une retenue d'eau, une sorte de citerne à ciel ouvert bordant le lit rocheux de la rivière, destinée à alimenter un aqueduc qui coupait plein sud, droit vers le mynstère, en évitant les cataractes, le pont et le méandre. Après avoir traversé un court tunnel et dévalé quatre cents toises de terrain accidenté sur des pilotis de pierre, cet aqueduc plongeait dans le sol et devenait un conduit enterré qui passait sous ce qui était maintenant une agglomération burgos bien implantée. L'eau de cette canalisation, sous la pression de la gravité, jaillissait des deux fontaines d'une pièce d'eau imposante sise juste à l'extérieur du portail de jour. Une chaussée surélevée traversait ce bassin, reliant la grand-place de la ville des burgos, à son nord-est, et notre portail de jour, à son sud-ouest, en passant exactement entre les deux fontaines.

L'élévation de ce réservoir demeurait supérieure à celle de la rivière et de la plaine. Des tuyaux d'écoulement étaient raccordés à son fond, contrôlés par de monumentales vannes à boisseau sphérique de granit poli. L'une de ces canalisations alimentait une série de bassins, de canaux et de fontaines, qui embellissaient les quartiers du primat puis, plus en aval, formaient une partie de la barrière entre la math unétarienne et la décénarienne. Trois autres conduits étaient reliés à un système de tuyaux, de siphons et de tubulures qui couraient vers le portail de l'année, celui de la décennie et celui du siècle. Ces systèmes étaient vides, excepté à l'aperte. Maintenant, les poids de l'horloge avaient ouvert deux vannes, et permis à l'eau de se déverser depuis le bassin pour remplir les systèmes de l'année et de la décennie.

D'une certaine façon, c'était effectivement un moyen absurde et biscornu d'y arriver, mais il avait un avantage que je n'avais pas réalisé auparavant. Le système hydraulique avait été conçu pour se remplir lentement. Et donc, une fois le rite achevé, nous pûmes ressortir du mynstère et suivre l'eau au pas de charge, comme elle remplissait un aqueduc qui courait le long des sept escaliers, longeait le cloître, et partait par-derrière vers la rivière.

Là, un pont de pierre traversait la rivière, épaulé par une tour ronde sur notre rive et par un bastion dans la muraille de la concente de l'autre côté. À l'intérieur de la tour ronde se trouvait une citerne, que l'eau de l'aqueduc avait commencé à remplir, et qui disposait en son sommet d'un déversoir placé au-dessus des pétales d'une roue hydraulique. Pour la plupart, nous arrivâmes assez tôt pour voir la citerne déborder et la roue amorcer sa première révolution, l'eau lui transmettant son énergie avant de retourner à la rivière. Par l'entremise d'engrenages d'acier inoxydable, la roue faisait tourner un arbre de transmission aussi épais que ma cuisse, qui courait tout le long du pont (et que l'on pouvait aisément prendre pour une rambarde particulièrement solide si l'on ne connaissait pas son usage). De l'autre côté de la rivière, à l'intérieur du bastion, l'arbre entraînait une autre série d'engrenages reliés directement aux articulations des charnières autour desquelles coulissaient les portes.

Lorsque nous les entendîmes bouger, nous courûmes vers elles, mais ralentîmes en approchant, ignorant ce qu'il allait se passer.

Quoique… En fait, nous en avions une assez bonne idée. Mais j'étais encore assez jeune pour mettre parfois de côté le râteau de Diax, quand une idée me plaisait suffisamment. La fable d'Orolo sur une math flottant librement dans le temps, naviguant sur les courants divergents d'une déchirure du domaine causal m'avait vraiment impressionné et, durant quelques instants, je laissai voguer mon imagination et fis comme si je vivais réellement dans l'une de ces maths, sans avoir la moindre idée de ce qui apparaîtrait de l'autre côté des portes lorsqu'elles s'ouvriraient : des foules de pécos en fureur se précipitant sur nous avec des fourches ou des cocktails Molotov, des gens affamés rampant vers l'intérieur pour arracher des pommes de terre à l'humus, des pèlerins moshianiens s'attendant à voir le visage de quelque dieu ou équivalent, des cadavres étalés à perte de vue, des terres vierges. L'instant le plus intense survint lorsque les portes se furent juste assez entrouvertes pour laisser paraître une personne. Qui allait-ce être ? Homme ou femme, jeune ou vieux, portant un fusil d'assaut, un bébé, un coffre plein d'or, une bombe ?

Comme les portes continuaient à s'ouvrir, nous pûmes distinguer une trentaine de sæculiers qui s'étaient rassemblés pour regarder. La plupart étaient plantés face au portail, affichant tous le même regard étrange ; après un temps, je réalisai qu'ils pointaient tous des visuocapteurs sur nous, ou des brelots qui transmettaient les images à des destinataires lointains. Une petite fille assise sur les épaules de son père mangeait quelque chose et s'ennuyait déjà ; comme elle se tortillait pour qu'il la fît descendre, il tourna la tête en se déhanchant et lui enjoignit à travers ses dents serrées de regarder encore une minute. Huit enfants aux vêtements identiques se tenaient en rang, surveillés par une dame ; ils avaient dû venir de l'une des suvines des burgos. Une infortunée qui semblait avoir survécu à une catastrophe naturelle dont elle était l'unique victime se dirigea lentement vers le portail, avec dans les bras un fardeau que je soupçonnais être un nouveau-né. Une demi-douzaine d'hommes et de femmes étaient rassemblés autour de quelque chose qui fumait, certains assis sur de grands caissons aux couleurs vives pour manger plus confortablement leurs énormes sandwichs dégoulinants. Des mots ouaïls à moitié oubliés me revinrent à l'esprit : « barbecue », « glacière », « chizburg ».

Un homme s'était planté au milieu d'un espace vide – ou alors les autres l'évitaient – et faisait flotter une bannière au bout d'un mât : le drapeau du pouvoir sæculier. Son attitude était provocante, triomphale. Un autre criait dans un appareil qui amplifiait sa voix : quelque espèce de déolâtre, supposai-je, qui voulait que nous rejoignions son arche.

Les premiers à entrer furent un homme et une femme portant le genre de vêtements que les gens mettaient extra-muros pour assister aux mariages ou conclure des transactions commerciales importantes, suivis de trois enfants vêtus dans le même style, miniaturisé. L'homme tirait un chariot rouge chargé d'un pot dans lequel poussait un arbrisseau. Chacun des enfants avait une main posée sur le bord du pot pour l'empêcher de se renverser pendant que le chariot cahotait sur les pavés. La femme, libre de ses mouvements, avançait plus vite, mais d'une démarche qui me parut anormale, jusqu'à ce que je me souvinsse : les femmes extra-muros portaient des chaussures qui les faisaient marcher ainsi. Celle-ci souriait, tout en essuyant ses yeux pleins de larmes. Elle se dirigea droit sur grand-soor Ylma, qu'elle avait paru reconnaître, et se mit à lui expliquer que son père, mort trois ans plus tôt, avait toujours été un fervent admirateur de la concente et aimait en franchir le portail de jour pour assister à des conférences et lire des livres. À sa mort, ses petits-enfants avaient planté cet arbre, et aujourd'hui, ils seraient heureux de le voir transplanté en un lieu adéquat à l'intérieur de notre enceinte. Grand-soor Ylma répondit que cela ne poserait pas problème tant qu'il appartenait aux Cent soixante-quatre. La femme burgos assura Ylma que, connaissant nos règles, ils avaient pris toutes sortes de précautions pour s'assurer que c'était le cas. Pendant ce temps, le mari allait et venait un peu partout alentour pour prendre des images de la conversation avec un brelot.

Constatant que nous n'avions pas massacré la famille burgos ni inséré de sondes dans leurs orifices, un jeune assistant de l'homme à l'amplificateur de voix entra et commença à venir nous voir un par un pour nous tendre des feuilles porteuses d'un message. Malheureusement, celui-ci était écrit en kinagrammes, de sorte que nous ne pouvions pas le lire. Nous avions été prévenus qu'il était préférable d'accepter poliment de telles choses en prétendant que nous les lirions plus tard – et de ne pas entamer avec de telles personnes de dialogue thélénien.

Cet homme remarqua l'infortunée. Devinant qu'elle comptait nous laisser l'enfant, il voulut la convaincre de ne pas le faire, dans un ouaïl argotique. Elle se tassa sur elle-même puis, comprenant qu'elle était probablement en sécurité, se mit à l'agonir d'injures. Une demi-douzaine de soors s'approchèrent. Le déolâtre devint furieux et parut prêt à frapper quelqu'un. Je remarquai alors que fraa Delrakhonès surveillait cet homme très attentivement, en croisant régulièrement le regard de plusieurs fraas solidement bâtis qui convergeaient vers lui. Mais l'homme à l'appareil amplificateur pépia un mot qui devait être le nom du jeune gars. Ayant attiré son attention, il regarda un instant vers le ciel (*Les pouvoirs en place t'observent, imbécile !*) puis dévisagea son assistant (*Maîtrise-toi et remets-toi à distribuer la littérature primordiale !*).

Un homme de grande taille s'avança vers moi : artisan Quin, flanqué d'une version réduite de lui-même, sans la barbe. « Joyeuse aperte, fraa Érasmas, dit Quin.

– Joyeuse aperte, artisan Quin », répondis-je, avant de reporter mon attention sur son fils.

Celui-ci regardait mon pied gauche. Ses yeux coururent vers le sommet de ma capuche, mais sans s'arrêter ou s'attarder sur mon visage, comme s'il n'importait pas davantage qu'un pli dans ma chape.

« Joyeuse…

– Ce pont est construit sur le principe de l'arc, m'interrompit-il.

– Barb, le fraa te souhaite joyeuse aperte », dit Quin en m'indiquant de la main.

Le garçon attrapa le bras de son père et le baissa – il lui bouchait la vue du pont. « Le pont suit une courbe caténaire à cause des vecteurs, poursuivit Barb.

– "Caténaire", cela vient du nom tærran de…, commençai-je.

– C'est le mot tærran pour chaînette, énonça Barb. C'est la forme que prend une chaînette suspendue, renversée. Mais l'arbre de transmission qui ouvre les portes doit être droit, sauf s'il est constitué de néomatière. » Ses yeux se posèrent sur ma sphère et l'étudièrent quelques instants. « Ce qui n'est pas possible, puisque la concente Saunt-Édhar a été construite après le premier Sac. Il doit donc être fait d'ancienne matière. » Son regard revint à l'arbre de transmission, qui semblait suivre la courbure du pont, et traversait des blocs de pierre sculptés à intervalles réguliers. « Ces choses en pierre doivent contenir des joints de cardans, conclut-il.

– C'est exact, dis-je. L'arbre…

– L'arbre est composé de huit pièces droites reliées par des joints de cardans dissimulés à l'intérieur des supports de ces statues. Le support d'une statue s'appelle un socle. » Puis Barb pressa le pas ; il fut le premier extra à franchir le pont vers notre math.

Quin me regarda avec une expression difficile à interpréter, puis partit à sa suite.

Une altercation avait éclaté entre l'infortunée et les soors. Apparemment, quelque ignorant avait fait croire à cette femme que nous lui donnerions de l'argent pour le bébé. Les soors avaient démenti aussi gentiment qu'elles l'avaient pu.

Nombre d'autres extras étaient entrés. Dont un groupe de six ou sept personnes, principalement des hommes, arborant des tenues respectueuses, mais pas onéreuses. Ils avaient entamé la conversation avec quelques avôts plutôt âgés. Le plus en vue de ces visiteurs était drapé d'une corde de couleur criarde, avec un globe à son extrémité. Je me dis que ce devait être le prêtre de quelque arche contre-bazienne d'un nouveau type. Il parlait à fraa Haligastrème. De forte carrure, grand, chauve et barbu, celui-ci avait l'air tout juste sorti du périklyne après une riche discussion ontologique avec Thélénès. C'était un théoricien géologue, PPÉ du chapitre édharien. Il écoutait poliment, mais ne cessait de jeter des regards lourds de sens à deux hiérarques en chape pourpre qui se dressaient un peu plus loin sur le côté : le férulaire pourfendeur, Delrakhonès, et le primat, Statho.

En les contournant, je passai à portée d'oreille d'une conversation annexe. Une femme parlait avec fraa Jesry. Je lui donnai d'abord trente ans, quoiqu'il fût difficile de deviner de telles choses, étant donné la façon dont les femmes extra-muros agençaient leurs cheveux et maquillaient leur visage ; en y repensant, je penchai plutôt pour vingt-cinq ans, avec des vêtements choisis pour l'occasion. Elle semblait passionnée par Jesry, lui posait des questions sur la vie dans la math.

Après une attente qui me parut interminable, je réussis à capter l'attention de Jesry. Il dit poliment à la femme qu'il avait prévu de sortir extra-muros avec moi. Elle me regarda, ce qui me fit plaisir. Puis son brelot cracha une série de notes, et elle s'excusa pour aller répondre à l'écart.

Pécos : 1. En ouaïl de la fin de l'ère praxique et du début de la Reconstitution, mot d'argot formé par la troncature de *vulgum pecus*, ou *péquin moyen*, deux foulx-thèses mercantiles praxiques. Ce nom semble également avoir été utilisé comme adjectif signifiant « commun », ou « très largement partagé ». 2. Substantif décrivant un extra-muros dénué d'éducation, de talents, d'aspirations, ou d'espoir d'en acquérir. 3. Terme péjoratif désignant une personne stupide ou fruste, et en particulier ceux qui en tirent une certaine fierté. NB : Cet usage est déconseillé parce qu'il sous-entend qu'un pécos est un pécos à cause de carences personnelles inhérentes ou de choix pervers ; le sens 2 est préféré parce qu'il ne véhicule pas ces implications.

LE DICTIONNAIRE, 4e édition, 3000 apr. R.

Jesry et moi sortîmes pour la première fois depuis dix ans. La première chose que je remarquai furent les piles de rebuts amassées contre le flanc extérieur de nos murailles. Apparemment, il y en avait jusque devant les portes, mais on les avait dégagées en prévision de l'aperte.

En cette époque, le voisinage immédiat du portail de la décennie se composait d'échoppes d'artisans, donc on trouvait principalement dans ces amas des planches, des tuyaux, des rouleaux de câbles ou de tubulures, et des outils à manche long. Nous marchâmes un temps en silence, en nous contentant de regarder. Mais plus vite qu'on eût pu le penser, nous nous y habituâmes, et oubliâmes que nous étions des fraas.

« Tu crois que cette femme voulait avoir une liaison avec toi ? demandai-je.

– Une euh… Comment tu l'appelles ?

– Une liaison atlanienne. » Ainsi nommée d'après un

fraa décénarien du XVIIe siècle après la Reconstitution, qui voyait son aimée dix jours tous les dix ans et passait le reste de son temps à lui écrire des poèmes et à les lui faire transmettre. Des poèmes réellement superbes, qui demeurent gravés dans la pierre quelque part.

« Pourquoi une femme voudrait-elle une telle chose, à ton avis ?

– Eh bien, il n'y a aucun risque de tomber enceinte quand ton partenaire est un fraa, proposai-je.

– Cela a parfois pu jouer un rôle important, mais je crois que l'accès à la contraception ne leur pose plus problème, à cette époque.

– Je plaisantais, en fait.

– Oh. Désolé. Eh bien, peut-être qu'elle s'intéressait à mon esprit.

– Ou à ta vie spirituelle.

– Hein ? Tu crois que c'est une sorte de déolâtre ?

– Tu n'as pas vu avec qui elle était ?

– Bah, un genre de euh… de *contingent* – je crois que c'est ainsi qu'ils l'appellent.

– Je suis sûr qu'ils étaient de la férule céleste. Leur meneur s'était ceint d'une sorte d'imitation de nos cordelières. »

Nous étions maintenant allés assez loin pour avoir perdu de vue, au détour d'un virage, le portail de la décennie. Je levai les yeux vers le præsidium. Les mégalithes dressés dans le périmètre de l'astrohenge me servirent de points de repère pour établir ma position. Nous venions de rejoindre une route plus large, approximativement parallèle à la rivière. Si nous la traversions et continuions tout droit, nous rejoindrions les grandes maisons dans lesquelles vivaient les burgos. Si nous la prenions vers la droite, elle nous mènerait vers le quartier des commerçants, et finirait par nous ramener au portail de jour. À gauche, elle s'enfonçait dans les fauxbourgs où j'avais passé mes huit premières années.

« Autant que ce soit fait », dis-je ; et je tournai à gauche.

Après que nous eûmes fait quelques pas, Jesry dit : « Mais encore ? », ce qui était son horripilante façon de demander des éclaircissements. « La férule céleste ?

– Des moshianiens », répliquai-je, avant de consacrer un moment à lui raconter les entrevues de fraa Orolo avec Flec et Quin.

À mesure que nous progressions, l'environnement évoluait : moins d'ateliers, plus d'entrepôts. Les péniches pouvaient naviguer sur cette partie de la rivière, et c'était donc là que les gens tendaient à entreposer des marchandises. Nous voyions également plus de véhicules : beaucoup de martels, qui pouvaient avoir jusqu'à douze roues et servaient à transporter de lourdes charges encombrantes dans des quartiers comme celui-ci. Ils n'avaient pas changé, pour autant que je m'en souvinsse. Quelques vachéchés passaient çà et là avec des charges moins imposantes sanglées à l'arrière. Ils étaient plus hauts en couleur. Leurs propriétaires étaient généralement des artisans qui consacraient, à l'évidence, beaucoup de temps à modifier la forme et la couleur de leur véhicule pour leur seul plaisir. À moins que ce ne fût une sorte de compétition, comme les plumages des oiseaux. De toute façon, les styles avaient passablement changé, et Jesry et moi cessions de parler chaque fois que passait un vachéché particulièrement bizarre ou bigarré. Leurs conducteurs nous retournaient nos regards.

« Eh bien, toute cette histoire de férule céleste m'était complètement passée à côté, conclut Jesry. J'étais beaucoup trop occupé à faire des calculs pour le groupe d'Orolo.

– Quelle autre raison aurait eue la séance de Tamura hier soir, selon toi ? demandai-je.

– Je n'y avais même pas réfléchi, répondit Jesry. Tout

ce que je peux dire, c'est qu'il est heureux que tu sois là pour m'en parler. As-tu envisagé…

– De rejoindre le Nouveau Cercle ? De me placer pour devenir un hiérarque ?

– Oui.

– Non. Ce n'est pas la peine, puisque tout le monde semble l'envisager pour moi.

– Désolé, Raz ! » dit-il d'un ton pas du tout désolé, mais plus piqué au vif que je ne l'avais été. Jesry était d'un abord rugueux, et je l'évitais parfois pendant des mois. Mais j'avais appris avec le temps qu'il pouvait mériter l'effort que l'on faisait pour lui parler.

« Oublie cela, dis-je. Qu'est-ce qui a occupé le groupe d'Orolo ?

– Je n'en ai pas la moindre idée, je fais juste les calculs. De la mécanique orbitale.

– Théorique, ou…

– Purement praxique.

– Tu crois qu'ils ont trouvé une planète autour d'une autre étoile ?

– Comment serait-ce possible ? Il faudrait pour cela collationner les données d'autres télescopes. Et nous n'avons rien reçu en dix ans, évidemment.

– Alors c'est plus proche, dis-je. Une chose pour laquelle nos télescopes suffisent.

– C'est un astéroïde, dit Jesry, lassé de ma lenteur à résoudre l'énigme.

– La Grosse Pépite ?

– Orolo serait bien plus excité, si c'était le cas. »

C'était une très vieille plaisanterie. Nous n'avions quasiment aucune utilité pour les mamamouchis, mais l'une des rares choses qui pourraient changer cela serait la découverte d'un gros astéroïde qui s'apprêterait à frapper Arbre. En 1107, nous n'en étions pas passés loin. Des milliers d'avôts avaient été rassemblés en une convoxe qui avait produit un vaisseau spatial pour aller modifier sa trajectoire. Mais, le temps que le vaisseau fût lancé en 1115, les cosmographes avaient calculé que le caillou allait nous rater de peu, alors l'objet de la mission avait été réduit à son observation. Le laboratoire où le vaisseau avait été construit abritait maintenant la concente Saunt-Rab, du nom du cosmographe qui avait découvert l'astéroïde.

À notre droite, la colline où vivaient les burgos s'était estompée. Un affluent de la rivière nous barrait le chemin, venant de cette même direction. La route le franchissait via un très ancien pont d'acier, rouillé, décomposé, condamné, puis retapé avec de la néomatière. Une ligne discontinue, usée à en être quasi invisible, semblait suggérer aux motorisés qu'ils pourraient envisager d'accorder un minimum de considération aux piétons marchant entre la voie la plus à droite et la balustrade. Il était un peu tard pour que nous fissions demi-tour, et nous pouvions voir un autre piéton poussant un chariot débordant de sacs en poly, alors nous nous lançâmes, de notre pas le plus rapide, en confiant aux tomobiles, aux martels et aux vachéchés le soin de ne pas nous tuer. À notre gauche, l'affluent serpentait à travers la plaine alluviale pour se jeter dans la rivière une demi-lieue plus loin. Quand j'étais jeune, le triangle entre les deux cours d'eau n'était qu'arbres et marais, mais on y avait semblait-il érigé une digue pour contenir les eaux, et couvert la zone de bâtiments, le plus proéminent étant une grande arène sans toit, avec des milliers de sièges vides.

« Nous allons voir un match ? » demanda fraa Jesry. Je ne saurais dire s'il était sérieux. De nous tous, il était celui qui ressemblait le plus à un athlète. Il ne faisait pas souvent de sport, mais lorsque c'était le cas, il était déterminé et intransigeant, cherchait à bien faire, sans trop de talent.

« Je crois qu'il faut de l'argent pour entrer.

– Nous pourrions vendre du miel.

– Nous n'en avons pas non plus. Peut-être plus tard dans la semaine. »

Jesry ne parut pas très satisfait par ma réponse.

« De toute façon, il n'y a pas de match aussi tôt le matin », ajoutai-je.

Une minute plus tard, il avait une autre proposition : « Déclenchons une bagarre avec des pécos. »

Nous étions presque arrivés au bout du pont. Nous venions de nous écarter brusquement de la trajectoire d'un vachéché manœuvré par un homme d'à peu près notre âge, qui conduisait comme s'il mâchait de l'herbe-à-bonds, avec une main sur les commandes et l'autre sur un brelot comprimé contre le côté de son visage. Alors nous étions physiquement excités, le souffle court ; l'idée de se battre paraissait un peu moins stupide qu'elle ne l'eût été autrement. Je souris, et y songeai. Remonter l'horloge nous avait musclés, Jesry et moi, tandis que la plupart des extras étaient dans une condition physique catastrophique – je comprenais maintenant ce que Quin avait voulu dire en affirmant que les gens mouraient en même temps de faim et d'être trop gros.

Lorsque je regardai Jesry, il se rembrunit et détourna la tête. Il ne voulait pas vraiment se battre avec des pécos.

Nous étions entrés dans les fauxbourgs dont j'étais issu. Un pâté de maisons entier avait été recouvert par un bâtiment qui ressemblait à un hypermarché, mais était apparemment quelque nouvelle arche contre-bazienne. Au centre de l'espace vert à son entrée se dressait une statue blanche de cinquante pieds de haut, représentant une sorte de prophète barbu tenant une lanterne et une pelle.

Les fossés en bordure de la route étaient pleins d'herbe-à-bonds et de brambasiers perçant à travers des couches de papiers gras abandonnés. Sous un film gris de gaz d'échappement figés, des kinagrammes passés s'agitaient comme des asticots piégés dans un sac à ordures. Les kinagrammes, les logos, les marques de friandises m'étaient tous inconnus, mais dans l'ensemble, rien n'avait changé. Maintenant, je savais pourquoi Jesry était aussi revêche.

« C'est décevant, dis-je.

– Oui, répondit-il.

– Toutes ces années à lire les Chroniques, à entendre d'étranges histoires narrées au proveneur… Je suppose que cela…

– Nourrit de grandes espérances, compléta-t-il.

– Oui. » Quelque chose me vint à l'esprit : « Orolo t'a-t-il jamais parlé des décamillénariens ?

– Les déchirures du domaine causal et tout et tout ? »

J'acquiesçai.

Jesry me regarda d'un air étrange, comme surpris qu'Orolo se fût confié à moi. « C'est typique de la bouillie qu'ils nous font avaler pour tout faire paraître plus intéressant que ça ne l'est », ajouta-t-il.

Mais je sentis que Jesry venait d'en décider. Visiblement Orolo en parlait à *tous* les phytes, et je me demandais pourquoi c'était si particulier à ses yeux.

« Ce n'est pas qu'ils nous font avaler de la bouillie, Jesry. C'est juste que la période dans laquelle nous vivons est insipide.

– C'est une stratégie de recrutement, recommença-t-il d'une autre façon. Ou, plus précisément, une stratégie de perpétuation.

– Que veux-tu dire ?

– Notre unique divertissement est d'attendre la prochaine aperte – de voir ce qu'il y a dehors quand les portails s'ouvrent. Quand la réponse se révèle être la même daube en plus sale et en plus laid, quel choix avons-nous sinon de signer pour dix ans de plus en espérant que ce sera mieux la fois d'après ?

– Ou d'aller plus loin.

– Devenir un séculos ? Tu n'as pas encore compris que c'était vain, en ce qui nous concerne ?

– Parce que leur prochaine aperte tombera en même temps que la nôtre, complétai-je.

– Et qu'ensuite, nous mourrons avant la suivante.

– Il n'est pas si rare de vivre jusqu'à cent trente ans, voulus-je faire valoir, mais cela ne fit que prouver que j'avais fait le même calcul de mon côté, et que j'étais arrivé à la même conclusion que lui.

– Nous sommes tous les deux nés trop tôt pour devenir séculos et trop tard pour devenir millénos, renâcla-t-il. Quelques années de plus, et nous aurions pu être des enfants recueillis et envoyés directement sur le rocher.

– Auquel cas nous serions morts avant de voir une aperte, complétai-je. Par ailleurs, j'aurais pu être recueilli, mais d'après ce que tu m'as dit de ta famille, je ne crois pas que c'eût pu être ton cas.

– Nous verrons cela bien assez tôt », dit-il.

Nous marchâmes une demi-lieue en silence. Même si nous ne disions rien, nous étions engagés dans un dialogue : un dialogue pérégrin, où deux égaux baguenaudent en s'efforçant d'élaborer quelque chose, par opposition à un dialogue suvinien dans lequel un phyte reçoit l'enseignement d'un mentor, ou à un dialogue périklynien, qui est un duel. La route rejoignit un axe plus large, bordé de ces échoppes fabriquées en série où les pécos se procuraient leur nourriture et bien d'autres choses, et égayé de casinos : des cubes industriels sans fenêtres drapés de lumières colorées. À quelque lointaine époque où les véhicules étaient plus nombreux, toute la largeur de la voie de circulation était réservée à des couloirs délimités. Maintenant, il y avait beaucoup plus de piétons, et de gens qui se déplaçaient sur des cyclomes, des planches à roues et des engins à pédales. Mais au lieu d'aller droit, ils devaient, tout comme nous, composer des trajectoires à partir des pans de trottoir qui entouraient les échoppes comme la mer entoure des îles. Les trottoirs étaient zébrés de fissures sinueuses envahies de fines enfilades d'herbe-à-bonds, qui captaient et accumulaient depuis longtemps la poussière et les papiers gras que portait le vent. Le soleil avait disparu derrière les nuages peu après l'aube, mais il réapparut soudain. Nous plongeâmes dans l'ombre d'une échoppe qui vendait des pneus de diverses couleurs à de jeunes hommes désireux d'embellir leurs vachéchés et leurs tomobiles trafiqués, et passâmes une minute à réarranger nos chapes pour nous protéger la tête.

« Tu veux quelque chose, dis-je. Et tu es bougon parce que tu ne l'as pas encore. Je ne crois pas que ce soit matériel, parce que tu n'as prêté aucune attention à tout cela. » J'esquissai un signe du menton en direction d'un empilage de pneus en néomatière iridescents. Des images animées de femmes nues aux seins distendus allaient et venaient à côté des chars.

Jesry regarda l'une des images animées un temps, puis il haussa les épaules. « Je suppose que je pourrais partir, et apprendre à aimer ces choses. Franchement, cela me paraît plutôt stupide. Peut-être que c'est plus facile en mangeant ce qu'ils mangent.

– Écoute, dis-je alors que nous reprenions notre chemin, on sait depuis au moins l'ère praxique qu'il suffit d'avoir suffisamment de totobono dans le sang pour que le cerveau dise de cent façons différentes que tout va bien…

– Et quand on n'en a pas, on finit comme toi et moi », répliqua-t-il.

Je voulus me fâcher, mais lui concédai ce point dans un éclat de rire. « Très bien, repris-je. Allons-y, alors. Il y a une minute, nous avons dépassé une grappe de joviale, sur le terre-plein central…

– Je l'ai vue, ainsi que celle à côté de la boutique de pornographie de seconde main.

– La première paraissait plus fraîche. Nous pourrions en ramasser et en manger. Le taux de totobono dans notre sang monterait, et nous finirions par pouvoir vivre ici, ou n'importe où, et être heureux. Ou nous pouvons retourner à la concente et tenter de trouver le bonheur honnêtement.

– Tu es tellement candide, dit-il.

– C'est *toi* qui es censé être la petite merveille édharienne, rétorquai-je ; *toi* qui es censé tout gober sans poser de question. Sincèrement, je suis surpris.

– Et toi, Raz, qu'es-tu donc ? Un procien cynique ?

– C'est ce que les autres semblent penser.

– Écoute, reprit Jesry, je vois les avôts plus âgés ; ils travaillent dur. Ceux qui ont l'illumination, qui sont baignés de la lumière de Cnoüs (il dit cela d'un ton railleur ; il était tellement frustré qu'il zigzaguait par brusques à-coups à mesure qu'il passait d'une idée à une autre), ceux-là font de la théorique. Ceux qui ne sont pas aussi doués restent en retrait, et ils taillent des pierres ou s'occupent des abeilles. Ceux qui sont vraiment malheureux partent, ou se jettent du haut du mynstère. Ceux qui restent paraissent heureux, quoi que cela puisse vouloir dire.

– Ils sont certainement plus heureux que les gens ici.

– Je ne suis pas d'accord, répondit Jesry. Ces gens sont aussi heureux que, disons, fraa Orolo. Ils ont ce qu'ils désirent : des femmes nues sur leurs chars. Lui a ce qu'il désire : l'illumination des mystères de l'univers.

– Allons au fond des choses, alors : toi, qu'est-ce que tu désires ?

– *Qu'il se passe quelque chose*, répondit-il. Quasiment quoi que cela puisse être.

– Si tu réalisais une grande avancée en théorique, est-ce que cela compterait ?

– Bien sûr, mais quelle est la probabilité que cela arrive ?

– Cela dépend des données fournies par les observatoires.

– Exactement. Ce n'est donc en rien soumis à mon contrôle. Et que dois-je faire en attendant ?

– Étudier la théorique, ce pour quoi tu es tellement bon. Boire des bières. Avoir des relations tiviennes avec autant de soors que tu pourras en convaincre. Qu'y a-t-il de si mal à cela ? »

Rien ne parut plus l'intéresser que le caillou dans lequel il venait de donner un coup de pied et qu'il regarda rebondir sur le trottoir. « Je ne cesse d'observer les petits personnages des vitraux, dit-il.

– Hein ?

– Tu sais, sur les vitraux qui dépeignent les saunts. Les saunts eux-mêmes sont toujours représentés en grand. Ils remplissent presque tout le vitrail. Mais si on y regarde de plus près, on peut distinguer ces petits personnages en chape et cordelière…

– Rassemblés à leurs pieds, complétai-je.

– Oui. Ils regardent les saunts avec dévotion. Ce sont les assistants. Les phytes. Les seconds couteaux qui ont démontré un lemme, ou rédigé une version préliminaire, à un moment ou à un autre. Personne ne connaît leurs noms, à part peut-être le vieux fraa grincheux chargé de l'entretien de ces vitraux.

– Tu ne veux pas finir comme ces personnages, compris-je.

– Exactement. Comment cela fonctionne-t-il ? Pourquoi certains et pas d'autres ?

– Alors, tu veux un vitrail pour toi tout seul ?

– Cela signifierait qu'il m'est arrivé quelque chose d'intéressant, dit-il. Quelque chose de plus intéressant que le reste.

– Et si le choix était réduit à cela ou avoir assez de totobono dans le sang ? »

Il y réfléchit pendant que nous attendions qu'un immense

martel articulé achevât de manœuvrer hors de notre chemin. « Tu poses enfin une question intéressante », dit-il.

À partir de là, il devint un compagnon plaisant.

Une demi-heure plus tard, je nous déclarai officiellement perdus. Jesry accepta l'annonce avec plaisir, comme si notre situation était plus satisfaisante que d'être en terrain connu. Un véhicule massif nous dépassa.

« C'est le troisième bus plein d'enfants que je vois en un rien de temps, fit remarquer Jesry. Il y avait une suvine, dans ton quartier ?

– Les endroits de ce genre n'ont pas de suvines, lui rappelai-je. Juste des stabiles.

– Ah oui. Cela vient de… C'est un vieux terme ouaïl pour euh… culturellement…

– Centre de stabilisation. Mais n'utilise pas cette dénomination, parce que personne ne s'en sert plus depuis quelque chose comme trois mille ans.

– Oui. Des stabiles, donc. »

Nous tournâmes là où les bus tournaient. Durant une minute ou deux, il y eut une légère tension entre nous. Dans les murs de la concente, cela n'avait pas d'importance que lui vînt de chez les burgos et moi de chez les pécos. Mais à l'instant où nous avions franchi le portail de la décennie, cet état de fait avait ressurgi comme une bulle de gaz des marais depuis les profondeurs d'une eau noire, qui invisiblement était remontée en s'accroissant et venait d'éclater à la surface en une grande éructation puante et retentissante…

Ce qui avait été ma stabile me fit l'effet d'une reproduction à l'échelle un demi, réalisée par un amateur incompétent. Certaines des salles avaient été condamnées. À mon époque, elle était bondée. Cela confirmait donc que la population déclinait. Peut-être que, le temps que je devinsse grand-fraa, il n'y aurait plus ici qu'une forêt naissante.

Un bus vide quitta la rangée. Avant que le suivant ne s'avançât pour prendre sa place, j'eus le temps d'apercevoir une foule d'enfants ployant le dos sous de volumineux cartables et s'enfonçant dans un tunnel aux lumières tapageuses : un passage couvert bordé de machines distribuant friandises et boissons à grand renfort de bruits accrocheurs. De là, ils emporteraient leur petit déjeuner dans les salles que Jesry et moi pouvions voir à travers les vitres : dans certaines, les enfants regardaient tous le même programme sur un écran géant unique ; dans d'autres, chacun disposait du sien propre. À un bout, le mur aveugle du gymnase résonnait des basses fréquences d'un programme sportif. Je reconnus la rythmique. C'était déjà le même morceau qui servait à l'époque où j'étais là.

Comme nous n'avions pas vu d'images animées depuis dix ans, Jesry et moi restâmes là quelques minutes à regarder, hypnotisés. En tout cas, j'avais retrouvé mes marques. Une fois que j'eus décidé Jesry à bouger, je pus nous diriger à travers les rues que j'arpentais enfant. Les gens ici étaient aussi enclins à modifier leur maison que leur véhicule, et quand je reconnaissais une habitation, je remarquais qu'un toit autoportant avait été aménagé au-dessus de l'ancien, ou qu'on avait accolé de nouveaux modules à ceux que je voyais quand je rêvais de cet endroit. Mais je fus aidé par le fait que le quartier était deux fois moins grand que dans mes souvenirs.

Nous trouvâmes l'endroit où je vivais avant d'être recouvré : deux baraques modulaires jointes en L, un autre L de grillage complétant un cloisonnement herbeux qui abritait une carcasse de tomobile et deux épaves de vachéchés, la plus ancienne ayant été mise sur cales avec ma collaboration. Le portail était orné de quatre panneaux différents et d'âge variable promettant tous la mort à qui entrerait – ce qui, à mes yeux, paraissait beaucoup moins intimidant qu'un seul ne l'eût été. Un arbrisseau de la taille de mon avant-bras avait poussé dans une gouttière bouchée. La graine avait dû être apportée par le vent, ou par un oiseau. Je me demandai combien de temps il lui faudrait pour atteindre une taille qui provoquerait l'effondrement de la gouttière. À l'intérieur, une image animée tonitruante passait sur un visueur, alors nous dûmes longuement nous manifester pour que quelqu'un émergeât enfin : une femme d'une vingtaine d'années. Elle devait être l'une des grandes quand j'avais huit ans.

Je m'efforçai de me souvenir comment elles s'appelaient. « Leeya ?

– Elle a déménagé quand les autres sont partis », répondit-elle, comme si des hommes encapuchonnés venaient tous les jours à sa porte invoquer d'anciennes connaissances perdues de vue.

Elle regarda par-dessus son épaule pour contempler une violente explosion sur le visueur. Lorsque le bruit se fut dissipé, nous pûmes entendre une voix masculine demander quelque chose. Elle lui expliqua ce qu'elle faisait. Il ne saisit pas tout, alors elle lui répéta la même explication plus fort.

« J'en infère que quelque schisme factionnel s'est produit dans ta famille pendant que tu n'étais pas là », me dit Jesry.

J'eus envie de le gifler, mais m'aperçus en le dévisageant qu'il n'avait en rien voulu se moquer.

La femme reporta son attention sur nous. Je la regardais à travers un interstice entre deux panneaux de menaces de mort, et je n'étais pas certain qu'elle pouvait voir mon visage.

« On m'appelait Vit, dis-je.

– Le garçon qui est parti à l'horloge ? Je me souviens de toi. Comment ça va ?

– Bien, et toi ?

– Je me prends pas la tête. Ta maman n'est pas là. Elle a déménagé.

– Loin ? »

Elle ouvrit de grands yeux, choquée que je comptasse sur elle pour faire une telle estimation. « Plus loin que tu peux aller à pied, probablement. »

L'homme à l'intérieur cria encore. Elle dut nous tourner le dos une fois de plus pour lui résumer ses activités.

« Apparemment, elle ne souscrit pas à l'iconographie draviculaire, dit Jesry.

– Comment le sais-tu ?

– Elle a dit que tu étais allé à l'horloge. Volontairement. Pas que tu avais été pris ou enlevé par des avôts. »

La femme nous refit face.

« J'avais une jermène plus âgée appelée Cord, dis-je en faisant un signe du menton en direction de la plus vieille des épaves de vachéchés. L'ancienne propriétaire de celui-ci. Je l'ai aidée à le mettre sur cales. »

La femme avait une opinion complexe sur Cord, ce qu'elle nous fit comprendre en laissant paraître successivement plusieurs émotions sur son visage. Elle termina en lâchant un violent soupir, en laissant retomber ses épaules, en relevant le menton, et en affichant comme par défi un sourire ouvertement fallacieux. « Cord travaille tout le temps sur des trucs.

– Quel genre de trucs ? »

Ma question l'exaspéra plus encore que la précédente, et elle se concentra ostensiblement sur l'image animée.

« Où dois-je la chercher ? tentai-je.

– Tu as dû passer devant en venant », répondit-elle dans un haussement d'épaules. Puis elle parla d'un endroit que nous avions effectivement dépassé peu après avoir franchi le portail de la décennie. Enfin, elle fit un pas parce que l'homme exigeait un nouveau compte rendu de ses occupations récentes. « Te prends pas la tête », conclut-elle avec un petit signe d'adieu de la main, puis elle disparut dans son foyer.

« J'ai vraiment envie de rencontrer Cord, dit Jesry.

– Moi aussi. Allons-nous-en », répondis-je en tournant le dos à la maison, probablement pour la dernière fois, étant donné que je ne pensais pas revenir à la prochaine aperte.

Peut-être quand j'aurais soixante-quinze ans. La reforestation était un processus étonnamment rapide.

« Qu'est-ce qu'une jermène ? Pourquoi as-tu utilisé ce mot ?

– Dans certaines familles, les liens de parenté ne sont pas toujours totalement clairs. »

Nous marchâmes plus vite et parlâmes moins, et nous retraversâmes rapidement le pont. Comme l'endroit où travaillait Cord était très près de la concente, nous remontâmes d'abord vers le quartier burgos et la maison de Jesry.

Lorsque nous avions franchi le portail de la décennie, Jesry était demeuré un temps silencieux et distrait, avant de fulminer. J'eus soudain l'illumination qu'il s'était attendu à voir sa famille devant le portail. Par conséquent, je me sentis plus anxieux à l'approche de son ancienne maison que je ne l'avais été à l'approche de la mienne. Un gardien nous laissa franchir la grille, et nous ôtâmes nos sandales pour que l'herbe humide nettoyât et apaisât nos pieds endoloris. Lorsque nous entrâmes dans la couronne arborée du corps principal de la demeure, nous baissâmes nos capuches et ralentîmes le pas pour profiter de l'air frais.

Il n'y avait personne, hormis une domestique dont l'ouaïl nous était difficile à saisir. Elle semblait nous attendre ; elle nous tendit une feuille, non pas issue d'un arbre-à-feuilles comme ceux que nous entretenions dans la concente, mais produite par une machine. Cela ressemblait à un document officiel qui aurait été estampillé à la presse ou produit par un appareil syntactique. Daté d'hier, il s'agissait en fait d'un message personnel adressé à Jesry par sa mère, à l'aide d'une de ces machines générant des rangées de lettres nettes. Elle l'avait rédigé en tærran, avec seulement quelques fautes (elle ne comprenait pas l'emploi du subjonctif). Elle utilisait des termes qui ne nous étaient pas familiers, mais il transparaissait que le père avait beaucoup travaillé, très loin, pour une entité difficile à expliquer. D'après la partie du monde où elle se trouvait, il devait s'agir de quelque organe du pouvoir sæculier. La veille, avec une immense réticence et quelques larmes, elle était partie le rejoindre parce que sa carrière dépendait de la présence de son épouse à une sorte d'événement social également difficile à expliquer. Ils avaient la ferme intention d'être de retour pour le banquet de la dixième nuit, et feraient par ailleurs de leur mieux pour réunir et amener les trois frères et deux sœurs aînés de Jesry. En attendant, elle lui avait préparé des biscuits (ce que nous savions déjà, parce que la domestique nous les avait apportés).

Jesry me fit visiter la maison, qui ressemblait à une math avec moins de gens. Il y avait même une curieuse pendule, que nous passâmes beaucoup de temps à examiner.

Nous prîmes des livres sur les étagères, et commençâmes à nous y plonger.

Se mirent à sonner les cloches de la cathédrale bazienne d'en face, suivies par le carillon de la curieuse pendule. Nous réalisâmes que nous pouvions lire des livres n'importe quand, alors nous les remîmes sagement en place. Peu après, nous échouâmes sous la véranda, à finir les biscuits. Nous regardâmes la cathédrale. L'architecture bazienne, quoique proche de la mathique, était ample et bombée quand la nôtre était élancée et effilée. Néanmoins, cette ville n'avait pas dans le monde sæculier l'importance qu'avait notre math dans le monde mathique, de sorte que la cathédrale paraissait minuscule en comparaison du mynstère.

« Te sens-tu heureux, maintenant ? plaisanta Jesry en regardant les biscuits.

– Cela prend deux semaines, répondis-je. C'est pour cette raison que l'aperte ne dure que dix jours. »

Nous nous promenâmes dans le jardin, puis nous ressortîmes et redescendîmes la colline.

Cord travaillait dans un complexe entièrement bâti en métal, ce qui le signalait comme ancien – pas autant qu'une construction de pierre, mais remontant tout de même au milieu de l'ère praxique, lorsque l'acier était devenu bon marché et que les machines à combustion avaient commencé à se mouvoir sur des rails. Ce complexe se trouvait à deux cents toises du portail du siècle, au bout d'un canal de raccordement qui avait été creusé depuis la rivière pour permettre aux péniches de pénétrer dans le quartier et de faire la jonction avec la route et le rail. L'endroit, bien que délabré, tirait une sorte de majesté du simple fait d'être immense et silencieux. Il était clos d'une barrière haute de deux fois ma taille, faite de feuilles de tôle ondulée plantées dans la terre ou le béton puis soudées ensemble, et étayée par de vieux rails de chemin de fer usés – ce qui paraissait pour le moins démesuré, pour des étais. Une démesure si flagrante, d'ailleurs, que Jesry et moi nous coupâmes mutuellement la parole en voulant en faire la remarque, puis nous discutâmes âprement de sa signification. Des caissons d'acier – couramment employés plus tard dans l'ère praxique pour transporter des marchandises sur les navires et les trains – composaient d'autres parties du périmètre. Nombre d'entre eux étaient pleins de terre, d'autres de déchets métalliques tellement enchevêtrés et difformes qu'ils semblaient organiques. Le contenu de certains de ces caissons se révéla *effectivement* organique, car colonisé par les brambasiers. Il y avait beaucoup de verdure et de végétaux en bordure du complexe, mais pas au centre, résumé à une arène de terre battue.

Le corps principal du bâtiment – à peine plus qu'un toit sur pilotis – enjambait les deux cents derniers mètres du canal. Il se composait d'un treillis surdimensionné afin de pouvoir supporter un pont roulant, son grand crochet de levage pendant au bout d'une chaîne rouillée dont chaque maillon faisait la taille de ma tête. Nous avions vu cette structure depuis le mynstère, sans jamais lui accorder trop d'attention. Une salle haute de plafond, fermée par de vrais murs de brique (pour le bas) et de tôle ondulée (pour le haut), se trouvait accolée perpendiculairement à son flanc. Y était greffé un module d'habitation modifié de toutes sortes de touches personnelles, notamment une porte en faux bois ou une girouette de ferme, qui paraissaient totalement aberrantes ici. Nous frappâmes, attendîmes, puis entrâmes. Nous fîmes pas mal de bruit, juste au cas où ce fût un autre de ces endroits où les visiteurs étaient mis à mort. Mais il n'y avait personne.

Le module avait été conçu pour servir de domicile, mais tout y avait depuis été modifié pour un usage de bureau. Ainsi la cabine de douche était-elle occupée par un meuble classeur plein de dossiers archivés. Une ouverture avait été sciée dans une de ses parois pour que de petits tuyaux pussent alimenter une machine à boissons. Un urinoir autonome avait été disposé dans la chambre. L'unique décoration, si l'on exceptait les absurdités semi-rustiques fournies avec le module, était composée de morceaux de métal aux formes étranges, que je supposai, pour certains, issus de machines broyées ou écrasées lors d'événements traumatiques que l'on ne pouvait qu'imaginer.

Des traces de pas huileuses nous menèrent à la porte de derrière. Celle-ci donnait directement dans la grande salle caverneuse. Nous nous recroquevillâmes tous les deux en franchissant le seuil. Nous hésitâmes, une fois à l'intérieur. La plus grande partie de l'endroit – trop grand pour être éclairé – était baignée de lumière naturelle, dispensée par des panneaux translucides placés en haut des murs, auréolés chacun d'un nimbe scintillant. Les murs et le sol avaient été noircis par le temps, la fumée et l'huile. D'autres chaînes et crochets pendaient des poutrelles. La lumière qui les frappait leur donnait un aspect grêle, érodé. Le sol se perdait au loin dans les scintillements et les ombres. Çà et là, à bonne distance les unes des autres, étaient tapies des masses compactes, certaines pas plus grandes qu'un homme, d'autres de la taille d'une bibliothèque. Toutes avaient pour centre une montagne de fonte : lisse et renflée vue de loin, fruste vue de près, ce qui me fit supposer qu'elles résultaient de l'ancien processus consistant à produire un moule en sable et à y déverser du métal en fusion. Aux endroits importants, la fonte avait été travaillée pour obtenir des surfaces planes, des ouvertures ou des angles droits de métal nu et grisâtre : des pieds épais par lesquels les pièces étaient fixées au sol, de longues glissières sur lesquelles d'autres pièces pouvaient coulisser, entraînées par de volumineux mouvements à vis. Blottis sur le côté de ces choses ou tapis en dessous se trouvaient des appareillages de bobines de cuivre aux symétries répétitives qui, pour ceux qui étaient en mouvement, brillaient d'éclairs teintés d'azur. Des écheveaux de câbles et de tubes artistiquement coudés recouvraient ces machines comme un lierre envahissant un rocher, et mon regard les suivit de grappe en grappe, surpris parfois de découvrir ici ou là un humain en tenue de travail sombre. Parfois, ces humains faisaient quelque chose qui pouvait ressembler à une activité, mais la plupart du temps, ils se contentaient de réfléchir. Les machines émettaient parfois des bruits, mais l'ensemble était plutôt silencieux, hormis un bourdonnement provenant de caissons éparpillés un peu partout, qui vibraient chaleureusement et alimentaient ou étaient alimentés par des câbles aussi épais que ma cheville.

Il y avait peut-être une demi-douzaine d'humains en tout, mais quelque chose dans leur attitude nous poussa à préférer rester à bonne distance. L'un d'entre eux, qui poussait un chariot rouillé débordant de tortillons informes et de copeaux de métal arasé, passa à notre portée.

« Excusez-moi, demandai-je, Cord est là ? »

L'homme se tourna et tendit la main vers une masse volumineuse et complexe qui se dressait au milieu de la salle. Au-dessus, la géométrie adrakhonienne rationnelle du treillis du toit et les tourbillons infiniment plus complexes des brumes circonvoluées étaient magnifiés et rendus plus tangibles par les crachotements de lumière bleue du feu électrique. Si j'avais vu une étoile de cette couleur dans un télescope, je l'aurais aussitôt identifiée comme une naine bleue, et j'aurais deviné sa température : bien plus chaude que notre soleil, assez chaude pour dissiper une grande partie de son énergie en ultra-violets et rayons X. Mais, paradoxalement, le complexe de la taille d'une maison à l'origine de cette énergie était rouge orangé, et seule une infime fraction de cette radiation mortelle s'échappait de ses jointures ou ricochait sur des surfaces planes pour revenir vers le sol. En nous approchant, Jesry et moi, nous nous aperçûmes qu'il s'agissait d'un cube d'ambre géant, avec deux formes sombres prises à l'intérieur : non pas des insectes, mais des humains. Ils changeaient de position de temps en temps, leurs silhouettes ondulant et se déformant.

Nous vîmes qu'un rideau fait d'une sorte de gelée rouge, et suspendu à un rail surélevé, ceignait la machine. La lumière bleue pouvait se déverser vers le haut et détruire tous les microbes du plafond, mais pas aveugler les gens sur les côtés. Jesry et moi tenions pour évident que le rideau était rouge parce qu'il avait été conçu pour ne laisser passer que les basses fréquences de la lumière – que nos yeux percevaient comme rouges. Pour les hautes fréquences – que nous percevions comme bleues, quand nous pouvions les voir –, il était aussi opaque qu'une plaque d'acier.

Nous fîmes le tour du périmètre, qui faisait à peu près la taille de deux petits modules d'habitation accolés l'un à l'autre. À travers le mur de gelée rouge, il était difficile de bien distinguer les détails de la machine, mais elle semblait être équipée d'une table, un peu comme une dalle sur laquelle dix personnes eussent pu s'étendre, et qui allait et venait comme un glaçon sur une plaque chauffante. En son centre était placé un autre panneau, plus petit et circulaire, qui tournait et pivotait, mais de façon rapide et mesurée. Dominant tout cela et suspendu à une passerelle de fer forgé, un puissant dispositif se mouvait verticalement et portait l'électrode d'où naissait la lumière.

Un bras d'acier tubulaire courait du centre de la passerelle vers la plateforme sur laquelle se trouvaient les deux humains. Au bout de ce bras était suspendue une boîte faite de plaques de métal, qui semblait ne rien avoir à faire là : elle n'avait rien de commun avec les pièces de fonte moulées au sable. Des chiffres lumineux s'y affichaient partout. Elle devait être pleine de processeurs syntactiques qui mesuraient ce que faisait la machine, ou le contrôlait. Ou les deux, parce qu'un véritable processeur syntactique aurait la capacité de prendre des décisions fondées sur les données recueillies.

Évidemment, ma première réaction fut de me dire que je devais tourner les talons et quitter cet endroit. Mais Jesry était subjugué. « C'est permis, c'est l'aperte ! » me dit-il en me prenant par le bras pour me forcer à me retourner.

L'un des deux humains à l'intérieur dit quelque chose à propos de l'axe des x. Surpris, Jesry et moi nous regardâmes l'un l'autre pour nous assurer que nous avions bien entendu. C'était comme entendre un gargotier parler moyen-tærran. D'autres paroles fragmentaires nous parvinrent par-dessus les crachotements de la machine : « … spline cubique…, développée… interpolation pylanique… »

Nous ne pouvions plus quitter des yeux les rangées de chiffres rouges sur la face avant du processeur syntactique. Ils changeaient tout le temps. L'une des données était un décompte en centièmes de seconde. D'autres, comme nous le réalisâmes peu à peu, indiquaient la position de la table. Elles transcrivaient littéralement la position en x et y de la grande table, les angles de rotation et d'inclinaison de la tablette en son centre, et la hauteur de l'électrode. Parfois, toutes sauf une s'immobilisaient, signe d'un mouvement linéaire simple. D'autres fois, toutes changeaient ensemble, en résolution d'un système d'équations paramétriques.

Jesry et moi restâmes en contemplation pendant une demi-heure, sans dire un mot. J'essayais principalement de comprendre comment les données changeaient, mais je réfléchissais aussi à la façon dont cet endroit était tellement comparable au mynstère, avec son horloge sacrée au milieu et son puits de lumière.

Puis l'horloge sonna, en quelque sorte. Le décompte tomba à zéro, et la lumière mourut.

Cord tendit le bras, et leva le rideau. Elle ôta ses lunettes de protection, et s'essuya le front de la manche.

L'homme debout à côté d'elle – que je supposai être le client – était vêtu d'un pantalon noir lâche et d'un pull noir à manches longues, et il portait un bonnet noir sur la tête. Jesry et moi réalisâmes au même instant ce qu'il était. Nous en fûmes abasourdis.

De la même façon, le tic vit ce que nous étions, et recula d'un demi-pas. Sa longue barbe noire descendit sur sa poitrine, comme il en restait bouche bée. Mais ce qu'il fit ensuite fut surprenant : il contint ses velléités de se recroqueviller et de déguerpir, qui lui avait été instillées depuis la naissance. Il se ressaisit, reprit sa position initiale, et – ce qui est difficile à croire, mais Jesry et moi en convînmes plus tard – nous *dévisagea.*

Ne sachant comment réagir à une telle situation, Jesry et moi reculâmes et nous tînmes à bonne distance, tandis que Cord effectuait une série de petites tâches rapides, célébration de quelque auction de fermeture de la machine et de préparation à une réutilisation ultérieure.

L'homme ôta sa coiffe – façonnée en bonnet comme les tics la faisaient quand ils étaient entre eux –, et reforma la toque en champignon qu'ils portaient en public pour que nous pussions les identifier de loin. Il la reposa sur son crâne en nous jetant un autre regard effronté.

Tout comme nous n'eussions jamais laissé un tic entrer dans le cancel, lui voyait notre présence tel un sacrilège. À ses yeux nous avions commis une profanation.

Obéissant peut-être à une impulsion similaire, Jesry et moi nous encapuchonnâmes.

On eût dit que, loin de ployer sous le stéréotype du tic sournois, intrigant et scélérat, celui-ci l'assumait, s'en enorgueillissait, et le poussait aussi loin qu'il était possible sans nous adresser la parole.

Tandis que nous attendions que Cord et le tic eussent achevé leur affaire, je continuai de réfléchir à tout ce que cet endroit avait en commun avec le mynstère : par exemple, la façon dont j'avais été déconcerté en entrant dans la salle, si sombre et lumineuse à la fois. Une petite voix intérieure – la voix d'un pédant procien – m'avertit du caractère halikaarnien de cette pensée, car en fait je ne voyais qu'une collection de machines anciennes sans aucun sens : que de la syntaxe, aucune sémantique. Je prétendais y en voir un, mais ce sens n'avait aucune réalité en dehors de mon esprit. Je l'avais apporté ici avec moi, l'avais nourri dans ma tête, et maintenant, je jouais à des jeux sémantiques en l'accolant à ces monuments de fonte.

Mais plus j'y pensais, plus j'étais certain de connaître une véritable illumination.

Protas, le plus grand phyte de Thélénès, était monté au sommet d'une montagne près d'Éthras ; il avait regardé la plaine qui nourrissait la cité-État, observé l'ombre des nuages, et comparé leurs formes. Il avait alors eu la célèbre illumination disant que si les formes des ombres répondaient indéniablement à celles des nuages, ces dernières étaient infiniment plus complexes et plus parfaitement réalisées que les premières, faussées non seulement par la perte d'une dimension spatiale, mais aussi par l'effet de leur projection sur un relief irrégulier. En redescendant, il avait enrichi cette illumination en remarquant que les montagnes semblaient avoir une forme différente chaque fois qu'il se retournait pour les regarder, alors même qu'il savait qu'elles n'avaient qu'une forme unique dans l'absolu, et que ces changements apparents étaient seulement le fruit du déplacement de son point de vue. De là, il était passé à la plus grande de ses illuminations, selon laquelle ces deux observations – celle qui concernait les nuages et celle qui concernait les montagnes – n'étaient elles-mêmes que les ombres projetées dans son esprit de la même idée unificatrice plus étendue. Une fois de retour sur le périklyne, il avait proclamé sa doctrine : toutes les choses que nous pensions savoir n'étaient que les ombres d'objets plus parfaits existant dans un monde plus élevé. Ce qui était devenu le concept primordial du protisme. Si Protas pouvait être respecté pour avoir dit cela, alors qu'y avait-il de mal à penser que notre mynstère et cette manufacture étaient tous deux les ombres de quelque chose de plus élevé qui existait ailleurs – un endroit sacré dont ils étaient tous deux les ombres, et qui projetait d'autres ombres encore en des lieux tels que des arches baziennes ou des bosquets d'arbres séculaires ?

Jesry, pendant ce temps, avait continué d'observer la machine. Après avoir manipulé des commandes, qui avaient fait se rétracter la tête d'allumage aussi haut qu'elle pouvait aller et s'avancer la table, Cord grimpa sur la dalle d'acier. En petits pas soigneux, elle rejoignit la partie qui tournait et s'inclinait (elle-même étant une machine d'une taille impressionnante). Avant de porter son poids sur un pied, Cord lui faisait dessiner un petit mouvement circulaire pour écarter les éclats et frisons de métal argenté. Ils tintinnabulaient en allant retomber sur le sol, et certains laissaient dans leur sillage de petites volutes de fumée. Un assistant s'approcha avec un chariot vide, un seau et une pelle, et commença à les rassembler en une petite pile.

« Elle sculpte le métal à partir d'un bloc, dit Jesry. Non pas avec une lame, mais avec des arcs électriques qui font fondre…

– Ils font plus que le faire fondre, le coupai-je. Tu te souviens de la couleur de la lumière ? Ils transforment le métal…

– En plasma, conclûmes-nous à l'unisson.

– La machine ôte simplement tout ce qui n'est pas voulu », ajouta Jesry.

Restait à savoir ce qui *était* voulu. La réponse était arrimée sur la tablette rotative : une sculpture de métal argenté, fluide et incurvée comme des bois de cerf, épaissie par endroits de renflements percés d'orifices parfaitement cylindriques.

Cord tira une clé de la chose qu'elle portait sur elle et qui ressemblait plus à un harnais qu'à un vêtement, puisque sa fonction principale était de porter ses outils. Elle dévissa trois écrous, remit la clé dans son gousset, déploya ses épaules, s'accroupit, étira son dos, leva les mains, et les referma sur deux saillies de la chose qu'elle avait fabriquée. Celle-ci se détacha de la tablette. Cord la porta en bas de la machine comme un chaton sauvé d'un arbre et la posa sur un chariot d'acier qui avait l'air plus vieux qu'une montagne. Le tic caressa la pièce de la main. Sa haute coiffe souligna ses mouvements, comme il se penchait et inspectait certains détails. Puis il hocha lentement la tête, échangea quelques mots avec Cord, et s'enfonça avec le chariot dans la fumée et le silence.

« C'est une pièce de l'horloge ! s'exclama Jesry. Quelque chose a dû se casser ou s'user dans les caves ! »

J'étais d'accord sur le fait que le style de cette chose me rappelait certains éléments de l'horloge, mais je lui fis signe de se taire parce qu'en l'instant, j'étais plus intéressé par Cord. Elle se dirigeait vers nous, marchant presque sur les échardes de métal, mais les évitant toujours, et s'essuyait les mains sur un chiffon. Ses cheveux étaient coupés court. J'eus d'abord l'impression qu'elle était très grande, peut-être parce qu'elle l'était dans mon souvenir. En fait, elle n'était pas plus grande que moi. Elle paraissait corpulente, avec tous ces outils serrés sur son corps, mais son cou et ses avant-bras étaient élancés.

Elle s'approcha jusqu'à deux pas, s'arrêta et s'immobilisa. Forte et volontaire dans sa façon de se tenir, elle semblait capable de dormir debout, comme un cheval. « Je crois que je sais qui tu es, me dit-elle, mais comment t'appelles-tu ?

– Érasmas, maintenant.

– C'est le nom d'un ancien saunt ?

– Exactement.

– Je n'ai jamais réussi à retaper ce vieux vachéché.

– Je sais. Je viens de le voir.

– J'ai apporté des pièces ici, pour les usiner. Je ne m'y suis jamais mise. » Elle regarda la paume de sa main droite, puis ramena les yeux sur moi.

Je compris que cela signifiait : *Elle est sale, mais je te serrerai la main si tu le veux bien.* Je tendis la mienne et la lui serrai.

La sonnerie des cloches nous parvint.

« Merci de nous avoir permis de voir ta machine, dis-je. Aurais-tu envie de voir la nôtre ? C'est le proveneur. Jesry et moi devons aller remonter l'horloge.

– Je suis allée au proveneur, une fois.

– Aujourd'hui, tu pourras le voir d'où nous le voyons. Joyeuse aperte.

– Joyeuse aperte, répondit-elle. Après tout, pourquoi pas ? Je vais venir voir. »

Nous dûmes nous hâter à travers le pré. Cord avait laissé son grand harnais à outils dans la salle des machines, en révélant un autre, plus petit et plus proche d'une veste, qui devait contenir les choses dont elle ne pouvait se passer, quelles que fussent les circonstances. Lorsque nous nous étions mis à courir, elle avait cliqueté et cahoté un temps, mais une fois qu'elle eut resserré quelques lanières, elle put tenir notre rythme, comme nous cavalions à travers la luzerne. Notre pré avait été colonisé par les sæculiers, qui pique-niquaient pour la mi-journée. Certains faisaient même griller de la viande. Ils regardaient notre course comme si notre retard était une mise en scène destinée à les divertir. Les enfants étaient poussés en avant pour mieux en profiter. Les adultes pointaient des visuocapteurs sur nous et riaient de notre préoccupation.

Nous atteignîmes la porte du pré, grimpâmes les escaliers jusqu'à une remise dans laquelle des bancs et des autels poussiéreux étaient empilés contre les murs, et manquâmes trébucher sur Lio et Arsibalt. Lio était assis par terre, en tailleur. Arsibalt se tenait sur un petit banc, les genoux bien écartés, penché en avant afin que le sang qui coulait de son nez formât une flaque propre sur le sol. La lèvre de Lio était gonflée et saignait. La peau autour de son œil gauche était ocre, laissant suggérer qu'elle serait noire le lendemain. Son regard se perdait dans un coin sombre de la pièce. Arsibalt laissa échapper un grondement chevrotant, comme s'il avait sangloté et se reprenait tout juste.

« Une bagarre ? » demandai-je.

Lio acquiesça.

« Entre vous deux, ou… »

Lio agita négativement la tête.

« Nous avons été agressés ! proclama Arsibalt, en tonnant vers sa mare de sang.

– Intra ou extra ? demanda Jesry.

– Extra-muros. Nous étions en route vers la basilique de mon pater. Je désirais simplement savoir s'il me parlerait. Un véhicule nous a dépassés une fois, deux fois, trois fois. Il tournait autour de nous en se rapprochant, comme un rapace à l'affût. Quatre hommes en ont émergé. L'un d'entre eux avait le bras en écharpe : il s'est contenté de regarder et d'encourager les trois autres. »

Jesry et moi regardâmes Lio, qui comprit immédiatement.

« Totalement, irrémédiablement inutile, dit-il.

– Qu'est-ce qui est inutile ? » demanda Cord. Le son de sa voix poussa Arsibalt à relever la tête.

Lio n'était pas du genre à s'intéresser à la présence d'un visiteur, mais il répondit à sa question : « Mon combla. Tout le combe-l'art que j'aie jamais étudié.

– Ce ne peut pas être à ce point ! » s'exclama Jesry. Ce qui était bizarre parce que, durant toutes ces années, personne n'avait consacré autant d'énergie que Jesry à expliquer à Lio à quel point son combla était inutile.

En guise de réponse, Lio se releva, glissa d'un pas sur le côté, attrapa le bord de la capuche de Jesry, et l'abaissa d'un coup sec par-dessus son visage. Non seulement Jesry ne voyait plus rien, mais étant donné la façon dont sa chape était nouée autour de son corps, cela réduisait également la liberté de mouvement de ses bras, et il lui fut étonnamment difficile de dégager son visage. Lio lui asséna une minuscule pichenette, qui lui fit perdre l'équilibre à tel point que je dus l'enlacer pour le maintenir debout.

« C'est ce qu'ils t'ont fait ? » demandai-je.

Lio opina.

« Penche la tête *en arrière*, pas en avant, expliquait concomitamment Cord à Arsibalt. Il y a une veine, là. » Elle lui indiqua le haut de l'arête de son nez. « Pince-la. C'est bien. Je m'appelle Cord, je suis une jermène de… d'Érasmas.

– Enchanté, répondit Arsibalt d'une voix étouffée par la main qu'il avait placée selon les instructions de Cord. Moi, je m'appelle Arsibalt, bâtard du grand prélat bazien local, si tu peux le croire.

– Le saignement se tarit, j'ai l'impression », dit Cord. Elle avait tiré de l'une de ses poches deux billes pourpres qui se déroulèrent en une paire de gants d'une matière membranaire souple. Elle les enfila en tortillant les mains.

J'en restai un instant ébahi, puis réalisai que c'était une précaution contre l'infection, une chose à laquelle je n'aurais jamais pensé.

« Heureusement, ma masse sanguine est tout bonnement considérable, à cause de ma taille, fit remarquer Arsibalt. Sinon, je crains que je m'exsanguinerais. »

Certaines des poches de Cord étaient hautes et fines et alignées par rangées. De deux d'entre elles elle tira deux tampons droits d'une matière blanche fibreuse, d'à peu près la taille de son petit doigt, chacune avec un fil au bout.

« Qu'est-ce que c'est ? voulut savoir Arsibalt.

– Des mèches hémostatiques, répondit Cord. Une pour chaque narine, si tu veux bien. » Elle les posa dans les mains ensanglantées d'Arsibalt, et le regarda, mi-nerveuse mi-fascinée, les disposer précautionneusement. Lio, Jesry et moi restâmes muets.

Soor Ala entra avec une brassée de chiffons, qu'elle jeta par terre pour la plupart, afin de recouvrir les flaques. Aidée de Cord, elle se servit du reste pour essuyer le sang des lèvres et du menton d'Arsibalt. Dans le même temps, elles se toisaient, comme pour savoir laquelle était l'expérimentatrice et laquelle la souris de laboratoire. Le temps de reprendre mes esprits et de penser à faire les présentations, elles en savaient tant l'une sur l'autre que leurs noms n'avaient plus de réelle importance.

D'une autre poche encore Cord tira un objet de métal complexe entièrement replié sur lui-même. Elle le transforma en une paire de ciseaux miniature, avec laquelle elle coupa les fils qui pendaient des narines d'Arsibalt.

Soor Ala était si dirigiste et taciturne que, jusqu'à cet instant, j'avais craint que la confrontation ne virât à la foire d'empoigne, mais lorsque son attention se porta sur les mèches hémostatiques, elle adressa à Cord un grand sourire, que cette dernière lui retourna.

Nous entraînâmes Arsibalt hors de la remise, dissimulâmes sa condition sous une grande robe pourpre, et n'arrivâmes pour le proveneur qu'avec quelques minutes de retard. Nous fûmes accueillis par les ricanements de ceux qui nous soupçonnaient d'être allés nous saouler extramuros. La plupart des rieurs étaient des visiteurs de l'aperte, mais je perçus des pointes d'amusement jusque chez les millénos. Je m'attendais à ce que nous dussions faire tout le travail, Jesry et moi. Bien au contraire : Lio et Arsibalt poussèrent avec bien plus de force qu'à l'accoutumée.

Après le proveneur, le férulaire pourfendeur traversa le cancel et franchit notre écran pour venir questionner Lio et Arsibalt. Jesry et moi nous tînmes à l'écart. Cord resta près de nous, tout ouïe. Sa présence poussa Lio à beaucoup parler ouaïl, pour le plus grand déplaisir de fraa Delrakhonès. Arsibalt, par contre, n'eut de cesse d'utiliser des termes comme « sacripant ».

À la description du véhicule que conduisaient les voyous et aux vêtements qu'ils portaient, Cord les reconnut. « Ils sont du coin, c'est un…, commença-t-elle avant de s'interrompre.

– Une bande ? tenta Delrakhonès.

– Une bande qui affiche sur ses murs des images des bandes imaginaires des vieilles visues, reprit-elle dans un haussement d'épaules.

– C'est fascinant ! s'exclama Arsibalt, tandis que fraa

Delrakhonès assimilait ce détail. C'est donc une sorte de méta-bande…

– Mais ils ont une activité bien réelle, comme vous l'avez vu », poursuivit Cord.

Il apparut rapidement à la nature de ses questions que Delrakhonès s'efforçait de déterminer à quelle iconographie cette bande souscrivait. Il ne semblait pas saisir ce qui nous paraissait évident, à Jesry et à moi : il y avait des extras prêts à molester des avôts simplement parce qu'ils trouvaient cela plus amusant que de ne pas les molester – et non pas parce qu'ils souscrivaient à quelque théorie oiseuse sur ce que nous étions. Lui croyait encore que les sacripants s'embarrassaient de théories.

Cord et moi en ressentîmes d'abord de la frustration, puis bientôt de la lassitude (comme Orolo aimait à le dire, *l'ennui est un masque dont se pare la frustration*). Je trouvai son regard. Elle et moi nous écartâmes discrètement. Cela ne paraissant gêner personne, nous nous éclipsâmes.

J'en ai déjà fait mention : nous, les dixies, n'avions qu'un faisceau de tourelles en lieu d'une nef proprement dite. La plus maigrelette n'était constituée que d'un escalier en spirale qui menait au triforium, une sorte de galerie surélevée faisant tout le tour du cancel, au-dessus des écrans et en dessous des magistrales fenêtres à claire-voie. D'un côté de notre section de ce triforium se trouvait un petit escalier menant à la salle des sonneuses. Voilà qui intéressa Cord. Je vis son regard suivre les cordes des cloches jusqu'à l'endroit où elles se perdaient dans les hauteurs du præsidium. Je compris qu'elle brûlait de voir ce qui se trouvait à l'autre bout. Alors nous rejoignîmes l'autre extrémité du triforium et commençâmes à monter un autre escalier. Celui-ci zigzaguait par paliers dans la tour qui ancrait le coin sud-ouest du mynstère.

Les architectes mathiques étaient nuls pour ce qui était

des murs. Ils savaient construire des piliers ; les arches leur convenaient tout à fait ; les voûtes, pour n'être après tout que des arches en trois dimensions, n'avaient pas de secret pour eux. Mais qu'on leur demandât d'ériger un mur, et tout leur monde s'effondrait. Là où n'importe qui d'autre au monde eût construit un mur, eux remplissaient l'espace de tout un système d'arches et de remplages. Lorsqu'on se plaignait du vent, des nuisibles, et de tout ce qu'un simple mur eût évité, ils daignaient tout au plus obturer quelques cavités avec des vitraux. Et nous étions encore bien loin d'avoir bouché toutes les ouvertures. Les jours venteux ou pluvieux, de telles constructions étaient un enfer. Mais en des jours comme celui-ci, elles étaient plaisantes parce qu'elles permettaient d'avoir une vision panoramique. En montant les marches de la tour sud-ouest, nous bénéficiâmes d'une vue dominante sur le mynstère et toute la concente.

Le sommet de cette tour – plus exactement l'endroit où elle se scindait en piliers et pinacles, par ailleurs la partie la plus élevée que l'on pût atteindre sans échelle et matériel d'escalade – se trouvait à peu près à la même altitude que le siège de la férule édictrice. Il amorçait l'une des réalisations de pierre les plus élaborées de la concente, une sorte de coupole-tour-passerelle formant une statue qui représentait les planètes, les lunes, et certains des cosmographes antiques qui les avaient étudiées. À quelques pas devant nous se trouvait une herse, une grille de barreaux pouvant être levée ou baissée. En cet instant, elle avait été levée pour dégager le passage, nous autorisant à aller rejoindre un autre escalier, taillé lui dans un arc-boutant, qui nous permettrait de reprendre notre ascension et nous ramènerait à l'intérieur du præsidium. La herse eût-elle été fermée que nous n'eussions pu aller nulle part, sauf à vouloir nous engager sur une sorte de transversale menant au siège de la férule édictrice.

Cord et moi traversâmes la coupole en marchant lentement, afin qu'elle pût contempler les sculptures et le mécanisme. Puis nous recommençâmes à monter. Je la laissai passer devant pour qu'elle eût une vue dégagée, et pour pouvoir la soutenir si elle était prise de vertige. Car nous étions maintenant bien loin du sol, et grimpions en suivant les circonvolutions des entrailles d'un contrefort qui, vu d'en bas, paraissait aussi fin que les os d'un oiseau. Cord tenait les rampes de métal des deux mains, absorbait lentement ce qu'elle découvrait, et semblait l'apprécier. Enfin, nous traversâmes une embrasure (une sorte d'arche mathique profonde et complexe) intégrée dans le coin du præsidium à peu près à hauteur des beffrois.

De là, il n'y avait plus qu'une seule voie qui montait encore, un escalier en colimaçon accolé à la face intérieure des parois en remplage du præsidium. Peu de touristes avaient le cœur d'affronter autant de marches, et beaucoup des avôts se trouvaient extra-muros, alors nous avions tout le præsidium pour nous seuls. Je la laissai profiter de la vue plongeante sur le cancel. Les domaines férulaires, juste en contrebas de notre position, étaient en forme de cloître, c'est-à-dire que chacun avait en son centre le grand trou carré du præsidium, ceint d'une galerie d'où l'on voyait en tout point et le cancel et l'astrohenge, selon que l'on regardait vers le bas ou vers le haut.

Depuis le balcon, Cord suivit les cordes des yeux, et eut la satisfaction de voir qu'elles étaient bien reliées à un carillon. Mais de cette hauteur, il était également évident que bien d'autres choses étaient connectées aux cloches : des arbres et des chaînes qui descendaient de la chronozone, depuis laquelle des mécanismes automatiques sonnaient les heures. Il était inévitable qu'elle voulût également voir cela, alors nous repartîmes, en progressant comme deux fourmis dessinant une longue spirale pour remonter un puits, avec de courtes pauses pour reprendre notre souffle et donner à Cord le loisir de scruter l'horloge ou de se figurer comment les pierres avaient été assemblées. Cette partie du bâtiment étant de conception beaucoup plus simple parce qu'il n'y avait plus lieu de l'asseoir à l'aide de voûtes et de contreforts, les architectes s'en étaient donné à cœur joie avec les remplages. Les murs n'étaient qu'une écume fractale de pierres entrelacées et délicatement ciselées à la main. Cord était fascinée. Moi, d'avoir passé tant d'heures en tant que phyte à nettoyer les fientes d'oiseau de ces pierres et de l'horloge qu'elles abritaient, je ne pouvais plus les voir…

« Donc, tu ne peux pas venir ici en dehors de l'aperte, affirma-t-elle à un moment.

– Qu'est-ce qui te fait penser cela ?

– Eh bien, il ne t'est pas permis d'avoir des contacts avec des personnes extérieures à ta math, n'est-ce pas ? Mais si vous et les monos, les séculos et les millénos pouviez tous emprunter cet escalier à n'importe quel moment, vous tomberiez les uns sur les autres à longueur de temps.

– Regarde la façon dont l'escalier est construit, répondis-je. Il n'y en a quasiment aucune partie que l'on ne puisse voir de loin. Alors, nous gardons simplement nos distances.

– Mais s'il fait noir ? Ou si vous allez tout en haut et qu'il y a déjà quelqu'un dans l'astrohenge ?

– Tu te souviens de la herse que nous avons passée ?

– Au sommet de la tour ?

– Oui. Eh bien, n'oublie pas qu'il y a trois autres tours. Chacune a une herse similaire.

– Une pour chacune des maths ?

– Exactement. Durant les heures de la nuit, toutes sauf une sont fermées par le maître des clés. C'est un hiérarque – un adjoint du férulaire pourfendeur. Ainsi, une nuit, les dixies peuvent être les seuls à avoir accès à l'escalier et à l'astrohenge. Une autre nuit, ce seront les séculos, etc. »

Lorsque nous arrivâmes à hauteur de la glissière sur laquelle coulissait le poids du siècle, nous nous arrêtâmes une minute afin que Cord pût l'observer. Nous regardâmes également à travers le remplage du mur sud, vers le hangar des machines dans lequel elle travaillait. Je retraçai mon trajet du matin, et localisai la maison de la famille de Jesry, sur la colline.

Cord continuait de chercher la faille dans notre Discipline. « Ces férulaires, et leurs semblables…

– Les hiérarques.

– Ils communiquent avec toutes les maths, j'imagine ?

– Ainsi qu'avec les tics, le monde sæculier, et les autres concentes.

– Donc, quand vous parlez à l'un d'entre eux…

– Attends, la coupai-je. Les gens s'imaginent que les maths seraient hermétiquement closes. Mais cela n'a jamais été une règle absolue. Le genre d'hypothèse que tu soulèves procède simplement d'une conduite disciplinée. Nous gardons nos distances avec ceux qui n'appartiennent pas à notre math. Nous nous taisons et nous encapuchonnons quand cela est nécessaire, afin d'éviter tout transfert malheureux d'information. Si nous devons absolument communiquer avec quelqu'un d'une autre math, nous le faisons par l'intermédiaire des hiérarques. Et ils ont tout l'entraînement nécessaire pour pouvoir, disons, parler à un millénos sans qu'une quelconque information sæculière lui soit transférée. C'est pour cette raison que les hiérarques ont ces tenues particulières, ces coupes de cheveux, qui n'ont rigoureusement pas changé en trois mille sept cents ans. Ils n'emploient qu'une forme très stricte d'une version antique du tærran. Et il nous est également possible de communiquer sans nous parler. Par exemple, si fraa Orolo désire observer une étoile particulière cinq nuits de suite, il peut expliquer son projet au primat, et si cela paraît raisonnable, le primat ordonnera au maître des clés de laisser notre herse ouverte les cinq nuits en question, en fermant les autres. Comme elles sont visibles depuis les maths, les cosmographes millénariens pourront les voir, et ils sauront qu'ils n'auront pas l'usage de l'astrohenge ces soirs-là. Et nous pouvons aussi nous servir des labyrinthes entre les maths pour certaines formes de communication, comme transférer des choses ou des gens de l'une à l'autre. Mais il n'y a rien que nous puissions faire pour empêcher les aéroplanes de nous survoler, ou la musique d'être entendue par-dessus les murailles. Par le passé, des gratte-ciel nous ont surplombés deux siècles durant ! »

Ce dernier détail intéressa Cord. « Tu as vu les poutrelles métalliques empilées dans la manufacture ?

– Oh, elles viennent de l'ossature des gratte-ciel ?

– Sans aucun doute. Nous avons une boîte de vieux phototypes les montrant tractées jusque chez nous par des équipes d'esclaves.

– Y a-t-il des dates imprimées sur ces phototypes ?

– Oui, ils remontent à environ sept cents ans.

– À quoi ressemble le paysage à l'arrière-plan ? Une ville en ruines, ou… »

Elle agita négativement la tête. « Une forêt avec de grands arbres. Sur certaines des images, ils font rouler les poutrelles sur des rondins.

– Eh bien, il y a eu un effondrement de la civilisation vers 2800, alors cela se tient », dis-je.

La chronozone était traversée de toute part par des arbres et des chaînes qui, en certains endroits, convergeaient vers des mouvements d'horlogerie. Les chaînes qui remontaient depuis les poids se raccrochaient ici, dans des monceaux de roulements et d'engrenages.

Pour quelque raison, Cord avait paru peu à peu s'exaspérer, et elle finit par exploser : « Ce n'est pas comme cela qu'on fait !

– Qu'on fait quoi ?

– Qu'on construit une horloge censée fonctionner des milliers d'années !

– Pourquoi pas ?

– Eh bien, regarde ces chaînes, déjà ! Tous ces axes, ces surfaces portantes, ces maillons, autant de possibilités de voir quelque chose casser, s'user, s'encrasser, se corroder… Qu'est-ce que ses concepteurs pouvaient bien avoir dans la tête ?

– Ils considéraient qu'il y aurait toujours suffisamment d'avôts pour l'entretenir, répondis-je. Mais je vois ce que tu veux dire. Certaines des autres horloges millennales sont plus proches de ce que tu as à l'esprit : elles sont conçues pour fonctionner durant des millénaires sans aucun entretien. Tout dépend des postulats du concepteur. »

Cela lui donna à réfléchir, alors nous montâmes un temps en silence. Je passai devant, parce qu'à partir d'un certain point le chemin n'était plus tout tracé. Nous dûmes éviter ou contourner divers escaliers et passerelles placés çà et là, chaque fois pour permettre l'accès à un mouvement particulier. Ce qui convenait tout à fait à Cord. En fait, elle passait tant de temps à analyser le fonctionnement de l'horloge que je commençai à m'impatienter et à penser au repas servi en cet instant même au réfectoire. Puis je me souvins que c'était l'aperte, et que je pouvais aller extra-muros si l'envie m'en prenait, mendier un chizburg. Cord, habituée à pouvoir manger quand elle le voulait, ne s'en souciait pas le moins du monde.

Elle observa un entrelacs de leviers semblables à des ossements qui interagissaient les uns avec les autres. « Ils me font penser à la pièce que j'ai usinée pour Sammanne ce matin.

– Ne me dis pas son nom, ni quoi que ce soit d'autre, suppliai-je en l'interrompant d'un geste de la main.

– Pourquoi ne pouvez-vous pas parler aux tics ? demanda-t-elle, soudain irritée. C'est stupide. Certains d'entre eux sont très intelligents. »

La veille encore, j'eusse ri d'un artisan assez présomptueux pour prétendre juger de l'intelligence de quiconque vivait dans la concente – même d'un tic –, mais Cord était ma jermène. Elle partageait un grand nombre de mes séquences, et avait la même intelligence intrinsèque que moi. Nous, les fraas, étions rendus stériles par des substances incorporées aux aliments afin que nous ne pussions pas féconder des soors et engendrer une espèce d'humains plus intelligente à l'intérieur des concentes. Génétiquement, nous demeurions tous taillés dans la même étoffe.

« C'est un peu une forme d'hygiène, dis-je.

– Tu crois que les tics sont sales ?

– L'hygiène n'est pas une question de propreté. C'est une question de transmissibilité. Dans le cas présent, il s'agit d'empêcher la dissémination de séquences qui seraient dangereuses si on leur permettait de se propager. Nous ne considérons pas les tics comme impurs parce qu'ils ne se laveraient pas. Mais leur raison d'être est de travailler avec des informations qui se perpétuent par promiscuité.

– Pourquoi ? Quel est le problème ? Qui pond ces règles idiotes ? De quoi ont-ils peur ? »

Elle parlait fort. Eussions-nous été dans le réfectoire que j'en eusse grincé des dents, mais là, j'étais heureux de l'entendre se lâcher dans cet abîme de machines patientes et muettes. Comme nous reprenions notre ascension, je cherchai quelque explication à laquelle son esprit pût être ouvert. Nous avions dépassé les parties les plus complexes maintenant – les mécanismes qui agissaient sur les cadrans. Ne restaient plus qu'une demi-douzaine d'arbres verticaux qui se prolongeaient à travers des trous dans le plafond pour se connecter à diverses parties de l'astrohenge : les axes polaires des télescopes et le synchroniseur zénithal qui ajustait l'heure de l'horloge chaque jour à midi – quand le ciel était clair, du moins. La dernière étape à l'approche de l'astrohenge fut l'escalier en spirale qui s'enroulait autour du plus épais de ces arbres, celui qui entraînait le grand télescope de Sauntes-Mithra-et-Mylax.

« Cette grande machine que tu utilises pour couper le métal…

– Un centre d'usinage cinq axes par électroérosion.

– J'ai remarqué qu'elle avait des manettes faites pour des mains humaines. Une fois le travail terminé, tu t'en es servie pour déplacer et ranger la table. Et j'imagine que tu pourrais aussi employer les manettes pour usiner une pièce, n'est-ce pas ?

– Évidemment. Pour une pièce toute simple, dit-elle dans un haussement d'épaules.

– Mais lorsque tu abandonnes les manettes et que tu laisses les commandes à l'appareil syntactique, cela devient un outil bien plus efficient, n'est-ce pas ?

– Infiniment plus. Il n'y a quasiment aucune forme qui ne pourrait être réalisée par une machine contrôlée par apsynte. » Elle glissa une main le long de sa hanche et tira une montre à gousset qu'elle laissa pendre au bout de sa chaîne argentée, aux maillons fluides et homogènes. « Cette chaîne est mon chef-d'œuvre de compagnon. Je l'ai découpée dans un bloc de titane pur. »

Je pris le temps de tâter la chaîne. Elle était comme un filet d'eau glacée sous mes doigts. « Eh bien, les apsyntes peuvent avoir le même pouvoir amplificateur sur d'autres genres d'outils. Les outils qui lisent et écrivent les séquences génétiques, par exemple. Qui régulent les protéines. Qui programment une nucléosynthèse.

– Je ne sais pas ce que c'est.

– Parce que plus personne ne le fait.

– Alors comment se fait-il que *toi*, tu le saches ?

– Nous les étudions – de façon purement théorique – lorsque nous abordons le premier et le deuxième Sac.

– Je ne sais pas ce que c'est non plus, alors j'aimerais que tu en viennes au fait. »

Nous avions atteint le sommet des escaliers menant à l'astrohenge. J'ouvris la porte et nous sortîmes, en plissant les yeux sous l'effet de la lumière. Cord devenait un peu chatouilleuse. D'avoir vu Orolo parler à des artisans comme Flec et Quin, je savais à quel point ils pouvaient s'impatienter devant ce qu'ils percevaient chez nous comme une façon détournée et circonvolue de s'exprimer. Je me tus un instant, et la laissai regarder alentour.

Nous étions sur le toit du præsidium : un grand disque de pierre porté à la façon d'une voûte, presque plat, mais légèrement bombé en son centre pour évacuer l'eau de pluie. Sur tout son périmètre, des mégalithes se dressaient pour indiquer où certains corps célestes s'élevaient et se disposaient à différentes périodes de l'année. À l'intérieur de cet anneau avaient été érigées plusieurs structures indépendantes, dont la plus grande, tout près du centre, était le pinacle et sa double spirale enveloppante d'escaliers extérieurs – le point culminant du mynstère.

Les dômes jumeaux du grand télescope constituaient la structure la plus volumineuse de l'endroit. Et il y avait enfin, répartis un peu partout tout autour, les dômes de télescopes beaucoup plus petits, un laboratoire sans fenêtre dans lequel nous travaillions avec des tablettes photomnémoniques, et une chapelle chauffée où Orolo aimait à œuvrer et à instruire ses phytes. J'entraînai Cord dans cette direction. Nous franchîmes consécutivement deux grandes portes de bois massif armées de métal (il pouvait faire très froid là-haut), et entrâmes dans une petite pièce paisible qui, avec ses arches et ses rosettes à vitraux, semblait dater de l'ère mathique classique. Posée sur une table, exactement là où je l'avais laissée, se trouvait la tablette photomnémonique que m'avait donnée Orolo. C'était un disque d'à peu près la taille de mes deux mains accolées, épais de trois doigts, et fait d'une sorte de verre sombre. S'y affichait l'image de la nébuleuse de Saunt-Tancred, pâle et difficile à discerner, jusqu'à ce que je la sortisse de la flaque de lumière qui provenait de la fenêtre.

« C'est probablement le phototype le plus encombrant que j'aie jamais vu, dit Cord. C'est une technologie ancienne ?

– C'est bien plus que cela. Un phototype capture un instant – il n'a pas de dimension temporelle. Tu vois à quel point l'image paraît proche de la surface ?

– Oui. »

Je posai le bout du doigt sur le côté de la tablette et le fis glisser vers le bas. L'image s'enfonça dans le verre, selon le mouvement de mon doigt. À mesure que l'image reculait, la nébuleuse évoluait, se contractait sur elle-même. Les étoiles autour ne changeaient pas de position. Lorsque mon doigt atteignit le bas de la tablette, la nébuleuse était devenue une étoile unique d'une brillance extraordinaire.

« Dans la couche la plus basse de la tablette, expliquai-je, ce que nous voyons, c'est l'étoile de Tancred, la nuit même où elle explosa, en 490. Pratiquement à l'instant où sa lumière pénétrait notre atmosphère, saunt Tancred leva les yeux et la remarqua. Il se précipita pour placer une tablette mnémonique comme celle-ci dans le grand télescope de sa concente, et le dirigea vers la supernova. La tablette enregistra des images de l'explosion chaque nuit claire jusqu'en 2999, date à laquelle elle fut extraite pour être copiée et distribuée aux millénos.

– Je vois des choses de ce genre tous les jours en arrière-plan des visues de spécufiction, dit Cord, mais je n'avais pas réalisé qu'il s'agissait d'explosions. » Elle fit remonter son doigt sur le côté de la tablette à plusieurs reprises, la faisant avancer de milliers d'années en une seconde. « Alors qu'il n'y avait rien de plus évident.

– La tablette a toutes sortes d'autres fonctions », dis-je, et je lui montrai comment zoomer sur une partie de l'image jusqu'à la limite de sa résolution.

C'est à ce moment-là que Cord comprit où je voulais en venir. « Cet objet, dit-elle en montrant la tablette du doigt, il doit bien y avoir un apsynte à l'intérieur.

– Oui. Et cela le rend bien plus puissant qu'un phototype, tout comme ton centre d'usinage cinq axes est rendu beaucoup plus puissant par son cerveau.

– Mais n'est-ce pas une violation de votre Discipline ?

– Certaines praxis ont été sanctuarisées. Comme la néomatière dans nos sphères et nos chapes, ou ces tablettes.

– Elles ont été sanctuarisées ? Quand ça ? Quand toutes ces décisions ont-elles été prises ?

– Durant les convoxes qui ont suivi les premier et deuxième Sacs, répondis-je. Vois-tu, même après la fin de l'ère praxique, les concentes ont continué de développer d'immenses capacités en couplant les processeurs qui avaient été inventés dans leurs facultés syntactiques avec d'autres outils – dans un cas, pour produire de la néomatière, et dans l'autre, pour manipuler les séquences. Cela fit renaître dans l'esprit des gens le souvenir des Événements horrifiques, et entraîna les premier et deuxième Sacs. Nos règles concernant les tics, et les praxis que nous pouvons ou pas utiliser, remontent à ces temps-là. »

C'était encore trop abstrait au goût de Cord, mais soudain elle eut une idée, et son regard s'illumina. « Tu es en train de parler des incantants ? »

Par quelque réflexe stupide et totalement involontaire, je tournai la tête pour regarder par la fenêtre en direction de la math millénarienne, une forteresse sur un éperon rocheux, au niveau du sommet de cette tour, mais protégée des regards par ses murailles. Cord s'en aperçut. Pis, elle parut s'y être attendue.

« Le mythe des incantants, lui, remonte aux temps qui précédèrent immédiatement le *troisième* Sac, objectai-je.

– Et leurs ennemis, les… comment les appelait-on, déjà ?

– Les rhétôs.

– Oui. Quelle est la différence, exactement ? » Elle m'adressa son regard le plus innocent et le plus fervent, en enroulant sa chaîne de montre autour de son doigt.

Il me fut impossible d'être franc avec elle, de lui expliquer à quel point ces questions étaient stupides. « Euh… si tu as regardé ce genre de visues, tu en sais plus que moi sur le sujet, répondis-je. L'une des vagues explications que j'ai entendues une fois disait que les rhétôs pouvaient changer le passé, et étaient heureux de le faire, tandis que les incantants pouvaient changer l'avenir, et y étaient réticents. »

Elle hocha la tête comme si, contre toute attente, tout ça avait quelque sens. « Mais ils y étaient forcés par ce qu'avaient fait les rhétôs. »

Je haussai les épaules. « Encore une fois, cela dépend du type de fiction que tu apprécies…

– Mais eux, ce serait des incantants », dit-elle en indiquant le piton rocheux d'un geste du menton.

Je commençai à perdre patience, alors je la ramenai à ciel ouvert sur le toit, où elle se tourna immédiatement vers la math des millénos. Je finis par comprendre qu'elle s'efforçait simplement de se rassurer ; de se convaincre qu'en fait, les gens étranges qui vivaient sur l'éperon rocheux dominant sa ville n'étaient pas dangereux. C'était une bonne chose que de l'y encourager, tout particulièrement s'il y avait une chance qu'elle répétât la bonne nouvelle à d'autres : dissiper les malentendus était l'idée même de l'aperte.

Mais je ne voulais pas non plus lui mentir. « Nos millénos sont un peu différents, repris-je. Dans nos autres maths, comme celle où je vis, divers ordres cohabitent. Mais sur le piton, ils appartiennent tous au même ordre : les Édhariens. Dont la lignée remonte à Halikaarn. Donc, si l'on suppose qu'il y a une quelconque véracité dans les fables dont tu parles, cela les placerait du côté des incantants. »

Cela parut la satisfaire, pour ce qui concernait l'opposition rhétôs/incantants. Nous continuâmes de déambuler sur l'astrohenge, même si je dus virer soudainement pour éviter un tic qui avait émergé d'une réserve avec un rouleau de câble rouge jeté sur l'épaule.

Cord s'en aperçut. « Quel est l'intérêt de garder des tics ici si vous devez faire autant d'efforts pour les éviter ? Ne serait-il pas plus simple de les renvoyer ?

– Ils font fonctionner certaines parties de l'horloge…

– Je pourrais le faire. Ce n'est pas si difficile.

– Eh bien, pour te dire la vérité, nous nous posons la même question.

– Et, étant ce que vous êtes, vous devez avoir douze réponses différentes.

– Selon une vieille théorie, ils nous espionneraient pour le pouvoir sæculier.

– Ah. Ce qui expliquerait que vous les méprisez.

– Oui.

– Qu'est-ce qui vous fait penser qu'ils vous espionnent ?

– Le voco. Une auction par laquelle un fraa ou une soor est mandé – convoqué – à l'extérieur de la math, et part réaliser quelque praxis pour les mamamouchis. On ne les revoit plus jamais.

– Ils disparaissent ?

– Nous entonnons une certaine anathyme – un chant de deuil et d'adieu – en les regardant sortir du mynstère et monter sur un cheval ou dans un hélicoptère ou un autre transport, puis, oui, ils *disparaissent*, c'est le mot qui convient.

– Qu'est-ce que les tics ont à voir avec cela ?

– Eh bien, disons que le pouvoir sæculier doit faire face à une épidémie. Comment peuvent-ils bien savoir qui, parmi tous les fraas et les soors de toutes les concentes, se trouve être un expert dans cette maladie ? »

Elle y réfléchit pendant que nous attaquions l'escalier en spirale qui s'enroulait autour du pinacle. Chaque marche était un bloc de pierre qui saillait du flanc du bâtiment : une architecture audacieuse, qui exigeait plus d'audace encore de la part de ses utilisateurs, parce qu'il n'y avait pas de balustrade.

« Tout cela paraît bien pratique pour le pouvoir en place, commenta Cord. Vous est-il jamais venu à l'esprit que ces craintes concernant les Événements horrifiques et les incantants pouvaient n'être qu'une baguette qu'ils gardent à portée de main pour pouvoir vous faire faire ce qu'ils veulent ?

– C'est l'allégation de saunte Patagar, et elle remonte au XXIXe siècle, répondis-je.

– D'accord, renâcla-t-elle. Qu'est-il arrivé à saunte Patagar ?

– En fait, elle a prospéré un temps, et fondé son propre ordre. Il en existe peut-être encore des chapitres quelque part.

– C'est frustrant de parler avec toi. Chaque idée que mon petit esprit peut produire a déjà été énoncée par un saunt deux mille ans plus tôt, et amplement débattue.

– Je ne voudrais pas en rajouter, dis-je, mais c'est la proposition de saunte Lora, et elle remonte au XVIe siècle.

– Vraiment ? s'esclaffa-t-elle.

– Vraiment.

– Tu veux dire qu'il y a deux mille ans de cela, une saunte a littéralement énoncé…

– Que chaque idée que l'esprit humain pouvait produire avait déjà été produite précédemment. C'est un concept très influent…

– Attends une seconde… l'idée de saunte Lora n'était-elle pas nouvelle ?

– Selon les paléo-Lorites orthodoxes, ce fut la dernière idée.

– Ah. Mais alors, je ne peux que demander…

– Ce que nous faisons là depuis deux mille cent ans, puisque la dernière idée a été énoncée ?

– Pour parler franchement, oui.

– Cette proposition est loin de faire l'unanimité. En fait, tout le monde adore détester les Lorites. Certains traitent Lora de réchauffé de mystagogue, ou pire. Mais leur proximité peut se révéler utile.

– Comment se fait-ce ?

– Chaque fois que quelqu'un émet une idée qu'il croit nouvelle, les Lorites se ruent sur lui comme des chacals, et s'emploient à prouver que l'idée en question remonte en réalité à des milliers d'années. Et, bien plus souvent qu'on ne l'imaginerait, ils ont raison. C'est déplaisant et humiliant, mais au moins, cela empêche les gens de ressasser de bien vieilles choses. Et les Lorites doivent être d'excellents érudits pour faire ce qu'ils font.

– Donc, j'imagine que tu n'es pas un lorite.

– Non. Si tu apprécies l'ironie, tu seras heureuse d'apprendre que, après la mort de Lora, sa propre phyte détermina que ses idées avaient été anticipées par un philosophe pérégrin quatre mille ans plus tôt.

– C'est drôle, mais cela n'abonde-t-il pas dans son sens ? J'essaie de comprendre à quoi cela te sert. Pourquoi restes-tu ?

– Il est bon d'avoir des idées, même si elles sont anciennes. La simple compréhension des théoriques les plus avancées requiert une vie entière d'étude. Maintenir en vie les idées existantes requiert… tout ceci. » Je décrivis du bras la globalité de la concente qui nous entourait.

– Alors, tu es comme… je ne sais pas… un jardinier. Tu t'occupes de fleurs rares. Ceci est ta serre. La serre doit survivre éternellement ou les espèces s'éteindront… Mais jamais vous ne…

– Nous produisons *rarement* de nouvelles fleurs,

reconnus-je. Mais parfois, quelqu'un est touché par un rayon cosmique. Ce qui me ramène à ce que tu peux voir ici.

– Oui. Qu'est-ce que c'est ? J'ai regardé cette grande pique toute ma vie en m'imaginant qu'il y avait un télescope au sommet, avec un vieux fraa tout ridé qui regardait au travers. »

Nous avions atteint le sommet de la grande pique, le pinacle. Sur son toit, une dalle de pierre large d'environ deux fois ma hauteur, se trouvait une paire de choses étranges, mais pas de télescope.

« Les télescopes sont un peu plus bas, sous ces dômes, lui dis-je. Mais tu ne les reconnaîtrais peut-être pas en tant que tels. »

Je m'apprêtai à lui expliquer comment fonctionnaient les miroirs en néomatière, qui utilisaient des lasers calés sur les étoiles pour chercher dans l'atmosphère des fluctuations de densité, puis adaptaient leur forme afin de compenser ces distorsions avant de canaliser la lumière pour la projeter sur des tablettes photomnémoniques. Mais Cord était plus intéressée par l'analyse de ce qui se trouvait juste en face d'elle. L'un des objets était un prisme de quartz, plus gros que ma tête, enserré par un saunt musclé taillé dans le marbre, et pointé vers le sud. Sans aucune explication de ma part, Cord réalisa de quelle façon la lumière qui entrait par une face du prisme était transmise vers le bas à travers un orifice dans le toit, et projetée sur une construction métallique à l'intérieur.

« Celui-là, j'en ai entendu parler, dit-elle. Il synchronise l'horloge chaque jour à midi, n'est-ce pas ?

– Sauf si le ciel est couvert, répondis-je. Mais même durant un hiver nucléaire, quand le ciel peut rester couvert cent ans, l'horloge ne déraille pas trop.

– Et cette chose-là ? » demanda-t-elle en indiquant un dôme de verre de la taille de mon poing, et dirigé vers le haut. Il était monté sur un piédestal de pierre ciselée qui s'élevait à peu près à la même hauteur que la statue tenant le prisme. « Ce doit être une sorte de télescope, vu que je vois la fente dans laquelle on glisse la tablette photomnémonique », poursuivit-elle. Elle tapota sur une ouverture dans le piédestal, juste en dessous de la lentille. « Mais cette chose n'a pas l'air de pouvoir bouger. Comment la pointe-t-on ?

– Elle reste immobile, et nous n'avons pas besoin de la pointer, parce que c'est une lentille hypergone. Elle peut voir le ciel entier. Nous l'appelons l'œil de Clesthyre.

– Clesthyre ? Le monstre mythologique qui pouvait voir dans toutes les directions ?

– Exactement.

– Quel intérêt ? Je croyais qu'on se servait d'un télescope pour se concentrer sur une chose. Pas pour *tout* voir.

– Ces dispositifs ont été installés dans les astrohenges du monde entier à l'époque de la Grosse Pépite, quand les gens se sont mis à s'intéresser énormément aux astéroïdes. Tu as raison de dire qu'ils n'ont aucun intérêt pour ce qui est de se concentrer sur quelque chose, mais ils sont parfaits pour enregistrer la trajectoire des objets rapides dans le ciel. Les longues traînées lumineuses des météorites, par exemple. En les enregistrant et en les mesurant, nous pouvons tirer des conclusions sur les types de pierres qui tombent du ciel – d'où elles viennent, de quoi elles sont composées, quelle est leur taille. »

Mais comme l'œil de Clesthyre n'avait pas de pièces mobiles, il ne retint pas l'attention de Cord.

Nous étions montés aussi haut qu'il était possible, et avions atteint la limite de sa curiosité cosmographique. Elle sortit sa montre à gousset et sa chaîne ondoyante pour regarder l'heure, ce qui me parut amusant étant donné qu'elle se trouvait au sommet d'une horloge. Elle ne vit pas ce que cela avait de drôle. Je lui proposai de lui apprendre à lire l'heure à partir de la position du soleil par rapport aux mégalithes, mais elle me répondit qu'elle préférait remettre cela à une autre fois.

Nous redescendîmes. Elle estima qu'il se faisait tard, s'inquiéta des travaux en cours et des choses à faire – les obsessions auxquelles les gens extra-muros consacraient leur vie. Ce fut seulement lorsque nous atteignîmes le pré et que le portail de la décennie nous fut visible qu'elle se détendit un peu et se mit à songer à tout ce dont nous avions discuté.

« Alors, que penses-tu de l'allégation de saunte Je-ne-sais-plus-comment-elle-s'appelle ?

– Patagar ? Celle qui disait que la légende des incantants est montée en épingle pour permettre aux mamamouchis de nous contrôler ?

– Oui. Patagar.

– Eh bien, son point faible, c'est que le pouvoir sæculier change d'une époque à l'autre…

– D'une année à l'autre, ces temps-ci, ajouta-t-elle, sans que je pusse savoir si elle parlait sérieusement.

– Dans ces conditions il est extrêmement difficile d'imaginer comment ils auraient pu maintenir une stratégie cohérente sur plus de quatre millénaires, fis-je valoir. De notre point de vue, il change tellement souvent que nous avons cessé de nous en inquiéter, sauf aux alentours de l'aperte. En fait, cet endroit est un peu comme un zoo pour les espèces qui en ont eu assez de leur prêter attention. »

En disant cela, je dus paraître un peu fier. Et un peu sur la défensive. Je lui dis au revoir au seuil du portail de la décennie. Nous étions convenus de nous revoir un peu plus tard dans la semaine.

En retraversant le pont, je songeai que de tous ceux auxquels j'avais parlé aujourd'hui, j'étais probablement le moins satisfait de sa condition. Et pourtant, dès que j'avais entendu des critiques du système de la part de Jesry et de

Cord, j'avais immédiatement pris sa défense et expliqué son bien-fondé. Cela semblait absurde, en y repensant.

Néomatière : Liquide, solide ou gaz ayant des propriétés physiques sans équivalent dans les éléments naturels ou leurs composés. Ces propriétés dépendent de leur noyau atomique. Le processus menant à la création de ces noyaux à partir d'éléments plus petits est appelé *nucléosynthèse*, et se fait généralement au cœur d'anciennes étoiles. Il est sujet à des lois physiques qui, en un sens, se sont figées dans leur forme actuelle peu après la création du cosmos. Durant les deux siècles suivant la Reconstitution, ces lois furent suffisamment comprises pour qu'il devînt possible à certains avôts de reproduire la nucléosynthèse en laboratoire, et ce selon des lois physiques qui diffèrent quelque peu de celles qui sont naturelles à ce cosmos. La plus grande partie de la néomatière se révéla de faible valeur pratique, mais certaines variantes furent découvertes et laborieusement améliorées jusqu'à produire des substances inhabituellement résistantes ou souples, ou dont les propriétés pouvaient être modulées sous le contrôle d'appareils syntactiques. Dans le cadre des réformes du premier Sac, il fut interdit aux avôts de poursuivre toute recherche sur la néomatière. Dans le monde mathique, elle est encore produite en petite quantité pour confectionner des chapes, des cordelières et des sphères. Extra-muros, elle est utilisée dans de nombreux produits.

LE DICTIONNAIRE, 4e édition, 3000 apr. R.

Fraa Lio imagina un nouveau drapage qui le faisait ressembler à un paquet tombé d'un train postal, mais ne pouvait en aucun cas être rabattu sur son visage par un ennemi. Nous le confirmâmes après avoir tenté d'y parvenir un bon quart d'heure, Lio paraissant de plus en plus fier de lui, jusqu'à ce que Jesry gâchât sa satisfaction en demandant s'il était à l'épreuve des balles.

Cord revint, accompagnée d'un certain Rosk, un jeune homme avec lequel elle avait quelque sorte de liaison. Ils dînèrent avec nous dans le réfectoire. Elle arborait moins d'outils et plus de bijoux, tous réalisés par elle, en titane.

Arsibalt réussit à marcher jusqu'à la basilique sans incident, mais son père refusa de lui parler, sauf si le motif de sa venue était de se repentir et d'être consacré dans la foi bazienne orthodoxe.

Lio arpenta les fauxbourgs dans l'espoir de se faire agresser par une bande de brutes, au lieu de quoi les gens lui offraient à boire, ou lui proposaient de le rapprocher de sa destination.

La famille de Jesry rejoignit la ville au compte-gouttes, et il alla leur rendre visite à plusieurs reprises. Une fois, je l'accompagnai, et je fus frappé par leur intelligence, leur civilité et, de nouveau, par le volume de leurs possessions. Mais il n'y avait rien dessous. Ils savaient beaucoup de choses, mais ne savaient pas pourquoi. Et, bizarrement, plutôt que de l'amoindrir, cela ajoutait à leur certitude d'avoir raison.

Vexé par les remarques de Jesry, Lio persuada quelques-uns de ses nouveaux amis de l'emmener dans une ancienne carrière des coteaux où les gens s'amusaient à décharger des armes à projectiles sur des choses inanimées. Sa chape et sa sphère devinrent des cibles. Lio essaya les armes contre deux de ses trois possessions, les criblant de balles et de flèches à pointe large. Apparemment, les balles traversaient le tissage de la chape – les fibres de néomatière s'étiraient à leur passage, laissant des trous que l'on pouvait refermer plus tard en les malaxant. Mais les flèches, affûtées comme des rasoirs, tranchaient les fibres et faisaient des dégâts irrémédiables dans le vêtement. La sphère, par contre, se déformait et s'étirait sans limite, comme une feuille de caramel à travers laquelle on aurait fourré un doigt. Les balles s'y enfonçaient à presque la retourner, puis repartaient élastiquement en sens inverse, comme une pelote heurtée par une batte.

Selon le verdict de Lio, la sphère pouvait être utilisée comme défense contre les armes à feu : la balle pénétrerait tout de même dans le corps, mais elle entraînerait un long étirement de matière sphérale avec elle, qui empêcherait la fragmentation ou le ricochet, et permettrait d'extraire la balle de la plaie. Cela nous réconforta beaucoup.

Cord nous rendit une autre visite, cette fois sans Rosk. Nous fîmes une longue et plaisante promenade dans la math, et allâmes même jeter un coup d'œil dans le haut-labyrinthe. La conversation porta d'abord sur ce qu'il était advenu de divers membres de la famille, puis sur ses projets d'ici la prochaine aperte.

Au bout de huit jours d'aperte, je n'en pouvais plus, et je n'avais plus les idées claires. J'avais le béguin pour ma jermène. Cela pouvait signifier toutes sortes de mauvaises choses sur moi. Mais, à mieux y réfléchir, ce n'était pas le genre de béguin à me faire envisager une liaison.

En fait, je pouvais penser à elle toute la journée, m'inquiéter excessivement de ce qu'elle se disait de moi, rêver qu'elle vînt plus souvent et me prêtât plus d'attention. Puis il me revenait à l'esprit que, dans quelques jours, le portail allait se refermer, et que je n'aurais plus de contact avec elle pendant dix ans. Elle semblait, de son côté, ne jamais perdre ce fait de vue, et maintenait toujours une certaine distance. De toute façon, me figurai-je, les parties de la concente qui l'intéressaient le plus étaient celles qui étaient liées aux tics et, en un sens, elle y avait accès tout le temps, en produisant des pièces pour eux.

N'importe quel jour de l'aperte, j'eusse pu écrire un livre entier sur ce que je pensais et ressentais, et il eût été totalement différent de celui de la veille. Mais à la fin du huitième jour, les choses s'étaient suffisamment cristallisées pour que je pusse l'exprimer plus brièvement.

Liaison : 1. En haut-tærran et ultérieur, relation intime, généralement sexuelle ou au moins amoureuse, entre des fraas et soors, presque toujours au nombre de deux. L'arrangement le plus commun est que l'un soit un fraa, l'autre une soor, approximativement du même âge. Il existe de nombreux types de liaisons. Quatre étaient citées par ma Cartas dans la Discipline. Elle les interdisait toutes. Plus tard dans l'ère mathique classique, une liaison entre saunt Per et saunte Élith devint célèbre lorsque, à la suite de leur décès, fut exhumé leur volumineux courrier amoureux. Peu après la Rééclosion, de nombreuses maths prirent l'initiative inhabituelle de modifier la Discipline pour autoriser les liaisons pérélithiennes, c'est-à-dire les liaisons permanentes entre un fraa et une soor. La version révisée du livre de la Discipline, adoptée à l'époque de la Reconstitution, décrivait huit types de liaisons et en autorisait deux. La deuxième nouvelle version révisée du livre de la Discipline en décrit dix-sept, en autorise quatre, et en tolère deux autres. Chacune des liaisons autorisées est soumise à certaines règles, et solennisée par une auction durant laquelle les adhérents acceptent, devant au moins trois témoins, de se soumettre à ces règles. Les ordres et les concentes qui s'écartent de la Discipline en autorisant d'autres types de liaisons s'exposent aux sanctions disciplinaires de l'Inquisition. Il est néanmoins permis à un ordre ou une concente d'en autoriser moins ; ceux qui n'en autorisent aucune sont, bien évidemment, nominalement voués au célibat. **2.** Foulx-thèse de la fin de l'ère praxique, donc impossible à définir clairement, mais ayant apparemment quelque chose à voir avec les contacts ou les relations avec les entités.

LE DICTIONNAIRE, 4e édition, 3000 apr. R.

Fraa Orolo ayant remarqué à quel point je m'étais dissipé, il m'avait enjoint d'aller le retrouver sur l'astrohenge peu avant le crépuscule. Il y avait réservé le télescope des Sauntes-Mithra-et-Mylax pour la nuit. Le ciel était couvert, mais dans l'espoir qu'il s'éclaircirait, fraa Orolo était monté en fin d'après-midi pour pointer le télescope et initialiser une tablette photomnémonique. Je le trouvai aux commandes du M&M alors qu'il achevait ces préparatifs. Nous sortîmes et fîmes le tour de l'anneau de mégalithes. Ma langue mit longtemps à se libérer, mais je finis par dire à Orolo ce que je ressentais et pensais au sujet de Cord. Il me posa toutes sortes de questions auxquelles je n'aurais jamais pensé, et écouta attentivement mes réponses, qui toutes semblaient à son sens confirmer que je ne ressentais rien pour elle qui fût inapproprié concernant une jermène.

Orolo me rappela que Cord était tout ce qu'il me restait de ma famille biologique, ainsi que la seule personne que je connaissais réellement extra-muros, et me garantit qu'il était normal et sain qu'elle occupât mes pensées.

Je lui parlai des conversations que j'avais eues ces derniers temps, et qui me faisaient m'interroger sur maintes choses liées à la Discipline et à la Reconstitution. Il m'assura que c'était une tradition informelle de l'aperte. Cette période permettait à l'avôt de s'extraire tout cela de la tête, et de ne plus avoir à s'en préoccuper durant les dix années qui suivraient.

Il ralentit, puis s'arrêta alors que nous passions le limbe nord-est. « Sais-tu que nous vivons dans un endroit magnifique ?

– Comment pourrais-je ne pas le savoir ? répondis-je. Chaque jour, je vais dans le mynstère, je vois le cancel, nous chantons l'anathyme…

– Tes mots disent oui, mais le ton défensif de ta voix révèle tout autre chose, me fit remarquer Orolo. Tu n'as même pas vu ceci », conclut-il en décrivant le nord-est du bras.

La chaîne de montagnes qui se déployait dans cette direction était obscurcie durant l'hiver par les nuages et durant l'été par les brumes et la poussière. Mais nous étions maintenant entre l'été et l'automne. La semaine précédente avait été chaude, puis la température était retombée brusquement au deuxième jour de l'aperte, et nous avions renflé nos chapes à leur épaisseur d'hiver. Lorsque j'étais entré dans le præsidium deux heures plus tôt, l'orage battait son plein, mais à mesure de mon ascension, le rugissement de la pluie et de la grêle s'était atténué. Le temps que j'eusse rejoint Orolo au sommet, plus rien ne demeurait de l'orage, sinon quelques gouttes ballottées par le vent comme des pierres dans l'espace, et une écume de petits grêlons sur la plateforme. Nous étions presque dans les nuages. Le ciel avait frappé les montagnes comme la mer une pointe rocheuse, et avait consumé toute son énergie froide en une demi-heure. Si les nuages se dispersaient, le ciel ne s'éclaircissait pas pour autant, parce que le soleil se couchait. Mais Orolo, avec son regard de cosmographe, avait remarqué sur le flanc d'une montagne une enclave oblongue plus lumineuse que le reste. Lorsque je regardai dans la direction qu'il m'indiquait, je pensai d'abord que la grêle avait argenté le branchage des arbres de quelque vallon d'altitude. Puis, comme nous l'observions, sa couleur se réchauffa. Elle s'élargit, s'éclaircit, et se déplaça sur le versant de la montagne, incendiant ceux des arbres qui s'étaient déjà parés de leurs couleurs automnales. C'était un trait de lumière échappé des nuages qui obliquait à mesure que le soleil s'enfonçait.

« C'est le genre de beauté que j'essayais de te faire percevoir, me dit Orolo. Rien n'est plus important que de voir et d'aimer la beauté qui est juste devant toi, parce que sinon tu n'auras aucune défense contre la laideur qui trouvera tant de façons de t'oppresser et de t'agresser. »

De la part d'Orolo plus que de quiconque, c'était une remarque incroyablement sentimentale et poétique. J'en fus si surpris qu'il ne me vint pas à l'esprit de lui demander à quoi il faisait allusion quand il parlait de laideur.

Au moins mes yeux étaient-ils ouverts sur ce qu'il voulait que je visse. La lumière sur la montagne s'enrichit de teintes pourpre, or, pêche et saumon.

L'espace de quelques secondes, elle baigna les murailles et les tours de la math millénarienne d'une lueur qu'un déolâtre eût qualifiée de divine et invoquée comme preuve de l'existence d'un dieu.

« La beauté perce comme les rayons à travers les nuages, poursuivit Orolo. Tes yeux sont attirés par les endroits où elle touche une chose capable de la refléter. Mais ton esprit sait que la lumière n'émane pas des montagnes et des tours. Ton esprit sait que quelque chose brille depuis un autre monde. N'écoute pas ceux qui disent qu'elle n'existe que dans l'œil de celui qui la contemple. » Orolo parlait en cela des fraas du Nouveau Cercle et des Anciens Faaniens réformés, mais il aurait tout aussi bien pu être Thélénès enjoignant à un phyte de ne pas se laisser séduire par les démagogues sphéniques.

La lumière s'attarda encore un peu sur le plus élevé des murets, puis se dissipa. Soudain, tout devant nous ne fut plus que violets, verts et bleus profonds.

« Les observations seront bonnes, ce soir, prédit Orolo.

– Allez-vous rester ?

– Non. Nous devons redescendre. Nous avons déjà un problème avec le maître des clés. Mais il faut que j'aille récupérer quelques notes. »

Resté seul une minute, j'eus la surprise de voir un mini-lever de soleil au-dessus des montagnes : les rayons qui irradiaient invisiblement le ciel vide, en croisant deux petits nuages floconneux, les avaient embrasés, telles deux peluches de laine jetées dans un feu. Je me tournai vers la concente enténébrée en contrebas, et n'eus aucune envie de sauter. La perception de la beauté allait me maintenir en vie. Je songeai à Cord et à toute la beauté qui l'accompagnait, dans les choses qu'elle faisait, la façon dont elle se tenait, les émotions qui couraient sur son visage lorsqu'elle réfléchissait. Dans la concente, la beauté se trouvait plutôt dans les démonstrations théoriques – un genre de beauté que l'on y briguait et cultivait résolument. Dans nos bâtiments et dans notre musique, la beauté était toujours présente, même si je ne m'en apercevais pas. Orolo avait touché la corde sensible : quand je percevais n'importe laquelle de ces beautés, je savais que j'étais vivant. Non pas seulement comme je le percevais quand je me frappais le pouce avec un marteau, mais dans le fait de ressentir une appartenance, pour laquelle j'avais toujours été fait.

C'était à la fois une bonne raison de ne pas mourir et un signe que la mort pouvait ne pas être tout. Je savais qu'en cela je me rapprochais dangereusement des déolâtres, mais parce que les gens pouvaient être tellement beaux, il était difficile de ne pas penser qu'il y avait chez eux quelque chose venant de l'autre monde que Cnoüs avait perçu à travers les nuages.

Orolo me rejoignit en haut des escaliers, ses notes sous le bras. Avant que nous ne commencions à descendre, il regarda une dernière fois les étoiles et les planètes qui commençaient à apparaître, comme un majordome qui recompte les petites cuillers. Nous descendîmes en silence, en nous éclairant de nos sphères.

Fraa Grédick, le maître des clés, nous attendait à la herse, comme l'avait prévu fraa Orolo. Une autre personne, plus menue, se tenait à côté de lui. Quand nous sortîmes du contrefort, nous nous aperçûmes qu'il s'agissait de sa supérieure hiérarchique, soor Trestanas.

« Ah, je crois que nous sommes bons pour une pénitence, maugréai-je. Ce qui prouve que vous aviez raison.

– En quoi ?

– À propos de la laideur qui fuse de toute part.

– Je ne crois pas que ce soit le cas, répondit Orolo. Il s'agit là de quelque chose d'exceptionnel. »

Nous entrâmes sous la coupole de pierre et franchîmes

le seuil. Grédick referma la herse derrière nous plus violemment que nécessaire. J'observai son visage, pensant le voir furieux que nous l'eussions fait attendre. Ce n'était pas le cas. Il paraissait plutôt perturbé. Il n'avait qu'une envie : s'en aller. Nous le regardâmes tous s'affairer avec son trousseau de clés. Comme il verrouillait la herse, je regardai au nord vers la coupole des unétariens, puis à l'est vers celle des centénariens. Leurs deux grilles étaient également fermées. Tout paraissait bouclé. Peut-être une mesure de sécurité pour l'aperte ?

Je m'attendais à ce que Grédick s'éloignât pour que soor Trestanas pût nous admonester, mais il me regarda dans les yeux, et dit : « Viens avec moi, phyte Érasmas.

– Où cela ? » demandai-je. Il était inhabituel pour le maître des clés de faire ce genre de requête ; ce n'était pas son rôle.

« Peu importe », répondit-il, avant de faire un signe du menton en direction des escaliers que nous nous apprêtions à emprunter.

Je regardai Orolo, qui haussa les épaules et fit le même geste du menton. Puis je me tournai vers soor Trestanas, qui me rendit placidement mon regard en affichant ostensiblement sa patience. Elle était dans les premières années de sa quatrième décennie, et loin d'être laide. Elle était vive, organisée et déterminée, le genre de femme qui, dans le monde sæculier, eût pu faire du commerce et gravir tous les échelons hiérarchiques d'une firme. Durant ses premiers mois en tant que férulaire édictrice, elle avait distribué de nombreuses pénitences pour de petites infractions que son prédécesseur eût ignorées. Des avôts plus âgés m'avaient assuré que c'était un comportement courant chez les nouveaux férulaires édicteurs. J'étais si certain qu'elle allait nous punir, Orolo et moi, d'avoir été en retard que j'hésitai à partir, prêt à entendre sa sentence. Mais il était évident qu'elle était venue pour une tout autre raison. Alors je pris congé de Trestanas et d'Orolo, et commençai à descendre les escaliers, suivi de fraa Grédick.

Lorsque la soor considéra que Grédick et moi nous étions suffisamment éloignés, elle se mit à parler à Orolo à voix basse. Elle parla peut-être une minute, comme si elle avait préparé son petit discours à l'avance. Quand Orolo répondit – ce qu'il ne fit qu'après une longue pause –, ce fut d'une voix tendue. Il avait des arguments à faire entendre. Et il ne le faisait pas du ton mesuré qu'il employait lorsqu'il était en dialogue. Quelque chose l'avait contrarié. J'en déduisis que soor Trestanas ne lui avait pas infligé de pénitence, parce que c'était une chose que l'on se devait d'accepter humblement, sauf à la voir doublée et doublée encore. Ils parlaient d'un sujet plus important. Et soor Trestanas avait visiblement demandé à Grédick de m'emmener ailleurs pour qu'elle et Orolo pussent parler en privé.

Ce n'était pas une conclusion très satisfaisante à la conversation qu'Orolo et moi avions eue sur l'astrohenge, mais j'y vis une preuve supplémentaire de ce qu'il avait exprimé, et une sérieuse incitation à mettre son idée en pratique.

Il faut que tu l'obtiennes et que tu t'y tiennes ou tu mourras. À mon réveil le lendemain matin, je ne me souvenais plus si Orolo l'avait exprimé en ces termes, ou s'il s'agissait d'une résolution qui s'était formée dans mon esprit. Quoi qu'il en soit, je me sentis euphorique et déterminé.

Au réfectoire, je vis fraa Orolo, assis seul, à plusieurs tables de là. Il m'adressa un sourire tendu, puis détourna immédiatement les yeux. Il n'avait pas l'intention de m'éclairer sur ce qui s'était dit avec soor Trestanas. Il mangea rapidement, se leva, et partit en direction du portail de la décennie pour passer une nouvelle journée en ville.

Il y avait plus important que la discussion avec Trestanas : la conversation avec Orolo qui l'avait précédée. Mais je savais que je ne pouvais l'évoquer au réfectoire. Elle ne résisterait pas au râteau de Diax – les avôts ne la jugeraient pas raisonnable. Ceux qui étaient d'inclination plus procienne considéreraient que j'étais devenu un genre de déolâtre. Je ne pourrais m'en défendre sans invoquer toutes sortes d'idées qui leur paraîtraient ridiculement confuses. Dans le même temps, néanmoins, je savais que c'était ainsi que les saunts avaient agi. Ils jugeaient les démonstrations théoriques selon des critères non pas logiques, mais esthétiques.

Je n'étais pas le seul à être préoccupé. Arsibalt s'assit à l'écart, ne mangea pratiquement rien, puis fila en douce. Peu après, Tulia vint avec son bol près de moi, ce qui me fit plaisir – mais je réalisai bientôt qu'elle ne voulait que parler de lui. Arsibalt avait passé beaucoup de temps à broyer du noir, généralement de façon ostensible, exigeant quasiment qu'on lui demandât ce qui n'allait pas. Je m'y étais refusé, tant je jugeais le procédé déplaisant. Mais soor Tulia s'était inquiétée de lui à plusieurs reprises. Elle me dit que je devrais aller le voir. Je m'y pliai uniquement parce que la demande venait d'elle.

Après la Reconstitution, les premiers fraas et soors de l'ordre de saunt Édhar étaient venus en cet endroit où une rivière circonvoluait autour d'un promontoire, et avaient attaqué ce dernier avec des explosifs et des jets d'eau haute pression. Ils avaient extrait les moellons et la pierraille – qu'ils avaient dégagés vers notre périmètre et amassés pour façonner nos murailles – jusqu'à atteindre la pierre dure du cœur de la montagne. Ils en avaient détaché des dalles et des tranches qui avaient déboulé vers la vallée, roulant parfois presque jusqu'à la muraille avant de s'immobiliser. Le promontoire était devenu une falaise, la falaise s'était réduite à un piton. Les premiers millénos avaient taillé un escalier étroit et sinueux dans la paroi de ce dernier, et l'avaient emprunté un jour pour ne plus jamais redescendre : ils avaient établi leur campement au sommet, et commencé à ériger leurs propres tours et murailles. La vallée en contrebas était demeurée un champ de pierres pendant des siècles. Les avôts avaient œuvré sur chaque bloc, pour y puiser les éléments du mynstère. Presque tous ces blocs avaient maintenant disparu, faisant place à une terre aujourd'hui plate, fertile, et épierrée. Mais quelques-uns des plus grands parsemaient toujours la prairie, soit pour la décoration, soit en tant que matière première pour nos tailleurs de pierre, qui bricolaient encore pour le mynstère des gargouilles, faîteaux, etc.

Je trouvai Arsibalt perché au sommet de l'un de ces rochers, au milieu des récipients à boisson vides jetés au hasard ici et là par les pécos. Un peu partout, des visiteurs en pleine digestion dormaient dans les hautes herbes. À l'autre bout du pré, Lio cabriolait autour d'une statue de saunt Froga, projetant le bout de sa chape et le laissant se dérouler au-dessus de la tête de la statue, avant de le ramener sèchement à lui comme un fouet. Je ne m'y serais pas attardé si ce n'avait été l'aperte. Mais il y avait des visiteurs dans le pré, qui le regardaient, le montraient du doigt, riaient, et le visuocaptaient. Autre fonction utile de l'aperte : nous rappeler à quel point nous étions bizarres, et quelle chance nous avions de vivre en un endroit où cela ne prêtait pas à conséquence.

Pièce à conviction numéro 1 : fraa Arsibalt. De sa rhétorique parfaitement structurée et claire, et dans un moyen-tærran parfait avec des renvois en proto-tærran et haut-tærran, il m'expliqua qu'il était affligé par le refus de son père de lui parler, parce qu'il s'efforçait non pas tant d'abjurer la foi de sa famille que de construire un pont entre elle et le monde mathique.

Cela me parut être un projet ambitieux pour un garçon de dix-neuf ans, sept mille ans après que les deux filles de Cnoüs avaient cessé de se parler. Néanmoins, je l'écoutai. En partie pour me donner le beau rôle plus tard avec

Tulia. En partie parce que je ne voulais pas être un lorite. Mais aussi parce que le discours d'Arsibalt était presque aussi fou que ma discussion avec Orolo la veille au soir. Et donc, me disais-je, une fois que je l'aurais écouté, peut-être me laisserait-il lui confier certaines de mes pensées. Mais à mesure de la conversation (si écouter parler Arsibalt justifiait ce terme), mon espoir s'amenuisait. Il ne semblait pas lui venir à l'idée que je pouvais avoir moi aussi envie de discuter de certaines choses – peut-être moins subtiles ou capitales que ce qu'il avait à l'esprit, mais importantes pour moi. Je pris mon mal en patience. Et à l'instant précis où je vis une ouverture, il changea de sujet et me piégea avec une rhapsodie sur l'exquise Cord. En conséquence de quoi, au lieu d'aborder les sujets qui m'intéressaient, je dus me coltiner l'image d'une Cord exquise.

Il se demandait si elle pourrait envisager une liaison atlanienne. Je n'y croyais pas trop, mais qui étais-je pour en juger ? Et puis un petit ami qui était a) stérile et b) autorisé à sortir une fois tous les dix ans ne paraissait pas bien encombrant. Je haussai les épaules et reconnus que tout était possible. Puis je retournai voir soor Tulia pour lui faire mon rapport.

Dix-sept ans plus tôt, Tulia avait été trouvée devant le portail de jour, enveloppée dans du papier journal et nichée dans une glacière à bières sans son couvercle. Le moignon de son cordon ombilical était déjà tombé, ce qui signifiait qu'elle était trop âgée et trop contaminée par le monde sæculier pour être acceptée par les millénos. C'était de toute façon une enfant chétive, qui avait donc été placée dans la math unétarienne, d'accès plus facile pour le collège médical. Là, elle avait été élevée (du moins, je me le figurais) par les épouses et les filles dévouées des burgos qui peuplaient cette math, jusqu'à sa promotion par le fait du labyrinthe, à l'âge de six ans. Elle avait émergé, par ses seuls moyens, de notre côté du dédale, et s'était solennellement présentée à la première soor qu'elle avait vue. Quoi qu'il en soit, elle n'avait pas de famille à l'extérieur. Nous observer nous débattre avec les nôtres durant l'aperte avait dû la mener à réaliser à quel point elle pouvait s'en estimer heureuse. Elle était trop habile pour y faire allusion, mais il était évident que depuis le début nous la laissions perplexe. En me voyant baguenauder et deviser avec ma jermène, elle en avait conclu que tout était simple et allait bien pour moi. Aussi subodorai-je qu'il serait vain d'essayer d'aborder avec elle ce dont j'avais discuté avec Orolo.

En lieu de quoi je préférai parler à un groupe de parfaits étrangers venus d'extra-muros, qui se proposaient de visiter la math unétarienne.

Ma math était petite, simple et paisible. La math unétarienne, en comparaison, avait été conçue pour impressionner les gens qui venaient de l'extérieur : dix jours chaque année, des groupes de touristes extra-muros, et le reste du temps, ceux qui avaient fait vœu d'y passer au moins un an. Peu étaient promus à la math décénarienne. J'en avais entendu un jour une description particulièrement cruelle de la bouche d'un vieux fraa : *Des petites fiancées burgos qui cherchent à se faire des émotions.* Il s'agissait généralement de jeunes célibataires guignant le vernis et le prestige qui leur permettraient de faire leur entrée dans la société des adultes et de trouver leur partenaire. Certains suivaient un enseignement halikaarnien et devenaient des praxiciens ou des artisans. D'autres étudiaient avec les Prociens ; ils tendaient à faire carrière dans la justice, la communication ou la politique. La mère de Jesry y avait passé deux ans après son vingtième anniversaire. Peu après son départ, elle avait épousé le père de Jesry, un homme quelque peu plus âgé qui, lui, y avait passé trois ans, et avait mis à profit ce qu'il avait appris pour faire carrière, quoi que pût être son métier.

Plan : **1**. En théorique diaxienne, variété de dimension deux dans un espace de dimension trois, munie d'une métrique plate. **2**. Cette même variété dans un espace de dimension supérieure. **3**. Étendue plane et à ciel ouvert du périklyne de l'Éthras antique, utilisée à l'origine par les théoriciens pour illustrer leurs démonstrations dans la glaise, devenue plus tard un lieu de rassemblement pour la conduite de dialogues de tout type. **4**. (Mettre en) plan : détruire totalement l'argumentation d'un adversaire dans un dialogue.

LE DICTIONNAIRE, 4e édition, 3000 apr. R.

À l'aube du dixième jour de l'aperte, soor Randa, l'une des apicultrices, découvrit que, durant la nuit, des rufians s'étaient introduits dans l'abri du rucher, avaient cassé des pots, et s'étaient enfuis avec deux ou trois caisses d'hydromel. Rien d'aussi excitant ne s'était produit depuis une éternité. Lorsque j'entrai dans le réfectoire pour déjeuner, tout le monde en parlait. Et tout le monde en parlait encore quand je repartis, vers sept heures. J'étais attendu à neuf heures au portail de l'an. Le moyen le plus simple de m'y rendre eût été de sortir extra-muros par le portail de la décennie, de marcher plein nord à travers l'agglomération burgos, et de le rejoindre par l'extérieur. Mais avoir pensé à Tulia la veille m'avait donné envie d'y aller par le bas-labyrinthe, de retracer le chemin qu'elle avait emprunté à l'âge de six ans. Elle l'avait censément franchi en une demi-journée. J'espérais qu'à mon âge je pourrais le faire en une heure, mais j'en comptai deux, par précaution. Finalement, cela me prit une heure et demie.

Lorsque l'horloge sonna neuf heures, je patientais déjà, formellement drapé et encapuchonné, au pied du pont menant au portail de l'an qui se dressait devant moi dans son bastion crénelé. Pont et portail étaient structurellement similaires à ceux de la math décénarienne, mais deux fois plus grands, et beaucoup plus richement décorés.

Le premier jour de l'aperte, quatre cents personnes s'étaient massées sur l'esplanade que je pouvais voir de l'autre côté du portail pour acclamer ceux de leurs amis ou parents qui achevaient à l'aube leur année de réclusion. Cette fois, ils furent environ deux douzaines à se présenter pour la visite du matin. Un tiers étaient des enfants de dix ans en uniforme, venus d'une suvine bazienne orthodoxe – du moins le supposai-je, du fait de l'habit de nonne de leur enseignante. Le reste était composé du mélange habituel de burgos, d'artisans et de pécos. Ces derniers étaient reconnaissables de loin. Ils étaient immenses. Certains artisans et burgos pouvaient être imposants aussi, mais ils s'habillaient alors de façon à le dissimuler. Chez les pécos, la tendance du moment était de porter une forme dérivée de maillot sportif, criard et avec un numéro dans le dos, trop grand de plusieurs tailles, si bien que les manches courtes allaient jusqu'aux coudes, et le bas extrêmement long descendait jusqu'aux genoux. Leurs culottes étaient trop longues pour être des shorts et trop courtes pour être des pantalons : elles dépassaient de la largeur d'une main sous le maillot, laissant exposés quelques pouces de leurs gros mollets qui s'enfonçaient dans d'énormes chaussures au rembourrage épais. Ils avaient pour couvre-chefs des capuchons dont les rabats pendaient derrière, ornés de logos de boissons gazeuses, et ceints de lunettes de protection teintées de noir qu'ils n'ôtaient jamais, même à l'intérieur.

Mais les pécos ne se démarquaient pas uniquement par leurs vêtements. Ils avaient également adopté une façon particulière de marcher (une démarche chaloupée et indolente) et de se tenir (une pause à la nonchalance exagérée qui me semblait hostile, de quelque façon). Alors, même de loin, je pus voir que j'avais quatre pécos dans mon groupe de visiteurs du matin. Cela ne me troubla pas le moins du monde, parce que lors des neuf journées précédentes, il n'y avait eu aucun réel incident durant les visites. Fraa Delrakhonès en avait conclu que les pécos de cette époque souscrivaient à une iconographie inoffensive. Qu'ils étaient loin d'être aussi dangereux qu'ils en avaient l'air.

Je reculai presque jusqu'au pont pour prendre un peu de hauteur. Une fois que le groupe se fut formé en contrebas, j'allai les accueillir et me présenter. Les enfants de la suvine s'étaient alignés au premier rang. Les pécos, regroupés au fond, un peu en retrait pour souligner leur décontraction exceptionnelle, pétrissaient leurs brelots ou sirotaient des récipients d'eau sucrée de la taille d'un seau. Avisant deux retardataires qui traversaient l'esplanade au pas de charge, je commençai un peu lentement, le temps de les laisser nous rejoindre.

J'avais appris à ne pas surestimer la capacité d'attention des visiteurs, donc après les avoir avisés du boqueteau d'arbres-à-feuilles et des lacis de ce côté de la rivière, je les entraînai par le pont jusqu'au cœur de la math unétarienne. Nous longeâmes une dalle de pierre rouge en forme de chevron, gravée sur toute sa surface des noms des fraas et soors qui reposaient dessous. L'usage était de ne pas aborder le sujet si personne ne posait la question. Ce jour-là, personne ne demanda rien, et un profond embarras me fut ainsi évité.

Le troisième Sac avait débuté par une semaine de siège de la concente. La muraille étant bien trop longue pour être défendue, dès le troisième jour, les dixies et les séculos avaient fait abstraction de la Discipline et s'étaient repliés dans la math unétarienne, qui était un peu plus facile à tenir parce que la rivière protégeait en partie son périmètre, par ailleurs plus réduit. Les millénos, évidemment, étaient à l'abri sur leur piton.

Au bout d'une deuxième semaine de siège, il leur était clairement apparu que le pouvoir sæculier n'avait nullement l'intention de leur venir en aide. Alors un jour, un peu avant l'aube, la plupart des avôts s'étaient rassemblés derrière le portail de l'an, l'avaient ouvert en grand, ils avaient chargé l'esplanade dans une formation en chevron, submergé les assiégeants, et déferlé sur la ville. Une heure durant, ils avaient pillé les commerces et les entrepôts de leurs assaillants, raflant les médicaments, les vitamines, les munitions, et tout ce qu'ils avaient pu trouver de matières premières et de produits chimiques dont la concente ne disposait pas. Puis ils avaient fait une chose encore plus inconcevable du point de vue de leurs agresseurs : au lieu de s'enfuir, ils avaient reformé un chevron – un peu plus petit, nécessairement – et étaient allés les affronter une seconde fois sur l'esplanade pour franchir de nouveau le portail. Ils ne s'étaient arrêtés qu'une fois passé le pont, qu'ils avaient saboté derrière eux avec des explosifs. Là, ils avaient pu se décharger du produit de leur assaut et se désengager. Cinq cents avôts avaient participé à la sortie. Trois cents étaient revenus. De ceux-là, deux cents moururent encore des blessures reçues durant l'opération. Ce chevron de granit était leur tumulus. Tout ce qu'ils avaient rapporté avait été transmis aux millénos. Le reste de la concente était tombé le lendemain. Les millénos avaient vécu sans encombre, isolés sur leur piton, durant les soixante-dix années suivantes. Hors la nôtre, seules deux autres maths millénariennes avaient traversé le troisième Sac sans être totalement pillées et ravagées. Par contre, il y avait eu suffisamment de signes avant-coureurs pour que, dans de nombreux cas, les avôts eussent eu le temps de s'enfuir en emportant autant de livres que possible, et eussent pu trouver refuge dans divers endroits reculés pour quelques décennies.

La pointe du chevron du monument était dirigée non pas vers la ville, mais vers l'horloge. Ce afin de rappeler que ceux qui reposaient dessous étaient revenus.

Cinquante pas après son sommet débutait la voie hylaéenne. C'était, après le mynstère, l'élément architectural le plus important de la concente. Ses bâtiments étaient d'un style plus bazien que mathique – moins verticaux, plus horizontaux, plus évocateurs des arches qui, traditionnellement, s'ouvraient largement pour accueillir tous les visiteurs.

Je tins la porte assez longtemps ouverte pour que les deux retardataires pussent se hâter à l'intérieur, puis la refermai, satisfait – voire heureux – de constater que Barb n'était pas avec nous. Durant les deux premières journées de l'aperte, le fils de Quin avait assisté à pratiquement chacune de ces visites. Après avoir mémorisé chaque mot prononcé par les guides, il s'était mis à poser un nombre insupportable de questions. Puis il avait commencé à corriger les fraas et les soors chaque fois qu'ils faisaient une erreur, et à ajouter à leurs explications quand elles lui paraissaient insuffisamment détaillées. Par deux fois des soors astucieuses avaient trouvé des moyens détournés de l'occuper, mais il était difficile de le maintenir longtemps concentré, et le feu roulant se redéclenchait tout de même occasionnellement. Quin et son ex-épouse semblaient heureux d'accorder à Barb un accès illimité à la concente, ce qui revenait quasiment à nous dire qu'ils voulaient qu'il fût recouvré.

Les architectes de la voie hylaéenne avaient recouru à un habile subterfuge en créant une ouverture monumentale qui menait à un espace inopinément sombre et réduit – évocateur d'un labyrinthe, sans en avoir, et de loin, la complexité. Les sols et les murs y étaient faits de dalles d'un schiste brun verdâtre, extrait d'une carrière qui fascinait les naturalistes par la profusion des fossiles qui s'y trouvaient. J'expliquai cela à mon groupe le temps que nos yeux s'ajustassent à la pénombre, puis les invitai à prendre le temps d'observer les fossiles. Ceux qui avaient été assez prévoyants pour emporter une source lumineuse, comme les enfants de la suvine ou certains retraités burgos, se dispersèrent dans tous les recoins de la salle. La nonne avait apporté une carte, et savait ainsi où chercher les fossiles les plus insolites. Je fis le tour des autres avec un panier de lumières portatives. Certains les acceptèrent. D'autres m'éconduisirent d'un geste. Il s'agissait probablement de fondamentalistes contre-baziens qui croyaient qu'Arbre avait été créée telle qu'en sa forme actuelle peu avant l'ère de Cnoüs. Ils ignorèrent cette partie de la visite dans une protestation silencieuse. D'autres portaient des écouteurs et suivaient sur leur brelot un commentaire enregistré. Les pécos, eux, se contentaient de me regarder d'un œil vide. Je remarquai que l'un d'entre eux avait un bras en écharpe. Il me fallut un instant pour que cela me revînt. Puis l'évidence s'imposa : il s'agissait de la bande qui avait agressé Lio et Arsibalt. Je me sentis désarmé dans mon drapage formel – celui dont la capuche pouvait aisément être rabaissée sur le visage –, et regrettai de n'avoir pas prêté plus d'attention à la façon dont Lio portait maintenant sa chape.

« Cette salle a une double vocation, annonçai-je en m'écartant d'eux. D'un côté, c'est une exposition de fossiles, pour la plupart insolites et cocasses, et qui n'ont pas évolué vers les formes de vie que l'on connaît aujourd'hui – des impasses de l'évolution. Dans le même temps, ce lieu est un symbole du monde de la pensée tel qu'il existait avant Cnoüs. À l'époque, il existait une débauche de conceptions du monde dont la plupart nous paraîtraient farfelues aujourd'hui. Il s'agissait là aussi d'impasses de l'évolution. Elles sont éteintes, sauf peut-être chez des tribus primitives, dans des endroits reculés. » Tout en disant cela, je les amenai vers un endroit plus grand et plus lumineux. « Elles sont éteintes, poursuivis-je, à cause de ce qui est arrivé à cet homme alors qu'il longeait une rivière il y a de cela sept mille ans. » Et j'entrai dans la rotonde, accélérant le pas pour entraîner le groupe dans mon sillage. Une longue pause, ensuite, pour ne pas gâcher l'instant.

La statue, au centre, avait plus de six mille ans ; c'était un chef-d'œuvre de renommée mondiale depuis presque aussi longtemps. La façon dont elle était parvenue sur ce continent et dans cette rotonde était en soi une histoire riche et pleine de rebondissements. Elle était faite de marbre blanc, au double de la taille réelle, mais paraissait plus grande encore parce qu'elle était dressée sur un immense piédestal de pierre. Elle représentait Cnoüs, âgé mais athlétique, les cheveux et la barbe longs et ondulés, adossé aux racines noueuses d'un arbre, regardant vers le ciel dans un mélange d'effarement et de fascination. Il avait une main levée comme pour se protéger de sa vision, mais sans pouvoir résister au besoin de regarder par-dessus. Dans l'autre main, il serrait un stylet. À ses pieds s'éparpillaient une règle, un compas et une tablette gravée de cercles et de polygones construits avec précision.

Barb n'avait pas regardé vers le plafond lors de sa première visite ici. Parce que son esprit, tellement organisé, était aveugle aux expressions faciales. Tous les autres – moi compris, qui l'avais vu bien des fois – levaient les yeux pour voir ce qui pouvait avoir un tel effet sur ce pauvre vieux Cnoüs. La réponse (du moins, depuis que la statue avait été installée ici) prenait la forme d'un oculus, une ouverture dans le point culminant du dôme de la rotonde, en forme de triangle isocèle, qui laissait entrer un rayon de soleil.

« Cnoüs était un maître-maçon, commençai-je. Sur une ancienne tablette, qui précède chronologiquement sa vision, il est décrit par un adjectif qui signifie littéralement “celui qui est élevé”. Cela peut vouloir dire soit qu'il était un maître-maçon exceptionnel, soit qu'il était une sorte d'élu dans la religion qui prévalait à son époque. Sur l'ordre de son roi, il érigeait un temple à un dieu, les pierres étant extraites d'une carrière à une lieue en amont, et transportées jusqu'au site par voie d'eau. »

Là, un des pécos posa une question, et je dus m'interrompre pour expliquer que tout cela s'était passé loin d'ici et que je ne parlais ni de notre rivière ni de nos carrières. Un brelot se mit à croasser un air ridicule ; j'attendis que son propriétaire le fît taire avant de reprendre : « Cnoüs prenait ses mesures sur une tablette de cire, puis marchait jusqu'à la carrière pour donner ses instructions aux tailleurs de pierre. Il fut confronté un jour à un problème particulièrement difficile quant à la géométrie d'une pièce qu'il devait faire trancher. Il s'assit pour y réfléchir à l'ombre de l'un des arbres qui poussaient sur la berge. Et là, il eut la vision qui transforma son esprit et son existence. Jusque-là, il y a consensus. Mais la description de sa vision ne nous est parvenue qu'indirectement, à travers ces deux femmes. » J'ouvris le bras en direction de deux statues un peu plus petites qui, inévitablement, formaient un triangle isocèle avec celle de Cnoüs. « Ses filles, Hylaéa et Déât, qui sont considérées comme des jumelles aimantes. »

Les contre-baziens étaient loin devant moi. Ils avaient déjà rejoint la statue de Déât, et s'étaient agenouillés à ses pieds pour prier. Certains cherchaient des cierges dans leurs sacs. D'autres, les yeux fixés sur leurs brelots, trébuchaient ou se cognaient, comme ils s'efforçaient d'engranger les phototypes. Déât était une silhouette sous cape, tombée à genoux et faisant face à Cnoüs, son manteau abritant son visage de la lumière de l'oculus. Notre mère Hylaéa, à l'opposé, se tenait debout, repoussant sa cape et découvrant sa tête, pour mieux regarder vers la lumière. De l'autre main elle montrait celle-ci du doigt, et entrouvrait les lèvres comme si elle s'apprêtait à faire un commentaire.

Je récitai la légende de ces deux statues. Elles avaient été commandées en – 2270 par Tantus, l'empereur bazien, spécifiquement pour compléter celle plus ancienne de Cnoüs, dont il venait d'entrer en possession en mettant à sac ce qu'il restait d'Éthras. Il s'était également assuré de la carrière dont provenait le marbre de la statue originale, et en avait fait extraire deux autres blocs monumentaux, expédiés à Baz sur des embarcations spécialement construites. Le plus grand sculpteur de l'époque avait consacré cinq années à les réaliser.

Lors de leur dévoilement officiel, Tantus avait été à ce point saisi par l'expression du visage d'Hylaéa qu'il avait exigé que le sculpteur fût amené devant lui. Il lui avait demandé ce qu'Hylaéa s'apprêtait à dire. Le sculpteur avait refusé de se prononcer. Tantus avait insisté. Le sculpteur avait expliqué que tout l'art et toute la qualité de cette statue reposaient précisément sur cette ambiguïté. Tantus, fasciné, lui avait demandé de nombreuses précisions sur ce point, puis il avait tiré l'épée impériale et l'avait plongée dans le cœur du sculpteur pour qu'il ne dénaturât jamais sa propre œuvre en livrant un jour la réponse à la fameuse question. Les scholiastes avaient ultérieurement émis des doutes quant à cette histoire, comme c'est toujours le cas pour les bonnes histoires, mais la raconter à ce point de la visite était requis, et les pécos s'en régalèrent.

De mon point de vue, ces deux sculptures étaient d'un prosélytisme pro-Hylaéa et anti-Déât si ostensible que je le trouvais presque embarrassant. Mais les déolâtres semblaient être de l'opinion exactement inverse. Au fil de l'aperte, le piédestal de Déât avait été jonché de tant de cierges et de charmes, de fleurs, d'animaux empaillés, de fétiches, de phototypes de personnes décédées et de bouts de papier pliés que les monos en auraient pour des semaines à tout nettoyer une fois les portails refermés.

« Déât et Hylaéa partirent à la recherche de leur père, et le trouvèrent sous l'arbre, perdu dans sa contemplation. Toutes deux virent la tablette sur laquelle il avait consigné ses impressions, et toutes deux écoutèrent son récit. Peu après, Cnoüs dit au roi quelque chose de si choquant qu'il fut condamné à l'exil ; il y mourut rapidement. Ses filles commencèrent à prêcher deux histoires différentes. Déât disait que Cnoüs, en regardant vers le ciel, avait vu les nuages s'ouvrir pour lui révéler une pyramide de lumière ordinairement masquée à l'œil des humains. Il avait eu la vision d'un autre monde : un royaume des cieux où tout était lumineux et parfait. Selon elle, Cnoüs en avait tiré la conclusion qu'il était erroné d'adorer des idoles matérielles comme celle qu'il bâtissait, car elles n'étaient que des représentations rudimentaires des vrais dieux qui vivaient en un autre royaume, et qu'il fallait adorer les dieux eux-mêmes, plutôt que des effigies que nous avions réalisées de nos mains. De son côté, Hylaéa disait que Cnoüs avait en fait eu une révélation sur la géométrie et que ce que sa sœur avait à tort interprété comme une pyramide dans les cieux était en réalité un triangle isocèle : non pas sa représentation rudimentaire et inexacte, comme ce que dessinait Cnoüs sur sa tablette avec une règle et un compas, mais une pure abstraction, à partir de laquelle on pouvait formuler des affirmations péremptoires. Les triangles que nous tracions et mesurions dans le monde matériel n'étaient, selon Hylaéa, que des *représentations* plus ou moins fidèles de triangles parfaits qui existaient dans ce monde plus élevé. Nous devions cesser de les confondre l'un et l'autre, et consacrer nos efforts à l'étude des objets géométriques fondamentaux.

« Vous remarquerez que cette salle a deux sorties, signalai-je. L'une à gauche, près de la statue de Déât, l'autre à droite, près de celle d'Hylaéa. Cela symbolise la grande partition qui existe aujourd'hui entre les partisans de Déât, que nous appelons les déolâtres, et ceux d'Hylaéa qui, durant les premiers siècles, étaient appelés physiologues. Si vous franchissez la porte de Déât, vous vous retrouverez à l'extérieur, et il vous sera facile de retourner au portail unétarien. Beaucoup de nos visiteurs font cela, parce qu'ils considèrent que plus rien au-delà de cette salle ne les concerne. Mais si vous me suivez à travers l'autre porte, cela signifiera que vous poursuivez sur la voie hylaéenne. » Et, après leur avoir laissé quelques minutes de plus pour déambuler et capter des images, je sortis, les entraînant tous, hormis les pèlerins de Déât, dans une galerie ornée de représentations et d'objets des siècles qui avaient suivi la mort de Cnoüs.

De là nous arrivâmes au diorama, une salle rectangulaire, avec un plafond voûté et des fenêtres à claire-voie qui laissaient entrer suffisamment de lumière pour illuminer les fresques. La pièce maîtresse en était une maquette du temple Orithéna. Comme je le leur expliquai, il avait été fondé par Adrakhonès, le découvreur du théorème adrakhonien, qui stipulait que, dans un triangle rectangle, le carré de l'hypoténuse est égal à la somme des carrés des deux autres côtés. En vertu de quoi le sol de la salle était décoré de nombreuses démonstrations visuelles dudit théorème, déchiffrables chacune si l'on s'y arrêtait suffisamment longtemps.

« Nous sommes maintenant dans la période qui court de 2 900 avant la Reconstitution jusqu'à environ – 2600, dis-je. Adrakhonès avait fait d'Orithéna un temple voué à l'exploration du MTH, ou monde théorique hylaéen – le niveau d'existence qui avait été entrevu par Cnoüs. Les gens venaient de partout. Vous remarquerez que cette salle a une seconde entrée, depuis l'extérieur. Cela en commémoration du fait que nombre de ceux qui avaient choisi l'autre embranchement et séjourné avec les déolâtres revenaient, en quelque sorte, des ténèbres, pour s'employer à concilier leurs idées et celles des Orithéniens. Certains y parvenaient mieux que d'autres. »

Je regardai en direction des pécos. Dans la rotonde, ils avaient consacré un certain temps à spéculer sur la taille de certains des attributs anatomiques de Cnoüs (qui étaient cachés sous un repli de son vêtement), puis s'étaient lancés dans un débat sur celle qui leur plaisait le plus : Déât, opportunément déjà agenouillée, ou Hylaéa, qui commençait à se déshabiller. Dans cette salle, ils s'étaient rassemblés devant la fresque la plus imposante, qui représentait un homme en furie, à la barbe noire, et qui dévalait les escaliers du temple en brandissant un râteau, semant la terreur dans un groupe de joueurs de dés affolés et aux yeux écarquillés. Il était évident que les pécos adoraient cette scène. Jusqu'ici, ils avaient paru bien dociles. Alors je me rapprochai d'eux et la leur expliquai : « C'est Diax. Il était connu pour la rationalité de sa pensée. Il était fort perturbé par le noyautage croissant d'Orithéna par les enthousiastes. Il s'agit là de gens qui se faisaient une idée fausse de la façon dont les Orithéniens employaient les nombres, si bien qu'ils leur imaginaient toutes sortes d'emplois idolâtriques aberrants. Un jour que Diax sortait du temple après le chant de l'anathyme, il vit ces types qui prédisaient l'avenir à partir de lancers de dés. Cela le mit dans une telle fureur qu'il prit son râteau à un jardinier et s'en servit pour chasser les enthousiastes du temple. À partir de là, il en prit la direction. Il inventa la dénomination *la théorique*, et ses disciples s'appelèrent entre eux les “théôs”, pour se distinguer des enthousiastes. Diax déclara une chose qui reste capitale pour nous, le fait qu'il ne faut jamais croire quelque chose simplement parce que l'on espère que c'est vrai. Nous appelons cela le “râteau de Diax”, et nous nous le répétons parfois pour nous rappeler de ne pas laisser des émotions subjectives altérer notre jugement. »

L'explication avait été trop longue pour les pécos, qui me tournèrent le dos dès que j'eus passé la bagarre avec le râteau. Je remarquai que l'un d'entre eux – celui qui avait le bras en écharpe – avait une curieuse crête osseuse qui courait tout le long de sa colonne vertébrale et dépassait de quelques pouces au-dessus de son maillot. Elle aurait normalement dû rester dissimulée par les rabats pendants de son capuchon, mais lorsqu'il fit volte-face, je la vis clairement. Elle formait comme une seconde épine dorsale exosquelettique, attachée à l'originale. Il y avait à son sommet comme un panonceau rectangulaire, plus petit que la paume de ma main, affichant un kinagramme dans lequel un personnage-bâton en frappait un plus petit du poing. Il s'agissait de l'une des clampes spinales que Quin nous avait décrites, à Orolo et moi. Je supposai qu'elle avait neutralisé son bras droit.

Au bout de la salle, une fresque représentait au plafond l'éruption de l'Ecba et la destruction du temple. Les galeries suivantes contenaient des représentations et des objets de la période pérégrine qui s'était ensuivie, avec des alcôves séparées dédiées aux quarante pérégrins mineurs et aux sept majeurs.

De là, nous pénétrâmes dans la grande salle elliptique, avec ses statues et ses fresques de l'âge d'or de la théorique, centrée sur la cité-État d'Éthras. Protas, les yeux fixés sur les nuages peints au plafond, donnait matière à la première partie. Son maître Thélénès dominait l'autre, arpentant le Plan avec ses interlocuteurs – fascinés, charmés, étrillés ou indignés, selon le cas. Les deux derniers se parlaient à l'oreille, conspirant – prémisse du jugement et de l'exécution rituelle de Thélénès. Une grande représentation peinte de la ville me permit d'indiquer aisément les temples des déolâtres au sommet de sa plus haute colline, où Thélénès avait été mis à mort ; son marché, le périklyne, lové au pied de la colline ; une surface plane et ouverte au centre du périklyne, appelée le Plan, où les géomètres dessinaient des figures dans la poussière ou engageaient des débats publics ; et, dans sa périphérie, les treilles couvertes de vignes sous lesquelles les théôs enseignaient à leurs phytes – de là vient notre mot « suvine », qui signifie littéralement « sous les vignes ». En ce qui concernait la nonne accompagnante, ce seul instant justifia tous ses efforts et le déplacement.

Comme nous avancions vers l'autre extrémité, nous commençâmes à voir des théôs qui se tenaient au côté de généraux et d'empereurs, ce qui nous mena tout naturellement à la dernière des grandes salles de la voie hylaéenne, tout entière dédiée à la gloire de Baz, ses temples, son capitole, ses murailles, ses routes et ses armées, sa bibliothèque et (allant croissant, à mesure que nous approchions du bout) son arche. Au-delà d'un certain point, ceux qui conseillaient les généraux et les empereurs n'étaient plus des théôs, mais des prêtres et des prélats de l'arche de Baz. Les théôs n'étaient plus que de petites silhouettes en arrière-plan, voûtées sur les marches de la bibliothèque ou se rendant au capitole pour déverser de sages conseils dans les oreilles sourdes des puissants.

Des fresques dépeignant le sac de Baz et l'incendie de la bibliothèque flanquaient la sortie : une arche incongrûment austère et étroite que l'on eût manquée n'eût été la statue de saunte Cartas, préservant quelques livres roussis et déchirés d'un bras et regardant par-dessus son autre épaule pour indiquer la sortie. Celle-ci menait à une salle aux hauts murs de pierre, dépourvue de toute décoration et ne contenant que du vent. Cela symbolisait la retraite dans les maths et l'aube de l'ère mathique classique, que l'on faisait généralement remonter à l'an – 1512.

De là, la voie hylaéenne contournait le cloître unétarien et s'interrompait. Il y avait encore la place dans son prolongement pour de futures salles qui pourraient un jour être consacrées à l'essor des mystagogues, à la Rééclosion, à l'ère praxique, et peut-être même aux Préfigurations et aux Événements horrifiques. Mais nous avions vu tout ce qui importait, et c'était là que s'achevait traditionnellement la visite.

Je les remerciai tous d'être venus, les engageai à revenir sur leurs pas s'ils voulaient consacrer plus de temps à certaines choses qu'ils avaient vues, leur rappelai qu'ils étaient tous les bienvenus lors du dîner de la dixième nuit, et leur dis que je serais heureux de répondre à leurs questions.

Les pécos semblaient en l'instant se satisfaire de contempler les images des batailles navales des galères impériales baziennes et de l'incendie de la bibliothèque. Un retraité burgos vint me remercier du temps que je leur avais consacré. Les enfants de la suvine me demandèrent quel genre de chose j'avais étudié récemment. Les deux visiteurs qui nous avaient rejoints à la dernière minute patientèrent pendant que je m'efforçais d'expliquer aux enfants certaines thématiques théoriques dont ils n'avaient jamais entendu parler. Au bout d'une minute, la nonne eut pitié de moi (ou peut-être des enfants), et les éloigna.

Les retardataires étaient un homme et une femme, probablement dans la cinquième décennie de leur vie. Je n'eus pas l'impression qu'ils avaient une liaison. Tous deux étant vêtus pour le commerce, ils étaient peut-être collègues dans la même affaire. Ils avaient chacun, au bout d'une cordelette passée autour du cou, un de ces flasheurs que l'on utilisait extra-muros pour décliner son identité ou accéder à des zones contrôlées. Comme de telles choses n'étaient pas nécessaires ici, ils les avaient remisés dans leurs poches de poitrine. Ils s'étaient comportés en visiteurs réceptifs, suivant le groupe, discutant entre eux à voix mesurée des finesses de ce que chacun percevait de son côté.

« J'ai été intrigué par vos remarques sur les filles de Cnoüs », annonça l'homme. Son accent le signalait comme venant d'une partie de ce continent où les villes étaient plus grandes et plus rapprochées qu'ici, et où une concente pouvait héberger une douzaine de chapitres voire plus, pour trois chez nous. « Simplement, poursuivit-il, parce que je me serais attendu à ce qu'un avôt soulignât ce qui les différenciait. Mais j'ai presque eu l'impression que vous évoquiez la possibilité de euh… » Là, il s'interrompit, comme s'il cherchait un mot qui n'appartenait pas au lexique ouaïl.

« D'un point commun ? suggéra la femme. D'un parallèle entre elles ? » Son accent, ainsi que la structure osseuse de son visage et la teinte de sa peau, la reliait, elle, au continent qui, dans notre ère, était le siège du pouvoir sæculier. À partir de là, je m'inventai une histoire plausible à leur sujet : ils vivaient dans des grandes villes éloignées, travaillaient pour le même employeur, une société de très grande envergure, et visitaient le bureau local pour quelque raison ; ils avaient appris que c'était le dernier jour de l'aperte, et avaient décidé de consacrer quelques heures à la visite. Tous deux, subodorai-je, avaient passé au moins quelques années dans une math unétarienne durant leurs jeunes années. Peut-être que le tærran de l'homme était quelque peu rouillé, et qu'il préférait se contenter de discuter en ouaïl.

« Eh bien, je pense que de nombreux érudits reconnaîtraient que Déât et Hylaéa ont toutes deux énoncé qu'il ne fallait pas confondre le symbole et la chose qu'il symbolisait », répondis-je.

L'homme me dévisagea comme si je l'avais giflé. « Quelle étrange façon de commencer une phrase ! “Je pense que de nombreux érudits reconnaîtraient…” Pourquoi ne pas simplement dire ce que vous pensez ?

– Très bien. Déât et Hylaéa disent toutes les deux qu'il ne faut pas confondre le symbole et la chose qu'il symbolise.

– C'est mieux.

– Pour Déât, le symbole est une idole. Pour Hylaéa, c'est une forme triangulaire sur une tablette. Pour Déât, la chose symbolisée est un réel dieu au paradis. Pour Hylaéa, c'est l'abstraction pure d'un triangle dans le MTH. Me reconnaissez-vous de pouvoir considérer ce point commun en lui-même ?

– Oui, répondit l'homme à contrecœur. Mais les avôts poussent rarement un raisonnement aussi loin pour l'abandonner aussitôt. J'attends de vous que vous développiez d'autres arguments sur cette base, comme ils le font dans les dialogues.

– Je vous comprends tout à fait, répondis-je. Mais je n'étais pas en dialogue, alors.

– Vous l'êtes maintenant ! »

Je pris cela pour une plaisanterie et gloussai d'une façon qui, je l'espérais, restait polie. Il eut l'air légèrement amusé mais, dans l'ensemble, resta sérieux. La femme parut un peu mal à l'aise.

« Mais je ne l'étais pas *alors*, répétai-je. D'autant que j'avais une histoire à raconter, et qu'elle devait rester censée. Elle le demeure si Déât et Hylaéa ont pris la même idée et l'ont appliquée à deux domaines éloignés. Mais si je les avais décrites comme disant des choses totalement contradictoires sur la vision de leur père, cela n'aurait plus eu aucun sens.

– Sauf à décrire Déât comme irrationnelle, et cela redevenait logique, m'opposa-t-il.

– C'est vrai, oui. Peut-être qu'avec autant de déolâtres dans le groupe, j'ai préféré m'exprimer moins crûment.

– Alors vous avez dit une chose que vous ne croyez pas, simplement par politesse ?

– Il s'agit plutôt de mesure. Je crois réellement ce que j'ai dit sur ce qu'elles ont en commun – et vous aussi, puisque vous y avez consenti.

– À quel point cette mentalité est-elle répandue dans votre concente, dites-moi ? »

En entendant ces mots, la femme eut l'air d'avoir croisé une bouffée d'air vicié. Elle se tourna sur le côté et s'adressa à l'homme d'une voix feutrée : « "Mentalité" est un terme peut-être péjoratif.

– Très bien, répondit-il sans me quitter des yeux. Quelle part de votre concente voit les choses de votre façon ?

– C'est un débat procien-halikaarnien typique, répondis-je. Les avôts qui suivent la voie d'Halikaarn, d'Événédric et d'Édhar recherchent la vérité dans la théorique pure. Du côté des Prociens et des Faaniens, il existe un doute sur l'idée même de vérité absolue, et une tendance à considérer l'histoire de Cnoüs comme une fable. Ceux-là manifestent un intérêt de pure forme pour Hylaéa, en reconnaissance de ce qu'elle symbolise et parce qu'elle est préférable à sa sœur. Mais je pense qu'ils ne croient pas plus à l'existence réelle du MTH qu'à celle d'un paradis.

– Alors que les Édhariens y croient ? » La femme lui adressa un regard insistant, ce qui lui fit ajouter la précision suivante : « Je ne parle spécifiquement des Édhariens que parce que nous sommes, après tout, dans la concente Saunt-Édhar. »

Si cet homme avait été l'un de mes fraas, j'aurais répondu librement. Mais c'était un sæculier, étrangement bien informé, et qui se comportait comme s'il était quelqu'un d'important. Même dans ce cas, j'aurais pu me laisser aller, s'il s'était agi du premier jour de l'aperte. Mais nos portails étaient ouverts depuis dix jours : assez longtemps pour que j'eusse acquis quelques réflexes interpersonnels de base. Alors je répondis non pas pour moi, mais pour ma concente. Plus spécifiquement pour l'ordre des Édhariens, parce que tous les chapitres édhariens de toutes les autres concentes du monde voyaient la nôtre comme leur procréatrice, et affichaient des images de notre mynstère dans leur foyer capitulaire.

« Si vous posez la question à un édharien à brûle-pourpoint, il répugnera à l'admettre, commençai-je.

– Pourquoi ? Encore une fois, nous parlons là de la concente Saunt-Édhar.

– Elle a été démantelée, lui expliquai-je. Après le troisième Sac, les deux tiers des Édhariens ont été relocalisés dans d'autres concentes, afin de laisser place à un chapitre du Nouveau Cercle, et à un autre des Anciens Faaniens réformés.

– Ah ! Les pouvoirs en place ont placé là une bande de prociens pour garder l'œil sur vous, n'est-ce pas ? »

Cela fit réagir la femme, qui tendit le bras et posa la main sur son avant-bras.

« Vous semblez tenir pour acquis que je serais moi-même un édharien, dis-je. Mais je n'ai pas encore fait l'éligeur. Je ne sais même pas si l'ordre de saunt Édhar voudrait de moi.

– Je l'espère pour vous », commenta-t-il.

Depuis le début, la conversation n'avait cessé de gagner en étrangeté, et avait atteint un point où je ne voyais plus comment elle pouvait évoluer. Fort heureusement, la femme nous sortit de cette impasse : « C'est juste que nous nous demandions, en venant ici, si toutes ces histoires de férule céleste n'exerçaient pas une pression sur les avôts, qui les inciterait à modifier leur position. Et nous nous posions la question de savoir si votre appréciation de Déât et d'Hylaéa pouvait refléter quelque influence sæculière.

– C'est un point intéressant, dis-je. En fait, il se trouve que je n'avais jamais entendu parler de la férule céleste jusqu'à ces derniers jours. Alors, si mon appréciation de Déât et d'Hylaéa reflète quoi que ce soit, ce seraient mes réflexions personnelles du moment.

– Très bien », dit l'homme, et il tourna les talons. La femme me murmura un « Merci » par-dessus son épaule, et ensemble, ils rejoignirent le cloître.

Peu après, les cloches commencèrent à sonner le proveneur. Je traversai les quartiers unétariens, qui avaient été mis sens dessus dessous. De nombreux avôts, augmentés d'employés extra-muros temporaires, nettoyaient les dortoirs à l'usage de la collecte qui allait entamer son année le lendemain.

Pour une fois, je ralliai le mynstère largement en avance. Je retrouvai Arsibalt, et l'avertis de la présence des quatre pécos. Lio n'entendit que la fin de la conversation, et je dus tout lui répéter pendant que nous enfilions nos robes. Jesry arriva bon dernier, et saoul. Sa famille avait organisé une réception pour lui dans leur maison.

Lorsque le primat entra dans le cancel, juste avant le début du service, il était escorté de deux visiteurs en robes pourpres. Il n'était pas inhabituel pour des hiérarques d'autres concentes d'apparaître ainsi, alors je n'y prêtai pas une attention particulière. Arsibalt fut le premier à les reconnaître. « Il semblerait que nous ayons deux invités d'honneur en provenance directe de l'Inquisition », dit-il.

Je regardai à travers le cancel et reconnus l'homme et la femme avec lesquels j'avais parlé un peu plus tôt.

Je passai l'après-midi à strier le pré de rangées de tables. Heureusement, j'avais Arsibalt pour partenaire. Il pouvait être un peu ombrageux, mais à force de remonter l'horloge, il cachait sous sa graisse la charpente d'un bœuf.

Depuis trois mille ans, la politique de la concente était d'accepter toutes les tables et chaises pliantes qui étaient mises à sa disposition, sans jamais en jeter une. En une seule et unique occasion, cette politique s'était avérée fondée : l'aperte millénaire de l'an 3000, où vingt-sept mille cinq cents pèlerins avaient déferlé à travers les portails pour profiter d'un repas complet et assister à la fin du monde. Nous avions des chaises pliantes en bambou, en aluminium, en composites aéronautiques, en poly moulé par injection, en fer à béton recyclé, en bois sculpté, en jonc canné, en néomatière expansée, en souche de bois brut, en rondins assemblés, en ferraille brasée, et en résine tressée.

Les plateaux de table pouvaient être faits de vieux bois de charpente, d'aggloméré, de titane extrudé, de papier recyclé, de verre, de rotin, ou de substances dont la véritable nature n'était pas d'un genre sur lequel je désirais spéculer. Leur longueur variait de deux à vingt-quatre pieds, et leur poids allait de celui d'une fleur séchée à celui d'un bison.

« On pourrait se dire qu'après tout ce temps quelqu'un aurait inventé, je ne sais pas, *la roue*… », lâcha à un moment Arsibalt, alors que nous nous échinions à transbahuter un monstre de douze pieds qui donnait l'impression d'avoir servi de protection contre des lances pendant l'ère mathique classique.

Remonter ces antiquités des caves et les descendre des greniers était une tâche d'une parfaite stupidité. Faire parler Arsibalt des inquisiteurs et de l'Inquisition fut beaucoup moins pénible.

En résumé, l'arrivée de deux inquisiteurs n'avait selon lui rien de grave, sauf si c'était grave, auquel cas c'était vraiment très grave. Il y avait bien longtemps que l'Inquisition était devenue « un processus non psychotique, quasiment bureaucratisé ». Preuve en était que nous voyions la férulaire édictrice et ses délégataires tout le temps, même quand nous n'avions *pas* de problème. Quoique subordonnés au primat, ils dépendaient techniquement de l'Inquisition. Ils étaient même habilités à déposer un primat sous certaines circonstances (Arsibalt, échauffé par son sujet, cita quelques précédents antiques impliquant des primats déments ou criminels). Des normes devaient être maintenues de façon standardisée dans l'ensemble des concentes de la planète, sans quoi la Reconstitution serait nulle et non avenue. Et il n'y avait pour cela pas meilleur moyen que cette caste de hiérarques d'élite – presque toujours des férulaires édicteurs qui avaient infligé tant de pénitences à leurs fraas et soors martyrs qu'ils avaient été distingués et promus – allant de concente en concente pour fouiner et garder un œil sur tout. Cela arrivait tout le temps. Je ne m'en étais simplement jamais aperçu.

« Je suis un peu déconcerté par une chose qui s'est passée juste avant le proveneur », lui dis-je.

Nous étions dans le pré, à l'œuvre sur notre deuxième arpent de tables. Des soors et de jeunes fraas s'affairaient dans notre sillage, couvrant les tables de papier, les garnissant de chaises. Des fraas plus vieux et plus sages hissaient des câbles, dressant au-dessus de nos têtes un entrelacs d'une légèreté extrême sur lequel serait plus tard tendu un auvent. Dans une cuisine à ciel ouvert au centre du pré, des soors plus âgées mitonnaient des plats dont les arômes nous faisaient défaillir – et que nous ne pourrions savourer que dans bien des heures. Arsibalt et moi nous escrimions depuis dix bonnes minutes à triompher du mécanisme de dépliage d'une table à la conception particulièrement absconse : un surplus militaire d'une guerre mondiale du Vᵉ siècle. Certains leviers et boutons devaient être actionnés dans le bon ordre, sans quoi les pieds ne se déploieraient pas.

Une feuille brunie, souvent dépliée et repliée, avait été enfoncée dans le châssis : des instructions pratiques écrites en l'an 940 par un certain fraa Bolo, qui avait réussi à installer la table et voulait s'en glorifier devant des générations d'avôts encore à naître. Mais il usait d'une terminologie incroyablement abstruse pour décrire les différentes parties de la table, et la feuille avait été grignotée par les souris. Lorsque nous fûmes près de perdre patience, de vouer les instructions oiseuses de fraa Bolo aux feux de l'enfer, et de nous précipiter vers le portail de la décennie pour boire quelque chose de fort, nous décidâmes de concert de nous asseoir pour faire une pause. Ce fut à ce moment-là que je parlai à Arsibalt de ma conversation avec Varax et Onali – puisque notre inquisiteur et notre inquisitrice s'appelaient ainsi, si l'on en croyait la rumeur.

« Des inquisiteurs se déplaçant incognito… Hum… Cela, je n'en avais jamais entendu parler », dit Arsibalt. S'inquiétant de l'expression de mon visage, il s'empressa d'ajouter : « Ce qui ne signifie rien. C'est un biais de sélection : des inquisiteurs qui ne se distinguent pas du reste de la population n'attirent évidemment pas l'attention et passent inaperçus. »

Je n'en fus pas réellement réconforté.

« Ils sont pourtant bien amenés à se déplacer, insista-t-il. Il ne m'était juste simplement jamais venu à l'esprit de me demander comment, auparavant. Ils ne vont tout de même pas avoir leurs propres trains et aéroplanes, n'est-ce pas ? Il serait bien plus logique qu'ils se satisfassent de s'habiller normalement et d'acheter un billet, comme tout le monde. J'imagine qu'ils arrivaient de l'aérodrome quand ta visite a commencé, et qu'ils ont décidé sur un coup de tête d'en profiter pour aller admirer les statues de la rotonde, que le monde entier rêve de voir.

– Ce que tu dis paraît censé, mais je me sens tout de même un peu… grillé.

– Grillé ?

– Oui. Ce Varax m'a fait dire des choses que je n'aurais jamais dites à un inquisiteur.

– Alors pourquoi les as-tu dites à un parfait inconnu ? »

Cela ne m'aidait en rien. Je lui lançai un regard noir.

« Que lui as-tu dit de si risqué ? réessaya-t-il.

– Rien, conclus-je après un temps de réflexion. Je veux dire, j'ai probablement été très MTH, très édharien. Si Varax est un procien, il doit me haïr maintenant.

– Mais tout est resté dans les limites de l'acceptable, non ? Des ordres entiers ont prospéré durant des millénaires en disant des choses bien plus ridicules, et sans pour autant s'attirer les foudres de l'Inquisition.

– Je le sais bien. » Comme je regardais vers le pré, je vis Corlandin et plusieurs autres du Nouveau Cercle s'installer pour répéter un chant de fête qu'ils interpréteraient ce soir. À plus de cent pas, je pouvais les voir sourire et échanger des poignées de main. Je sentais leur assurance d'ici, comme si j'eusse été un chien. J'avais envie d'être comme eux. Ne pas faire partie de ces théoriciens édhariens rassis qui se livraient à d'amers débats sur les sommes vectorielles aux points d'intersection des câbles de l'auvent. « Quand j'ai dit que je m'étais grillé, je le pensais dans un sens un peu plus large. Ce que j'ai dit à Varax va être répété à soor Trestanas, et distillé à partir de là à tous les siens.

– Tu crains que le Nouveau Cercle ne veuille plus de toi pour l'éligeur ?

– Exactement.

– Eh bien, cela t'évitera les miasmes. Tant mieux pour toi.

– Quels miasmes, Arsibalt ?

– Ceux qui vont envahir cet endroit quand la plus grande partie de notre collecte va rejoindre les Édhariens. Le Nouveau Cercle et les Anciens Faaniens réformés n'auront que les larbins. »

En affectant un air détaché, je regardai alentour pour m'assurer que nous n'étions pas à portée de voix des phytes qu'Arsibalt considérait comme des larbins. Mais la seule personne à proximité était le préhistorique grand-fraa Mentaxénès qui errait en quête d'une chose à faire, mais était trop fier pour demander. J'allai le voir avec le codex de dépliement rongé de fraa Bolo, et le priai de le traduire. Rien ne lui aurait fait plus plaisir. Arsibalt et moi le lui laissâmes, et retournâmes vers le mynstère chercher la table suivante.

« Qu'est-ce qui te fait penser que c'est ce qu'il va se passer ? demandai-je.

– Orolo a parlé à beaucoup d'entre nous, pas seulement à toi, répondit Arsibalt.

– Pour nous recruter ?

– C'est Corlandin qui recrute – et c'est pour cela que personne ne lui fait confiance. Orolo ne fait que parler, et nous laisse tirer nos propres conclusions. »

Foulx-thèse : 1. En ouaïl de la fin de l'ère praxique et du début de la Reconstitution, terme désobligeant désignant des discours trompeurs en général, en particulier les mensonges délibérés et les faux-fuyants. 2. En tærran, terme plus technique et clinique décrivant tout discours – généralement (mais pas obligatoirement) mercantile ou politique – qui recourt à l'euphémisme, au flou opportun, aux répétitions assommantes, et à divers autres subterfuges rhétoriques pour donner l'impression que quelque chose a été dit. 3. Selon les chevaliers de Saunt-Halikaarn, un ordre radical du deuxième millénaire apr. R., tout discours ou écrit des sphéniques anciens, des mystagogues de l'ère mathique classique, des institutions politiques et économiques de l'ère praxique et, depuis la Reconstitution, de toute personne considérée comme ayant été infectée par la pensée procienne. Leur usage fréquent et tonitruant de ce terme pour interrompre des conférences, des dialogues, des conversations privées, etc. a exacerbé la séparation entre les ordres prociens et halikaarniens qui caractérisait le monde mathique dans les années menant au troisième Sac. Un peu avant ce dernier, tous les chevaliers de Saunt-Halikaarn furent proscrits, et l'on sait donc peu de chose d'eux depuis. (Leurs fréquentes apparitions dans des divertissements sæculiers résultent d'une confusion entre eux et les incantants.)

NB : Dans le monde mathique, si ce terme est hurlé dans une salle de craie ou un réfectoire, il évoque les événements associés au sens 3 et doit être évité. Exprimé d'un ton modéré, il prend le sens 2, qui a depuis longtemps perdu toute connotation vulgaire qu'il a pu avoir. Dans le sæculum, il est aisément confondu avec le sens 1, et considéré comme vulgaire ou même obscène. Il est inhérent à la mentalité des pourvoyeurs de foulx-thèses extra-muros d'être plus prompt que quiconque à s'offenser (ou faire semblant) lorsque celles-ci leur sont signalées. Cela met l'observateur mathique dans une position quasi impossible. Il est forcé soit d'utiliser ce terme « insultant », au risque d'être considéré comme une personne déplaisante qui sera exclue en tant que telle de toute discussion polie, soit de dire la même chose en d'autres termes, ce qui revient à devenir lui-même un pourvoyeur de foulx-thèses, et donc à donner plus de force à ce qu'il voulait dénoncer. Cette dernière caractéristique explique probablement l'incroyable constance et la résilience des foulx-thèses. La résolution de ce dilemme va au-delà du champ d'action de ce Dictionnaire, et sa charge doit probablement être laissée à ceux des hiérarques qui ont fonction d'interagir avec le sæculum.

LE DICTIONNAIRE, 4e édition, 3000 apr. R.

Bon an, mal an, l'auvent fut dressé. Les câbles, en néomatière, remontaient à la fondation de la concente ; comme le crépuscule tombait, ils se mirent à émettre une douce lumière qui venait de toutes les directions à la fois et donnait bonne mine même à fraa Mentaxénès. Sous l'auvent, douze cents visiteurs, trois cents décénariens et cinq cents unétariens célébrèrent la dixième nuit.

Celle-ci était à l'origine une fête des moissons, qui coïncidait avec la fin de l'année calendaire. Grâce à un adroit séquençage réalisé avant le deuxième Sac, nous disposions de plantes qui poussaient presque toute l'année, et certaines espèces plus fragiles pouvaient être cultivées dans nos serres même au milieu de l'hiver. Mais leur production n'avait pas l'opulence de celle des lacis en cette période.

Les lacis avaient été inventés bien avant Cnoüs, par des gens qui vivaient aux antipodes d'Éthras et de Baz. Le maïs y poussait comme rien jusqu'à hauteur d'homme, et offrait ses riches épis de grains bigarrés même tard dans l'été. Dans le même temps, il servait de tuteur aux haricots à rame, qui nous fournissaient des protéines tout en fixant l'azote dans le sol, lequel nourrissait le maïs. Trois autres légumineuses poussaient au milieu du maïs, dans l'entrelacs des tiges volubiles que déployaient les haricots à écosser : en haut, les plus éloignées du sol, là où les insectes rampants ne pouvaient pas les atteindre, des tomates rouges, jaunes et orange, pour nous apporter des vitamines et agrémenter nos salades, ragoûts et sauces ; louvoyant par terre, différentes variétés de courges ; et à mi-hauteur, des plants de poivrons. Des tubercules de deux espèces s'étalaient près du sol, et des choux et des salades absorbaient ce qu'il restait de lumière. Les lacis antiques originaux étaient composés de huit plantes, et ceux qui les avaient cultivés durant des millénaires les avaient optimisés autant qu'il était possible sans remanier leur séquençage. Les nôtres étaient encore plus productifs, et nous avions intégré quatre autres plantes, dont deux avaient pour seule fonction de régénérer l'humus. À cette époque de l'année, les lacis que nous avions travaillés depuis le dégel étaient au summum de leur splendeur, et offraient une variété de couleurs et de saveurs sans équivalent extra-muros.

Voilà pourquoi l'aperte avait lieu à ce moment-là. Une façon pour ceux qui vivaient à l'intérieur de la math de partager leur bonne fortune avec leurs voisins extra-muros, ainsi que de les soulager de tous ceux de leurs bébés qui n'allaient probablement pas passer l'hiver.

J'avais gardé des places pour Cord et son ami Rosk. Elle avait également amené un de nos cousins : Dath, un garçon de quinze ans. Je me souvenais vaguement de lui. Enfant, c'était le genre de gosse que l'on emmenait souvent précipitamment au collège médical pour y faire traiter des blessures insensées. On ne sait trop comment, il avait réussi à survivre, et avait même enfilé une tenue acceptable pour l'événement. Ses bosses et ses cicatrices étaient dissimulées sous une tignasse de cheveux bruns bouclés.

Arsibalt s'assura d'être assis face à l'« exquise » Cord ; il semblait n'avoir pas compris qui était Rosk pour elle. Jesry installa toute sa famille à la table d'à côté, ce qui le plaça dos à moi. Puis Jesry héla Orolo, et le persuada de s'asseoir avec nous. La présence d'Orolo attira Lio et d'autres flâneurs solitaires, qui achevèrent de remplir notre table.

Dath était le genre d'âme sereine qui pouvait poser des questions très simples sans la moindre gêne. Je m'efforçai de lui répondre de la même façon. « Tu sais que je suis un pécos, cousin, lui dis-je. Donc la différence entre les pécos et nous n'est pas que nous sommes plus intelligents. Ce n'est manifestement pas le cas. »

Le sujet avait émergé après que les gens eurent mangé, bu, parlé, et entonné des chants de fête assez longtemps pour qu'il apparût qu'il n'y avait effectivement pas réellement de différence. Dath, qui avait réchappé de ses premières bévues sans que son bon sens en fût affecté, avait prêté attention à ce qu'il avait vu et y avait réfléchi, je pouvais le voir sur son visage. Il souleva donc la question du pourquoi des murailles – pourquoi avoir un extra-muros et un intra-muros ?

Orolo, qui l'avait entendu, se tourna pour le dévisager. « Ce serait plus facile à comprendre si tu pouvais voir l'une des micromaths, dit-il.

– Des micromaths ?

– Certaines maths ne sont pas plus grandes qu'une studette avec une pendulette électrique sur le mur et une bibliothèque bien achalandée. Un avôt y vit seul, sans visueur, sans brelot. Parfois, toutes les x années, un inquisiteur se présente et passe la tête par la porte, juste pour s'assurer que tout va bien.

– Et quel en est l'intérêt ? demanda Dath.

– C'est précisément la question à laquelle je te demande de réfléchir », répondit Orolo avant de se retourner pour reprendre sa conversation avec le père de Jesry.

Dath leva les bras au ciel. Arsibalt et moi nous esclaffâmes, mais pas à ses dépens.

« C'est de cette façon que pa Orolo fait son affaire, dis-je.

– Ce soir, au lieu de dormir, tu resteras les yeux ouverts à te demander ce qu'il a bien pu vouloir dire, ajouta Arsibalt.

– Et vous, vous n'allez pas m'aider ? Je ne suis pas un fraa ! plaida Dath.

– Qu'est-ce qui pourrait pousser quelqu'un à demeurer assis dans une pièce isolée, à lire et à réfléchir ? reprit Arsibalt. Quel genre de personne pourrait considérer qu'une telle vie serait une réussite ?

– Je ne sais pas. Quelqu'un d'extrêmement timide ? Ou qui a peur des grands espaces ?

– L'agoraphobie n'a rien à voir là-dedans, répondit Arsibalt d'un ton un peu hautain.

– Et si les lieux que l'on visitait et les choses que l'on y découvrait étaient plus intéressants que ce qui était accessible dans le monde réel à portée ? tentai-je.

– D'accoooord…

– Tu pourrais considérer que ce qui nous différencie, c'est que nous avons été affectés par la vision d'un… autre monde. » J'avais manqué dire *meilleur* ou *supérieur*.

« Je n'aime pas cette métaphore de l'affection, commença à dire Arsibalt en tærran, mais je lui donnai un coup de genou sous la table.

– Tu veux dire, comme d'une autre planète ? demanda Dath.

– C'est une façon intéressante de l'envisager, répondis-je. Mais la plupart d'entre nous ne le voyons pas comme une autre planète, dans le sens d'une visue de spécufiction. Peut-être qu'il s'agit de *ce* monde dans le futur. Peut-être que c'est un univers alternatif que nous ne pouvons atteindre. Peut-être que ce n'est qu'un rêve. Mais de toute façon, il est en nous, et nous ne pouvons nous empêcher de tendre vers lui.

– Et comment est ce monde ? » demanda Dath.

Derrière moi, la sonnerie d'un brelot retentit. Elle n'était pas si forte, mais quelque chose en elle me vrilla le cerveau. « Déjà, il ne s'y trouve aucun de ces engins », dis-je à Dath.

Une fois que le brelot eut chanté un temps, je me retournai. Tout le monde dans un rayon de vingt pieds avait les yeux fixés sur le frère aîné de Jesry, qui se tâtait de partout pour essayer de déterminer dans laquelle de ses poches se trouvait son brelot. Finalement, il réussit à l'extirper et à le faire taire. Il se leva, comme s'il n'avait pas suffisamment attiré l'attention sur sa personne, et beugla son nom. « Oui, docteur Grane, poursuivit-il, les yeux fixés dans le lointain comme un bienheureux. Je vois. Je vois. Peuvent-ils également infester les humains ? *Vraiment ?* Non, je plaisantais. Eh bien, quel moyen aurions-nous de le savoir, si cela était le cas ? »

Les gens retournèrent à leur repas, mais les conversations furent lentes à redémarrer, à cause des interjections sporadiques du frère de Jesry.

Arsibalt s'éclaircit la gorge comme lui seul savait le faire : cela faisait un bruit de fin du monde. « Le primat va parler », dit-il.

Je me tournai et regardai en direction de Jesry, qui s'en était aperçu lui aussi, et agitait les bras en direction de son frère – en pure perte. Ce dernier négociait un prix de gros pour les biopsies. C'était un négociateur *très* coriace. Des femmes de leur groupe – des sœurs et belles-sœurs de Jesry – commençaient à se sentir gênées et à le tirer par les manches. Il virevolta et s'éloigna de nous. « Excusez-moi, docteur, je n'ai pas saisi la fin. Quelque chose sur les larves ? » Mais, pour sa défense, je réalisai en regardant alentour qu'il était loin d'être le seul à se servir d'un brelot, d'une façon ou d'une autre.

Statho s'était déjà adressé à nous par deux fois. D'abord pour ostensiblement nous souhaiter à tous la bienvenue, quand il s'agissait surtout de nous inciter à nous asseoir à nos places. Plus tard, pour entonner l'Invocation, qui avait été écrite par Diax lui-même alors que des échardes du fameux râteau étaient encore plantées de frais dans ses mains. Si vous compreniez le proto-tærran et que vous vous trouviez être un enthousiaste numérologiste décervelé, l'Invocation vous eût fait sentir que vous n'étiez pas le bienvenu. Tous les autres avaient considéré que cela ajoutait une touche de raffinement aux événements.

Cette fois, Statho voulait nous annoncer que nous allions être divertis par un contingent d'édhariens. Mais sa maîtrise de l'ouaïl était piètre, et à la façon dont il l'exprima, il nous *ordonnait* en fait d'être divertis. Cela provoqua de nombreux rires dans la foule, qui le laissèrent perplexe, et l'incitèrent à chercher une explication auprès des inquisiteurs qui le flanquaient à la table d'honneur.

Trois fraas et deux soors chantèrent un motet à cinq voix, tandis que douze autres édhariens s'agitaient devant eux – du moins était-ce l'impression qu'ils donnaient depuis l'endroit où nous étions assis. Chacun d'entre eux représentait un indice inférieur ou supérieur dans une équation théorique impliquant des tenseurs et une métrique. À mesure qu'ils allaient et venaient, croisant les trajectoires les uns des autres et échangeant leurs places en évoluant devant la table d'honneur, ils composaient une représentation d'un calcul sur la courbure d'une variété de dimension quatre, impliquant diverses étapes de symétrisation et d'antisymétrisation, et d'élévation et d'abaissement des indices. Vu du ciel par quelqu'un n'ayant aucune notion de théorique, cela eût ressemblé à une danse folklorique. La musique était charmante, malgré les interruptions toutes les quelques secondes des gazouillis des brelots.

Puis nous mangeâmes et bûmes encore. Puis les fraas du Nouveau Cercle chantèrent leur partie, qui fut beaucoup mieux reçue que la danse du tenseur. Puis nous mangeâmes et bûmes encore. Statho orchestrait tout cela telle Cord aux commandes de son centre d'usinage cinq axes. Nous n'avions pas l'habitude de le voir autant travailler, mais ce soir il méritait bien sa pitance. Pour les visiteurs, ce n'était qu'un repas gratuit avec des animations bizarres ; pour nous, il s'agissait d'un rituel aussi ancien et important que le proveneur, si bien qu'un certain nombre de conditions *sine qua non* devaient être remplies si nous ne voulions pas subir les foudres de l'Inquisition. Et Statho était du genre à tout accomplir impeccablement, même sans Varax et Onali assis à ses côtés pour lui demander de leur passer le sel.

Fraa Haligastrème fut annoncé, pour dire quelques mots au nom du chapitre édharien. Il voulut parler de ce que j'avais mentionné à Dath un peu plus tôt, et l'emmêla plus encore. C'était l'homme le plus drôle du monde si on allait simplement le voir pour lui poser une question, mais il se noyait dans un verre d'eau dès qu'on lui donnait un temps de préparation, et les alarmes sporadiques des brelots ne firent qu'empirer les choses, brisant sa concentration et faisant voler son discours en éclats. Le seul éclat qui me reste en mémoire fut sa conclusion : « Si tout cela vous paraît ambigu, c'est parce que ça l'est ; si cela vous trouble, vous détesteriez vivre ici ; mais si cela fait naître en vous une forme de soulagement, alors vous êtes au bon endroit, et vous pourriez envisager de rester. »

Ce fut ensuite au tour de Corlandin, pour le Nouveau Cercle. « J'ai passé ces dix derniers jours avec ma famille, commença-t-il en adressant un sourire à une tablée de burgos, qui le lui rendirent. Ils ont eu la gentillesse d'organiser une réunion familiale durant l'aperte. Tous ont une vie très active, comme moi ici, mais nous avons pris le temps de mettre entre parenthèses nos activités, nos carrières et nos autres engagements pour pouvoir être ensemble.

– Moi-même, je suis sorti voir des visues », fit remarquer Orolo. Nous fûmes peut-être cinq à l'entendre. « Avec énormément d'explosions. Certaines sont fort plaisantes.

– La préparation du dîner, poursuivit Corlandin, une tâche routinière que nous effectuons normalement pour éviter de mourir de faim, est devenue tout autre chose. La série d'incisions que faisait ma tante Prin sur le dessus d'une tourte n'était pas un système de ventilation permettant d'évacuer la pression interne, mais une sorte de rituel remontant à qui sait combien de générations – une invocation, si vous voulez, de ses ancêtres, qui cuisinaient de la même façon. Les conversations que nous avions, comme, disons, quand grand-père Myrt est tombé du toit de la véranda en nettoyant les gouttières, n'étaient pas des séances d'information sur les dangers de l'entretien de la maison, mais des célébrations – pleines de rires, de larmes, et parfois des deux en même temps – de l'amour que nous éprouvons les uns pour les autres. Dès lors, on pourrait dire que rien ne correspondait, superficiellement, aux apparences. Dans un autre contexte, cela pourrait paraître inquiétant. Mais il n'en était rien, à l'évidence. Nous l'avons tous ressenti, comme vous-mêmes l'auriez ressenti. Et c'était également très proche de ce que nous, fraas et soors, faisons ici tout le temps. Merci. » Sur ce, Corlandin se rassit.

Un murmure réprobateur parmi les avôts, loin d'être tous certains d'approuver ses dires, fut noyé par les applaudissements de la majorité des visiteurs.

La pauvre soor Frandling dut se lever ensuite et dire quelques mots pour les Anciens Faaniens réformés, mais vu l'intérêt qu'elle suscita, on eût dit qu'elle énonçait les valeurs d'une base de données économique. La plupart des avôts avaient été offusqués par l'éloquence – ou la futilité – de Corlandin, et Orolo en faisait partie. Néanmoins, ce dernier se fit un point d'honneur de signaler que Corlandin avait fait face à une situation défavorable, et probablement amélioré notre image auprès des extra-muros.

« Tu sais à quoi on reconnaît un argument vraiment spécieux ? me chuchota Jesry.

– Je donne ma langue au chat. Comment ?

– On ne s'en rend absolument pas compte, jusqu'au moment où quelqu'un de plus vieux et plus sage le signale, et que l'on devient aussitôt rouge de honte. »

La musique reprit pendant que nous, la plupart des avôts, nous levions pour débarrasser les assiettes et servir le dessert. Les divertissements, au départ intimidants, étaient devenus plus faciles à apprécier. Beaucoup des mélodies diffusées dans les boutiques et les ascenseurs à cette époque de l'année dérivaient de chants liturgiques créés dans les maths et transmis lors des apertes, alors bon nombre de visiteurs eurent l'agréable surprise d'entendre des airs familiers entonnés par ces hurluberlus vêtus de chapes.

Le dessert était composé de moelleux servis dans de larges plats rectangulaires. L'un d'eux atterrit devant Arsibalt – de façon délibérée. Il prit la spatule qui l'accompagnait : une lame de métal plate de la largeur de la paume de la main d'un enfant. Juste au moment où il allait la plonger dans le gâteau, j'eus une idée, et l'interrompis. « Laissons Dath le faire, dis-je.

– En tant qu'hôtes, il est de notre devoir de faire le service, maugréa Arsibalt.

– Alors tu serviras, mais je voudrais que Dath le coupe », insistai-je.

Je pris la spatule des mains d'Arsibalt, et la tendis à Dath, qui l'accepta d'un air un peu incertain. Je lui fis ensuite couper le moelleux, mais d'une façon très spécifique, en fonction d'une vieille démonstration géométrique[1] que m'avait enseignée Orolo alors que j'étais tout jeune phyte, et que je pleurais encore toutes les nuits parce que mon ancienne vie me manquait. Cela prit un certain temps, mais finalement il parut évident, à l'expression de Dath, qu'il avait compris, et je pus lui dire : « Félicitations. Tu

1. Cf. Calca 1 : La découpe du gâteau, tome 2.

viens de te mesurer à un problème géométrique vieux de plusieurs milliers d'années.

– Ils avaient des gâteaux, à l'époque ?

– Pas de ce genre, mais ils avaient des terres et d'autres choses qu'ils avaient besoin de diviser, et cette astuce s'y applique de la même façon.

– Han-han, commenta Dath en gobant un coin de sa part.

– Tu dis cela comme si ce n'était pas grand-chose, mais c'est important, pour nous, dis-je.

– Quelle utilité la façon de couper un gâteau pourrait-elle avoir pour un lopin de terre ? La terre et les gâteaux, ce n'est pas la même chose ! »

Tout cela dépassait un peu Dath, qui voulait juste manger son dessert, mais Cord comprit : « Je suppose que je bénéficie d'un avantage indu, à passer autant de temps à me préoccuper de géométrie dans mon travail. Mais la réponse est que la géométrie est… eh bien… c'est la géométrie. Elle est abstraite. Ce à quoi on l'applique n'a pas d'importance.

– Ce qui est vrai pour la géométrie l'est aussi pour un tas d'autres matières théoriques, ajoutai-je. On réalise quelque chose. Plus tard, la même chose est réitérée d'une tout autre façon ; mais le fait demeure identique. Quel que soit celui qui élabore la démonstration, quelle que soit l'époque, qu'il s'agisse de gâteaux ou de parcelles, on obtient toujours la même réponse. Ces vérités semblent venir d'un autre monde, d'un autre niveau d'existence. Il est difficile de ne pas croire que cet autre monde a en un sens une existence tangible, qu'il n'est pas uniquement issu de notre imagination ! Et nous aimerions y vivre.

– De préférence, sans avoir à mourir d'abord, intervint Arsibalt.

– Quand je découpe une pièce, elle finit parfois par m'obséder, dit Cord. Je reste éveillée, la nuit, à réfléchir à sa forme. Est-ce que ce ne serait pas, peut-être, du genre de ce que vous ressentez pour ce que vous étudiez ?

– Et pourquoi pas ? Tu as en tête une géométrie qui te fascine. Certains pourraient considérer qu'il ne s'agit que d'un réseau de neurones qui flambe dans ton cerveau. Mais elle existe par elle-même. Et pour toi, toucher du doigt cette réalité est une façon intéressante et enrichissante de vivre ta vie. »

Rosk était thérapeute manuel – il imposait ses mains sur les gens pour les soigner. « J'ai travaillé sur quelqu'un qui avait un nerf pincé à cause d'une mauvaise position, dit-il. J'en ai parlé à mon professeur, au brelot – pas d'image, juste nos voix. Nous avions cette longue discussion sur ce nerf et les muscles et les ligaments qui l'entouraient, et sur la façon dont je devais les manipuler pour résoudre le problème, et tout d'un coup, j'ai réalisé à quel point tout cela était étrange : mon prof et moi, tous les deux concentrés sur cette image, cette représentation du corps d'une autre personne – qui était dans son esprit et dans le mien, mais…

– Dans le même temps, dans un autre endroit, suggérai-je. Un espace commun.

– C'est ce que j'ai ressenti. Ça m'a fait flipper pendant un temps, puis je l'ai chassé de mon esprit, parce que je me suis dit que c'était juste une ânerie.

– Eh bien, cela fait flipper les gens depuis Cnoüs, et cet endroit est comme un asile pour ceux qui n'arrivent pas à le chasser de leur esprit, dis-je. Ce n'est pas pour tout le monde, mais c'est sans danger.

– Depuis le troisième Sac, tout du moins », rétorqua Rosk.

Qu'il eût énoncé cela avec une telle candeur rendait sa remarque dix fois plus grossière. Je vis le visage de Cord devenir livide, et supposai qu'elle aurait quelques mots à lui dire après le dîner. Bien malin qui eût pu dire s'il comprenait réellement en quoi sa remarque était aussi odieuse.

On nous fit signe de nous taire, parce que nous avions atteint le point de l'auction où les nouveaux allaient être présentés devant la table d'honneur.

Huit nouveau-nés avaient été recouvrés. L'une était chétive, et resterait dans la math unétarienne, où il serait plus facile pour les médecins de garder un œil sur elle. Deux avaient encore le moignon de leur cordon ombilical, et étaient donc destinés à la math millénarienne, après un bref séjour chez les centénariens. Nous les leur ferions passer via notre haut-labyrinthe. Les cinq autres étaient un peu plus âgés, et intégreraient les centénariens.

Trente-six jeunes allaient être recouvrés. Dix-sept d'entre eux, dont Barb, rejoindraient directement notre math. Les autres resteraient avec les monos, au moins dans un premier temps. Avec un peu de chance, certains seraient plus tard promus dans notre math.

Douze monos avaient opté pour une promotion dans notre math. Neuf autres étaient arrivés d'une concente des montagnes, plus petite, qui nous servait d'amenée.

Tous furent présentés devant la table d'honneur, accueillis, et applaudis. Le lendemain, une fois les portails refermés, leur arrivée serait célébrée par une cérémonie beaucoup plus protocolaire. Ce soir, il appartenait aux autorités d'extra-muros de déployer leur propre forme de protocole. Par tradition, le mamamouchi de plus haut rang parmi les convives du dîner était censé s'avancer et nous confier officiellement les nouveaux venus. À cet instant précis, ceux-ci passaient de la juridiction sæculière à la juridiction mathique. Il nous incombait dès lors de les loger et de les nourrir, de les soigner s'ils étaient malades, de les inhumer à leur décès, et de les châtier si nécessaire. C'était comme s'ils cessaient d'être citoyens d'un pays pour devenir citoyens d'un autre. L'événement, en d'autres termes, était assez sérieux d'un point de vue juridique pour être solennisé par la prestation de certains serments et l'actionnement d'une cloche. Et il existait une tradition presque aussi ancienne qui voulait que le dignitaire en question en profitât pour faire « quelques remarques ».

Celui-ci se révéla être le farfelu drapé d'une corde qui avait apparu au portail de l'an avec son contingent au premier jour de l'aperte. Il s'avéra qu'il s'agissait du maire.

Après avoir remercié tout le monde depuis Dieu jusqu'au dernier, dans un sens, puis dans l'autre, avant d'adresser, par précaution, des remerciements consensuels à toutes les personnes et êtres surnaturels qu'il eût pu oublier, il commença : « Même ceux d'entre vous qui vivent à Saunt-Édhar ne peuvent être sans savoir que l'extraordinaire reconfiguration du découpage préfectoral prescrit par le onzième cercle des archimagistrats a littéralement transformé le paysage politique. Le conseil plénier des satrapies recouvrées a franchi le seuil critique d'un point de non-retour en mettant cinq des huit tétrarchies à portée d'une nouvelle génération de dirigeants qui, je peux vous l'assurer, seront bien plus que leurs prédécesseurs sensibles aux valeurs et aux priorités des communautés néo-contre-baziennes et de nos nombreux autres amis qui peuvent appartenir à d'autres arches, voire à aucune arche du tout, mais partagent nos inquiétudes…

– Si elles sont huit, pourquoi sont-elles appelées les tétrarchies ? demanda Orolo, s'attirant par là même un regard exaspéré du père de Jesry, qui écoutait attentivement – il prenait même des notes.

– Elles étaient quatre à l'origine, et le nom est resté », interjeta Arsibalt.

Le père de Jesry parut se détendre un peu, croyant les interruptions terminées. Mais cela ne faisait que commencer.

« Qu'est-ce qu'un néo-contre-bazien ? » voulut savoir Lio.

Le frère de Jesry lui souffla de se taire. À ma grande

surprise, Jesry prit la défense de Lio. « On ne t'a pas dit de la fermer quand tu beuglais au sujet de ton infestation.

– Justement, si.

– J'imagine que c'est un euphémisme pour les cinglés de la férule céleste », dis-je à Lio.

Cela me valut une avalanche de « Chut ! ». Le père de Jesry soupira comme si cela eût pu l'élever au-dessus de tout cela, et il porta la main en cornet autour de l'oreille, mais il était trop tard : nous avions déclenché un salmigondis de contestations et de récriminations.

Le maire poursuivait sans relâche sur la beauté de notre horloge, la majesté de notre mynstère, et le chant magnifique des fraas et des soors. Il ne dit jamais rien qui ne fût mielleux au plus haut point, et pourtant cela provoquait en moi une appréhension, comme s'il eût appelé ses administrés à se masser devant nos portails avec des bidons de carburant. La dispute entre Jesry et son frère avait dégénéré en canonnades sporadiques de part et d'autre de la table, réprimées par les regards et coups de coude des femmes exaspérées qui s'étaient stoïquement organisées en une force pacificatrice. À en croire le frère de Jesry, nous avions prouvé, à notre façon de couper les cheveux en quatre sur le nombre de tétrarques, que nous n'étions qu'une bande de pédants insignifiants. Jesry lui annonça qu'il s'agissait d'une iconographie qui remontait à avant la fondation de la cité-État d'Éthras.

Avec une furtivité insolite qu'il devait tenir d'un livre de combla, Lio s'était éclipsé. Chose étrange chez quelqu'un qui passait tant de temps à apprendre à se battre, il détestait les conflits.

J'attendis que la cloche eût sonné pour introniser les nouveaux venus, puis m'excusai et profitai de l'ovation debout pour m'éloigner. J'avais besoin de prendre l'air. À partir de là, les réjouissances allaient s'essouffler et les lieux se vider peu à peu jusqu'à la fermeture des portails à l'aube ; il était fort peu probable que je manquasse grand-chose.

Le pré était en partie éclairé par la lune d'équinoxe et en partie par la lumière qui diffusait depuis l'auvent, lequel m'apparut, lorsque je me retournai pour le regarder, comme un immense astre couleur paille à demi enfoncé dans un océan ténébreux. La silhouette de Lio se dessinait dans cette lueur. Il se déplaçait d'étrange façon, comme un danseur, ce qui pour lui n'était pas foncièrement inhabituel. Une extrémité de sa chape était drapée en modestie, mais l'autre partait dans tous les sens : elle jaillissait comme on vide un seau d'eau savonneuse, retombait doucement avant d'être retirée d'un coup et réarmée. Exactement ce qu'il avait pratiqué sur la statue de saunt Froga. C'était un spectacle étrangement fascinant. Je n'en étais pas le seul témoin : quelques visiteurs s'étaient rassemblés autour de lui. Mastocs. Quatre. Arborant tous les mêmes couleurs. Avec des numéros sur le dos.

La chape de Lio se déploya au-dessus du numéro 86 et le recouvrit, le faisant ressembler à un fantôme. L'extrémité projetée ne fut plus qu'une convulsion, comme il battait des bras pour s'en débarrasser. Sa tête devint une boule immobile – une cible idéale pour le talon de Lio, qui vint l'épouser dans un coup de pied fouetté parfaitement exécuté.

Je courus vers eux.

Le 86 tomba en arrière. Lio fut entraîné par son élan dans son sillage. Il se servit du torse de son adversaire pour amortir sa chute, et roula intelligemment, restant tapi comme une araignée et dégageant sa chape. Le 79 fonçait sur lui. Lio s'écarta de sa trajectoire, tout en enroulant sa chape autour des genoux du pécos. Puis il se redressa, entraînant les genoux de 79 avec lui ; le visage de ce dernier plongea vers le sol, et il ne releva – excusez-moi, ne *rabaissa* – pas assez vite les bras pour éviter de manger la pelouse. Même après que Lio eut libéré sa chape d'un coup sec, 79 resta étendu là, bras et jambes écartés. Lio lui enfonça distraitement le coude dans l'entrejambe, tout en se tournant pour voir qui était le suivant.

Réponse : le numéro 23, qui courait droit sur lui. Lio fit volte-face et fila. Mais pas très vite. Le 23 gagna sur lui. Il ne pouvait donc que finir par marcher sur la chape de Lio, qui traînait derrière lui dans l'herbe. Cela le déséquilibra, lui qui n'était déjà pas très assuré au départ. Lio le perçut – et comment eût-il pu en être autrement, quand l'autre bout de la chape était relié à son entrejambe ? Il tourna les talons et tira. Le 23 réussit à rester sur ses pieds, mais en chancelant, plié en deux, lancé tête en avant. Lio lui fit un croche-pied, l'attrapa par la nuque d'une main, se servit de l'élan de son autre main pour le faire bouler autour de son genou. Le 23 ne savait pas chuter. Il atterrit violemment sur son épaule qui fit pivot, et retomba durement sur le dos. Je savais ce qui venait ensuite : Lio allait finir par un « coup mortel » à la gorge. Ce qu'il fit, mais en le retenant, comme il le faisait toujours avec moi, et en évitant d'écraser la trachée de son adversaire.

Il n'en restait plus qu'un. Et c'était bien le cas de le dire, puisqu'il avait un grand numéro 1 dans le dos. Je reconnus l'homme au bras en écharpe. De son bras valide, il fouillait les poches du 86 inanimé. Il trouva ce qu'il cherchait et se releva, en tenant ce que je devinais être un pistolet. Sa clampe spinale s'illumina vigoureusement, alternant des éclats rouges et bleus. Il articula un juron courant, laissa tomber l'arme, et s'effondra. Tous les muscles de son corps s'étaient éteints au même instant, neutralisés par les signaux de la clampe.

Les quatre agresseurs maintenant à terre, le pré redevint paisible, hors les jérémiades plaintives de leurs brelots.

Un témoin, quelque part dans les alentours, se mit à

applaudir. Un pécos qui avait trop bu, supposai-je. Mais en me tournant dans la direction d'où provenait le bruit, j'eus la surprise de découvrir une silhouette en chape, encapuchonnée. Il ne cessait de clamer en haut-tærran des mots qui signifiaient « bravo, hourra, bien vu ».

En me dirigeant vers lui, je lui criai : « J'espère que tu es complètement saoul, parce que si ce n'est pas le cas, tu es un imbécile. Il aurait pu se faire tuer. Et même si tu es à ce point crétin, tu ne sais donc pas qu'il y a deux inquisiteurs qui rôdent ?

– Ce n'est pas un problème, l'un d'entre eux est parti faire un tour pour échapper à ce discours inepte », répondit le fraa. Et il abaissa sa capuche, révélant qu'il était l'inquisiteur Varax.

Je ne sais pas à quoi ressembla mon expression, mais je peux vous dire qu'elle composait le spectacle le plus divertissant que Varax eût vu depuis longtemps, même s'il essaya de ne pas trop le montrer.

« Je n'ai de cesse d'être fasciné par ce que les gens pensent de nous et de la raison de notre présence, dit-il. Aie l'amabilité d'oublier tout cela, cela n'a aucune importance. » Il regarda vers le sommet du præsidium. « Il est des enjeux bien plus sérieux que de savoir qu'un jeune fraa de l'ermitage reculé de Saunt-Édhar exerce son combla sur des vauriens du cru. Bon Dieu (cela me surprit, parce que très peu d'entre nous croyaient en Dieu, et qu'il ne semblait pas en faire partie ; mais il pouvait tout aussi bien s'agir d'un juron dont les cosmopolites usaient dans le genre de lieux où notre concente était considérée comme un "ermitage reculé"). Bon Dieu, vois plus grand, s'exclama-t-il, vise plus haut, comme tu le faisais ce matin. Comme l'a fait ton ami, en décidant d'affronter quatre hommes puissants. » Et, sur ces mots, Varax remit sa capuche, et repartit vers l'auvent. Il croisa le férulaire pourfendeur et la férulaire édictrice, qui se pressaient en sens inverse. Tous deux se séparèrent et s'écartèrent pour le laisser passer. Ils le saluèrent de la tête en employant une formule de respect que personne ne s'était jamais avisé de m'enseigner.

Les férulaires paraissaient tous deux tendus. D'ordinaire, la démarcation entre leurs juridictions était simple : c'était le sommet de la muraille. Durant l'aperte, les choses se compliquaient, étant donné que dix jours durant la muraille n'existait plus.

Soor Trestanas penchait pour faire les leçons à Lio. Fraa Delrakhonès était satisfait de la façon dont les choses s'étaient passées, à quelques détails près : quand Lio avait remarqué les quatre pécos qui s'éloignaient en douce, il aurait dû prévenir quelqu'un plutôt que s'en charger lui-même.

« Eh bien, est-ce une infraction ou pas ? demanda soor Trestanas.

– C'est une infraction marginale, pour ce qui me concerne, répondit Delrakhonès. Mais je ne suis pas férulaire édicteur.

– Moi si, rappela inutilement soor Trestanas. Et que l'un de nos fraas participe à une rixe quand il est censé accueillir les visiteurs et s'occuper des tablées me paraît être une affaire qui pourrait mener jusqu'à la proscription. »

C'était une déclaration tellement outrancière que je réagis aussitôt – comme si l'impulsivité de Lio m'avait transmis son feu par contact. « Si j'étais vous, je demanderais son avis à l'inquisiteur Varax avant de pousser plus loin », m'exclamai-je.

Trestanas se tourna et me toisa de la tête aux pieds, comme si elle ne m'avait jamais vu – ce qui était d'ailleurs peut-être le cas. « Le temps que vous passez en tête à tête avec nos honorables invités est remarquable. Extraordinaire.

– Et accidentel, je vous l'assure. »

Mais soor Trestanas, je le compris trop tard, était *jalouse* de moi sur ce point. Presque comme si elle aspirait à une liaison avec Varax et Onali, mais que c'était moi qui leur plaisais. Et elle ne pourrait jamais accepter que mes rencontres avec eux n'eussent été que de simples coïncidences. On ne devenait pas férulaire édicteur en croyant de telles choses.

« Il est évident que vous n'avez pas idée du pouvoir que l'Inquisition peut avoir sur nous, dit-elle.

– Euh, si. Ils peuvent mettre la concente à l'épreuve pour une période pouvant aller jusqu'à cent ans, et durant laquelle notre régime alimentaire sera réduit au minimum vital – nutritionnel, mais pas plaisant. Si nous ne nous sommes pas amendés au bout d'un siècle, ils peuvent venir purger entièrement l'endroit. Et ils ont le droit de déposer n'importe quel hiérarque et de le – ou la – remplacer par celui ou celle de leur choix… » J'avais fini par balbutier, parce que mon cerveau avait commencé – trop tard – à mesurer les implications. Je n'avais fait que régurgiter ce qu'Arsibalt m'avait dit plus tôt dans la journée.

Mais Trestanas allait, évidemment, penser que je la narguais. « Vous considérez peut-être que les hiérarques actuellement en poste à Saunt-Édhar n'assument pas correctement leurs responsabilités, suggéra soor Trestanas d'une voix trop calme. Peut-être que Delrakhonès ou Statho ou moi devrions être remplacés ?

– Je n'ai jamais pensé une telle chose ! m'exclamai-je, en me mordant la langue pour ne pas ajouter : *jusqu'à maintenant*.

– Alors pourquoi toutes ces rencontres clandestines avec les inquisiteurs ? Vous êtes le *seul* non-hiérarque à leur avoir parlé *de quelque façon que ce soit*, et ce à *deux* occasions, les deux fois d'une façon extraordinairement *intime*.

– C'est insensé, dis-je. Insensé.

– Il y a plus en jeu qu'un garçon de votre âge ne peut

le comprendre. Votre naïveté – combinée à votre refus d'admettre à quel point vous êtes naïf – nous met tous en péril. Je vous fais les leçons.

– Non ! » Je ne pouvais pas y croire.

« Les leçons 1 à euh… 5.

– Vous plaisantez !

– J'imagine que vous savez ce que vous devez faire, dit-elle en regardant à travers le pré, en direction du mynstère.

– Très bien, très bien. Les leçons 1 à 5, répétai-je en me tournant vers l'auvent.

– Arrêtez-vous », m'ordonna soor Trestanas.

Je m'arrêtai.

« Le mynstère est par là, dit-elle d'un air amusé. Vous semblez partir dans la mauvaise direction.

– Ma jermène et mon cousin sont là-bas. Je dois aller leur expliquer pourquoi je dois partir.

– Le mynstère, répéta-t-elle, est par là.

– Je ne peux pas achever cinq leçons avant l'aube, arguai-je. Les portails seront fermés quand je ressortirai de ma cellule. Je dois aller dire au revoir à ma famille.

– *Dois* ? Curieux choix de terme. Permettez-moi de vous éclairer sur le plan sémantique, puisque vous qui vous prosternez au pied d'Hylaéa avez un tel goût pour ces choses. Vous *devez* aller au mynstère, mais vous *avez envie* d'aller dire au revoir à votre famille. Être un fraa consiste à se libérer de ces envies qui asservissent ceux qui vivent extra-muros. Je vous fais la faveur de vous forcer à faire ce choix *maintenant*, en cet instant. Si vous avez tellement envie de voir les membres de votre famille, allez les voir – puis continuez de marcher jusqu'au portail, et ne revenez jamais. Si vous voulez rester ici, vous *devez* vous rendre au mynstère *immédiatement.* »

Je cherchai Lio du regard, espérant qu'il pourrait transmettre un message à Cord et à Dath, mais il était un peu trop loin, et racontait l'échauffourée à Delrakhonès. De toute façon, je ne voulais pas offrir à soor Trestanas le plaisir supplémentaire de m'opposer un refus.

Alors je tournai le dos à ce qu'il restait de ma famille, et me mis à marcher en direction du mynstère.

TROISIÈME PARTIE

L'ÉLIGEUR

L'ennui est un masque dont se pare la frustration. Quel meilleur endroit pour savourer l'exactitude de l'adage de fraa Orolo qu'une cellule de pénitence de la férule édictrice ? Quelque architecte ingénieux avait conçu ces lieux pour être à la frustration ce qu'une lentille est à la lumière. Ma cellule n'avait pas de porte. Tout ce qui se dressait entre moi et la liberté était une arche étroite, une ogive de l'ère mathique classique, bordée de pierres massives couvertes des graffitis gravés par des générations de prisonniers. Il m'était interdit de la franchir ou de recevoir des visiteurs tant que ma pénitence ne serait pas achevée. L'arche ouvrait sur la galerie intérieure qui faisait le tour du domaine de la férule édictrice. Elle était sillonnée à toute heure par des hiérarques subalternes remplissant une tâche ou unc autre. Je pouvais contempler à travers la galerie certaines parties ouvragées des hauteurs de la voûte du cancel, mais le parapet m'empêchait de voir le sol où, deux cents pieds plus bas, était célébré le proveneur. Je pouvais entendre la musique. Je pouvais voir la chaîne se mouvoir quand mon équipe remontait l'horloge, et les cordes danser quand l'équipe de Tulia sonnait les changements. Mais je ne pouvais pas voir les gens.

De l'autre côté de la cellule, le panorama était plus

dégagé. Une fenêtre encadrée d'une autre arche mathique offrait une belle vue du pré. Ce qui était un autre moyen d'amplifier la frustration et donc l'ennui, parce que, si je le désirais, je pouvais passer toute la journée à regarder mes frères et sœurs arpenter librement la concente et, je le supposais, discuter de toutes sortes de sujets passionnants, ou du moins se dire des choses amusantes. Au-dessus, la corniche en porte-à-faux de la férule pourfendeuse me bloquait la plus grande partie du ciel, mais je pouvais voir jusqu'à près de vingt degrés au-dessus de l'horizon. Ma fenêtre donnait en gros sur le portail du siècle, avec le portail de la décennie visible à droite si je collais mon visage contre la vitre. Ainsi, quand le soleil se leva après la dixième nuit, je pus entendre le service de clôture de l'aperte. Par la porte de ma cellule, je vis les chaînes se mouvoir, comme les vannes étaient activées. Puis, en traversant et en regardant par la fenêtre, je pus voir un ruban d'eau argenté dévaler l'aqueduc jusqu'au portail de la décennie, et contempler la fermeture des portes. Seuls quelques spectateurs s'étaient rassemblés extra-muros. Un instant, je me torturai à l'idée que Cord se trouvait peut-être parmi eux, à attendre vainement que j'apparusse à la dernière minute pour lui donner une accolade d'adieu. Mais cela s'effaça rapidement une fois les portes refermées. Je regardai ensuite les avôts déposer l'auvent et replier les tables, mangeai le morceau de pain et bus le bol de lait laissés à ma porte par l'un des subalternes de soor Trestanas.

Puis je ramenai mon attention au Livre.

Étant donné que l'unique raison d'être du Livre était de punir ses lecteurs, moins on en disait, mieux cela valait. L'étudier, le copier et le mémoriser s'avérait une extraordinaire forme de pénitence.

La concente, comme toutes les implantations humaines, débordait de tâches rébarbatives ou rebutantes, comme le désherbage des jardins, le curage des égouts, l'épluchage des pommes de terre et l'abattage des animaux. Dans une société parfaite, nous les eussions remplies chacun notre tour. Dans le monde réel, il y avait des règles et des usages auxquels on contrevenait de temps en temps, et la férule édictrice s'assurait que l'on fût alors astreint aux corvées les plus ingrates. Ce n'était pas un mauvais système. Lorsque l'on désobstruait une latrine bouchée parce que l'on avait trop bu au réfectoire, on ne passait peut-être pas une bonne journée, mais le fait était que les latrines étaient nécessaires, que parfois elles s'engorgeaient, et qu'un fraa ou une soor devait les déboucher puisque nous ne pouvions faire appel à un plombier extérieur. Il demeurait donc quelque satisfaction à effectuer une telle pénitence, parce que la tâche avait un sens.

Il n'y avait, par contre, aucun sens au Livre, ce qui en faisait une forme de pénitence particulièrement redoutée. Il contenait douze leçons. Telle l'échelle utilisée pour mesurer les tremblements de terre, elles empiraient exponentiellement, si bien que la sixième leçon était dix fois pire que la cinquième, etc. La première n'était qu'une mise en bouche, infligée aux jeunes contrevenants, et généralement achevée en une heure ou deux. La deuxième signifiait au moins une nuit sur place, même si tout fauteur de troubles qui se respectait pouvait en venir à bout en une journée. La cinquième impliquait généralement un séjour de plusieurs semaines. Toute condamnation à la sixième leçon ou plus pouvait faire l'objet d'un appel devant le primat puis l'Inquisition. La douzième équivalait à une condamnation à vie à des travaux forcés dans l'isolement ; seuls trois avôts l'avaient menée à bien en trois mille six cent quatre-vingt-dix ans, et ils avaient tous totalement perdu la raison.

Au-delà de la sixième leçon, la punition pouvait prendre des années. La plupart des sanctionnés choisissaient de quitter la concente plutôt que de la subir. Ceux qui l'enduraient en émergeaient profondément transformés : soumis, et notablement diminués. Ce qui pouvait paraître aberrant, puisqu'il s'agissait simplement de copier les leçons requises, de les mémoriser, et enfin de répondre à des questions à leur sujet devant une assemblée de hiérarques. Mais le contenu du Livre avait été parachevé et affiné durant bien des siècles de façon à être absurde, insidieux et captieux : de façon flagrante tout d'abord, puis avec de plus en plus de subtilité à mesure que les leçons progressaient. C'était un labyrinthe sans issue, une équation qui, après des semaines de travail, se réduisait à 2 = 3. La première leçon était une page de comptines pimentée de mots dénués de sens qui rimaient presque – mais pas tout à fait. La quatrième était composée de cinq pages de décimales de pi. Après celle-ci, il n'y avait plus rien de casuel dans le Livre, parce qu'il était facile de mémoriser mécaniquement des choses à l'aide de quelques artifices – et tous ceux qui avaient achevé les quatre premières leçons maîtrisaient ces artifices. Il était beaucoup plus difficile de mémoriser et d'expliciter des concepts qui avaient presque un sens, mais pas tout à fait ; qui obéissaient à une logique interne, mais seulement jusqu'à un certain point. Ces textes surgissaient spontanément dans le monde mathique, de temps en temps – après tout, tout le monde n'avait pas l'étoffe d'un saunt. Une fois leurs auteurs humiliés et proscrits, ils étaient examinés par l'Inquisition. Les textes jugés comme présentant la forme d'infamie requise étaient rendus plus pervers encore, avant d'être intégrés dans les éditions ultérieures du Livre. Pour achever sa pénitence et être autorisé à quitter sa cellule, il fallait les maîtriser, disons, aussi bien qu'un étudiant en mécanique quantique devait connaître la théorie des groupes. Savoir que l'on fournissait tous ces efforts dans le seul but d'instiller une sorte de poison intellectuel jusqu'au plus profond de son cerveau, telle était la véritable nature du châtiment. Un sort beaucoup plus humiliant que l'on pourrait l'imaginer ; au bout de deux semaines à trimer sur la cinquième leçon, je n'avais plus aucun mal à comprendre comment quelqu'un qui eût terminé, disons, la neuvième leçon en émergerait indéfectiblement meurtri.

Mais assez parlé du Livre. Il était beaucoup plus intéressant de se demander ce que je faisais ici. Apparemment, soor Trestanas voulait m'évincer de la communauté pour toute la durée de la présence des inquisiteurs parmi nous. La troisième leçon ne m'aurait pas pris assez longtemps. La quatrième eût pu suffire, mais elle avait opté pour m'imposer la cinquième au cas où j'aurais été de ceux qui mémorisaient facilement les chiffres.

L'auction aurorale, à laquelle n'assistait qu'une poignée d'avôts particulièrement friands de cérémonies, me réveillait chaque matin. Je ramassais ma chape sur le grabat de bois qui était le seul meuble de la cellule, et m'en drapais. Je pissais dans un trou dans le sol et me lavais à l'eau froide d'une cuvette de pierre, mangeais mon pain et buvais mon lait, reposais les récipients vides près de la porte, m'asseyais sur le sol, et disposais le Livre, le stylo, la bouteille d'encre et quelques feuilles sur le grabat. Ma sphère me servait d'accoudoir à droite. Je travaillais trois heures, puis faisais autre chose, juste pour m'éclaircir les idées, jusqu'au proveneur. Alors, tout le temps où Lio, Jesry et Arsibalt remontaient l'horloge, je faisais des pompes, des flexions et des extensions. Mon équipe travaillait plus dur et se musclait à cause de mon absence, et je ne voulais pas être faible à ma sortie.

Tous trois avaient dû deviner dans quelle cellule je me trouvais, parce qu'après le proveneur ils pique-niquaient dans le pré juste sous ma fenêtre. Ils n'osaient pas regarder vers moi ou me faire signe – soor Trestanas devait surveiller qu'ils ne commissent une telle erreur –, mais ils commençaient chaque repas en levant des chopes de bière en l'honneur d'un invisible commensal, et les vidaient de bon cœur. Le message était clair.

Je disposais d'encre et de feuilles à profusion, alors je commençai à rédiger le récit que vous lisez maintenant. Ce faisant, j'en vins à envisager récurremment qu'il y avait dans les événements de ces dernières semaines une logique que je n'arrivais pas à saisir. Je mis cela sur le compte de l'altération des facultés d'un prisonnier solitaire qui n'avait rien d'autre pour lui tenir compagnie que le Livre.

Un jour, au bout d'environ deux semaines de pénitence, d'étranges cloches interrompirent ma séance de travail du matin. Par la porte, je pouvais apercevoir une partie des cordes qui couraient du balcon des sonneuses au carillon. Je me glissai jusqu'à l'autre bout de mon grabat, tournant le dos à la fenêtre, pour pouvoir observer les tensions et tressauts de toutes les cordes. Tout avôt était censé savoir décoder ces changements, mais je n'y avais jamais été très doué. Les tonalités s'amalgamaient dans mes oreilles, et je ne distinguais pas les ordonnancements. Regarder les mouvements des cordes me facilitait les choses, de quelque façon ; mes yeux étaient plus adaptés à cette tâche que mes oreilles. Je discernais la façon dont le mouvement d'une corde donnée était conditionné par ceux de ses voisines dans les mesures précédentes. En une minute ou deux, sans avoir à rechercher une aide extérieure, je reconnus l'appel de l'éligeur. Quelqu'un, dans ma collecte, s'apprêtait à intégrer un ordre.

Une fois que les changements eurent été sonnés, une demi-heure s'écoula avant que l'auction ne débutât, puis une demi-heure encore de psalmodies et de chants, avant que je n'entendisse Statho énoncer le nom de Jesry. Le cantique d'étrain fut entonné. L'interprétation était pleine de vigueur, mais un peu fruste, alors je sus que c'étaient les Édhariens qui l'intronisaient. Durant toutes ces étapes, il me fut difficile de me concentrer sur le Livre, et même ensuite, je ne pus réussir à faire grand-chose jusqu'après le proveneur.

Le lendemain, ces changements furent de nouveau sonnés. Deux autres avôts rejoignirent les Édhariens et une avôte, Ala, le Nouveau Cercle. Ce qui ne constituait en rien une surprise. Nous nous étions toujours attendus à ce qu'elle devînt un jour hiérarque. Néanmoins, cela m'empêcha longtemps de trouver le sommeil cette nuit-là. C'était comme si Ala s'était envolée vers une autre concente, que je ne la reverrais jamais, que je n'aurais plus de débats avec elle, de compétition pour savoir qui résoudrait tel problème en premier. Ce qui était absurde, puisqu'elle vivrait toujours à Édhar, et que je dînerais chaque soir au réfectoire avec elle. Mais une partie de mon esprit voyait la décision d'Ala comme une sorte de deuil personnel, et m'en punissait en me maintenant éveillé.

Je tirai subrepticement une petite leçon de la façon dont j'avais déchiffré les changements de l'éligeur. Parce que, comme je poursuivais la rédaction de mon exposé des semaines précédentes – avec toujours l'impression entêtante de manquer quelque chose –, j'en vins à ma conversation avec fraa Orolo sur l'astrohenge, et à son algarade à voix basse avec Trestanas aussitôt après, devant la herse. En les relatant, je regardai par la fenêtre vers l'endroit où elles avaient eu lieu, et notai que la herse était baissée, alors même qu'il faisait jour. Je pouvais également voir la herse des centénariens : close, elle aussi. Toutes deux avaient toujours été fermées depuis mon arrivée. J'étais chaque jour un peu plus convaincu que l'astrohenge était totalement verrouillé, et ce depuis que le maître des clés l'avait refermé derrière Orolo et moi au huitième jour de l'aperte. Ce confinement – qui me semblait sans précédent dans toute l'histoire de la concente Saunt-Édhar – avait dû être le sujet de la conversation houleuse entre Orolo et Trestanas.

On pouvait sans mal imaginer que l'arrivée des inquisiteurs, deux jours plus tard, ne relevait d'aucune coïncidence. Notre astrohenge observait le même ciel que tous les autres dans le monde. Si le nôtre avait été fermé – s'il y avait quelque chose là-haut que nous ne devions pas voir –, alors il devait en être de même pour les autres. L'ordre avait dû être diffusé sur le réticulum au huitième jour de l'aperte, et transmis à soor Trestanas par les tics ; simultanément, Varax et Onali se seraient mis en route pour l'« ermitage reculé » de Saunt-Édhar.

Tout cela faisait sens, mais ne m'aidait en rien quant à la question la plus intrigante et la plus importante : pourquoi fermer un astrohenge ? C'était bien le dernier endroit dont les hiérarques d'une concente pourraient s'inquiéter. Leur devoir était de maintenir la Discipline en préservant les cerveaux des avôts du flux des informations sæculières. Les informations qui provenaient de l'astrohenge étaient par nature intemporelles. Elles remontaient quasiment toutes à des milliards d'années. Ce qui pouvait y passer pour un événement contemporain se résumait tout au plus à une tempête de sable sur une planète rocheuse, ou l'évolution d'un vortex sur une géante gazeuse. Que pouvait-on voir d'un astrohenge qui pût être considéré comme sæculier ?

Comme un fraa qui s'éveillerait dans sa cellule un peu avant l'aube en sentant l'odeur de la fumée, et qui réaliserait que ce feu avait dû couver et prospérer durant des heures pendant qu'il dormait à poings fermés, je me sentais non seulement inquiet, mais aussi honteux de ma lenteur d'esprit.

Et je n'étais pas aidé par les célébrations maintenant presque quotidiennes de l'éligeur. Quasiment toute cette dernière année, j'avais eu l'impression de prendre du retard sur certains en théorique et en cosmographie. Je m'étais presque résigné à rejoindre un ordre non édharien, et à devenir hiérarque. Puis, juste avant que Trestanas ne me fît les leçons, je m'étais décidé à requérir une place parmi les Édhariens et à vouer mon existence à l'exploration du monde théorique hylaéen. En lieu de quoi j'étais bloqué ici à lire des aberrations pendant que les autres prenaient encore plus d'avance sur moi – et prenaient toutes les places disponibles dans le chapitre édharien. Techniquement, il n'y avait pas de limite – pas de quota. Mais si les Édhariens obtenaient plus de dix ou douze avôts aux dépens des autres, cela poserait problème. Trente ans plus tôt, quand Orolo était entré, ils en avaient recruté quatorze, et l'on en parlait encore.

Un après-midi, juste après le proveneur, l'équipe des sonneuses commença à sonner les changements. Je supposai dans un premier temps qu'il s'agissait encore de l'éligeur. Cinq avôts avaient alors déjà rejoint les Édhariens, trois le Nouveau Cercle et un les Anciens Faaniens réformés. Mais quelque lointaine partie du fond de mon esprit attisait la sensation persistante qu'il s'agissait de changements d'une autre nature, inédite en ce qui me concernait.

Une fois encore, je reposai mon stylo – en regrettant de ne pas m'être vu infliger cette pénitence en une période moins intéressante – et m'assis là d'où je pouvais voir les cordes. Au bout de quelques minutes, je savais que ce n'était pas l'éligeur. Mon cœur se serra quelques instants à l'idée que ce pût être l'anathyme. Toutefois, cela s'acheva avant que je n'en eusse saisi le sens. Alors je restai assis sans bouger une demi-heure, à écouter les nefs se remplir. Il y avait foule – tous les avôts de toutes les maths avaient interrompu ce qu'ils faisaient pour venir là. Tous parlaient. Ils avaient l'air excités. Je ne saisis rien de ce qu'ils disaient, mais je sentis à leur ton que quelque chose d'important allait se passer. Malgré mes craintes, je me convainquis peu à peu que ce ne pouvait être l'anathyme. Ces gens ne parleraient pas autant s'ils s'étaient tous réunis pour voir l'un des leurs être proscrit.

Le service débuta. Il n'y avait pas de musique. Je pus distinguer les phrases familières que prononça le primat en haut-tærran : une convocation formelle de la concente. Puis il passa au novo-tærran, et lut plusieurs formules qui, de par leur nature, avaient dû être écrites à l'époque de la Reconstitution. Au terme de quoi il énonça distinctement : « Voco fraa Paphlagon du chapitre centénarien de l'ordre de saunt Édhar. »

Il s'agissait donc de l'auction de voco. C'était seulement la troisième fois que je l'entendais. Les deux premières s'étaient tenues alors que j'avais à peu près dix ans.

Tandis que j'assimilais cela, un hoquet de surprise et un gémissement pesant s'élevèrent depuis le sol du cancel : le premier, supposai-je, marquait la réaction de la plupart des avôts, le second celle des centénariens qui perdaient leur frère à jamais.

Alors je fis une folie, mais en sachant que je pouvais me le permettre impunément : je franchis le seuil de ma cellule. Je traversai la galerie, et regardai par-dessus le parapet.

Il n'y avait que trois personnes dans le cancel : Statho dans ses robes pourpres, Varax et Onali, identifiables à leurs chapeaux. L'état d'agitation du reste des lieux avait provoqué l'interruption de l'auction.

Je n'avais prévu que d'aller jeter un coup d'œil pour voir ce qu'il se passait. Mais je n'avais pas été frappé par la foudre. Aucune alarme n'avait résonné. *Il n'y avait personne, là-haut*. Pour la simple raison, réalisai-je, que l'on avait sonné le voco, et que tous devaient se rassembler dans le mynstère – c'était une obligation, parce qu'il n'y avait aucun moyen de savoir à l'avance quel nom serait prononcé.

En y repensant, j'étais probablement censé être en bas aussi ! Le voco devait être l'une des rares exceptions à la règle qui voulait que quelqu'un comme moi dût demeurer dans sa cellule.

Alors pourquoi les auxiliaires de la férule édictrice n'étaient-ils pas venus me réveiller ? Probablement une négligence, me dis-je. Ils n'avaient pas de procédure pour ce genre de cas. S'ils étaient comme moi, ils n'avaient peut-être même pas reconnu les changements. Ils n'avaient réalisé qu'il s'agissait du voco que quand il avait débuté – trop tard pour remonter me chercher. Ils ne pouvaient plus ressortir avant la fin de l'auction.

Ils ne pouvaient plus ressortir avant la fin de l'auction.

Autrement dit, j'étais libre de me déplacer à mon gré, au moins pour un temps, tant que j'étais de retour dans ma cellule au moment où la férulaire édictrice et ses adjoints remonteraient. Après quoi on me reprocherait de toute façon d'avoir ignoré le voco ! Alors autant que ce soit pour quelque chose dont on parlerait encore au réfectoire dans cinquante ans !

Tous ces exercices physiques que je m'étais imposés allaient enfin me servir. Je dévalai la galerie, montai les escaliers intérieurs du domaine de la férule édictrice quatre à quatre, et rejoignis les échelons inférieurs de la chronozone. À partir de là, je dus me mouvoir plus précautionneusement, afin de ne pas heurter et faire résonner les marches de métal. Mais dans le même temps, j'avais une vue dégagée, et je pouvais suivre ce qui se passait en bas. Je n'aperçus aucun changement notable, mais un son nouveau s'élevait dans la colonne : une hymne de deuil et d'adieu, adressée par les centénariens à leur frère qui s'en allait. Il avait fallu un certain temps pour que cela se mît en branle. Aucun ne la connaissait par cœur. Ils avaient dû retrouver des hymnaires rarement utilisés et les compulser pour la dénicher. Puis encore une minute pour l'appréhender, parce qu'il s'agissait d'une harmonie à cinq voix. Le temps que tout se mît en place et commençât à fonctionner, j'étais déjà à mi-chemin de l'astrohenge – cavalant derrière les cadrans de l'horloge, m'efforçant de rester concentré et de me déplacer comme l'eût fait Lio, tout en empêchant le bout de ma chape de s'accrocher dans les mécanismes. Le chant de deuil et d'adieu était vraiment à fendre l'âme – plus émouvant encore que ceux que nous chantions pour des funérailles. Je n'avais évidemment pas la moindre idée de qui était fraa Paphlagon, de ce à quoi il ressemblait ou de ce qu'il étudiait. Mais ceux qui chantaient, eux, le connaissaient, et la force de cette musique provenait en partie de leur capacité à me faire ressentir ce qu'ils ressentaient.

Et, étant donné que fraa Paphlagon et moi plongions en cet instant même tous les deux dans l'inconnu, peut-être que je ressentais aussi un peu de ce que *lui* ressentait.

La plateforme principale de l'astrohenge se trouvait juste au-dessus de ma tête, maintenant – j'avais atteint le côté intérieur de la voûte qui couvrait tout le præsidium et portait de l'autre côté tout ce qui faisait l'astrohenge. Quelques arbres de transmission traversaient l'ouvrage de pierre, transmettant leur puissance aux axes polaires. Un escalier s'enroulait autour du plus gros d'entre eux. Je courus jusqu'à son sommet, et posai la main sur la poignée d'une porte. Avant de la franchir, je regardai en bas pour voir où en était l'auction. La porte de l'écran des centénariens avait été ouverte. Fraa Paphlagon s'avança jusqu'au centre, et s'y tint seul. La porte se referma derrière lui. Au même instant, j'ouvris celle de l'astrohenge. La lumière du jour se déversa à l'intérieur. Je grimaçai. Comment cela pourrait-il passer inaperçu ?

Du calme, me dis-je. Il n'y a que quatre personnes dans le puits, d'où l'on pourrait le remarquer. Et tous les regards sont braqués sur fraa Paphlagon.

En regardant une nouvelle fois en bas, je me rendis compte d'une faille dans mon raisonnement : tous les yeux étaient braqués sur fraa Paphlagon – *sauf ceux de fraa Paphlagon !* Il avait choisi cet instant pour pencher la tête en arrière et regarder vers le haut. Et pourquoi pas ? C'était la dernière fois qu'il allait voir cet endroit. Si j'avais été dans sa situation, j'eusse fait de même.

Je ne pus voir l'expression de son visage d'aussi loin, mais il avait dû voir la lumière jaillir par la porte ouverte.

Il resta interdit un instant, réfléchit, puis baissa la tête pour regarder Statho. « Moi, fraa Paphlagon, je réponds à votre appel », dit-il – les premiers mots d'une litanie qui allait se poursuivre encore une minute ou deux.

J'entrai sur l'astrohenge et refermai doucement la porte derrière moi.

Je m'étais attendu à ce que tout fût couvert d'une couche de poussière et parsemé de fientes d'oiseau – les phytes d'Orolo consacraient un temps insensé à assurer la propreté des lieux. Mais ce n'était pas si sale. Quelqu'un avait dû venir s'en occuper.

J'allai jusqu'à la casemate sans fenêtre qui servait de laboratoire, franchis les triples portes qui l'isolaient de la lumière, et pris une tablette photomnémonique, vierge et sous étui de papier fort scellé.

Quelle image allais-je enregistrer ? Ignorant ce que les hiérarques voulaient nous interdire de voir, je n'avais aucun moyen de savoir dans quelle direction diriger le télescope. Tout de même me figurais-je ce que ce devait être : un gros astéroïde qui se dirigeait vers nous. La seule chose qui me parût justifier un confinement de l'astrohenge. Mais cela ne m'aidait pas. Je ne pouvais saisir l'image d'un tel caillou si je ne dirigeais pas Mithra-et-Mylax droit dans sa direction, ce qui était impossible si je ne disposais pas de ses données orbitales avec une précision suffisante. Sans compter que pointer le grand télescope dans de telles circonstances attirerait l'attention de tous.

Mais il y avait un instrument qui n'avait pas besoin d'être pointé, parce qu'il n'était pas mobile : l'œil de Clesthyre. Je partis au petit trot vers le pinacle dès que l'idée m'apparut.

Comme je montais l'escalier en spirale, j'eus le temps

de considérer toutes les raisons pour lesquelles cela ne fonctionnerait probablement pas. Certes l'œil de Clesthyre pouvait voir la moitié de l'univers, d'un horizon à l'autre – les étoiles fixes apparaissaient comme des traits circulaires, en raison de la rotation d'Arbre sur son axe ; les objets à forte vélocité formaient une ligne droite de lumière. Mais la trace laissée par un astéroïde, même énorme, serait impossiblement ténue, et très courte.

Le temps que j'atteignisse le sommet du pinacle, j'avais chassé ces arguties de mon esprit. C'était le seul instrument dont je disposais. Je devais essayer. Je verrais bien les résultats plus tard, et ce que je pourrais en tirer.

Sous la lentille hypergone se trouvait une fente ciselée aux dimensions exactes de la tablette que je tenais. Je décachetai le papier fort, plongeai la main dans l'étui, et glissai ma paume sous la base opaque de la tablette. Je tirai l'enveloppe de papier. Le vent me l'arracha et la projeta contre le mur, juste hors de portée. La tablette était un disque neutre comme ceux que l'on utilisait pour polir le miroir d'un télescope, mais plus sombre – comme s'il eût été fabriqué en obsidienne. Lorsque je déclenchai sa fonction de mémorisation, sa couche la plus basse prit la couleur du soleil, car c'était l'origine de toute la lumière qui frappait la surface de la tablette. Comme celle-ci se trouvait à l'air libre sans lentille ni miroir pour organiser la lumière qui l'atteignait, elle ne pouvait former une image de ce qu'elle percevait – ni du terne soleil hivernal qui progressait dans le ciel au sud, ni des nuages glaciaux en altitude au nord, ni de mon visage.

Mais cela allait bientôt changer. Par conséquent, avant de faire quoi que ce fût d'autre, je tirai ma chape sur ma tête et l'allongeait en un long tunnel obscur. Si cette précaution finissait par s'avérer *nécessaire* – c'est-à-dire si la tablette parvenait en fin de compte à la férule édictrice –, cela signifierait que j'aurais probablement déjà été découvert. Mais tant qu'à agir de façon clandestine, autant le faire bien.

Je glissai la tablette dans la fente sous l'Œil et l'enfonçai jusqu'à la verrouiller en position, puis refermai le capot de protection. Elle allait maintenant enregistrer tout ce que voyait l'Œil – à commencer par une image déformée du dos de ma chape se soustrayant précipitamment à la vue –, jusqu'à arriver à saturation, ce qui, dans ses réglages présents, prendrait environ deux mois – après quoi il faudrait que je remonte la chercher, un léger problème auquel je n'avais même pas commencé à réfléchir.

Comme je redescendais du pinacle en pensant à cela, une masse lourde, bruyante et rapide traversa les airs entre moi et le piton des millénariens. J'eus la peur de ma vie. La chose passait à mille pas, mais avec l'immédiateté d'une gifle. En la cherchant des yeux, j'en sacrifiai mon équilibre, et dus m'accroupir pour ne pas tomber de l'escalier sans garde-corps. C'était une sorte d'aéroplane qui pouvait faire pivoter ses ailes et se muer en un hélicoptère à deux hélices. Il plongea en virant sec comme si le mynstère lui servait de pylône, puis plana plus doucement sur une trajectoire à forte pente en direction de l'esplanade qui faisait face au portail de jour. À partir de là, il n'était plus dans mon champ de vision, alors je me redressai précautionneusement, dévalai jusqu'au pied du pinacle, et me précipitai à toutes jambes à travers l'astrohenge. Réalisant que mon élan allait me jeter du haut du præsidium – ce que je n'avais plus envie de faire –, je visai l'un des mégalithes, freinai autant que je le pus, et m'arrêtai en m'écrasant contre la pierre, mains en avant. Puis je me penchai pour regarder par-delà son coin, juste à temps pour voir l'aéroplane – ses rotors maintenant dirigés vers le haut – se mettre en position pour atterrir sur l'esplanade. Le souffle de ses rotors dessinait des formes à la surface du bassin et déjetait les émissions des fontaines jumelles.

Quelques instants plus tard, deux silhouettes en robes pourpres apparurent, émergeant du portail de jour. Varax et Onali ôtèrent leurs chapeaux avant que le souffle des rotors ne le fît pour eux. Fraa Paphlagon marchait deux pas derrière eux, penché en avant dans la tornade et les bras serrés autour de son corps, retenant à pleines mains des pans de sa chape pour ne pas se retrouver nu. Varax et Onali s'arrêtèrent à hauteur de la porte de l'aéroplane et se retournèrent pour regarder le fraa. Chacun tendit un bras, et ils aidèrent Paphlagon à se hisser à bord, avant de monter à leur tour. Quelque mécanisme automatique referma le panneau alors même que les rotors accéléraient et que l'aéroplane commençait à se détacher du sol. Puis le pilote ouvrit les gaz, et l'appareil s'éleva de cinquante pieds le temps de quelques battements de cils. Les ailes s'inclinèrent. Sa vitesse ascendante augmenta, il s'écarta de l'esplanade et de l'agglomération burgos dans son accélération, puis vira plein ouest.

C'était la chose la plus exaltante que j'avais jamais vue, et je brûlais déjà de pouvoir la raconter à mes amis au réfectoire.

Puis je me souvins que j'étais un prisonnier évadé.

Le temps que je ralliasse la chronozone, le voco n'était plus qu'un souvenir. Le bruit des voix emplissait encore la colonne, mais il décroissait rapidement à mesure que les nefs se vidaient. La plupart quittaient le mynstère, mais certains remontaient les escaliers des tours cornières pour aller reprendre leur travail dans les domaines férulaires. Je ne cessais de me cogner dans la précipitation. Mais comme je me rapprochais, je dus me montrer plus judicieux dans mes mouvements, malgré mes craintes que les plus empressés n'arrivassent avant moi.

Les deux premiers sur place furent deux jeunes hiérarques subalternes de la férule pourfendeuse, qui étaient remontés aussi vite qu'ils l'avaient pu dans l'espoir de rejoindre leur corniche pour apercevoir l'aéroplane avant qu'il ne fût hors de vue. J'atteignis leur domaine depuis les hauteurs juste avant eux depuis les profondeurs. Piégé dans la galerie, je cherchai un endroit où me cacher. Des choses que seul un férulaire pourfendeur eût pu considérer comme ornementales surchargeaient ce niveau du mynstère – principalement des bustes et statues de héros morts. Le plus affreux était un bronze en pied et à l'échelle d'Amnectrus, le férulaire pourfendeur au moment du troisième Sac. Il était représenté dans la position où il avait passé les vingt dernières heures de sa vie, un genou à terre, à l'abri d'un parapet, l'œil vissé à la lunette d'un fusil aussi long qu'Amnectrus était grand. Contrairement à la représentation en bronze du personnage, le fusil et le lac de douilles usagées dans lequel il pataugeait étaient de vraies reliques. Le piédestal faisait office de sarcophage. Je me tapis derrière. Les deux empressés dévalèrent la galerie, en direction du flanc ouest de la passerelle. Ils passèrent juste devant moi. Je me relevai, fis le grand tour pour éviter une autre de ces rencontres, et me précipitai dans les escaliers qui descendaient vers le domaine de la férule édictrice. Je plongeai au sol derrière le muret qui bordait la galerie, puis me relevai à quatre pattes. Ce fut de cette façon que je progressai, jusqu'à retrouver ma cellule. Je n'aurais jamais imaginé que je serais un jour heureux de revoir cet endroit.

Dégoulinant de sueur, essoufflé, le cœur battant au même rythme que les rotors de l'aéroplane, les mains et les genoux couverts d'écorchures, tremblant de fatigue et d'angoisse, je fis ce que je pus. Je m'essuyai le visage avec des feuilles vierges, me couvris de ma chape autant que faire se pouvait, et me posai sur ma sphère face à la fenêtre, dos à la porte, comme si j'avais passé mon temps à regarder dehors. Alors il ne me resta plus qu'à m'efforcer de reprendre le contrôle de ma respiration avant que quelqu'un de la férule édictrice ne vînt voir ce que je faisais.

« Fraa Érasmas ? »

Je me retournai. C'était soor Trestanas, elle aussi un peu empourprée par l'ascension.

Elle entra dans la cellule. Je ne lui avais plus parlé depuis la dixième nuit. Elle paraissait étrangement normale et humaine, maintenant – comme si nous étions deux connaissances échangeant quelques mots.

« Han-han ? répondis-je, de crainte que ma voix ne me trahît si j'en disais plus.

– Avez-vous une idée de ce qu'il vient de se passer ?

– C'est difficile à discerner d'ici. On aurait presque dit un voco.

– *C'était* un voco, dit-elle, et vous auriez dû y être. »

Je m'efforçai de paraître atterré. Peut-être cela fut-il facilité par l'état dans lequel je me trouvais. Peut-être avait-elle tellement envie que je fusse atterré qu'elle se laissa aisément convaincre.

Quoi qu'il en soit, elle attendit quelques instants pour jouer avec mes nerfs, puis annonça : « Je ne vais pas vous faire les leçons ; pas cette fois, même si c'est techniquement une faute grave. »

D'autant que, pensai-je, *vous devriez alors me faire la sixième leçon, ce pour quoi je pourrais faire appel, et que vous n'avez pas envie d'avoir à le justifier.*

« Merci, soor Trestanas, répondis-je. Dans l'éventualité fort improbable qu'il y ait un autre voco durant le temps où je suis ici, suis-je censé descendre ?

– Absolument. Et y assister de derrière l'écran du primat. Et remonter immédiatement après.

– Sauf si c'est mon nom qui est énoncé », ajoutai-je.

Elle ne s'attendait pas à de l'humour dans cette situation, et en fut déconcertée. Puis elle fut fâchée d'avoir été déconcertée. « Où en êtes-vous de la cinquième leçon ? me demanda-t-elle.

– Je pense être prêt pour l'examen d'ici une semaine ou deux », répondis-je. Je me demandai alors comment j'allais récupérer cette tablette dans l'œil de Clesthyre et la ressortir d'ici dans le même délai.

Soor Trestanas fit même mine d'esquisser un sourire avant de repartir. Était-ce en lien avec le départ des deux inquisiteurs ? Les mystérieuses motivations qui l'avaient poussée à me faire les leçons avaient-elles disparu avec eux ? En tout cas, j'eus l'impression que ma punition était pour ainsi dire achevée, et que le reste ne serait qu'une formalité. J'en fus impatient de m'y remettre. Dans ce qu'il restait de la journée, je fis plus de progrès sur la cinquième leçon que je n'en avais fait toute la semaine passée.

Le lendemain, l'éligeur sonna encore. Deux nouvelles recrues pour les Édhariens, deux pour le Nouveau Cercle, et encore une fois aucune pour les Anciens Faaniens réformés.

L'un des noms appelés pour le Nouveau Cercle était celui de Lio. J'en fus abasourdi, et me demandai un temps si je n'avais pas mal entendu. Pourtant c'était parfaitement logique. Lio était un candidat évident pour la férule pourfendeuse. Son échauffourée avec les pécos lors de la dixième nuit avait dû impressionner fraa Delrakhonès au plus haut point. Travailler pour la férule pourfendeuse signifiait devenir un hiérarque, et cela, pour quelque raison, était associé au Nouveau Cercle. Alors pourquoi étais-je surpris ? Parce que, me figurai-je, allongé sans trouver le sommeil sur mon grabat cette nuit-là, Lio et moi avions appartenu à la même équipe de proveneur si longtemps que je m'y étais habitué, au point de tenir pour acquis que Jesry, Arsibalt, Lio et moi serions toujours ensemble dans le même groupe. Et j'avais cru qu'ils partageaient ce sentiment et ces extrapolations. Mais les sentiments peuvent changer, et je commençais à réaliser qu'ils avaient évolué rapidement pendant mon séjour dans cette cellule.

Deux jours plus tard, Arsibalt rejoignit les Anciens Faaniens réformés.

Je ne dus qu'à un pur coup de chance que personne en bas ne m'entendît glapir : « *Quoi ?* » J'aurais bien pu passer la nuit entière à y réfléchir qu'aucune illumination ne serait jamais venue m'expliquer une telle chose. L'ordre des Anciens Faaniens réformés était sur le déclin quasiment depuis le début de son existence.

Ma seule option était de me sortir de cette cellule. À partir de là, j'abandonnai les exercices et cessai d'écrire ce journal pour ne plus me consacrer qu'à l'étude de la cinquième leçon. Le temps que je fisse savoir que j'étais prêt à subir l'examen, onze recrues avaient rejoint les Édhariens, neuf le Nouveau Cercle, et six les Anciens Faaniens réformés. Mes possibilités, en supposant que j'en eusse encore, s'amenuisaient d'heure en heure. Dans mes périodes les plus noires, je me demandais si me faire les leçons n'avait pas été une sorte de tactique de recrutement de la part de soor Trestanas – une façon de me forcer à rejoindre quelque ordre non édharien et, à partir de là, de me forcer à suivre une voie qui me mènerait à besogner dans les quartiers du primat en tant que hiérarque subalterne, à jamais sous les ordres de quelqu'un. Les fraas et soors ordinaires n'obéissaient qu'à la Discipline. Mais les hiérarques s'inscrivaient dans une chaîne de commandement : c'était le prix à payer pour le pouvoir mis à leur disposition.

Mon examen eut lieu le lendemain, après un éligeur durant lequel un fraa de plus rejoignit le Nouveau Cercle, et trois autres les Anciens Faaniens réformés. Parmi ces derniers, deux correspondaient à ce qu'Arsibalt avait à l'esprit en parlant des « larbins ». Le troisième était exceptionnellement brillant. De ma collecte n'en restait plus que deux, dont moi. Comme je n'avais pas pris de notes, j'aurais probablement, à ce point, perdu trace de qui pouvait être l'autre – si ce n'avait été Tulia.

Les examinateurs étaient au nombre de trois. Soor Trestanas n'en faisait pas partie. J'en fus d'abord soulagé, puis froissé. J'avais sacrifié un mois de ma vie à faire cette pénitence, et perdu toute chance de rejoindre l'ordre de saunt Édhar. Elle eût pour le moins pu se montrer.

Ils commencèrent par me poser quelques questions pièges sur la deuxième leçon, dans l'espoir que je l'aurais bâclée le premier jour puis oubliée. Mais j'avais anticipé cela, et consacré deux-trois heures à réviser les trois premières leçons la veille.

Lorsque j'eus récité les décimales de pi de la cent vingt-septième à la deux cent quatre-vingt-troisième, ils perdirent toute animosité. Nous ne passâmes que deux heures sur la cinquième leçon. C'était d'une extrême indulgence, mais l'éligeur avait tout décalé. Comme le solstice approchait, la nuit tombait vite, laissant penser qu'il était plus tard encore. J'entendis littéralement l'estomac des examinateurs gargouiller. L'audience était présidée par fraa Spélikon, un hiérarque dans sa septième décennie, supplanté au poste de férulaire édicteur par soor Trestanas. À la dernière minute, il parut se dire que je n'avais pas été suffisamment éprouvé, et lança l'assaut. Mais je répondis immédiatement à sa première question, et les deux autres examinateurs lui firent comprendre par leur expression et leur ton que c'était terminé. Spélikon ôta ses lunettes, les tint devant son visage, et lut sur une vieille feuille la formule disant que ma pénitence était achevée et que j'étais libre de partir.

Contrairement aux apparences, il restait encore une heure pleine avant le dîner. Je demandai si je pouvais retourner à ma cellule pour récupérer des notes que j'y avais laissées. Spélikon m'écrivit un laissez-passer qui m'autorisait à demeurer dans le domaine de la férule édictrice jusqu'à l'heure du dîner. Je l'en remerciai, les saluai tous trois, et partis vers ma cellule, en exhibant mon laissez-passer devant tous les hiérarques que je croisais.

Le temps de l'atteindre et de tirer mon journal de sous mon grabat, une toute nouvelle idée survint brusquement et prit le contrôle de mes pensées : pourquoi ne pas en profiter pour me glisser subrepticement jusqu'à l'astrohenge et récupérer la tablette ?

Évidemment, le bon sens l'emporta. J'enroulai mon journal dans l'extrémité libre de ma chape, et quittai cette cellule pour toujours – du moins l'espérais-je. Cinquante pas dans la galerie me menèrent au coin sud-ouest, à l'entrée de l'escalier des dixies. Quelques fraas et soors montaient et descendaient, se préparant pour la relève de la garde du domaine de la férule pourfendeuse. Je m'écartai pour laisser passer un fraa qui montait. Il était encapuchonné, et ne regardait pas où il allait. Puis mes pieds entrèrent dans son champ de vision. Il abaissa sa capuche, pour révéler un crâne rasé de frais. C'était Lio.

Nous avions tant de choses à nous dire qu'aucun de nous deux ne savait par où commencer, alors nous nous dévisageâmes un moment en émettant des sons incohérents. Ce qui n'était peut-être pas plus mal, parce que je n'avais pas l'intention de discuter d'une quelconque façon entre les murs de la férule édictrice.

« Je vais monter avec toi, lui dis-je, et je me tournai pour lui emboîter le pas.

– Il faut que tu parles à Tulia, maugréa-t-il alors que nous nous dirigions vers le domaine de la férule pourfendeuse. Il faut que tu parles à Orolo. Il faut que tu parles à *tout le monde*.

– Tu prends ton nouveau poste ?

– Delrakhonès me fait faire un stage. Eh, Raz, tu vas où, là ?

– À l'astrohenge.

– Mais c'est… » Il me prit par le bras. « Imbécile, tu pourrais être proscrit !

– Ce que je dois faire est plus important que de veiller à ne pas être proscrit », répondis-je. C'était idiot, mais j'étais d'humeur rebelle, et je ne réfléchissais pas beaucoup. « Je t'expliquerai plus tard. »

J'avais entraîné Lio à l'écart de la galerie intérieure, trop fréquentée à mon goût, et vers la périphérie du domaine, comme si nous allions sortir sur la corniche. En chemin, il nous fallait franchir une arche étroite. Il me fit aimablement signe de passer devant. Je m'engageai sous l'arche – et réalisai au même instant que je lui tournais le dos. Le temps que j'eusse réalisé, il m'avait retourné le bras. J'avais le choix : bouger, et passer les deux mois à venir avec un bras en écharpe, ou ne pas bouger. Je choisis la seconde option.

Ma langue, elle, était encore libre de se mouvoir : « Content de te retrouver, bourricot. D'abord tu me mets dans le pétrin, et maintenant ceci.

– Tu t'y es mis tout seul. Et maintenant, je vais m'assurer que tu ne recommences pas.

– C'est de cette façon que l'on fait les choses, dans le Nouveau Cercle ?

– Tu ne devrais même pas chercher à parler des résultats de l'éligeur tant que tu ne seras pas mieux renseigné sur ce qu'il se passe.

– Eh bien, si tu me relâches, que je puisse monter à l'astrohenge, j'irai ensuite au réfectoire, où j'aurai toutes les dernières nouvelles.

– *Regarde* », me dit-il en me faisant pivoter pour que je pusse voir dans la direction d'où nous étions venus.

Le silence avait envahi les escaliers. Je craignis d'abord que nous eussions été repérés. Mais ensuite, je vis une procession de silhouettes vêtues de noir, en toques, qui montaient. Ils passèrent dans la chronozone au-dessus, et leurs pas se mirent à résonner sur le métal.

« Oh, dis-je. Pas étonnant que ce soit si propre là-haut.

– *Tu es allé là-haut ?* » Lio en était tellement surpris qu'il resserra son emprise d'une façon qui me fit mal.

« Lâche-moi ! Je te promets que je ne monterai pas ! » m'exclamai-je.

Lio relâcha mon bras. Je le remis dans une position plus naturelle avant de me redresser pour le regarder en face.

« Qu'as-tu vu ? voulut-il savoir.

– Rien encore, mais il y a une tablette là-haut que j'ai besoin de récupérer et qui pourrait – *pourrait* – nous donner un indice. »

Il réfléchit. « Cela risque d'être une opération complexe.

– C'est une promesse, Lio ?

– Juste une observation.

– Est-ce que ces tics montent à des heures prévisibles ? »

Lio ouvrit la bouche pour répondre, mais son expression se fit rusée, et il dit : « Cela, je ne te le dirai pas. » Puis quelque chose sembla lui venir à l'esprit. « Écoute, je suis en retard.

– Depuis quand est-ce que cela t'inquiète ?

– Beaucoup de choses ont changé. Je dois y aller. *Maintenant*. On se reparle plus tard, d'accord ?

– Lio ! »

Il se retourna pour me regarder. « *Quoi ?*

– Qui était fraa Paphlagon ?

– C'est lui qui a enseigné à Orolo la moitié de ce qu'il sait.

– Et qui lui a enseigné l'autre moitié ? » demandai-je, mais Lio était déjà parti.

Je restai là une minute à écouter la progression des tics, en me demandant s'ils vérifiaient les tablettes des instruments. En me demandant si je pourrais trouver de quoi me déguiser en tic. Puis mon estomac gargouilla. Comme s'il était directement relié à mes pieds, je me dirigeai vers le réfectoire.

Cela faisait dix ans et une paire de mois que je n'avais pas regardé une image animée, mais je pouvais encore me souvenir du genre de scène où un astronaute entre dans le bar d'un spatioport, ou un cavalier des steppes dans une taverne poussiéreuse, et où le silence s'instaure pour quelques instants. C'est ce qu'il se passa lorsque j'entrai dans le réfectoire.

J'étais arrivé tôt – une erreur, parce que je ne pouvais pas contrôler avec qui je serais assis. Quelques édhariens avaient déjà pris place à des tables, mais ils détournèrent les yeux lorsque je tentai de croiser leur regard. Je fis la queue derrière deux cosmographes édhariens, mais ils me tournèrent le dos en faisant mine de discuter avec passion de nouveaux éléments découverts dans les dix années de livres et de journaux qui avaient été déposés devant la bibliothèque à l'aperte.

C'était au tour des Anciens Faaniens réformés de servir le dîner. Arsibalt me donna une louche de ragoût en plus, et me serra la main – le premier accueil chaleureux qui m'était fait. Nous convînmes de nous reparler plus tard. Il semblait heureux.

Je décidai de m'asseoir à une table vide, et d'attendre la suite des événements. En quelques minutes, des fraas et soors du Nouveau Cercle se rassemblèrent autour de moi, chacun ayant une remarque enjouée à me faire sur le temps que j'avais passé en cellule.

Au bout d'un quart d'heure, fraa Corlandin apparut, ballottant dans ses bras quelque chose de vieux, sombre et sec, comme un bébé momifié. C'était un vieux quartaut de vin. « De la part de notre foyer, pour toi, fraa Érasmas, dit-il en lieu de salutation. Celui qui a enduré une pénitence extraordinaire mérite une libation extraordinaire.

Cela ne te rendra pas ces semaines, mais t'aidera à tout oublier du Livre ! »

Corlandin se montrait plutôt habile, et j'en fus heureux. Étant donné sa liaison avec soor Trestanas – qui, je le supposais, perdurait –, l'instant ne pouvait qu'être embarrassant. Offrir du vin constituait à la fois un geste courtois et une façon d'évacuer la pression. Encore que, quand il s'attaqua au bouchon, je ressentis une certaine gêne : était-ce également une manière de célébrer mon entrée dans leur ordre ?

Fraa Corlandin parut lire dans mes pensées : « Il ne s'agit que de célébrer ta liberté, pas d'empiéter sur elle ! »

Quelqu'un d'autre avait apporté une boîte de bois et l'ouvrit, révélant un service de timbales d'argent gravées de l'écusson du Nouveau Cercle. Un fraa et une soor les retirèrent une à une de leur écrin de velours et les polirent avec leur chape. Fraa Corlandin s'escrimait avec le bouchon, un amalgame friable d'argile et de cire qu'il était difficile de retirer sans le briser, au risque de polluer le vin. Le simple fait de regarder fraa Corlandin renvoyait à une époque où les concentes étaient plus riches, plus distinguées, mieux pourvues et, de quelque façon – même si cela n'avait pas réellement de sens –, plus *chenues* qu'elles ne l'étaient maintenant.

Le tonnelet était visiblement fait de chêne vrone, par conséquent son contenu avait été produit, dans quelque autre concente, avec le jus du raisin d'archives, et envoyé ici pour y vieillir.

Le raisin d'archives avait été séquencé par les avôts de la concente du Bas-Vrone, dans les temps précédant le deuxième Sac. Chaque cellule portait dans son noyau la séquence génétique non pas d'une seule variété, mais de toutes les variétés de raisin apparues naturellement et dont les avôts vrones avaient jamais entendu parler – et si ces gens n'avaient pas entendu parler d'une variété de raisin, elle ne méritait pas d'être mentionnée. De plus, elle comprenait des extraits des séquences génétiques de milliers de baies, fruits, fleurs et herbes : uniquement les bribes qui, lorsqu'elles répondaient au processus d'adressage biochimique de la cellule hôte, produisaient des molécules gustatives. Chaque noyau était une archive plus vaste que la grande bibliothèque de Baz, incluant les codes de presque chaque molécule que la nature avait jamais produite et qui pouvait faire impression sur le système olfactif humain.

Un vin donné ne pouvait exprimer tous ces gènes à la fois – il ne pouvait pas être cent variétés de raisin différentes à la fois –, alors il « décidait » quel raisin être, quels arômes emprunter, selon des processus de collation de données et de prise de décision impossiblement obscurs et ambigus, que les avôts vrones avaient encodés à la main dans ses protéines. Aucune nuance d'ensoleillement, de terreau, de climat ou de phénomènes atmosphériques n'était trop subtile pour ne pas avoir été prise en compte par le raisin d'archives. Rien de ce que faisait ou ne faisait pas le vigneron n'avait échappé à l'analyse, pas plus que ses conséquences sur la saveur du jus. Le raisin d'archives était légendaire quant à sa capacité à réagir aux subterfuges des viticulteurs qui avaient l'arrogance de croire qu'ils pouvaient le manipuler de façon à le produire à l'identique deux saisons de suite. Les seules personnes qui l'avaient réellement compris avaient été alignées contre un mur durant le deuxième Sac et fusillées. Nombre de viticulteurs modernes préféraient se simplifier la vie en utilisant des vignes traditionnelles. Développer une relation fructueuse avec le raisin d'archives relevait surtout de fanatiques comme fraa Orolo, qui en avaient fait leur vocation. Comme de bien entendu, les raisins d'archives détestaient l'environnement de Saunt-Édhar, et réagissaient encore à un incident qui s'était produit cinquante ans plus tôt, lorsque le prédécesseur d'Orolo avait mal taillé les vignes, empoisonnant le sol de mauvais souvenirs encodés dans des phéromones. Les raisins choisissaient de devenir petits, pâles et amers. Le vin que l'on en tirait n'était apprécié que des habitués, et nous ne tentions même pas de le vendre.

Nous étions plus chanceux pour ce qui était des arbres et des tonneaux. Car, pendant que les avôts vrones s'employaient à créer le raisin d'archives, leurs fraas et soors de la math rustique de la forêt du Haut-Vrone, quelques lieues plus haut dans la vallée, se donnaient tout autant de mal avec les arbres qui étaient traditionnellement employés pour fabriquer des fûts. Les cellules du duramen des chênes vrones – encore à moitié vives même lorsque l'arbre avait été abattu, débité en merrains, et assemblé en tonneaux – captaient les particules qui flottaient dans le vin, en relâchaient certaines, et exfiltraient les autres jusqu'à ce qu'elles précipitassent sur sa surface extérieure sous forme de lustres, de pelures et d'encroûtements odorants. Ce bois était aussi capricieux en ce qui concernait son entreposage que le raisin d'archives quant au terreau et au climat, et un viticulteur qui traitait mal ses fûts, qui ne leur offrait pas les stimulations attendues, s'exposait à les voir encroûtés et suintant les résines, sucres et tanins les plus désirables, tandis que ne demeurait à l'intérieur plus rien d'autre que les solvants. Le bois aimait les mêmes plages de température et d'hygrométrie que les humains, et sa structure cellulaire était sensible aux vibrations. Les tonneaux, tels des instruments de musique, résonnaient à l'unisson avec les voix humaines, et les vins entreposés dans des salles voûtées utilisées pour les répétitions des chœurs avaient un goût différent de ceux conservés dans des salles de réfectoire. Le climat de Saunt-Édhar était propice aux chênes vrones. Mieux encore, nous étions plutôt réputés pour nos prouesses en termes de vieillissement. Les tonneaux se sentaient bien dans notre réfectoire et notre mynstère, et réagissaient chaleureusement à nos discussions et à nos chants. Aussi les concentes moins bien loties nous expédiaient-elles leurs tonneaux pour les faire vieillir chez nous. Nous recevions de très bonnes choses. Nous n'étions pas censés les boire, mais parfois, nous trichions un peu.

Corlandin vint à bout du bouchon sans accroc, et décanta le vin dans un ballon de laboratoire en quartz soufflé, avant de le servir dans les timbales. La première me fut tendue, mais je ne commis pas l'erreur de boire aussitôt. Chacun à la table devait d'abord en avoir une – fraa Corlandin en dernier, qui la leva, me regarda dans les yeux, et dit : « À fraa Érasmas, pour célébrer sa liberté – qu'elle se perpétue durablement, qu'il en profite largement, qu'il l'utilise judicieusement. »

Puis tout le monde trinqua. J'étais un peu gêné par ce *qu'il l'utilise judicieusement*, mais je bus tout de même.

Le vin était formidable, comme boire son livre préféré. Les autres s'étaient tous levés pour le toast. Maintenant, ils se rasseyaient, ce qui me permit de voir le reste du réfectoire. Certains nous regardaient et levaient leur verre en notre direction, quoi qu'ils fussent en train de boire. D'autres étaient plongés dans leurs conversations. Aux extrémités de la salle, généralement seuls, s'étaient levés ceux avec lesquels j'avais le plus envie de parler : Orolo, Jesry, Tulia et Haligastrème.

Le dîner s'étira en longueur, et ne fut pas vraiment ascétique. On n'avait de cesse de remplir ma timbale. Je me sentais bien entouré. « Qu'on le ramène à sa paillasse, entendis-je dire au bout d'un moment. Il n'en peut plus. » Des mains se glissèrent sous mes bras, m'aidèrent à me lever. Je les laissai m'escorter jusqu'au cloître, puis les repoussai.

J'avais passé suffisamment de temps dans le mynstère pour savoir quelles parties de la concente ne pouvaient être observées depuis les fenêtres de la férule édictrice. Je fis plusieurs tours du cloître pour m'éclaircir les idées, puis entrai dans le jardin pour aller m'asseoir sur un banc à l'abri des regards.

« Es-tu encore un être doué de raison, ou ferais-je mieux d'attendre demain matin ? » demanda une voix.

Je me tournai – réalisant que j'avais dû m'assoupir –, pour découvrir que Tulia était venue me rejoindre. « S'il te plaît », dis-je en tapotant le banc à côté de moi.

Tulia s'assit, mais resta à distance, pour mieux poser une cuisse sur le banc et se tourner pour me faire face. « Je suis contente que tu sois sorti, dit-elle. Il s'est passé beaucoup de choses.

– C'est l'impression que j'ai eue, répondis-je. Y a-t-il moyen de tout résumer rapidement ?

– Il y a… quelque chose de bizarre, avec Orolo. Personne ne sait ce que c'est.

– Allons ! L'astrohenge a été verrouillé. Qu'y a-t-il d'autre à savoir ?

– C'est un fait, dit-elle, un peu ennuyée par le ton de ma voix. Mais surtout, on ne sait pas pourquoi. Nous pensons qu'Orolo le sait, mais il ne dit rien.

– D'accord. Désolé.

– Cela a affecté l'éligeur. Certains phytes, qui semblaient promis aux Édhariens, ont choisi d'autres ordres.

– J'avais remarqué. Mais pour quelle raison ? Quelle logique y a-t-il à cela ?

– Je ne suis pas certaine que ce soit logique. Jusqu'à l'aperte, tous les phytes savaient exactement ce qu'ils voulaient faire. Puis tout est arrivé en même temps : les inquisiteurs, ta pénitence, la fermeture de l'astrohenge, le mandement de fraa Paphlagon. Les gens ont été secoués. Ils ont dû reconsidérer certaines choses.

– Les reconsidérer de quelle façon ?

– Tout le monde s'est mis à voir les choses en termes de stratégie politique. Ils ont pris des décisions qu'ils n'auraient pas prises autrement. Déjà, cela remettait en question la pertinence de se joindre aux Édhariens.

– Pourquoi ? Parce qu'ils sont politiquement mal vus ?

– Ils l'ont toujours été. Mais en considérant ce qu'il t'était arrivé, les gens se sont dit qu'il était malavisé de s'affranchir de cette partie de la concente.

– Je commence à comprendre. Donc, un fraa comme Arsibalt, s'il choisit de rejoindre les Anciens Faaniens réformés, qui ont désespérément besoin de quelqu'un comme lui…

– Peut prendre *immédiatement* une place importante chez les AFR.

– J'ai remarqué qu'il servait le plat principal au dîner. »

C'était un honneur généralement réservé aux vétérans. « Il pourrait devenir PPÉ. Ou hiérarque. Peut-être même primat. Et il pourrait s'opposer à certaines des idioties qui ont eu cours ces derniers temps.

– Alors ceux qui ont rejoint les Édhariens…

– Sont la crème de la crème.

– Comme Jesry.

– Exactement.

– Nous allons être votre bouclier, vous protéger sur le plan politique, pour que vous puissiez être libres de faire ce que vous faites le mieux, dis-je.

– Euh, c'est bien l'esprit, mais qui sont ces "vous" et "nous" dont tu parles ?

– À l'évidence, cela implique que demain, tu rejoignes les Édhariens, et moi le Nouveau Cercle.

– C'est ce que tout le monde imagine. Ce n'est pas ce qu'il va se passer, Raz.

– Vous m'avez *gardé une place* chez les Édhariens ?

– C'est une façon un peu crue de le dire.

– Je ne peux pas croire que les Édhariens me veuillent à ce point.

– Ce n'est pas le cas.

– Quoi ?

– S'il y avait un vote à bulletin secret, il n'est pas certain qu'ils te préféreraient à moi. Je suis désolée de te le dire, Raz, mais je dois te parler franchement. Bon nombre des soors, tout particulièrement, voudraient que je les rejoigne.

– Pourquoi ne pas y aller tous les deux ?

– C'est considéré comme une impossibilité. Je ne connais pas les détails, mais une sorte d'arrangement a été conclu entre Corlandin et Haligastrème. On ne peut pas revenir dessus.

– Si les Édhariens ne veulent pas de moi, pourquoi avons-nous même cette discussion ? demandai-je. Tu as vu ce tonneau que le Nouveau Cercle a ouvert pour moi ? Ils me veulent vraiment. Alors je pourrais les rejoindre, et toi, tu profiterais de la chaleureuse hospitalité des soors du chapitre édharien !

– Parce que ce n'est pas ce que veut Orolo. Il dit qu'il a besoin de toi dans son équipe. »

Cela m'affecta tellement qu'entre l'effet de ces paroles et celui du vin, je manquai pleurer. Je restai un temps silencieux. « Eh bien, Orolo ne sait pas tout de ce qu'il se passe, dis-je finalement.

– Qu'est-ce que tu racontes ? »

Je regardai alentour. Le cloître était trop petit et trop silencieux à mon goût. « Marchons un peu », proposai-je. Je ne dis plus rien jusqu'à ce que nous fussions de l'autre côté de la rivière, à marcher dans l'ombre lunaire de la muraille, et lui narrai alors ce que j'avais fait pendant le voco.

« Eh bien ! dit-elle après un long silence. Cela règle tout.

– Qu'est-ce qui règle quoi ?

– Tu dois aller chez les Édhariens.

– Tulia, *primo* personne ne le sait à part toi et Lio, *secundo* je ne trouverai probablement jamais le moyen de récupérer la tablette et *tertio* elle ne contiendra certainement aucune information utile !

– Des détails, railla-t-elle. Le problème n'est pas là. Ce que tu as fait montre qu'Orolo a raison. Tu as ta place dans son équipe.

– Et toi, Tulia ? Où est ta place ? »

Cela la mit mal à l'aise. Je dus répéter ma question.

« Ce qui est arrivé durant la dixième nuit est arrivé. Nous avons tous pris des décisions. Peut-être que ce que nous en pensons changera avec le temps.

– Et jusqu'à quel point en suis-je tenu pour responsable ?

– Quelle importance ?

– Cela en a, pour moi. Si seulement j'avais pu descendre de ma cellule et convaincre les gens de ne pas le faire !

– Je n'aime pas du tout la façon dont tu vois les choses, dit-elle. C'est comme si nous étions tous devenus adultes en ton absence – et pas toi. »

Cela me paralysa et me força à reprendre mon souffle. Tulia fit encore quelques pas, puis se retourna vers moi. « "Jusqu'à quel point en suis-je tenu pour responsable ?" répéta-t-elle en m'imitant. Et alors ? C'est fait. On ne peut plus rien y changer.

– Je m'en soucie parce que cela a un profond impact sur l'idée que se font de moi les autres édhariens…

– Arrête de te morfondre, coupa-t-elle. Ou, au moins, cesse d'en parler.

– D'accord. Mais je t'avais toujours considérée comme quelqu'un à qui l'on pouvait confier ce genre de sentiment…

– Tu crois que je veux passer le reste de ma vie à être ce genre de personne ? Pour chaque membre de la concente ?

– Apparemment, ce n'est pas le cas.

– Très bien. Nous avons terminé. Va voir Haligastrème. Moi, je vais trouver Corlandin. Et disons-leur que nous rejoindrons leurs ordres respectifs demain.

– D'accord », dis-je dans un haussement d'épaules faussement nonchalant, et je tournai les talons pour repartir vers le pont.

Tulia me rattrapa et marcha à mon côté. Je restai un temps silencieux, un peu distrait par la perspective de rejoindre un chapitre qui ne voulait pas de moi, dont nombre de membres risquaient de me reprocher d'avoir pris la place de Tulia.

Quelque chose au fond de moi me poussait à détester Tulia de s'être montrée si dure, mais – je suis heureux de le dire – le temps que nous eussions traversé le pont, cette voix avait été réduite au silence. Je l'entendrais encore parfois à l'avenir, mais ferais de mon mieux pour l'ignorer. J'étais terrifié à l'idée de rejoindre les Édhariens en de telles circonstances. Néanmoins, aller de l'avant et le faire sans me reposer sur Tulia ni personne d'autre me semblait être la meilleure façon – la juste façon – de le faire. Comme quand on sait que l'on est sur la bonne voie dans une démonstration, et que tout le reste n'est que détails. Un fragment de la beauté dont m'avait parlé Orolo pointait vers moi dans le noir, et j'allais le suivre comme une route.

« Veux-tu parler à Orolo ? » fut la question que me posa fraa Haligastrème lorsque je lui eus annoncé la nouvelle. Il n'était pas surpris. Ni extatique. Il n'était rien, sinon très las. La seule vue de son visage à la lueur des chandelles du foyer capitulaire m'indiquait à quel point ces dernières semaines avaient été éprouvantes pour lui.

J'y réfléchis. Parler à Orolo paraissait être ce qu'il y avait de plus évident, et pourtant je n'avais fait aucun effort en ce sens. Étant donné la façon dont s'était déroulée ma conversation avec Tulia, je n'avais pas trop envie de passer la moitié de la nuit à confier mes sentiments à qui que ce fût.

« Où est-il ?

– Je pense qu'il est dans le pré avec Jesry. Ils font des observations à l'œil nu.

– Alors je crois que je ne vais pas les déranger. »

Haligastrème parut puiser des forces dans mes paroles. *Le phyte commence à se comporter en adulte.*

« Tulia semble penser qu'il me veut… ici », repris-je en parcourant le vieux foyer du regard : une simple dépendance un peu vaste dans la galerie du cloître, rarement utilisée sinon pour des raisons cérémonielles, mais néanmoins cœur d'un ordre mondial, que saunt Édhar en personne avait arpentée de long en large en échafaudant sa théorique.

« Tulia dit vrai, commenta Haligastrème.

– Alors c'est ici que je veux être, même si l'accueil est mitigé.

– Si c'est ainsi que tu le perçois, sache que cela n'a rien de personnel, dit-il.

– Je ne suis pas certain de le croire.

– Très bien, reprit-il d'un ton un peu agacé. Peut-être que d'autres ont d'autres raisons de ne pas vouloir de toi. Tu as utilisé le mot *mitigé*, et pas *glacial* ou *hostile*. Alors je ne parle pour l'instant que de ceux dont les sentiments sont mitigés.

– Vous en faites partie ?

– Oui. Nous, ceux dont les sentiments sont mitigés, craignons simplement…

– Que je ne sois pas à la hauteur.

– Exactement.

– Eh bien, même si c'est finalement le cas, vous pourrez toujours m'appeler quand vous aurez besoin de quelques décimales de pi. »

Haligastrème eut la courtoisie de glousser.

« Écoutez, dis-je, je sais que cela vous inquiète. Mais je vais réussir. Je le dois à Arsibalt, à Lio et à Tulia.

– Pour quelle raison ?

– Ils ont sacrifié quelque chose pour que la concente ait

une chance de mieux fonctionner à l'avenir. Il en résultera peut-être que la prochaine génération de hiérarques sera meilleure que l'actuelle – et qu'ils laisseront les Édhariens travailler en paix.

– Sauf, dit fraa Haligastrème, si devenir des hiérarques les transforme. »

QUATRIÈME PARTIE

L'ANATHYME

Six semaines après que j'eus rejoint l'ordre des Édhariens, je me retrouvais à sécher lamentablement sur un problème que m'avait concocté l'un des adulateurs d'Orolo afin de me faire toucher du doigt que je ne me représentais pas réellement ce qu'étaient deux hypersurfaces tangentes. Je sortis prendre l'air. Sans vraiment y penser, je traversai la rivière gelée et allai déambuler parmi les arbres-à-feuilles qui poussaient sur la butte entre le portail de la décennie et le portail du siècle.

Malgré tous les efforts des séquenceurs qui avaient créé ces arbres, seule une feuille sur dix pouvait produire une page de qualité supérieure, convenant à un *in-quarto* standard. Le reste présentait bien souvent une surface insuffisante ou irrégulière, et lorsqu'on les plaçait dans la forme à rogner, il n'en résultait pas un rectangle plein. C'était le cas d'à peu près quatre feuilles sur dix – un peu plus les années froides ou sèches, un peu moins si la période de végétation avait été favorable. Les dégâts causés par les insectes et les nervures trop épaisses qui entravaient l'écriture au verso pouvaient également rendre une feuille inexploitable, sinon en compost. Des défauts particulièrement courants parmi les feuilles qui poussaient près du sol. Les meilleures poussaient à mi-hauteur, pas trop loin du tronc. Les sylvitectes avaient conçu les arbres-à-feuilles avec des branches solides dans leur section médiane, facilitant l'escalade. Quand j'étais phyte, j'avais passé une semaine chaque automne perché sur ces branches, à récolter les meilleures feuilles et à les redescendre à des avôts plus âgés qui les empilaient dans des paniers. Plus tard dans la journée, nous les accrochions par leur pétiole à des cordelettes tendues d'arbre en arbre, et les laissions sécher comme le froid venait. À la première gelée meurtrière, nous les rentrions, les empilions, et les mettions sous presse sous des tonnes de pierres plates. Il leur fallait environ un siècle pour vieillir convenablement. Alors une fois que nous avions mis la récolte de l'année sous pierre, nous retournions vers les piles faites à peu près cent ans plus tôt, et si elles semblaient prêtes, nous ôtions les pierres et pelions les feuilles une à une. Les bonnes étaient placées dans les formes à rogner, et transformées en pages vierges qui seraient distribuées dans la concente ou reliées en livres.

J'étais rarement venu dans le bosquet après la période de récolte. S'y aventurer en cette saison permettait de réaliser que nous ne prélevions qu'une petite portion des feuilles. Les autres se racornissaient et tombaient. Toutes ces feuilles vierges faisaient grand bruit, comme je pataugeais en cherchant un arbre particulièrement majestueux que j'avais toujours adoré escalader. Trahi par ma mémoire, j'errai quelques minutes en tout sens, sans repères. Lorsque je le trouvai finalement, je ne pus m'empêcher de grimper quelques branches. Quand je faisais cela enfant, je m'imaginais au plus profond d'une vaste forêt, une situation autrement plus romantique qu'être enfermé dans une math cernée de casinos et de magasins de pneus. Mais là, avec les branches à nu, il sautait aux yeux que je me trouvais près de la limite est du bosquet. Les vestiges couverts de lierre de la Dotation Shuf étaient pleinement visibles. Je me sentis ridicule en me disant qu'Arsibalt avait dû me voir depuis l'une de leurs fenêtres, alors je redescendis jusqu'au sol et partis dans leur direction. Arsibalt passait maintenant presque tout son temps là-bas. Il m'avait pressé de venir le voir, et j'avais chaque fois trouvé des échappatoires. Mais je ne pouvais plus m'esquiver, maintenant.

Je dus franchir une haie basse attenante au bosquet. En écartant les feuillages enchevêtrés, je sentis le froid de la pierre sous ma main, douloureux au bout d'un temps. Il s'agissait en fait d'un mur de pierre qui avait servi de treille à tout ce qui pouvait le recouvrir. Je roulai par-dessus, puis consacrai quelques instants à débarrasser ma chape et ma cordelière des broussailles. Je me trouvais dans un lacis, maintenant jauni et flétri. La terre noire était creusée là où l'on avait récolté les dernières pommes de terre de la saison. Franchir le mur m'avait donné l'impression de commettre une effraction. Le lignage de Shuf l'avait probablement érigé en cet endroit précis pour susciter ce genre de sentiment. D'ailleurs, ceux auxquels ce message s'adressait avaient fini par s'en lasser, et ils avaient éliminé le lignage. Abattre le mur eût représenté un effort disproportionné, par contre, alors ce travail avait été laissé aux fourmis et aux lierres. Récemment, les Anciens Faaniens réformés avaient pris l'habitude d'utiliser ce lieu pour faire retraite, et comme personne n'y avait vu à redire, ils avaient petit à petit commencé à s'y installer plus confortablement.

Bascule de Gardan : Règle générale attribuée à fraa Gardan (1110 – 1063 av. R.) stipulant que lorsque l'on compare deux hypothèses, elles doivent être pesées sur les plateaux d'une bascule métaphorique (une sorte d'instrument de pesage primitif constitué d'un bras libre de pivoter autour d'un axe central) et que la préférence doit être donnée à celle qui « s'élève », *a priori* parce qu'elle pèse moins ; l'idée étant que les hypothèses les plus simples – les plus « légères » –

sont préférables à celles qui sont plus « lourdes » – plus complexes. Également appelée *bascule de saunt Gardan*, ou tout simplement *la bascule.*

LE DICTIONNAIRE, *4e édition, 3000 apr. R.*

Beaucoup plus confortablement, comme je le découvris en montant les marches et en ouvrant la porte (non sans ressentir une nouvelle fois ce sentiment d'intrusion). Les charpentiers des AFR s'étaient employés à garnir la coquille de pierre de planchers de bois et de murs lambrissés.

En fait, il eût été plus approprié de qualifier d'« ébénistes », non de « charpentiers », les avôts qui avaient choisi le travail du bois pour vocation, et les tolérances d'ajustage et d'assemblage qui avaient été de mise ici eussent suscité la jalousie de Cord. Il s'agissait principalement d'une seule grande salle cubique, de dix pas de côté, et couverte de livres. À ma droite, un feu brûlait dans un âtre, et à ma gauche, la lumière cristalline du ciel du nord se déversait à travers une grande baie vitrée si large qu'elle formait une sorte d'alcôve, aussi ample, ronde et conviviale qu'Arsibalt – lequel était assis en son centre et lisait un livre tellement vieux qu'il devait en tourner les pages avec des pincettes. Ainsi, il ne m'avait finalement pas vu grimper à l'arbre, et j'aurais pu m'éclipser. Mais j'étais heureux de ne pas l'avoir fait. Cela me faisait plaisir de le voir ici.

« On dirait Shuf en personne, lui dis-je.

– Chut, m'intima-t-il en regardant alentour. Les gens vont s'offusquer si tu parles de la sorte. Bah, tous les ordres ont leurs repaires secrets. Des îlots d'opulence qui doivent faire se retourner saunte Cartas dans son sarcophage de calcédoine.

– C'est luxueux, en effet ! Quand on y pense…

– N'exagère pas, il fait un froid d'enfer ici, en hiver…

– D'où l'expression, au sujet de la froidure de certains attributs de Cartas…

– Chut ! recommença-t-il.

– Tu sais, Arsibalt, si le chapitre édharien a un repaire de luxe, ils ne me l'ont pas encore montré…

– C'est l'exception qui confirme la règle », dit-il en ouvrant de grands yeux. Il me toisa. « Peut-être que quand tu seras un peu plus chevronné…

– Eh bien ! Et toi, qu'es-tu à l'âge de dix-neuf ans ? Le PPÉ des Anciens Faaniens réformés ?

– Il se trouve que le chapitre et moi avons très facilement trouvé nos marques les uns avec les autres, oui, en peu de temps. Ils soutiennent mon projet.

– Quoi, nous réconcilier avec les déolâtres ?

– Certains AFR croient même en Dieu.

– Et toi, Arsibalt ?… D'accord, d'accord », ajoutai-je, alors qu'il s'apprêtait à me faire taire une troisième fois.

Il se décida finalement à se lever. Il me fit un peu visiter, me montra des trésors des temps heureux de la Dotation : des services de gobelets d'or et des reliures ornées de joyaux, maintenant préservés dans des vitrines. J'accusai son ordre d'en cacher tout autant quelque part et de s'en servir pour boire, et il rougit.

Puis, comme si ces discussions sur la vaisselle lui avaient donné faim, il rangea son livre dans la bibliothèque. Nous laissâmes la Dotation Shuf derrière nous et rentrâmes pour le déjeuner. Nous avions tous deux manqué le proveneur, ce qui ne nous était possible que parce que quelques jeunes fraas avaient commencé à nous remplacer pour le remontage de l'horloge quelques jours par semaine. Lorsque nous abandonnerions complètement le remontage, d'ici deux ou trois ans, chacun d'entre nous disposerait d'assez de temps pour se choisir une vocation – une activité pratique qui pouvait permettre d'améliorer le quotidien de la concente. D'ici là, nous avions le loisir d'essayer diverses choses pour déterminer ce qui nous plairait. Comme fraa Orolo, par exemple, nous pourrions nous consacrer au raisin d'archives. Nous nous situions bien trop au nord. Les raisins n'étaient pas heureux. Néanmoins, nous disposions d'un coteau orienté plein sud, entre les arbres-à-feuilles et la muraille de la concente, sur lequel ils daignaient pousser.

« L'élevage des abeilles », répondit Arsibalt quand je lui eus demandé ce qui l'intéressait.

Je pouffai en me figurant Arsibalt au milieu d'une nuée d'abeilles. « Je pensais que tu choisirais un travail d'intérieur, lui dis-je. Sur des choses mortes. Je te voyais bien relieur.

– À cette époque de l'année, l'apiculture est bien un travail d'intérieur sur des choses mortes, me fit-il valoir. Peut-être que quand les abeilles sortiront d'hibernation, cela me plaira beaucoup moins. Et qu'en est-il de toi, fraa Érasmas ? »

Arsibalt n'en avait pas conscience, mais c'était un sujet sensible. Il y avait une autre raison pour laquelle on avait besoin d'une vocation : si l'on ne progressait plus, on pouvait abandonner les livres, les salles de craie et les dialogues, et besogner comme une sorte de tâcheron pour le reste de sa vie. Cela s'appelait décrocher. Bon nombre d'avôts avaient décroché : ils exploitaient la terre, brassaient la bière, taillaient la pierre, et tout le monde savait qui ils étaient.

« Toi, tu peux bien choisir quelque chose de futile, comme l'élevage des abeilles, soulignai-je ; ce ne sera jamais autre chose qu'un passe-temps insolite – parce que tu n'auras jamais besoin de décrocher. Sauf si les AFR s'avisaient soudain de recruter une palanquée de génies. Pour moi, le risque est un peu plus grand, alors il faut que je choisisse quelque chose que je pourrai faire quatre-vingts ans sans devenir fou. »

Arsibalt rata une belle occasion de m'assurer que j'étais très intelligent et que cela ne pourrait jamais arriver. Cela me fut égal. Depuis ma conversation tendue avec Tulia six semaines plus tôt, je passais moins de temps à me tourmenter et davantage à faire avancer les choses.

« Il y a des choses à faire, lui dis-je, qui permettraient de faire fonctionner les instruments de l'astrohenge comme ils le devraient.

– Ces choses paraîtraient bien plus prometteuses si l'accès à l'astrohenge t'était possible », me fit-il remarquer.

Il pouvait parler ainsi, parce que nous étions en train de patauger dans les feuilles et qu'il n'y avait personne alentour – à moins que soor Trestanas ne fût cachée sous une pile de feuilles, une main en cornet autour de l'oreille. Je m'immobilisai et levai la tête.

« Tu t'attends à ce qu'un inquisiteur tombe d'un arbre ? me demanda Arsibalt.

– Non, c'est lui que je regarde », répondis-je en indiquant l'astrohenge.

D'ici, sur cette petite hauteur, nous en avions une bonne vue. Et surtout, engoncés comme nous l'étions dans le bosquet, nous serions difficiles à discerner depuis le mynstère, alors je pouvais m'autoriser à l'observer longuement. Les télescopes jumeaux de Sauntes-Mithra-et-Mylax n'avaient pas changé de position depuis ces quelque trois derniers mois de confinement : pointés en direction du ciel du nord.

« J'étais en train de me dire que, si Orolo se servait du M&M pour regarder quelque chose qu'on ne voulait pas qu'il vît, nous pourrions apprendre quelque chose de la direction dans laquelle il l'a pointé la dernière fois qu'il y a eu accès. Peut-être même qu'il a enregistré des images cette nuit-là, qui restent à voir.

– Tu peux déduire quelque chose de la direction dans laquelle le M&M est pointé maintenant ? demanda Arsibalt.

– Seulement qu'Orolo cherchait quelque chose au-dessus du Pôle.

– Et qu'y a-t-il au-dessus du Pôle, à part l'Étoile polaire ?

– Rien, justement, répondis-je.
– Que veux-tu dire ? Il doit bien y avoir quelque chose.
– Mais cela va à l'encontre de mon hypothèse.
– Peux-tu s'il te plaît me l'expliquer tout en marchant vers un endroit chauffé et où nous trouverons à manger ? »

Nous nous remîmes en marche, Arsibalt ouvrant la voie à travers les feuilles.

« Je m'étais dit qu'il s'agissait d'un caillou, commençai-je.
– Tu veux dire un astéroïde ?
– Oui. Mais les cailloux ne passent pas au-dessus du Pôle.
– Comment peux-tu dire une telle chose ? Ils viennent bien de toutes les directions, non ?
– Oui, mais leur inclinaison est généralement basse – ils évoluent dans le même plan que les planètes. Alors on les chercherait près de l'écliptique, qui est le nom que nous donnons à ce plan.
– Mais c'est un argument statistique, argua-t-il. Ce pourrait tout simplement être un caillou inhabituel.
– Cela contredit la bascule.
– La bascule de saunt Gardan est une excellente ligne directrice, me fit-il remarquer. Toutes sortes de choses réelles la contredisent, y compris toi et moi. »

Orolo s'était assis avec nous. C'était la première fois que je lui parlais depuis une éternité. Il s'était installé de manière à voir les montagnes par une fenêtre, et paraissait d'une humeur comparable à la mienne lorsque j'avais observé l'astrohenge. Le temps était clair au-dessus des pics tous bien dessinés, si proches en apparence qu'il semblait que l'on eût pu y lancer des pierres.

« Je me demande quel sera l'état des observations depuis le sommet de la butte de Bly, ce soir, soupira-t-il. Meilleur qu'ici, en tout cas !
– Est-ce là que les pécos ont mangé le foie de saunt Bly ? demandai-je.

– Absolument.
– Elle se trouve par ici ? Je la croyais sur un autre continent, ou quelque chose de ce genre.
– Oh non ! Bly était de Saunt-Édhar ! Tu peux regarder dans les Chroniques – toutes ses reliques marinent ici, quelque part.
– Et vous êtes vraiment en train de suggérer qu'il y a un observatoire là-bas ? Ou est-ce que vous me faites marcher ?
– Je n'en ai aucune idée, répondit Orolo dans un haussement d'épaules. Estémard y a construit un télescope, après qu'il a renoncé à ses vœux et passé comme une furie le portail de jour.
– Et Estémard était…
– L'un de mes deux professeurs.
– L'autre étant Paphlagon ?
– Oui. Ils en ont tous les deux eu assez de cet endroit à peu près au même moment. Estémard est parti, Paphlagon s'est éclipsé vers le haut-labyrinthe un soir après dîner, et je ne l'ai plus revu pendant un quart de siècle, jusqu'à… tu sais quoi. » Il parut se souvenir de quelque chose. « Que faisais-tu pendant le mandement de Paphlagon ? À ce moment-là, tu étais toujours l'hôte d'Autipète. »

Autipète était un personnage de la mythologique antique. Elle s'était glissée subrepticement jusqu'à son père dans son sommeil et lui avait arraché les yeux. Je n'avais jamais entendu personne appeler ainsi soor Trestanas. Je me pinçai la lèvre et agitai la tête de désarroi tandis qu'Arsibalt recrachait de la soupe par les narines.

« Ce n'est pas juste, dis-je. Elle ne fait qu'obéir aux ordres. »

Orolo affûta ma mise en plan. « Tu sais, pendant la troisième Préfiguration, il était assez courant pour ceux qui avaient commis de terribles crimes de dire…
– Qu'ils suivaient simplement les ordres, tout le monde sait cela.

– Fraa Érasmas souffre du syndrome de saunt Alvar, dit Arsibalt.

– Ces gens, pendant la troisième Préfiguration, poussaient des enfants dans des fournaises avec des bulldozers, dis-je. Quant à saunt Alvar, eh bien, il fut le seul survivant de sa concente lors du troisième Sac, et resta prisonnier pendant trois décennies. Fermer les portes des télescopes pour quelques semaines n'est pas vraiment comparable, n'est-ce pas ? »

Orolo me le concéda avec un clin d'œil. « Ma question demeure néanmoins : que faisais-tu pendant le voco ? »

Évidemment, je brûlais de le lui dire. Alors je le lui dis – mais sous forme de plaisanterie : « Pendant que personne ne regardait, j'ai filé à l'astrohenge pour faire des observations. Mais le soleil était de sortie.

– Maudite boule luisante ! » lâcha Orolo. Puis quelque chose lui traversa l'esprit. « Mais tu sais que nos instruments peuvent discerner certains objets même de jour, s'ils sont suffisamment brillants. »

Puisqu'il avait décidé de jouer le jeu de ma plaisanterie, il n'eût pas été honnête de ma part d'y renoncer maintenant. « Malheureusement, le M&M était pointé dans la mauvaise direction, dis-je. Et je n'avais pas le temps de le faire basculer.

– La mauvaise direction pour quoi ? demanda Orolo.

– Pour chercher n'importe quoi de brillant, comme une planète, ou… » J'hésitai : Jesry était assis à une table proche, face à moi et à Orolo, et demeurait immobile, sans se préoccuper de son repas. Eût-il été un loup que ses oreilles eussent été dressées et tournées vers nous.

« Serait-ce trop te demander que de mener ta phrase à une conclusion décente ? » demanda Orolo.

Arsibalt avait l'air aussi ébranlé que moi. Cela avait commencé comme une plaisanterie. Maintenant, fraa Orolo tentait de nous entraîner vers quelque chose de sérieux, mais nous n'arrivions pas à comprendre quoi.

« Hormis les supernovæ, les objets très brillants tendent à être proches – c'est-à-dire à l'intérieur du Système solaire –, et les choses, dans le Système solaire, sont, de manière générale, confinées au plan de l'écliptique. Donc, fraa Orolo, dans cette absurde fable qui m'aurait vu me précipiter sur l'astrohenge pour observer le ciel en plein jour, j'aurais dû basculer le M&M de sa présente orientation polaire vers le plan de l'écliptique pour avoir une chance de voir quelque chose.

– J'attends simplement de ta fable absurde qu'elle soit intrinsèquement cohérente, expliqua fraa Orolo.

– Eh bien, vous satisfait-elle maintenant ?

– C'est bien raisonné, répondit-il dans un haussement d'épaules. Mais n'exclus pas trop vite les pôles. Bien des choses y convergent.

– Comme quoi ? Les méridiens ? ironisai-je.

– Les oiseaux migrateurs ? ajouta Arsibalt dans le même esprit.

– Les pointes de compas ? » compléta Jesry.

Alors, une voix plus haut perchée se fit entendre : « Les orbites polaires. »

Nous nous tournâmes et vîmes Barb qui venait vers nous avec son plateau. Il avait dû nous écouter d'une oreille pendant qu'il faisait la queue. Et maintenant, il nous donnait la réponse à l'énigme d'une voix prépubère que l'on aurait pu entendre jusqu'à la butte de Bly. C'était tellement étrange que nombre de têtes se tournèrent dans le réfectoire.

« Par définition, poursuivit-il sur ce ton de comptine qu'il adoptait pour réciter quelque chose d'appris dans un livre, un satellite en orbite polaire doit passer au-dessus de chacun des pôles durant chacune de ses révolutions autour d'Arbre. »

Orolo enfourna un morceau de pain trempé dans la sauce

pour dissimuler son amusement. Barb se tenait debout juste à côté de moi avec son plateau à quelques pouces de mon oreille, mais ne faisait pas pour autant mine de s'asseoir.

J'avais l'impression d'être observé. Je regardai vers fraa Corlandin à quelques tables de là, qui détournait précisément les yeux à cet instant-là – mais il pouvait toujours entendre Barb : « Un télescope pointé vers le nord aurait une très forte probabilité de détecter… »

Je tirai sur un pli pendant de sa chape. Son bras suivit. Toute la nourriture passa du même côté du plateau, ce qui le fit basculer. Barb en perdit le contrôle, et tout versa par terre. Le bruit fit se tourner toutes les têtes.

Barb était atterré. « Mon bras a été déplacé par une force d'origine inconnue ! énonça-t-il.

– Je suis terriblement désolé, c'était ma faute », dis-je.

Barb était fasciné par la pagaille à ses pieds.

Sachant maintenant comment son cerveau fonctionnait, je me levai, me plaçai face à lui, et posai mes mains sur ses épaules. « Barb, regarde-moi », lui dis-je.

Il me regarda.

« C'était ma faute. Je me suis accroché dans ta chape.

– Tu devrais nettoyer, si c'était ta faute, dit-il d'un ton détaché.

– Je suis d'accord et c'est ce que je vais faire maintenant », répondis-je, avant de chercher un seau.

Derrière moi, j'entendis Jesry poser à Barb une question sur les sections coniques.

Calca : 1. En proto-tærran et haut-tærran, craie ou toute autre substance utilisée pour faire des inscriptions sur une surface dure. 2. En moyen-tærran et ultérieur, calcul, en particulier lorsqu'il consomme un gros volume de craie en raison de sa nature fastidieuse et détaillée. 3. En tærran praxique et ultérieur, explication, définition ou leçon qui permet d'ouvrir sur un propos plus vaste, mais qui, en raison de sa nature excessivement technique, prolixe ou abstruse, a été détachée du corps principal du dialogue et reportée dans une notice ou un appendice pour ne pas détourner l'attention des grandes lignes de l'argument.

LE DICTIONNAIRE, 4e édition, 3000 apr. R.

Une besogne en amena une autre, puisque soor Ala me rappela charitablement que c'était mon tour de nettoyer la cuisine après le repas de midi. Je venais à peine de commencer lorsque je remarquai que Barb était là avec moi, et se contentait de me suivre, sans faire mine d'aider. Ce qui m'irrita dans un premier temps : un signe de plus de sa totale absence de savoir-vivre. Mais une fois que je l'eus digéré, je décidai que ce n'était pas plus mal. Certaines choses étaient plus faciles à faire seul.

Communiquer et se coordonner avec les autres n'en valait souvent pas la peine. Beaucoup proposaient leur aide parce que pour eux c'était uniquement une question de politesse, ou un bon moyen de tisser un lien social. La pensée de Barb ne s'encombrait tout simplement pas de ce genre de considération. En lieu de quoi il me parla, ce qui, de mon point de vue, valait mieux qu'essayer de m'aider.

« Les orbites sont à peu près aussi passionnantes que ce que tu es en train de faire, me fit-il gravement observer, en me regardant me mettre à genoux pour enfoncer le bras jusqu'au coude dans une canalisation bouchée.

– J'imagine que c'est grand-soor Ylma qui t'enseigne ces choses », grommelai-je. Le nettoyage de la canalisation me permit de mieux dissimuler ma frustration : je n'avais abordé les orbites que durant ma deuxième année, Barb en était à son deuxième *mois*.

« C'est juste un tas de x et de y et de z ! s'exclama-t-il, ce qui me fit rire.

– Oui, répondis-je. Il y en a pas mal.

– Tu veux que je te dise ce qui est vraiment stupide ?

– Bien sûr, Barb. Dis-le-moi », répondis-je en remontant une grosse poignée d'épluchures de légumes contre la pression de cent litres d'eau de vaisselle stagnants. La canalisation gargouilla et commença à se vider.

« N'importe quel pécos peut se poser au milieu du pré la nuit et voir certains satellites en orbite polaire, d'autres satellites en orbite équatoriale, et réaliser que ce sont deux types d'orbites différents ! Mais si l'on calcule tous les x et les y et les z, tu sais ce qui arrive ?

– Quoi ?

– Ils ressemblent juste à des x et des y et des z, et on y voit moins que certaines sont polaires et d'autres équatoriales qu'un simple crétin en regardant le ciel !

– C'est encore pis que cela, lui indiquai-je. Regarder les x et les y et les z ne te dit même pas que ce sont des *orbites*.

– Qu'est-ce que tu veux dire ?

– Une orbite est une chose fixe, stable, répondis-je. Le satellite se déplace tout le temps, évidemment, mais toujours de la même façon. Et cette stabilité n'est nullement indiquée dans les x et les y et les z.

– Oui ! Cela revient à se dire que toute la théorique ne fait que nous rendre plus bêtes ! » Il rit d'excitation, et regarda théâtralement par-dessus son épaule, comme si nous nous livrions à une activité incroyablement séditieuse.

« Ylma te le fait faire de la manière la plus exécrable qui soit, lui dis-je, avec les coordonnées de saunt Lesper, de façon à ce que, le jour où elle t'enseignera la manière dont on le fait réellement, cela te paraisse beaucoup plus facile. »

Barb en fut éberlué.

Je poursuivis : « C'est comme se taper sur la tête avec un marteau – ça fait du bien quand ça s'arrête. »

C'était la plus vieille blague du monde, mais Barb ne

la connaissait pas. Elle l'amusa tellement qu'il en fut tout excité, et dut courir en tout sens dans la cuisine pour évacuer son énergie. Quelques semaines plus tôt, je m'en serais inquiété et j'aurais tenté de le calmer, mais je m'étais habitué, et je savais qu'un contact physique ne ferait qu'empirer les choses.

« Quelle est la bonne façon de le faire ?

– Les paramètres orbitaux, répondis-je. Six données qui te disent tout ce que l'on peut savoir du déplacement d'un satellite.

– Mais j'ai déjà six données.

– Lesquelles ? lui demandai-je pour le mettre à l'épreuve.

– La position du satellite sur les axes des x, y et z de saunt Lesper. Cela fait trois. Et sa vélocité dans ces trois axes, ce qui en fait trois de plus. Six données.

– Mais comme tu l'as fait remarquer, tu peux regarder ces six données sans pour autant être capable de visualiser l'orbite, ni même de savoir qu'il *s'agit* d'une orbite. Ce à quoi je veux en venir, c'est qu'avec un peu plus de théorique, tu pourras dresser une tout autre liste de six données : les paramètres orbitaux, avec lesquels il est infiniment plus facile de travailler, dans le sens où l'on peut voir d'un seul coup d'œil si l'orbite passe au-dessus des pôles ou suit l'équateur.

– Pourquoi grand-soor Ylma n'a-t-elle pas commencé par là ? »

Je n'allais pas lui répondre : *Parce que tu apprends trop vite*. Mais si j'essayais de me montrer trop diplomate, Barb s'en apercevrait et me mettrait en plan.

J'eus alors une illumination : il était de ma responsabilité, tout autant que de celle d'Ylma, d'enseigner aux phytes la bonne chose au bon moment.

« Tu es maintenant prêt à cesser de travailler dans les coordonnées de saunt Lesper, énonçai-je, et à commencer à travailler dans d'autres types d'espaces, comme le font les théôs adultes.

– Comme dans des dimensions parallèles ? demanda Barb, qui avait apparemment regardé le même genre de visues que moi avant que je ne vinsse ici.

– Non. Les espaces dont je parle ne sont pas comme des espaces physiques que l'on peut mesurer avec une règle et dans lesquels on peut se déplacer. Ce sont des espaces théoriques abstraits qui suivent des règles différentes, appelées principes d'action. L'espace que les cosmographes aiment utiliser a six dimensions : une pour chacun des paramètres orbitaux. Mais c'est un outil spécifique, uniquement utilisé dans cette discipline. Une théorie plus générale a été développée au début de l'ère praxique par saunt Hemn… » Et je poursuivis en donnant à Barb une calca[1] sur les espaces de Hemn, ou espaces de configuration, que Hemn avait conçus lorsque, à l'instar de Barb, il en avait eu assez des x et des y et des z.

(Devenir) centglé : (argot péjoratif) Perdre l'esprit, devenir mentalement instable, s'écarter irrémédiablement de la voie de la théorique. Cette expression remonte à la troisième aperte millennale, lorsque les portes de nombreuses maths centénariennes s'ouvrirent pour révéler divers désastres insoupçonnés. Quelques exemples : à Saunt-Rambalf, un suicide collectif, ayant eu lieu seulement quelques instants plus tôt ; à Saunt-Terramore, plus âme qui vive ; à Saunt-Byadin, une secte religieuse précédemment inconnue, se faisant appeler les Matarrhites (toujours en activité) ; à Saunt-Lesper, plus un humain, mais une espèce précédemment inconnue de primates évolués vivant dans les arbres ; à Saunte-Phendra, un réacteur nucléaire rudimentaire dans un réseau de catacombes souterraines. Ces événements, ainsi que d'autres errements, incitèrent à la création de l'Inquisition et de l'institution des

1. Cf. Calca 2 : L'espace (de configuration) de Hemn, tome 2.

hiérarques sous leur forme actuelle, y compris celle des férules édictrices, investies du pouvoir d'inspection et chargées de faire respecter la Discipline dans toutes les maths.

LE DICTIONNAIRE, 4e édition, 3000 apr. R.

Je recroisai fraa Orolo en fin d'après-midi alors qu'il sortait d'une salle de craie, et nous devisâmes au milieu des niches emplies de pages. Je n'eusse pas fait l'erreur de lui demander à quoi il avait voulu en venir avec son étrange débat sur la cosmographie à la lumière du jour. Dès lors qu'il avait décidé de professer de cette façon, il n'était plus possible de lui arracher une réponse directe.

De toute façon, je m'inquiétais beaucoup plus des choses auxquelles il avait fait allusion auparavant. « Écoutez, vous n'envisagez tout de même pas de partir, n'est-ce pas ? »

Il prit un air légèrement amusé, mais ne dit rien.

« J'ai toujours été inquiet à l'idée que vous pourriez disparaître dans le labyrinthe et devenir séculos. Ce serait déjà terrible. Mais à la façon dont vous avez parlé, j'ai eu l'impression que vous alliez vous faire féral, comme Estémard.

– Quel sens donner à tant d'inquiétude ? » me demanda-t-il, ce qui était typique de l'idée qu'Orolo se faisait d'une réponse.

Je soupirai.

« Décris l'inquiétude, poursuivit-il.

– *Quoi ?*

– Fais comme si j'étais quelqu'un qui n'a jamais expérimenté l'inquiétude. Je suis abasourdi. Je ne comprends pas. Explique-moi comment je dois faire pour m'inquiéter.

– Eh bien… Je suppose que la première étape est d'envisager une succession d'événements qui peuvent se dérouler dans l'avenir.

– Mais je fais cela tout le temps. Et je ne m'inquiète pas.

– C'est une succession d'événements qui se termine mal.

– Alors tu es inquiet à l'idée qu'un dragon rose va survoler la concente et péter des gaz neurotoxiques sur nous ?

– Non, répondis-je dans un gloussement nerveux.

– Je ne comprends pas, répéta impassiblement Orolo. C'est une succession d'événements qui se termine mal.

– Mais elle n'a pas de sens. Les dragons roses péteurs de gaz neurotoxiques n'existent pas.

– Très bien, dit-il. Alors, un bleu. »

Jesry, qui passait par là, remarqua qu'Orolo et moi étions en dialogue, alors il s'approcha, mais pas trop près, et prit la position du spectateur : les mains enfoncées dans sa chape, tête basse, et ne croisant pas nos regards.

« Cela n'a rien à voir avec la couleur du dragon, protestai-je. Les dragons péteurs de gaz neurotoxiques n'existent pas.

– Qu'en sais-tu ?

– Aucun n'a jamais été vu.

– Mais je n'ai jamais été vu quittant la concente – et tu t'en inquiètes néanmoins.

– D'accord. Je corrige : l'idée même d'un tel dragon est irrationnelle. Il n'y a pas de précédent évolutionnaire. Probablement aucune passerelle métabolique dans la nature qui permettrait de produire des gaz neurotoxiques. Les animaux de cette taille ne peuvent pas voler à cause des lois d'échelle fondamentales. Etc.

– Hum, des raisons diverses, reposant sur la biologie, la chimie, la théorique… Je suppose que les pécos, qui ne savent rien de ces choses-là, n'ont de cesse de s'inquiéter des dragons roses péteurs de gaz neurotoxiques ?

– On pourrait probablement les convaincre de s'en inquiéter. Cela dit, non… Il y a une sorte de filtre qui se crée… » J'y réfléchis un temps, et cherchai Jesry du regard, pour l'inviter à nous rejoindre.

Après quelques instants, il sortit ses mains de sa chape et

s'avança. « Si vous commencez à vous inquiéter des dragons roses, fit-il remarquer, alors il faut aussi vous inquiéter des bleus, des verts, des noirs, des tachetés et des rayés. Et pas uniquement des péteurs de gaz neurotoxiques, mais aussi de ceux qui lâchent des bombes ou qui rotent le feu.

– Et pas seulement des dragons, mais aussi des vers, des tortues géantes, des lézards…, ajoutai-je.

– Et pas seulement des créatures physiques, mais aussi des dieux, des esprits, etc., reprit Jesry. Si vous ouvrez la porte aux dragons roses péteurs de gaz neurotoxiques, vous laissez également entrer toutes ces possibilités.

– Pourquoi ne pas s'inquiéter de toutes, alors ? demanda Orolo.

– C'est bien ce que je fais ! s'exclama Arsibalt, qui nous avait vus parler et venait voir ce qu'il se passait.

– Fraa Érasmas, me dit Orolo, tu as avancé il y a une minute qu'il serait possible de convaincre les pécos de s'inquiéter des dragons roses péteurs de gaz neurotoxiques. Comment t'y prendrais-tu ?

– Eh bien, je ne suis pas un procien, mais si je l'étais, je suppose que je raconterais aux pécos quelque histoire crédible expliquant d'où viennent les dragons. Et au bout du compte, ils s'inquiéteraient. Mais si Jesry intervenait pour les alerter au sujet des tortues rayées roteuses de feu, eh bien, ils l'emmèneraient immédiatement chez les frappadingues ! »

Tout le monde s'esclaffa – même Jesry, qui d'ordinaire n'aimait pas quc l'on se moquât de lui.

« Qu'est-ce qui rendrait ton histoire crédible ? demanda Orolo.

– Eh bien, il faudrait qu'elle soit intrinsèquement cohérente. Et en cohérence avec tout ce que les pécos savent déjà du monde réel.

– De quelle façon le serait-elle ? »

Lio et Tulia se rendaient à la cuisine du réfectoire, parce

que c'était leur tour de préparer le dîner. Lio, ayant entendu les dernières phrases, intervint : « Tu pourrais raconter que les étoiles filantes sont des pets de dragon qui se sont embrasés !

– Très bien, dit Orolo. Ainsi, chaque fois qu'un pécos verrait une étoile filante dans le ciel, il la considérerait comme une corroboration du mythe du dragon rose.

– Et comme une réfutation de Jesry, à qui il dirait : *Pauvre idiot, qu'est-ce que les tortues rayées roteuses de feu ont à voir avec les étoiles filantes ?* »

Tout le monde s'esclaffa encore.

« Cela semble tout droit sorti des écrits tardifs de saunt Événédric », dit Arsibalt.

Il y eut un instant de flottement. Nous pensions tous que nous étions en train de plaisanter, jusque-là.

« Fraa Arsibalt anticipe un peu, dit Orolo d'un ton légèrement réprobateur.

– Événédric était un théôs, rappela Jesry. Ce n'est pas le genre de chose sur laquelle il aurait écrit.

– Bien au contraire, argua Arsibalt. Tardivement, après la Reconstitution, il a…

– Si tu permets, le coupa Orolo.

– Bien sûr, dit Arsibalt.

– En se limitant aux dragons péteurs de gaz neurotoxiques, combien de couleurs pensez-vous que nous pourrions distinguer ? »

Les opinions allaient de huit à cent. Tulia pensait pouvoir en distinguer le plus, Lio le moins.

« Disons dix, posa Orolo. Maintenant, intégrons les dragons rayés bicolores.

– Alors il y aurait cent combinaisons, dis-je.

– Quatre-vingt-dix, corrigea Jesry. On ne peut pas compter rouge/rouge, etc.

– Si l'on envisage des largeurs de rayure perceptibles,

pourrait-on atteindre mille combinaisons discernables ? » demanda Orolo.

De l'avis général, oui.

« Maintenant, passons au pois. Aux carreaux. Aux combinaisons de pois, de carreaux et de rayures.

– Des centaines de milliers ! Des millions ! clamèrent différentes voix.

– Et nous ne considérons pour l'instant que les dragons péteurs de gaz neurotoxiques, nous rappela Orolo. Il y a les lézards, les tortues, les dieux…

– Eh ! s'exclama Jesry en cherchant le regard d'Arsibalt. Cela commence à ressembler à un argument que développerait un théôs.

– Et en quoi, fraa Jesry ? demanda Orolo. Où est le contenu théorique ?

– Dans le nombre, répondit Jesry. Dans la multiplicité des différents scénarios.

– Développe, s'il te plaît.

– Une fois que l'on a ouvert la porte à toutes ces hypothèses qui n'ont fondamentalement aucun sens, on fait face à un éventail de possibilités quasiment infini, expliqua Jesry. Alors l'esprit les rejette comme étant toutes invalides, sans plus s'en inquiéter.

– Et ce serait aussi vrai des pécos que de saunt Événédric ? demanda Arsibalt.

– Cela va de soi, opina Jesry.

– Alors ce serait une caractéristique intrinsèque à la conscience humaine, cette capacité à filtrer. »

Comme Arsibalt prenait confiance, Jesry – qui sentait venir la chausse-trappe – se fit plus méfiant. « Quelle capacité à filtrer ? demanda-t-il.

– Ne fais pas l'idiot, Jesry, lâcha soor Ala, qui était elle aussi de service à la cuisine. Tu viens de dire que l'esprit rejetait et ignorait l'immense majorité des scénarios hypothétiques. Si ce n'est pas une capacité à filtrer, alors qu'est-ce qui le sera !

– *Navré*, répliqua Jesry, en nous regardant tout à tour, Lio, Arsibalt et moi, comme s'il venait de se faire agresser et voulait nous prendre à témoin.

– Alors quel est le critère qu'utilise l'esprit pour sélectionner l'infinitésimale minorité de résultats possibles dignes de s'inquiéter ? demanda Orolo.

– La vraisemblance, la probabilité, proposèrent des voix, mais personne ne se sentait assez confiant pour affirmer quoi que ce fût.

– Un peu plus tôt, fraa Érasmas a mentionné qu'il y avait un rapport avec la capacité à raconter une histoire crédible.

– C'est un problème d'espace de Hemn, d'espace de configuration, balbutiai-je avant même d'y avoir réfléchi. C'est là qu'est le lien avec le théôs Événédric.

– Peux-tu expliquer cela ? » demanda Orolo.

Je n'en aurais pas été capable, si je ne venais pas justement d'en parler avec Barb. « Il n'y a aucun moyen d'aller du point où nous nous trouvons maintenant dans un espace de Hemn à un point qui accepte les dragons péteurs de gaz neurotoxiques en suivant un principe d'action plausible. Ce qui n'est qu'un terme technique pour désigner une histoire crédible menant d'un instant au suivant. Si l'on jette aux oubliettes tous les principes d'action, on octroie au monde la liberté d'aller partout dans l'espace de Hemn, vers toutes les éventualités, sans contrainte. Cela n'a plus vraiment de sens. L'esprit, même celui d'un pécos, sait qu'il y a bien un principe d'action qui gouverne la façon dont le monde évolue d'un instant à un autre, qui restreint le cheminement du monde à des points racontant une histoire intrinsèquement cohérente. Alors il concentre ses inquiétudes sur les éventualités les plus plausibles, comme votre départ.

– Vous partez ? » s'exclama Tulia, absolument horrifiée.

D'autres parmi ceux qui avaient rejoint tardivement le dialogue réagirent de la même façon. Orolo s'esclaffa, et j'expliquai sur quelle base le dialogue avait débuté – suffisamment vite pour que personne ne s'éclipsât et n'allât lancer des rumeurs.

« Je ne crois pas que tu aies tort, fraa Érasmas, dit Jesry une fois que tout le monde se fut apaisé, mais je pense que tu as un problème de bascule. Invoquer l'espace de Hemn et les principes d'action me semble être une façon inutilement disproportionnée d'expliquer que l'esprit est instinctivement assez futé pour savoir quelle éventualité est suffisamment plausible pour justifier de s'en inquiéter.

– Je te le concède », répondis-je.

Mais Arsibalt en fut marri : il s'était attendu à une tout autre résistance. « Souviens-toi que tout cela est en lien avec saunt Événédric, intervint-il, un théôs qui a consacré la première moitié de sa vie à des calculs rigoureux en rapport avec les principes d'action dans diverses sortes d'espaces de configuration. Je ne crois pas qu'il parlait figurativement lorsqu'il suggérait que la conscience humaine avait la capacité de…

– Ne deviens pas centglé maintenant ! » railla Jesry.

Arsibalt s'immobilisa, bouche bée, rougissant.

« Il suffira pour l'instant d'avoir abordé ce sujet, décréta Orolo. Nous ne l'épuiserons pas céans – pas l'estomac vide, en tout cas ! »

Saisissant l'allusion, Lio, Tulia et Ala prirent congé, et se dirigèrent vers les cuisines. Ala lança par-dessus son épaule un regard glacial à Jesry, puis se pencha vers Tulia pour lui confier quelque chose à l'oreille. Je savais exactement ce qu'elle lui reprochait : c'était Jesry qui avait soulevé l'argument de la multiplicité des éventualités, mais lorsque Arsibalt avait tenté de le développer, Jesry s'était dégonflé et rétracté – il s'était même moqué d'Arsibalt. J'essayai de sourire à Ala, mais elle ne s'en aperçut pas. Trop de choses se passaient en même temps. Je me retrouvai là à sourire tout seul, comme un imbécile.

Arsibalt emboîta le pas à Jesry à travers le cloître, en essayant de poursuivre la discussion.

« Retour à la case départ, dit Orolo. Pourquoi t'inquiètes-tu tant, Érasmas ? Tu n'as rien de plus opportun à faire que d'imaginer des dragons roses péteurs de gaz neurotoxiques ? Ou as-tu un talent particulier pour tracer des avenirs possibles dans un espace de Hemn – en en tirant, semble-t-il, des conclusions perturbantes ?

– Vous pourriez aisément m'aider à répondre à cette question, lui fis-je remarquer, en me disant si vous envisagez de partir.

– J'ai passé presque toute l'aperte extra-muros, dit Orolo en soupirant, comme s'il avait finalement été acculé. Je m'attendais à une terre désolée. Un désert culturel et intellectuel. Mais ce n'est pas exactement ce que j'ai trouvé. Je suis allé voir des visues. Cela m'a plu ! Je suis allé dans des bars, et j'ai eu des conversations raisonnablement dignes d'intérêt avec des gens. Des pécos. J'ai bien aimé. Certains étaient intéressants. Et je ne dis pas cela dans le sens insecte-sous-le-microscope. Ils se sont imprimés dans mon souvenir. Ce sont des gens que je n'oublierai pas. Un temps, cela m'a même séduit. Puis un soir, j'ai eu une discussion particulièrement animée avec un pécos aussi intelligent que n'importe qui dans cette concente. Et, je ne sais plus comment, vers la fin, il est apparu qu'il croyait que le Soleil tournait autour d'Arbre. J'en ai été sidéré, tu sais. J'ai essayé de l'en détromper. Il a fait des gorges chaudes de mes arguments. Cela m'a rappelé à quel point une observation et un travail théorique méticuleux sont nécessaires pour prouver quelque chose d'aussi élémentaire que la révolution d'Arbre autour du Soleil. Que nous avons une dette immense envers ceux qui nous ont précédés. Et que, en fin de compte, nous vivons bien du bon côté du portail. » Il s'interrompit un temps, regarda vers les montagnes comme s'il jugeait du bien-fondé de me raconter la suite. Finalement, il perçut mon regard expectatif, et fit un petit geste de capitulation. « Quand je suis rentré, j'ai trouvé une liasse de vieilles lettres d'Estémard, ajouta-t-il.

– Vraiment ?

– Il m'en avait envoyé à peu près une par an depuis la butte de Bly. Évidemment, il savait qu'elles demeureraient sous séquestre jusqu'à l'aperte. Il m'y racontait les observations qu'il avait faites, avec un télescope qu'il a construit là-bas, en polissant le miroir à la main, tout cela. De bonnes idées. Une lecture intéressante. Un travail, par contre, bien éloigné de la qualité de celui que l'on produit ici.

– Mais il avait la possibilité d'aller là-haut », dis-je en indiquant l'astrohenge d'un signe de tête.

Orolo parut trouver cela amusant. « Évidemment. Et je pense que nous y serons réadmis un jour, avant longtemps.

– Pourquoi ? Comment ? Sur quoi vous fondez-vous ? ne pus-je que lui demander, même si je savais qu'il ne répondrait pas.

– Disons que, comme toi, je suis doué de cette faculté d'envisager la façon dont les choses pourraient se dérouler.

– Merci !

– Oh, et je peux également employer cette faculté pour imaginer ce que ce serait que de vivre comme un féral, ajouta-t-il. Les lettres d'Estémard font clairement comprendre que ce n'est en rien facile.

– Vous pensez qu'il a fait le bon choix ?

– Je ne sais pas, répondit Orolo sans hésiter. Il s'agit de choses fondamentales. Que brigue le corps humain ? Hors la nourriture, l'eau, un abri et la reproduction, je veux dire.

– Le bonheur, je suppose.

– Mais il s'en trouve tout de même une forme, certes vaine, dans la nourriture qu'ils mangent là-bas, fit remarquer

Orolo. Et pourtant, les gens extra-muros ont des désirs. Ils n'ont de cesse de rejoindre toutes sortes d'arches. Quel intérêt y a-t-il à cela ? »

Je pensai à ma famille et à celle de Jesry. « J'imagine que les gens aiment à croire qu'ils ne se contentent pas d'exister, mais qu'ils transmettent leur forme de vie.

– Exact. Les gens ont besoin de sentir qu'ils font partie d'un projet durable. D'une chose qui se poursuivra sans eux. Cela crée une impression de stabilité. Je crois que le besoin de ce genre de stabilité est tout aussi fondamental, tout aussi viscéral que certains autres besoins primordiaux. Mais il y a plus d'une façon d'y répondre. Nous ne nous faisons peut-être pas une très haute opinion de la sous-culture des pécos, mais nous devons admettre qu'elle est stable ! Les pécos disposent d'une forme de stabilité complètement différente, qui leur est propre.

– Tout comme nous.

– Tout comme nous. Et pourtant, cela n'a pas fonctionné pour Estémard. Peut-être a-t-il considéré que vivre seul sur une butte répondrait mieux à ce besoin.

– Ou peut-être que ce besoin était moins puissant chez lui que chez d'autres », suggérai-je.

L'horloge sonna l'heure.

« Tu risques de manquer un fascinant cours magistral de soor Fretta, dit Orolo.

– Cela ressemble beaucoup à une façon de changer de sujet », rétorquai-je.

Orolo haussa les épaules. *Je change de sujet. Fais avec.*

« Très bien, dis-je. D'accord. Je vais aller assister à son cours. Mais si vous décidez de vous en aller, vous ne partirez pas sans me prévenir d'abord, s'il vous plaît ?

– Je te promets de t'informer aussitôt qu'il me le sera possible, si une telle chose devait advenir, me dit-il d'un ton indulgent, comme s'il parlait à une personne mentalement déficiente.

– Merci », répondis-je. Puis je me rendis à la salle de craie Saunt-Grod et m'assis dans le vaste espace vide qui, comme toujours, entourait Barb.

Techniquement, nous étions censés l'appeler fraa Taveneur, puisque c'était le nom qu'il avait adopté lorsqu'il avait prononcé ses vœux. Mais certaines personnes mettaient plus de temps que d'autres à se couler dans leur nom d'avôt. Arsibalt avait été Arsibalt dès le premier jour ; personne ne se souvenait plus de son nom d'extra-muros. Mais Barb allait longtemps continuer d'être appelé Barb.

Quel que fût son nom, ce garçon allait me sauver. Il y avait beaucoup de choses qu'il ne savait pas, mais rien qu'il craignît de demander, et demander, et demander encore, jusqu'à ce qu'il comprît parfaitement. Je décidai de faire de lui mon phyte. Beaucoup iraient se dire que c'était par charité. Peut-être que certains allaient même imaginer que je m'apprêtais à décrocher, et que cela revenait à faire de l'enseignement de Barb ma vocation. Ils pourraient bien tous penser ce qu'ils voudraient ! C'était en fait tout autant mon intérêt. J'avais plus appris de la théorique en six semaines, simplement en m'asseyant à côté de Barb, que durant les six mois qui avaient précédé l'aperte. Je comprenais maintenant que, dans mon empressement à connaître la théorique, j'avais pris des raccourcis qui, tout comme les raccourcis des cartes, rallongeaient le chemin. Chaque fois que j'avais vu Jesry comprendre plus vite que moi, j'avais interprété les équations d'une façon qui me paraissait plus facile sur le moment, mais rendait tout plus difficile – non, *impossible* – ultérieurement. Barb n'avait pas cette crainte que les autres apprissent plus vite ; à cause de la manière dont son cerveau était organisé, il ne pouvait pas le lire sur leur visage. Et il n'avait pas la même ambition d'atteindre un objectif lointain. Il était obnubilé à la fois par sa personne et par l'instant présent. Il avait pour seul désir de comprendre le problème ou l'équation inscrits sur l'ardoise *maintenant*, *aujourd'hui*, que cela convînt ou pas à ceux qui l'entouraient. Et il était prêt à rester là à poser des questions sur le sujet jusqu'au dîner et après le couvre-feu.

En y repensant, Ala et Tulia avaient développé une façon d'apprendre assez similaire, il y avait de cela des années. Jesry avait inventé l'expression de « bête à deux dos » pour décrire les deux filles lorsqu'elles étaient ensemble à l'extérieur d'une salle de craie et discutaient sans fin de ce qu'elles venaient d'écouter. Il ne leur suffisait pas que l'une d'entre elles comprît quelque chose. Ni que toutes deux le comprissent chacune à sa façon. Il fallait qu'elles le comprissent de la même façon. Le vacarme de leurs échanges d'explications acharnés nous donnait des migraines. Les premières années, nous nous couvrions les oreilles des mains et partions en courant dès que nous apercevions la bête à deux dos. Mais pour elles, cela fonctionnait.

L'empressement inébranlable de Barb dans son apprentissage à court terme rendait sa progression à long terme (alors même qu'il ne l'envisageait pas) plus rapide et plus certaine que la mienne ne l'avait jamais été. Et maintenant, j'allais marcher à son pas.

Comme vocation possible, j'avais commencé à enseigner le chant à la nouvelle collecte. Extra-muros, tout le monde entendait de la musique, mais rares étaient ceux qui étaient capables d'en faire. Ces nouveaux phytes avaient tout à apprendre. C'était insoutenable. Je savais déjà que ce ne serait pas ma vocation. Nous nous retrouvions trois après-midi par semaine dans une alcôve de ce qui nous tenait lieu de nef.

Un jour, alors que je sortais de l'une de ces séances, je tombai sur fraa Lio, qui allait faire ce qu'il pouvait bien avoir à faire dans le domaine de la férule pourfendeuse.

« Monte avec moi, me proposa-t-il. Je veux te montrer quelque chose.

– Une nouvelle compression de nerf ?

– Non, rien de ce genre.

– Tu sais, je ne suis pas censé regarder depuis les hauteurs.

– Eh bien, je n'ai pas encore suivi de formation de hiérarque – pas encore –, alors moi non plus, répondit-il. Ce n'est pas ce que je veux te montrer. »

Alors je le suivis dans les escaliers. Pendant que nous montions, je commençais à m'inquiéter à l'idée qu'il pût projeter une incursion éclair dans l'astrohenge. Puis je me souvins de ce qu'Orolo avait dit l'autre jour sur le fait de trop s'angoisser, et m'efforçai de chasser cela de mon esprit.

« Tu n'es pas censé regarder au-delà des murailles, me rappela Lio alors que nous approchions du sommet de la tour sud-ouest, mais tu es autorisé à te souvenir de ce que tu as vu durant l'aperte, n'est-ce pas ?

– Je suppose, oui.

– Eh bien, as-tu remarqué quelque chose ?

– Pardon ?

– Extra-muros. As-tu remarqué quelque chose ?

– Qu'est-ce que c'est que cette question ? J'ai remarqué des tonnes de choses », maugréai-je.

Lio se tourna et m'adressa un grand sourire, sa façon à lui de me signaler qu'il s'agissait juste de sa forme d'humour. L'humour du combla.

« Très bien, repris-je. Qu'étais-je censé remarquer ?

– Crois-tu que la ville croît ou décroît ?

– Elle décroît, sans le moindre doute.

– Pourquoi en es-tu si certain ? Tu as eu accès aux données du recensement ? » Un autre sourire.

« Non, évidemment. Je ne sais pas. Juste une impression. Quelque chose dans son apparence.

– Et elle ressemblait à quoi ?

– Elle avait l'air infestée… Submergée par la mauvaise herbe. »

Il se retourna et leva son index telle une statue de Thélénès déclamant sur le périklyne. « Conserve le fil de ton idée pendant que nous traversons les territoires ennemis », dit-il.

Nous regardâmes la herse baissée et verrouillée, mais ne dîmes pas un mot. Nous franchîmes le pont menant au domaine de la pourfendeuse, et fîmes le tour par la galerie intérieure jusqu'à l'escalier qui menait plus haut. Lorsque nous arrivâmes en terrain connu – la statue d'Amnectrus –, Lio me dit : « J'ai pensé choisir le jardinage, comme vocation.

– Eh bien, vu toutes les mauvaises herbes que tu as dû arracher au fil des années en pénitence pour m'avoir battu, tu es tout à fait qualifié, répondis-je. Mais pourquoi en aurais-tu envie ?

– Laisse-moi te montrer ce qu'il s'est passé dans le pré », me dit-il en m'entraînant vers la corniche de la pourfendeuse.

Deux guetteurs y patrouillaient, engoncés dans d'épaisses chapes d'hiver, les pieds enfouis dans des mukluks molletonnées. Nous prîmes le temps de bien nous encapuchonner – une façon de marquer notre respect pour la Discipline. Notre chape, tirée loin devant notre visage, nous imposait une vision tunnelière. Une fois au bord du parapet et la tête penchée vers le bas, nous pouvions voir l'intérieur de la concente, mais pas le monde au-delà.

Lio m'indiqua du doigt l'extrémité du pré. La Dotation Shuf se dressait juste de l'autre côté de la rivière. À l'exception de quelques bosquets d'arbres persistants, tout en bas était brun et mort. On pouvait facilement voir que, plus près de la rive, le trèfle qui tapissait la plus grande partie du pré se raréfiait et se fragmentait, se tachant de plaques plus sombres et plus rugueuses : des herbes folles mieux adaptées au sol plus sablonneux de la rive. Aux abords de la rivière, je pouvais voir un front uni que le trèfle avait entièrement déserté au profit d'un vaste enchevêtrement ligneux de brambasiers et autres ronces. Derrière cette barre, je distinguais encore des taches et flaques de vert : certaines de ces plantes étaient si coriaces que même les gelées meurtrières ne pouvaient en venir à bout.

« Je suppose que le thème du jour est l'herbe, dis-je, mais je ne vois pas où tu veux en venir.

– Là en bas, le printemps venu, je vais organiser une recréation de la bataille de Trantæ, annonça-t-il.

– 1472 avant la Reconstitution, dis-je automatiquement, cette date étant l'une de celles qui brûlaient en lettres de feu dans l'esprit de tous les phytes. Et je suppose que tu veux que je joue le rôle de l'hoplite qui reçoit une flèche sarthienne dans l'oreille ? Non merci !

– Pas avec des gens, me reprit-il en agitant la tête patiemment. Avec des plantes.

– Répète ?

– J'en ai eu l'idée pendant l'aperte, en voyant comment les plantes et même les arbres envahissaient la ville. La reprenaient aux humains si lentement qu'ils ne le remarquaient pas. Le pré va représenter les plaines fertiles de Thranie, le grenier de l'empire bazien, expliqua Lio. La rivière va figurer le fleuve Chontus, qui la sépare des provinces du nord. En –1474, celles-ci ont déjà depuis longtemps été abandonnées aux archers montés. Seuls quelques avant-postes fortifiés résistent encore au déferlement des barbares.

– Peut-on imaginer que la Dotation Shuf en soit un ?

– Si tu veux. Cela n'a aucune importance. De toute façon, durant l'hiver glacial de –1473, les hordes barbares, menées par le clan sarthien, franchissent le fleuve gelé et établissent des têtes de pont sur la rive thranienne. Le temps que débute la saison des campagnes, ils ont trois armées entières en position. Le général Oxas dépose l'empereur bazien *via* un coup d'État militaire, et part en guerre en jurant de refouler les Sarthiens au fleuve et de les y noyer. Les Sarthiens opèrent une fausse retraite. Oxas se fait avoir comme un parfait crétin, charge et s'engouffre dans une tenaille. Il est encerclé…

– Et trois mois plus tard, Baz est incendiée. Mais comment vas-tu représenter tout cela avec des herbes ?

– Nous allons permettre aux espèces invasives de la rive de faire des incursions dans le pré. Les morelles se déploient sur le sol comme la cavalerie légère – c'est incroyable la vitesse à laquelle elles avancent. Les brambasiers sont plus lents, mais ils tiennent mieux le terrain – comme l'infanterie. Enfin, les arbres s'installent dans une présence permanente. Avec un peu de désherbage et d'élagage, on peut reproduire tout Trantæ, sauf que la bataille durera six mois.

– C'est l'idée la plus délirante que j'aie jamais entendue, dis-je. Tu es un peu dérangé.

– Tu préfères m'aider, ou apprendre à chanter aux gosses en bas ?

– C'est un piège pour me faire arracher des herbes ?

– Non, souviens-toi : il s'agit de les laisser *pousser*.

– Que se passera-t-il quand elles auront gagné ? On ne peut pas incendier le cloître. On pourrait peut-être mettre à sac le rucher, et boire tout l'hydromel ?

– Quelqu'un l'a déjà fait, pendant l'aperte, me rappela-t-il. Non, nous devrons probablement tout nettoyer. Encore que, si cela plaît, nous pourrons peut-être laisser la nature suivre son cours, et conserver un bosquet en terre conquise.

– L'une des choses qui me séduisent dans cette histoire, c'est que, l'été venu, je serai bien placé pour regarder Arsibalt se faire pourchasser par une nuée d'abeilles en furie », dis-je.

Lio s'esclaffa. Je songeai intérieurement que son plan avait un autre aspect positif : il était d'un ridicule flagrant.

Jusqu'ici, j'avais cherché des vocations logiques et vertueuses, comme m'occuper de Barb ou enseigner le chant aux enfants. Le comportement typique de quelqu'un qui se prépare au décrochage. Passer l'été à faire quelque chose d'absolument grotesque serait une façon de montrer que décrocher ne faisait absolument pas partie de mes intentions. Ceux du chapitre édharien qui n'avaient pas voulu de moi allaient s'en trouver verts de rage.

« Je suis partant, dis-je. Mais j'imagine qu'il va encore falloir attendre quelques semaines avant que quoi que ce soit ne commence à pousser.

– Tu dessines bien, n'est-ce pas ? demanda Lio.

– Mieux que toi, mais cela ne veut pas dire grand-chose. Je peux réaliser des illustrations techniques. Barb, lui, est incroyablement doué. Pourquoi ?

– Je me suis dit que nous devrions en garder une trace. Dessiner ce que l'on voit à mesure que la bataille se déroule. D'ici, nous en aurons un excellent point de vue.

– Tu veux que je demande à Barb s'il est intéressé ? »

Cela parut mettre Lio un peu mal à l'aise. Peut-être parce que Barb pouvait être excessivement pénible ; ou, plus probablement, parce que c'était un nouveau phyte, et qu'il n'était pas encore question pour lui d'avoir une vocation.

« Oublie cela, je le ferai moi-même, repris-je.

– Bien, répondit Lio. Quand peux-tu commencer ? »

Lio et moi lûmes divers récits de la bataille de Trantæ durant la semaine qui suivit, et commençâmes par planter des piquets dans le sol pour marquer les sites importants, comme celui où le général Oxas, transpercé de huit flèches, avait préféré se donner la mort. Je construisis un cadre rectangulaire, à peu près de la taille d'un plateau de réfectoire, et tendu d'une grille de fils. L'idée était de l'installer sur le parapet, et de regarder au travers en dessinant ; ainsi, si je l'utilisais de la même façon tout l'été, les illustrations se correspondraient. Un jour, nous pourrions les présenter sur une rangée, et les visiteurs, en les passant en revue, verraient la guerre des herbes se dérouler comme une visue.

Lio passa beaucoup de temps à arpenter les fourrés du rivage en quête de spécimens particulièrement envahissants de diverses espèces de ronces. Les morelles jaunes allaient représenter la cavalerie sarthienne, les rouges et les blanches leurs alliés.

Nous attendions tous les deux le moment où les problèmes allaient commencer.

Naturellement, au bout de deux semaines, je vis fraa Spélikon entrer dans le réfectoire pendant le dîner, flanqué d'une jeune hiérarque de l'édictrice. Les conversations s'étiolèrent momentanément, un peu comme quand l'électricité faiblit et que les lumières baissent. Spélikon scruta le réfectoire du regard, avant de s'arrêter sur moi. Alors, satisfait, il prit un plateau et demanda de la nourriture. Bien qu'autorisés à le faire, les hiérarques dînaient rarement avec nous. Car cela les obligeait à se concentrer énormément pour ne pas laisser échapper une information sæculière, ce qui était assez incompatible avec un repas plaisant.

Tout le monde avait remarqué la façon dont Spélikon m'avait regardé, et l'étiolement des discussions fut suivi d'un accès de jovialité bref et général à mes dépens. Mais pour une fois, je n'étais pas inquiet. De quoi pouvait-on m'accuser ? D'avoir conspiré pour faire pousser des plantes ? Ils avaient probablement mal interprété ce que nous préparions, Lio et moi. La seule difficulté allait être d'expliquer cela à un homme comme Spélikon.

La jeune hiérarque – qui s'appelait Rotha – mangea rapidement, puis se leva et quitta le réfectoire en serrant contre elle un épais dossier plein de feuilles, qui se balançait au rythme de ses hanches. Spélikon mangea de façon plus conviviale, mais refusa les propositions de vin et de bière.

Après quelques minutes, il se recula, s'essuya la bouche, se leva, et marcha jusqu'à moi. « Je me demandais si nous pourrions échanger quelques mots dans la salle Saunte-Zenla, me dit-il.

– Bien sûr », répondis-je. Puis je regardai à travers la salle en direction de Lio, qui dînait à une autre table. « Voulez-vous que fraa Lio se joigne à nous, ou…

– Ce ne sera pas nécessaire », dit Spélikon.

Ce qui me parut étrange, et déclencha en moi des symptômes d'anxiété – cœur battant et mains moites – tandis que je suivais Spélikon dans le cloître, et vers la salle Saunte-Zenla.

C'était l'une des salles de craie les plus petites et les plus anciennes, traditionnellement utilisée par les théoriciens édhariens émérites pour collaborer, ou pour enseigner à leurs élèves les plus expérimentés. Je n'y étais entré que deux ou trois fois dans ma vie, et n'eusse jamais osé m'y aventurer et m'y installer ainsi. Il n'y avait qu'une seule petite table, à peine assez grande pour que quatre personnes y prissent place, assises sur leurs sphères. Rotha l'avait déjà couverte de diverses choses : une constellation de soliluisants dont les nappes de lumière douce fusionnaient pour éclairer une pile de feuilles vierges et quelques manuscrits ou extraits. Plusieurs stylos étaient posés en une rangée bien alignée à côté d'une bouteille d'encre ouverte.

« Entretien avec fraa Érasmas du chapitre édharien de la math décénarienne de la concente Saunt-Édhar », énonça Spélikon.

Rotha traça une rangée de signes sur une feuille vierge – non pas les caractères baziens habituels, mais une sorte de sténographie que les hiérarques étaient formés à utiliser pour les transcriptions. Spélikon poursuivit en donnant la date et l'heure. J'étais fasciné par l'habileté de Rotha avec son stylo – sa main parcourait la largeur de la feuille dans le temps qu'il fallait pour prendre sa respiration, en laissant derrière elle une rangée de glyphes tracés d'un seul mouvement, qui ne semblaient pouvoir véhiculer le sens de tous les mots que nous prononcions.

Mon regard s'aventura vers les autres manuscrits que Rotha avait disposés sur la table. La plupart étaient écrits dans cette même sténographie. Mais au moins un était d'une écriture traditionnelle. *La mienne*. En me penchant plus avant, je pus distinguer plusieurs mots. Je reconnus le journal que j'avais commencé à rédiger dans ma cellule de pénitence du mynstère. Je vis les noms de Flec, Quin et Orolo. Mes mouvements devinrent saccadés. Quelque réflexe primitif d'autodéfense avait pris le dessus. « Eh, c'est à moi ! m'exclamai-je.

– Le sujet reconnaît que le document numéro 11 lui appartient, dit Spélikon, s'assurant par là même que cela fût consigné.

– Où l'avez-vous eu ? » demandai-je d'une voix qui ne paraissait pas plus âgée que celle de Barb.

La main de Rotha fila sur la feuille, et immortalisa l'instant.

« Là où il était, répondit Spélikon, amusé. Vous savez où est rangé votre propre journal, non ?

– Je *croyais* le savoir. » Dans l'une des niches à l'extérieur de la salle de craie Saunt-Grod, assez haut pour que seules quelques rares personnes pussent l'atteindre. Mais prendre les feuilles de quelqu'un d'autre dans une niche était à peu près la chose la plus grossière que pût faire un avôt. Ce n'était acceptable qu'après un décès, ou une proscription. « Mais, poursuivis-je, vous n'êtes pas censés…

– Pourquoi ne pas me laisser juge de ce que nous sommes censés faire ou ne pas faire ? » coupa Spélikon. En prononçant ces mots, il avait fait un geste de la main qui avait interrompu celle de Rotha sur la feuille. Puis il fit un autre geste, qui brisa l'enchantement, et elle se remit à écrire. « Cette recherche ne vous concerne pas directement et, en fait, ne prendra pas beaucoup de votre temps. Vous avez déjà fourni la plus grande partie de ce que nous désirions savoir dans les feuilles de votre journal. Nous ne requérons que des clarifications et des confirmations. La veille de l'aperte, avez-vous servi d'amanuensis pour une entrevue conduite dans la nouvelle bibliothèque entre fraa Orolo et un artisan venu d'extra-muros, du nom de Quin ?

– Oui.

– Document 3, s'il vous plaît », demanda Spélikon.

Rotha produisit un autre manuscrit, également de ma main : ma transcription de l'entretien entre Orolo et Quin. Je ne pris pas la peine de demander où ils l'avaient trouvé. À l'évidence, ils avaient également visité les niches de fraa Orolo. Un scandale ! Mais, pour autant, je commençai à me détendre. Il n'y avait rien de mal dans les discussions qu'Orolo avait eues avec ces artisans. Même si la férule édictrice ne me croyait pas sur parole, eh bien, il y avait eu des témoins dans la bibliothèque qui pourraient certifier du caractère anodin de ces rencontres. Il ne devait s'agir que de tracasseries infondées et navrantes à l'encontre de fraa Orolo, qui ne mèneraient à rien et feraient, je l'espérais, passer fraa Spélikon pour un imbécile.

Spélikon me fit confirmer que le document numéro 3 était de moi avant de poursuivre : « Il y a des contradictions entre la version de la conversation Orolo-Quin telle que vous l'avez transcrite ici à l'époque, et le récit que vous en faites plus tard dans votre journal.

– Oui, répondis-je. Je ne suis pas comme elle. » Je fis un signe de tête en direction de Rotha. « Je ne connais pas la sténographie. Je n'ai transcrit que ce qui était pertinent pour les recherches qu'effectuait Orolo.

– De quelles recherches parlez-vous ? » demanda Spélikon.

Je pensais que c'était évident, mais expliquai : « Son étude du climat politique d'extra-muros – un élément normal de la préparation de l'aperte.

– Merci. Les divergences sont nombreuses, mais j'aimerais attirer votre attention sur l'une d'elles en particulier, vers la fin de l'entrevue avec Quin, et qui concerne les capacités techniques des visuocapteurs. »

C'était tellement inattendu que je ne sus que dire : « Euh… je me souviens vaguement que le sujet a été évoqué.

– Votre souvenir n'était pas aussi vague lorsque vous avez écrit ceci, dit-il en se penchant par-dessus l'épaule de Rotha et en prenant mon journal. Selon ceci, artisan Quin a dit, à un moment, je vous cite : "Flec n'a pas fait de visue." Cela rend-il votre souvenir moins vague ?

– Oui. La veille, pour le proveneur, nous avions envoyé artisan Flec voir les tics pour qu'ils puissent le mener à la nef nord. Flec voulait faire une visue. Mais Quin nous a appris plus tard que cela ne s'était pas déroulé comme prévu. Les tics ne l'avaient pas autorisé à utiliser son visuocapteur dans le mynstère.

– Pourquoi cela ?

– Parce que la qualité d'image était trop bonne.

– Trop bonne, en quel sens ? demanda Spélikon.

– Quin a énuméré des foulx-thèses commerciales que j'ai essayé de capturer dans mon journal, répondis-je.

– Quand vous dites que vous avez essayé de les capturer, cela signifie-t-il que ce que vous avez écrit dans votre journal n'est qu'une supputation de ce qu'il a dit ? Je lis ici, pour vous citer encore : "Un résoluteur vautour, un stabifixe, un dynazoom… Mis ensemble, ils permettraient de voir dans les autres parties de votre mynstère, et même à travers les écrans." Quin a-t-il effectivement utilisé ces termes ?

– Je ne sais pas. Il s'agit en partie de mes souvenirs et en partie d'une conjecture raisonnée.

– Précisez ce que vous entendez par “conjecture raisonnée” dans ce cas précis.

– Eh bien, l’important dans cette histoire – la raison technique pour laquelle les tics ne pouvaient permettre à Flec d’utiliser son visuocapteur – était que, de là où il allait être assis, derrière l’écran nord, il aurait été capable de saisir des images des millénariens et des centénariens en dirigeant son visuocapteur à travers le cancel. À l’œil nu, nous ne pouvons pas voir l’intérieur des autres nefs à travers les écrans à cause du contraste entre ces derniers, qui sont de couleur claire – un cosmographe dirait que leur albédo est élevé –, et l’espace sombre au-delà. Ainsi qu’à cause de la distance, et d’autres facteurs. Pour résumer, les tics avaient vérifié les spécifications du visuocapteur de Flec, et considéré qu’il disposait d’une combinaison d’éléments qui lui permettrait de voir des choses invisibles à l’œil nu. Évidemment, il serait vain d’essayer de donner un sens aux foulx-thèses commerciales avec lesquelles les fabricants de visuocapteurs décrivent ces caractéristiques. Mais de par mon expérience de la cosmographie, j’ai une assez bonne idée de ce à quoi cela correspond : une sorte de zoom ou de capacité de grossissement, une détection d’images latentes dans un bruit important, et une stabilisation d’image, pour corriger les tremblements de la main.

– C’est donc ce que vous entendez par “conjecture raisonnée”, dit Spélikon. “Raisonnée”, dans le sens où quiconque ayant la maîtrise des instruments cosmographiques serait capable de faire les mêmes conjectures que vous sur les caractéristiques du visuocapteur de Flec.

– Oui.

– Il est dit dans votre journal, poursuivit Spélikon, que la main d’Orolo s’est refermée sur votre poignet, vous empêchant d’écrire. Pourquoi ?

– Étant plus âgé et plus sage, répondis-je, Orolo a vu la direction que prenait la conversation. Quin allait se mettre à parler de choses sæculières et de ce qu'il s'était passé entre Flec et les tics, ce qui à l'évidence ne fait pas partie des informations auxquelles nous sommes censés être exposés.

– Mais puisque vos oreilles allaient *de toute façon* y être exposées, alors pourquoi Orolo a-t-il intercepté votre *poignet* ? Pourquoi ne pas protéger vos oreilles ?

– Je ne sais pas. Peut-être qu'il n'a pas fait le choix le plus logique. On ne pense pas toujours clairement dans ce genre de situation.

– Et parfois si, rétorqua Spélikon. Quoi qu'il en soit, c'est tout pour ce qui concerne l'entrevue Orolo-Quin. Ne reste plus qu'une question.

– Oui ?

– Où étiez-vous la neuvième nuit de l'aperte ? »

Je réfléchis un instant, et fronçai les sourcils. « C'est le genre de question qui paraît simple et à laquelle il est difficile pour une personne normale de répondre. »

Spélikon fut presque trop prompt à abonder dans mon sens : « Si par "personne normale" vous entendez "non-hiérarque", permettez-moi de vous assurer que je n'ai aucun souvenir spécifique de ce que j'ai fait ce soir-là.

– Eh bien, j'étais chargé d'une visite le lendemain matin, alors je n'ai pas veillé tard. J'ai dîné. Je pense que j'ai dû me coucher tout de suite après. J'avais beaucoup de choses en tête.

– Vraiment ? demanda Spélikon. À quel sujet ? »

Je dus afficher une expression vraiment étrange sur mon visage. Il gloussa et ajouta : « Je suis juste curieux. Je ne crois pas que cela importe. » Il attrapa une autre feuille. « Selon la Chronique, vous étiez affecté à une cellule que vous partagiez avec fraa Branca et fraa Ostabon. Si je devais le leur demander, diraient-ils tous deux que vous étiez dans la cellule avec eux cette nuit-là ?

– Je ne vois pas comment ils pourraient dire autre chose.

– Très bien, dit Spélikon. Ce sera tout. Merci pour le temps que vous nous avez consacré, fraa Érasmas. »

Il m'ouvrit la porte. Je la franchis, pour voir fraa Branca et fraa Ostabon qui patientaient dans le couloir.

Mon talent pour estimer les choses et envisager des scénarios me fit défaut ce soir-là, comme s'il avait pris des congés. Je ne trouvais toujours aucun sens à mon entrevue avec Spélikon. Je la considérais comme une preuve de plus que soor Trestanas perdait pied, et qu'elle allait bientôt devoir consulter le collège médical pour s'en remettre – de préférence très lentement.

Le lendemain, je me levai tôt pour aider à servir le petit déjeuner. Je passai la matinée dans une salle de craie avec Barb, à travailler sur les bases du calcul différentiel extérieur, que j'aurais dû avoir compris depuis des années, mais que je commençais à peine à saisir. Alors que j'atteignais le point où mon cerveau ne pouvait en assimiler davantage et que je me mettais à faire des erreurs idiotes, le proveneur sonna. Ce jour-là, mon ancienne équipe était censée remonter l'horloge, alors je me rendis au mynstère. Il n'y eut que fort peu de monde, et presque aucun hiérarque. Je ne vis ni fraa Orolo ni aucun de ses étudiants d'élite, et Jesry ne se présenta pas, si bien que nous dûmes nous débrouiller sans lui.

Entre cela et mon interminable matinée dans la salle de craie, j'étais affamé et, au réfectoire, je mangeai comme un chancre. Comme j'avais presque terminé, Orolo entra, choisit un déjeuner léger, et alla s'asseoir à ce qui était devenu sa place préférée : la table depuis laquelle il pouvait regarder les montagnes par la fenêtre lorsque le temps était clair. Aujourd'hui, tel n'était pas le cas, mais les nuages allaient peut-être être balayés par une saute de vent limpide et froid. Lorsque j'eus fini de manger, j'allai le rejoindre et m'asseoir avec lui. J'imaginais que Spélikon l'avait accablé de questions, lui aussi. Alors je préférai ne pas en parler. Il devait en avoir assez.

« Par la grâce des hiérarques, me dit-il en m'adressant un petit sourire, je vais bientôt pouvoir reprendre mes observations.

– Ils vont rouvrir l'astrohenge ? m'exclamai-je. Excellente nouvelle ! »

Orolo sourit de nouveau. Les événements reprenaient sens. Quelque chose avait affolé les hiérarques. Ils avaient mal interprété les activités préaperte d'Orolo, d'une façon que je ne comprenais toujours pas. Maintenant, ils commençaient à réaliser leur erreur, et tout allait redevenir normal.

« Je dois le reconnaître, j'ai une tablette là-haut dans le M&M que je brûle d'impatience de récupérer, dit-il.

– Quand vont-ils le rouvrir ?

– Je ne sais pas.

– Dans quelle direction allez-vous regarder d'abord ?

– Bah, je préfère ne pas en parler pour l'instant. Rien qui nécessiterait la puissance du M&M. Un télescope plus petit suffirait, voire un visuocapteur du commerce.

– Spélikon m'a posé tout un tas de questions à ce sujet… »

Il porta un doigt à ses lèvres. « Je sais, dit-il. Et c'est bien que tu aies répondu comme tu l'as fait. »

Je restai un temps songeur, à réfléchir aux implications de ce que je venais d'apprendre. Les nouvelles étaient bonnes. Mais quand des gens remonteraient dans l'astrohenge, ils risqueraient de trouver la tablette que j'avais placée dans l'œil de Clesthyre, ce qui pourrait me mettre dans une situation très difficile. Je me sentis stupide de l'y avoir mise. Quel moyen avais-je de la récupérer ?

Orolo regarda par une autre fenêtre, cherchant l'heure sur l'horloge. « J'ai vu Tulia il y a quelques minutes. Avec Ala, elles rassemblaient leur équipe. Elle m'a demandé de te transmettre un message.

– Oui ?

– Elle ne viendra pas déjeuner. Elle te verra au dîner.

– C'est le message ?

– Oui. L'équipe a des changements inhabituels à sonner, et cela requiert toute leur attention. Elles vont commencer dans une petite demi-heure. Elle avait l'air de penser que cela aurait une importance toute particulière pour toi. Je ne sais absolument pas pourquoi. »

Un voco.

Ce ne pouvait être qu'un nouveau voco. Ainsi, j'allais avoir une chance de me glisser une nouvelle fois dans l'astrohenge – *voilà* le véritable message que Tulia voulait me faire passer.

Est-ce qu'Orolo le comprenait ? Est-ce qu'il était conscient de ce qui se passait ?

Mais quand les changements commenceraient à résonner, je ne pourrais pas vraiment me précipiter dans les escaliers du mynstère, à contre-courant de tous les auxiliaires des férules qui descendraient pour assister à l'auction. Aussi n'avais-je d'autre solution que de monter plus tôt, *avant* les cloches, puis de me cacher là-haut.

Et je disposais pour cela d'une excuse parfaite, grâce à Lio.

« Je vous revois au mynstère, dis-je à Orolo en me levant.

– Oui », répondit-il. Puis il me fit un clin d'œil. « Ou peut-être pas. »

J'en restai un instant interdit, me demandant une fois de plus ce qu'il savait.

Cela le fit sourire. « Je veux juste dire, ajouta-t-il, que l'on ne sait jamais qui va rester au mynstère, après ce genre d'auction, et qui va partir.

– Vous croyez que vous risquez d'être mandé ?

– C'est extrêmement improbable. Mais au cas où tu serais appelé… »

Je renâclai. Maintenant, il se moquait de moi.

« Au cas où tu serais mandé, reprit-il, sache que j'ai vu les progrès que tu as faits ces derniers mois. Je suis fier de toi. Fier, mais pas *surpris*. Continue sur cette voie.

– Très bien, dis-je. Je vais poursuivre mes efforts. En fait, j'aurais même plusieurs questions à vous poser, mais plus tard. Là, il faut que je file.

– Alors file, dit-il. Mais fais attention dans les escaliers. »

Je tournai les talons et me fis violence pour sortir du réfectoire en marchant normalement, sans courir. Je récupérai ma grille de dessin et mes premières esquisses dans la niche où je les rangeais, puis me dirigeai vers le mynstère aussi vite que possible sans donner l'impression d'être pressé. En montant vers le triforium, je regardai au passage le balcon des sonneuses, et vis Ala, Tulia et leur équipe en train de mimer les changements qu'elles s'apprêtaient à sonner, sans tirer sur les cordes. Tulia m'aperçut. Je détournai les yeux pour ne rien trahir, puis traversai, et montai les escaliers de la tour sud-ouest aussi rapidement que je le pus.

Le domaine de l'édictrice était bondé comme rarement, mais silencieux, comme si chacun avait fort à faire. Ce qui paraissait logique, juste avant un voco. Je vis même soor Trestanas un instant, qui passait d'un bureau à un autre. Elle parut un peu surprise, puis ses yeux se posèrent sur mon matériel de dessin, et elle vit que je prenais les escaliers suivants. Quelque chose sembla se caler dans son esprit, et elle passa à autre chose.

Lio m'attendait près de la statue d'Amnectrus, un peu essoufflé lui aussi d'avoir monté les escaliers. Il m'emboîta le pas. « Ne va pas sur la corniche, dit-il. Trop voyant. Viens avec moi. »

Je m'encapuchonnai et le suivis dans la galerie intérieure. Nous ne parlâmes ni l'un ni l'autre, parce qu'il semblait toujours y avoir à portée quelqu'un capable de nous entendre. Finalement, il s'engouffra dans une salle aux murs bordés d'épaisses portes de bois – une vigie, dans leurs termes, un lieu où une escouade pouvait se rassembler pour faire le point et s'équiper avant une mission.

« Tu l'avais prévu depuis le début, n'est-ce pas ? chuchotai-je.

– Je nous ai créé des opportunités dont nous pourrions avoir besoin. »

Lio fit glisser l'une des portes, pour révéler un espace de stockage rempli de caisses de métal impeccablement empilées. Puis il attrapa ma chape par le devant au niveau de ma poitrine, me tira vers lui, et m'enfonça dans le placard. Le temps que je reprisse mon équilibre, il avait refermé la porte sur moi. Il faisait noir. J'étais caché.

Moins d'une minute après, les cloches commencèrent à sonner d'étranges changements.

Mes yeux s'étaient accoutumés à l'obscurité. Je pris le risque bien ténu de faire émettre une légère lueur à ma sphère. Les caisses autour de moi étaient marquées au pochoir de mots et de nombres incompréhensibles, mais j'étais de plus en plus convaincu qu'il s'agissait de munitions. J'avais entendu dire que la durée de vie de ces choses était de quelques décennies, puis qu'elles devaient être jetées du mynstère, pelletées dans des chariots, et emportées pour destruction. La concente tout entière faisait ensuite la chaîne dans les escaliers pour monter les munitions neuves jusqu'à ce niveau, en se passant les caisses de main en main. Cela n'était pas arrivé depuis fort longtemps, mais les avôts les plus âgés s'en souvenaient clairement.

Cela m'occupa en tout cas l'esprit pendant la sonnerie des changements, et la demi-heure de rassemblement qui s'ensuivit. Personne ici n'avait besoin d'une demi-heure pour rejoindre le mynstère. Ils pouvaient poursuivre leurs occupations pendant quinze ou vingt minutes, et se précipiter à la dernière seconde. Par conséquent, il fallut du temps pour que l'endroit se vidât. À un moment, fraa

Delrakhonès en personne fit même une apparition pour ordonner à *tout le monde* de descendre *sur-le-champ*. Il voulait être le dernier à sortir, et il n'avait pas envie de devoir courir.

Après cela, il me parut que je pouvais sans danger retourner dans la vigie. J'entrouvris la porte du placard et marquai une pause pour laisser à mes yeux le temps de s'ajuster, puis me faufilai et allai me placer derrière la porte de la salle, juste pour écouter. Mais il n'y avait rien à entendre, pas même depuis le cancel ou les nefs, qui donnaient l'impression d'avoir été abandonnés.

Craignant que Delrakhonès fût encore là à traquer les derniers retardataires, et n'ayant pas de raison particulière de me presser, j'attendis jusqu'à ce que la voix de Statho résonnât dans la colonne, à entonner l'invocation. Alors je quittai ma cachette, et me précipitai vers l'espace au-dessus de lui. Statho poursuivit un certain temps, marquant de temps en temps des pauses, comme s'il consultait des notes hâtivement rédigées, ou qu'il rassemblait ses forces.

J'étais à peu près à mi-chemin de l'astrohenge, derrière le haut du cadran de l'horloge, lorsque j'entendis pour la première fois le mot « anathyme ».

Mes genoux plièrent sous moi, comme ceux d'une bête quand un poids inattendu lui atterrit sur le dos. Je m'arrêtai net dans mon élan, et dus m'accroupir pour ne pas me cogner.

Ce ne pouvait pas être réel. L'auction d'anathyme n'avait pas été célébrée ici depuis deux cents ans.

Pourtant, je devais admettre que les changements sonnés par Tulia m'avaient paru nouveaux – différents de ceux du voco. La foule dans le mynstère avait gardé un silence de mort avant l'auction. Maintenant tout le monde murmurait, produisant un susurrement rauque comme je n'en avais jamais entendu.

Tout ce qu'il s'était passé depuis l'aperte faisait soudain

sens, d'une tout autre façon, comme si l'on avait projeté des fragments de verre en l'air et qu'ils avaient reformé un miroir en retombant.

Quelque chose au fond de moi me disait de continuer d'avancer. Que c'était ma seule chance de récupérer la tablette. Non pas que les images qu'elle contenait eussent encore de l'importance, mais Orolo avait pris la peine de me dire, quelques minutes plus tôt, qu'il voulait la tablette du M&M. Il me fallait les reprendre toutes les deux. Si je n'y arrivais pas, j'aurais d'énormes problèmes – je serais peut-être même proscrit. Pis, j'aurais trahi la confiance d'Orolo.

Combien de temps restai-je accroupi sur cette passerelle, parfaitement immobile ? Je perdais du temps ! Je perdais du temps ! Je me forçai à bouger.

Quel nom allaient-ils appeler ? Peut-être le mien ? Que se passerait-il si je ne me présentais pas ? Il y avait une sombre ironie en cela. Elle se fit plus sombre encore lorsque je trouvai une façon de répondre à l'appel : en me précipitant dans le vide. Avec un peu de chance, je tomberais sur soor Trestanas. Auquel cas cette histoire survivrait à jamais dans les légendes de Saunt-Édhar et de tout le monde mathique. Peut-être serait-elle même annoncée dans les journaux locaux.

Mais cela n'extrairait pas la tablette de l'œil de Clesthyre, ni celle d'Orolo du M&M. Voilà ce qui méritait de prendre des risques.

Tandis que Statho lisait quelque boniment sur la Discipline et l'obligation de la faire respecter, je grimpai, tout en guettant le moment où il prononcerait le nom de celui qui allait être proscrit. J'atteignis le sommet et posai la main sur la porte qui menait à l'astrohenge une minute avant d'entendre Statho annoncer : « Orolo. » Et pas *fraa Orolo*, car à cet instant il avait cessé d'être un fraa.

Comment pouvais-je être surpris ? Depuis la seconde

où j'avais entendu « anathyme », je savais que ce serait lui. Je m'exclamai néanmoins : « Non ! » Ce n'était pas de l'incrédulité. C'était une objection. Un refus. Une déclaration de guerre. Personne ne m'entendit, parce que tous s'exclamèrent la même chose au même moment, produisant comme un roulement de tambour entre les murs. Un son fort étrange lui succéda, quelque chose que je n'avais jamais entendu auparavant : on *criait*, en bas.

Orolo était prêt. Il émergea de la porte de notre écran presque immédiatement, et la referma fermement derrière lui avant que ses anciens frères et sœurs eussent commencé à lui dire au revoir, parce que cela eût pris un an. Mieux valait simplement partir, comme on voit sa vie tranchée net par la chute d'un arbre. Il s'avança dans le cancel et laissa tomber sa sphère sur le sol, puis commença à dénouer sa cordelière. Elle tomba autour de ses chevilles. Il s'en dégagea puis se pencha, attrapa les pans bas de sa chape, et les rejeta par-dessus ses épaules. Un instant, alors, il se dressa là, nu, tenant sa chape en boule dans les bras, les yeux levés vers les hauteurs de la colonnade, comme l'avait fait fraa Paphlagon pendant le voco.

J'ouvris la porte de l'astrohenge et laissai jaillir la lumière. Orolo la vit et pencha la tête en arrière comme un déolâtre priant son dieu. Puis je franchis la porte et la refermai derrière moi. L'ensemble de la terrible scène du mynstère fut occulté et remplacé par le décor désert de l'astrohenge.

Dans le même temps, je me mis à sangloter bruyamment. Mon visage se tendit comme si je vomissais, et des larmes coulèrent sur mes traits comme le sang hors d'une plaie. J'étais effondré plutôt que sidéré, parce que j'avais compris que cela arriverait depuis l'instant où fraa Spélikon avait commencé à m'interroger sur les visuocapteurs. Mais je n'avais pas voulu vraiment y penser, tant c'était douloureux. Jusqu'à ce que cela devînt inévitable. Jusqu'à maintenant. Alors, tandis que les fraas et soors en contrebas restaient cloués de stupéfaction, je m'abandonnai au chagrin le plus intense et le plus total que j'eusse jamais connu.

Je trouvai le chemin du pinacle à tâtons, parce qu'à travers mes larmes je percevais à peine plus que l'ombre et la lumière. Le temps que j'en atteignisse le sommet, je pleurais hystériquement. Malgré tout, après m'être essuyé le visage dans ma chape, et avoir pris de longues inspirations, je parvins à redevenir suffisamment maître de moi pour ouvrir le rabat et extraire la tablette de l'œil de Clesthyre. Je l'enveloppai dans ma chape, ce qui me remit en mémoire l'image d'Orolo ôtant la sienne.

Il allait rester là nu pendant que les avôts entonnaient un chant vengeur pour l'anathymiser. Ils le chantaient probablement en cet instant même. Tous étaient censés le chanter comme s'il représentait réellement notre sentiment. Ce serait peut-être facile pour les millénos et les séculos, qui n'avaient jamais rencontré Orolo. Mais j'avais l'impression que rien de bien cohérent n'allait provenir de derrière l'écran des dixies.

Je me rendis dans la salle de contrôle du M&M et cherchai la tablette qu'Orolo avait placée dans son objectif juste avant que l'endroit ne fût verrouillé. Mais il était vide. Quelqu'un était venu avant moi et l'avait confisquée. Tout comme ils allaient inspecter maintenant les niches qu'il avait utilisées, et saisir tous ses écrits.

Alors je fis une chose qui eût pu paraître insensée, mais qui m'était nécessaire : j'allai me replacer là d'où j'avais regardé fraa Paphlagon et les inquisiteurs s'envoler dans leur aéroplane. Je m'accroupis au pied du même mégalithe, et attendis qu'Orolo sortît par le portail de jour. Après qu'il était sorti du cancel, et hors de vue des avôts, on lui avait donné une sorte de sac de jute pour couvrir son corps, ainsi qu'une couverture d'urgence orange en papier aluminium gaufré, qu'il enroula autour de ses épaules lorsqu'il pénétra sur l'esplanade et fut cueilli par le vent. Ses maigres chevilles blanches étaient enfoncées dans une paire de vieilles chaussures de sécurité noires, et il devait traîner les pieds pour ne pas les perdre. Il s'éloigna de la concente sans regarder une seule fois par-dessus son épaule. Après quelques instants, il disparut derrière les projections de l'une des fontaines. Ce fut le moment que je choisis pour lui tourner le dos et redescendre.

En rejoignant la chronozone et au son de l'auction d'anathyme qui se concluait, je me dis que je pouvais m'estimer heureux d'avoir eu ce dernier aperçu d'Orolo extra-muros. Ceux du mynstère ne l'avaient vu qu'être avalé par un énigmatique au-delà, qui était (et était censé être) terrifiant. Moi je l'avais au moins vu partir. Cela ne rendait la chose ni moins horrible ni moins triste. Mais le savoir vivant et libre de ses mouvements dans le sæculum m'aidait à espérer que quelqu'un l'aiderait, que peut-être, avant la nuit, il aurait trouvé des vêtements de récupération et serait assis dans l'un de ces bars qu'il avait fréquentés pendant l'aperte, à boire une bière et chercher un travail.

Le reste du service fut une reformulation des vœux et une réaffirmation de l'allégeance à la Discipline. Cela ne me manqua en rien. J'enveloppai ma tablette dans une feuille de papier à dessin, et la cachai derrière une caisse de munitions : Lio pourrait toujours la récupérer plus tard.

Une seule question demeurait : mon absence avait-elle été remarquée par un dixie ? Encore que, dans un groupe de trois cents personnes, une telle chose fût peu probable. Au cas où quelqu'un s'en enquerrait, je concoctai tout de même une histoire : Orolo m'avait laissé entendre ce qui allait se passer (ce qui, en y repensant, était vrai), et j'avais esquivé l'auction de peur de ne pas la supporter. Ce qui était passible de sanctions, mais je m'en fichais. Qu'ils me proscrivent ! Je me figurerais où Orolo était allé – probablement à la butte de Bly – et j'irais l'y rejoindre.

Mais en fait, je n'eus besoin de raconter ce mensonge

à personne. Nul n'avait remarqué mon absence – ou alors nul n'y avait accordé d'importance.

La chronologie de la proscription d'Orolo dut être reconstruite durant les semaines qui suivirent, comme un crâne dans des fouilles archéologiques, et reconstituée pièce par pièce. Nous nous perdions des jours entiers sur des rumeurs ou de fausses informations crédibles qui nous entraînaient sur une voie prometteuse, mais se révélaient finalement n'être qu'un cul-de-sac logique. Et le fait que nous avions tous subi l'équivalent psychologique de brûlures au troisième degré ne nous aidait pas.

D'une façon ou d'une autre, il avait su avant l'aperte qu'il allait y avoir des problèmes à propos de l'astrohenge. Il avait chargé Jesry de nombreux calculs, sans que celui-ci fût autorisé à voir les tablettes photomnémoniques d'où les données étaient extraites. En fait, Orolo s'était même employé de façon notable à obscurcir la nature exacte du travail qu'il demandait à Jesry et à ses autres élèves, peut-être pour les protéger de possibles conséquences.

Lorsque artisan Quin avait parlé des capacités techniques du visuocapteur de Flec, l'idée lui était venue qu'il pourrait se servir d'un tel instrument pour faire des observations cosmographiques. Durant la neuvième nuit de l'aperte, après que l'astrohenge eut été verrouillé, Orolo était allé dans l'abri du rucher, et avait volé plusieurs caisses d'hydromel. Il avait mis des vêtements qui le faisaient passer pour un visiteur d'extra-muros, et était sorti par le portail de la décennie avec une grande glacière à roulettes dans laquelle il avait dissimulé son butin. Il était allé retrouver un personnage douteux dont il avait probablement fait la connaissance alors qu'il hantait les bars extra-muros. D'ailleurs, sa fréquentation de tels endroits avait peut-être eu pour seul motif de recruter une telle personne. En échange de l'hydromel, Orolo avait empoché un visuocapteur.

Le petit vignoble dans lequel Orolo poursuivait sa vocation était difficile à voir depuis le mynstère. Pendant l'hiver, il s'y rendait parfois pour entretenir les treillages, ou pour élaguer les ceps de vigne. Durant les semaines suivant l'aperte, il y avait créé un observatoire rudimentaire, consistant en un mât un peu plus grand qu'un homme, libre de pivoter, complété d'une pièce transversale perpendiculaire, à hauteur d'œil, qui pouvait glisser verticalement. Sur cette partie était aménagée une niche qui accueillait le visuocapteur. Le mât et sa transversale lui permettaient de maintenir durablement la fixité du visuocapteur pendant qu'il cherchait sa cible dans le ciel. Les fonctions de zoom, de stabilisation d'image et de sensibilité en basse lumière lui offraient une observation décente du sujet de sa curiosité, quel qu'il fût.

L'idée qu'Orolo avait pu voler la concente, commercer avec un criminel durant l'aperte et faire des observations interdites dans le vignoble avait choqué tout le monde, mais elle avait un sens, et il s'agissait bien du type de plan logique qu'Orolo aurait pu élaborer. À plus ou moins brève échéance, nous finîmes tous par l'accepter.

Mon rôle dans cette histoire poussa certains édhariens à me considérer comme un traître – celui qui avait vendu Orolo à la férule édictrice. C'était le genre de chose qui, avant l'anathyme, m'eût empêché de dormir toute la nuit, toutes les nuits. Les nuits paires, je me serais senti coupable de ce que j'avais pu révéler à Spélikon, et les nuits impaires, j'aurais bouilli de rage impuissante à l'encontre de ceux de mon chapitre qui me comprenaient si mal. Mais dans le contexte des événements récents, m'inquiéter de tout cela serait un peu revenu à chercher des étoiles lointaines dans le ciel diurne. Même si Orolo n'était pas mon père et qu'il était encore bien vivant, Spélikon me donnait l'impression d'avoir tué mon père sous mes yeux. Et mes sentiments envers soor Trestanas étaient encore bien plus ardents, parce que je conjecturais qu'elle était derrière tout cela, de quelque fourbe façon.

Qu'avait vu Orolo ? Nous aurions peut-être pu dégager des indices des calculs que Jesry avait faits avant l'aperte. Mais la férule édictrice les avait confisqués dans leur niche, alors il ne nous en restait que les souvenirs de Jesry. Il était relativement convaincu qu'Orolo avait voulu calculer les paramètres orbitaux d'un ou plusieurs objets à l'intérieur du Système solaire. Normalement, cela devait impliquer un astéroïde se déplaçant sur une orbite héliocentrique (autour du Soleil), qui se trouvait être similaire à celle d'Arbre. En d'autres termes, un scénario de type Grosse Pépite. Mais Jesry avait le pressentiment, fondé sur certains des chiffres dont il se souvenait, que l'objet en question était en orbite non pas autour du Soleil, mais autour d'Arbre. C'était extrêmement inhabituel. En des millénaires d'observations des cieux par les humains, une seule lune permanente avait été découverte à Arbre. En théorie, il pouvait arriver qu'un astéroïde en orbite autour du Soleil atteignît un point de libration et fût capturé dans une orbite autour d'Arbre, mais de telles orbites étaient instables, et cela se terminait toujours par l'écrasement de l'astéroïde sur Arbre ou sur la Lune, ou son éjection hors de leur système orbital.

Il était possible qu'Orolo se fût intéressé aux points de libration triangulaires du système Arbre-Lune, qui abritait des concentrations de roches et de poussières que l'on pouvait observer sous la forme de nuages ténus suivant ou précédant la Lune dans son orbite autour d'Arbre. Mais il était peu concevable que des recherches de ce genre eussent pu provoquer une telle hostilité chez la férule édictrice. Et, comme l'avait signalé Barb, l'orientation du M&M suggérant qu'Orolo s'en était servi pour prendre des images d'un objet en orbite polaire, il était dès lors peu probable que ce fût un astéroïde.

Dans notre groupe, ce fut Jesry qui eut le premier le courage d'énoncer à voix haute ce que tout cela impliquait : « Ce n'est pas un objet naturel. Il a été fabriqué et placé là par des humains. »

Nous n'étions pas encore tout à fait au printemps. L'hiver était terminé, mais le gel menaçait encore. De petites flèches vertes jaillissaient des bulbes à travers une boue gelée cristalline. Plusieurs d'entre nous avaient passé l'après-midi à arracher les tiges mortes et les ronces dans nos lacis. Nous les y laissions la plus grande partie de l'hiver pour protéger le sol de l'érosion et fournir un habitat aux petits animaux, mais le temps était venu de tout arracher et tout brûler pour que les cendres pussent fertiliser la terre. Le dîner passé, nous étions ressortis dans la nuit et avions embrasé la pile de ce que nous avions arraché dans la journée, pour en faire un grand feu de joie qui ne durerait pas. Jesry avait trouvé une bouteille du vin pittoresque qu'Orolo produisait, et nous nous la faisions passer.

« Ce pourrait également être le produit d'une autre civilisation praxique », dit Barb.

Techniquement, évidemment, il avait raison. Socialement, il nous dérangeait. En avançant sa suggestion, Jesry avait prêté le flanc – il avait pris le risque d'être ridiculisé. En abondant dans son sens, explicitement ou pas, nous avions accepté ce même risque. La dernière chose dont nous avions besoin, c'était que Barb allât spéculer sur des extrasylvestres insectoïdes.

Une autre chose à son sujet : Barb était le fils de Quin qui, en un sens, avait été l'instigateur de toute cette affaire en faisant des remarques indiscrètes sur l'excellence des visuocapteurs modernes. Ce n'était en rien la faute de Barb, mais cela provoquait une association d'idées négative qui réémergeait lors des moments de tension – et Barb était une inexhaustible source de tensions.

« Cela expliquerait le confinement de l'astrohenge, dit

Arsibalt. Supposons, à titre d'exemple, que le pouvoir sæculier se soit scindé en deux factions, ou plus – qui pourraient même se préparer à la guerre. L'une d'elles pourrait avoir lancé un satellite de reconnaissance en orbite polaire.

– Ou plusieurs d'entre elles, ajouta Jesry, parce que j'ai l'impression que je faisais des calculs sur plus d'un objet.

– Aurait-ce pu être un objet qui changeait sporadiquement d'orbite ? demanda Tulia.

– Peu probable. Il faut beaucoup d'énergie pour transférer une orbite d'un plan à un autre – presque autant qu'il en a fallu pour envoyer le satellite au départ », dit Lio.

Tout le monde le dévisagea.

« Le combla de satellites espions, dit-il d'un air gêné. D'après un traité de l'ère praxique sur la guerre dans l'espace. Les manœuvres de changement de plan sont énergivores !

– Un satellite en orbite polaire n'a pas besoin de changer de plan, grogna Barb. Il peut voir n'importe quelle partie d'Arbre, en attendant assez longtemps.

– J'ai une bonne raison d'aimer l'hypothèse de Jesry », intervins-je.

Tous les visages se tournèrent vers moi : je n'avais pas beaucoup parlé dans les semaines qui avaient suivi l'anathyme, mais j'en étais venu à être considéré comme un expert en tout ce qui concernait Orolo.

« Le comportement d'Orolo durant les jours qui précédèrent l'aperte, expliquai-je, suggère qu'il savait que des problèmes se profilaient à l'horizon. Quoi qu'il ait pu voir, il savait que c'était un événement sæculier, et que les hiérarques allaient l'empêcher de l'observer dès qu'ils en auraient vent. Cela n'aurait pas été le cas s'il s'était juste agi d'une roche. »

Je ne faisais qu'abonder dans le sens du consensus, de sorte que la plupart des autres acquiescèrent. Mais ce fut Arsibalt qui réagit à ce que j'avais dit comme à un défi.

Il s'éclaircit la gorge et s'adressa à moi comme si nous étions en dialogue : « Fraa Érasmas, ce que tu as dit est logique en soi. Mais cela ne mène pas bien loin. Depuis que l'anathyme a été prononcé contre Orolo, il nous est facile de toujours le considérer comme un contestataire, mais aurais-tu dit la même chose avant l'aperte ?

– Le point que tu soulèves est tout à fait pertinent, fraa Arsibalt. Et il ne sera pas nécessaire de sonder tous ceux qui sont réunis autour du feu. Orolo était tout aussi heureux de vivre dans la Discipline qu'absolument n'importe quel autre avôt.

– Mais le lancement d'un nouveau satellite de reconnaissance constitue à l'évidence un événement sæculier, n'est-ce pas ?

– Oui.

– De plus, étant donné que cette praxis existe depuis des millénaires – depuis assez longtemps pour qu'Orolo ait pu s'en enquérir dans des livres anciens –, il n'est rien de nouveau qu'il aurait pu apprendre en observant ce genre de satellite, n'est-ce pas ?

– Probablement pas – sauf s'il incarnait quelque praxis toute nouvelle.

– Mais une telle praxis serait elle aussi un événement sæculier, non ? intervint Tulia.

– Oui, soor Tulia. Et elle ne nous concernerait donc pas.

– Donc, reprit Arsibalt, si nous acceptons la prémisse que fraa Orolo était un véritable avôt qui respectait la Discipline, nous ne pouvons dans le même temps croire que la chose qu'il avait vue dans le ciel était un satellite récemment lancé depuis la surface d'Arbre.

– Ce parce qu'il aurait identifié un tel objet comme n'ayant aucun intérêt pour nous », compléta Lio.

Tout cela était logique, mais ne laissait plus aucune direction à explorer. Aucune direction que nous eussions *envie* d'explorer.

Sauf Barb. « Donc ce doit être un vaisseau extrasylvestre. »

Jesry inspira profondément, puis soupira longuement. « Fraa Taveneur, dit-il en utilisant le nom d'avôt de Barb, rappelle-moi de t'indiquer, à la bibliothèque, les recherches qui prouvent à quel point cela est improbable.

– Improbable, mais pas impossible », rétorqua fraa Taveneur.

Jesry soupira de nouveau.

« Fraa Jesry, dis-je, en réussissant dans le même temps à croiser ses yeux et à lui adresser un regard désabusé (le genre de signal auquel Barb était totalement imperméable), fraa Taveneur semble obnubilé par ce sujet. Le feu est en train de mourir. Il ne nous reste plus que quelques minutes. Pourquoi ne partirais-tu pas devant pour lui montrer ces recherches ? Nous nous chargerons de disperser les braises et de nettoyer. »

Tous restèrent muets un instant, parce que tous – y compris moi – étaient éberlués par ce qui venait d'arriver : j'avais régenté Jesry. C'était sans précédent. Mais je m'en fichais, trop occupé que j'étais à m'inquiéter d'autre chose.

« Très bien », dit Jesry, et il s'éloigna dans la nuit avec Barb dans son sillage.

Nous continuâmes de nous taire jusqu'à ce que les incessantes questions de Barb se furent noyées dans les sifflements du feu et le murmure de la rivière charriant des bancs de glace.

« Tu vas nous parler de la tablette, prédit Lio.

– Le temps est venu de la redescendre et de regarder, dis-je.

– Je suis surpris que tu n'aies pas été plus pressé de le faire, dit Tulia. Je meurs d'envie de la voir.

– Souviens-toi de ce qui est arrivé à Orolo, dis-je. Il a été imprudent. Ou peut-être qu'il ne s'inquiétait plus de se faire prendre.

– Et est-ce que *toi*, tu t'en inquiètes ? » demanda-t-elle.

La franchise de sa question mit tout le monde mal à l'aise, mais personne ne détourna les yeux. Tous me regardèrent, anxieux de ma réponse.

La tristesse qui m'avait envahi au moment où Statho avait prononcé le nom d'Orolo ne m'avait plus quitté depuis, mais j'avais appris qu'elle pouvait se muer en colère. Non pas une colère à s'agiter inutilement, mais une fureur froide et implacable qui s'implantait dans mes viscères et me faisait envisager des choses extrêmement déplaisantes. Elle déformait mon visage ; je le savais, parce que de jeunes phytes qui me saluaient agréablement lorsque je les croisais dans des couloirs ou sur le pré évitaient maintenant mon regard.

« Franchement, non », répondis-je. C'était un mensonge, mais cela me fit du bien. « Je me moque d'être proscrit. Mais vous êtes tous impliqués aussi, alors je vais faire attention pour vous. N'oubliez pas : cette tablette ne contient peut-être pas la moindre information utile. Et même s'il y a quelque chose, il nous faudra peut-être des mois voire des années pour nous en apercevoir. Donc nous parlons d'une campagne secrète et durable.

– Eh bien, il me semble que nous devons à Orolo d'essayer, dit Tulia.

– Je peux l'apporter quand tu veux, proposa Lio.

– Je connais une pièce noire sous la Dotation Shuf où nous pourrons la visionner, dit Arsibalt.

– Très bien, dis-je. Je n'ai besoin que d'un peu d'aide de votre part. Je ferai le reste tout seul. Si je me fais prendre, je dirai que vous ne saviez rien et j'assumerai la responsabilité de tout ce qui aura pu arriver. Ils me feront la sixième leçon ou pire. Alors, je partirai, et j'essaierai de retrouver Orolo. »

Ces mots affectèrent Tulia et Lio de différentes façons : elle parut prête à pleurer, lui à se battre. Quant à Arsibalt, il s'impatientait simplement des lacunes de ma réflexion.

« Il y a en jeu quelque chose de plus important que les problèmes potentiels, dit-il. Tu es un avôt, fraa Érasmas. Tu as fait vœu de respecter la Discipline. C'est la chose la plus solennelle et la plus importante de ta vie. C'est *cela* que tu mets en jeu. Que tu te fasses prendre et punir ou pas n'est qu'un détail. »

Ces paroles me touchèrent profondément, parce qu'il disait vrai. J'avais une réponse toute prête, mais que je ne pouvais énoncer à voix haute : je ne respectais plus ce serment. Ou, du moins, je ne croyais plus en ceux qui avaient la responsabilité de faire respecter la Discipline à laquelle j'avais juré de me soumettre. Mais je ne pouvais pas vraiment dire cela devant ces amis qui la respectaient encore. Mon cerveau s'affaira un temps, en quête d'une réponse à l'exhortation d'Arsibalt, tandis que les autres se satisfaisaient parfaitement de rester là à tisonner le feu mourant en attendant que je reprisse la parole.

« J'ai confiance en Orolo, dis-je finalement. Je crois que, de son point de vue, il ne violait en rien la Discipline. Qu'il a été sanctionné par des esprits plus frustes qui ne comprenaient pas ce qu'il se passe réellement. Je crois qu'Orolo est… qu'il va être… un…

– Dis-le, intervint Tulia.

– Un saunt, conclus-je. Je vais faire cela pour saunt Orolo. »

CINQUIÈME PARTIE

LE VOCO

Lignage : 1. Extra-muros, ensemble d'une descendance héréditaire. 2. Intra-muros, succession chronologique d'avôts qui acquéraient et conservaient des possessions excédant la chape, la cordelière et la sphère, et en transmettaient chacun la propriété à un héritier choisi au moment de leur mort. Les richesses (cf. **dotation**) accumulées par certaines lignées, ou du moins les rumeurs afférentes, alimentèrent l'iconographie baudienne. Les lignages furent abolis lors des réformes du troisième Sac.

LE DICTIONNAIRE, 4e édition, 3000 apr. R.

Quoi que l'on pût dire de ses descendants, fraa Shuf n'avait amassé que peu de richesses, et n'avait eu aucun projet digne de ce nom. Cela devenait évident dès que l'on descendait l'escalier de pierre qui menait à la cave du site qu'il avait inauguré et que ses héritiers avaient achevé. J'écris « la cave », mais il serait plus exact de dire qu'il y en avait plusieurs – je n'en ai jamais fait le décompte précis –, reliées entre elles selon un agencement que personne n'avait jamais réellement compris. C'était une véritable réussite, en un sens, d'avoir su semer une aussi vaste pagaille sous un aussi petit bâtiment. Arsibalt, cela allait sans dire, avait une explication : la vocation de Shuf était la maçonnerie. Vers l'an 1200, il avait entamé son projet comme une sorte de passe-temps excentrique. Il n'avait eu l'intention de construire qu'une tour étroite avec une pièce au sommet, dans laquelle un avôt pourrait s'asseoir et méditer. Cela fait, il l'avait transmise à un phyte, qui avait remarqué que la tour commençait à pencher, et avait consacré la plus grande partie de sa vie à remplacer les fondations – un processus tenant du casse-tête qui revenait à creuser des cavités sous ce qui existait déjà, et à enfoncer des blocs de pierre massifs dans les trous. Il avait fini avec plus de fondations que nécessaire, et avait légué le tout à un autre maçon, qui avait continué de creuser, d'aménager des fondations, et de construire des murs. Et cela s'était poursuivi sur plusieurs générations, jusqu'à ce que le lignage eût commencé à accumuler des richesses – en sus du bâtiment –, et à avoir besoin de les entreposer. Les anciennes fondations avaient alors été redécouvertes, réévidées, dotées de parois, de planchers et de voûtes, et étendues. Dans le cadre des lignages, dont c'était un des aspects pernicieux, les avôts riches pouvaient amener les moins riches à faire des choses pour eux, en échange d'une meilleure nourriture, d'un meilleur alcool et d'un meilleur hébergement.

De toute façon, le temps que les Anciens Faaniens réformés s'octroyassent discrètement les vestiges de la Dotation Shuf, des centaines d'années après le troisième Sac, l'humus s'était réapproprié la plus grande partie des caves. Je me demandais comment la terre pouvait atteindre ces endroits et recouvrir le sol à ce point. Sans doute quelque processus si progressif que les humains ne pouvaient l'appréhender. Les AFR, qui avaient fait montre d'une telle diligence quant à la rénovation de tout ce qui se dressait en surface, avaient presque totalement négligé les caves. À main droite en arrivant en bas des marches se trouvait une salle dans laquelle ils entreposaient le vin et les services de table en argent, qui étaient remontés pour les grandes occasions. Au-delà, les caves évoquaient une jungle.

Faisant mentir sa réputation, Arsibalt en était devenu l'explorateur intrépide. Avec pour cartes d'anciens plans d'architecte qu'il avait dénichés à la bibliothèque, et pour outils une pioche et une pelle. L'objectif mystique de sa quête était un caveau souterrain dans lequel, selon la légende, le lignage de Shuf avait caché son or. Si un tel endroit avait jamais existé, il avait dû être repéré et pillé pendant le troisième Sac. Mais le redécouvrir serait intéressant. Ce serait également une bénédiction pour les AFR parce que, ces dernières années, des avôts d'autres ordres s'étaient amusés à faire croire que les AFR y avaient trouvé ou accumulé un trésor. Arsibalt pourrait couper court à ces rumeurs en dénichant cette cache souterraine et en invitant les gens à venir la voir par eux-mêmes.

Mais il n'y avait pas d'urgence – il n'y en avait jamais, avec lui – et personne n'escomptait un résultat avant que ses cheveux n'eussent viré au blanc. De temps en temps, il franchissait le pont, couvert de terre, le pas lourd, et encrassait notre baignoire. Nous savions alors qu'il avait organisé une nouvelle expédition.

Alors quelle ne fut pas ma surprise lorsqu'il m'entraîna dans ces escaliers, tourna à gauche plutôt qu'à droite, me fit franchir des passages qui semblaient trop étroits pour lui, et me montra une plaque rouillée sur le sol d'une salle qui sentait la crasse et l'humidité. Il la souleva pour faire apparaître un caveau, et un escabeau en aluminium qu'il avait subtilisé quelque part dans la concente. « J'ai été obligé de scier un petit peu les pieds, confessa-t-il. C'est bas de plafond. Après toi. »

La légendaire salle au trésor se révéla être haute et large de l'envergure de mes bras à peu de choses près. Le sol était en terre battue. Arsibalt y avait déployé une bâche en poly pour que les objets périssables – « comme ton cul émacié, Raz » – pussent demeurer ici sans continuellement absorber l'humidité de la terre. Oh, et évidemment il n'y avait pas de trésor. Juste quantité de graffitis gravés dans les murs par des pécos désappointés.

C'était le pire endroit que l'on pût imaginer pour travailler. Mais nous n'avions pour ainsi dire pas le choix. D'un autre côté, je ne pouvais pas m'asseoir sur ma paillasse le soir et rejeter ma chape par-dessus ma tête comme une tente pour étudier la tablette interdite.

Le transfert se fit comme dans un livre – littéralement. Dans l'ancienne bibliothèque, Tulia avait trouvé un gros livre épais que personne n'avait sorti de son étagère depuis onze cents ans : un compendium sur une sorte de théorie des particules élémentaires qui avait fait fureur de 2300 à 2600, date à laquelle saunt Fénabrast avait prouvé qu'elle était erronée. Nous avions découpé un cercle dans chaque page jusqu'à former au cœur de ce volume une cavité assez grande pour abriter la tablette photomnémonique. Lio l'avait emporté au domaine de la pourfendeuse dans une pile d'autres livres. Il l'avait redescendu à l'heure du dîner, lesté de notre secret, et me l'avait tendu. Le lendemain, je l'avais passé à Arsibalt pendant le petit déjeuner.

Lorsque je revis celui-ci au dîner, il me dit que la tablette était arrivée à destination. « Je l'ai un peu regardée, ajouta-t-il.

– Qu'as-tu appris ? demandai-je.

– Les tics se sont montrés zélés dans l'entretien de l'œil de Clesthyre, répondit-il. L'un d'entre eux vient chaque jour le dépoussiérer. Parfois, il déjeune sur place.

– C'est effectivement un bien bel endroit, dis-je. Mais en termes d'observations nocturnes ?

– Cela, je te le laisse, fraa Érasmas. »

Maintenant, je n'avais plus besoin que d'une excuse pour me rendre le plus souvent possible à la Dotation Shuf.

Pour une fois, la politique œuvra en ma faveur. Ceux qui regardaient d'un œil suspicieux la rénovation de la Dotation par les AFR soupçonnaient qu'il s'agissait d'une façon détournée d'obtenir quelque chose pour rien. Quand on les interrogeait sur ce point, les AFR arguaient toujours que tout un chacun pouvait venir y travailler. Mais les Nouveaux Cercles ne s'y rendaient que très rarement – et les Édhariens moins encore. C'était dû en partie à la rivalité interordres. Et en partie aux événements en cours.

« Comment te traitent tes frères et sœurs, ces derniers temps ? » me demanda Tulia un jour, alors que nous revenions de proveneur.

Le ton de sa voix n'était pas chaleureux-échevelé. Plutôt curieux-analytique. Je fis volte-face pour marcher à reculons devant elle en regardant son visage. Cela l'ennuya et elle fronça les sourcils. Elle était à un mois de la majorité. À partir de là, elle pourrait s'engager dans une liaison sans contrevenir à la Discipline. Les choses étaient devenues délicates, entre nous.

« Pourquoi demandes-tu cela ? Simple curiosité ?

– Arrête de te donner en spectacle, et je te le dirai. »

Je n'avais pas réalisé que je me donnais en spectacle, mais je tournai les talons et lui emboîtai le pas.

« Il se dit de plus en plus, reprit-elle, qu'Orolo a en fait été proscrit en représailles des intrigues nouées pendant la saison de l'éligeur.

– Pfou ! » fut la réponse la plus éloquente que je pus trouver. Je marchai un temps en silence. C'était la chose la plus ridicule que j'eusse jamais entendue. Si l'on ne pouvait pas être proscrit pour avoir volé de l'hydromel et l'avoir vendu au marché noir pour acheter des produits de consommation interdits, alors qu'est-ce qui vaudrait l'anathyme ? Pourtant… « Les idées de ce genre sont perverses, dis-je, parce qu'une partie insidieuse du cerveau veut y croire alors même que l'esprit logique les réduit à néant.

– Eh bien, dans ce cas, certains édhariens ont laissé leur cerveau insidieux prendre le dessus. Ils ne veulent pas croire à l'hydromel ni au visuocapteur. Apparemment, Orolo a orchestré une tractation tripartite qui a envoyé Arsibalt chez les AFR en échange de…

– Arrête, dis-je. Je ne veux pas l'entendre.

– Tu sais ce qu'Orolo a fait, c'est donc plus facile pour toi de l'accepter. Les autres ont plus de mal – ils veulent en faire une conspiration politique et dire que toute cette histoire d'hydromel n'est jamais arrivée.

– Même moi, je ne suis pas à ce point désabusé au sujet de soor Trestanas », dis-je. Du coin de l'œil, je vis Tulia tourner la tête pour me dévisager. « D'accord, laisse-moi le formuler autrement. Je ne crois pas qu'elle conspire. Je crois qu'elle est juste l'incarnation du mal. »

Cela parut satisfaire Tulia.

« Écoute, repris-je, fraa Orolo avait l'habitude de dire que la concente était semblable au monde extérieur, sauf qu'il y avait moins d'objets brillants. Je n'avais aucune idée de ce qu'il voulait dire. Maintenant, je comprends. Nos connaissances ne nous rendent pas meilleurs ni plus sages. Nous pouvons nous montrer tout aussi vicieux que ces pécos qui ont roué de coups Lio et Arsibalt pour le plaisir.

– Et Orolo avait une réponse ?

– Je crois que oui. Il a essayé de me l'expliquer durant l'aperte. *Recherche la beauté*, m'a-t-il dit en substance, *elle est un rayon qui émane de* euh…

– D'un endroit bien réel ? Du monde théorique hylaéen ? »

Une fois de plus, son expression était difficile à interpréter. Elle voulait savoir si je croyais en toutes ces choses. Moi, je voulais savoir si *elle* y croyait. Je me fis la remarque qu'elle risquait plus que moi. En tant qu'édharien, cela ne portait pas à conséquence. « Oui, répondis-je. Je ne sais pas s'il lui aurait donné ce nom. Mais c'était ce qu'il sous-entendait.

– Eh bien, fit-elle après y avoir réfléchi un temps, cela vaut toujours mieux que de passer sa vie à agiter des théories conspirationnistes. »

De l'art de ne pas se mouiller, pensai-je. La décision que Tulia avait prise de rejoindre le Nouveau Cercle était une véritable décision, avec de véritables conséquences. Par exemple, elle devait demeurer sur ses gardes lorsqu'elle discutait de sujets comme le MTH, qu'ils tenaient pour une superstition. Elle pouvait croire en ces choses si elle le voulait, mais en le gardant pour elle, et il eût été inconvenant de ma part d'insister.

De toute façon, j'avais maintenant une excuse pour traîner à la Dotation Shuf : tenter de jouer les conciliateurs entre les ordres en acceptant l'invitation permanente des AFR.

Chaque matin après le petit déjeuner, j'assistais à un cours magistral, généralement accompagné de Barb, puis travaillais avec lui sur les données et les problèmes jusqu'au proveneur et au repas de midi. Ensuite, j'allais au bout du pré où Lio et moi préparions la guerre des herbes, et nous travaillions – ou faisions semblant de travailler – durant quelque temps. Je gardais un œil sur la baie vitrée de la Dotation Shuf, sur sa colline, de l'autre côté de la rivière. Arsibalt avait posé une pile de livres sur l'appui de la fenêtre, à côté de son fauteuil. S'il y avait quelqu'un, il les tournait pour que leurs dos fissent face à la fenêtre. Je pouvais voir leurs reliures brun sombre depuis le pré. Mais s'il était seul, il les tournait de façon à ce que leurs tranches blanches me fussent visibles. Alors, je cessais de travailler, rejoignais un couloir à niches, y prenais mes notes de théorique, et les emportais à travers le bosquet d'arbres-à-feuilles, jusqu'à la Dotation Shuf, comme si je m'y rendais pour étudier. Quelques minutes plus tard, j'étais dans le caveau, assis en tailleur sur la bâche, et au travail sur la tablette. Lorsque j'avais terminé, je retraversais les caves et, avant de m'engager sur les marches de pierre, je cherchais un autre signal : s'il y avait quelqu'un d'autre dans le bâtiment, Arsibalt fermait la porte en haut de l'escalier, et s'il était seul, il la laissait entrouverte.

Parmi les nombreux avantages qu'avaient les tablettes photomnémoniques sur les phototypes ordinaires, elles produisaient leur propre lumière, et l'on pouvait donc travailler dans l'obscurité. Celle-ci commençait et s'achevait dans la lumière du jour. Si je la ramenais au tout début, elle devenait une flaque de lumière blanche, sans aucun élément distinctif et très légèrement teintée de bleu : la lumière brute du soleil et du ciel qui s'était déversée sur la tablette lorsque je l'avais activée au sommet du pinacle pendant le voco de fraa Paphlagon. Si j'activais le mode lecture, j'avais droit à une transition brève et bizarre lorsqu'elle avait été glissée dans l'œil de Clesthyre, puis soudain une image parfaitement claire et précise, mais géométriquement déformée.

La plus grande partie du disque était une image du ciel. Le soleil était un cercle blanc nettement défini, excentré. Le pourtour, au bord de la tablette, était formé d'une frange sombre et inégale, comme une croûte moisie autour d'une roue de fromage : l'horizon, en entier, dans toutes les directions.

Dans cette géométrie hypergone, ce qui était le bas pour nous humains – c'est-à-dire en direction du sol – tendait vers l'extérieur, vers le bord de la tablette ; et le haut, toujours vers l'intérieur, vers le centre. Si plusieurs personnes avaient formé un cercle autour de l'œil de Clesthyre, leurs tailles eussent apparu dans la circonférence de l'image et leurs têtes projetées vers l'intérieur comme les rayons d'une roue.

Il y avait tant d'informations accumulées dans la bordure

de la tablette que je dus utiliser les fonctions d'agrandissement et de recadrage pour y comprendre quelque chose. Le lumineux disque céleste paraissait strié d'une profonde encoche opaque à un endroit. À y regarder de plus près, il s'agissait du support du miroir du zénith, qui se dressait juste à côté de l'œil de Clesthyre. Telle la flèche indiquant le nord sur une carte, cela me donnait un point de référence que je pouvais utiliser pour situer ou retrouver des choses. Sur le bord opposé du disque se trouvait une autre entaille, plus grande et moins sombre, difficile à interpréter. Mais, en la tournant judicieusement et en laissant à mes yeux le temps de s'adapter à la distorsion, je compris qu'il s'agissait d'une silhouette humaine, engoncée dans une chape qui couvrait tout sauf un avant-bras et une main. Lesquels se dirigeaient radialement vers l'extérieur (donc vers le bas) et devenaient grotesquement disproportionnés avant d'être coupés par le bord de la tablette. Cette monstruosité, c'était moi, la main tendue vers la base de l'Œil, alors que je venais d'insérer la tablette et de refermer le rabat. La première fois que je vis cela, j'éclatai de rire, parce que mon coude y était aussi gros que la lune et qu'en l'agrandissant je pouvais voir un grain de beauté et compter mes poils et mes taches de rousseur. Mes efforts pour dissimuler mon identité avaient été bien vains. Si soor Trestanas avait découvert la tablette, il lui aurait suffi pour trouver le coupable de rassembler tout le monde et d'examiner tous les coudes droits.

En laissant la tablette aller plus avant, je pouvais voir l'entaille-qui-était-moi se fondre dans la noire bordure-horizon au moment où j'étais reparti. Quelques instants plus tard, un grain noir rayait la tablette dans une longue trajectoire courbe près du bord : l'aéroplane qui avait emporté fraa Paphlagon au loin, chez les mamamouchis. En mettant sur pause et en agrandissant, je pouvais distinguer clairement l'aéroplane – un peu moins déformé parce qu'il était plus éloigné : les rotors et les gaz d'échappement de ses moteurs, le visage du pilote, en grande partie couvert par un viseur sombre, saisi dans la lumière du soleil qui pénétrait l'habitacle, les lèvres entrouvertes comme s'il parlait dans le micro aligné sur sa mâchoire. Quelques minutes plus loin l'aéroplane repartait en sens inverse, cette fois avec le visage de fraa Paphlagon encadré dans une vitre latérale, qui regardait la concente comme s'il ne l'avait jamais vue auparavant.

Puis, en passant le doigt sur le côté de la tablette sur une courte distance, je fis parcourir au soleil son arc de cercle entier à travers le disque céleste, et disparaître dans l'horizon. La tablette s'obscurcit. Elle avait dû enregistrer des étoiles, mais je ne les voyais pas bien, parce que mes yeux ne s'étaient pas encore accoutumés aux ténèbres. Quelques comètes rouges la traversèrent comme des éclairs – les lumières d'aéroplanes. Puis le disque s'éclaircit de nouveau et le soleil explosa sur le bord et s'élança à travers le ciel le lendemain matin.

Si je laissais filer mon doigt sur toute la longueur du côté d'un seul geste égal, la tablette clignotait comme un stroboscope : soixante-dix-huit éclairs en tout, un pour chaque jour où elle était restée logée dans l'œil de Clesthyre. En l'amenant aux dernières secondes et en regardant au ralenti, je pus me voir émerger du haut des escaliers et m'approcher de l'Œil pour extraire la tablette pendant l'anathyme de fraa Orolo. Mais je détestai cette partie à cause de l'expression de mon visage, et ne la visionnai qu'une fois, juste pour m'assurer que la tablette avait bien continué d'enregistrer jusqu'au moment où je l'avais récupérée.

J'effaçai les premières et dernières secondes de l'enregistrement, pour qu'il ne contînt aucune image de moi, au cas où il me serait confisqué. Puis je commençai à l'examiner plus en détail. Arsibalt avait dit y avoir vu les tics. Et effectivement, le deuxième jour, un peu après midi, une masse sombre gonfla depuis le bord et emplit la plus grande partie du ciel le temps d'une minute. Je revins en arrière et la regardai à vitesse normale. C'était l'un des tics. Il s'approcha depuis les escaliers, muni d'un pulvérisateur et d'un chiffon. Il consacra une minute à nettoyer le miroir du zénith, puis passa à l'œil de Clesthyre – à ce moment son image devenait réellement immense – et couvrit sa surface de liquide de nettoyage. Je tressaillis comme s'il l'eût pulvérisé sur mon visage. Il l'astiqua soigneusement. Je pouvais voir jusqu'au fond de ses narines, et compter les poils ; je pouvais distinguer les veinules de ses globes oculaires et les stries de ses iris. Il ne faisait aucun doute qu'il s'agissait de Sammanne, le tic sur lequel nous étions tombés, Jesry et moi, dans la manufacture de Cord. Peu après, il rétrécit, comme il s'écartait de l'Œil. Mais il ne quitta pas immédiatement le sommet du pinacle. Il traîna là un certain temps, sortit de l'image, réapparut, s'approcha et grandit un temps dans l'œil de Clesthyre, puis partit enfin.

Je zoomai et repassai la fin. Après avoir astiqué l'Œil, Sammanne regarda par terre, comme s'il avait laissé tomber quelque chose. Il se pencha, ce qui fit tout disparaître de lui du bord de la tablette excepté son dos. Lorsqu'il se redressa, grossissant de nouveau dans l'image, il tenait dans la main un objet rectangulaire de la taille d'un livre. Je n'eus pas besoin d'agrandir pour savoir ce que c'était : l'étui dont, la veille, j'avais tiré cette même tablette. Le vent me l'avait arraché des mains, et dans ma hâte de partir, je l'avais bêtement laissé là où il était tombé. Sammanne l'examina une minute, le retournant en tout sens. Après un temps, il parut réaliser ce que c'était. Car, soudain, il tourna la tête dans ma direction – ou, plus exactement, dans celle de l'œil de Clesthyre. Il s'approcha pour regarder dans la lentille, puis inclina la tête sur le côté, baissa la main, et de celle-ci – supposai-je, puisque je ne pouvais plus la voir – souleva le cache qui protégeait la fente de chargement des tablettes. Son expression changea. J'aurais pu zoomer sur ses yeux pour voir ce qu'il s'y reflétait. Mais je n'en avais pas besoin, parce que son visage disait tout.

Moins de vingt-quatre heures après que j'avais glissé cette tablette dans l'œil de Clesthyre, quelqu'un d'autre dans la concente l'avait découverte.

Sammanne resta encore une minute, à réfléchir. Puis il plia l'étui, le glissa dans une poche de poitrine de sa cape, me tourna le dos, et partit.

Je fis avancer la tablette jusqu'à une nuit étoilée, me plongeant donc dans une obscurité totale, et restai assis dans mon trou dans le sol à essayer de me remettre de mes émotions.

Je pensai à l'autre soir, autour du feu de camp, quand j'avais critiqué Orolo pour son imprudence, et que j'avais dit à mes amis que moi, je ferais plus attention. Quel idiot j'étais !

En regardant Sammanne ramasser l'étui et additionner deux et deux, j'avais rougi et mon cœur s'était emballé comme si je me fusse trouvé avec lui au sommet du pinacle. Mais il s'agissait d'un enregistrement qui remontait à plusieurs mois. Et rien ne s'était passé depuis. Cela dit, Sammanne pouvait vendre la mèche quand il le voulait.

Cette perspective était angoissante, mais que pouvais-je y changer ? Avoir honte d'une erreur commise des mois plus tôt ne menait nulle part. Il valait mieux penser à ce que j'allais faire maintenant. Continuer à me morfondre dans le noir, ou poursuivre l'analyse de la tablette ? Énoncé de cette façon, le choix n'était pas difficile. La fureur qui avait pris ses quartiers dans mes tripes était une sorte de colère sur laquelle il était nécessaire d'agir. La réaction n'avait pas besoin d'être soudaine ou théâtrale. Eussé-je rejoint un autre ordre, j'aurais pu en faire le fondement d'une sorte de carrière – m'en servir de carburant, consacrer dix ou vingt ans à grimper dans la hiérarchie, et m'employer à trouver des moyens de nuire à ceux qui avaient fait du tort à Orolo. Mais le fait était que j'avais rejoint les Édhariens, m'interdisant toute possibilité d'influer de façon significative sur les affaires internes de la concente. Alors mes réflexions me poussaient plutôt à envisager le meurtre de fraa Spélikon. Ma colère était telle qu'un temps cela me parut presque sensé, jusqu'à envisager diverses possibilités. Il y avait beaucoup de grands couteaux dans les cuisines.

Finalement je me dis que disposer de cette tablette et d'un endroit pour la visionner – sans me préoccuper d'égorger fraa Spélikon – constituait une chance immense. D'autant que, si je travaillais suffisamment bien, j'en tirerais peut-être même un résultat susceptible d'être claironné un soir au réfectoire, pour la plus grande humiliation de Spélikon, de Trestanas et de Statho. Ne me resterait plus, alors, qu'à quitter la concente à grands cris – de dégoût –, avant qu'ils n'eussent le temps de me proscrire.

D'ici là, analyser cet enregistrement répondait à mon besoin viscéral de réagir à ce qui avait été infligé à Orolo. Et je m'étais aperçu que seul cela commuait ma rage en chagrin. Quand j'étais triste au lieu d'être furieux, les jeunes phytes ne m'évitaient plus, et mes pensées n'étaient plus obnubilées par des images du sang jaillissant des artères tranchées de fraa Spélikon.

Donc, je n'avais pas d'autre choix que de chasser Sammanne et l'étui de mon esprit, et de me concentrer plutôt sur ce que l'œil de Clesthyre avait vu la nuit. J'avais noté l'état du ciel ces soixante-dix-sept nuits : nuageux plus de la moitié du temps. Il n'y avait eu que dix-sept nuits totalement claires.

Une fois mes yeux accoutumés à l'obscurité, il était facile d'y trouver le nord, parce que c'était le pôle autour duquel toutes les étoiles tournaient. En arrêt sur image, ou en lecture à vitesse normale, les étoiles apparaissaient comme des points fixes. Mais en accéléré, toutes les étoiles (à l'exception de l'Étoile polaire) traçaient un arc de cercle autour du Pôle, à mesure qu'Arbre tournait en dessous. Nos télescopes plus perfectionnés étaient équipés d'un système d'alignement polaire gouverné par l'horloge, qui éliminait ce problème. Ces télescopes tournaient « en arrière » à la même vitesse qu'Arbre tournait « en avant », si bien que les étoiles restaient immobiles au-dessus. Ce n'était pas le cas de l'œil de Clesthyre.

La tablette pouvait restituer ce qu'elle avait enregistré de plusieurs façons. Jusqu'ici, je m'en étais servi comme d'un visuocapteur, avec les boutons pause, lecture et accéléré. Mais elle pouvait faire des choses que les visuocapteurs ne faisaient pas, comme agréger une image sur une durée donnée. C'était un héritage de l'ère praxique, où les cosmographes se servaient de plaques recouvertes de produits chimiques sensibles à la lumière. Comme nombre de ce qu'ils observaient confinait à l'imperceptible, ils devaient souvent exposer ces plaques pendant des heures. Une tablette photomnémonique fonctionnait indifféremment des deux façons. Si on lisait un enregistrement en mode visuocapteur, on pouvait ne rien voir de plus que quelques étoiles et une sorte de brume, mais si l'on configurait la tablette de façon à fusionner une période en une image fixe, une galaxie spirale ou une nébuleuse pouvait apparaître.

Je commençai donc par sélectionner une nuit claire et configurer la tablette pour qu'elle agrégeât toute la lumière perçue par l'œil de Clesthyre en une seule image. Les premiers résultats ne furent pas très probants, parce que j'avais réglé le début trop tôt et la fin trop tard, si bien que tout était noyé par la luminosité du ciel après le crépuscule et avant l'aube. Mais après quelques ajustements, je finis par obtenir l'image que je désirais : un disque noir, strié de milliers de fins arcs de cercle concentriques, chacun étant la trace laissée par une étoile ou une planète particulière pendant qu'Arbre tournait en dessous. Des rayures piquetées de rouge et de brillants traits blancs sillonnaient l'image : les traces laissées par les lumières des aéroplanes qui traversaient notre ciel. Celles près du centre, sillages de vaisseaux volant à grande altitude, étaient presque droites. Près du bord, le champ stellaire était quasiment oblitéré par une brassée d'épaisses courbes blanches : les vaisseaux qui allaient atterrir à l'aérodrome local, et qui suivaient tous plus ou moins la même trajectoire d'approche.

Une seule chose dans tout ce firmament ne bougeait pas : l'Étoile polaire. Si notre hypothèse était juste quant à ce qu'Orolo recherchait – c'est-à-dire un objet en orbite polaire – alors, en supposant qu'il fût suffisamment brillant pour être visible ici, il serait presque droit, et perpendiculaire à la myriade d'arcs de cercle laissés par les étoiles – il aurait une trajectoire nord-sud quand elles se déplaçaient d'est en ouest.

En plus de cela, un tel satellite inscrirait plus d'un trait par nuit. Nous avions fait nos calculs, Jesry et moi. Un satellite en orbite basse devait faire une rotation entière autour d'Arbre en une heure et demie environ. S'il faisait un trait sur la tablette en passant au-dessus du Pôle à, disons, minuit, alors il en ferait un autre à une heure trente, un autre à trois heures et un encore à quatre heures trente. Il devait toujours rester dans le même plan par rapport aux étoiles fixes. Mais durant chacun de ces intervalles de quatre-vingt dix minutes, Arbre aurait tourné de vingt-deux degrés et demi de longitude. Et donc les empreintes successives d'un satellite donné ne se recouvriraient pas les unes les autres, mais seraient séparées par un angle d'environ vingt-deux degrés et demi (ou $\pi/8$, dans le système de mesure d'angle des théoriciens). Elles ressembleraient à la découpe d'une tarte.

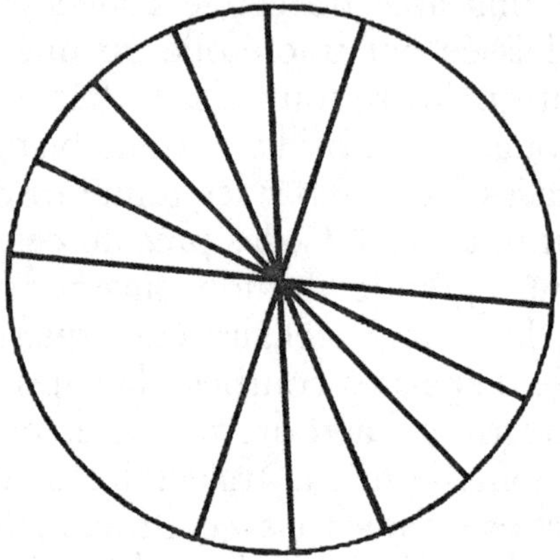

Mon travail durant cette première journée dans le caveau consista à tirer de la tablette une image agrégée de la première nuit claire, zoomer sur la zone de l'Étoile polaire, et chercher quelque chose qui ressemblait à un diagramme circulaire. Je trouvai si facilement que j'en fus presque déçu. Parce qu'il y avait plus d'un satellite de ce genre, le résultat était plus complexe.

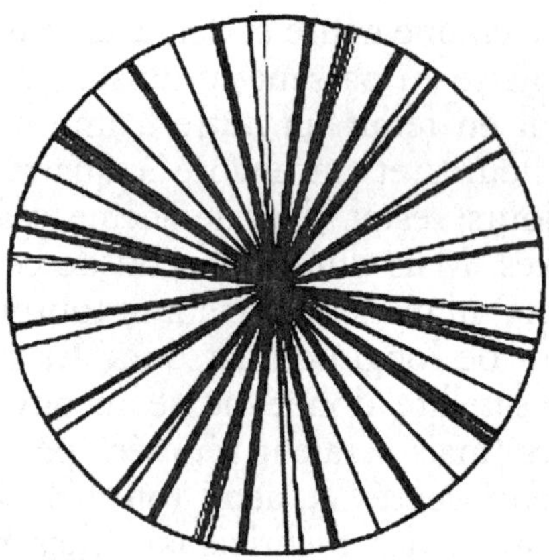

Mais à le regarder plus longuement, je pus le voir comme un empilement de diagrammes circulaires différents.

« Je suis vraiment déçu », dis-je à Jesry lors du dîner. Nous avions de quelque façon trouvé le moyen d'échapper à Barb, et nous nous étions assis dans un coin du réfectoire.

« Explique ?

– Je m'étais un peu mis en tête que, si je pouvais trouver quelque chose en orbite polaire, ce serait gagné. Mystère résolu, fin de l'histoire. Mais ce n'est pas le cas. Il y a de nombreux satellites en orbite polaire. Cela dure probablement depuis l'ère praxique. Les vieux s'épuisent et tombent. Les mamamouchis en envoient de nouveaux.

– Ce n'est pas une nouvelle, me fit-il remarquer. Si tu sors la nuit, que tu te mets face au nord et que tu attends assez longtemps, tu peux voir ces choses survoler le Pôle à l'œil nu. »

Je mâchai ma bouchée en me retenant de lui donner un coup de poing dans le nez. Les choses se passaient ainsi, en théorique. Les Lorites n'étaient pas les seuls à dire : *Cela n'a rien de nouveau*. Les gens réinventaient la roue tout le temps. Il n'y avait aucune honte à cela. Si l'on avait répondu chaque fois par des cris de ravissement en s'ébahissant : *Oh, une roue, personne n'y avait pensé avant !*, juste pour faire plaisir à son interlocuteur, rien ne se serait jamais fait. Mais il demeurait cuisant de prendre tellement de risques et de travailler autant à un résultat pour s'entendre dire qu'il n'avait rien d'inédit.

« Je n'ai pas prétendu que c'était nouveau, lui répondis-je avec une patience ostensible. Je t'informe juste de ce qu'il s'est passé la première fois que j'ai pu consacrer deux heures à la tablette. Et je suppose qu'on peut aussi y voir une question.

– Très bien. Quelle est la question ?

– Fraa Orolo devait bien savoir qu'il y avait de nombreux satellites en orbite polaire et que cela n'avait pas grand intérêt. Pour un cosmographe, ils ne sont pas plus remarquables qu'un aéroplane qui passe dans le ciel.

– Une gêne, une distraction, acquiesça Jesry.

– Alors que pouvait-il chercher qui justifiât de risquer l'anathyme ?

– Il n'a pas seulement risqué l'anathyme. Il a… »

Je l'interrompis d'un geste. « Tu vois ce que je veux dire. Ce n'est pas le moment de nous faire ton Kéfédokhlès. »

Jesry fixa des yeux l'espace au-dessus de mon épaule gauche. La plupart des autres eussent été embarrassés ou irrités par ma remarque. Pas lui. Cela ne l'affectait nullement. Comme je l'enviais ! « Nous savons qu'il lui fallait un visuocapteur pour le voir, dit Jesry. Que l'œil nu n'aurait pas suffi.

– Il avait besoin d'une autre façon de tout observer. Il ne pouvait pas agréger les images sur une tablette, ajoutai-je.

– Le mieux qu'il pouvait faire, une fois l'astrohenge verrouillé, était de se geler les fesses dans ce vignoble, à observer l'Étoile polaire avec un visuocapteur. À attendre que quelque chose passât.

– Quand c'était le cas, cela devait traverser l'objectif en quelques instants », dis-je. Nous en étions à compléter nos phrases l'un l'autre. « Et ensuite quoi ? Que pouvait-il en tirer ?

– L'heure. Il savait l'heure qu'il était. » Son regard se porta sur la surface de la table, comme si c'eût été une visue d'Orolo. « Il la notait. Quatre-vingt-dix minutes plus tard, il regardait de nouveau. Il voyait le même zoziau (c'était ainsi que Lio appelait les satellites, de l'argot militaire pris dans les livres, et nous avions tous fini par adopter le terme) passer au-dessus du Pôle.

– Ce devait être aussi passionnant que d'observer l'aiguille des minutes d'une horloge, dis-je.

– Peut-être, mais n'oublions pas qu'il y a plus d'un de ces zoziaux dans le ciel, rétorqua-t-il.

– Je ne risque pas de l'oublier – j'ai passé tout l'après-midi à les regarder ! » lui rappelai-je.

Mais Jesry avait une idée en tête, et ne laisserait plus mes interventions l'en écarter. « Ils ne peuvent pas tous orbiter à la même altitude, dit-il. Certains doivent tourner plus haut que d'autres – ceux-là auraient une période plus longue. Au lieu de quatre-vingt-dix minutes, leur révolution pourrait en prendre quatre-vingt-onze, ou cent trois. En chronométrant leurs passages, fraa Orolo pouvait, en faisant suffisamment d'observations, compiler une sorte de…

– D'inventaire, complétai-je. Une liste de tous les zoziaux là-haut.

– Une fois ces données posées, s'il y avait une variation – ou n'importe quelle anomalie –, il l'aurait à tout coup repérée. Mais tant que cet inventaire, comme tu l'appelles, n'aurait pas été achevé…

– Il aurait travaillé dans le noir, à plus d'un titre, n'est-ce pas ? dis-je. Il aurait vu un zoziau passer au-dessus du Pôle, mais sans pouvoir dire duquel il s'agissait, ni s'il y avait quoi que ce fût d'inhabituel.

– Si c'est bien le cas, alors nous devons poursuivre dans sa direction, conclut Jesry. Ton premier objectif devrait être de compiler cet inventaire.

– Ce sera plus facile pour moi que pour Orolo, opinai-je. Rien qu'en regardant les enregistrements sur la tablette, on voit que certains zoziaux ont un écartement plus important que d'autres – une plus grande part de tarte. Ce doit être ceux de haut vol.

– Une fois accoutumé à ces images, tu pourras peut-être distinguer les anomalies à leur seule vue », spécula Jesry.

Facile à dire : ce n'était pas lui qui le faisait !

Ces derniers instants, il avait paru impatient et détaché. Là, il détourna les yeux, et parcourut le réfectoire du regard, comme s'il cherchait quelqu'un de plus intéressant.

Mais son attention se reporta sur moi. « Nouveau sujet, annonça-t-il.

– Message reçu, énoncez le nouveau sujet », répondis-je.

S'il s'aperçut que je plaisantais, il ne le laissa pas transparaître. « Fraa Paphlagon.

– Le séculos qui a été mandé.

– Oui.

– Le mentor d'Orolo.

– Oui. La bascule de Gardan veut que son mandement et les problèmes qui ont affecté Orolo soient liés.

– Cela paraît raisonnable, acquiesçai-je. Je l'ai présumé aussi.

– Normalement, nous ne devrions avoir aucun moyen de savoir sur quoi travaille un séculos – du moins pas avant la prochaine aperte centennale. Mais avant de disparaître dans le haut-labyrinthe, il y a de cela vingt-deux ans, Paphlagon avait écrit des traités qui ont été distribués au monde lors de l'aperte décennale de 3670. Dix ans plus tard, puis une autre fois il y a quelques mois, notre bibliothèque a reçu sa livraison décennale habituelle. Alors j'y ai recherché tout ce qui pouvait être lié aux travaux de Paphlagon.

– Cela paraît franchement contourné, lui fis-je remarquer. Nous avons tous les travaux de Paphlagon ici, non ?

– Oui, mais ce n'est pas ce que je recherchais, répondit Jesry. Ce que je voulais, c'est savoir qui, dehors, avait prêté attention à Paphlagon – qui avait lu ses travaux de 3670, et trouvé qu'il avait une forme d'esprit intéressante. Parce que…

– Parce que *quelqu'un*, poursuivis-je, quelqu'un dehors, dans le monde sæculier, a dû dire : *Voilà notre homme, attrapez-le et ramenez-le-moi !*

– Exactement.

– Et qu'as-tu découvert ?

– Eh bien, justement, dit Jesry, il s'avère que Paphlagon avait deux carrières, en un sens.

– Qu'entends-tu par là ? Genre une vocation ?

– On pourrait dire que sa vocation était la philosophie. La métathéorique. Les Prociens pourraient même considérer cela comme une sorte de religion. D'un côté, c'est un véritable cosmographe, qui fait le même genre de choses qu'Orolo. Mais sur son temps libre, il réfléchit sur de grandes idées, écrit ce qu'il en résulte – et des gens à l'extérieur l'ont remarqué.

– Quel genre d'idées ?

– Je ne vais pas en parler maintenant, répondit Jesry.

– Malédiction, tu… »

Il tendit la main pour m'apaiser. « Tu n'as qu'à le lire toi-même ! Ce n'est pas là que je voulais en venir. J'essaie de comprendre qui l'a choisi, et pourquoi. Il y a beaucoup de cosmographes, n'est-ce pas ?

– Évidemment.

– Donc, si c'est pour répondre à des questions de cosmographie qu'il a été mandé, on pourrait se demander…

– Pourquoi lui en particulier.

– Oui. Alors qu'il est très rare de travailler sur la métathéorique, qui l'intéressait.

– Je vois où tu veux en venir. La Bascule nous dit qu'il a dû être mandé pour cela, et pas pour la cosmographie.

– Voilà, dit Jesry. De toute façon, ils ne sont pas nombreux à s'être intéressés à la métathéorique de Paphlagon – du moins si l'on en juge par les livraisons de 3680 et 3690. Mais il y a une soor à Baritoe, du nom d'Aculoa, qui semble vraiment l'admirer. Elle a écrit deux livres sur les travaux de Paphlagon.

– Dixie, ou…

– Non, justement. C'est une unétarienne. Trente-quatre années de suite. »

Donc, elle était professeur. Il n'y avait aucune autre raison de passer plus de quelques années dans une math unétarienne.

« Les Événédriciens tardifs, dit Jesry pour répondre d'avance à ma question.

– Je ne sais pas grand-chose de cet ordre.

– Tu te souviens quand Orolo nous a dit que saunt Événédric avait travaillé sur des choses complètement différentes durant la seconde moitié de sa carrière ?

– En fait, je crois que c'est Arsibalt qui nous l'a dit, mais… »

Jesry balaya ma rectification d'un haussement d'épaules. « Eh bien, c'est à ces choses-là que les Événédriciens tardifs s'intéressent.

– Très bien, admis-je. Donc, tu supputes que c'est soor Aculoa qui a désigné Paphlagon ?

– Aucune chance. C'est une prof de philosophie, une monos…

– Oui, mais dans l'une des Trois Grandes !

– Précisément, reprit Jesry, un peu tendu. Beaucoup de sæculiers importants ont passé quelques années dans les maths des Trois Grandes quand ils étaient plus jeunes – avant de repartir et de débuter leur carrière.

– Tu crois que cette soor a eu un phyte, il y a peut-être dix ou quinze ans, qui est devenu un mamamouchi. Aculoa lui a enseigné à quel point Paphlagon était important et sage. Et là, il s'est passé quelque chose…

– Quelque chose, poursuivit Jesry en hochant avec conviction la tête, qui a fait dire à cet ex-phyte : *Cela suffit, nous avons besoin de Paphlagon ici, hier au plus tard.*

– Mais que peut être ce "quelque chose" ?

– Toute la question est là, n'est-ce pas ? conclut Jesry dans un nouveau haussement d'épaules.

– Nous trouverons peut-être un indice dans les écrits de Paphlagon.

– C'est évident, dit Jesry. Mais cela restera difficile tant qu'Arsibalt s'en servira de sémaphore. »

Il me fallut un certain temps pour comprendre. « Cette pile de livres à sa fenêtre…

– Arsibalt a emporté à la Dotation Shuf tout ce que Paphlagon a jamais écrit, opina Jesry.

– Eh bien, m'esclaffai-je, et pour ce qui concerne soor Aculoa ?

– Tulia étudie ses travaux en cet instant même, répondit Jesry. Elle cherche à découvrir si un quelconque de ses phytes est devenu quelqu'un. »

Combe chantante : **1.** Vallée montagneuse renommée pour les nombreux petits ruisseaux qui dévalent ses parois rocheuses depuis les glaciers qui la dominent, et produisent un son musical qui évoque le tintement de grelots. Également appelée *vallée des russelts* ou, poétiquement, *val aux mil rus*. **2.** Math qui y fut fondée en 17 apr. R., spécialisée dans l'étude et le développement des arts martiaux et des disciplines apparentées. Cf. **combe-l'art.**

Combe-l'art : En novo-tærran, terme générique recouvrant les arts martiaux avec et sans armes, l'histoire militaire, la stratégie et la tactique, qui sont tous associés, dans le monde mathique, aux avôts de la Combe chantante, qui ont fait de ces sujets leur spécialité depuis qu'une math y fut fondée en 17 apr. R. NB : Dans le langage courant et en ouaïl, ce terme est parfois contracté en *combla*. Néanmoins, cette variante accentue le côté arts martiaux du combe-l'art et minimise ses aspects académiques et laborieux. Extra-muros, le combla est une forme de divertissement et (pour les sæculiers capables de se lever et de pratiquer de telles activités, plutôt que de se contenter de regarder) une sorte d'exercice.

LE DICTIONNAIRE, 4e édition, 3000 apr. R.

Travailler au fond d'un trou sous terre m'avait maintenu dans l'ignorance de ces événements. Mais maintenant que

Jesry m'avait appris que mes fraas et soors s'activaient autant, je redoublai d'efforts sur la tablette. Une fois que j'eus saisi le truc, il ne me fallut plus qu'une demi-heure pour la configurer de façon à obtenir une image agrégée d'une nuit donnée. Puis, avec un rapporteur, je relevais les angles entre les traits en une demi-heure de plus. Comme l'avait prédit Jesry, certains zoziaux avaient des angles plus grands que d'autres, indiquant une période plus longue, mais l'angle de chacun était toujours le même, pour chaque orbite, chaque nuit. En un sens, les observations d'une seule nuit eussent suffi à dresser un premier brouillon approximatif du fameux inventaire. Mais je fis tout de même ce travail pour les dix-sept nuits de temps clair, juste par acquit de conscience, ainsi que, franchement, parce que je ne savais pas trop que faire ensuite. J'arrivais à documenter une nuit – parfois deux – chaque fois que j'avais la possibilité de descendre dans le caveau, mais ce n'était pas tous les jours possible.

Le temps que j'eusse terminé, il s'était écoulé trois semaines. Les arbres-à-feuilles bourgeonnaient. Les oiseaux volaient vers le nord. Des fraas et soors s'affairaient dans leurs lacis, débattant de l'opportunité de commencer à ensemencer. Les hordes d'herbes barbares s'amassaient sur la rive et s'apprêtaient à envahir les plaines fertiles de Thranie. Arsibalt en était aux deux tiers de sa pile de Paphlagon. Nous n'étions plus qu'à quelques jours de l'équinoxe vernal. L'aperte avait débuté au matin de l'équinoxe d'automne, il y avait de cela six mois ! C'était à se demander où tout ce temps était passé.

En fait, il avait rallié les milliers d'années qui l'avaient précédé. Et de mon côté, j'avais travaillé. Que mon travail fût clandestin, illicite, et susceptible de me faire proscrire, n'importait nullement. La concente n'avait que faire de ces considérations. Certains avaient beau leur accorder énormément d'importance, nous nous trouvions en un lieu où les avôts consacraient leur vie à réaliser de tels projets. Et maintenant que j'avais le mien, j'appartenais à cette concente comme jamais auparavant. C'était l'endroit où je devais être.

Parce qu'Arsibalt, Jesry et Tulia avaient l'esprit accaparé par d'autres projets, je ne leur avais pas parlé de Sammanne. C'était un sujet réservé à Lio, pour les moments où nous étions occupés dans le pré à persuader les morelles de pousser dans la bonne direction. Ou, comme toujours avec Lio, à faire telle ou telle chose qui venait de lui passer par la tête.

Nous avions réagi différemment à la perte d'Orolo. Dans mon cas, par des fantasmes de vengeance sanguinaires que je gardais pour moi. Lio, par contre, s'était passionné pour des variétés de combla toujours plus bizarres. Deux semaines plus tôt, il s'était efforcé de m'intéresser au combla du râteau, que je supposais inspiré par l'histoire de Diax chassant les enthousiastes. J'avais décliné son offre, en arguant des risques d'infection : un râteau de combla pouvait infliger de graves plaies par perforation. La semaine précédente, il avait développé un intérêt soutenu pour les pelles de combla, et nous avions passé beaucoup de temps accroupis au bord de la rivière à affûter des lames de pelles avec des pierres.

Lorsqu'il m'entraîna une nouvelle fois vers la rivière ce jour-là, je supposai qu'il s'agissait encore d'une lubie de ce genre. Mais il ne cessait de regarder par-dessus son épaule, et de m'emmener plus loin. Je l'avais accompagné dans suffisamment d'expéditions furtives quand nous étions phytes pour savoir qu'il vérifiait les angles de vue des fenêtres de la férule édictrice. Les vieilles habitudes reprirent le dessus : je me tus, et passai d'une zone d'ombre à une autre, jusqu'à ce que l'on atteignît un endroit où la rivière, dans son coude, avait creusé dans la rive un petit bec abrité des regards. Heureusement, personne n'y poursuivait une liaison en l'instant. L'endroit eût été mal choisi, de toute façon : le sol était détrempé, il y avait des tas d'insectes, et une forte probabilité d'être dérangés par des avôts se délassant sur la rivière en canot.

Lio se retourna pour me faire face. Je craignis presque qu'il ne voulût me faire des avances.

Mais non. Après tout, c'était de *Lio* qu'il s'agissait. « Je voudrais que tu me frappes au visage », dit-il. Comme il m'aurait demandé de lui gratter le dos.

« Je ne peux pas dire que je n'en ai pas toujours rêvé, répondis-je, mais pourquoi, *toi*, en aurais-tu envie ?

– Le combat à mains nues a toujours été un élément clé de la formation militaire, me dit-il comme si j'étais un phyte. Il y a bien longtemps, on s'est aperçu que, quel que fût l'entraînement qu'elles avaient reçu, les recrues tendaient à tout oublier la première fois qu'elles recevaient un coup de poing au visage.

– La première fois *de leur vie*, tu veux dire ?

– Oui. Dans des sociétés riches et paisibles, où l'on désapprouve toute altercation, c'est un problème courant.

– Ne pas recevoir de coups de poing est un *problème* ?

– Ça l'est, répondit Lio, si tu deviens militaire et que tu te retrouves à combattre à mains nues quelqu'un qui essaie de te tuer.

– Mais, Lio, tu as *déjà* reçu un coup de poing au visage. C'était pendant l'aperte, tu te souviens ?

– Oui, et je me suis efforcé de tirer quelque chose de cette expérience.

– Alors pourquoi veux-tu que je te donne un *autre* coup de poing ?

– Parce que je veux voir si j'ai *appris*.

– Pourquoi moi ? Pourquoi pas Jesry ? C'est probablement plus son genre.

– C'est justement là qu'est le problème.

– Je vois ce que tu veux dire. Et pourquoi pas Arsibalt, alors ?

– Il ne le ferait pas pour de vrai, et après il se plaindrait qu'il s'est fait mal à la main.

– Et que diras-tu aux gens si tu vas dîner avec le visage tuméfié ?

– Que j'ai combattu des méchants.

– Trouve autre chose.

– Que je m'entraînais à faire des chutes, et que je suis mal tombé.

– Et si je n'ai pas envie de m'abîmer la main ? »

Il sourit et exhiba une paire de gants de travail en cuir épais. « Glisse des chiffons sous tes phalanges, si cela t'inquiète », me suggéra-t-il pendant que je les enfilais.

Les grand-soors Tamura et Ylma passèrent au fil de l'eau, à la perche sur une barque à fond plat. Nous fîmes semblant d'arracher des mauvaises herbes, jusqu'à ce que l'embarcation fût hors de vue.

« Bien, dit Lio. Mon objectif est de pratiquer sur toi une simple immobilisation…

– C'est maintenant que tu me le dis !

– Rien que nous n'ayons déjà fait cent fois, répondit-il comme si j'allais trouver cela rassurant. C'est pour cette raison que nous sommes venus ici. » Il tapa du pied sur le sable humide. « Le sol est mou.

– Et donc ?

– Si je lève les mains pour protéger mon visage, je ne pourrai pas atteindre l'objectif fixé.

– Je vois. »

Soudain, il se précipita sur moi et me jeta à terre. « Tu as perdu, proclama-t-il en se relevant.

– D'accord », soupirai-je en me remettant sur pied.

Immédiatement, il pivota et me rejeta à terre. Je lançai timidement le poing vers son visage, bien trop tard. Cette fois, il me jeta à terre bien plus violemment. Chacun des petits muscles de ma tête eut l'impression d'être étiré. Il posa une main sale sur mon visage et s'y appuya en se relevant. Le message était clair.

La fois d'après, j'essayai pour de bon, mais je n'avais pas une bonne assise, et ne pus frapper fort. De toute façon, il était trop bas.

La suivante, j'abaissai mon centre de gravité, plantai fermement mes pieds dans le sol, alignai tout mon côté de la hanche au poing, et le frappai en pleine pommette.

« Bien, dit-il en se relevant pour me soulager de son poids. Voyons si tu es capable de me ralentir. C'est toute l'idée, ne l'oublie pas. »

Je crois que nous recommençâmes une dizaine de fois. Comme je prenais beaucoup plus de coups que lui, je ne comptais pas vraiment. Dans ma meilleure tentative, je le maintins un moment – mais il finit tout de même par me jeter à terre.

« Combien de temps va-t-on continuer ? » demandai-je, étendu dans la glaise au fond d'un cratère en forme d'Érasmas. Si je refusais de me relever, il ne pourrait plus me jeter à terre.

Des deux mains en coupe, il prit de l'eau dans la rivière, se la passa sur le visage, rinça le sang de ses narines et de ses sourcils. « Cela devrait suffire, dit-il. J'ai appris ce que je voulais savoir.

– Qui est ? demandai-je en prenant le risque de m'asseoir.

– Que je me suis ajusté, depuis ce qu'il s'est passé pendant l'aperte.

– Nous avons fait tout cela pour une simple *confirmation* ? m'exclamai-je en me dressant sur les genoux.

– Si c'est de cette façon que tu veux le voir », répondit-il en se penchant pour puiser encore de l'eau.

Une aussi belle opportunité ne se reproduirait jamais,

alors je roulai sur le côté, plaçai le pied contre le bas de son dos, et le propulsai tête la première dans la rivière.

Plus tard, alors que Lio était concentré sur une activité comparativement plus saine et sensée – l'affûtage d'une pelle –, je revins sur le sujet de ce que j'avais vu sur la tablette, et plus spécifiquement sur le comportement de Sammanne pendant ses visites de la mi-journée.

Une fois surmontée la sensation de malaise nauséeuse liée au fait d'avoir été découvert, je m'étais mis à ressasser d'autres questions. Était-ce une simple coïncidence que le tic qui avait découvert l'étui fût également celui qui avait rendu visite à Cord dans sa manufacture ? Je me dis que soit c'était bien une simple coïncidence, soit ce Sammanne était une sorte de tic de haut rang, responsable des tâches importantes liées à l'astrohenge. Dans tous les cas, spéculer ne me mènerait nulle part.

« Èche quc chc tic a échayé de communiquer avec toi ? me demanda Lio à travers ses lèvres gonflées.

– Tu veux dire, comme en se glissant dans la math la nuit pour me passer une lettre pliée en quatre ? »

Lio fut dérouté par ma réponse. Il réagit comme à son habitude : en changeant de position. Le frottement de la pierre sur la pelle s'interrompit un temps. Puis il comprit. « Non, je ne veux pas dire *maintenant*, reprit-il, je veux dire *sur la tablette :* est-ce qu'il… enfin, tu vois.

– Non, bourricot, je dois t'avouer que je n'en ai pas la moindre idée…

– Si quelqu'un maîtrise la surveillance, c'est bien ces types, affirma Lio. Si l'on accorde crédit à l'allégation de saunte Patagar, évidemment. » Il parut déçu de découvrir que j'étais naïf au point de ne pas croire cela. Il se remit au travail avec sa pierre. Le frottement me faisait grincer des dents, mais je me dis qu'il devait aussi faire souffrir tous les espions qui nous écoutaient.

Apparemment, mon rôle dans la concente Saunt-Édhar

était devenu celui de l'innocent à protéger. « Eh bien, lui dis-je, s'ils nous surveillent à ce point, ils doivent tout savoir pour moi et la tablette, n'est-ce pas ?

– Oui, cela paraît logique, concéda Lio.

– Alors, pourquoi ne s'est-il rien passé ? Je n'ai pas précisément les faveurs de Spélikon et de Trestanas.

– Cela ne me surprend pas, rétorqua-t-il. Je n'y vois rien d'étonnant.

– Comment cela ? »

Il marqua une pause assez longue pour me faire penser qu'il inventait sa réponse à mesure. Il trempa sa pierre d'affûtage dans la rivière. « Les tics ne peuvent pas dire à la férule édictrice tout ce qu'ils savent. Trestanas devrait passer chaque minute de chaque jour avec eux, pour absorber autant d'informations. Les tics doivent prendre des décisions quant à ce qu'ils vont transmettre et ce qu'ils vont garder pour eux. »

Ce que disait Lio ouvrait sur toutes sortes de scénarios intéressants qui nécessiteraient un certain temps de réflexion. Je n'avais pas l'intention de rester là bouche bée plus longtemps, alors je me penchai et attrapai la pelle par le manche. On ne la rendrait pas plus tranchante. Puis je cherchai alentour un buisson de brambasiers à massacrer. Une fois ma cible repérée, je partis dans sa direction, et Lio m'emboîta le pas.

« C'est donner de grandes responsabilités aux tics », dis-je en enfonçant la pelle dans les racines des cannes de brambasier. Plusieurs d'entre elles s'effondrèrent d'un coup. Extrêmement satisfaisant.

« Pars du principe qu'ils sont aussi intelligents que nous, dit Lio. Allons ! Ils exploitent des appareils syntactiques complexes au quotidien. Ils ont créé le réticulum. Personne ne sait mieux qu'eux que l'information est un pouvoir. En employant la stratégie et la tactique dans ce qu'ils disent et ne disent pas, ils peuvent obtenir ce qu'ils veulent. »

J'abattis une verge carrée de brambasiers en réfléchissant à ce qu'il venait de dire. « D'après toi, il existerait tout un monde d'intrigues entre les tics et les hiérarques, dont nous n'aurions jamais entendu parler ?

– Il ne peut pas en être autrement. Sinon, ils ne seraient pas humains », répondit Lio. Puis il me fit une transquæstation hypotrochienne : il changea habilement de sujet, suggérant que ce point était réglé, et qu'il avait eu le dernier mot. « Donc, revenons-en à ma question : Sammanne fait-il quoi que ce soit d'autre sur la tablette ? Adresse-t-il un message à toi, à un autre, ou laisse-t-il entendre qu'il sait que son image a été enregistrée ? » Il lança sa pierre à affûter dans la rivière.

La réponse normale à une transquæstation hypotrochienne était : *Eh, pas si vite !* Mais la question de Lio était si intéressante que je n'en fis pas un drame. « Je ne sais pas, dus-je admettre après une minute de bonheur passée à abattre d'autres cannes de brambasier. Mais je commence à en avoir assez de mesurer des parts de tarte. Et, honnêtement, je ne sais pas trop quoi chercher ensuite. Alors je vais regarder. »

Après cela, il me fut impossible d'accéder au caveau pendant près d'une semaine. La concente se préparant aux célébrations de l'équinoxe, je dus me charger des répétitions des chants. La guerre des herbes atteignait un stade qui nécessitait que j'en fisse au moins un dessin. Je devais ensemencer mon lacis. Et quand j'étais libre, il y avait toujours quelqu'un à la Dotation Shuf. L'endroit devenait à la mode !

« Il faut faire attention quand on lance une invitation, se lamenta Arsibalt un après-midi, comme je l'aidais à porter des cadres de ruche à la menuiserie. J'ai invité tous ceux qui le désiraient à utiliser la Dotation, alors ils ne s'en privent pas – et je ne peux plus travailler !

– Moi non plus, renchéris-je.

– Et maintenant ceci ! » Il sortit une spatule, ce qui, à mon avis, n'était probablement pas l'outil adapté, et commença à creuser distraitement une poche de bois pourri au coin de l'un des cadres. « C'est un véritable désastre !

– Tu sais quelque chose du travail du bois ? lui demandai-je.

– Non, reconnut-il.

– Et des travaux métathéoriques de fraa Paphlagon ?

– Déjà un peu plus. D'autant que je pense qu'Orolo voulait que nous nous y intéressions.

– Comment cela ?

– Tu te souviens de notre dernier dialogue avec lui ?

– Les dragons roses péteurs de gaz neurotoxiques. Je ne risque pas de l'oublier.

– Il nous faudra trouver un intitulé plus digne avant de le consigner à l'encre, grimaça Arsibalt. Quoi qu'il en soit, je pense qu'Orolo nous mettait sur la piste d'idées qui étaient – qui *sont* importantes pour son mentor.

– Il est étonnant qu'il n'ait pas mentionné Paphlagon, dans ce cas, lui fis-je remarquer. Je me souviens avoir parlé des œuvres tardives de saunt Événédric, mais…

– L'un mène à l'autre. Nous aurions fini par en venir à Paphlagon.

– Toi, peut-être, dis-je. De quoi s'agit-il ? »

La question semblait raisonnable, mais elle fit ciller Arsibalt. « Du genre de choses pour lesquelles les Prociens nous haïssent.

– Le monde théorique hylaéen par exemple ? demandai-je.

– C'est ainsi qu'ils l'appelleraient, comme une façon détournée de suggérer combien nous sommes naïfs. Mais dès l'époque de Protas, le concept de MTH avait déjà été étendu à une métathéorique plus sophistiquée. Donc, on pourrait dire que les travaux de Paphlagon sont à la pensée protanienne classique ce que la théorie moderne des groupes est à la capacité de compter sur ses doigts.

– Mais elle y reste liée ?

– Absolument.

– Cela me fait repenser à ma conversation avec cet inquisiteur.

– Varax ?

– Oui. Je me demande si son intérêt pour ce sujet…

– Correction : le sujet qui l'intéressait était de savoir *si nous étions intéressés par ce sujet*, me rappela Arsibalt.

– Tout à fait, oui. Donc, je me demande si son intérêt pouvait être de trouver une preuve de plus de l'existence de l'Hypothétique Ancien Phyte Ultérieurement Important de Soor Aculoa.

– Je crois qu'il ne faudrait pas trop spéculer sur l'HAPUISA tant que soor Tulia n'a pas trouvé une preuve de son existence, dit Arsibalt. Sans quoi nous nous exposerions à développer toutes sortes de raisonnements qui ne passeraient pas au râteau.

– Eh bien, sans me dire tout ce que tu en sais, pourrais-tu me donner un indice sur la raison qui pousserait quelqu'un dans le monde sæculier à penser que les travaux de Paphlagon puissent avoir une importance pratique ?

– Oui, répondit-il, si tu répares cette ruche pour moi. »

« Tu connais les anneaux de collision ? Les accélérateurs de particules ?

– Évidemment, répondis-je. Des installations de l'ère praxique. Immenses et coûteuses. Utilisées pour tester les théories sur les forces et les particules élémentaires.

– Oui. Sans possibilité d'expérimentation, il n'y a plus de théorique – seulement de la métathéorique. Une branche de la philosophie. En fait, si on l'envisage de cette façon, notre capacité à expérimenter marque la frontière entre la théorique et la philosophie.

– Pfou ! soufflai-je. J'imagine qu'un philosophe te sauterait à la gorge après t'avoir entendu. Cela revient à dire que la philosophie n'est rien d'autre que de la mauvaise théorique.

– Certains théôs l'affirmeraient, admit Arsibalt. Mais ces gens ne parlent pas de la philosophie *telle que les philosophes la définiraient*. En fait, ils parlent de cette chose que les théôs commencent à faire lorsqu'ils ont atteint les limites de ce qu'ils peuvent prouver avec l'équipement dont ils disposent. Ils rendent fous les philosophes en appelant cela de la philosophie ou de la métathéorique.

– De quel genre de choses parles-tu ?

– Eh bien, ils spéculent sur ce que pourrait être la théorie suivante, développent cette théorie, et essaient de l'utiliser pour faire des prédictions sur ce qui pourrait être expérimentable. Durant l'ère praxique tardive, cela signifiait généralement la construction d'un accélérateur de particules encore plus gros et encore plus cher.

– Puis sont advenus les Événements horrifiques, dis-je.

– Oui, et à partir de là, plus de jouets hors de prix pour les théôs, poursuivit Arsibalt. Mais il n'est pas certain que cela ait réellement fait une différence. Les plus grosses machines, à l'époque, atteignaient déjà les limites de ce qui pouvait être construit sur Arbre pour des budgets raisonnables.

– Je ne savais pas, m'étonnai-je. J'avais toujours supposé que financièrement le monde extérieur n'avait pas de bornes.

– Même si c'était le cas, dit Arsibalt, la plus grande partie de l'argent passerait de toute façon en pornographie, en eau sucrée et en bombes. Il y a des limites à ce qui peut être affecté aux accélérateurs de particules.

– Donc, le virage de la cosmographie aurait peut-être eu lieu même sans la Reconstitution.

– Il avait déjà été entamé, renchérit Arsibalt, une fois que les théôs de la toute fin de l'ère praxique eurent compris qu'aucune machine capable d'expérimenter la théorique à laquelle ils vouaient leur carrière ne pourrait être construite de leur vivant.

– Donc ces théôs n'eurent plus d'autre choix que de se tourner vers le cosmos pour obtenir des données.

– Oui. Et dans le même temps, il y a des gens comme fraa Paphlagon.

– Tu veux dire à la fois théôs et philosophes ? »

Il prit le temps d'y réfléchir. « Je m'efforce de respecter ta requête et de te répondre sans te noyer dans le Paphlagon, commenta-t-il lorsqu'il s'aperçut que je le dévisageai, mais là, tu me forces à un travail complexe.

– Un prêté pour un rendu, lui fis-je remarquer en brandissant la scie à bois dont j'étais en train de me servir.

– Tu pourrais considérer Paphlagon – et probablement Orolo – comme les *héritiers* de gens tels qu'Événédric.

– Des théôs qui se sont tournés vers la philosophie quand la théorique a cessé de progresser.

– Quand elle a *ralenti sa progression*, me corrigea Arsibalt, en attente des données de lieux comme Saunt-Bunjo. »

Bunjo était une math millénarienne construite autour d'une ancienne mine de sel, à une lieue sous terre. Ses fraas et soors travaillaient par équipes en continu, assis dans une obscurité totale à attendre les éclairs de lumière d'une vaste palette de détecteurs de particules cristallins. Tous les mille ans, ils publiaient leurs résultats. Ils étaient convaincus d'avoir perçu durant le premier millénaire des éclairs en trois occasions distinctes, mais il n'y avait plus rien eu depuis.

« Et donc, en attendant, ils jonglent avec les idées qu'ont eues des gens comme Événédric lorsqu'ils ont atteint les limites de la théorique ?

– Oui, dit Arsibalt. Il y en a eu à profusion à l'époque de la Reconstitution, toutes des variations sur le thème du polycosme.

– L'idée que notre cosmos n'est pas unique.

– Oui. Et c'est ce sur quoi Paphlagon écrit lorsqu'il n'étudie pas *ce* cosmos.

– Là, je suis un peu perdu : ne m'as-tu pas dit il y a une minute qu'il travaillait sur le MTH ?

– Eh bien, rien n'interdit de considérer le protisme – la croyance en un autre niveau d'existence peuplé de formes théoriques pures – comme la plus ancienne et la plus élémentaire des théories polycosmiques, me fit-il remarquer.

– Parce qu'elle postule deux cosmi, complétai-je, en m'efforçant de suivre. Un pour nous et un pour les triangles isocèles.

– Oui.

– Mais les théories polycosmiques dont j'ai entendu parler – celles de l'époque de la Reconstitution – sont une tout autre affaire. Dans ces théories, il existe de nombreux cosmi séparés du nôtre, mais similaires. Composés de matière et d'énergie et de champs, toujours changeants. Pas de triangles immuables.

– Pas toujours aussi similaires que tu pourrais le croire, répliqua Arsibalt. Paphlagon appartient à une tradition qui considère que le protisme classique n'était qu'une théorie polycosmique comme une autre.

– Comment peut-on…

– Je ne peux pas t'en dire plus sans tout expliquer, dit Arsibalt en levant ses mains dodues. Ce que j'essaie de dire, c'est qu'il croit en une forme de monde théorique hylaéen *et* en l'existence d'autres cosmi. Voilà les sujets qui intéressent soor Aculoa.

– Donc, si l'HAPUISA existe vraiment…

– Il ou elle a mandé Paphlagon parce que, d'une manière ou d'une autre, le polycosme est devenu un sujet d'actualité.

– Et l'on ne peut qu'en déduire, ajoutai-je, que ce qui l'a sorti des limbes a également déclenché le confinement de l'astrohenge. »

Arsibalt se rembrunit.

« Qu'est-ce que cela pourrait être ? repris-je.

– Cela, c'est votre domaine, à Jesry et toi, répondit-il dans un haussement d'épaules. Mais n'oubliez pas que les mamamouchis peuvent aussi s'exciter pour rien. »

Finalement, je pus enfin redescendre dans le caveau de la Dotation Shuf, et consacrer trois heures à regarder Sammanne déjeuner. Il venait presque chaque jour, mais pas toujours à la même heure. Si le temps était beau et que l'instant s'y prêtait, il s'asseyait sur le parapet, étalait sa nourriture sur un morceau de tissu, et profitait de la vue en mangeant. Parfois, il lisait un livre. Je ne pus identifier ses aliments, mais cela avait l'air meilleur que ce que l'on nous servait. Parfois, quand le vent soufflait du nord-est, nous pouvions sentir l'odeur de la cuisine des tics. Nous avions toujours l'impression qu'ils nous narguaient.

« Des résultats ! proclamai-je dès que je pus me trouver seul avec Lio dans le pré. Enfin, quelque chose du genre.

– Oui ?

– Tu avais raison. Du moins, je crois.

– À quel sujet ? »

Il s'était passé tant de temps qu'il avait oublié notre précédente conversation au sujet de Sammanne. Je dus la lui remettre en mémoire.

Là, il tomba des nues : « Eh bien ! C'est énorme !

– Peut-être. Je ne sais pas trop quoi en penser.

– Que fait-il ? Il tient un panneau devant l'Œil ? Il utilise la langue des signes ?

– Sammanne est trop malin pour cela.

– Tiens ? On dirait que tu parles d'un vieil ami.

– C'est presque l'impression que j'ai de lui, maintenant. Nous avons souvent déjeuné ensemble.

– Alors, comment t'a-t-il parlé ? Enfin, *t'a-t-il* parlé ?

– Durant les soixante-huit premiers jours, c'est d'un

ennui total, dis-je. Puis, le soixante-neuvième, il se passe quelque chose.

– Le soixante-neuvième ? Cela correspond à quelque chose de particulier ?

– Eh bien, c'est environ deux semaines après le solstice, et neuf jours avant qu'Orolo ne soit proscrit.

– D'accord. Donc, que fait ce Sammanne le soixante-neuvième jour ?

– Eh bien, normalement, lorsqu'il arrive en haut des marches, il attrape le sac qu'il porte à l'épaule, et le suspend à une pierre qui fait saillie dans le parapet à cet endroit-là. Il nettoie les optiques. Puis il va s'asseoir sur le parapet – il y a un rebord d'un pied de large – et il tire son déjeuner de ce sac, l'étale et mange.

– D'accord. Et que se passe-t-il le soixante-neuvième jour ?

– En plus de son sac, il tient quelque chose au creux du bras, qui ressemble à un livre. La première chose qu'il fait est de le poser sur le parapet. Puis il vaque à sa routine.

– Sur le parapet, donc parfaitement visible de l'Œil ?

– Exactement.

– Tu as pu zoomer dessus ?

– Évidemment.

– Et lire le titre ?

– Ce n'est pas du tout un livre, Lio. C'est un autre étui – comme celui que Sammanne a ramassé le premier jour. Sauf que celui-ci est plus droit et plus lourd, parce qu'il contient…

– Une autre tablette ! s'exclama Lio, avant de marquer une pause pour réfléchir. Qu'est-ce que cela veut dire ?

– Eh bien, nous devons supposer qu'il vient de la prendre ailleurs dans l'astrohenge.

– Il ne la laisse pas là, j'imagine.

– Non, après son repas, il l'emporte avec lui.

– Pourquoi a-t-il choisi ce jour en particulier pour prendre une tablette ?

– Eh bien, je me dis que ce doit être vers le soixante-neuvième jour que l'enquête de fraa Spélikon s'est vraiment accélérée. Et tu te souviendras peut-être que quand je me suis glissé là-haut pendant l'anathyme, le soixante-dix-huitième jour, j'ai vérifié le M&M…

– Et il était vide, acquiesça Lio. Donc, le soixante-neuvième jour, Spélikon a probablement ordonné à Sammanne d'aller chercher la tablette qu'Orolo avait chargée dans le M&M. Mais Spélikon ne savait pas que tu en avais mis une dans l'œil de Clesthyre, alors il ne l'a pas demandée.

– Mais Sammanne, lui, le savait : il l'avait remarquée dès le deuxième jour.

– Et il a choisi de ne pas en parler à Spélikon. Par contre, le soixante-neuvième jour, il n'a pas essayé de dissimuler le fait qu'il venait de prendre la tablette d'Orolo. » Lio agita la tête. « Je ne comprends pas. Pourquoi prendrait-il le risque de te faire savoir cela ? »

Je levai les mains au ciel. « Peut-être que, pour lui, ce n'est pas un si grand risque. C'est déjà un tic. Que pourraient-ils lui faire de plus ?

– Bien vu. Les tics ont beaucoup moins de raisons de craindre la férule édictrice que nous. »

Je fus un peu agacé d'entendre rappeler que nous vivions dans la crainte, mais vu toutes les précautions que j'avais prises ces derniers temps, j'eusse été bien en peine de réagir.

J'allais mieux, réalisai-je. Je me remettais de la perte de fraa Orolo. J'oubliais à quel point j'avais été triste et furieux. Mais quand Lio avait parlé de la férule édictrice, cela m'y avait refait penser.

Un long silence s'installa, comme Lio absorbait tout cela. Nous en profitâmes pour progresser dans notre travail. Sur les herbes, je veux dire.

« Eh bien, dit-il finalement, qu'arrive-t-il ensuite ?

– Soixante-dixième jour, des nuages. Soixante et onzième

jour, de la neige. Soixante-douzième jour, de la neige. On ne voit rien parce que la lentille en est couverte. Soixante-treizième jour, un temps superbe. Presque toute la neige a fondu lorsque Sammanne arrive. Il nettoie et déjeune. Il porte des lunettes.

– Des lunettes de soleil ?

– Plus grosses et plus épaisses.

– Comme des lunettes d'alpiniste ?

– C'est ce que je me suis d'abord dit, répondis-je. En fait, il a fallu que je me repasse plusieurs fois le soixante-treizième jour pour comprendre.

– Comprendre quoi ? demanda Lio. Il y avait du soleil, il y avait de la neige, il portait des lunettes noires.

– *Vraiment* noires. Je ne crois pas qu'il s'agissait de lunettes de montagne. J'avais déjà vu ce genre de lunettes avant, Lio. Quand j'étais dans la manufacture, pendant l'aperte, Cord et Sammanne en portaient pour protéger leurs yeux de l'arc. Un arc aussi brillant que la lumière du soleil.

– Mais pourquoi Sammanne irait-il soudain s'affubler d'un tel équipement pour nettoyer les lentilles ?

– Il ne s'en sert pas à ce moment-là, précisai-je. Elles restent suspendues autour de son cou par une lanière. Il les met ensuite, quand il va déjeuner. Et, tout le temps où il mange, il regarde droit vers le soleil. *Sammanne observe le Soleil.*

– Et il ne l'avait jamais fait auparavant ?

– Non. Jamais.

– Donc, tu penses qu'il sait quelque chose de nouveau…

– Quelque chose qu'il aurait appris de la tablette d'Orolo, qui sait ? m'interrogeai-je. Ou quelque chose que Spélikon lui aurait dit ? Une rumeur transmise sur le réticulum par d'autres tics d'autres concentes, quand ils y discutent entre eux – ou quoi qu'ils y fassent ?

– Pourquoi regarder le Soleil ? C'est complètement à l'opposé de ce que vous avez fait jusque-là, non ?

– Complètement, mais ça rime à quelque chose. C'est un bon gros indice. Un cadeau de Sammanne.

– Alors, tu as commencé à observer le Soleil toi aussi ?

– Je n'ai pas de lunettes de protection, lui rappelai-je. Ce que j'ai, par contre, c'est une vingtaine de journées claires enregistrées sur cette tablette. À partir de demain, je peux au moins commencer à regarder ce que faisait le Soleil il y a trois ou quatre mois. »

Trois Grandes : Les concentes Saunt-Muncoster, Saunt-Trédégarh et Saunte-Baritoe, qui sont géographiquement proches et ont de nombreuses caractéristiques communes, notamment le fait qu'elles ont été fondées en l'an zéro, qu'elles sont relativement peuplées, richement dotées et hautement considérées pour leurs consécrations passées.

LE DICTIONNAIRE, 4e édition, 3000 apr. R.

Le lendemain matin, après un cours magistral de théorique, Jesry, Tulia et moi partîmes discuter dans le pré. C'était la première vraie belle journée de printemps, et tout le monde était de sortie, alors nous nous étions dit que nous pourrions nous réunir sans attirer l'attention.

« Je crois que j'ai trouvé l'APUISA, annonça Tulia.

– Tu veux dire l'HAPUISA, corrigea Jesry.

– Non, objectai-je. Si Tulia a trouvé cette personne, alors elle n'est plus hypothétique.

– Je reconnais mon erreur, dit Jesry. Qui est le phyte important ?

– Ignétha Foral, lâcha Tulia.

– Le nom de famille me dit vaguement quelque chose, commenta Jesry.

– Les Foral sont riches depuis quelques centaines d'années, ce qui en fait une vieille famille bien établie, selon les standards sæculiers. Ils entretiennent de nombreux liens avec le monde mathique – tout particulièrement avec Saunte-Baritoe. »

Saunte-Baritoe était contiguë à des reliefs qui formaient un vaste port de premier ordre lorsque le niveau de la mer restait décent, qu'il n'était pas pris dans les glaces, et que le fleuve qui s'y déversait n'avait pas été asséché ou détourné. Durant un tiers du temps écoulé depuis la Reconstitution, une grande ville s'était étendue autour des murailles de Baritoe – pas toujours la même, évidemment –, alors cette concente avait la réputation d'être urbaine et mondaine. Elle entretenait de nombreux liens avec des familles telles que les Foral, apparemment. Les Prociens y étaient puissants, et ils formaient dans leur math unétarienne de nombreux jeunes sæculiers qui faisaient ensuite carrière dans le droit, la politique et le commerce.

« Que sommes-nous autorisés à savoir d'elle ? » demanda Jesry.

La question était judicieusement posée. Une fois par an, lors de l'aperte annale, nos unétariens compilaient des résumés des nouvelles sæculières de l'année écoulée. Puis, une fois tous les dix ans, juste avant l'aperte décennale, ils revoyaient les dix résumés annaux précédents et compilaient un résumé décennal, qui était inclus dans la livraison de notre bibliothèque. Le seul critère de sélection pour qu'une nouvelle entrât dans le résumé était qu'elle parût encore intéressante. Cela filtrait presque tout ce qui composait le quotidien des journaux et des trans du monde sæculier. Jesry demandait en fait à Tulia ce qu'Ignétha Foral avait fait d'assez intéressant pour figurer dans le résumé décennal le plus récent.

« Elle a tenu un poste important dans le gouvernement – parmi la douzaine de responsables du plus haut rang –, et elle a pris position contre le férulaire céleste, qui s'est débarrassé d'elle.

– Il l'a fait tuer ?

– Non.

– Il l'a fait mettre au cachot ?

– Non, il l'a juste virée. Je suppose qu'elle est à un autre poste, maintenant, et qu'elle a conservé assez d'influence pour faire mander quelqu'un comme Paphlagon.

– Et donc, c'était une phyte de soor Aculoa ?

– Ignétha Foral a passé six ans à la math unétarienne de Baritoe, où elle a écrit un traité comparant l'œuvre de Paphlagon et celle de euh…

– De quelqu'un comme Paphlagon, compléta Jesry, d'impatience.

– Oui, des siècles précédents.

– Tu l'as lu ?

– Nous n'avons pas reçu de copie. Peut-être dans dix ans. Je suis déjà passée par le bas-labyrinthe pour glisser une requête à travers la grille. »

Quelqu'un à Baritoe – probablement un phyte unétarien – allait devoir copier le traité de Foral à la main et nous l'envoyer. Quand un livre était très populaire, les phytes le faisaient sans que ce le leur fût demandé, et les copies passaient dans d'autres maths.

« On pourrait penser qu'une famille riche aurait fait imprimer mécaniquement des exemplaires, dit Jesry.

– Trop vulgaire, objecta Tulia. Mais je connais au moins le titre : *Pluralité des mondes. Une étude comparative de l'idéation polycosmique chez les Halikaarniens.*

– Hum. Cela me donne l'impression d'être un insecte sous la loupe des Prociens, dis-je.

– Baritoe est dominée par les Prociens, me rappela Tulia. Ignétha Foral ne serait pas allée bien loin si elle avait tenté de l'intituler *De l'immense supériorité intellectuelle des Halikaarniens sur nous.* »

Je me souvins trop tard que Tulia appartenait à un ordre procien, maintenant.

« Donc, elle s'intéressait au polycosme, intervint Jesry avant que cela pût dégénérer. Qu'est-ce qui a bien pu se passer qui soit observable depuis l'astrohenge, et qui rende le polycosme pertinent ? » C'était le genre de question que Jesry n'eût jamais posée s'il n'avait pas déjà eu la réponse, qu'il fournit dans la foulée : « Il y a un problème avec le Soleil, je parie. »

Je me serais bien moqué de lui, mais je me retins, en me disant qu'après tout Sammanne avait effectivement observé le Soleil. « Quelque chose de visible à l'œil nu ? demandai-je.

– Des taches solaires. Des éruptions solaires. Elles peuvent affecter le climat, etc. Et, depuis l'ère praxique, l'atmosphère ne nous protège plus de certaines choses.

– Eh bien, si c'est là que tout se passe, pourquoi Orolo observait-il le Pôle nord ?

– Les aurores, dit Jesry, comme s'il savait de quoi il parlait. Elles réagissent aux éruptions solaires.

– Mais il n'y a pas eu une seule aurore décente durant tout ce temps, fit remarquer Tulia avec un air de satisfaction félin.

– Qui fût visible à l'œil nu, modéra Jesry. Notre tablette pourrait être l'outil parfait pour observer non seulement les aurores, mais le disque solaire lui-même.

– Je remarque que c'est “notre” tablette, maintenant qu'il y a quelque chose d'intéressant dessus, signalai-je.

– Si soor Trestanas la découvre, elle redeviendra *ta* tablette », dit Tulia.

Nous en rîmes tous les deux, mais Jesry était déterminé à ne pas se détendre.

« Sérieusement, poursuivit-elle, cette hypothèse n'explique en rien pourquoi ils ont mandé Paphlagon. N'importe quel cosmographe peut observer des éruptions solaires.

– Quel serait le lien avec le polycosme, tu veux dire ? demanda Jesry.

– Exactement.

– Peut-être qu'il n'y en a aucun, spéculai-je. Peut-être qu'Ignétha Foral avait juste besoin d'un cosmographe, et qu'elle s'est simplement souvenue du nom de Paphlagon.

– Peut-être qu'elle est persécutée comme hérétique, et qu'ils ont attrapé Paphlagon pour le brûler aussi », suggéra Jesry.

Nous poursuivîmes dans cette veine durant quelques minutes, avant d'abandonner et de nous accorder à dire que, quoi qu'il en fût, Paphlagon avait été choisi pour une bonne raison.

« Eh bien, dit Jesry, ce qui a amené les anciens théôs à commencer à discuter du polycosme était à l'origine leurs réflexions sur les étoiles : la façon dont elles s'étaient formées, et ce qu'il se passait à l'intérieur.

– La formation des noyaux, etc., précisa Tulia.

– Non seulement cela, poursuivit Jesry, mais aussi la façon dont, à la mort des étoiles, ces noyaux sont projetés dans l'espace pour former des planètes, et…

– Et nous, complétai-je.

– Oui, dit Jesry. Ce qui mène à cette question : comment ces processus s'enchaînent-ils si parfaitement pour arriver à la création de la vie ? Une question délicate. Les déolâtres diraient : *Ah, vous voyez, Dieu a fait le cosmos juste pour nous.* Mais la réponse polycosmique est : *Non, il doit y avoir un grand nombre de cosmi, certains bons pour la vie, la plupart non – nous ne voyons que le cosmos dans lequel nous sommes capables d'exister.* Là est le point d'origine de toute cette manne philosophique que soor Aculoa aime étudier.

– Je crois voir où tu veux en venir, maintenant, quand tu supposes un problème relatif au Soleil, dis-je. De nouvelles observations solaires contredisent peut-être ce que nous pensions savoir sur la théorique de ce qu'il se passe au cœur des étoiles. Et cela a peut-être des ramifications qui s'étendent jusqu'à ces théories polycosmiques qui intéressent Paphlagon.

– Ou alors – ce qui est plus probable –, Ignétha Foral est convaincue, à tort, que c'est le cas, dit Jesry. Donc elle a récupéré Paphlagon, et elle va l'envoyer à la chasse au dahu.

– Je crois qu'elle est assez intelligente », intervint Tulia, mais Jesry ne l'entendit pas parce qu'une résolution se formait dans son esprit.

Il se tourna vers moi. « Je veux descendre pour la regarder avec toi, dit-il. Ou sans toi, si tu es trop occupé. »

Je détestai cette idée pour une bonne douzaine de raisons, mais je ne pouvais pas le dire sans donner l'impression que j'agissais comme un rat et que je voulais monopoliser la tablette. « Bien, dis-je.

– Tu es sûr que c'est une bonne idée ? » demanda Tulia, d'une voix qui disait qu'elle était assez convaincue du contraire.

Mais avant que cela pût dégénérer en dispute, nous remarquâmes tous l'approche de soor Ala, qui marchait droit sur nous à travers le pré.

« Oh oh », lâcha Jesry.

Soor Ala avait quelque chose d'assez peu commun que je n'avais jamais réussi à saisir ; parfois, je la dévisageais pendant les cours ou le proveneur, en essayant de comprendre son visage. Elle avait une tête ronde et un cou fin, accentué maintenant par une coupe à la garçonne adoptée pendant l'aperte ; depuis, l'une des autres soors la lui entretenait. Elle avait de grands yeux, un nez pointu et délicat, une grande bouche. Elle était petite et anguleuse, là où Tulia était généreuse. Surtout, il y avait quelque chose dans son aspect physique qui correspondait à son âme.

Elle ne perdit pas de temps en salutations. « Pour la

huit centième fois dans ces trois derniers mois, commença-t-elle, fraa Érasmas est au cœur d'une conversation animée. Soigneusement hors de portée de toute oreille indiscrète. Et toujours avec ces regards entendus vers le ciel et la Dotation Shuf. N'essayez même pas de vous trouver une justification, je sais que vous préparez quelque chose. Que cela dure depuis des semaines et des semaines. »

Nous restâmes longuement là, bras ballants. Mon cœur battait la chamade. Ala nous faisait face à tous les trois, détaillant nos visages de son regard scrutateur.

« Très bien, dit Jesry. Nous n'essaierons pas. » Mais ce fut tout ce qu'il dit.

Un long silence s'ensuivit. Je m'attendais à ce qu'Ala fût prise de fureur, qu'elle nous menaçât des foudres de l'Inquisition. En lieu de quoi ses traits se décomposèrent lentement. Un temps, je crus qu'elle allait afficher une autre émotion – sans m'imaginer laquelle. Mais son expression se mua en une résolution impénétrable ; elle tourna les talons et commença à s'éloigner. Après qu'elle eut fait quelques pas, Tulia partit à sa suite, nous laissant seuls, Jesry et moi.

« C'était bizarre », observa-t-il.

J'eus du mal à répondre. Le malaise qui m'avait empêché de dormir dans ma cellule la nuit où Ala avait rejoint le Nouveau Cercle s'était réemparé de moi. « Tu penses qu'elle va nous dénoncer ? » demandai-je d'un ton incrédule, comme j'aurais dit : *Es-tu vraiment assez bête pour croire qu'elle va nous dénoncer ?*

Mais Jesry prit mes paroles dans leur sens littéral : « Ce serait une bonne façon de marquer des points avec la férule édictrice.

– Sauf qu'elle a fait bien attention de venir nous braver à un moment où il n'y avait personne d'autre alentour.

– Peut-être dans l'espoir de mieux négocier avec nous ?

– Que veux-tu que nous ayons à négocier ? » grinçai-je.

Jesry réfléchit puis haussa les épaules. « Nos corps ?

– La, tu deviens odieux. Pourquoi ne dis-tu pas : *Notre affection*, si tu veux faire ce genre de plaisanterie ?

– Parce que je ne crois pas avoir la moindre affection pour Ala, répondit Jesry, et je ne pense pas qu'elle en ait pour moi non plus.

– Allons, ce n'est pas un monstre.

– Comment peux-tu dire cela après la scène qu'elle vient de nous faire ?

– Peut-être qu'elle a voulu nous avertir que nous étions trop exposés.

– Là, elle n'aurait peut-être pas complètement tort, reconnut Jesry. Nous devrions cesser de débattre en extérieur, là où toute la math peut nous observer.

– Tu as une meilleure idée ?

– Oui. Le caveau de la Dotation Shuf, la prochaine fois qu'Arsibalt donnera le signal. »

Il le donna à peine quatre heures plus tard. Tout se passa bien – en apparence. Jesry et moi le vîmes depuis deux endroits différents, et convergeâmes vers la Dotation Shuf. Elle était déserte, hormis Arsibalt. Jesry et moi descendîmes et nous mîmes au travail.

Mais l'affaire avait mal commencé. Chaque fois que je me rendais à la Dotation, je prenais un chemin détourné à travers le bosquet des arbres-à-feuilles. Je n'y allais jamais deux fois de la même façon. Jesry, par contre, s'était contenté de traverser le pont et d'y aller tout droit. Pour autant, je ne pouvais pas dire que sa méthode était pire que la mienne, vu que ce jour-là j'avais croisé pas moins de quatre personnes ou groupes, sortis pour profiter du beau temps. À un jet de pierre de la Dotation, j'avais manqué trébucher sur soor Tary et fraa Branca, qui avaient un entretien très privé sous les chapes l'un de l'autre.

Lorsque j'atteignis finalement le bâtiment, ce fut avec la ferme intention de tout annuler. Mais Jesry n'avait nullement envie de repartir. Il me convainquit de descendre, sous le regard d'Arsibalt, dont les yeux faisaient des allers-retours de plus en plus horrifiés entre la fenêtre et la porte. Nous descendîmes donc, pour nous tasser dans cet espace exigu où j'avais passé tant d'heures seul. Mais avec lui, ce n'était pas la même chose. Je m'étais accoutumé à la distorsion géométrique imposée par la lentille ; lui non, et il consacra beaucoup de temps à zoomer sur différentes choses juste pour voir à quoi elles ressemblaient. Ce n'était en rien différent de ce que j'avais fait les premières fois que j'y avais été confronté. Cela me donnait envie de hurler, car Jesry ne semblait pas comprendre que nous étions pressés par le temps. Quand quelque chose l'intéressait, il parlait beaucoup trop fort. Nous eûmes tous deux besoin de sortir uriner ; je dus lui expliquer comment fonctionnait le signal avec la porte.

Il dut bien s'écouler deux ou trois heures avant d'arriver à observer le Soleil. La tablette fonctionnait tout aussi bien pour cela que pour les étoiles lointaines. Elle ne pouvait générer qu'une certaine intensité de lumière, et le Soleil nous apparaissait donc non pas comme une aveuglante boule de feu thermonucléaire, mais comme un disque aux contours bien définis – l'objet le plus brillant de la tablette, certainement, mais pas au point que l'on ne pût le regarder. Si on l'agrandissait et que l'on baissait la luminosité, on pouvait distinguer les taches solaires. Je n'aurais su dire si leur nombre était exceptionnel. Jesry non plus.

En obscurcissant le disque et en observant son immédiate proximité, on pouvait voir les éruptions solaires, sans qu'il nous apparût non plus quoi que ce fût d'inhabituel. Mais nous n'étions ni l'un ni l'autre des experts en la matière. Nous ne nous étions jamais beaucoup préoccupés du Soleil auparavant, le considérant comme une étoile déplaisante et inconstante qui interférait dans nos observations des autres étoiles.

Lorsque, lassés, nous eûmes réussi à nous convaincre que l'hypothèse des lunettes de Sammanne était erronée et que nous avions perdu un après-midi pour rien, nous voulûmes partir, mais trouvâmes la porte en haut des marches fermée. Il y avait quelqu'un d'autre dans le bâtiment : il n'était pas prudent de sortir.

Nous attendîmes une demi-heure. Peut-être qu'Arsibalt avait fermé la porte par erreur. Je m'avançai sur la pointe des pieds, et y collai l'oreille. Il était en pleine conversation avec quelqu'un, et plus j'écoutais leurs voix assourdies, plus j'étais convaincu que ce quelqu'un était soor Ala. Elle nous avait traqués jusqu'ici !

Jesry proféra des choses désobligeantes à son propos lorsque je redescendis lui annoncer la nouvelle. Une demi-heure plus tard, elle était toujours là. Jesry et moi étions affamés. Arsibalt devait être dans un état de terreur abjecte.

À l'évidence, notre secret était éventé, ou sur le point de l'être, pour au moins une personne. Accroupis là dans les ténèbres, piégés comme des rats, nous eûmes amplement le temps de réfléchir aux implications. Continuer comme si de rien n'était eût été absurde. Alors, n'ayant rien d'autre à faire, nous ramassâmes la bâche en poly, et y enveloppâmes la tablette. Puis nous naviguâmes jusqu'à l'endroit le plus reculé que nous pûmes trouver – aux confins des explorations d'Arsibalt – et utilisâmes sa pelle pour enterrer la tablette à quatre pieds de profondeur. Lorsque nous fûmes satisfaits et couverts de terre, je remontai pour écouter de nouveau. Cette fois, je n'entendis rien, mais la porte était toujours fermée.

« Je crois qu'Arsibalt nous a abandonnés au profit de son dîner, dis-je à Jesry. Mais je pense qu'*elle* est encore là.

– Ce ne serait pas dans son style de renoncer maintenant, renchérit-il.

– C'est la chose la plus aimable que tu aies jamais dite à son sujet.

– Que devons-nous faire, Raz ? »

C'était étrange d'entendre Jesry me demander mon avis, sur quelque sujet que ce fût. Je savourai quelques instants cette expérience nouvelle avant de répondre : « Si elle a décidé de nous dénoncer, je suis fini quoi qu'il advienne. Mais toi, tu as encore une chance. Alors, remontons ensemble. Tu t'encapuchonnes, tu files droit sur la porte de derrière, et tu fausses compagnie à Ala. Moi, je vais la voir, et lui parler – je la distrairai assez longtemps pour que tu disparaisses dans les ténèbres.

– Marché conclu ! dit Jesry. Merci, Raz. Et souviens-toi : si c'est ton corps qu'elle veut…

– La ferme.

– D'accord. Allons-y. » Il tira sa chape sur son crâne, mais je vis qu'il agitait négativement la tête dans le même temps. « Tu te rends compte de ce qui tient lieu d'événement, par ici ?

– Peut-être qu'un jour ton souhait sera exaucé, et qu'il se passera quelque chose dans le monde.

– Je croyais que ce serait peut-être le cas, répondit-il en faisant un signe du menton en direction du caveau. Mais jusqu'ici, il n'y a que des taches solaires. »

La porte s'ouvrit et la lumière se déversa sur nous.

« Coucou, les garçons, dit soor Ala. Vous vous êtes perdus ? »

Jesry était encapuchonné ; elle ne pouvait pas voir son visage. Il s'élança dans les escaliers, passa Ala en force, et fila vers la porte de derrière. Je lui avais emboîté le pas. J'arrivai en face de soor Ala juste à temps pour entendre un terrible bruit de chute dans le couloir. Jesry était étalé sur le seuil, sous un amas de plis de chape – lesquels ne couvraient plus rien de son anatomie au-dessous de la ceinture.

« Pas la peine de te cacher, Jesry. Je reconnaîtrais ton sourire n'importe où. »

Jesry se remit sur pied, laissa sa chape retomber sur ses fesses, et détala. Maintenant que mes yeux s'étaient accoutumés à la lumière, je réalisai qu'Ala avait étiré sa cordelière tout au long du couloir, et l'avait nouée à hauteur de cheville entre deux chaises qui flanquaient la sortie. N'ayant aucun autre moyen de ceindre sa chape, elle s'en était couverte assez lâchement et la retenait d'un bras. Elle me tourna le dos et s'employa à récupérer sa cordelière.

« Arsibalt est parti il y a une heure, me dit-elle. Je crois qu'il a assez transpiré pour maigrir de moitié. »

Je n'en tirai pas grande joie, sachant qu'elle était en position de faire des commentaires tout aussi amusants sur Jesry ou sur moi.

« Tu as perdu ta langue ? demanda-t-elle après un long silence.

– Combien de gens savent ?

– Tu veux dire, à combien de personnes en ai-je parlé, ou combien ont compris par eux-mêmes ?

– Les deux, j'imagine.

– Je n'en ai parlé à personne. Quant à l'autre question, je suppose que la réponse doit être : tous ceux qui s'intéressent autant à toi que moi, ce qui signifie probablement… personne.

– Pourquoi t'intéresserais-tu à moi ? »

Elle écarquilla les yeux. « Bonne question !

– Écoute, qu'est-ce que tu veux, Ala ? Qu'est-ce que tu cherches ?

– Cela fait partie des règles du jeu que de ne pas le dire.

– Si tu fais tout cela pour essayer de devenir une sorte de férulaire édictrice auxiliaire, sa petite protégée, alors vas-y ! Va lui dire ! Je franchirai le portail de jour à l'aube et je partirai à la recherche d'Orolo. »

Elle avait commencé à nouer sa cordelière autour de sa taille pendant que je parlais. Soudain, ce fut comme si la circonférence de la cordelière avait doublé, tant sa poitrine se vida de tout son air. Son torse se replia et sa tête pendit en avant. Ses grands yeux se fermèrent un temps. N'importe quelle autre fille se serait totalement effondrée.

Il est difficile d'exprimer à quel point je me sentis monstrueux. Je m'adossai au mur et laissai ma tête retomber en arrière, comme pour fuir mes chairs hideusement coupables. Mais il n'y avait pas d'échappatoire.

Elle avait rouvert les yeux. Ils luisaient, mais voyaient tout. *Tous ceux qui s'intéressent autant à toi que moi, ce qui signifie probablement personne.*

D'une voix presque inaudible, elle dit : « Tu as besoin d'un bon décrassage. »

Pour une fois dans ma vie, je compris le double sens. Mais Ala était déjà partie.

Onze : Liste des plantes interdites intra-muros, principalement à cause de leurs propriétés pharmacologiques indésirables. La Discipline stipule que tout spécimen vif aperçu dans une math doit être déraciné et brûlé sans délai, et que cet incident doit être consigné dans la Chronique. La liste originellement dressée par saunte Cartas n'en incluait que trois, mais elle ne cessa de s'allonger au fil des siècles, à mesure qu'Arbre était explorée et que de nouvelles espèces étaient découvertes.

LE DICTIONNAIRE, 4e édition, 3000 apr. R.

Pour effacer les dégâts que je venais de provoquer, je me fusse fait déolâtre – j'eusse pris mon bâton de pèlerin et trouvé des ablutions magiques. Les difficultés de la quête eussent été plaisantes, comparées à la semaine qui suivit. Non pas qu'Ala eût parlé à quiconque. Elle était trop fière pour cela. Mais toutes les autres soors, à commencer par Tulia, voyaient bien qu'elle souffrait. Dès le petit-déjeuner du lendemain, toutes avaient déjà décidé que c'était ma faute. Je me demandai comment cela fonctionnait. Ma première hypothèse : qu'Ala s'était précipitée pour raconter toute l'histoire devant une salle de craie pleine de soors consternées, ne tenait pas une seconde. Ma deuxième hypothèse fut qu'elle avait été vue sur le chemin du retour, malheureuse, après avoir raté le dîner, et que j'avais été surpris peu après, rôdant comme une âme en peine ; d'où il ressortait que je ne pouvais que lui avoir fait du mal. Bien plus tard, je compris cette vérité autrement plus simple : les autres savaient qu'Ala avait des vues sur moi, et si elle était malheureuse, c'était forcément parce que, d'une façon ou d'une autre, j'avais mal agi.

D'un seul coup, j'avais été proscrit par la totalité des jeunes femmes de la math. Toutes les filles me paraissaient atterrées, en permanence – de fait c'était l'expression qui leur venait lorsqu'elles me voyaient.

Cela empira avec le temps. Si Ala avait simplement détaillé par écrit ce que j'avais fait et me l'avait agrafé sur la poitrine, c'eût été moins problématique ; mais comme les gens ignoraient tout des tenants de l'affaire, leur imagination se déchaînait. Les jeunes soors se détournaient de moi, l'air dégoûté. Celles un peu plus âgées me dévisageaient tout le dîner : *Ce que tu as fait n'importe pas, jeune homme... nous* savons *que tu as fait quelque chose.*

Je ne revis pas Ala quatre jours durant, ce qui était statistiquement improbable. D'autres soors devaient faire office de guetteuses, épiant mes mouvements pour pouvoir lui dire où ne pas aller.

Arsibalt avait été tellement secoué que pendant plusieurs jours, il put à peine parler. Puis, arrivé tout sale un soir au dîner, il me chuchota qu'il avait déterré la tablette de là où Jesry et moi l'avions dissimulée – « ridiculement facile à trouver » – et l'avait cachée dans un endroit « tout à fait sûr ».

Dans ce cas, Jesry et moi savions bien qu'il était inutile

de chercher. Il ne nous restait plus qu'à attendre qu'il se calmât.

Je finis par comprendre pourquoi je ne voyais plus Ala : Tulia et elle passaient un temps disproportionné dans le mynstère, à entretenir les cloches, s'entraîner à des changements rares, et transmettre leurs connaissances à des filles plus jeunes destinées à les remplacer.

Les jours ensoleillés se firent plus fréquents. Parfois, il m'arrivait de regarder le sommet du clocher et d'y voir Sammanne déjeuner et regarder fixement le Soleil à travers ses lunettes. Nous discutâmes, Jesry et moi, de fumer une feuille de verre et de nous en servir pour faire de même, mais nous savions qu'en cas d'erreur, nous deviendrions aveugles. J'envisageai même de faire le mur, de courir jusqu'à la manufacture, et d'emprunter un masque de soudeur à Cord. Mais ce n'étaient là que des prétextes pour ne pas penser à Ala, au problème qu'elle représentait. Au début, je ne l'avais considéré que du point de vue de la restauration de ma réputation. Mais, à mesure que le temps passait et que j'y réfléchissais, la vraie nature de la chose m'apparut : j'avais meurtri une âme à un moment où elle s'était ouverte à moi. Par conséquent, elle s'était refermée. J'étais le seul qui pouvait réparer, mais il fallait pour cela que je pusse y avoir accès. Et je ne savais comment faire, en particulier avec quelqu'un d'aussi sauvage qu'Ala.

Un jour, alors que je travaillais sur le projet des herbes, je décidai que le désarmement unilatéral pouvait fonctionner avec quelqu'un comme elle. Le travail que Lio et moi faisions le long de la rive me mettait en contact avec de nombreuses espèces de fleurs sauvages. Les filles étaient là-haut dans le mynstère, à assurer la maintenance des cloches. Soudain, tout m'apparut comme une évidence. Je mis mon plan en branle avant même d'avoir fini de le concevoir. Dix minutes plus tard, je grimpai dans un état semi-léthargique les escaliers du mynstère avec un tas de fleurs au creux du bras, recouvert d'un pli de ma chape, parce que l'une d'entre elles faisait partie des Onze, et que j'allais traverser le domaine de la férule édictrice.

La herse était toujours baissée, l'escalier du contrefort inaccessible, les hauteurs du præsidium interdites. Notre carillon se trouvait dans la partie basse de la chronozone, et pouvait être rejoint grâce à une échelle dressée depuis le domaine de l'édictrice. Cette échelle menait à un espace de maintenance juste sous le carillon ; on ne pouvait pas monter plus haut dans le præsidium par cette voie, donc je pouvais y aller sans être soupçonné de vouloir effectuer des observations interdites.

Les cloches en elles-mêmes étaient à l'air libre. Dessous se trouvait cette logette abritant une partie de la machinerie qui faisait sonner les cloches. J'entendais Ala et Tulia discuter, en haut. L'échelle menait à une trappe dans le sol. Mon cœur battait à tout rompre ; je m'accrochai aux barreaux de toutes mes forces pour ne pas tomber. J'avais fourré les fleurs dans ma chape pour avoir les deux mains libres, et maintenant je suais dessus. C'était immonde. Ala s'esclaffa de quelque remarque spirituelle de Tulia. Je fus heureux d'entendre qu'elle pouvait rire, puis chagriné, bizarrement, qu'elle se fût remise aussi facilement.

Il n'y avait aucun moyen de soigner mon entrée. Je manipulai la trappe jusqu'à la faire retomber. Les filles se turent. Je passai le bouquet par l'ouverture et le posai au sol sur le côté, en me disant que cela ferait une meilleure première impression que mon visage qui, ces derniers temps, poussait pratiquement les filles à s'enfuir en hurlant. Mais cela ne ferait que retarder l'inévitable.

Mon visage étant attaché au reste de mon corps, nous allions devoir arriver ensemble. Je passai cette chose désolante à travers l'ouverture et regardai alentour, mais ne vis rien ; la logette avait des fenêtres, mais elles avaient été aveuglées. Les filles, par contre, me reconnurent, de leurs yeux accoutumés à l'obscurité, et se firent plus silencieuses encore, si une telle chose était possible. Je hissai le reste de mon corps à l'intérieur.

Tulia fit émettre de la lumière à sa sphère. Ala et elle étaient assises côte à côte sur le sol, adossées au mur. Je me demandai pourquoi. Mais j'étais peu enclin à ouvrir la bouche pour une autre raison que celle qui m'amenait ici. Alors je m'agenouillai à côté de la trappe et reformai le bouquet. Ce qui me donna le temps de réaliser que je n'avais pas de plan, et rien à dire. Mais, pour avoir grandi avec soor Ala, et connaître sa façon de réagir aux choses, je me dis que je ne prenais pas trop de risques en l'abordant ainsi : « Ala, je voudrais t'offrir ceci, si cela peut te convenir. »

Au moins l'une d'entre elles respira. Aucune ne souleva d'objection. L'endroit était plus grand que je ne l'avais imaginé, mais tellement enchevêtré de poutres et de traverses que je n'étais pas certain de pouvoir me lever, alors je m'avançai à quatre pattes jusqu'à l'endroit où elles étaient assises. Quelque chose me frôla – une chauve-souris ? –, mais, beaucoup plus tard, je réalisai que nous n'étions plus que deux, que Tulia avait filé aussi vite que se téléportait un capitaine de vaisseau spatial dans une visue.

« Merci, dit Ala – prudemment. Tu les as apportées en passant par le domaine de l'édictrice ? J'imagine que oui.

– Effectivement, répondis-je. Pourquoi ? » Alors que je savais pourquoi.

« Celle-ci, c'est un fléau de saunte Chandéra, non ?

– À cette période de l'année, le fléau de saunte Chandéra fleurit d'une étrange façon, que j'ai décidé de trouver belle. » Je voulus développer une analogie avec elle, mais hésitai, ne sachant trop comment formuler ce qui concernait le côté bizarre de son aspect.

« Mais c'est l'une des Onze !

– J'en suis conscient, dis-je en me tendant un peu parce

qu'elle avait interrompu ma réflexion pour entamer une querelle. Écoute, je l'ai mise là parce que c'est interdit. Et ce problème entre toi et moi – ce gâchis dont je suis responsable – est lié à une autre chose interdite.

– Je n'arrive pas à croire que tu me l'aies apportée jusqu'ici, au nez et à la barbe de l'Inquisition.

– Oui, maintenant que tu en parles, c'était plutôt stupide.

– Ce n'est pas le terme que j'allais utiliser, dit-elle. Merci de me les avoir offertes.

– De rien.

– Si tu t'assieds à côté de moi, je te montrerai quelque chose à quoi tu ne t'attends assurément pas. »

Cette fois, j'étais assez certain qu'il n'y avait *pas* de double sens.

Le temps que je rejoignisse l'ancienne place de Tulia, Ala s'était déjà levée – elle, au moins, pouvait tenir debout, ici – et marchait vers la trappe, que Tulia avait laissée ouverte. Elle la referma. Puis elle revint s'asseoir à côté de moi, et éteignit sa sphère. L'obscurité était maintenant totale. À l'exception d'un unique rayon de lumière blanche, de la taille de la paume d'Ala, et qui semblait flotter dans l'espace juste devant nous. Je ne crus pas une seconde à une coïncidence… les filles s'étaient assises là *à cause* de ce rayon de lumière. Je tendis le bras et l'explorai de ma main droite (mon bras gauche, bizarrement, n'était plus disponible : il avait atterri de quelque façon autour des épaules d'Ala). Il y avait une planche appuyée contre le mur, avec une feuille vierge épinglée dessus, sur laquelle le rayon de lumière se projetait. Maintenant que mes yeux s'étaient ajustés, je pouvais voir qu'il était circulaire. Parfaitement circulaire, en fait.

« Tu te souviens que, lors de l'éclipse totale de 3680, nous avions fait une camera obscura pour pouvoir la regarder sans nous brûler les yeux ?

– Une boîte, me souvins-je, avec un petit trou d'un côté et une feuille blanche de l'autre.

– Nous étions montées pour le nettoyage de printemps, Tulia et moi, expliqua-t-elle. Nous avons remarqué ces rayons de soleil qui se déplaçaient sur les planchers et sur les murs. Ils provenaient d'une ouverture en haut du mur, par là. » Elle se trémoussa en m'indiquant inutilement une direction dans l'obscurité, et se retrouva, étonnamment, plus près de moi. « Nous nous sommes dit qu'elle avait été faite pour aérer l'endroit, puis aveuglée parce que les chauves-souris entraient. La lumière pénétrait par les fentes entre les planches. Nous avons tout calfeutré. Presque.

– Ce "presque" étant un gentil petit trou ?

– Exactement. Puis nous avons placé l'écran. Il faut le déplacer, évidemment, à mesure que le Soleil se déplace dans le ciel. »

Ala pouvait insérer comme personne des « évidemment » dans des phrases qui sans cela eussent été affables. J'avais passé plus de la moitié de ma vie à en être sporadiquement agacé. Là, finalement, je laissai tomber. J'étais trop occupé à admirer l'ingéniosité des deux jeunes filles. J'aurais bien voulu y avoir pensé moi-même. Il n'y avait pas besoin de lentille ou de miroir de verre poli pour voir des objets lointains. Un simple petit trou pouvait tout aussi bien faire l'affaire. L'image qu'il projetait était ténue, par contre, alors il fallait l'observer dans une chambre noire – une camera obscura.

Apparemment, Tulia avait tout dit à Ala de la tablette, de Sammanne, et de mes observations. Mais l'époque où ces choses m'intéressaient plus que mon envie de réparer mon gâchis me semblait fort lointaine. En fait, tandis que nous étions assis là ensemble dans le noir, je trouvais même difficile de porter la moindre attention au Soleil. Il brillait. La photosynthèse était assurée. Il n'y avait pas d'éruptions solaires majeures, et juste quelques taches. Quel intérêt ?

Mon intérêt décrut encore quelques minutes plus tard. On n'enseignait pas la façon de s'embrasser, dans les salles de craie. Nous ne pouvions apprendre que par tâtonnements. Mais même les tâtonnements étaient plaisants.

« Une étincelle ! s'exclama Ala un peu plus tard, d'une voix quelque peu étouffée.

– Génial !

– Non, j'ai vraiment cru voir une étincelle.

– Il paraît qu'il est normal de voir même des étoiles dans ces instants-là…

– Ne sois pas présomptueux, dit-elle en me repoussant sur le côté. Là ! J'en ai vu une autre !

– Où cela ?

– Sur l'écran. »

Les yeux quelque peu embrumés, j'y portai mon attention. Il n'y avait rien sur la feuille à part le même disque blanc pâle.

Et… une étincelle. Un point de lumière, plus brillant que le Soleil, disparu avant que je fusse certain qu'il était là.

« Je crois…

– La revoilà ! s'exclama-t-elle. Mais, par contre, elle s'est un peu déplacée. »

Nous en observâmes quelques-unes de plus. Elle avait raison : toutes les étincelles étaient en dessous et à droite du disque, mais chacune était un peu plus haute et un peu plus à gauche que la précédente. Si on les dessinait sur la feuille, elles formeraient une ligne qui se dirigerait droit vers le Soleil.

Que ferait Orolo ?

« Il nous faut un stylo ! dis-je.

– Je n'en ai pas, répondit-elle. Il en apparaît une par seconde. Peut-être plus.

– Quelque chose de pointu ?

– Les épingles ! »

Ala et Tulia s'étaient servies de quatre épingles pour

fixer la feuille sur la planche. J'en détachai une et la laissai tomber dans la petite main chaude d'Ala. « Je vais maintenir la planche en place. Tu perces un trou dans la feuille là où tu vois une étincelle », dis-je.

Nous en manquâmes quelques-unes, le temps de nous installer. J'étais à genoux sur le côté, plaquant le haut de la planche contre le mur d'une main, bloquant le bas avec le genou. Ala s'était allongée sur le ventre, en appui sur les coudes, le visage si près de la feuille que je pouvais voir ses yeux et la courbe de sa mâchoire dans la minuscule illumination de la page. C'était la plus belle fille de la concente.

Je vis l'étincelle suivante se refléter dans son œil. Sa main s'abattit pour percer la feuille.

« Ce serait une bonne chose de connaître l'heure exacte », dis-je.

Un trou. « Dans quelques minutes, cela va (un trou) sortir de la page, évidemment (un trou), alors on courra regarder (un trou) l'horloge. » Un trou.

« Tu peux dire quelque chose des étincelles ? » Un trou.

« Ce n'est pas un clignotement (un trou), elles brûlent vite (un trou) mais s'éteignent lentement. » Un trou.

« Je parlais de leur couleur. » Un trou.

« Un peu bleutée ? » Un trou.

Un grincement soudain manqua me provoquer une crise cardiaque. C'était le mécanisme automatique du beffroi qui se mettait en route. L'horloge sonnait deux heures. À ce moment-là, il eût été normal de se boucher les oreilles. Je n'osai pas ; Ala m'eût agressé avec son épingle. Un trou… Un trou… Un trou…

« Au moins, nous connaissons l'heure, dis-je lorsque j'eus l'impression qu'elle pouvait de nouveau entendre.

– J'ai fait un triple trou sur l'étincelle la plus proche du deuxième coup, m'annonça-t-elle.

– Parfait.

– Je crois que c'est incurvé.
– Incurvé ?
– Oui, dit-elle. Comme si ce qui produit ces étincelles ne se déplaçait pas en ligne droite. Que cela changeait de trajectoire. Cela vole évidemment entre nous et le Soleil – c'est en train de traverser le disque, en cet instant même. Mais la rangée de trous d'épingle ne me paraît pas droite.
– Eh bien, si l'on suppose que c'est en orbite, c'est vraiment étrange, dis-je. Ce devrait être une droite.
– Sauf si c'est en train de changer de trajectoire, insista-t-elle. Peut-être que ces étincelles ont quelque chose à voir avec son système de propulsion.
– Je me souviens, maintenant, où j'ai déjà vu cette nuance de bleu.
– Où cela ?
– À l'atelier de Cord. Ils ont une machine qui utilise le plasma pour tailler le métal. La lumière qu'elle projette est de cette nuance de bleu. La même qu'une étoile chaude.
– Ça sort du bord du disque », dit-elle. Puis : « Eh !
– Eh quoi ?
– Ça s'est arrêté.
– Plus d'étincelles ?
– Plus d'étincelles. J'en suis certaine.
– Eh bien, avant que l'on ne bouge la feuille, fais quelques trous autour du bord du disque solaire, que nous puissions tout situer. Avec cela et l'heure, nous pourrons retrouver cet objet !
– Le retrouver comment ?
– Nous pouvons savoir où le Soleil se trouvait dans le ciel à quatorze heures aujourd'hui. C'est-à-dire devant quelles étoiles considérées comme fixes il passait. Cette chose aux étincelles de plasma que nous traquons, elle se trouvait au même endroit. Cela signifie que, si elle ne change pas de nouveau d'orbite, elle repassera devant les

mêmes étoiles fixes à chaque révolution. Nous pourrons la trouver dans le ciel.

– Mais elle semble n'avoir aucune difficulté à changer d'orbite, dit Ala, tout en dessinant méticuleusement le disque solaire d'une série de trous d'épingle rapprochés.

– Sauf qu'une partie du problème qui nous échappait jusqu'à aujourd'hui – peut-être –, c'est qu'elle ne fait cela que lorsqu'elle passe près du Soleil. Et tant que nous aurons cette camera obscura, nous pourrons la surveiller.

– En quoi la position du Soleil pourrait-elle faire une différence ?

– Je crois que cette chose se cache, répondis-je. Si elle avait fait ce qu'elle vient de faire dans le ciel nocturne, tout le monde aurait pu la voir à l'œil nu.

– Mais nous avons pu la détecter avec un trou et une feuille de papier ! rétorqua Ala. Alors ce n'est pas une façon très efficace de se cacher.

– Et Sammanne peut apparemment la voir avec des lunettes de soudeur. Mais la différence, c'est que les gens comme toi et moi… et Sammanne sommes…

– Quoi, demanda-t-elle, instruits ?

– Oui. Et quelle que soit cette chose, peu lui importe que les gens instruits sachent qu'elle est là. Elle nous fait connaître son existence…

– Ce qui déplaît au pouvoir sæculier…

– Au point qu'Orolo a été proscrit pour l'avoir observée. »

Il nous fallut un certain temps pour ressortir de là. Trop de choses se télescopaient. Je roulai la feuille et l'enfonçai dans ma chape. Ala ramassa ses fleurs. Cela me rappela la raison pour laquelle j'étais venu ici au départ, et ce que nous faisions avant qu'elle ne remarquât les étincelles. Je me traitai d'imbécile pour l'avoir oublié. Mais entre-temps, Ala s'était souvenue du fléau de saunte Chandéra, et se demandait qu'en faire. Alors nous fîmes un échange : je lui donnai le relevé, et elle me donna les fleurs me laissant la charge risquée de les redescendre subrepticement.

« Que faisons-nous maintenant ? m'interrogeai-je à voix haute.

– Au sujet de ? »

Nous avions ouvert la trappe. Nous baignions dans la lumière. J'allais répondre : *De ce que nous venons de voir*, lorsque je remarquai l'expression de son visage. Elle se préparait à être blessée une nouvelle fois. Je crois que je me retins juste à temps. « Est-ce que tu veux que… est-ce que nous devrions…, commençai-je, puis je fermai les yeux et m'exprimai simplement : Je crois que nous devrions être honnêtes à ce sujet devant tout le monde.

– Cela me convient, dit-elle.

– Je vais tout organiser ; pour demain, j'imagine. Après le proveneur.

– Je vais prévenir Tulia. » À sa façon de prononcer son nom, devinai-je, elle savait que j'avais autrefois eu le béguin pour sa meilleure amie. « Qui veux-tu comme témoin ? »

J'allais proposer Lio, mais Jesry avait été tellement lourd à ce sujet que je décidai que ce devait être lui. « Et notre témoin tiers pourra être Haligastrème, ou celui que nous aurons sous la main, dis-je.

– Quel type de liaison allons-nous annoncer ? »

Ce n'était pas difficile. Les liaisons étaient censées être annoncées quand elles étaient formées et quand elles étaient dissoutes. C'était une façon de limiter les ragots et les manigances, toujours prompts à se développer dans une math. La concente Saunt-Édhar en reconnaissait plusieurs types. La moins sérieuse était la tivienne. La plus sérieuse, la pérélithienne, était équivalente au mariage. C'était hors de question pour des gosses de notre âge qui se haïssaient encore quarante-cinq minutes plus tôt. Si je disais : *Tivienne*, Ala me projetterait à travers la trappe vers une mort assurée, et je passerais les quatre dernières secondes de ma vie à regretter ma réponse. Aussi suggérai-je : « Pourrais-tu supporter que les gens sachent que tu as une liaison étrévanéenne avec ce grand dadais de fraa Érasmas ? »

Elle sourit. « Oui.

– Très bien. »

Puis un instant d'embarras. Il semblait approprié de l'embrasser une nouvelle fois. Cela se passa très bien.

« Bien. Et va-t-on parler du fait que nous venons de découvrir un vaisseau spatial extrasylvestre caché en orbite autour d'Arbre ? » demanda-t-elle d'une petite voix timide qui ne lui ressemblait absolument pas. Mais elle n'avait pas mon habitude des problèmes d'envergure, alors je suppose que sur un tel point, elle préférait s'en remettre à un criminel endurci.

« À quelques personnes seulement. J'imagine que Lio se trouve dans le domaine de la pourfendeuse. Je vais m'y arrêter au passage et le lui dire…

– Cela me va. Nous ferions mieux de nous déplacer séparément, de toute façon, tant que notre liaison n'est pas publiée. »

La facilité avec laquelle elle rebondissait entre la vie amoureuse et le vaisseau spatial me fascinait. Ou me troublait, peut-être.

« Alors on se retrouve plus tard en bas, dis-je. Nous avertirons les autres au fil des opportunités.

– À tout à l'heure. N'oublie pas ta fleur interdite.

– Je ne l'oublierai pas. »

Et elle descendit l'échelle.

Je fis de même une minute plus tard, et retrouvai Lio dans la salle de lecture du domaine de la pourfendeuse. Il était plongé dans un livre sur une bataille de l'ère praxique qui avait eu lieu dans les tunnels abandonnés d'une grande cité, entre deux armées qui, tombées à court de munitions, avaient dû se battre avec des pelles affûtées.

Il me dévisagea un temps d'un air interdit. Je devais avoir

l'air encore plus hébété. Puis je réalisai que les événements récents n'étaient pas inscrits sur mon visage, et que j'allais devoir communiquer. « Il s'est passé des choses incroyables durant l'heure qui vient de s'écouler, déclarai-je.

– Lesquelles ? »

Je ne savais trop quoi lui annoncer en premier, mais décidai que les vaisseaux spatiaux extrasylvestres étaient un sujet plus adapté à la salle de lecture de la férule pourfendeuse. Alors je lui en fis un récit complet. Il parut un peu suspicieux, jusqu'au moment où je décrivis l'incurvation du tracé des étincelles et mentionnai le plasma. Aussitôt son visage se referma comme un rideau. « Je sais ce que c'est », dit-il.

Il en était tellement certain qu'il ne me vint même pas à l'esprit d'en douter. Par contre, je me demandai comment il le savait. « Comment peux-tu en…

– Je sais ce que c'est.

– D'accord. Qu'est-ce que c'est ? »

Pour la première fois depuis mon arrivée, son regard se détacha du mien, et survola la salle de lecture. « Il est peut-être ici… Ou alors dans l'ancienne bibliothèque. Je vais le trouver. Je te le montrerai plus tard.

– Pourquoi ne pas simplement me le dire ?

– Parce que tu ne me croiras pas tant que je ne te l'aurai pas montré dans un livre écrit par quelqu'un d'autre tellement c'est bizarre.

– D'accord. » Puis j'ajoutai : « Félicitations ! », parce que cela semblait être la chose à dire.

Lio referma bruyamment son livre, se leva, tourna les talons, et se dirigea vers les étagères.

Une fois de retour au cloître, je réalisai que les choses allaient se faire beaucoup plus lentement que je n'en avais envie. Étant de corvée pour le dîner, je passai le reste de l'après-midi dans la cuisine. Ala et Tulia n'avaient pas à cuisiner, mais elles étaient affectées au service. Lorsqu'elle laissa tomber une patate chaude dans mon écuelle, Ala me lança un regard qui me fit fondre d'une façon que je ne décrirai pas ici. Lorsqu'elle la recouvrit de ragoût, Tulia m'adressa un regard signifiant qu'Ala lui avait tout raconté.

« Le petit trou : excellent ! » lui dis-je.

Fraa Mentaxénès, qui me poussait dans le bas des reins avec son écuelle pour me faire avancer plus vite, n'ayant pas la moindre idée de ce que je voulais dire, n'en fut que plus irrité.

Lio ne se montra pas pour le dîner. Jesry était là, mais je ne pus lui parler, car nous nous trouvions à une table bondée, avec Barb et beaucoup d'autres. Arsibalt s'était assis aussi loin de nous qu'il fût possible, comme à son habitude ces derniers temps. Après le dîner, il était de corvée de vaisselle. Jesry partit vers une salle de craie pour travailler sur une démonstration avec d'autres édhariens. Cela risquait de durer jusqu'à l'aube. Mais je n'aurais pas pu lui parler de toute façon : je devais coincer fraa Haligastrème et organiser pour demain la petite auction durant laquelle Ala et moi déclarerions notre liaison devant témoins, et la ferions inscrire dans la Chronique.

J'eus tout de même assez de temps pour trouver où dans le ciel le Soleil se situait à deux heures de l'après-midi. Après le couvre-feu, lorsque les phytes furent couchés, je partis seul dans le pré, m'assis sur un banc, et gardai les yeux fixés sur cette partie du ciel pendant une heure, en espérant avoir la chance de voir passer un satellite. Ce qui était totalement irrationnel, puisque si ce vaisseau spatial pouvait être vu à l'œil nu, alors rien dans toute cette intrigue ne serait justifié. Une combinaison de facteurs – trop obscur, trop petit et/ou trop éloigné – faisait qu'il ne réfléchissait pas assez de lumière pour être vu.

Mais j'avais besoin de m'asseoir seul un temps et de regarder l'obscurité pour faire le point. Mon esprit fit des allers-retours entre mes deux sujets de préoccupation pendant une heure. Lorsque je fus totalement épuisé, je me relevai et me traînai jusqu'à une cellule vide où je dormis à poings fermés.

À l'heure du petit-déjeuner, Lio était au réfectoire. Lorsque je croisai son regard, il fit un signe de tête entendu en direction du gros livre ancien qu'il avait exhumé : *Les Systèmes d'armement exoatmosphériques de l'ère praxique.*

Joyeux.

Jesry ne vint pas prendre de petit déjeuner. Ala et moi consacrâmes la plus grande partie de la matinée aux préparatifs de l'après-midi. Une liaison tivienne pouvait être annoncée au pied levé, mais pour une étrévanéenne, chaque partie était censée en discuter d'abord avec un fraa ou une soor plus âgés. Je finissais cet entretien lorsque sonna le proveneur. Il s'agissait de l'une de ces journées, de plus en plus rares, où mon ancienne équipe était chargée de remonter l'horloge. Je trouvai la cellule où Jesry dormait encore, le tirai de sa paillasse, et nous rejoignîmes le mynstère en courant – en retard, comme d'habitude. Mais j'étais heureux de retrouver mes anciens compagnons après tout ce qu'il s'était passé ces derniers temps, et le simple exercice physique me fut plus agréable qu'il ne l'était auparavant.

Ensuite, nous allâmes tous les quatre déjeuner au réfectoire. Mais là, pas question de parler de vaisseau spatial. Il n'y en eut que pour l'auction qu'Ala et moi allions célébrer un peu plus tard. De toute l'équipe, j'étais le premier à franchir le pas d'une liaison, alors ce fut une sorte de répétition d'enterrement de vie de garçon. Notre conversation devint si bruyante et drôle (du moins, nous pensions être drôles) qu'on nous demanda à deux reprises de baisser le ton, en nous menaçant d'une grave pénitence, ce qui ne fit qu'ajouter à notre hilarité tonitruante.

À un moment de ces libations, je pris mentalement un peu de recul, et m'accordai un instant pour profiter de l'expression du visage de mes amis, et pour réfléchir aux événements de ces derniers temps. Une chose en entraînant une autre, je me souvins qu'Orolo avait été proscrit, et qu'il était quelque part extra-muros, à essayer de trouver sa voie. Ce qui m'attrista, et réveilla même un peu de mon ancienne fureur. Mais rien n'eût pu m'empêcher d'être heureux avec mes amis. En partie à cause de l'excitation liée à ce qu'il se passait avec Ala. Mais aussi à cause de la certitude grandissante qu'Ala, Tulia et moi avions remporté une victoire contre ceux, comme Spélikon et Trestanas, qui nous avaient chassés de l'astrohenge, et avaient essayé de contrôler ce que nous savions et ce que nous pensions. Il nous fallait juste un moyen de le faire savoir, qui ne menât pas pour autant à ma proscription. Je n'avais plus envie de quitter la concente. Pas tant qu'Ala vivait là.

Tulia et elle n'étaient visibles nulle part, et il ne nous fallut pas longtemps pour découvrir pourquoi : elles avaient des obligations au mynstère. Les cloches commencèrent à sonner peu après que nous eûmes fini de manger. Nous restâmes assis à les écouter deux-trois minutes, en essayant de déchiffrer les changements.

Barb, qui avait mémorisé toutes ces choses, fut le premier à comprendre. « Un voco, annonça-t-il. Le pouvoir sæculier va mander l'un d'entre nous.

– Apparemment, fraa Paphlagon n'a pas fait le boulot, se gaussa Jesry pendant que nous finissions nos bières.

– Ou il a besoin de renforts, suggéra Lio.

– Ou il a fait une crise cardiaque », dit Arsibalt.

Il avait beaucoup d'idées sombres de ce genre, ces derniers temps, alors nous lui jetâmes tous des regards noirs jusqu'à ce qu'il levât les mains en signe de défaite.

Nous traversâmes nonchalamment le pré en direction du mynstère. Même ainsi, nous fûmes en avance, et nous nous retrouvâmes au premier rang, au plus près de l'écran. Le voco continua de sonner quelques minutes encore après notre arrivée. Puis les huit sonneuses descendirent de leur balcon et prirent place plus en arrière. Un chœur de séculos entra dans le cancel et entonna un chant monophonique. J'envisageai de retourner derrière pour me rapprocher d'Ala, mais selon la Discipline, on ne se livrait pas à ce genre de comportement mielleux tant que la liaison n'avait pas été publiée, alors cela devrait attendre encore quelques heures.

Cette fois, Statho n'était pas accompagné d'inquisiteurs, comme pour le voco de fraa Paphlagon. Il conduisit les phases introductives du rite comme auparavant, et pour la première fois depuis que les cloches avaient sonné, l'auction parut brusquement bien réelle. Je me demandai à quel avôt nous allions dire au revoir – serait-ce cette fois un dixie comme nous, ou quelqu'un comme fraa Paphlagon, que nous n'avions jamais rencontré parce qu'il appartenait à une autre math ?

Le temps que Statho atteignît la partie de l'auction dans laquelle il allait annoncer le nom du mandé, j'avais été gagné par l'anxiété. Le mynstère étant aussi silencieux que le caveau sous la Dotation Shuf, j'eus presque envie de hurler lorsqu'il choisit cet instant pour s'interrompre et fouiller dans ses robes. Il en tira une feuille pliée et scellée à la cire d'abeille. L'ouvrir lui prit une éternité. Il la déplia, la porta à son regard, et parut abasourdi. Son trouble fut tel que même lui ressentit la nécessité d'en donner une explication.

« Il y a six noms ! » annonça-t-il.

« Pandémonium » n'est pas le terme le plus exact pour décrire quelques centaines d'avôts immobiles chuchotant tous entre eux, mais il exprime bien notre réaction. Un voco était en soi quelque chose d'exceptionnel. Six d'un coup, ce n'était jamais arrivé. À ma connaissance, tout du moins.

Je me tournai vers Arsibalt, qui lut dans mes pensées. « Non, murmura-t-il, pas même pour la Grosse Pépite. »

Puis je me tournai vers Jesry.

« Cette fois, c'est la bonne ! » me dit-il, en référence à l'événement important qu'il attendait.

Statho s'éclaircit la gorge, et attendit que les murmures s'éteignissent. « Six noms », répéta-t-il.

Le mynstère redevint silencieux, à l'exception des hurlements ténus des sirènes de police de l'autre côté du portail de jour, et du grondement lointain des moteurs.

« L'un d'entre eux n'est plus parmi nous.

– Orolo », dis-je, en même temps que près de cent autres voix.

Le visage de Statho s'empourpra. « Voco..., énonça-t-il, mais sa voix s'étrangla et il dut déglutir avant de reprendre : Voco fraa Jesry, du chapitre édharien de la math décénarienne. »

Jesry se tourna et me donna un grand coup de poing dans l'épaule, assez fort pour y laisser une ecchymose qui me ferait encore mal trois jours plus tard – en souvenir. Puis il avança et sortit de nos vies.

« Soor Béthula, du chapitre édharien de la math centénarienne... Fraa Athaphrax, du même chapitre... Fraa Goradon, du chapitre édharien de la math décénarienne... Et soor Ala, du Nouveau Cercle, décénarienne. »

Le temps que je reprisse connaissance, elle était déjà au seuil de la porte de l'écran. Elle était aussi choquée que moi. Des larmes commencèrent à couler de ses yeux comme elle hésitait, là, et elle regarda dans ma direction.

Lorsque j'avais assisté au départ de fraa Paphlagon, il y avait tant de mois de cela, j'avais clairement compris que personne ici ne le reverrait jamais. La même chose arrivait à Ala. Je ne pouvais l'assimiler. La seule chose qui me parvenait était l'expression de son visage.

On me dit plus tard que j'avais renversé deux personnes en me précipitant vers elle.

Elle passa un bras derrière ma nuque et m'embrassa

sur les lèvres, puis elle pressa sa joue humide contre la mienne un instant.

Lorsque fraa Mentaxénès referma la porte entre nous, je baissai les yeux, pour découvrir dans ma chape une feuille de papier roulée. Elle était percée de petits trous.

Le temps que j'eusse réalisé et me fusse avancé pour coller mon visage contre l'écran, Jesry, Béthula, Athaphrax, Goradon et Ala étaient déjà sortis comme Paphlagon et Orolo l'avaient fait précédemment. Tout le monde chantait, sauf moi.

> **Événements horrifiques** : Catastrophe d'ampleur mondiale, médiocrement documentée, mais généralement attribuée aux humains, qui mit fin à l'ère praxique et entraîna concomitamment la Reconstitution.
>
> *LE DICTIONNAIRE, 4e édition, 3000 apr. R.*

« Tu vois ce que j'ai voulu dire, expliqua Lio. C'est tellement fou que tu ne m'aurais pas cru si je ne te l'avais pas montré dans un livre. »

Arsibalt, Tulia, Barb, Lio et moi étions assis autour de la grande table à la Dotation Shuf. *Les Systèmes d'armement exoatmosphériques de l'ère praxique* était étalé devant nous, comme pour une autopsie. Nous regardions un double encart déployé. Il nous avait fallu un quart d'heure rien que pour l'ouvrir sans déchirer les feuilles anciennes : du vrai papier, fait en usine. Nous avions sous les yeux le schéma merveilleusement détaillé d'un vaisseau spatial. À une extrémité, il arborait un nez conique, comme toute fusée qui se respecte. Mais tout le reste était des plus bizarres. Il n'avait pas de moteurs proprement dits. À l'arrière, là où auraient dû se trouver les tuyères d'une vraie fusée, il n'y avait qu'un grand disque plat, semblable à un socle sur lequel le vaisseau pouvait se dresser. Au-dessus se déployait un faisceau de colonnes massives qui couraient jusqu'à ce qui me paraissait être le véritable vaisseau : un ensemble d'habitacles pressurisés qui s'abritaient sous le nez conique.

« Des amortisseurs, dit Lio en indiquant les colonnes, mais en plus gros. » Il attira ensuite notre attention sur un petit trou au centre du grand disque du bas. « Voilà l'endroit d'où il crachait les bombes atomiques les unes après les autres.

– C'est la partie que mon esprit n'arrive toujours pas à accepter, objectai-je.

– Tu as déjà entendu parler de ces déolâtres qui marchent pieds nus sur des charbons ardents pour prouver qu'ils ont des pouvoirs surnaturels ? » me demanda-t-il en se tournant vers l'âtre.

Nous y avions allumé un feu. Pas que nous en eussions besoin. Nous maintenions entrouvertes deux fenêtres pour laisser entrer une brise aux fraîches odeurs végétales qui soufflait au-dessus des pousses de trèfle du pré. Elle portait également des chants tristes. La plupart des avôts avaient été à ce point choqués par le sextuple voco qu'ils ne pouvaient plus rien faire d'autre que de la musique. Nous qui nous trouvions dans cette pièce avions un autre moyen de faire notre deuil, mais seulement parce que nous savions quelque chose qu'ils ignoraient.

Nous avions allumé le feu dès notre arrivée, non pas pour nous réchauffer, mais comme un moyen primitif de nous réconforter. C'était ce que les humains faisaient bien avant Cnoüs, bien avant même l'invention du langage, pour se ménager un espace dans un univers ténébreux qu'ils ne comprenaient pas et qui pouvait leur prendre subitement et à jamais leur famille et leurs amis.

Lio s'avança vers le feu et s'acharna sur une bûche avec un tisonnier jusqu'à en détacher plusieurs blocs incandescents. Il fit glisser l'une de ces braises sur la pierre. Elle avait la taille d'une noix, et flamboyait.

Je me sentais déjà nerveux.

« Raz, dit-il, est-ce que tu la mettrais dans ta poche pour aller te promener ?

– Je n'ai pas de poche », plaisantai-je.

Personne ne rit.

« Désolé, repris-je. Non, si j'avais une poche, je ne l'y mettrais pas. »

Lio cracha dans la paume de sa main gauche, puis plongea le bout des doigts de sa main droite dans la salive recueillie. Grâce à quoi il ramassa ensuite la braise. Il y eut des grésillements. Nous serrâmes les dents. Lio jeta calmement la braise dans le feu, puis tapa ses doigts échauffés sur ses cuisses, à plusieurs reprises. « Un léger inconfort, pas de lésions, annonça-t-il. Le grésillement était celui de la salive vaporisée par la chaleur de la braise. Maintenant, imaginez que le disque à l'arrière du vaisseau était enrobé de quelque chose qui avait la même fonction.

– La même fonction que la salive ? demanda Barb.

– Oui. Il était vaporisé par le plasma des bombes atomiques, et il transmettait l'impulsion à la plaque. Les amortisseurs égalisaient l'impact et le transformaient en une propulsion régulière afin que les occupants à l'avant ne ressentissent qu'une accélération lissée et maîtrisée.

– Il reste difficile de s'imaginer comment on pouvait rester aussi près d'une explosion atomique, dit Tulia. Et encore plus de toute une série. »

Sa voix était un peu rauque. C'était le cas de nous tous, sauf Barb. Lequel avait parcouru le livre un peu plus tôt. « Il s'agissait de bombes très spéciales, expliqua-t-il. Toutes petites. » Il fit un cercle avec ses bras pour indiquer leur taille. « Conçues pour ne pas exploser dans toutes les directions, mais seulement pour cracher beaucoup de plasma dans une direction unique – vers le vaisseau.

– Je trouve également cela inconcevable, enchaîna Arsibalt, mais je suis d'avis de mettre notre incrédulité de côté et d'aller plus avant. La preuve est devant nous, ici (il désigna le livre), et là. » Il posa la main sur la feuille qu'Ala avait percée la veille de son aiguille. Puis il s'immobilisa. Je crois qu'il avait vu l'expression de mon visage, ou celle de Tulia : pour nous, cette feuille était maintenant comme les vestiges de saunts disparus que les avôts chérissaient dans des reliquaires. « Mais peut-être, dit-il, qu'il est trop tôt pour que nous ayons cette discussion. Peut-être…

– Peut-être qu'il est trop tard ! » coupai-je.

Cela me valut un regard reconnaissant de la part de Tulia, et parut régler le problème pour tout le monde.

« Je suis surpris – agréablement – que tu sois ici, Arsibalt, repris-je.

– Tu fais allusion à mon euh… apparente versatilité de ces dernières semaines.

– Les termes sont de ton choix, pas du mien », répondis-je en m'efforçant de garder mon sérieux.

Il fronça les sourcils. « Je ne me souviens pas – mais vous peut-être ? – d'un quelconque diktat des hiérarques nous interdisant de faire des petits trous dans des plaques et de laisser la lumière du soleil se projeter sur des feuilles. Notre position est inattaquable.

– Je ne l'avais pas envisagé de cette façon. Je serais même presque déçu de ne plus violer aucune règle.

– Je sais que ce doit être une sensation bien étrange en ce qui te concerne, fraa Érasmas, mais tu t'y habitueras peut-être avec le temps. »

Barb ne saisit pas la plaisanterie. Nous dûmes la lui expliquer. Il ne comprit toujours pas.

« Pour revenir à notre sujet, je me demandais si l'un de ces vaisseaux avait pu être porté disparu, dit Tulia.

– Porté disparu ? répéta Lio.

– Si un équipage s'était mutiné, qu'ils étaient partis on ne sait où, et que, des milliers d'années après, leurs descendants revenaient ?

– Ce ne sont peut-être même pas leurs descendants, intervint Arsibalt.

– À cause de la relativité ! s'exclama Barb.

– Absolument, dis-je. Quand on y pense, si un vaisseau de ce genre pouvait atteindre des vitesses relativistes, alors ils ont pu revenir à leur point de départ dans un voyage qui aura duré quelques décennies pour eux et des milliers d'années pour nous ! »

Tout le monde adora cette hypothèse. Nous avions déjà décidé qu'elle devait être vraie. Il n'y avait qu'un problème.

« Aucun de ces vaisseaux n'a jamais été construit, dit Lio.

– *Quoi ?* »

Il réagit comme si nous nous apprêtions à l'en blâmer. « Ce n'était qu'un projet. Ces schémas ne sont rien de plus que des représentations conceptuelles qui datent de la toute fin de l'ère praxique.

– Juste avant les Événements horrifiques », fit remarquer Barb.

Nous restâmes tous un moment silencieux. Il faut du temps et de l'énergie pour démonter et remballer une idée pour laquelle on s'est enthousiasmé.

« De plus, poursuivit Lio, ce vaisseau n'était conçu que pour des opérations militaires à l'intérieur du Système solaire. D'autres étaient envisagés, capables d'atteindre des vitesses relativistes, mais ils auraient été beaucoup plus gros et auraient ressemblé à tout autre chose.

– Ils n'auraient pas eu besoin de nez conique ! s'exclama Barb, exprimant ainsi *sa* vision de ce qui était hilarant.

– Donc, si nous admettons que ce que nous avons vu, Ala et moi, était un vaisseau en orbite qui utilisait ce genre de système de propulsion…, commençai-je, en indiquant le schéma d'un signe de la tête.

– Alors il doit provenir d'une civilisation extrasylvestre, compléta Arsibalt.

– Fraa Jesry croit que les formes de vie avancées doivent être extrêmement rares dans l'univers, nous signala Barb.

– Il souscrivait à la conjecture de saunt Madarast, dit Arsibalt en hochant la tête. Des milliards de planètes infestées d'une soupe unicellulaire. Presque aucune avec des organismes multicellulaires – et encore moins de civilisations.

– Parlons de lui au présent, ce n'est pas comme s'il était mort, rappela Tulia.

– Au temps pour moi, dit Arsibalt, sans grand enthousiasme.

– Barb, quand tu parlais de tout cela avec Jesry, est-ce qu'il avait une théorie alternative ? demanda Tulia.

– Oui, la théorie alternative d'un univers alternatif ! » clama Barb.

Tulia lui ébouriffa les cheveux et lui donna un petit coup dans l'épaule, ce qui le rendit d'autant plus exubérant. Nous dûmes le menacer d'anathyme et de lui faire faire cinq fois le tour de la Dotation Shuf en courant pour qu'il se calmât.

« L'origine possible de cette chose n'est qu'un corollaire de la discussion principale, rappela Lio.

– Tout à fait d'accord, dit Arsibalt avec une telle autorité que nous fûmes tous d'accord.

– Elle est venue de quelque part. Peu importe d'où. Elle s'est installée en orbite polaire autour d'Arbre, et y est restée un temps – pour quoi faire ? demandai-je.

– Une mission de reconnaissance, proposa Lio. C'est à cela que sert l'orbite polaire.

– Donc, ils voulaient nous connaître. Cartographier Arbre. Écouter nos communications.

– Apprendre notre langue, ajouta Tulia.

– De quelque façon, Orolo en a pris conscience, repris-je. Peut-être qu'il a aperçu par hasard les combustions de décélération de son entrée en orbite polaire. Peut-être que d'autres les ont vues aussi. Les mamamouchis savaient. Ils ont fait passer le mot aux hiérarques : *Nous vous informons que nous considérons ceci comme une affaire sæculière, elle ne vous concerne en rien, alors ne vous en mêlez pas.* Et les hiérarques ont docilement fermé tous les astrohenges.

– Des inquisiteurs ont été dépêchés pour s'assurer que cela avait été fait, enchaîna Lio.

– Fraa Paphlagon a été mandé pour aller étudier cette chose, poursuivit Tulia.

– Lui, et peut-être d'autres comme lui, venus d'autres concentes, ajouta Arsibalt.

– Le vaisseau est resté en orbite. Peut-être que, de temps en temps, il avait besoin d'ajuster sa trajectoire en utilisant ses moteurs. Mais il ne le faisait que lorsqu'il se trouvait entre Arbre et le Soleil – pour ne pas être vu.

– Comme un fugitif qui remonte une rivière pour ne pas laisser de traces de pas, ajouta Barb.

– Mais hier, quelque chose a changé. Quelque chose d'important a dû arriver.

– La bascule de Gardan dit qu'il doit y avoir un lien entre le changement de trajectoire dont Ala et toi avez été témoins, et cet inimaginable sextuple voco moins d'un jour plus tard », dit Arsibalt.

Je m'étais jusque-là tenu à distance de la relique sacrée. Cela devait cesser. Ala avait eu une bonne raison de me la donner. Nous la déroulâmes sur la table et en retînmes les coins avec des livres.

« Nous ne pouvons pas définir ce que ce vaisseau a fait si nous n'avons pas toute la géométrie, se plaignit Barb.

– Tu veux dire le petit trou et l'endroit où l'écran était situé dans le præsidium. Où était le haut, où était le nord, dis-je. Je reconnais que nous allons devoir prendre toutes ces mesures. »

Barb se retourna vers la porte, prêt à le faire *immédiatement.*

Je temporisai. Je voulais prendre ces mesures tout autant que lui, mais je savais qu'à ce moment Orolo aurait proposé quelque chose de brillamment simple. Quelque chose qui m'aurait donné l'impression d'être idiot, de l'avoir cru si compliqué.

Je ne trouvai rien de ce genre.

« Pourquoi ne pas mesurer au moins l'angle ? proposai-je finalement. Il arrive d'une direction. Son orbite initiale. En utilisant ces bombes, il vire jusqu'à aller dans une autre direction. Son orbite finale. Nous pourrions au moins mesurer cet angle. »

Ce que nous fîmes. La réponse était quelque chose comme π/4 – quarante-cinq degrés.

« Donc, si nous supposons qu'il était sur une orbite polaire, alors à la fin de sa manœuvre il se trouvait sur une nouvelle orbite, à peu près à mi-chemin entre le Pôle et l'équateur, dit Lio.

– Et quel pourrait en être l'intérêt ? lui demandai-je, puisqu'il en savait tellement plus sur les systèmes d'armement exoatmosphériques que nous tous dans cette pièce.

– Si l'on reporte sa trace au sol sur un globe ou une carte du monde, eh bien, il ne dépassera jamais quarante-cinq degrés de latitude avec une telle orbite. Il va suivre une trajectoire sinusoïdale entre quarante-cinq degrés nord et quarante-cinq degrés sud.

– Là où vit quatre-vingt-dix pour cent de la population, fit remarquer Tulia.

– Ce que les occupants de ce vaisseau doivent maintenant savoir, vu qu'ils ont eu le temps de cartographier chaque pouce carré d'Arbre, nous rappela Arsibalt.

– Ils ont achevé la phase une : reconnaissance, conclut Lio. Et hier a débuté la phase deux : qui sait ?

– Faire effectivement quelque chose, proposa Barb.

– Et les mamamouchis le savent, dis-je. Ils s'en sont inquiétés. Ils ont un plan d'urgence, prêt depuis des mois

– nous le savons, parce que le nom d'Orolo était sur cette liste ! Donc, elle a dû être rédigée et scellée avant son anathyme.

– Je parie que Varax et Onali l'ont transmise à Statho pendant l'aperte, dit Tulia. Statho l'avait sur lui depuis, attendant le signal pour briser le sceau et énoncer ces noms. » Elle eut soudain l'air perturbée. « Cela m'inquiète qu'ils aient choisi Ala.

– Jusqu'à la semaine dernière, je n'avais pas réalisé à quel point vous étiez proches », dis-je.

Mais Tulia refusait de se laisser distraire. « Ce n'est pas juste cela, dit-elle. Enfin oui, je l'adore et je ne supporte pas qu'elle soit partie. Mais pourquoi elle ? Paphlagon, Orolo et Jesry, d'accord, je comprends. Mais pourquoi choisir Ala ? Pourquoi aurait-on besoin de quelqu'un comme elle ?

– Pour organiser un groupe de gens, répondit Arsibalt sans hésiter.

– C'est ce qui m'inquiète », dit Tulia.

Bon Dieu, vise plus haut.

La mention des inquisiteurs m'avait rappelé la conversation que j'avais eue avec Varax lors de la dixième nuit de l'aperte. Cela m'était sorti de la tête à cause de ce qu'il s'était passé quelques instants plus tard. Mais je me souvenais de lui à présent, regardant vers l'astrohenge – ou peut-être plus haut, vers l'espace. En y réfléchissant, il regardait vers le nord à ce moment-là. *Il est des enjeux bien plus sérieux que de savoir qu'un jeune fraa de l'ermitage reculé de Saunt-Édhar exerce son combla sur des vauriens du cru… Vois plus grand… Comme l'a fait ton ami, en décidant d'affronter quatre hommes puissants.*

Qu'est-ce que cela pouvait bien vouloir dire ? Que le vaisseau extrasylvestre était une menace ? Que nous devions nous préparer à un affrontement difficile ? Ou est-ce que j'attachais trop d'importance aux paroles de Varax ? Et pourquoi, durant notre conversation précédente, avait-il sondé mon opinion sur le monde théorique hylaéen ? Le moment paraissait bizarrement choisi pour que quelqu'un comme lui s'intéressât autant à la métathéorique.

Ou peut-être que je me faisais des idées. Peut-être que Varax était juste du genre à réfléchir à voix haute.

En revanche, son *Vise plus haut* paraissait très clair.

Je n'avais pas besoin de beaucoup d'encouragements pour me mettre au travail. Après l'anathyme d'Orolo, la seule chose qui m'avait empêché de devenir fou avait été de travailler sur la tablette photomnémonique. La perte d'Ala n'avait pas été aussi terrible – au moins, elle n'avait pas été proscrite – mais, contrairement à celle d'Orolo, cela avait été une surprise totale. Je regrettais encore d'être resté là comme un animal sidéré pendant qu'elle sortait de ma vie. De l'avoir perdue ainsi, alors que nous commencions juste quelque chose – eh bien, disons que j'avais vraiment besoin d'un projet sur lequel travailler.

Notre groupe envahit la logette au-dessus du beffroi avec tous les instruments de mesure que nous avions pu rassembler. Arsibalt dénicha des plans d'architecte du mynstère qui remontaient au IVe siècle. Nous calculâmes la géométrie de la camera obscura de trois manières différentes en comparant les résultats, jusqu'à ce que tout correspondît. Nous pûmes affiner l'estimation que nous avions faite à la Dotation Shuf : la nouvelle orbite du vaisseau était inclinée à cinquante et un degrés par rapport à l'équateur, ce qui signifiait qu'il survolait quasiment toutes les zones habitées. Lorsque le climat s'était réchauffé et asséché dans les siècles qui avaient suivi les Événements horrifiques, les populations avaient eu tendance à se déplacer vers les pôles. Plus récemment, la réduction du gaz carbonique dans l'atmosphère avait commencé à adoucir le climat, et les gens étaient redescendus vers l'équateur pour échapper aux radiations solaires des zones polaires. En fait, cinquante et un degrés correspondait à une orbite plus haute que nécessaire, si le seul objectif du vaisseau était de garder un œil sur la plus grande partie de la population.

Cela demeura un mystère pour nous jusqu'au moment où Arsibalt porta à notre attention que, si l'on considérait toutes les concentes majeures de la planète – c'est-à-dire celles qui avaient des horloges millennales et qui abritaient des centaines voire des milliers d'avôts –, la plus éloignée de l'équateur était à une latitude de 51,3 degrés nord.

Et elle se trouvait être l'« ermitage reculé » de Saunt-Édhar.

Tout finit par se savoir. Un mois après le grand voco, tout le monde dans la math décénarienne en savait presque autant que nous sur le vaisseau. Les hiérarques ne pouvaient rien y faire. Pourtant, ils n'ouvraient toujours pas l'astrohenge. J'étais beaucoup plus souvent invité aux séances de travail de fin de soirée dans les salles de craie. Nous étudiâmes les schémas que Lio avait trouvés dans son livre, et nous nous figurâmes la théorique du fonctionnement d'un tel vaisseau, ainsi que la taille qu'il lui faudrait avoir pour voyager vers les étoiles. Il s'agissait parfois de simples calculs praxiques, comme pour les amortisseurs. D'autres éléments, comme la prédiction des effets du plasma lorsqu'il heurtait la plaque, représentaient un défi insensé, d'une théorique trop avancée pour moi. Certaines solutions étaient tellement novatrices qu'elles me semblaient prouver que les Lorites étaient dans l'erreur. Des avôts, parfois à peine plus âgés que moi, développaient des démonstrations à mon sens jamais envisagées par personne auparavant – personne sur Arbre, en tout cas.

« Cela laisse songeur quant au monde théorique hylaéen », avança Arsibalt un soir d'été, environ huit semaines après le grand voco.

Il avait fait semblant de s'occuper de ses abeilles, et moi

de m'occuper de mes herbes. Au point où nous en étions, la cavalerie sarthienne s'était profondément enfoncée dans les plaines de Thranie, et avait percé une brèche entre les quatrième et trente-troisième légions du général Oxas. Il n'était donc pas surprenant que l'on se croisât, Arsibalt et moi. Sous nos latitudes, les jours étaient très longs à cette période de l'année, et il y avait encore de la lumière alors que le dîner avait pris fin depuis des heures.

« Qu'as-tu à l'esprit ? lui demandai-je.

– Tu te creuses la tête avec les autres édhariens dans les salles de craie, à essayer de comprendre la théorique de ce vaisseau extrasylvestre, répondit-il. Une théorique que les extrasylvestres ont dû maîtriser il y a bien longtemps, pour le construire et le mener à travers les étoiles. Ma question est : est-ce la même théorique ?

– Tu veux dire la nôtre et celle des extrasylvestres ?

– Oui. Tu as de la poussière de craie sur ta chape, fraa Érasmas. Elle vient des équations que tu formulais après le dîner. Est-ce qu'un extrasylvestre à huit membres et deux têtes a posé les mêmes équations sur l'équivalent d'une ardoise, sur une autre planète, il y a mille ans de cela ?

– Je suis assez convaincu que les extrasylvestres utilisent une notation différente, commençai-je.

– Évidemment ! aboya-t-il.

– On dirait Ala.

– Peut-être qu'ils se servent d'un petit carré pour représenter la multiplication et d'un cercle pour la division, ou quelque chose de ce genre », poursuivit-il en ouvrant de grands yeux irrités. Puis il fit tourner sa main pour signifier qu'il voulait que la conversation allât plus vite.

« Ou peut-être qu'ils n'écrivent pas les équations du tout, dis-je. Peut-être qu'ils font leurs démonstrations avec de la musique, ou autre chose dans ce style. » Ce qui était loin d'être farfelu, puisque nous procédions ainsi avec nos chants, et qu'il existait des ordres entiers dont les avots avaient développé toute leur théorique de cette façon.

« Voilà qui est mieux ! s'exclama Arsibalt, avec un tel enthousiasme que je regrettai d'avoir exprimé cette idée. Supposons qu'ils ont un système pour faire de la théorique qui est fondé sur la musique, comme tu viens de le dire. Peut-être que s'il en résulte un accord harmonieux, ou une mélodie agréable, cela signifie qu'ils ont prouvé que quelque chose est vrai.

– Là, tu pousses peut-être un petit peu loin, Arsibalt.

– Sois tolérant avec ton fraa et ton ami. Penses-tu que, pour chaque démonstration que toi et les autres édhariens avez fournie sur une ardoise, les extrasylvestres disposent d'une démonstration correspondante dans leur système ? Qui dit la même chose, exprime la même vérité ?

– On ne pourrait pas faire de théorique du tout si l'on ne pensait pas que c'était le cas. Mais, Arsibalt, c'est là une chose bien ancienne. Cnoüs l'a vue. Hylaéa l'a comprise. Protas l'a formalisée. Paphlagon l'a envisagée – et c'est pour cela qu'il a été mandé. Pourquoi en reparler maintenant ? Je suis fatigué. Dès qu'il fera un peu sombre, j'irai me coucher.

– Comment allons-nous communiquer avec les extrasylvestres ?

– Je ne sais pas. Je m'étais dit qu'ils avaient appris notre langue, lui rappelai-je.

– Et s'ils ne peuvent pas parler ?

– Il y a une minute, tu les faisais chanter !

– Ne joue pas sur les mots, fraa Érasmas. Tu vois où je veux en venir.

– Peut-être. Mais il est tard. Hier, je suis resté debout jusqu'à trois heures pour parler du plasma. D'ailleurs, je crois qu'il fait assez sombre pour que j'aille me coucher.

– Écoute-moi. J'essaie d'imaginer que c'est par la structure protanienne du monde théorique hylaéen – par la vérité de la théorique – que nous finirons peut-être par communiquer avec les extrasylvestres.

– On dirait que tu cherches une excuse pour te barricader dans la Dotation Shuf derrière une pile de vieux livres pour te mettre au travail là-dessus. Qu'est-ce que tu attends de moi ? Ma permission ? Mon approbation ? »

Il haussa les épaules. « C'est toi le spécialiste maison du vaisseau extrasylvestre.

– D'accord. Très bien. Fais-toi plaisir. Je te soutiendrai. Je dirai à tout le monde que tu n'es pas fou…

– Génial !

– … si tu m'aides sur une chose qui m'intrigue vraiment.

– Laquelle, fraa Érasmas ?

– Pourquoi la math millénarienne est-elle en train de luire ?

– Quoi ?

– Regarde par toi-même », dis-je.

Il se retourna et leva la tête pour regarder en direction du piton. De fait la math brillait d'un rouge rubis. Un phénomène pour le moins inhabituel.

Évidemment, nous y apercevions des lumières tout le temps. Et, quand le temps était clément, les murailles captaient parfois la lumière du soleil couchant – Orolo et moi en avions été témoins pendant l'aperte. Ces dernières minutes, comme le crépuscule progressait, j'avais remarqué une lueur rougeâtre en direction de la math, et j'avais supposé que c'était ce qu'il se passait. Mais le soleil était totalement couché, maintenant. Et cette lueur était d'un rouge des moins solaires. Elle avait quelque chose de granuleux, d'étincelant.

Et elle venait de la mauvaise direction. Le soleil aurait éclairé les surfaces orientées à l'ouest de la math et du piton. Mais cette bizarre lueur rougeâtre frappait les toits, les créneaux et les flèches des tours. Dessous, tout était dans l'ombre. C'était presque comme si quelque aéroplane en vol stationnaire au-dessus du pic eût projeté une lumière vers le bas. Si c'était le cas, il volait trop haut pour être vu ou entendu.

Le pré se remplissait de fraas et de soors sortis des bâtiments du cloître pour regarder. La plupart étaient silencieux, comme des déolâtres observant un présage céleste. Mais au sein d'un groupe de théoriciens non loin s'avivait une discussion d'où s'échappaient les mots « laser », « couleur », « longueur d'onde »... Cela réveilla mes souvenirs. Je savais où j'avais déjà vu ce genre de lumière granuleuse auparavant : le viseur laser du M&M.

Voilà la clé de l'énigme. Un rayon laser pouvait couvrir de vastes distances sans beaucoup diffuser. La chose qui projetait cette lumière sur la math millénarienne n'avait pas besoin d'être proche. Elle pouvait se trouver à des milliers de lieues. Ce pouvait être – ce *devait* être – le vaisseau extrasylvestre.

Des cris d'exclamation, et même quelques applaudissements, s'élevèrent du pré.

En regardant plus attentivement la math millénarienne, je vis qu'une colonne de fumée montait de l'intérieur des murailles. Je déglutis et me crispai un temps à l'idée que le laser y mettait le feu, que c'était un rayon de la mort ! Mais la logique reprit le dessus. Pour brûler des choses, on aurait employé un laser infrarouge, qui les aurait échauffées. Or, par définition, ce laser n'était pas infrarouge puisque nous pouvions le voir. La fumée n'était pas celle de bâtiments en flammes. C'étaient les millénos qui la produisaient. Ils devaient jeter des herbes ou autre chose dans des brasiers, pour emplir l'espace au-dessus de leur math de vapeur et de fumée.

Il était impossible de voir un rayon laser de l'extérieur s'il traversait le vide ou de l'air pur, mais si l'on projetait de la fumée ou de la poussière dans sa trajectoire, les particules refléteraient un peu de lumière dans toutes les directions et feraient apparaître le rayon comme une ligne brillante dans l'espace.

Cela fonctionna. Le rayon était peut-être long de milliers de lieues. Nous ne pourrions jamais le voir en entier – pas la partie qui traversait le vide au-dessus de l'atmosphère. Mais la fumée produite par les millénos nous permettait de distinguer les dernières centaines de toises, et de nous faire une idée assez précise de la direction dont venait la lumière.

Évidemment, je bénéficiais d'un avantage indu : connaissant le plan de l'orbite du vaisseau extrasylvestre, je savais devant quelles étoiles fixes il allait passer. J'élevai ma chape d'une main, pour faire écran à la plus grande partie de la lumière qui provenait du piton. Mes yeux s'ajustèrent à l'obscurité, jusqu'à pouvoir de nouveau voir les étoiles.

Et là, je le vis, traçant son arc de cercle dans le ciel, juste là où je l'avais prévu : un point de lumière rouge entouré d'un halo granuleux dû à son déplacement dans l'atmosphère. Je le montrai du doigt. Tout autour, d'autres me virent et le repérèrent à leur tour. Le pré devint aussi silencieux que le mynstère pendant un anathyme.

L'étoile filante s'éteignit et disparut dans les ténèbres. La lueur rouge n'était plus. Une salve d'applaudissements se fit entendre dans le pré. Timide. Nerveuse. Qui s'étiola avant d'avoir vraiment pris vie.

« J'ai l'impression d'être un imbécile, dit Arsibalt en se tournant vers moi. Quand je pense à toutes les choses dont je me suis inquiété et dont j'ai eu peur toute ma vie. Maintenant, je réalise que ce n'étaient pas celles qu'il me fallait redouter. »

On sonna le voco à trois heures du matin.

Personne ne se formalisa de l'heure. Personne ne dormait, de toute façon. Les avôts arrivèrent lentement et tardivement, la plupart s'étant chargés de livres ou d'autres choses dont ils pensaient avoir peut-être besoin, si leur nom était prononcé.

Statho en manda dix-sept : « Lio. Tulia. Érasmas. Arsibalt. Taveneur. » Et quelques autres dixies.

Je franchis le seuil du cancel – comme je l'avais fait des milliers de fois pour aller remonter l'horloge. Mais lorsque je remontais l'horloge, je savais que, quelques minutes plus tard, fraa Mentaxénès rouvrirait la porte. Cette fois, je tournais le dos à trois cents visages que je ne reverrais plus jamais – sauf si *eux* étaient mandés et envoyés… eh bien, là où on m'envoyait.

Je me trouvais avec de nombreux avôts que je connaissais, et d'autres qui m'étaient étrangers : des séculos.

L'énumération des noms cessa. Je supposai que nous en avions fini. Je regardai Statho, m'attendant à ce qu'il passât à la phase suivante de l'auction. Il avait les yeux fixés sur la liste qu'il tenait. Son expression était difficile à interpréter : tout son être s'était raidi. Il cligna lentement des yeux et avança la feuille vers la chandelle la plus proche, comme s'il avait du mal à lire. Il semblait parcourir des yeux encore et encore la même ligne. Finalement, il se força à relever la tête, et regarda à travers le cancel, droit vers l'écran des millénariens. « Voco…, commença-t-il, mais d'une voix tellement rauque qu'il dut s'éclaircir la gorge. Voco fraa Jad, des millénariens. »

Le silence s'imposa, ou alors c'était le sang battant à mes oreilles qui m'assourdissait.

Il y eut une longue attente. Puis la porte de l'écran des millénariens s'ouvrit en craquant, pour révéler la silhouette d'un vieux fraa. Il attendit là un temps, que la poussière retombât – la porte n'était pas souvent ouverte. Puis il entra dans le cancel. Quelqu'un referma derrière lui.

Statho dit quelques mots de plus pour nous mander formellement. Les avôts derrière les écrans entonnèrent leurs chants anathymiques de deuil et d'adieu. Les millénos firent vibrer le mynstère avec une basse fondamentale si grave qu'on la ressentait plus qu'on ne l'entendait. Plus encore que les chants de ma famille décénarienne, elle fit se hérisser les poils de ma nuque, tandis que mon nez se mettait à couler et mes yeux à piquer. Les millénos allaient regretter fraa Jad, et ils s'assuraient qu'il le sût jusqu'au plus profond de ses os.

Je levai la tête, tout comme Paphlagon et Orolo l'avaient fait avant moi. Mais je ne cherchais pas à voir quelque chose. Je voulais juste éviter qu'un déluge ne se déversât de mes narines et de mes yeux.

Les autres s'agitaient autour de moi. Je rebaissai la tête pour voir de quoi il s'agissait. Un hiérarque subalterne nous guidait vers la sortie.

« Il y a une théorie, tu sais, maugréa Arsibalt, qui dit qu'on nous entraîne vers une chambre à gaz.

– La ferme », répliquai-je.

Et, pour ne pas subir d'autres commentaires dans cette veine, je traînai des pieds pour le laisser partir devant. Ce qui lui prit un temps fou, parce qu'il avait fait un sac de la moitié de sa chape, et emportait avec lui une petite bibliothèque.

Les hiérarques, tous formellement vêtus de robes pourpres, nous guidèrent à travers l'aile centrale de la nef nord déserte, et de là jusqu'au narthex, juste avant le portail de jour. Nous nous rassemblâmes au pied du grand planétaire. Le portail avait été ouvert, mais l'esplanade, au-delà, était vide. Aucun aéroplane ne nous y attendait. Aucun autocar. Pas même une paire de patins à roulettes.

Des hiérarques subalternes circulaient parmi nous en nous tendant des choses. Je reçus un sac à provisions d'un grand magasin local. Il contenait un pantalon de travail, un maillot, un caleçon, des chaussettes et, au fond, une paire de chaussures de marche. Une minute après, on me passa une besace. S'y trouvaient une bouteille d'eau, un sac en poly renfermant des articles de toilette, une carte de paiement, et une montre. Il me fallut un certain temps pour comprendre pourquoi. Une fois que nous nous serions éloignés de Saunt-Édhar de plus d'une ou deux lieues, nous n'aurions plus aucun moyen de connaître l'heure.

Soor Trestanas s'adressa à nous : « Votre destination est la concente Saunt-Trédégarh.

– Est-ce une convoxe ? demanda quelqu'un.

– Maintenant, oui », répondit-elle.

Momentanément, cela coupa court à toute discussion, le temps pour chacun d'assimiler la nouvelle.

« Et comment sommes-nous censés nous y rendre ? demanda Tulia.

– Par vos propres moyens, dit Trestanas.

– *Quoi ?* » Telle fut – sous cette forme ou quelque variante – la réaction unanime et simultanée de tous les mandés. Une partie du charme du voco – une bien maigre compensation au fait d'être arraché à tous ceux que l'on connaissait – résidait dans le fait d'être emporté au loin dans quelque sorte de véhicule, comme cela avait été le cas pour fraa Paphlagon. En lieu de quoi on nous distribuait des chaussures de marche.

« Vous ne devez en aucun cas porter la chape et la cordelière à ciel ouvert, de jour comme de nuit, poursuivit Trestanas. Les sphères doivent être conservées à taille de poing ou moins, et ne jamais être utilisées pour émettre de la lumière. Vous ne devrez pas franchir ce portail ensemble – nous vous ferons sortir par petits groupes de deux ou trois. Plus tard, si vous le voulez, vous pourrez vous retrouver quelque part, loin de la concente. De préférence sous abri.

– Quelle est la résolution de leur surveillance ? demanda Lio.

– Nous n'en avons aucune idée.

– Saunt-Trédégarh est à un millier de lieues d'ici », fit

remarquer Barb, au cas où cela intéresserait quelqu'un. Ce qui était le cas.

« Il y a des organisations locales, liées aux arches, qui essaient de trouver des véhicules et des chauffeurs pour vous y emmener.

– Des gens de la férule céleste ? demanda Arsibalt – me devançant de peu.

– Certains, oui, répondit Trestanas.

– Très peu pour moi ! s'exclama une voix. L'un d'entre eux a essayé de me convertir pendant l'aperte. Ses arguments étaient pathétiques.

– Ah, ah, ah, ah, ah ! » entendis-je tout près de moi.

Je me retournai. C'était fraa Jad, dressé derrière moi avec son sac à provisions et sa besace. Il ne riait pas très fort, et personne à part moi ne l'avait remarqué. Il sentait la fumée. Il n'avait pas encore pris la peine d'inspecter son sac.

Il vit ma tête se tourner et me regarda dans les yeux – l'air très amusé. « Les pouvoirs en place doivent pisser dans leur froc, dit-il, ou quoi qu'ils portent ces temps-ci. »

Les autres étaient trop choqués par tout ce qu'il venait de se passer pour dire grand-chose. Mais j'avais un avantage : j'avais pris l'habitude d'être choqué, comme Lio avait l'habitude des coups sur la tête.

Je grimpai sur un banc de pierre qui avait été placé là pour permettre aux visiteurs de s'asseoir et de regarder le planétaire.

« Au sud de la concente, annonçai-je, pas très loin du portail du siècle, à l'ouest de la rivière, il y a un grand toit sur pilotis qui enjambe un canal. À côté se trouve une manufacture. Vous ne pouvez pas la manquer. C'est la plus grande construction du quartier, et de loin. Nous pourrons nous y retrouver, sous abri. Allez-y par petits groupes, comme a dit soor Trestanas. Nous parlerons là-bas, et nous discuterons d'un plan.

– À quelle heure devrions-nous nous y retrouver ? » demanda l'un des séculos.

Je réfléchis. « Retrouvons-nous-y quand nous sonnerons – je veux dire quand ils sonneront le proveneur. »

SIXIÈME PARTIE

LA PÉRÉGRINATION

Pérégrin, pérégrine : 1. Dans son emploi ancien, époque débutant avec la destruction du temple Orithéna en – 2621 et s'achevant plusieurs décennies plus tard avec l'essor de l'âge d'or d'Éthras. 2. Théôs ayant survécu à Orithéna et ayant erré à travers le monde antique, seul ou avec d'autres. 3. Dialogue remontant supposément à cette époque. Nombre d'entre eux furent retranscrits ultérieurement, et incorporés à la littérature mathique. 4. Dans son emploi moderne, avôt qui, dans certaines circonstances exceptionnelles, quitte les confins de la math et voyage dans le monde sæculier en s'efforçant d'observer l'esprit voire la lettre de la Discipline.

LE DICTIONNAIRE, 4e édition, 3000 apr. R.

Nous allâmes tour à tour nous changer dans les toilettes des hommes et des femmes. Les chaussures me rendirent immédiatement fou. Je les arrachai et les rangeai sous un banc, puis trouvai un endroit dégagé sur le sol du narthex pour étendre ma chape et la plier. Cela impliquait de s'accroupir et de se déplacer en caleçon – ce qui était dangereux ! Je n'arrivais pas à croire que des gens pussent porter ce genre de chose toute leur vie.

Une fois ma chape ramenée au format d'un livre, j'enroulai ma cordelière autour, les rangeai dans le sac à provisions avec ma sphère réduite, puis enfonçai le tout au fond de ma besace. Plus bas dans le narthex, Lio essayait d'exécuter des mouvements de combla dans ses nouveaux vêtements. Il donnait l'impression d'être affecté d'un désordre neurologique extrêmement récent. Les vêtements de Tulia ne lui allaient pas, et elle tentait de négocier un échange avec l'une des soors centénariennes.

« *Est-ce une convoxe ?*

– *Maintenant, oui.* »

Il n'y avait eu que huit convoxes. La première avait coïncidé avec la Reconstitution. Après cela, il s'en était tenu une chaque millénaire, pour rédiger l'édition du Dictionnaire qui serait utilisée pour les mille années à venir, et s'occuper d'autres affaires en rapport avec les millénariens. Il y en avait eu une pour la Grosse Pépite, et une après chaque sac.

Barb se fit inquiet, puis indocile, puis intenable. Aucun hiérarque ne savait quoi faire de lui.

« Il n'aime pas le changement », me rappela Tulia. Sous-entendu : *C'est ton ami, débrouille-toi.*

Il n'aimait pas non plus être à l'étroit, alors Lio et moi l'acculâmes dans le coin où Arsibalt était retranché avec sa pile de livres.

« Le voco rompt la Discipline, parce que celui qui est mandé part seul, s'immergeant dès lors dans le monde sæculier, commença Arsibalt. C'est pour cela qu'ils ne peuvent pas revenir. La convoxe est différente. Nous sommes si nombreux à voyager qu'ensemble, nous maintenons la Discipline dans notre groupe de pérégrins.

– Une pérégrination débute et s'achève dans une math, dit Barb, soudain plus calme.

– Oui, fraa Taveneur.

– Quand nous arriverons à Saunt-Trédégarh…

– Nous célébrerons l'auction d'étrain, lui souffla Arsibalt, et…

– Et nous serons à partir de là avec les autres avôts, réunis en convoxe, devina Barb.

– Ensuite…

– Ensuite, une fois que nous aurons terminé ce qu'ils attendent de nous, quoi que cela puisse être, nous repartirons en pérégrination vers Saunt-Édhar, poursuivit Barb.

– Oui, fraa Taveneur », dit Arsibalt.

Je sentais qu'il se retenait d'ajouter : *Si nous n'avons pas été incinérés par des rayons de la mort extrasylvestres, ou gazés par la férule céleste.*

Barb s'apaisa. Mais cela n'allait pas durer. Une fois franchi le portail de jour, nous allions sans cesse commettre des violations mineures de la Discipline. Barb allait chaque fois les remarquer et nous les signaler. Bon sang, pourquoi avait-il donc été mandé ? Ce n'était qu'un petit nouveau ! J'allais devoir jouer les nourrices pendant toute la convoxe.

À mesure que les heures s'écoulaient, néanmoins, et que la sphère de lapis qui représentait Arbre dans le planétaire poursuivait sa course en cliquetant, je me détendis et me rappelai que la moitié de ce que je savais aujourd'hui de la théorique me venait de Barb. J'aurais l'air de quoi, si je le jetais maintenant ?

L'extérieur s'éclairait peu à peu. La moitié des mandés étaient déjà partis. Les hiérarques appairaient les dixies avec les séculos, parce que nombre de ces derniers allaient avoir besoin d'aide pour parler ouaïl, et pour affronter le monde sæculier en général. Lio fut appelé, et sortit avec deux séculos. Arsibalt et Tulia furent avertis qu'ils devaient se préparer.

Je ne pouvais pas partir pieds nus. Mes chaussures étaient sous un banc, près du planétaire. Banc sur lequel fraa Jad s'était installé. Juste au-dessus de mes chaussures. Sa tête était penchée en avant, ses mains jointes sur les cuisses. Il devait se livrer à quelque profonde méditation millénarienne. Si je le dérangeais juste pour prendre mes chaussures, il me transformerait en salamandre, ou quelque chose de ce genre.

Personne d'autre ne voulait le déranger non plus. Tulia, puis Arsibalt partirent avec leurs séculos à leurs basques. Il ne restait plus que trois mandés : Barb, Jad et moi. Jad était toujours en chape et cordelière.

Comme Barb se dirigeait vers lui, je m'interposai. « Fraa Jad doit changer de vêtements », annonça Barb, en poussant sa première année de tærran à ses limites.

Fraa Jad releva la tête. Jusqu'alors, j'avais cru que ses mains étaient jointes sur ses cuisses. Mais maintenant, je pouvais voir qu'il tenait un rasoir jetable, encore fiché dans son emballage multicolore. J'avais le même dans mon sac. C'était un modèle courant. Fraa Jad lisait l'étiquette. Les grands caractères étaient des kinagrammes, ce qu'il n'avait jamais dû voir auparavant, mais les petites inscriptions en dessous étaient dans l'alphabet que nous employions. « Quels principes expliquent les propriétés imputées par ce document à la bande lubrifiante dynalustrée ? demanda-t-il. L'effet est-il permanent, ou ablatif ?

– Ablatif, répondis-je.

– C'est une violation de la Discipline que de lire cela, geignit Barb.

– Tais-toi, dit fraa Jad.

– Je ne voudrais pas vous manquer de respect, osai-je après quelques instants d'un silence assez embarrassé, mais…

– Est-il temps de partir ? demanda fraa Jad en consultant le planétaire comme s'il se fût agi d'une montre-bracelet.

– Oui. »

Il se leva et, dans le même mouvement, ôta sa chape par le haut. Certains hiérarques tressaillirent et se détournèrent. Il y eut comme un blanc.

Je fouillai dans son sac à provisions et trouvai un caleçon, que je lui tendis. « Ai-je besoin de vous expliquer ceci ? » demandai-je en indiquant la braguette.

Fraa Jad prit le sous-vêtement et découvrit comment fonctionnait la braguette.

« La topologie préside à la destinée », commenta-t-il, et il enfila le caleçon. Une jambe à la fois. Il était difficile de lui donner un âge. Sa peau était lâche et tachetée, mais il tint impeccablement en équilibre sur une jambe, puis l'autre, en enfilant son caleçon.

Son retour à la décence se termina sans incident notable. Je récupérai mes chaussures, et m'employai une nouvelle fois à essayer de me souvenir comment l'on faisait les nœuds. Barb semblait incroyablement satisfait de devoir obéir à l'injonction de se taire. Je me demandai pourquoi je n'avais jamais pensé à employer cette tactique auparavant.

Le pas gauche, traînant nos chaussures, et remontant notre pantalon de temps en temps, nous franchîmes le portail de jour. L'esplanade était vide. Nous empruntâmes la chaussée entre les fontaines jumelles, et entrâmes dans l'agglomération burgos. Un vieux marché s'était longtemps tenu là, mais il y avait de cela peut-être six ans, les autorités l'avaient renommé le « marché d'antan », l'avaient rasé pour le remplacer par un nouveau marché voué à la vente de maillots et autres objets ornés d'images de l'ancien marché. Dans le même temps, les anciens commerçants étaient partis créer en lisière de l'agglomération ce qu'ils appelaient le nouveau marché, mais qui n'était autre que l'ancien. Plusieurs casinos s'étaient implantés autour du marché d'antan, comptant sur sa clientèle et sur les gens liés d'une façon ou d'une autre à la concente. Mais personne n'ayant envie de visiter un marché d'antan entouré de casinos, et la concente n'attirant franchement pas grand monde, les casinos avaient l'air minables et délaissés. Parfois, la nuit, nous pouvions entendre la musique qui s'échappait de leurs sous-sols ; mais là, ils paraissaient vraiment silencieux.

« Nous pouvons prendre le petit déjeuner ici, dit Barb.

– Les restaurants des casinos sont coûteux, hésitai-je.

– Ils ont un buffet de petit déjeuner auquel on peut accéder gratuitement. Mon père et moi y mangions, parfois. »

Cela m'attrista, mais je ne pouvais en disputer la logique, alors je suivis Barb et Jad me suivit. Le casino était un labyrinthe de couloirs qui se ressemblaient tous. Ses exploitants faisaient des économies en baissant les lumières et en ne nettoyant pas les moquettes ; les moisissures nous firent éternuer. Nous finîmes dans une salle sans fenêtre, en sous-sol. Des hommes gras qui sentaient le savon étaient assis seuls ou par deux à des tables. Il n'y avait rien à lire. Un défileur de visues était accroché au mur, alternant les trans d'informations, de météo et de sport. C'était la première praxis d'images animées à laquelle fraa Jad eût jamais été confronté, et il lui fallut un moment pour s'y accoutumer. Barb et moi le laissâmes écarquiller les yeux le temps d'aller nous servir au buffet. Nous posâmes nos plateaux sur une table, puis je revins vers fraa Jad, qui regardait les moments marquants d'un match. Un homme à une table proche tentait de l'entraîner dans une conversation sur l'une des équipes. Le maillot de fraa Jad se trouvant être armorié du logo de ladite équipe, l'homme en avait tiré toute une série de conclusions erronées. Je m'interposai entre le visage de fraa Jad et le visueur, réussis à briser le charme, puis le guidai vers le buffet. Les millénos ne mangeaient pas beaucoup de viande, parce qu'il n'y avait pas la place d'élever du bétail sur leur piton. Jad semblait impatient de rattraper le temps perdu. J'essayai de l'attirer vers les céréales, mais il savait ce qu'il voulait.

Pendant que nous mangions, une trans d'information apparut sur le visueur, montrant une tour de pierre mathique vue de loin, la nuit, et éclairée du dessus par une lueur rougeâtre et granuleuse. La scène rappelait énormément la math des millénos la veille au soir. Mais je ne connaissais pas le bâtiment de la trans.

« C'est la flèche des millénariens de la concente Saunt-Rambalf, annonça fraa Jad. J'en ai vu des illustrations. »

Saunt-Rambalf se trouvait sur un autre continent. Nous n'en savions pas grand-chose, parce que nous n'avions pas d'ordre en commun. J'en avais entendu parler récemment, mais je ne me souvenais plus à quelle occasion.

« C'est l'une des trois inviolées, dit Barb.

– C'est ainsi que vous nous appelez ? » demanda Jad.

Barb avait raison. Le monument au chevron derrière le portail de jour s'ornait d'une plaque rappelant l'histoire du troisième Sac, et faisant mention des trois seules maths millénariennes au monde qui n'avaient pas été ravagées : Saunt-Édhar, Saunt-Rambalf et…

« Saunt-Trédégarh », dit Barb.

Comme en réponse à ses paroles, nous vîmes alors l'image d'une math qui semblait avoir été taillée dans le roc, à flanc de falaise. Elle aussi était éclairée du dessus par une lumière rouge.

« C'est étrange, dis-je. Pourquoi les extrasylvestres braqueraient-ils leurs projecteurs sur les trois inviolées ? C'est de l'histoire ancienne.

– Ils nous disent quelque chose, inféra fraa Jad.

– Quoi donc ? Que l'histoire du troisième Sac les passionne ?

– Non, répondit fraa Jad. Ils nous disent probablement qu'ils ont compris qu'Édhar, Rambalf et Trédégarh étaient les endroits où le pouvoir sæculier avait entreposé tous les déchets nucléaires. »

Je fus heureux que l'on eût parlé tærran.

Nous marchâmes jusqu'à une station de carburant sur la grand-route, après l'agglomération, où j'achetai une cartablette. Il y en avait de toutes sortes et de toutes dimensions. Celle que je choisis était à peu près de la taille d'un livre. Ses bords et coins étaient décorés d'épais coussinets moletés censés ressembler aux pneus des véhicules tout-terrain, parce qu'elle était faite pour des gens qui aimaient ce genre d'activité. Elle incluait des cartes topographiques. Les modèles ordinaires étaient décorés différemment et n'indiquaient que les routes et les centres commerciaux.

En sortant, je l'allumai. Après quelques secondes, elle afficha un code d'erreur, et passa par défaut à une carte de tout le continent. Elle n'indiquait pas notre position, comme elle eût dû le faire.

« Eh, dis-je au caissier en retournant à l'intérieur, ce truc est grillé.

– Non, pas du tout.

– Oh si. Elle n'affiche pas notre position.

– Aucune ne le peut aujourd'hui. Croyez-moi. Votre cartablette fonctionne parfaitement. D'ailleurs, elle vous montre la carte, non ?

– Oui, mais...

– Il a raison, dit un autre client, un routier qui venait d'arriver dans la station avec un long martel. Les satellites sont en rade. La mienne ne donne rien non plus. Personne n'a rien. » Il gloussa. « Vous n'avez pas choisi le bon jour pour acheter une cartablette !

– Ça date d'aujourd'hui ?

– Ouais, vers les trois heures du matin. Ne vous inquiétez pas. Les pouvoirs en place dépendent de ces trucs ! L'armée. Y peuvent pas vivre sans. Ce sera réglé en un rien de temps.

– Je me demande si c'est en rapport avec les lumières rouges sur les... sur les horloges, la nuit dernière, dis-je, juste pour voir ce qu'ils allaient répondre. J'ai vu ça au visueur.

– C'est un de leurs festivals, un rituel, ou quelque chose du genre, dit le caissier. C'est ce que j'ai entendu dire. »

L'autre client n'était pas au courant, je demandai alors au caissier d'où il tenait cela.

Il tapota le brelot suspendu autour de son cou par une cordelette : « La trans de mon arche, ce matin. »

Il eût été naturel de suggérer : *La férule céleste ?*, mais faire preuve d'une curiosité un tant soit peu marquée pouvait me signaler comme un échappé d'une concente. Aussi me contentai-je de hocher la tête avant de quitter la station de carburant. Puis j'entraînai Barb et Jad vers la manufacture.

« Les extrasylvestres brouillent les satellites de navigation, annonçai-je.

– Ou peut-être qu'ils les ont juste abattus ! dit Barb.

– Achetons un sextant, suggéra fraa Jad.

– On n'en fabrique plus depuis quatre mille ans, répondis-je.

– Alors, construisons-en un.

– Je n'ai aucune idée des pièces et autres machintrucs qui servent à faire un sextant. »

Cela parut amuser Jad. « Moi non plus. Je pensais le réaliser à partir des principes de base.

– Oui, renifla Barb. C'est juste de la géométrie, Raz !

– À cette époque, le continent est couvert par un réseau dense de routes en dur, équipé de panneaux de signalisation et autres aides à la circulation, annonçai-je.

– Oh, dit fraa Jad.

– Entre ces faits et *cet objet* (j'indiquai la cartablette), nous devrions pouvoir trouver le chemin de Saunt-Trédégarh sans devoir concevoir un sextant à partir des principes de base. »

Fraa Jad parut un peu décontenancé. Si bien qu'une minute plus tard, alors que nous passions devant une boutique de fournitures de bureau, je m'y précipitai et achetai un rapporteur, que je lui offris comme premier élément de son sextant fait main. Il en fut profondément impressionné. Je réalisai que c'était le premier objet qu'il voyait extra-muros qui eût le moindre sens pour lui.

« Est-ce un temple d'Adrakhonès ? demanda-t-il en regardant la boutique.

– Non, répondis-je en m'en détournant et en reprenant mon chemin. Ce sont des praxiques. Ils ont besoin d'une trigonométrie primitive pour construire des choses comme des fauteuils roulants et des entrebâilleurs.

– Tout de même, dit-il en m'emboîtant le pas après un dernier regard attristé, ils doivent bien avoir quelque perception de…

– Fraa Jad, ils n'ont aucune conscience du monde théorique hylaéen.

– Oh, vraiment ?

– Vraiment. Tous ceux qui, ici, ont la moindre perception du MTH l'inhibent, deviennent fous, ou finissent à Saunt-Édhar. » Je me retournai et le dévisageai. « D'où croyez-vous que nous venons, Barb et moi ? »

Une fois cela dit, Barb et Jad furent heureux de me suivre dans un large contournement du flanc ouest de Saunt-Édhar, vers la manufacture.

« Tu choisis bien étrangement le moment de tes apparitions et de tes disparitions. » Voilà comment Cord m'accueillit.

Nous les avions interrompus, ses collègues et elle, au milieu d'une sorte de convocation. Tous nous dévisageaient, un homme plus âgé en particulier.

« Qui est ce type, et pourquoi me hait-il ? demandai-je en soutenant son regard.

– Tu dois parler du patron, répondit Cord, dont le visage était moite.

– Oh. Hum. Bien sûr. Jc ne pensais pas que tu pouvais en avoir un.

– C'est le cas de la plupart des gens ici, Raz. Et quand un patron te regarde de cette façon, il est considéré comme déplacé de lui rendre son regard comme tu le fais.

– Oh. C'est une sorte de signe de domination sociale ?

– Oui. Et s'inviter au milieu d'une réunion privée sur le lieu de travail de quelqu'un ne se fait pas non plus.

– Eh bien, puisque j'ai toute l'attention de ton patron, je devrais peut-être lui faire savoir…

– Que tu as organisé un grand rassemblement ici à midi ?

– Oui.

– Ou plutôt, comme il risque, lui, de l'envisager, que tu as, toi, un parfait étranger, invité tout un tas d'autres parfaits étrangers à se réunir sur sa propriété, un site industriel en pleine activité, équipé de toute une série de machines dangereuses, sans lui demander préalablement la permission.

– Eh bien, c'est vraiment important, Cord. Et cela ne durera pas longtemps. Était-ce pour cette raison que tes collègues et toi aviez cette réunion ?

– C'était le premier point sur la liste.

– Tu crois qu'il va m'agresser physiquement ? Parce que je connais un peu le combla. Pas autant que Lio, mais…

– Ce serait une façon très inhabituelle de réagir. Normalement, cela se règle par la voie juridique. Mais vous dépendez de votre propre loi, alors il a les mains liées. D'autant que les pouvoirs en place semblent faire pression sur lui pour qu'il laisse faire. Il négociera une compensation avec eux. Il négocie également avec sa compagnie d'assurances pour s'assurer que rien de tout cela n'affectera sa police.

Pfou ! Les choses sont compliquées, ici. »

Cord regarda en direction du præsidium et renifla. « Et elles ne le sont pas, là-bas ? »

J'y réfléchis un instant. « Je suppose que ma disparition pendant la dixième nuit t'a semblé aussi bizarre que peut me le paraître la police d'assurance de ton patron.

– Tout à fait.

– Eh bien, cela n'avait rien de personnel. Et cela m'a fait beaucoup de mal. Peut-être autant que toute cette histoire t'en fait.

– C'est peu probable, étant donné que dix secondes avant ton arrivée, j'ai été virée.

– C'est un acte totalement irrationnel ! protestai-je. Même selon les standards extra-muros.

– Oui et non. Oui, c'est totalement fou que je sois virée à cause d'une décision que tu as prise sans que je le sache. Mais d'un autre côté, non, parce que je suis un peu à part, ici. Je suis une fille. Je me sers des machines pour faire des bijoux. Je réalise des pièces pour les tics, et je suis payée en pots de miel.

– Eh bien, je suis vraiment désolé…

– Arrête, s'il te plaît.

– Si je peux faire quelque chose, si tu veux rejoindre la math…

– La math dont tu viens de te faire éjecter ?

– Je veux juste dire que si je peux faire n'importe quoi pour réparer…

– Fais-moi vivre une aventure. » Dans l'instant qui suivit, Cord réalisa que cela paraissait saugrenu, et elle paniqua. Elle leva défensivement les mains. « Oh, pas une aventure fabuleuse. Juste quelque chose qui me fera oublier ma mise à pied. Quelque chose dont je me souviendrai quand je serai vieille. »

Là, pour la première fois, je considérai tout ce qu'il s'était passé ces douze dernières heures. Cela me donna un peu le vertige.

« Raz ? demanda-t-elle après un temps.

– Je ne peux pas prédire l'avenir, dis-je, mais pour ce que j'en sais, je crains que ce ne soit une aventure fabuleuse ou rien.

– Génial !

– Probablement le genre d'aventure qui se terminera par un enterrement de masse. »

Cela la refroidit un peu. Mais, elle finit par demander : « Est-ce que vous avez besoin d'un moyen de transport ? D'outils ? De quelque chose ?

– Notre adversaire est un vaisseau extrasylvestre bourré de bombes atomiques, répondis-je. Nous avons un rapporteur.

– D'accord, je vais repasser chez moi voir si je trouve une règle et un bout de ficelle.

– Ce serait super.

– On se retrouve ici à midi. S'ils me laissent rentrer, je veux dire.

– Je m'assurerai que ce soit le cas. Eh, Cord…

– Oui ?

– Ce n'est probablement pas le meilleur moment pour le demander, mais est-ce que tu pourrais me rendre un service ? »

J'allai dans l'ombre du grand toit qui surplombait le canal et m'assis sur une pile de palettes en bois, puis sortis la cartablette pour apprendre à me servir de son interface. Cela prit plus longtemps que je ne l'aurais cru, parce qu'elle n'était pas faite pour des gens instruits. Je n'arrivais absolument à rien avec ses fonctions de recherche, à cause de ses efforts incongrus pour m'assister.

« Où peut donc bien se trouver la butte de Bly ? » demandai-je à Arsibalt quand il arriva.

Il était onze heures et demie. À peu près la moitié des mandés étaient arrivés. Une petite flotte de vachéchés et de tomobiles avait commencé à se constituer – volés, empruntés ou donnés, je n'en avais pas la moindre idée.

« Je m'y attendais, dit Arsibalt.

– Les reliques de Bly sont toutes à Saunt-Édhar, lui rappelai-je.

– *Étaient*, me corrigea-t-il.

– Excellent ! Qu'as-tu volé ?

– Une représentation de la butte telle qu'elle apparaissait il y a treize cents ans.

– Et certaines de ses notes cosmographiques ? » implorai-je.

C'eût été trop beau. Arsibalt en resta interdit. « Pourquoi aurais-tu voulu les notes cosmographiques de saunt Bly ?

– Parce qu'y sont mentionnées la longitude et la latitude de l'endroit d'où il faisait ses observations. » Puis je me souvins que nous n'avions aucun moyen de déterminer notre longitude et notre latitude, de toute façon. Mais peut-être que cette information était enfouie dans les profondeurs de l'interface utilisateur de la cartablette.

« Eh bien, peut-être que c'est mieux ainsi, soupira Arsibalt.

– Quoi ?

– Nous sommes censés nous rendre *directement* à Saunt-Trédégarh. La butte de Bly ne se trouve pas sur le chemin.

– Je ne crois pas que cela représente un tel détour.

– Tu ne viens pas de me dire que tu ne savais pas où c'était ?

– J'en ai tout de même une idée.

– Tu ne sais même pas si Orolo est *effectivement* allé à la butte de Bly. Comment vas-tu persuader dix-sept avôts de faire un détour interdit pour rechercher un homme qu'ils ont anathymisé quelques mois plus tôt ?

– Arsibalt, je ne te comprends pas. Pourquoi as-tu pris la peine de voler les reliques de Bly si tu n'avais pas l'intention de partir à la recherche d'Orolo ?

– Au moment où je les ai volées, me fit-il remarquer, je ne savais pas encore qu'il s'agissait d'une convoxe. »

Il me fallut un instant pour comprendre sa logique. « Tu ne savais pas que nous reviendrions ?

– Exact.

– Tu t'es dit qu'une fois que nous aurions terminé ce qu'ils attendaient de nous…

– Nous pourrions aller retrouver Orolo, et vivre comme des férals. »

Tout cela était très intéressant. Un peu poignant, aussi. Mais ne nous aidait en rien à résoudre le problème en cours.

« Arsibalt, as-tu remarqué une concordance dans la vie des saunts ?

– Plusieurs. Sur quelle concordance désires-tu attirer mon attention ?

– Bon nombre d'entre eux sont proscrits avant que tout le monde ne réalise que ce sont des saunts.

– En supposant que tu as raison, dit Arsibalt, la canonisation d'Orolo n'aura pas lieu avant longtemps ; il est encore très loin d'être saunt.

– Excusez-moi, nous interrompit un homme qui nous tournait autour depuis un moment, les mains dans les poches. Êtes-vous le responsable ? »

C'était moi qu'il regardait. Je cherchai automatiquement alentour quels nouveaux ennuis Barb et Jad avaient pu s'attirer. Barb n'était pas loin : depuis une bonne heure, il observait des oiseaux qui avaient construit leur nid dans les poutrelles d'acier soutenant le toit. Jad était accroupi dans un coin poussiéreux, et traçait des diagrammes sur le sol avec un bout de robinet cassé. Peu après notre arrivée, il s'était aventuré dans la salle des machines, et s'était figuré mettre en marche une fraiseuse. *Là*, l'ex-patron de Cord avait manqué m'agresser. Mais depuis, Jad et Barb s'étaient raisonnablement bien tenus. Alors pourquoi cet extra me demandait-il si j'étais le responsable ? Il n'avait l'air ni furieux ni effrayé. Plutôt… perdu.

Je me dis qu'en *prétendant* être le responsable, je pourrais influer sur les choses au moins pendant un temps, jusqu'à ce qu'on réalisât que ce n'était pas le cas. « Oui. Je m'appelle fraa Érasmas.

– Oh, très heureux de vous rencontrer. Ferman Beller », dit-il en me tendant timidement la main – pas certain que je fusse habitué à ce genre de salutation. Je la lui serrai fermement, et il se détendit. C'était un homme solidement bâti, dans sa cinquième décennie. « Vous avez une bien belle cartablette. » Que l'on fît une telle remarque me parut incroyablement étrange, jusqu'à ce qu'il me revînt à l'esprit que les extras étaient autorisés à posséder plus de trois choses, et qu'elles servaient souvent de point de départ aux conversations. « Merci, tentai-je. Dommage qu'elle ne fonctionne pas.

– Ne vous inquiétez pas, gloussa-t-il. Nous vous mènerons à bon port ! »

Je supposai qu'il était l'un des locaux qui s'étaient portés volontaires pour nous conduire.

« Dites, euh… Écoutez, il y a ce type, là-bas, qui veut vous parler. On ne savait pas s'il fallait, vous voyez, le laisser vous approcher. »

Je regardai dans la direction indiquée, et vis un homme avec une toque noire sur la tête, debout au soleil, qui me dévisageait. « S'il vous plaît, faites entrer Sammanne, dis-je.

– Tu ne peux pas être sérieux ! siffla Arsibalt entre ses dents lorsque Ferman fut hors de portée de voix.

– C'est moi qui l'ai fait venir.

– Comment aurais-tu pu faire appeler un tic ?

– J'ai demandé à Cord de le faire pour moi.

– Elle est là ? demanda-t-il d'un tout autre ton.

– Je les attends d'une minute à l'autre, elle *et son petit ami*, répondis-je en sautant de la pile de palettes. Tiens, trouve où est la butte de Bly », conclus-je en lui passant la cartablette.

Les cloches du proveneur firent jouer tous les rupteurs de mon cerveau, comme si j'eusse été l'un de ces pauvres chiens que les saunts d'antan électrifiaient pour leurs expériences psychiatriques.

D'abord la culpabilité : encore en retard ! Puis, dans les bras et les jambes, les courbatures dues à l'effort de remonter l'horloge. Ensuite la faim, avant le repas de midi. Et enfin l'amertume, qu'ils eussent pu remonter l'horloge sans nous.

« Nous allons mener la plus grande partie de cette discussion en tærran, parce que beaucoup d'entre nous ne parlent pas vraiment l'ouaïl, annonçai-je au groupe entier depuis la pile de palettes qui me servait de podium : dix-sept avôts, un tic, et une douzaine d'extra-muros dont le nombre variait plus ou moins, en fonction de leur capacité d'attention et de l'usage de leur brelot. Soor Tulia traduira partiellement ce que nous disons, mais une bonne part de notre conversation concernera des choses qui n'ont d'intérêt que pour les avôts. De cette manière, vous pourrez également avoir vos propres conversations sur la logistique, comme celle du déjeuner. » Je vis Arsibalt acquiescer.

Puis je repassai au tærran. J'étais un peu lent à me mettre en route, parce que je m'attendais à ce que quelqu'un rappelât que je n'étais pas le chef. Mais j'avais convoqué cette réunion, et j'étais juché sur une pile de palettes.

En outre j'étais un dixie. Notre chef ne pouvait être qu'un dixie, capable de parler ouaïl, et de composer avec le monde extra-muros. Pas que j'en fusse un expert, mais un séculos y eût été encore plus inepte. Fraa Jad et les séculos ne pouvaient pas choisir quel dixie allait être le chef, puisqu'ils n'avaient jamais rencontré aucun d'entre nous jusqu'à quelques heures auparavant. Depuis des années, par contre, ils nous voyaient, mon équipe et moi, remonter l'horloge – ce qui nous donnait, à Arsibalt, Lio et moi, un avantage : ils connaissaient nos visages. Jesry, notre meneur naturel, n'était plus là. Je m'étais assuré de la loyauté d'Arsibalt en parlant du déjeuner. Et Lio était trop empoté et bizarre. Tout cela faisait que, sans intercession du moindre processus rationnel, j'étais le chef. Et je n'avais pas la moindre idée de ce que j'allais dire.

« Nous devons nous répartir entre plusieurs véhicules, annonçai-je pour gagner du temps. Pour l'instant, nous allons nous en tenir aux groupes mixtes de dixies et de centénariens qui ont été formés ce matin au narthex. Parce que c'est le plus simple, ajoutai-je en voyant que fraa Wyburt – un dixie plus âgé que moi – s'apprêtait à soulever une objection. Échangez plus tard si vous le désirez. Mais chaque dixie a la responsabilité de s'assurer que ses centénariens ne finiront pas coincés dans un véhicule dans lequel personne ne parle tærran. Je crois que nous pouvons tous accepter volontiers cette responsabilité », poursuivis-je en regardant fraa Wyburt dans les yeux.

Il paraissait prêt à me mettre en plan, mais changea d'avis pour une quelconque raison.

« Comment allons-nous répartir ces groupes entre les véhicules ? repris-je. Ma jermène, Cord, la jeune femme avec la veste pleine d'outils, a proposé d'emmener certains d'entre nous dans son vachéché. C'est un terme ouaïl pour désigner ces véhicules à l'esthétique industrielle qui ressemblent à des caisses sur roues. Elle y veut sa liaison – son partenaire, Rosk : le grand avec les cheveux longs – et moi. Fraa Jad et fraa Barb m'accompagnent. Par ailleurs, j'ai invité Sammanne, des tics, à se joindre à nous. Je sais que certains d'entre vous verront des objections à sa compagnie (en fait, ils les exprimaient déjà), et c'est pour cette raison qu'il vient dans le vachéché avec moi.

– Il est irrespectueux de faire cohabiter un tic avec un millénarien ! s'exclama soor Rethlett, une autre dixie.

– Fraa Jad, dis-je, je suis désolé que nous parlions de vous comme si vous n'étiez pas présent. Il va sans dire que vous pouvez choisir le véhicule que vous voulez.

– Nous sommes censés maintenir la Discipline pendant la pérégrination, nous fit la bonté de nous rappeler Barb.

– Eh, vous effrayez les extras », plaisantai-je, parce que, par-dessus les têtes de mes fraas et soors, je voyais que les extra-muros étaient troublés par nos éclats de voix.

Tulia traduisit ma boutade. Les extras s'esclaffèrent. Aucun avôt ne rit, mais ils se calmèrent un peu.

« Fraa Érasmas, si je puis ? » demanda Arsibalt.

Je hochai la tête.

Arsibalt faisait face à Barb, mais parla assez fort pour être entendu de tous : « Nous avons reçu des instructions contradictoires. D'abord, l'ordre habituel de préserver la Discipline pendant une pérégrination. Ensuite, l'ordre de nous rendre à Saunt-Trédégarh par tout moyen nécessaire. On ne nous a pas fourni un train plombé, ou un quelconque transport pouvant servir de cloître mobile. Ce seront des petits véhicules indépendants ou rien. Et nous ne savons pas conduire. Je suis d'avis que le second ordre prévaut sur le premier, et que nous devons voyager en compagnie d'extras. Voyager avec un tic n'est certainement en rien pire. Je pense que cela vaut même mieux, parce qu'un tic comprend la Discipline aussi bien que nous.

– Sammanne sera dans le vachéché de Cord avec moi, conclus-je avant que Barb n'eût eu le temps de décocher une seule des objections dont il avait empli son carquois pendant la déclaration d'Arsibalt. Fraa Jad voyagera selon son choix.

– Je voyagerai de la façon que tu as suggérée, et changerai si cela ne me paraît pas satisfaisant », dit fraa Jad.

Ce qui fit taire le reste des avôts durant un temps, simplement parce que c'était la première fois que la plupart d'entre eux entendaient le son de sa voix.

« Un changement risque d'intervenir très vite, lui répondis-je, parce que la première destination du vachéché de Cord sera la butte de Bly, où j'essaierai de trouver Orolo. »

Là, les extras eurent réellement une raison de s'inquiéter, car les avôts se firent bruyants et vibrants, menaçant mon bref mandat de chef autoproclamé d'arriver prématurément à échéance. Mais avant qu'ils ne me jetassent à terre et ne m'anathymisassent céans, je fis un signe de tête à Sammanne, qui s'avança. Je me penchai pour attraper sa main et le hissai à mon niveau pour qu'il vînt se placer à côté de moi. Un fraa touchant un tic : c'était du jamais-vu ! Ils en restèrent stupéfaits un instant. Puis Sammanne commença à parler, ce qui fut tellement saisissant qu'après quelques mots, la tapageuse assemblée s'était convertie en un public muet, presque captif. À part deux soors centénariennes qui se bouchèrent les oreilles et fermèrent les yeux en signe de protestation muette, et trois autres qui lui tournèrent le dos.

« Fraa Spélikon m'a chargé d'aller au télescope de Sauntes-Mithra-et-Mylax pour récupérer une tablette photomnémonique que fraa Orolo y avait insérée quelques heures avant que l'astrohenge ne soit verrouillé par la férule édictrice, annonça Sammanne dans un tærran correct mais bizarrement accentué. J'ai obéi. Il ne m'a donné aucune instruction quant à la sécurité des données liées à cette tablette, alors avant de la lui remettre, j'en ai fait une copie. » Tout en disant cela, Sammanne tira une tablette photomnémonique du sac qu'il portait à l'épaule. « Elle contient une image unique que fraa Orolo avait préparée, mais qu'il n'a jamais pu voir. Je vais afficher cette image maintenant, dit-il en manipulant les commandes. Fraa Érasmas, ici présent, l'a déjà vue il y a quelques minutes. Vous pouvez la regarder si vous le désirez. » Il tendit la tablette à l'avôt le plus proche. Les autres se rassemblèrent autour de lui, alors même que certains refusaient de convenir de la présence de Sammanne.

« Nous devons demeurer discrets et ne pas montrer ceci aux extras, dis-je, parce que je ne crois pas qu'ils aient la moindre idée de ce à quoi nous sommes confrontés. » Par « nous », je voulais dire Arbre, mais personne ne m'entendit, accaparés qu'ils étaient tous par l'image de la tablette.

Ce qu'elle affichait ne poussa personne à me donner raison, mais cela détourna l'attention – et de loin – de nos précédentes controverses. Ceux qui inclinaient à voir les choses à ma façon en furent confortés. Les autres se décomposèrent.

La répartition entre les véhicules prit une bonne heure. Je n'arrivais pas à croire que ce pût être aussi compliqué. Tout le monde n'avait de cesse de changer d'avis. Des alliances se formaient, s'effilochaient, et se dissolvaient. Des coalitions interalliances apparaissaient et disparaissaient comme des particules virtuelles. Le gros cube de Cord, équipé de trois rangées de sièges, était censé être occupé par Rosk, Barb, Jad, Sammanne, elle et moi. Ferman Beller avait une grande tomobile adaptée aux surfaces accidentées. Il emmènerait Lio, Arsibalt et trois séculos qui penchaient de notre côté. Nous pensions avoir assez efficacement rempli les deux plus gros véhicules, mais au dernier moment, un extra qui avait passé de nombreux appels sur son brelot annonça que lui et son vachéché se joindraient à notre caravane. Il s'appelait Ganélial Craide, et était visiblement quelque sorte de déolâtre d'une arche contre-bazienne – de la férule céleste ou pas, nous n'en savions rien encore.

Son véhicule était un vachéché à grand coffre découvert, dont le plateau était presque entièrement occupé par un tricycle motorisé aux impressionnants pneus moletés. La cabine n'avait que trois places. Personne ne voulait monter avec Ganélial Craide. J'en étais gêné pour lui, quoique pas assez pour aller le rejoindre. À la dernière minute, un jeune extra de sa connaissance jeta un sac de couchage à l'arrière, et grimpa dans la cabine avec lui. Ce qui compléta le contingent de la butte de Bly. Quant à celui qui irait directement à Trédégarh, il comprenait quatre tomobiles, chacune avec son propriétaire conducteur et un dixie : Tulia, Wyburt, Rethlett et Ostabon. Les autres sièges étaient occupés par les séculos qui ne voulaient pas s'impliquer dans l'expédition Orolo, ou par d'autres extras qui s'étaient portés volontaires pour le voyage.

À l'exception de Cord et de Rosk, tous les extras semblaient appartenir à des groupes religieux, ce qui mettait les avôts plus ou moins mal à l'aise. Je supputai que s'il eût disposé d'une base militaire dans la région, le pouvoir sæculier eût ordonné à des soldats de s'habiller en civil et de nous conduire, mais que, comme tel n'était pas le cas, ils avaient eu l'idée de faire appel à des organisations susceptibles de se porter volontaires à la dernière minute ; ce qui, à cette époque et en ces lieux, signifiait les arches. Lorsque je l'expliquai aux autres en ces termes, cela parut les apaiser un peu. Les dixies le comprirent à peu près. Les séculos eurent plus de mal, et continuèrent à vouloir en savoir plus sur les déologies de leurs chauffeurs putatifs, ce qui n'aidait absolument en rien à tous les faire monter dans les véhicules.

Ganélial Craide était probablement dans sa quatrième décennie, mais on eût pu le croire plus jeune, parce qu'il était mince et rasé de frais. Il annonça qu'il savait où se trouvait la butte de Bly, et que nous devions le suivre. Puis il monta dans son vachéché et démarra. Ferman Beller se pressa dans sa direction, lui sourit jusqu'à ce qu'il ouvrît sa vitre, puis se mit à lui parler. Rapidement, je m'aperçus qu'ils étaient en désaccord – je le compris en voyant le visage du passager de Craide, qui gardait les yeux fixés sur Beller. Je fus encore une fois envahi par cette sensation d'embarras qui me faisait l'effet d'avoir de la boue chaude sur le sommet du crâne. Craide s'était exprimé avec une telle confiance que j'avais supposé qu'il avait déjà discuté de son plan avec Ferman Beller, et que tous deux s'étaient entendus. Il était maintenant évident qu'il n'en était rien. J'eusse suivi Craide là où il nous eût menés.

Je réalisai que cet improbable commandement allait vite tourner au cauchemar ; que l'on allait soit s'efforcer de m'entraîner vers de mauvaises décisions, soit tenter de se débarrasser de moi. « Ça, c'est un chef ! maugréai-je en parlant de moi.

– Hein ? réagit Lio.

– Ne me laisse plus jamais faire ce genre d'ânerie », lui intimai-je.

Il en resta médusé.

Je me dirigeai vers le vachéché de Craide. Lio et Arsibalt me suivirent à distance respectueuse. Craide et Beller se disputaient ouvertement maintenant. Je n'avais pas envie de m'en mêler, mais je ne pouvais plus rester sans rien faire.

Le problème, réalisai-je, était que Craide prétendait détenir une information sur la butte de Bly que nous n'avions pas. C'était ma faute. J'avais fait l'erreur de reconnaître que je ne savais pas exactement où elle se trouvait. Dans l'enceinte de la concente, il était naturel d'admettre son ignorance, parce que c'était la première étape sur le chemin de la vérité. Ici, cela ne faisait que donner à des gens comme Craide l'opportunité de tenter de prendre le pouvoir.

« Excusez-moi », dis-je en élevant la voix.

Beller et Craide cessèrent de se disputer et me regardèrent.

« L'un de mes frères a apporté des documents anciens de la concente, qui nous indiquent où aller. En combinant ces informations avec les talents de notre tic et les cartes topographiques de la cartablette, nous pourrons trouver l'endroit que nous cherchons.

– Je sais exactement où est allé votre ami, rétorqua Craide.

– Nous pas, répondis-je, mais comme je viens de le dire, nous le déterminerons bien avant d'y arriver.

– Il vous suffit de me suivre, et…

– C'est trop hasardeux. Si l'on se perd dans la circulation, nous serons bien avancés.

– Si vous me perdez dans la circulation, vous pourrez toujours m'appeler sur mon brelot. »

L'argument, des plus rationnels, fit mouche. Mais je ne pouvais plus reculer : « Monsieur Craide, vous pouvez partir devant si vous le voulez, et avoir la satisfaction d'arriver là-bas avant nous, mais si vous regardez dans votre rétroviseur et que vous ne nous voyez plus, ce sera parce que nous aurons décidé de nous en tenir à nos propres décisions quant à la façon de nous y rendre. »

Craide et son passager allaient me haïr pour le reste de leur vie, mais au moins le problème était réglé.

Cette version du plan, par contre, impliquait un remaniement : Sammanne et moi monterions avec Arsibalt dans le véhicule de Ferman Beller, où nous nous chargerions de la navigation ; pour équilibrer, Lio et un séculos iraient dans le vachéché de Cord, qui nous suivrait. Ganélial Craide nous cribla de gravillons en démarrant en trombe.

« Cet homme se comporte tellement comme le méchant d'une œuvre littéraire que c'en est presque drôle, fit remarquer Arsibalt.

– Oui, dit l'un des séculos. On dirait qu'il n'a jamais entendu parler d'élément révélateur.

– C'est probablement le cas, dis-je. Mais n'oublions pas que notre conducteur est le seul extra dans le véhicule, alors ayons la courtoisie de parler ouaïl au moins une partie du temps.

– Vas-y, dit le séculos. Je verrai si je réussis à décrypter. »

Fraa Carmolathu, le séculos en question, était un peu bas du front, mais comme il s'était porté volontaire pour partir à la recherche d'Orolo, il ne pouvait pas être complètement mauvais. Il avait cinq à dix ans de plus qu'Orolo, et je pensais que ce devait être un ami de Paphlagon.

« Combien de routes parallèles aux montagnes vont vers le nord-est ? demandai-je à Beller, tout en espérant entendre : *Une seule.*

– Un bon paquet, répondit-il. Laquelle voulez-vous prendre, chef ?

– Par définition, une butte est isolée, elle ne fait pas partie d'une chaîne, dit Arsibalt en tærran. Donc…

– Elle se trouve sur le plateau au sud des montagnes, annonçai-je en ouaïl. Nous n'aurons pas besoin de prendre une route de montagne. »

Beller démarra. Je fis au revoir de la main à Tulia. Elle avait les yeux fixés sur nous, l'air un peu choquée. Notre départ se faisait effectivement de manière un peu abrupte, mais je m'étais dit que si nous attendions une minute de plus, il y aurait une autre crise. Tulia avait choisi de se rendre directement à Trédégarh, pour essayer de retrouver Ala. J'aurais peut-être dû faire de même. Le choix n'avait pas été facile, mais je pensais avoir fait le bon. D'autant que, si tout se passait bien, nous arriverions à Trédégarh deux jours tout au plus après le contingent de Tulia. Et elle saurait les mener là-bas.

Avant de quitter la ville, nous nous arrêtâmes – ou, plus exactement, nous ralentîmes – dans un endroit où il était possible d'acheter à manger sans perdre beaucoup de temps. J'avais des souvenirs d'enfance de ce genre de restaurant, mais c'était une expérience nouvelle pour les séculos. Je ne pus m'empêcher de l'envisager avec leurs yeux : la conversation ambiguë avec la serveuse invisible, les sacs de nourriture à l'odeur chaude et grasse passés à travers la vitre, les condiments en sachets, les difficultés pour manger au milieu des embardées sur une autoroute, le volume de déchets qui semblait envahir ensuite tout l'espace de la tomobile, l'odeur insistante qui persistait bien trop longtemps après.

Bazianisme orthodoxe : Religion d'État de l'empire bazien, qui survécut à la chute de Baz et érigea, durant l'ère subséquente, un système mathique parallèle et indépendant de celui créé par Cartas, et qui demeure l'une des confessions les plus répandues d'Arbre.

Contre-Bazianisme : Religion enracinée dans les mêmes écritures et honorant les mêmes prophètes que le Bazianisme orthodoxe, mais rejetant explicitement l'autorité et certains enseignements de cette foi bazienne orthodoxe.

LE DICTIONNAIRE, 4e édition, 3000 apr. R.

Le temps que nous eussions fini de manger, le præsidium était hors de vue. Nous avions laissé le gros des quartiers pécos derrière nous, et nous traversions une sorte de zone ambivalente qui, comme sous l'effet d'une marée, faisait partie de l'agglomération dans ses périodes d'expansion et de la campagne quand la ville refluait. Là où une marée charriait du bois de grève, des poissons morts et des algues déracinées, elle avait son lot de bosquets malingres, d'animaux écrasés et d'écheveaux d'herbe-à-bonds. Là où une zone intertidale eût été jonchée de bouteilles vides et d'épaves de bateaux, il y avait ici des bouteilles vides et des vachéchés en déshérence. Le seul élément notable se résumait à un complexe dans lequel le bois de feu qui avait été charrié depuis les montagnes était élagué et débité. Puis nous fûmes pris quelques minutes dans un flot de martels-bennes. Mais rares étaient ceux qui allaient dans notre direction, et nous les eûmes bientôt dépassés. Nous entrâmes dans une région de potagers et de vergers.

Dans le véhicule de Ferman Beller se trouvaient donc

Arsibalt, Sammanne, deux fraas séculos, Carmolathu et Harbret, et moi. L'autre véhicule transportait Cord, Rosk, Lio, Barb, Jad et un autre édharien de la math centénarienne, fraa Criscan. Je remarquai une bizarrerie statistique : il n'y avait qu'une femme, et il s'agissait de ma jermène, qui représentait de manière assez particulière la gent féminine. Intra-muros, on ne voyait que rarement une répartition aussi asymétrique. Extra-muros, cela dépendait des religions et des mœurs sociales qui prévalaient à une période donnée. Naturellement, je m'interrogeai sur la façon dont cela était arrivé, et revisitai un moment mes souvenirs de l'heure passée à faire monter les gens dans des véhicules. Évidemment, le facteur crucial dans la détermination des groupes avait été ce que chacun pensait d'Orolo et de l'idée de partir à sa recherche. Peut-être y avait-il quelque chose dans cette mission qui attirait les hommes et répugnait les femmes.

Nous étions douze, sans compter Ganélial Craide. C'était un effectif courant pour les équipes sportives et les petites unités militaires. Il est assez communément considéré qu'il s'agissait probablement de la taille naturelle d'une troupe de chasseurs à l'âge de pierre, et que les hommes étaient prédisposés à se sentir bien dans un groupe de cette taille. De toute façon, que ce fût une anomalie statistique ou un comportement primitif inscrit dans nos séquences, nous en étions là. Je me demandai un instant si Tulia et certaines autres soors du contingent à destination de Trédégarh me tenaient pour responsable de cette distribution, puis j'oubliai, parce que nous avions besoin de nous concentrer sur la navigation.

Selon le dessin qu'Arsibalt avait apporté – sur lequel une chaîne de montagnes se profilait à l'horizon – et certains éléments de l'histoire de saunt Bly telle qu'elle était enregistrée dans la Chronique, ainsi que d'après les informations que Sammanne avait rassemblées avec une sorte de super-brelot, nous identifiâmes sur la cartablette trois collines isolées qui chacune pouvait être la butte de Bly. Formant un triangle d'à peu près dix lieues de côté, elles se situaient à environ cent lieues de notre position actuelle. Cela ne paraissait pas très éloigné, mais lorsque nous les montrâmes à Ferman, il nous dit de ne pas nous attendre à les atteindre avant le lendemain. Les routes de cette région, expliqua-t-il, étaient « fraîchement cailloutées », et notre progression allait être lente. Il serait certes possible de les atteindre aujourd'hui, mais il ferait nuit et nous ne pourrions rien faire. Mieux valait trouver un endroit à proximité pour dormir, et reprendre notre route à la première heure.

Je ne compris son « fraîchement cailloutées » que plusieurs heures plus tard, lorsque nous quittâmes l'autoroute pour nous engager sur une route autrefois bétonnée. Il eût presque été plus rapide de rouler à travers la campagne plutôt que sur ce puzzle craquelé de dalles brisées.

À proximité de Sammanne, Arsibalt était mal à l'aise. Une évidence au vu de l'extrême politesse dont il faisait preuve lorsqu'il s'adressait à lui. Arguant du mal des transports, il passa devant, à côté de Ferman, et lui parla en ouaïl. Je pris place derrière lui et tentai de rattraper un peu de mon sommeil. De temps en temps, mes paupières s'entrouvraient quand un trou nous faisait cahoter, et j'apercevais rêveusement le fétiche religieux qui se balançait sur le tableau de bord. Sans être un expert des arches, je jugeais fort probable que Ferman fût un bazien orthodoxe. Des croyances ni plus ni moins folles que celles de Ganélial Craide, mais qui demeuraient une forme de folie plus traditionnelle, et plus prévisible.

Toutefois, si un groupe de fanatiques religieux avaient voulu enlever quelques poignées d'avôts, ils ne s'y fussent pas mieux pris. C'est pourquoi je me réveillai d'un coup lorsque j'entendis Ferman Beller mentionner Dieu.

Jusque-là, il avait évité d'en parler, ce que je ne pouvais comprendre. Si l'on croyait sincèrement en Dieu, comment pouvait-on esquisser une seule pensée, dire une seule phrase sans le mentionner ? En lieu de quoi les déolâtres comme Beller passaient des heures sans l'introduire dans la conversation. Peut-être que son Dieu était trop éloigné de nos faits et gestes. Ou, plus probablement, peut-être que la présence de Dieu tenait tant de l'évidence à ses yeux qu'il n'avait pas besoin d'en parler davantage qu'il ne m'est nécessaire de rappeler tout le temps que je respire de l'air.

Il y avait de la frustration dans la voix de Beller. Pas de colère ni d'amertume. Juste la frustration sensible et sincère d'un oncle qui n'arrive pas à faire entrer quelque chose dans le crâne de son neveu. Nous étions tellement intelligents, pourquoi ne croyions-nous pas en Dieu ?

« Nous sommes formés à la discipline sconique », lui dit Arsibalt, heureux – et un peu soulagé – d'avoir enfin l'opportunité de tirer cela au clair.

Je le trouvai pour ma part assez optimiste dans sa certitude de pouvoir convaincre Beller de voir les choses de notre façon.

« Ce n'est pas la même chose que de ne pas croire en Dieu. Encore que, s'empressa-t-il d'ajouter, je comprends que quelqu'un qui n'a pas été confronté à la pensée sconique puisse ne pas saisir la différence entre les deux.

– Je croyais que votre Discipline venait de saunte Cartas, dit Beller.

– C'est bien le cas. Il existe un lien direct entre les principes cartasiens de l'ère mathique classique et nombre de nos pratiques. Mais il y a eu de nombreux ajouts, et quelques suppressions.

– Donc, j'imagine que Scone est un autre saunt qui y a ajouté quelque chose ?

– Non. Un scone est un petit gâteau. »

Beller gloussa de cette façon étrange et forcée qu'avaient les extras lorsqu'on faisait une plaisanterie pas drôle.

« Je suis sérieux. Le sconisme doit son nom aux petits gâteaux qui sont servis avec le thé. C'est un système de pensée qui a été découvert à peu près à mi-chemin entre la Rééclosion et les Événements horrifiques. À l'apogée de la civilisation de l'ère praxique, si vous voulez. Environ deux siècles plus tôt, les portails des anciennes maths avaient été grand ouverts, les avôts étaient sortis et s'étaient mêlés aux sæculiers – surtout aux sæculiers riches et influents. Les seigneurs et les dames. La planète, alors, avait été explorée et cartographiée. Les lois de la dynamique avaient été comprises, et commençaient à trouver un usage praxique.

– L'ère mécanique, souffla timidement Beller, en employant un terme qu'il avait été forcé de mémoriser dans quelque suvine, il y avait bien longtemps de cela.

– Oui. Les gens intelligents pouvaient gagner leur vie, à cette époque, simplement en fréquentant les salons, en s'entretenant de métathéorique, en écrivant des livres, en éduquant les enfants des nobles et des industriels. Ce fut la période la plus harmonieuse des relations entre euh…

– Nous et vous ? suggéra Beller.

– Oui. Ce depuis l'âge d'or d'Éthras. Quoi qu'il en soit, il y avait une grande dame du nom de Baritoe qui profitait des absences de son époux – c'était un imbécile volage, mais c'est sans rapport – pour tenir salon chez elle. Tous les meilleurs métathéoriciens savaient s'y retrouver à un moment particulier de la journée, quand les scones sortaient de ses fours. Ils furent nombreux au fil des années et Baritoe était toujours présente à leurs côtés. Elle écrivit des livres mais, comme elle tint à le rappeler, les idées qu'ils exposaient ne sauraient être attribuées à une seule personne. Quelqu'un les a qualifiées d'idées sconiques, et le nom est resté.

– Et elles ont été incorporées à votre Discipline, quoi, deux siècles plus tard ?

– Oui, quoique pas de façon formelle. Plutôt comme des usages. Des modes de pensée que beaucoup de nouveaux avôts partagent déjà lorsqu'ils franchissent nos portails.

– Comme ne pas croire en Dieu ? »

Et là, bien que nous fussions en plaine, j'eus soudain l'impression de rouler sur une étroite piste de montagne, au bord d'un précipice de mille pieds dans lequel le moindre écart de conduite de Ferman pourrait nous projeter. Arsibalt, par contre, était parfaitement détendu – ce qui m'émerveilla, tant nombre de sujets infiniment moins dangereux pouvaient le rendre nerveux.

« Étudier est un peu comparable à un concours de mangeurs de tartes », commença-t-il. C'était une expression ouaïl que Lio, Jesry, Arsibalt et moi utilisions pour décrire une longue et ingrate incursion dans une pile de livres.

Beller, pensant qu'il parlait encore de scones et autres pâtisseries, le prit complètement à contresens, et Arsibalt dut consacrer une ou deux minutes à différencier les références aux deux gâteaux.

« Je vais essayer de résumer, reprit-il une fois qu'ils furent revenus à leur sujet. La pensée sconique représentait une troisième voie face à deux positions inacceptables. Il était déjà reconnu à l'époque que nous formons toutes nos pensées dans notre cerveau (il se tapota le crâne) et que le cerveau reçoit ses informations des yeux, des oreilles et des autres organes sensoriels. La version naïve voulait que le cerveau travaille directement avec le monde réel. Je regarde ce bouton sur le tableau de bord, je tends la main, je le touche du doigt…

– N'y touchez pas ! l'avertit Beller.

– Je vois que vous le voyez, qu'il est intégré dans vos pensées, et j'en conclus qu'il est vraiment là, comme mes yeux et mes doigts me le décrivent, et que quand je pense à lui, je pense à la réalité de cette chose.

– Cela paraît évident », dit Beller. Après un instant de silence embarrassé, il ajouta, avec le sourire : « Je suppose que c'est pour cela que vous le qualifiez de naïf.

– À l'extrême opposé, il y avait ceux pour qui tout ce que nous pensons savoir du monde à l'extérieur de notre cerveau n'est qu'une illusion.

– Cela ressemble plus à des divagations oiseuses qu'à autre chose, dit Beller après y avoir réfléchi un temps.

– Les sconiques n'en avaient pas une très haute opinion non plus. Comme je l'ai dit, ils ont développé une troisième position. *Quand nous pensons au monde – ou à n'importe quelle chose à peu près* –, expliquaient-ils, *ce à quoi nous pensons en fait, c'est à une série de données – des informations – qui ont été transmises à notre cerveau par nos yeux, nos oreilles, etc.* Pour en revenir à mon exemple, je reçois une image visuelle de ce bouton, et j'ai le souvenir du contact de mon doigt lorsque je l'ai touché, mais c'est tout ce dont je dispose en ce qui concerne ce bouton – il est impossible, *inconcevable* que mon cerveau soit en rapport direct avec le véritable bouton matériel dans son essence et son existence, parce que mon cerveau n'y a tout simplement pas accès. Tout ce sur quoi mon cerveau peut travailler, c'est l'apparence et la sensation – les données transmises par l'intermédiaire de mes nerfs.

– Eh bien, je crois que je vois. Cela n'a pas le côté délirant de la théorie précédente, mais cela revient à établir une distinction trop subtile, dit Beller.

– Ce n'est pas le cas, répondit Arsibalt. Et c'est là que commence le concours de mangeurs de tartes, si vous voulez comprendre pourquoi ce n'est pas le cas. Parce qu'à partir de cette idée, les sconiques ont développé un système métathéorique entier. Lequel a eu une telle influence que personne n'a pu faire de métathéorique depuis sans s'y confronter. Toute la métathéorique subséquente est soit une réfutation, soit un complément, soit une extension de la pensée sconique. Et l'une des conclusions les plus importantes à laquelle elle vous mène, si vous arrivez à la fin du concours de mangeurs de tartes, c'est…

– Qu'il n'y a pas de Dieu ?

– Non, autre chose, plus difficile à expliquer. Le fait que certains sujets sont tout simplement hors champ. Comme l'existence de Dieu.

– Que voulez-vous dire par "hors champ" ?

– En suivant l'argumentation logique du système sconique, vous arrivez à la conclusion que nos esprits ne peuvent envisager Dieu de façon productive ou utile, si par Dieu vous entendez le Dieu bazien orthodoxe, qui n'est, à l'évidence, pas spatio-temporel – qui n'existe pas dans l'espace et le temps, je veux dire.

– Mais Dieu existe partout et tout le temps, rétorqua Beller.

– Mais que dites-vous quand vous dites cela ? Votre Dieu est plus que cette route, et cette montagne, et tous les autres objets tangibles de l'univers, n'est-ce pas ?

– Évidemment. Sinon, nous serions des adorateurs de la nature, ou quelque chose de ce genre.

– Il est donc crucial dans votre définition de Dieu qu'il soit plus qu'une simple masse de matière.

– Bien sûr.

– Eh bien, ce "plus" est par définition hors de l'espace et du temps. Et les sconiques ont démontré que nous ne pouvons tout simplement pas considérer de façon utile ce qui, par principe, ne peut être perçu par nos sens. Et je vois déjà à votre expression que vous n'êtes pas d'accord.

– Non, je ne le suis pas ! confirma Beller.

– Mais c'est hors de propos. Mon propos, c'est que, depuis les sconiques, ceux qui font de la théorique et de la métathéorique ont cessé de parler de Dieu et de certains autres sujets comme le libre arbitre ou ce qui existait avant l'univers. C'est ce que j'appelle la discipline sconique. À l'époque de la Reconstitution, elle était déjà profondément enracinée. Elle a été intégrée à notre Discipline sans grande discussion, sans même une décision délibérée.

– Tout de même, avec tout le temps libre que vous avez dans vos concentes, personne n'a été assez troublé en quatre mille ans pour en prendre conscience ? Pour en discuter ?

– Nous avons beaucoup moins de temps libre que vous ne l'imaginez, dit gentiment Arsibalt, mais nombre de gens ont néanmoins beaucoup pensé à ce sujet, et fondé des ordres voués à nier l'existence de Dieu ou à croire en lui, les tendances variant selon les époques et les maths. Mais aucune ne semble nous avoir écartés de la position de base des sconiques.

– Croyez-vous en Dieu ? » demanda Beller sans détour.

Je me penchai en avant, fasciné.

« J'ai beaucoup lu, ces derniers temps, sur des choses non spatio-temporelles, et pourtant censées exister. »

Par cela, je savais qu'Arsibalt entendait les objets mathématiques du monde théorique hylaéen.

« Cela ne va-t-il pas à l'encontre de la discipline sconique ? demanda Beller.

– Si, répondit Arsibalt, mais ce n'est pas un problème tant que l'on n'a pas l'ingénuité de faire comme si dame Baritoe n'avait pas écrit un mot. Une objection couramment faite aux sconiques est qu'ils ne connaissaient pas grand-chose de la théorique pure. Beaucoup de théoriciens, lorsqu'ils abordent les écrits de Baritoe, disent : *Eh, une seconde, il manque quelque chose, là – bien sûr que nous accédons directement aux objets non spatio-temporels, lorsque nous prouvons des théorèmes, etc.* Une grande partie de ce que j'ai lu récemment traitait de cela.

– Alors vous pouvez voir Dieu en faisant de la théorique ?

– Pas Dieu. Pas un Dieu qu'une quelconque arche reconnaîtrait. » Après quoi Arsibalt réussit à changer de sujet. Tout comme moi, il s'était demandé ce que les pouvoirs en place avaient dit à Ferman et aux autres lorsqu'ils avaient lancé leur appel au volontariat.

Apparemment, pas grand-chose. Le pouvoir sæculier avait besoin de résoudre quelque sorte de puzzle – le genre d'énigme auquel les avôts excellaient. Des fraas et des soors devaient être véhiculés d'un point A à un point B pour pouvoir travailler sur ce casse-tête. Des gens comme Ferman Beller éprouvaient naturellement de la curiosité à notre sujet. Ils avaient tous appris la Reconstitution dans leurs suvines, et ils comprenaient que, même sporadiquement, nous avions un rôle à jouer dans le fonctionnement de leur civilisation. Voir ce mécanisme mis en branle au moins une fois dans leur vie les fascinait, et ils étaient fiers d'en faire partie, même s'ils n'avaient pas la moindre idée de la raison pour laquelle il avait été déclenché.

Au plus chaud de l'après-midi, nous nous arrêtâmes à l'ombre d'une rangée d'arbres qui avait autrefois servi de coupe-vent pour une exploitation agricole maintenant en déshérence. Nous n'avions pas vu Craide depuis des heures, mais le vachéché de Cord était juste derrière nous. Certains d'entre nous se détendirent les jambes, d'autres sommeillèrent. Les montagnes assombrissaient le ciel nord-ouest, et quiconque ignorant leur nature eût pu les prendre pour un front d'orage. Sur leur versant opposé, elles captaient la plus grande partie de l'humidité qui venait de l'océan, et produisaient la rivière qui traversait notre concente. D'où il résultait que ce côté était aride. Seuls la canche en touffes et de petits arbustes odorants y poussaient d'eux-mêmes. De temps en temps, le pouvoir sæculier irriguait la région, et une population y vivait en cultivant des céréales et des légumes, mais nous étions à la fin de l'un de ces cycles, comme l'indiquait l'état des routes, des fermes, et de ce que la cartablette annonçait comme étant des villes. Les vieux fossés d'irrigation étaient envahis par tout ce qui voulait bien y pousser, une végétation généralement pourvue d'épines, de piquants, et de barbes flottantes. Lio et moi longeâmes l'un d'entre eux, sans trop parler, parce que nous faisions surtout attention aux serpents.

Sammanne avait l'air de vouloir me dire quelque chose, nous décidâmes alors d'une redistribution : lui et moi monterions dans le vachéché de Cord, tandis que Lio et Barb passeraient dans la tomobile de Ferman. Barb voulait rester avec Jad, mais nous savions tous que le vieux fraa devait commencer à se lasser de sa compagnie, alors nous insistâmes. Cord en ayant assez de conduire, elle passa la main à Rosk.

« Ferman Beller est en communication avec une installation bazienne située sur l'une de ces montagnes », me dit Sammanne.

C'était une formulation étrange, dans le sens où Baz avait été ravagée cinquante-deux siècles plus tôt. « Comme dans bazienne orthodoxe ? demandai-je.

– Oui, répondit Sammanne en ouvrant de grands yeux.

– Une installation religieuse ?

– Ou quelque chose de ce genre.

– Comment le savez-vous ?

– Aucune importance. Je me suis juste dit que vous voudriez savoir que Ganélial Craide n'était pas le seul à avoir ses propres priorités. »

J'eus envie de lui demander si lui aussi avait quelque chose derrière la tête, mais je m'abstins. Sammanne s'interrogeait probablement sur la façon dont une bande de prêtres baziens traiteraient un tic.

Ma priorité à moi était de regarder la tablette photomnémonique, que tout le monde dans ce véhicule – à l'exception de Cord, qui conduisait – avait dû étudier. Je n'en avais eu qu'un bref aperçu auparavant. Cord et moi étions assis à l'arrière. Le soleil baignait l'habitacle, alors nous nous jetâmes une couverture sur la tête et nous serrâmes dans le noir comme des enfants qui jouent au camping.

Cette chose dont Orolo avait voulu avec une telle force obtenir une image, l'identifierions-nous comme un vaisseau spatial ? Jusqu'au moment où Sammanne m'avait montré cette tablette, quelques heures plus tôt, tout ce que je savais à son sujet, c'était qu'elle employait des projections de plasma pour modifier sa vélocité et qu'elle pouvait éclairer des choses avec des lasers rouges. C'eût pu être un astéroïde évidé. Ou une forme de vie extrasylvestre, adaptée au vide de l'espace, qui lâchait des bombes par un sphincter. C'eût pu être élaboré à partir de choses que nous n'envisagerions même pas comme de la matière. C'eût pu être pour moitié dans cet univers et pour moitié dans un autre. Alors j'avais fait un effort pour garder l'esprit ouvert. Je m'étais préparé à être confronté à un genre d'image que je ne comprendrais pas au premier abord. Et cela avait effectivement été une énigme. Quoique pas le genre d'énigme auquel je m'étais attendu. Je n'avais pas eu le temps de l'étudier, de méditer, alors. Maintenant, je pouvais m'y consacrer.

L'image était rayée dans le sens du mouvement du vaisseau. Fraa Orolo avait probablement réglé le télescope pour qu'il la suivît à travers le ciel, mais il avait dû pour cela estimer sa direction et sa vitesse, et le résultat n'avait pas été parfaitement exact, d'où un flou. Je supposai qu'il s'agissait de la dernière d'une série d'images qu'Orolo avait réalisées durant les semaines qui avaient précédé l'aperte, chacune un peu meilleure que la précédente, à mesure qu'il apprenait à mieux cerner sa cible et calibrer son exposition. Sammanne avait déjà appliqué quelque processus syntactique à l'image pour réduire le flou et faire ressortir de nombreux détails qui eussent été perdus autrement.

C'était un icosaèdre. Vingt faces, chacune un triangle

équilatéral. Cela, je l'avais déjà vu lorsque Sammanne me l'avait montré pour la première fois. Et là était l'énigme, parce qu'une telle forme pouvait aussi bien être naturelle qu'artificielle. Les géomètres adoraient les icosaèdres, mais la nature aussi : des virus, des spores et des pollens se présentaient ainsi. Alors ce pouvait être une entité biologique adaptée à l'espace, ou un cristal géant formé dans un nuage interstellaire.

« Cette chose ne peut pas être pressurisée, fis-je remarquer.

– Parce que toutes ses surfaces sont planes ? » renchérit Cord, plus sur le ton d'une affirmation que d'une question. Elle était confrontée à des gaz comprimés dans son travail, et savait viscéralement que tout objet soumis à une pression interne devait être arrondi : un cylindre, une sphère, un tore.

« Regardez mieux, nous conseilla Sammanne.

– Les coins, dit Cord. Les… comment vous les appelez ?

– Les sommets », dis-je.

Ces vingt faces triangulaires se rejoignaient en douze sommets ; chaque sommet reliait cinq triangles. Ils semblaient gonfler un peu vers l'extérieur. D'abord, j'avais pris cela pour un flou. Mais à y regarder mieux, je me convainquis que chaque sommet était une petite sphère. Et cela entraîna mon regard vers les arêtes. Les douze sommets étaient reliés par un réseau de trente arêtes droites. Et celles-ci avaient également un aspect arrondi, enflé…

« Les voilà ! » s'exclama Cord.

Je savais exactement ce qu'elle voulait dire. « Les amortisseurs », conclus-je.

Cela ne faisait maintenant plus aucun doute : chacune des trente arêtes était un long amortisseur effilé, comparable à la suspension du vachéché de Cord, en plus gros. La structure de ce vaisseau était juste un réseau de trente amortisseurs reliés en douze sommets sphériques. L'ensemble formait un immense système réparti d'absorption des chocs.

« Il doit y avoir des articulations à rotule dans les coins, pour que cela fonctionne, dit Cord.

– Oui, sinon la structure ne pourrait pas jouer, complétai-je. Mais il y a quelque chose d'important que je ne comprends pas.

– De quoi sont faites les surfaces planes ? Les triangles ? reprit Cord.

– Oui. Il ne servirait à rien de créer un triangle flexible si la matière composant sa surface intérieure n'est pas flexible aussi – elle doit pouvoir se déformer un peu lorsque les amortisseurs jouent. »

Alors nous passâmes un moment à nous interroger sur les vingt surfaces planes et triangulaires qui recouvraient le vaisseau.

Je trouvais qu'elles paraissaient un peu bizarres. Rugueuses. Non pas comme un métal lisse, mais plutôt un agglomérat. « Je pourrais presque jurer que c'est du stuc.

– J'allais dire du béton, ajouta Cord.

– Pensez aux cailloux, suggéra Sammanne.

– D'accord, dit Cord. Un cailloutis serait plus flexible que du béton. Mais comment serait-il maintenu en place ?

– Il y a plein de petits cailloux, là-haut, dis-je. En un sens, le gravier est la matière solide la plus accessible de l'univers.

– Oui, mais…

– Mais cela ne répond pas à ta question, admis-je. Qui sait, peut-être qu'ils ont tissé une sorte de filet pour les maintenir en place.

– L'érosion, dit Cord en hochant la tête.

– Quoi ?

– Je pense à ce qu'on voit sur les berges des rivières, là où on essaie de lutter contre l'érosion. On entasse des pierres dans un écheveau de fil de fer, puis on empile les cubes et les attache entre eux.

– C'est une bonne analogie. Il est tout autant nécessaire de lutter contre l'érosion dans l'espace.

– Que veux-tu dire ?

– Les micrométéorites et les rayons cosmiques frappent tout le temps et de toutes les directions. Si tu peux enrober ton vaisseau d'une coquille d'un matériau mobilisable – c'est-à-dire du gravier –, tu as résolu une bonne partie du problème.

– Eh, une seconde ! s'exclama-t-elle. Celui-là a l'air différent. » Elle montrait du doigt une face sur laquelle s'inscrivait un cercle.

Nous ne l'avions pas remarquée au premier abord, parce qu'elle était sur le côté, écrasée par la perspective, plus difficile à distinguer. Le cercle était visiblement fait d'une autre matière : j'avais l'impression qu'il était dur, lisse et rigide. « Non seulement cela, fis-je remarquer, mais en plus…

– Il n'est pas entouré d'amortisseurs. » Elle s'en était aperçue aussi : les trois côtés qui formaient cette face étaient droits et filiformes.

« Je sais ! m'exclamai-je. C'est la plaque de propulsion !

– La quoi ? »

Je lui expliquai les bombes atomiques et la plaque de propulsion. Elle l'accepta beaucoup plus aisément que nous tous avant elle. Le vaisseau que Lio nous avait montré dans le livre évoquait un empilement : la plaque de propulsion, les amortisseurs, les quartiers de vie. Celui-ci était une enveloppe : la coquille extérieure était un système d'absorption réparti, et un bouclier. Ainsi que, commençai-je à réaliser, un voile. Un voile qui masquait tout ce qui était suspendu à l'intérieur.

Une fois que nous eûmes identifié la plaque de propulsion – la poupe du vaisseau –, nos regards furent naturellement attirés par la face opposée, à l'avant : sa proue. Elle nous était cachée, mais l'un de ses amortisseurs attenants était visible. Et il y avait quelque chose dessus : une rangée de glyphes qui ne pouvait être qu'une inscription en quelque langage. Certains des glyphes, comme des cercles ou des combinaisons simples de traits, eussent facilement pu être pris pour des lettres de notre alphabet bazien. Mais d'autres n'appartenaient à aucun alphabet que j'eusse jamais vu. Et pourtant, ils étaient tellement proches de nos lettres que cet alphabet semblait presque parent du nôtre. Certains étaient des lettres baziennes à l'envers, ou inversées dans un miroir.

J'envoyai voler la couverture.

« Eh ! » se plaignit Cord en fermant les yeux.

Fraa Jad se retourna et me dévisagea. Il paraissait légèrement amusé.

« Ces gens – et je n'ai pas dit “extrasylvestres” –, ils nous sont apparentés, énonçai-je.

– Nous avons commencé à les appeler les “cousins”, annonça fraa Criscan, le séculos assis à côté de fraa Jad.

– Qu'est-ce qui pourrait expliquer une telle chose ? demandai-je, comme s'ils pouvaient le savoir.

– Les autres ont commencé à spéculer là-dessus, dit fraa Jad. Ils perdent leur temps – ce n'est qu'une hypothèse.

– Quelle est la taille de cette chose ? Est-ce que quelqu'un a essayé d'estimer ses dimensions ? demandai-je.

– Je sais que, d'après les réglages du télescope et de la tablette, elle devrait faire une lieue et demie de diamètre, répondit Sammanne.

– Laisse-moi t'éviter de faire le calcul de tête, me dit fraa Criscan. Si tu veux générer une gravité artificielle en mettant en rotation une partie du vaisseau…

– Comme ces vieilles stations spatiales en anneau dans les visues de spécufiction ? demandai-je.

– Je n'ai jamais vu de visue, répondit Criscan, l'air interdit, mais, oui, je crois que nous parlons de la même chose.

– Désolé.

– Ce n'est rien. Si tu veux donc générer la gravité que nous avons sur Arbre, et qu'il existe une telle structure à l'intérieur de l'icosaèdre…

– C'est effectivement ce que j'avais envisagé, reconnus-je.

– … eh bien, disons qu'elle fait une lieue de diamètre. Une demi-lieue de rayon. Il lui faudrait faire un tour toutes les quatre-vingts secondes pour disposer de la gravité d'Arbre.

– Cela paraît raisonnable. Concevable, dis-je.

– De quoi parlez-vous ? demanda Cord.

– Pourrais-tu vivre sur un manège qui fait un tour en une minute et demie ?

– Évidemment, répondit-elle en haussant les épaules.

– Est-ce que vous discutez de l'origine des cousins ? » cria Rosk par-dessus son épaule. Il ne parlait pas tærran, mais il pouvait saisir des mots et interpréter le ton de nos voix.

« Nous débattons de l'opportunité d'entamer une telle discussion, répondis-je en criant par-dessus les bruits de la route.

– Dans les livres et les visues, on voit parfois un univers fictif dans lequel une race ancienne a fécondé tout un tas de systèmes solaires avec des colonies qui ont ensuite perdu contact entre elles », suggéra Rosk.

Les autres avôts dans le véhicule parurent se mordre la langue.

« Le problème, Rosk, c'est que nous avons des données fossiles…

– Qui remontent sur des milliards d'années, oui, c'est le problème de cette idée », reconnut Rosk.

J'en déduisis que les autres avaient déjà réfuté sa théorie point par point, mais qu'il y était trop attaché pour l'abandonner – on ne lui avait jamais enseigné le râteau de Diax.

Cord, qui avait pourtant remis la couverture sur sa tête, intervint : « Il y a aussi cette idée dont nous avons parlé plus tôt – tu sais, ce concept d'univers parallèles. Cela dit, fraa Jad nous a fait remarquer que ce vaisseau se trouvait visiblement dans *cet* univers.

– Quel rabat-joie, constatai-je – en ouaïl, évidemment.

– Oui. C'est vraiment dur de fréquenter des gens comme vous. Tellement logiques. Et, puisqu'on en parle, tu as remarqué la démonstration géométrique ?

– Quoi ?

– Les autres en parlaient tout le temps, avant. »

Je replongeai sous la couverture avec elle. Elle savait naviguer dans l'image. Elle agrandit l'une des faces, puis la manipula jusqu'à remplir l'écran d'un diagramme qui ressemblait à ceci, en plus rayé et plus flou :

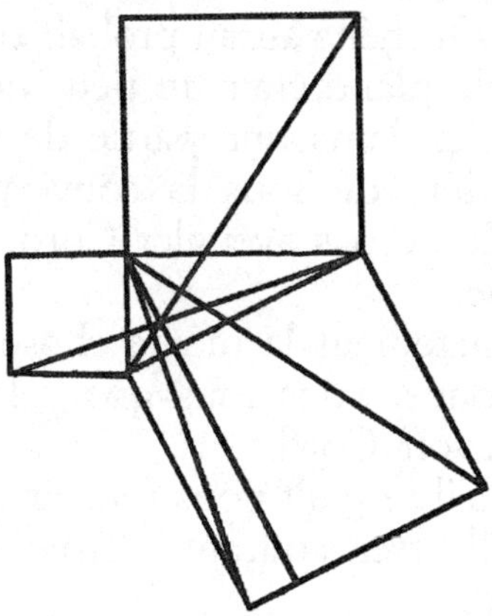

« C'est vraiment bizarre de mettre cela sur son navire », m'étonnai-je.

J'élargis le plan pour comprendre où ce diagramme était placé. Il se trouvait au centre de l'une des faces de l'icosaèdre, attenant et juste en arrière de celle que nous avions identifiée comme étant la proue. Si l'enveloppe du vaisseau était faite de cailloux, retenus dans une sorte de filet, alors ce diagramme avait été réalisé comme une sorte de mosaïque, en alternant des pierres claires et des pierres foncées disposées avec soin. Cela représentait un gros travail.

« C'est leur emblème », annonçai-je.

Ce n'était qu'une spéculation, mais personne ne me contredit.

Je l'agrandis de nouveau pour mieux l'examiner. C'était à l'évidence une démonstration – assurément celle du théorème d'Adrakhonès. Le genre de problème qui servait tout le temps d'exercice aux phytes. Comme si j'étais assis dans une salle de craie à essayer de trouver la réponse plus vite que Jesry, je commençai à le décomposer en triangles, et à chercher les angles droits et tout autre élément qui me permettraient d'asseoir une démonstration. N'importe quel phyte des salles d'Orithéna aurait probablement déjà trouvé, mais ma géométrie plane était un peu rouillée…

Une minute ! s'exclama une partie de moi-même.

Je ressortis la tête de sous la couverture, en prenant garde cette fois de ne pas aveugler Cord. « Cela fait froid dans le dos, dis-je.

– Lio a dit exactement la même chose ! clama Rosk.

– Pourquoi trouvez-vous tous que cela fait froid dans le dos ? voulut savoir Cord.

– Voudrais-tu s'il te plaît nous fournir une définition de l'expression ouaïlle très courante “froid dans le dos” ? » demanda fraa Jad.

J'essayai de l'expliquer au millénos, mais le tærran n'était pas des plus adaptés aux états émotionnels primaires.

« Une intuition négative récurrente, hasarda Jad, teintée d'effroi.

– “Effroi” est un terme trop fort, mais vous n'en êtes pas loin. »

Maintenant, il me fallait répondre à la question de Cord.

Je m'y pris mal à plusieurs reprises, puis je vis Sammanne qui me regardait, et j'eus une idée : « Sammanne, ici présent, est un expert en information. La communication, pour lui, revient à transmettre une série de caractères.

– Comme les lettres sur l'amortisseur ? demanda Cord.

– Exactement. Mais comme les cousins utilisent des lettres différentes et ont une langue différente, un message de leur part nous apparaîtrait écrit en vertu d'un code secret. Il nous serait nécessaire de le déchiffrer et de le traduire dans notre langue. Alors les cousins ont décidé de... de...

– De se passer du langage, dit Sammanne, las de mes atermoiements.

– Absolument ! Ils ont eu recours directement à cette image.

– Tu crois qu'ils l'ont mise là pour qu'on la voie ? demanda Cord.

– Pour quelle autre raison irait-on mettre quelque chose à l'extérieur de son vaisseau ? Ils voulaient se présenter à travers un signe que nous comprendrions. Et c'est *cela* qui fait froid dans le dos : ils savaient à l'avance que nous le comprendrions.

– Je ne le comprends pas, dit Cord.

– Pas encore. Mais tu sais ce que c'est. Et nous pourrions te l'expliquer en bien moins de temps qu'il n'en faudrait pour déchiffrer un langage extrasylvestre. J'ai l'impression que fraa Jad l'a déjà résolue. » J'avais aperçu une feuille sur ses genoux qui comprenait une copie du diagramme et les remarques et annotations qu'il avait ajoutées en travaillant sur la logique de la démonstration.

La logique. Les démonstrations. Les cousins les maîtrisaient – ils avaient cela en commun avec nous.

Avec ceux d'entre nous qui vivaient dans les concentes, plus précisément.

Des avôts avec des bombes atomiques !

Déambulant de système stellaire en système stellaire dans une concente propulsée par des bombes, entrant en contact avec les populations des planètes…

« Redescends sur Arbre, Raz ! me morigénai-je.

– Oui, dit fraa Jad qui me dévisageait. S'il te plaît.

– Ils sont arrivés, repris-je, les cousins sont arrivés, et le pouvoir sæculier les a repérés avec ses radars. Il les a suivis. S'en est inquiété. A pris des images. A vu ceci. » J'indiquai du doigt la démonstration sur les genoux de Jad. « L'a reconnu pour être du domaine des avôts. S'est encore plus inquiété. A compris que le vaisseau avait été détecté – d'une façon ou d'une autre – par au moins un fraa : Orolo.

– C'est moi qui lui en ai parlé, intervint Sammanne.

– *Quoi ?* »

Sammanne semblait mal à l'aise. Mais j'avais tellement compris les choses à l'envers qu'il n'avait pas pu s'empêcher de rétablir la vérité. « Une communication du pouvoir sæculier nous est parvenue, poursuivit-il.

– "Nous" étant les tics ?

– Un réticule tiers.

– Hein ?

– Aucune importance. On nous demandait de nous adresser en secret – en nous affranchissant des hiérarques – au principal cosmographe de la concente, et de lui parler de cette chose.

– Et quoi d'autre ?

– Il n'y avait pas d'autres instructions.

– Alors vous avez choisi Orolo. »

Sammanne haussa les épaules. « Je suis allé dans son vignoble, un soir, alors qu'il était seul et qu'il maudissait ses vignes, et je le lui ai dit – je lui ai dit que j'étais tombé là-dessus en vérifiant les journaux des routines du protocole de transfert des données. »

Je ne compris pas un mot de son charabia tic, mais je

saisis l'essentiel. « Donc, une partie des ordres que le pouvoir sæculier vous a donnés était de laisser supposer qu'il n'y avait que vous, que vous agissiez de votre propre chef…

– Pour pouvoir nier toute implication, quand viendrait le temps de prendre des sanctions, compléta Sammanne.

– Je doute que cela ait été prémédité à ce point, dit fraa Jad d'une voix posée, tandis que Sammanne et moi nous étions emballés avec nos conspirations. Passons tout cela au râteau, suggéra-t-il. Le pouvoir sæculier avait des radars, mais pas d'images. Pour obtenir des images, ils avaient besoin de télescopes et de gens qui savaient s'en servir. Ils ne voulaient pas informer les hiérarques. Alors ils ont conçu le plan que Sammanne vient de nous décrire. Ce n'était qu'un moyen d'obtenir des images de cette chose, aussi rapidement et discrètement que possible. Mais lorsqu'ils ont obtenu les images, ils ont vu ceci. » Il posa la paume de sa main sur la démonstration qui se trouvait sur ses genoux.

« Et ils ont réalisé qu'ils avaient fait une énorme erreur, complétai-je d'une voix plus calme qu'auparavant. Ils venaient de divulguer l'existence et la nature des cousins à ceux précisément auxquels ils auraient le plus voulu les cacher.

– D'où le confinement de l'astrohenge et ce qui est arrivé à Orolo, poursuivit Sammanne, et d'où ma présence dans ce vachéché, parce que je ne sais pas ce qu'ils ont l'intention de faire de moi. »

J'avais supposé jusqu'alors que Sammanne avait obtenu la permission de faire partie du voyage. Je réalisais à présent que les choses pouvaient être plus complexes qu'elles ne le paraissaient. Je trouvais étrange d'entendre un tic exprimer la crainte d'être confronté à des problèmes, quand j'étais tellement plus habitué à ce que l'on s'inquiétât de leurs manipulations sournoises, comme celle qui avait piégé Orolo. Mais je m'efforçai d'envisager les choses de son point de vue. Étant donné, justement, ce que les gens pensaient des tics, il était fort peu probable que quiconque crût à l'histoire de Sammanne et le défendît, si tout cela finissait par éclater au grand jour.

« Alors vous avez fait une copie de la tablette et vous l'avez gardée, pour avoir…

– Pour avoir quelque chose que je pourrais utiliser.

– Et vous vous êtes montré dans l'œil de Clesthyre. Faisant savoir, d'une façon facilement niable, que vous saviez quelque chose – que vous aviez des informations.

– De l'autopromotion, renchérit-il en changeant d'expression sous sa barbe, puisque sa façon d'esquisser un sourire se faisait par réorganisation pileuse.

– Eh bien, cela a fonctionné, dis-je. Vous êtes là, maintenant, en route pour nulle part, conduit par une bande de déolâtres. »

Cord en eut assez d'entendre parler tærran, et passa à l'avant du vachéché pour s'asseoir à côté de Rosk. J'en fus désolé, mais il était presque impossible de parler de certains sujets en ouaïl.

Je brûlais d'envie de poser des questions à fraa Jad sur les déchets nucléaires, mais j'étais réticent à aborder le sujet tant que Sammanne pouvait nous entendre. Alors je recopiai la démonstration du vaisseau des cousins, et me mis au travail. Il ne me fallut pas longtemps pour me retrouver complètement empêtré. Cord et Rosk se mirent à passer de la musique sur le système audio du vachéché, d'abord à bas volume puis, personne ne s'offusquant, plus fort. Ce devait être la première fois que fraa Jad entendait de la variété.

Je serrai les dents si fort que je craignis des lésions internes, mais le millénos l'accepta aussi calmement que les bandes lubrifiantes dynalustrées. Je mis un terme à mes velléités de résoudre la démonstration, et mc contentai de regarder par la vitre en écoutant la musique. Malgré tous mes préjugés contre la culture extra-muros, je ne cessais d'être surpris par des instants de grâce dans ces chansons. La plupart étaient insignifiantes, mais une sur dix révélait une tournure ou une inflexion indiquant que son auteur avait eu une forme d'illumination – y avait, un temps, accédé. Je me demandai s'il s'agissait d'un échantillon représentatif, ou si Cord était inhabituellement douée pour trouver et ne charger que ces chansons-là dans son brelot.

La musique, la chaleur de l'après-midi, les cahots du vachéché, le manque de sommeil et le choc d'avoir quitté la concente… À être affecté par tout cela en même temps, il n'y avait rien d'étonnant à ce que je ne pusse pas analyser une démonstration. Mais à mesure que le temps passait et que le soleil se faisait toujours plus horizontal, que les villes déclinantes et les systèmes d'irrigation à l'agonie se raréfiaient, cédant peu à peu la place à un paysage réellement désertique, parsemé de ruines, je commençai à me dire que quelque chose d'autre me travaillait.

Je m'étais fait à la disparition d'Orolo. Non pas qu'il fût littéralement mort et enterré, bien sûr. Mais, pour moi, il n'était plus. L'anathyme avait cet effet-là : il tuait un avôt sans affecter son corps. Maintenant, avec seulement quelques heures pour m'y accoutumer, j'allais le revoir. Pour ce que j'en savais, nous pouvions tout aussi bien l'apercevoir n'importe quand, grimpant au sommet de l'un de ces coteaux isolés, pour se préparer à une nuit d'observations. Ou peut-être que sa dépouille émaciée nous attendait sous un cairn érigé par les descendants des pécos qui avaient mangé le foie de saunt Bly. Dans les deux cas, il m'était impossible de penser à autre chose quand je pouvais être confronté à cela à n'importe quel instant.

Le visage de Cord s'illumina. Elle tendit le bras vers un bouton, et baissa la musique, puis répéta quelque chose. J'étais dans une sorte de transe, que je brisai en bougeant.

« J'ai Ferman au brelot, expliqua-t-elle. Il veut que nous nous arrêtions. Pause pipi, et pourparlers. »

Les deux me convenaient. Nous nous arrêtâmes sur un grand à-plat incurvé en bord de route, au bout du premier tiers d'une descente qui, d'ici une demi-heure, nous mènerait dans une vallée plane qui s'étendait jusqu'à l'horizon.

Ce n'était pas une vallée de type humide et verdoyant ; plutôt un accident géologique dans lequel des ruisseaux atrophiés venaient mourir, et dont les mornes étendues ne connaissaient que la rage occasionnelle de crues éclair. Les colonnes et orgues de basalte brun projetaient des ombres bien plus longues qu'ils n'étaient hauts. Deux montagnes solitaires se dressaient à dix ou vingt lieues de là. Massés autour de la cartablette, nous nous convainquîmes qu'il s'agissait de deux des trois candidates que nous avions élues un peu plus tôt. Quant à la troisième, eh bien, il semblait que nous avions emprunté son versant et que nous le redescendions.

Ferman désirait me parler en ma qualité de chef. Je chassai les dernières brumes du quasi-coma dans lequel je m'étais enfoncé, et me redressai.

« Je sais que vous tous ne croyez pas en Dieu, commença-t-il, mais étant donné la façon dont vous vivez, eh bien, j'ai pensé que vous vous sentiriez plus à votre aise si vous passiez la nuit chez…

– Des moines baziens ? hasardai-je.

– Oui, exactement », répondit-il, un peu déconcerté que je l'eusse deviné.

J'avais surtout eu un coup de chance. Lorsque Sammanne m'avait signalé que Ferman communiquait avec une « installation bazienne », j'avais d'abord imaginé une cathédrale, ou quelque chose d'opulent. Avant de voir le paysage.

« Il y a un monastère sur l'une de ces montagnes ? demandai-je.

– Sur la plus proche des deux. On peut le voir, à peu près à mi-hauteur, sur le versant nord. »

En suivant les indications de Ferman, je pus distinguer une brèche dans la pente, une sorte de plateforme naturelle abritée par un croissant vert sombre – des arbres, supposai-je.

« J'y suis déjà allé faire des retraites, m'expliqua Ferman. Avant, j'y envoyais mes enfants en colonie tous les étés. »

Le concept de retraite me parut incohérent, jusqu'à ce que je réalisasse que c'était la façon dont j'avais vécu toute ma vie.

Ferman se méprit sur mon silence. Il se retourna vers moi et leva les mains, paumes en avant. « Par contre, si cela vous met mal à l'aise, je peux vous dire tout de suite que nous avons assez d'eau, de nourriture et de sacs de couchage pour bivouaquer où vous voulez. Je m'étais juste dit…

– C'est tout à fait raisonnable, répliquai-je, s'ils acceptent les femmes.

– Les moines ont leur propre cloître. Le camp est séparé, il accueille tout le temps des filles, et il y a des femmes dans le personnel. »

La journée avait été longue. Le soleil baissait. J'étais fatigué. Je haussai les épaules. « Au pire, cela nous fera toujours une ou deux bonnes histoires à raconter quand nous arriverons à Saunt-Trédégarh. »

Lio et Arsibalt déambulaient à proximité. Ils fondirent sur moi dès que Ferman se fut un peu éloigné. Ils avaient tous les deux l'air tendu et exaspéré dc qui vient de passer plusieurs heures enfermé avec Barb.

« Fraa Érasmas, attaqua Arsibalt, soyons réalistes. Regarde ce relief ! Il n'y a aucune chance que quelqu'un puisse vivre seul ici. Comment se procurerait-il sa nourriture, son eau, des soins médicaux ?

– Des arbres poussent sur une partie de la montagne.

Cela signifie probablement qu'il y a de l'eau douce. Des gens comme Ferman envoient leurs enfants ici l'été en colonie de vacances – cela ne peut pas être dur à ce point.

– C'est une oasis ! répliqua Lio, heureux d'employer un terme exotique.

– Oui. Et si la butte la plus proche a une oasis assez grande pour un monastère et un camp de vacances, pourquoi la suivante ne disposerait-elle pas d'un endroit où des férals comme Bly, Estémard et Orolo pourraient vivre à l'ombre en buvant de l'eau de source ?

– Cela ne résout pas le problème de la nourriture, fit remarquer Arsibalt.

– Eh bien, c'est déjà mieux que l'image que je m'en faisais jusqu'ici », dis-je. Je n'avais pas besoin de préciser, parce qu'ils s'en étaient fait la même idée : des hommes désespérés, survivant au sommet d'une montagne en rongeant du lichen. « Il doit y avoir un moyen, poursuivis-je. Les moines baziens y arrivent bien.

– Leur communauté est plus vaste, et ils ont l'apport de l'aumône, objecta Arsibalt.

– Orolo m'a dit qu'Estémard lui avait envoyé des lettres depuis la butte de Bly pendant des années. Et saunt Bly a réussi à y vivre…

– Seulement parce que les pécos le vénéraient, signala Lio.

– Eh bien, peut-être que nous trouverons une bande de pécos prosternés devant Orolo, alors. Je ne sais pas comment cela fonctionne. Il y a peut-être une industrie touristique.

– Tu plaisantes ? s'exclama Arsibalt.

– Regarde ce grand espace au bord de la route où nous nous sommes arrêtés, dis-je.

– Et alors ?

– Pourquoi crois-tu qu'il est là ?

– Je n'en ai pas la moindre idée, je ne suis pas un praxique, répliqua Arsibalt.

– Pour que les véhicules puissent se croiser plus facilement ? » proposa Lio.

J'ouvris le bras, attirant leur attention sur la vue. « Voilà pourquoi.

– Quoi, parce que c'est beau ?

– Oui. » Puis je me détournai d'Arsibalt et regardai Lio, qui avait commencé à s'éloigner. Je le rattrapai pour marcher avec lui.

Arsibalt resta en arrière pour observer la vue, comme si en la contemplant suffisamment longtemps il espérait découvrir une faille dans ma logique.

« Tu as pu regarder l'icosaèdre ? me demanda Lio.

– Oui, et j'ai vu la démonstration – la géométrie.

– Tu penses que ces gens sont comme nous ? Qu'ils vont considérer favorablement notre position en tant qu'adeptes de notre mère Hylaéa ? » demanda-t-il en manière de test.

Je fus aussitôt sur la défensive, sentant une manœuvre de contournement. « Eh bien, je crois qu'ils essaient de nous communiquer quelque chose, en faisant délibérément du théorème d'Adrakhonès leur emblème…

– Le vaisseau est lourdement armé, dit-il.

– Évidemment ! »

Il agitait déjà négativement la tête. « Je ne parle pas des charges de propulsion. Elles ne vaudraient quasiment rien en tant qu'armes. Je parle de choses tout à fait différentes sur ce vaisseau – des choses qui deviennent évidentes lorsqu'on les cherche.

– Je n'ai rien vu qui ressemblerait le moins du monde à une arme.

– On peut cacher bien des équipements sur un amortisseur de quatre cents toises de long, me fit-il remarquer. Et qui sait ce qui se dissimule derrière le gravier.

– Tu peux me donner un exemple ?

– Les faces ont des éléments à espacement régulier. Je pense que ce sont des antennes.

– Et alors ? Cela paraît normal qu'il y ait des antennes.

– Ce sont des antennes réseau à commande de phase. Du matériel militaire. Exactement ce qu'il faut pour caler la visée d'un laser à rayon X, ou d'un impacteur à haute vélocité. Je vais devoir consulter d'autres livres pour en savoir plus. Par ailleurs, je n'aime pas les planètes alignées sur le nez.

– De quoi parles-tu ?

– Il y a une rangée de quatre disques peinte sur un amortisseur à l'avant. Je pense que ces disques représentent des planètes. Comme sur un aéroplane militaire de l'ère praxique. »

Il me fallut un instant pour comprendre la référence. « Une minute, tu crois que ce sont des *trophées* ? »

Lio se rembrunit.

« Attends, attends… Cela ne pourrait pas être quelque chose de plus anodin ? Ce sont peut-être les planètes dont les cousins sont originaires.

– Je crois surtout, répliqua-t-il, que tout le monde est bien trop enclin à chercher des interprétations optimistes et réconfortantes…

– Quand ton rôle, en tant que futur férulaire pourfendeur, est d'être beaucoup plus vigilant que cela – ce en quoi tu fais un travail admirable.

– Merci. »

Nous marchâmes un temps en silence, allant et venant sur toute la longueur de ce grand espace, croisant de temps en temps ceux qui profitaient de l'occasion pour se dégourdir les jambes. Nous tombâmes sur fraa Jad, qui marchait seul.

Je décidai que c'était le bon moment. « Fraa Lio, dis-je, fraa Jad m'a appris que la math millénarienne de Saunt-Édhar est l'un des trois endroits où le pouvoir sæculier a entreposé ses déchets nucléaires à l'époque de la Reconstitution. Les deux autres sont Rambalf et Trédégarh. Ces deux dernières ont elles aussi été illuminées la nuit dernière par un laser provenant du vaisseau des cousins. »

Lio n'en fut pas aussi surpris que je l'espérais. « Au sein de la pourfendeuse, on suppute parfois que les trois inviolées ont échappé au troisième Sac pour une bonne raison. L'une des hypothèses est qu'elles serviraient de dépotoir pour le tue-tout, et autres vestiges dangereux de l'ère praxique.

– S'il te plaît, c'est de chez moi que tu parles. N'appelle pas cela un dépotoir », dit fraa Jad. Mais il paraissait amusé, et non offensé. Il semblait même – si l'on pouvait dire cela d'un millénos – d'humeur espiègle.

« Vous les avez vus ? demanda Lio.

– Oh oui ! Ils sont conservés dans des cylindres, à l'intérieur d'une caverne, au cœur de la roche. Nous les voyons tous les jours.

– Pourquoi ?

– Pour diverses raisons. Par exemple, je suis chaumier, de vocation.

– Je ne connais pas ce terme, dis-je.

– C'est un métier ancien : quelqu'un qui fait des toits avec de l'herbe.

– Quelle application pratique pourrait-il y avoir à cela, dans un dépôt de déchets nucléaires ?

– La condensation qui se forme sur le plafond de la caverne goutte sur le dessus des cylindres. Au fil des millénaires, cela pourrait les corroder ou, ce qui serait tout aussi dangereux, former des stalagmites dont le poids enfoncerait et ferait éclater les conteneurs. Pour éviter de tels dommages, nous entretenons des auvents en chaume au-dessus des conteneurs. »

C'était tellement incongru que, faute d'autre idée, je ne pus que continuer à deviser poliment : « Oh, je comprends.

Mais où trouvez-vous l'herbe ? Vous ne pouvez pas en faire pousser beaucoup, là-haut, si je ne me trompe.

– On n'en a pas besoin de beaucoup. Un chaume bien fait dure très longtemps. Je n'ai encore eu à remplacer aucun de ceux que ma phyte, soor Avradale, avait mis en place il y a un siècle. »

Lio et moi fîmes encore quelques pas avant de réaliser ; nous échangeâmes alors un regard, et convînmes sans un mot de ne rien dire.

« Il nous faisait marcher, dis-je lorsque Lio et moi eûmes enfin l'occasion d'en parler en privé, alors que nous posions nos sacs dans notre cellule du centre des retraites. Il nous rendait la pareille pour avoir qualifié sa math de dépotoir. »

Lio ne dit rien.

« Lio, il n'est pas si vieux ! »

Il se redressa en se tenant plus droit que je ne le pouvais, et fit rouler ses épaules, ce qui était un moyen pour lui de reprendre son équilibre. Comme s'il pouvait vaincre un adversaire par la seule supériorité de sa posture. « Ne nous inquiétons pas de son âge, répliqua-t-il.

– Tu le crois vraiment aussi vieux ?

– J'ai dit : ne nous en inquiétons pas.

– Je n'ai pas dit que nous devrions nous en *inquiéter*. Mais ce serait intéressant de le savoir.

– Intéressant ? » Lio refit son mouvement d'épaules. « Écoute, nous sommes tous les deux en train de nous raconter des foulx-thèses, tu n'es pas d'accord ?

– Si, je suis d'accord, répondis-je immédiatement.

– Alors, assez de tout cela. Parlons franchement une fois pour toutes, puis n'en parlons plus du tout, si nous voulons éviter d'être envoyés au bûcher.

– Je vois ce que tu veux dire. Tu l'envisages d'un point de vue de pourfendeur. Je comprends.

– Bien. Alors nous savons tous les deux de quoi nous parlons vraiment, maintenant.

– Du fait qu'on ne peut pas vivre aussi longtemps sans amender les séquences du noyau de ses cellules, dis-je.

– *Tout particulièrement* si l'on travaille au milieu de radiations.

– Je n'avais pas pensé à cela. » J'y songeai un moment, en me repassant notre conversation avec Jad. « Comment a-t-il pu laisser échapper une telle chose ? Il doit pourtant bien savoir à quel point il est dangereux ne serait-ce que de laisser poindre qu'il est euh… le genre de personne qui pourrait améliorer ses propres cellules.

– Tu plaisantes ? Il ne l'a pas laissé échapper. C'était délibéré, Raz.

– Il nous faisait savoir…

– Il nous confiait sa vie. Tu n'as pas remarqué qu'il avait passé la journée à jauger tout le monde ? Il nous a *choisis*, mon fraa.

– Pfou ! Si c'est réellement le cas, je suis honoré.

– Eh bien, profites-en tant que tu le peux, parce que ce genre d'honneur ne vient pas sans obligations, répliqua Lio.

– À quel genre d'obligations fais-tu allusion ?

– Comment le saurais-je ? Je dis juste qu'il a été mandé pour une raison particulière. Il est censé *faire* quelque chose. Il commence à développer une stratégie. Et nous faisons partie de sa stratégie, maintenant. Nous sommes des soldats. Des pions. »

Cela me fit taire un temps : je n'avais plus les idées claires.

Puis je me souvins de quelque chose : « Nous étions *déjà* des pions.

– Oui. Et au vu de l'alternative, je préfère être le pion de quelqu'un que je peux voir », rétorqua Lio. Puis il sourit de son sourire de Lio pour la première fois depuis la veille au soir. Je ne l'avais jamais vu si sérieux aussi longtemps. Mais ces trophées alignés sur le vaisseau – si c'était bien ce qu'ils étaient – lui avaient donné une bonne raison de l'être.

Nous, les avôts, aimions à nous dire que nous vivions de façon humble et austère, en comparaison des prélats baziens qui déambulaient dans des robes de soie, enveloppés d'un nuage d'encens. Mais au moins, nos bâtiments étaient en pierre et ne nécessitaient pas beaucoup d'entretien. Cet endroit était tout de bois. Un peu plus haut sur la pente, une petite arche et un cercle de baraquements formant une sorte de cloître se blottissaient autour d'une source. Plus près de la route avaient été érigées deux rangées de cabanes meublées de lits superposés, et une grande bâtisse avec un réfectoire et quelques salles de réunion. Les bâtiments étaient bien entretenus, mais à l'évidence, ils se délabraient continuellement. Si les gens partaient, il ne faudrait que quelques décennies pour qu'il ne restât plus qu'un tas de petit bois.

Nous ne vîmes pas comment vivaient les moines. Les cellules dans lesquelles nous nous installâmes étaient propres, mais couvertes de graffitis gravés sur les parois et les lits, œuvres des cargaisons d'enfants que les bus déversaient là tout l'été. Nous ne dûmes qu'à la chance qu'il n'y eût pas d'occupants à notre arrivée : un groupe était reparti deux jours plus tôt, un autre arriverait bientôt. Dans l'intervalle, sur la demi-douzaine de jeunes adultes qui travaillaient là, quatre en avaient profité pour aller en ville. Avec l'aide des prêtres baziens en charge du centre des retraites, les deux autres nous avaient préparé un repas sommaire. Lorsque nous eûmes posé nos sacs dans nos cellules, et passé quelques minutes à nous rafraîchir dans les salles de bain communes, nous nous rassemblâmes dans le réfectoire et nous assîmes autour de rangées de tables pliantes, très proches de celles que nous utilisions pour l'aperte. La pièce sentait les fournitures de dessin.

Les moines, nous expliqua-t-on, étaient quarante-trois, ce qui nous parut peu quand nos chapitres comptaient chacun cent personnes. Quatre d'entre eux vinrent dîner avec nous. Nous ne sûmes s'ils jouissaient d'un statut particulier, comme des hiérarques, ou s'il s'agissait simplement de ceux dont nous avions piqué la curiosité. Tous avaient des barbes grises, et tous voulaient rencontrer fraa Jad. Le tærran clérical bazien orthodoxe recoupait à soixante-dix pour cent celui que nous parlions.

Étant donné la discussion que Lio et moi venions d'avoir, il eût été logique de vouloir nous asseoir avec fraa Jad, mais nous fîmes tout l'inverse, en nous installant aussi loin de lui que possible, tels des agents secrets dans une visue, soucieux de préserver leur couverture et d'agir comme si de rien n'était. À la dernière minute, Arsibalt arriva avec plusieurs séculos ; ils avaient tenu une calca dans l'une des baraques. Il avait l'air fébrile, brûlant d'envie de discuter. Il n'avait pu examiner la tablette photomnémonique que tard dans la journée. Maintenant qu'il avait vu la démonstration géométrique arborée par le vaisseau des cousins, il était près d'exploser d'excitation. Je me sentis désolé pour lui lorsqu'il entra dans le réfectoire et dut choisir entre s'asseoir avec Lio et moi, ou avec fraa Jad et les moines baziens. Ferman Beller, remarquant son hésitation, se leva et lui fit signe de venir. Arsibalt, ne pouvant décliner l'invitation sans l'offenser, alla s'asseoir avec Ferman.

Nous entamions toujours nos repas en invoquant le souvenir de saunte Cartas. Le sens en était que notre esprit pouvait être nourri par toutes sortes d'idées dues à des penseurs dont les lignées remontaient jusqu'à Cnoüs, mais que pour nourrir notre corps, nous dépendions les uns des autres, réunis dans la Discipline que nous devions à Cartas. Les déolâtres, par contre, avaient tous des rituels préalables différents. Le Bazianisme orthodoxe était une religion post-agraire, dans laquelle le sacrifice littéral avait été remplacé par un sacrifice symbolique ; ses adeptes entamaient leurs repas par sa représentation figurative, puis priaient leur Dieu un temps, puis lui demandaient des biens et des services. Le prêtre qui dirigeait le centre des retraites entonna le rituel par habitude, mais se troubla soudain lorsqu'il réalisa qu'aucun des avôts n'inclinait la tête, et que nous nous contentions tous de l'observer avec curiosité. Je n'eus pas l'impression qu'il était gêné par le fait que nous ne partagions pas ses croyances – il devait avoir l'habitude. Il craignait plus d'avoir commis un impair. Si bien que, lorsqu'il eut terminé, il nous implora de prononcer toute bénédiction ou invocation qui pouvait être de coutume dans une math. Comme je l'ai déjà mentionné, nous manquions foncièrement de sopranos et d'altos, mais nous pûmes assembler assez de ténors, de barytons et de basses pour chanter une invocation de Cartas très ancienne et très simple. Fraa Jad se chargea du bourdon, et j'eusse pu jurer qu'il fit vibrer l'argenterie sur la table.

Les quatre moines parurent beaucoup apprécier, et lorsque nous eûmes terminé, ils se levèrent et entonnèrent une prière qui semblait tout aussi ancienne. Elle devait remonter aux premiers siècles de leur ère monastique, juste après la chute de Baz, parce que leur haut-tærran était impossible à distinguer du nôtre, et que ce chant avait visiblement été composé avant que la musique des maths et des monastères ne divergeât. Si l'on n'écoutait pas trop attentivement les paroles, on pouvait facilement le prendre pour l'un des nôtres.

La conversation durant le repas ne put être que superficielle en comparaison des événements des dernières vingt-quatre heures, d'autant que nous devions parler ouaïl, et que nous ne pouvions mentionner le vaisseau en présence de nos hôtes. J'en fus frustré, puis las, puis anesthésié, et mangeai presque en silence. Cord et Rosk parlaient entre eux. Ils n'étaient pas pratiquants, et ne se sentaient visiblement pas à leur place. Pour y remédier, l'une des jeunes femmes du personnel fit de gros efforts, qui eurent généralement l'effet inverse. Sammanne était absorbé par son brelot, qu'il avait de quelque façon réussi à raccorder au système de communication du centre des retraites. Barb avait trouvé le règlement du camp de vacances, et le mémorisait. Nos trois séculos étaient assis ensemble et discutaient entre eux ; ils ne parlaient pas ouaïl, et n'avaient pas le lustre de fraa Jad, immédiatement devenu le pôle d'attraction des moines baziens.

Je remarquai qu'Arsibalt était en pleine discussion avec Ferman, et que Cord et Rosk s'étaient rapprochés d'eux, alors j'allai voir de quoi ils parlaient. Ferman avait, semblait-il, beaucoup réfléchi à l'histoire des sconiques, et voulait en savoir plus. Arsibalt, faute de meilleure façon de passer le temps, s'était lancé dans une calca intitulée « La mouche, la chauve-souris et le ver », destinée traditionnellement à expliquer la théorie sconique de l'espace et du temps aux phytes : « Regardez cette mouche qui se promène sur la table. Non, ne la chassez pas : regardez-la. Regardez la taille de ses yeux. »

Ferman y jeta un rapide coup d'œil, avant de revenir à son assiette. « Oui, ses yeux semblent prendre la moitié de son corps.

– Des milliers d'yeux séparés, en fait. On ne croirait pas que c'est possible. Et pourtant, si j'agite la main là derrière, loin (Arsibalt lança le bras en arrière en agitant la main, manquant me gifler), elle ne s'y intéresse pas – elle sait que ce n'est pas une menace. Mais si je rapproche ma main (il avança la main, la mouche s'envola) de quelque façon, son cerveau microscopique reçoit les signaux de milliers d'yeux distincts et primitifs, et les rassemble en une image pertinente non seulement de l'espace, mais de l'espace-temps. Elle sait où se trouve ma main. Elle sait que si ma main poursuit son mouvement, elle va l'écraser – et donc qu'il vaut mieux changer de position.

– Vous pensez que les cousins ont des yeux de ce genre ? » demanda Beller.

Arsibalt préféra esquiver : « Ils peuvent tout aussi bien être comme des chauves-souris. Une chauve-souris aurait détecté ma main en entendant son écho.

– Très bien, dit Beller dans un haussement d'épaules. Peut-être que les cousins piaillent comme des chauves-souris.

– D'un autre côté, lorsque je déplace mon corps pour chasser la mouche, cela provoque une série de vibrations dans la table qu'une créature même aussi aveugle et sourde qu'un ver pourrait percevoir…

– Où voulez-vous en venir ?

– Faisons un petit exercice mental, dit Arsibalt. Considérez une mouche protanienne. Par cela, j'entends la forme pure et abstraite d'une mouche.

– C'est-à-dire ?

– Uniquement la vision. Aucun autre organe sensoriel.

– Très bien, je l'imagine, dit Beller en s'efforçant de le prendre avec le sourire.

– Maintenant, une chauve-souris protanienne.

– Uniquement l'ouïe ?

– Oui. Et un ver protanien.

– Uniquement le toucher ?

– Oui. Pas d'yeux, d'oreilles ou de nez – juste la peau.

– On va faire les cinq sens ?

– Non, ce serait fastidieux. Arrêtons-nous à trois, dit Arsibalt. Maintenant, plaçons la mouche, la chauve-souris et le ver dans une pièce, avec un objet. Disons une chandelle. La mouche voit sa lumière. La chauve-souris crie et entend son écho. Le ver sent sa chaleur, et peut ramper dessus pour percevoir sa forme.

– On dirait la vieille parabole des six aveugles et de l'élé…

– Non, répliqua Arsibalt. C'est complètement différent. Presque le contraire. Les six aveugles ont le même bagage sensoriel…

– Oui, alors que ceux de la mouche, de la chauve-souris et du ver sont différents, acquiesça Beller en reconnaissant son erreur.

– Et que les six aveugles ne sont pas d'accord sur ce qu'ils ont devant eux…

– Alors que la mouche, la chauve-souris et le ver le sont ? demanda Beller en fronçant les sourcils.

– Vous paraissez sceptique. Et vous avez raison. Pourtant, ils perçoivent tous le même objet, non ?

– Bien sûr. Mais quand vous dites qu'ils sont d'accord, je ne vois pas ce que cela veut dire.

– C'est une question fascinante, alors intéressons-nous-y. Mais changeons un peu les règles. Faisons un peu monter les enjeux, histoire qu'ils soient dans l'*obligation* de se mettre d'accord. La chose au milieu de la pièce n'est plus une chandelle. Maintenant, c'est un piège.

– Un piège ? » s'esclaffa Beller.

Arsibalt parut tout fier de lui.

« Quel intérêt ? demanda Beller.

– Maintenant, il y a une menace, voyez-vous ? Ils doivent comprendre ce que c'est, ou ils se feront prendre.

– Pourquoi pas une main qui viendrait les écraser ?

– Je l'ai envisagé, mais nous devons prendre en compte ce pauvre ver, qui perçoit les choses beaucoup plus lentement que les deux autres.

– Eh bien, dit Beller, j'imagine qu'ils vont tous se faire prendre, tôt ou tard.

– Ils sont *très* intelligents, argua Arsibalt.

– Tout de même…

– D'accord. Alors c'est une immense caverne qui pullule

de millions de mouches, de chauves-souris et de vers. Des milliers de pièges sont posés un peu partout. Quand un piège attrape ou tue l'une des bêtes, la tragédie, elle, est perçue par beaucoup d'autres, qui en tirent une leçon. »

Beller réfléchit un temps, tout en reprenant des légumes. « Eh bien, j'imagine que là où vous voulez en venir, c'est qu'au bout d'un moment, une fois que suffisamment de ces bestioles se seront fait prendre, les mouches sauront reconnaître les pièges à la vue, les chauves-souris à l'oreille et les vers aux vibrations.

– Les pièges sont posés par des dératiseurs qui ont l'intention de tous les tuer. Qui n'ont de cesse de les camoufler, et d'en inventer de nouvelles formes.

– Très bien, dit Beller. Alors les mouches, les chauves-souris et les vers vont devoir se montrer assez malins pour reconnaître les pièges déguisés.

– Les pièges peuvent ressembler à n'importe quoi. Alors ils doivent apprendre à observer chaque objet dans leur environnement et à se demander s'il peut se révéler être en fait un piège.

– D'accord.

– Par ailleurs, certains pièges sont suspendus à des fils. Les vers ne peuvent pas les tâter, ou sentir leurs vibrations.

– Dommage pour eux ! s'exclama Beller.

– Les mouches ne voient pas la nuit.

– Pauvres mouches !

– Certaines parties de la caverne sont si bruyantes que les chauves-souris n'entendent plus rien.

– Eh bien, on dirait que les mouches, les chauves-souris et les vers feraient mieux d'apprendre à coopérer, dit Beller.

– Comment ? »

On eût cru entendre le piège d'Arsibalt se refermer sur la jambe de Beller.

« Euh… en communiquant, je suppose.

– Et que dit exactement le ver à la chauve-souris ? répliqua Arsibalt.

– Qu'est-ce que tout cela a à voir avec les cousins ? demanda Beller.

– Mais cela a *tout* à voir !

– Vous croyez que les cousins sont des hybrides de mouches, de chauves-souris et de vers ?

– Non, répondit Arsibalt. Je crois que *nous* le sommes.

– AAARGH ! » clama Beller, pour le plus grand amusement de tous.

Arsibalt leva les mains au ciel, comme pour dire : *Comment pourrais-je être encore plus clair ?*

« Expliquez-moi, s'il vous plaît, implora Beller. Je n'ai pas l'habitude. Mon pauvre cerveau commence à fatiguer.

– Non, *vous*, vous m'expliquez. Que dit le ver à la chauve-souris ?

– Le ver ne peut même pas parler !

– C'est secondaire. Disons que le ver a appris avec le temps à se contorsionner en des formes que les mouches et les chauves-souris savent reconnaître.

– Très bien. Laissez-moi réfléchir : la mouche peut se poser sur le ver et marcher sur son dos pour lui transmettre ses signaux, etc. On va dire que chaque type de bestiole a inventé des signaux que les deux autres peuvent percevoir – ver à chauve-souris, chauve-souris à mouche, et ainsi de suite.

– Parfait. Maintenant, que se disent-ils les uns les autres ?

– Attendez un peu, Arsibalt. Vous brûlez beaucoup d'étapes. C'est une chose de dire qu'un ver peut se contorsionner pour prendre la forme d'une lettre qu'une mouche pourra reconnaître vue du dessus, mais cela donne un alphabet, pas une langue.

– Mais les langues se développent avec le temps, répondit Arsibalt dans un haussement d'épaules. Les hurlements des singes sont devenus un langage primitif : *Il y a un serpent sous ce caillou*, etc.

– Ce qui est très bien, si les serpents et les cailloux sont les seules choses dont on ait besoin de parler.

– Le monde, dans cet exercice mental, rappela Arsibalt, est une vaste caverne irrégulière parsemée de pièges : certains fraîchement posés et encore dangereux, d'autres déjà déclenchés, qui peuvent sans risque être ignorés.

– Vous avez tout fait pour les présenter comme des engins mécaniques. Est-ce à dire qu'ils sont prévisibles ?

– Vous et moi pourrions en inspecter un et comprendre son fonctionnement.

– Donc un système qu'on pourrait décrire en disant : *Cette roue s'engage dans celle-là, qui fait tourner cet axe, qui est relié à un ressort*, etc.

– Oui, acquiesça Arsibalt. C'est le genre de chose que les mouches, les chauves-souris et les vers auraient à se communiquer, s'ils voulaient comprendre ce qui est un piège et ce qui ne l'est pas.

– Très bien. Alors, de la même façon que les singes dans les arbres se sont entendus sur des mots pour "caillou" et "serpent", ils devraient développer des symboles – des mots – pour "roue", "axe", et ainsi de suite.

– Serait-ce suffisant ? demanda Arsibalt.

– Pas pour les mécanismes complexes. Par exemple, on pourrait avoir deux roues à proximité, mais qui ne s'engageraient pas l'une dans l'autre tant qu'elles ne sont pas assez proches pour que leurs dents s'enclenchent.

– Proximité. Distance. Dimensions. Comment le ver mesurerait-il la distance entre deux axes ?

– En s'étirant entre les deux.

– Et si l'écart était trop grand ?

– En rampant de l'un à l'autre et en évaluant la distance parcourue.

– La chauve-souris ?

– En considérant la différence de durée entre les échos des deux axes.

– La mouche ?

– Pour la mouche, c'est facile : en comparant les images de ce qu'elle a vu.

– Très bien. Disons que la mouche, la chauve-souris et le ver ont chacun observé la distance entre les deux axes. Comment comparent-ils les données ?

– Le ver, par exemple, peut dire ce qu'il sait en le traduisant dans l'alphabet que vous avez mentionné.

– Et que dit la mouche à une autre mouche en voyant cela ?

– Je ne sais pas.

– Elle *dit* : *Le ver semble faire le récit de son activité de ver, mais comme je ne rampe pas par terre et que je ne sais pas ce que c'est qu'être aveugle, je n'ai pas la moindre idée de ce qu'il essaie de me faire comprendre* !

– Mais c'est exactement ce que j'ai dit un peu plus tôt, se récria Beller. Ils ont besoin d'un langage, pas simplement d'un alphabet.

– Quelle est la seule sorte de langage qui pourrait fonctionner ? » demanda Arsibalt.

Beller réfléchit une minute.

« Qu'essaient-ils de transmettre ? lui souffla Arsibalt.

– Une géométrie tridimensionnelle, répondit Beller. Et comme les mécanismes sont en mouvement, il faudrait y inclure le temps.

– *Tout* ce que pourrait dire un ver à une mouche, ou une mouche à une chauve-souris, ou une chauve-souris à un ver serait du charabia…, insista Arsibalt.

– Ce serait un peu comme dire “bleu” à un aveugle…

– … *tout* serait comme dire “bleu” à un aveugle, *sauf* les descriptions géométriques et temporelles. Qui sont la seule langue que ces créatures pourraient jamais avoir en commun.

– Cela me fait penser à la démonstration géométrique sur le vaisseau des cousins, reprit Beller. Êtes-vous en train de dire que nous sommes comme les vers, et les cousins comme les chauves-souris ? Que la géométrie est la seule façon dont nous pouvons communiquer ?

– Oh non, ce n'est pas du tout là que je voulais en venir.

– Où vouliez-vous en venir, alors ?

– Vous savez comment la vie multicellulaire est apparue ?

– Euh… les organismes unicellulaires se sont agrégés pour leur intérêt mutuel ?

– Oui. Voire amalgamés les uns les autres, dans certains cas.

– J'ai entendu parler de ce concept.

– C'est ce que sont nos cerveaux.

– Quoi ?

– Ce sont des mouches, des chauves-souris et des vers qui se sont agrégés pour leur intérêt mutuel. Ces parties de nos cerveaux communiquent tout le temps. Elles traduisent ce qu'elles perçoivent à chaque instant, dans la langue géométrique commune. Voilà ce qu'est un cerveau. Voilà la source de la conscience. »

Durant quelques secondes, Beller s'efforça de réfréner une folle envie de s'enfuir en hurlant, puis il réfléchit plusieurs minutes à ce qu'il venait d'entendre. Arsibalt ne le quittait pas des yeux.

« Vous ne voulez tout de même pas dire que notre cerveau a *littéralement* évolué de cette façon ? protesta Beller.

– Non, évidemment.

– Quel soulagement !

– Mais je vous affirme, Ferman, que nos cerveaux ne peuvent, fonctionnellement, être distingués de cerveaux qui auraient évolué de cette façon.

– Parce que nos cerveaux ont besoin d'appliquer continuellement ce genre de traitement, simplement…

– Simplement pour que nous puissions être conscients. Pour intégrer nos perceptions sensorielles dans un modèle cohérent de nous-mêmes et de notre environnement.

– C'est le truc sconique dont vous parliez plus tôt ?

– En gros, oui, acquiesça Arsibalt. Enfin, c'est post-sconique, plus précisément. Certains métathéoriciens qui avaient été fortement influencés par les sconiques ont développé ces arguments plus tard, à peu près à l'époque de la première Préfiguration. »

Ce qui revenait à pousser le détail un peu plus loin que Ferman ne l'eût voulu. Mais Arsibalt cligna des yeux dans ma direction, comme pour me confirmer mon impression : il avait poursuivi ses lectures sur ce genre de sujets en relation avec ses recherches sur les travaux tardifs d'Évédric. Je continuai d'écouter leur dialogue jusqu'à ce qu'il commençât à s'essouffler. Puis je me levai et partis droit vers mon lit, en projetant de faire une bonne nuit. Mais Arsibalt, inhabituellement rapide, me rattrapa à l'extérieur du réfectoire et m'arrêta.

« Qu'est-ce qui te préoccupe ? lui demandai-je.

– Certains séculos ont tenu une petite calca juste avant le dîner.

– J'avais remarqué.

– Les chiffres ne collent pas.

– Quels chiffres ?

– Ce vaisseau n'est tout simplement pas assez grand pour voyager entre des systèmes solaires dans un laps de temps raisonnable. Il ne peut pas contenir un nombre suffisant de bombes nucléaires pour faire accélérer sa masse jusqu'à une vitesse relativiste.

– Eh bien, répondis-je, peut-être qu'il s'est détaché d'un vaisseau mère que nous n'avons pas encore vu, lequel est, lui, suffisamment gros.

– Cela n'y ressemble pas. Il est immense, assez grand pour que des dizaines de milliers de personnes y vivent indéfiniment.

– Trop gros pour être une navette, trop petit pour un voyage interstellaire, résumai-je.

– Précisément.

– On dirait tout de même que vous avez dû faire beaucoup de suppositions.

– La critique est justifiée, dit-il en haussant les épaules, mais je devinai que son hypothèse était tout autre.

– D'accord. À quoi penses-tu ?

– Je crois qu'il vient d'un autre cosmos, et que c'est pour cette raison qu'ils ont mandé Paphlagon. »

Nous étions arrivés à la porte de ma cellule.

« Le cosmos dans lequel nous vivons me laisse déjà perplexe, dis-je. Je ne crois pas pouvoir commencer à en envisager d'autres à ce point de la journée.

– Alors bonne nuit, fraa Érasmas.

– Bonne nuit, fraa Arsibalt. »

Je m'éveillai au son des cloches. Je ne comprenais rien à leur signification. Puis je me souvins où j'étais, et compris qu'il ne s'agissait pas des nôtres, mais de celles des moines, qui les faisaient sonner pour quelque rituel cruellement prématuré.

Mon cerveau était à moitié sens dessus dessous. Bon nombre d'idées, images, personnes et événements nouveaux qui m'étaient venus de toutes les directions la veille avaient été classés, comme autant de feuilles roulées et plongées dans des niches. Non pas que tout fût réglé. Toutes les questions laissées en suspens au moment où ma tête avait touché l'oreiller restaient posées. Mais depuis, mon cerveau avait évolué, pour s'adapter à la nouvelle forme du monde. Je suppose que c'est la raison pour laquelle nous ne faisons rien d'autre quand nous dormons : c'est là que nous travaillons le plus.

Les carillonnements se dissipèrent lentement, jusqu'à ce que je ne pusse plus dire si ce que j'entendais encore provenait des cloches ou d'un bourdonnement dans les oreilles. Un ton grave demeurait, ample, régulier, mais ténu parce que distant. Je savais au fond de moi que je l'entendais depuis des heures – que dans les moments de demi-sommeil, quand je me retournais ou que je remontais la couverture, je l'avais perçu et m'étais demandé ce que c'était, avant de me rendormir.

Logiquement on eût pu penser à un oiseau de nuit. Mais le son était trop grave pour une gorge aviaire – on eût dit que quelqu'un jouait d'un cor de dix pieds de long à moitié rempli d'eau et de pierres. Et les oiseaux avaient tendance à ne pas rester au même endroit pour y chanter la moitié de la nuit. Quelque sorte de gros amphibien peut-être, fou d'envie d'une partenaire, posé sur un rocher à côté de la source et soufflant à travers un sac vocal vibrant. Mais le son était régulier. Structuré. Peut-être le bourdonnement d'un générateur. Une pompe d'irrigation, en bas, dans la vallée. Des martels descendant les pentes en se servant de freins pneumatiques.

La curiosité et ma vessie pleine m'empêchaient de me rendormir. Je finis par me lever, en me déplaçant en silence pour ne pas réveiller Lio, et je tirai sur ma couverture. Par habitude, j'allais l'enrouler sur moi. Puis je me souvins que j'étais censé porter des vêtements, extra-muros. Dans la pénombre d'avant l'aube, je n'arrivais même pas à distinguer où la veille au soir j'avais laissé en tas sur le sol mon pantalon, mes sous-vêtements, et tout le reste. Alors je revins au plan A, arrachai la couverture du lit, m'en drapai, et sortis.

Le son semblait venir de toutes les directions à la fois, mais le temps que je me fusse servi des latrines et que j'eusse réémergé à l'air frais, je m'étais fait une assez bonne idée de sa provenance : un mur de soutènement en pierre que les moines avaient construit le long d'une partie abrupte de la montagne, pour empêcher leur route de s'écrouler dans la vallée. Tandis que je marchais dans cette direction, mes sens s'éclaircirent soudain, et j'agitai la tête de contrition devant ma propre bêtise : comment avais-je pu imaginer qu'il s'agissait d'un amphibien ou d'un camion ? C'était à l'évidence une voix humaine. Qui chantait. Ou plutôt qui bourdonnait, puisque c'était la même note que j'entendais depuis que j'étais éveillé.

La note changea légèrement. D'accord, ce n'était pas un bourdon, mais un chant. Un chant très, très lent.

Peu enclin à marcher droit sur fraa Jad et à le déranger, je fis le tour par l'herbe douce et humide du champ de tir à l'arc du centre des retraites jusqu'à pouvoir l'observer depuis une distance d'environ deux cents pieds. Le mur de soutènement était fait de segments droits joints par des tours rondes au sommet plat, d'environ quatre pieds de diamètre. Fraa Jad avait récupéré sa chape dans son bagage, l'avait faite en épaisseur d'hiver et l'avait revêtue, puis il s'était installé au sommet de l'un de ces piliers qui offrait une belle vue plein sud sur le désert. Il était agenouillé, assis sur les talons, les bras écartés. À sa gauche, le ciel était d'un pourpre luminescent, dépourvu d'étoiles. À sa droite, quelques étoiles et une planète brillaient encore, luttant contre la lumière du jour à venir, succombant une à une au fil des minutes.

J'aurais pu rester là à le regarder et à l'écouter pendant des heures. J'avais l'impression – peut-être erronée – que fraa Jad chantait un chant cosmographique : un requiem pour les étoiles que l'aube dévorait peu à peu. C'était en tout cas une musique d'une lenteur cosmographique. Certaines notes duraient plus longtemps que je ne pouvais retenir ma respiration. Il devait connaître un truc pour respirer et chanter en même temps.

Une cloche unique sonna derrière moi, depuis les hauteurs du monastère. La voix d'un prêtre entonna une invocation en haut-tærran. Un chœur lui répondit. C'était un appel à l'auction aurorale, ou quelque chose de ce genre. Je regrettais que leurs rituels empiétassent sur le chant de fraa Jad, mais je devais admettre que si Cord eût été réveillée pour entendre cela, elle eût eu bien du mal à différencier les deux. Ce que fraa Jad chantait était, je le savais, le fruit de milliers d'années de recherche théorique, conjoint à une tradition musicale tout aussi ancienne et profonde. Mais pourquoi inclure la théorique dans la musique ? Et pourquoi passer toute la nuit dans un endroit magnifique à la chanter ? Il y avait des façons plus simples d'additionner deux et deux.

Je chantais des basses depuis cette saison mouvementée six ans plus tôt où j'avais dégringolé de l'étage des sopranos. Là où je vivais, cela représentait un sévère coup de bourdon. Lorsque l'on passait trois heures à chanter la même note, il se produisait quelque chose dans le cerveau. Et c'était encore plus vrai lorsqu'on tombait en synchronisme oscillatoire avec ceux qui nous entouraient, et que nos cordes vocales s'accordaient collectivement avec les harmoniques naturelles du mynstère (pour ne rien dire des milliers de tonneaux amassés contre ses murs). En toute sincérité, je crois que la vibration physique créée par les ondes sonores provoque des variations dans la façon dont le cerveau fonctionne. Si j'étais un vieux millénos ascétique plutôt qu'un dixie de dix-neuf ans, j'aurais peut-être suffisamment confiance en moi pour affirmer que lorsque le cerveau est dans cet état, il peut penser à des choses qu'il n'aurait pas envisagées autrement. Tout cela pour dire qu'à mon sens, ce n'était pas uniquement par amour de la musique que fraa Jad chantait dans la nuit. Son chant visait à autre chose.

Je laissai fraa Jad, et partis faire un tour pendant que le soleil se levait. Les tintements et chuchotements qui s'échappaient du réfectoire m'informèrent que le personnel du centre des retraites préparait le petit déjeuner, alors je retournai dans ma cellule mettre ma tenue propre, puis allai les aider. J'étais peut-être inapte pour certaines choses extra-muros, mais je savais faire la cuisine. Fraa Jad et les autres membres de notre groupe apparurent un par un et tentèrent de mettre la main à la pâte, jusqu'à ce que nous fussions tous éjectés et qu'il nous fût ordonné d'aller manger.

En plus des quatre qui avaient dîné avec nous la veille, trois autres moines nous rejoignirent, dont un très âgé qui, bien que fort dur d'oreille, voulait parler à fraa Jad. Nous les laissâmes ensemble de bon cœur. Ces moines semblaient considérer comme un grand honneur de pouvoir discuter avec un millénarien, pourquoi les en eussions-nous empêchés ? Pour eux, l'occasion ne se reproduirait pas de sitôt.

À la fin du repas, ils nous firent cadeau de plusieurs livres. Je laissai Arsibalt les recevoir, et leur faire un joli discours. Ils aimèrent tellement ce qu'il leur dit que j'en fus un peu gêné, parce que j'avais l'impression qu'il les encourageait à voir toutes sortes de connexions naturelles entre ce que nous étions et ce qu'ils étaient. Néanmoins, c'était sans conséquence. Ces gens avaient été bons avec nous, et ils avaient fait tout cela de bon cœur, sans rien attendre en retour – j'imaginais bien que le pouvoir sæculier n'allait pas les indemniser ! C'était aussi pour cette raison que le discours d'Arsibalt me mettait mal à l'aise : il semblait sous-entendre la possibilité d'une contrepartie, sous la forme de contacts futurs entre eux et nous. Je lui écrasai un orteil. Il parut comprendre ce que je voulais dire. Quelques minutes plus tard, nous redescendions la montagne, les livres des moines rangés dans la bibliothèque portable d'Arsibalt.

Érasmas : Fraa de Saunte-Baritoe qui, au XIVe siècle apr. R., fonda avec Uthentine la branche de la métathéorique appelée *protisme complexe.*

LE DICTIONNAIRE, 4e édition, 3000 apr. R.

Entre le monastère et la butte de Bly, une très étroite rivière coulait au fond d'une très large gorge, qu'un seul pont convenable enjambait. Jusqu'à ce que nous l'eussions franchi et eussions atteint une bifurcation, nous n'avions pas eu à beaucoup nous préoccuper de la direction à prendre. La route de gauche dessinait un grand arc pour éviter la montagne. Celle de droite longeait la rive d'un affluent et allait droit vers une localité dénommée Samble sur la cartablette. Nous prîmes donc ce chemin et, un peu plus d'une heure après avoir quitté le monastère, nous aperçûmes quelque chose qui, de loin, ressemblait à un tampon à récurer posé sur le très dégarni versant sud de la butte de Bly. C'était un tapis d'arbres rabougris. En nous rapprochant, nous vîmes qu'il était morcelé et aéré par les murs, les toits et les clôtures d'habitations.

Des arbres plus hauts, visiblement entretenus par des générations appréciant leur ombre ou leur beauté, formaient un rectangle autour d'une pelouse, à une extrémité de laquelle se dressait la structure en bois de l'austère maître-autel d'une arche contre-bazienne. Sans la moindre communication entre les véhicules, nous nous retrouvâmes sur ce pré communal. Lorsque nous descendîmes, nous entendîmes des chants qui provenaient de l'arche, mais ne vîmes personne. Tout le village – y compris Ganélial Craide, dont le vachéché était garé sur un espace en terre battue derrière l'arche – se trouvait à l'intérieur de ce bâtiment.

Cela ne semblait pas être le bon endroit où chercher Orolo ni, s'il était encore vivant, Estémard. Mais cela nous donna un premier indice sur la façon dont deux férals pouvaient avoir survécu par ici : en descendant à Samble pour y chercher de la nourriture et des médicaments. Restait à savoir comment ils les auraient payés. Mais fraa Carmolathu nous fit remarquer que sur le plan économique, Samble n'avait de toute façon aucun sens. Il n'y avait aucune autre ville dans les environs, la terre ne se prêtait pas à l'agriculture, il n'y avait pas la moindre industrie. D'après lui, Samble était tout autant une communauté religieuse que le monastère dans lequel nous venions de passer la nuit. Et, dans ce cas, Estémard et Orolo n'avaient peut-être pas besoin de payer avec de l'argent, s'ils pouvaient fournir des services utiles aux habitants.

« Ou peut-être qu'ils sont tout simplement mendiants, suggéra fraa Jad, comme certains ordres d'antan. »

La plupart des avôts parurent plus enclins à soutenir cette hypothèse que toute autre suggérant qu'Estémard et Orolo eussent pu se montrer utiles à ce genre de personnes. Cela déclencha une discussion animée. Toutes nos tentatives de nous mettre en plan les uns les autres eussent perturbé le service religieux à l'intérieur de l'arche si celui-ci avait été du genre serein et contemplatif, mais l'endroit était plus bruyant que nous ne pourrions jamais l'être, avec beaucoup de chants qui ressemblaient à des cris. Quelques-uns d'entre nous nous écartâmes de la discussion et consacrâmes un temps à regarder et la cartablette et la butte. Samble – qui, selon les spéculations de fraa Carmolathu pouvait être une très ancienne contraction de « savant Bly » – se trouvait au pied d'un chemin de terre qui serpentait autour de la butte jusqu'à son sommet. Au bout de quelques minutes, nous identifiâmes où ce chemin débutait : un lopin derrière l'arche. Mais en cet instant, il était impossible de le traverser : il était couvert de véhicules en stationnement – quelques tomobiles reluisantes appartenant peut-être à ce qui pouvait passer pour des burgos à Samble, mais surtout des vachéchés poussiéreux à gros pneus. Il y avait bien une allée vide au centre, mais l'entrée du chemin était totalement barrée par le vachéché de Ganélial Craide.

Selon la cartablette, il y avait à peine deux lieues d'ici au sommet. Impatient, je remplis ma gourde à la pompe du pré, et je me mis en route. Lio me suivit. Ainsi que fraa Criscan, qui était le plus jeune des séculos. Il nous sembla étrange de marcher au milieu des vachéchés immobiles des fidèles de Samble, mais une fois que nous nous fûmes glissés derrière celui de Craide et que nous eûmes emprunté le chemin qui tournait autour de la butte, la petite ville fut bientôt hors de vue. Une minute plus tard, nous n'entendions plus les cris à l'intérieur de l'arche, juste le bruissement d'un vent sec et crépitant qui nous apportait les parfums âcres des coriaces plantes résineuses poussant dans le désert. Nous prîmes rapidement de l'altitude, et la température de l'air baissa, alors même que nous nous échauffions. Lorsque nous eûmes atteint le point à l'opposé de Samble, nous pûmes voir jusqu'au sommet, et distinguer quelques bâtiments, ainsi que les squelettes affaissés de dômes polyédriques et de vieilles tours d'antennes paraboliques. Nous supposâmes qu'il s'agissait de reliques militaires, ce qui leur ôtait tout intérêt, puisque toutes les régions ayant été habitées quelques milliers d'années en étaient couvertes.

Nous poursuivîmes notre spirale, et atteignîmes un endroit d'où nous pouvions voir Samble, et faire signe à nos amis en contrebas. Le service religieux dans l'arche ne semblait pas vouloir en finir. Nous avions supposé que nos véhicules nous rattraperaient rapidement dans notre escapade. En d'autres termes, nous n'étions partis que pour faire un peu d'exercice, pas pour atteindre le sommet. Mais il apparaissait maintenant que nous risquions d'y arriver avant eux. Pour quelque raison, cela aiguisa notre esprit de compétition, et nous fit grimper plus vite. Nous trouvâmes un raccourci qui avait été utilisé par d'autres grimpeurs, et gagnâmes un tour entier de la montagne en gravissant son flanc en droite ligne sur deux cents pieds.

« Vous avez connu fraa Paphlagon ? » demandai-je à Criscan lorsque nous nous arrêtâmes au sommet du raccourci pour boire de l'eau et nous émerveiller de notre progression. La vue valait bien de s'attarder quelques minutes.

« J'ai été son phyte, répondit-il. Tu étais celui d'Orolo ? »

Je hochai la tête. « Saviez-vous qu'Orolo avait été le phyte de Paphlagon avant que celui-ci ne vous rejoigne par le labyrinthe ? »

Fraa Criscan resta muet. Que Paphlagon eût mentionné Orolo – ou un quelconque élément de sa vie précédente parmi les dixies – devant Criscan eût été une violation de la Discipline. Mais c'était le genre de chose que l'on pouvait facilement laisser échapper en parlant travail.

« Paphlagon et un autre dixie du nom d'Estémard travaillaient ensemble, et ont formé Orolo. Ils sont partis en même temps : Paphlagon par le labyrinthe, et Estémard par le portail de jour. Estémard est venu ici.

– Quelle était la réputation d'Orolo ? demanda Criscan. Avant son anathyme, je veux dire.

– C'était le meilleur, répondis-je, surpris par la question. Pourquoi ? Quelle était la réputation de Paphlagon ?

– Même chose.

– Mais ? » Parce que je sentais qu'il y avait un « mais ».

« Sa vocation était un peu étrange. Au lieu de faire quelque chose de ses mains, comme la plupart des gens, il s'était fait un passe-temps de l'étude…

– Nous le savons, le coupai-je. Du polycosme. Et/ou du monde théorique hylaéen.

– Vous avez vu ses écrits ? demanda Criscan.

– Ses écrits d'il y a vingt ans. Nous n'avons aucune idée de ce qu'il a fait récemment. »

Criscan resta un temps sans rien dire, puis il haussa les épaules. « Cela me semble hautement pertinent par rapport à la convoxe, alors je suppose que je peux vous en parler.

– On ne vous dénoncera pas », lui promit Lio.

Criscan n'en saisit pas l'humour. « Avez-vous remarqué que lorsque les gens parlent du concept de monde théorique hylaéen, ils finissent toujours par dessiner le même diagramme ?

– Oui, maintenant que vous en parlez, répondis-je.

– Deux cercles ou deux cases, dit Lio, et une flèche menant de l'un à l'autre.

– L'un ou l'une représente le monde théorique hylaéen, enchaînai-je. La flèche part de l'un et pointe vers l'autre, qui représente ce monde.

– Ce cosmos, me corrigea Criscan. Ou ce domaine causal, si tu veux. Et que représente la flèche ?

– Un flux d'information, proposa Lio. La connaissance de triangles se déversant dans nos cerveaux.

– Une relation de cause à effet », suggérai-je. Je me souvenais du discours d'Orolo sur la déchirure du domaine causal.

« Les deux reviennent au même, nous signala Criscan. Ce genre de diagramme induit que l'information sur les formes théoriques peut pénétrer notre cosmos depuis le MTH, et y provoquer des effets mesurables.

– Attendez une seconde, *mesurables* ? s'exclama Lio. De quel genre d'effets mesurables parlez-vous ? On ne peut pas peser un triangle. On ne peut pas planter un clou avec le théorème d'Adrakhonès.

– Mais on peut *penser* à ces choses, répondit Criscan. Et penser est un processus physique qui se produit dans le système nerveux.

– On peut poser des électrodes dans le cerveau et le mesurer, dis-je.

– Tout à fait vrai, poursuivit Criscan. Et le fondement même du protisme est que ces électrodes donneraient un résultat différent s'il n'y avait pas ce flux d'informations en provenance du monde théorique hylaéen.

– Je suppose que c'est le cas, dit Lio, mais cela paraît bien superficiel, vu de cette façon.

– Ne vous occupez pas de cela pour l'instant », dit Criscan. Nous étions sur une partie très pentue du chemin, à souffler fort et à transpirer comme le soleil tapait sur nous, et Criscan ne voulait pas y consacrer trop d'efforts. « Revenons à ce diagramme à deux cases. Paphlagon faisait partie d'une tradition remontant à une certaine soor Uthentine de Saunte-Baritoe, au XIVe siècle après la Reconstitution, et qui s'était demandé pourquoi seulement deux ? Tout cela avait supposément commencé lorsque Uthentine, entrant dans une salle de craie, avait aperçu l'habituel diagramme à deux cases qu'un certain fraa Érasmas avait dessiné sur une ardoise. »

Lio se tourna et me dévisagea.

« Oui, dis-je. Un homonyme.

– Uthentine, reprit Criscan, dit à Érasmas : “Je vois que vous enseignez les graphes orientés acycliques à vos phytes ; quand allez-vous passer à des types de graphes plus intéressants ?” Ce à quoi Érasmas répondit : “Je suis désolé, mais ce n'est pas un GOA, c'est quelque chose de totalement différent.” Ce fut comme un affront pour soor Uthentine, une théôs qui avait voué toute sa carrière à l'étude de ces choses. “Je reconnais un GOA quand j'en vois un”, répliqua-t-elle. Érasmas en fut exaspéré, mais à mieux y réfléchir, il décida qu'il pouvait être bénéfique de s'intéresser à l'illumination de sa soor. Et c'est ainsi qu'Uthentine et Érasmas développèrent le protisme complcxe.

– Complexe, par opposition à protisme originel ? demandai-je.

– Oui, répondit Criscan. Le protisme originel est le protisme à deux cases. Le protisme complexe peut avoir n'importe quel nombre de cases et de flèches, tant que ces dernières ne forment pas un circuit fermé. »

Nous étions passés du côté ombragé de la butte, et atteignîmes une portion de route qui avait été couverte de limon par les pluies saisonnières – c'était parfait pour dessiner des diagrammes. Pendant que nous nous reposions et buvions un peu d'eau, Criscan en profita pour nous donner une calca sur le protisme complexe[1]. En résumé, notre cosmos, loin d'être le seul et unique domaine causal à recevoir les informations d'un seul et unique monde théorique hylaéen, pouvait n'être qu'un nodule dans un réseau de cosmi à travers lequel l'information filtrait, toujours dans la même direction, comme l'huile dans la mèche d'une lampe. D'autres cosmi, peut-être pas très différents du nôtre, pouvaient se trouver en amont de la mèche, et nous transmettre des informations. D'autres encore pouvaient se trouver en aval de notre position, et nous leur transmettrions nos informations. Tout cela était assez biscornu, mais au moins, cela m'aidait à comprendre pourquoi Paphlagon avait été mandé.

« Maintenant, c'est à moi de poser une question aux dixies, dit Criscan alors que nous reprenions notre chemin. Comment était Estémard ?

– Il était parti avant que nous ne fussions recouvrés, répondis-je. Alors nous ne l'avons pas connu.

– Oh, ce n'est pas grave, dit Criscan. Nous le découvrirons bien assez tôt. »

Nous fîmes quelques pas en silence, puis Lio – en jetant un coup d'œil las en direction du sommet de la butte, qui

1. Cf. Calca 3 : Protisme originel et protisme complexe, tome 2.

n'était plus très loin – dit : « Je me suis un peu renseigné sur Estémard. Je devrais peut-être vous dire ce que j'ai trouvé avant que nous fassions irruption chez lui.

– Bien joué. Qu'as-tu appris ? demandai-je.

– C'est peut-être l'un de ces rares fraas à être partis avant que l'on eût eu le temps de les proscrire, dit Lio.

– Vraiment ? Qu'avait-il fait ?

– Sa vocation était le carrelage, dit Lio. Les riches céramiques ornementales de la nouvelle blanchisserie ont été réalisées par lui.

– Les motifs géométriques, me rappelai-je.

– Oui. Mais il semblerait que ce n'ait été qu'une sorte de couverture pour explorer un ancien problème de géométrie appelé le téglon. C'est un problème de tuiles, qui remonte au temple Orithéna – rien de moins.

– N'est-ce pas celui qui a rendu fous tout un tas de gens ? demandai-je.

– Métékoranès se tenait debout sur le décagone devant le temple Orithéna et contemplait le téglon, lorsque la cendre volcanique l'a recouvert, dit Criscan.

– C'est le problème auquel Rabéméкès réfléchissait sur la plage lorsque le soldat bazien le transperça de sa lance, ajoutai-je.

– Soor Charla, des Filles d'Hylaéa, renchérit Lio, crut entrevoir la solution dans les diagrammes qu'elle avait tracés dans la terre de la route du Haut-Colbon, que les troupes du roi Rooda piétinèrent en allant se faire massacrer. Elle perdit définitivement la raison. Les efforts des gens pour le résoudre ont engendré des sous-disciplines entières de la théorique. Et il en est certains – il y en a toujours eu – qui y consacrèrent plus d'attention qu'il n'était sain pour eux. Une obsession qui se transmet de génération en génération.

– Tu es en train de parler du Lignage, dit Criscan.

– Oui, répondit Lio en regardant une nouvelle fois nerveusement vers le sommet.

– De quel lignage parlez-vous ? demandai-je.

– *Le* Lignage ; c'est ainsi qu'on l'appelle. Ou on dit parfois le lignage premier.

– Eh bien… aidez-moi un peu. De quelle concente vient-il ? »

Criscan agita négativement la tête. « Tu supposes qu'il s'agit d'une sorte d'ordre. Mais ce lignage remonte à bien avant la Reconstitution – à bien avant saunte Cartas, même. Il a supposément été fondé durant la période pérégrine par des théôs qui avaient travaillé avec Métékoranès.

– Mais qui, contrairement à lui, n'ont pas fini sous trois cents pieds de pierre ponce, compléta Lio.

– C'est une tout autre histoire, dans ce cas, dis-je. Si c'est bien vrai, alors il n'y a aucun rapport avec le monde mathique.

– Là est bien le problème, répondit Lio. Le Lignage était déjà présent des siècles avant les concepts mêmes de maths, de fraas et de soors. Alors on ne peut pas s'attendre à ce qu'il fonctionne selon les règles que nous associons normalement à nos ordres.

– Tu en parles au présent », lui fis-je remarquer.

Criscan parut de nouveau mal à l'aise, mais il ne dit rien. Lio regarda encore vers les hauteurs, et ralentit.

« Où cela mène-t-il ? Pourquoi êtes-vous si nerveux ? demandai-je.

– Certains en étaient venus à suspecter Estémard d'en être *membre*, dit Lio.

– Mais Estémard était un édharien ! répliquai-je.

– C'est une partie du problème, dit Lio.

– Du problème ? répétai-je.

– Oui, dit Criscan. Pour toi et moi, en tout cas.

– Pourquoi ? Parce que nous sommes tous les deux des édhariens ?

– Oui, répondit Criscan, en indiquant rapidement Lio d'un aller-retour des yeux.

– Je confierais ma vie à Lio, lui dis-je. Alors vous pouvez dire devant lui tout ce que vous pourriez vouloir me dire en tant que frère d'ordre.

– Très bien. Je ne suis pas surpris que tu n'en aies jamais entendu parler, parce que tu n'appartiens à l'ordre de saunt Édhar que depuis quelques mois, et que tu es juste euh…

– Juste un dixie ? complétai-je. Allez-y, je ne m'en sens pas offensé. »

Mais j'étais tout de même un peu vexé. Derrière Criscan, Lio fit une grimace qui en apaisa la piqûre.

« Sinon, tu aurais pu entendre des rumeurs sur ce genre de choses. Des remarques.

– De quel genre ?

– D'abord, que les Édhariens sont un peu fêlés, un peu mystiques.

– Je connais évidemment des gens qui aiment dire cela, commentai-je.

– Très bien, dit Criscan. Alors tu sais que l'une des raisons pour lesquelles les gens nous considèrent avec méfiance, nous les Édhariens, c'est parce qu'ils ont l'impression que notre dévotion pour le monde théorique hylaéen pourrait prévaloir sur notre loyauté envers la Discipline et les principes de la Reconstitution.

– D'accord. Je pense que c'est injuste, mais je peux comprendre comment certaines personnes pourraient entretenir de tels soupçons.

– Ou prétendre les entretenir, quand cela leur donne une arme à agiter devant les Édhariens, ajouta Lio.

– Maintenant, reprit Criscan, imagine qu'il existe – ou que l'on suppose qu'il existe un lignage de ce qui serait des ultra-Édhariens.

– Êtes-vous en train de me dire que les gens croient à un lien entre notre ordre et le Lignage ? »

Criscan acquiesça. « Certains sont même allés jusqu'à

accuser l'ordre des Édhariens de n'être qu'une imposture – une façade dont la véritable raison d'être était de camoufler une infestation d'adorateurs du téglon. »

Étant donné le nombre de contributions que les Édhariens avaient faites à la théorique au fil des millénaires, je n'eus pas de mal à exclure une thèse aussi absurde, mais un mot retint néanmoins mon attention. « Des adorateurs », répétai-je.

Criscan soupira. « Les gens qui propagent de telles rumeurs…, commença-t-il.

– Sont les mêmes que ceux qui considèrent notre croyance dans le monde théorique hylaéen comme une religion, conclus-je. Et il sert leurs objectifs de répandre l'idée qu'il existe une secte clandestine au sein des Édhariens. »

Criscan acquiesça.

« Et il y en a une ? » demanda Lio.

Je l'aurais frappé, si j'avais pu m'en tirer indemne. Criscan n'avait pas l'habitude du sens de l'humour de Lio, alors il le prit plutôt mal.

« Que faisait matériellement Estémard quand il suivait sa vocation ? demandai-je à Lio. Il lisait des livres ? Il essayait de résoudre le téglon ? Il allumait des bougies et récitait des incantations ?

– Il lisait surtout des livres – de très vieux livres, répondit Lio. De très vieux écrits dont les auteurs, à leur époque, avaient également été soupçonnés d'appartenir au Lignage.

– Cela paraît intéressant mais anodin, dis-je.

– Par ailleurs, des gens avaient également remarqué qu'il portait un intérêt excessif aux millénariens. Durant les auctions, il prenait des notes quand les millénos chantaient.

– Comment quiconque pourrait-il comprendre le sens de leurs chants sans prendre de notes ?

– Et il se rendait souvent dans le haut-labyrinthe.

– Eh bien, reconnus-je, c'est un peu étrange… Est-ce

qu'il appartient au mythe entourant le Lignage que ses membres violent la Discipline, qu'ils communiquent par-delà les limites de leurs maths ?

– Oui, répondit Criscan. Cela s'accorde bien avec le côté "théorie de la conspiration" de la chose. En général, on reproche aux Édhariens de considérer leur travail comme plus fondamental, plus important que celui de tous les autres, et d'estimer que la recherche du monde théorique hylaéen prévaut sur la Discipline. Donc, si leur recherche de la vérité requiert qu'ils communiquent avec des avôts d'autres maths – ou avec des extras –, ils n'auront aucun scrupule à le faire. »

Tout cela était de plus en plus ridicule, et je commençais à penser qu'il devait s'agir de l'un de ces engouements un peu saugrenus propres aux séculos. Mais je ne dis rien, parce que j'avais en tête l'image d'Orolo parlant à Sammanne dans le vignoble, et faisant des observations clandestines.

« Des extras ? renâcla Lio. Quel genre d'extras s'intéresseraient à un problème théorique mystique vieux de six mille ans ?

– Des gens comme ceux avec qui nous venons de passer ces deux derniers jours », dit Criscan.

Nous nous étions complètement arrêtés. Je repris le chemin du sommet. « Eh bien, si tout ce que vous dites est vrai, nous ne nous rendons pas service en restant ici. »

Criscan comprit immédiatement, mais Lio parut perplexe.

« Saunt-Trédégarh est en train de se remplir d'avôts venus des quatre coins du monde, m'expliquai-je. Les hiérarques doivent bien assurer un suivi de qui est arrivé, depuis quelle concente. Et nous, un groupe principalement composé d'Édhariens, venant, pour couronner le tout, de la concente Saunt-Édhar, allons être en retard…

– Parce que nous contournons le règlement, et frayons avec les déolâtres…, poursuivit Lio, qui commençait à comprendre.

– Afin de retrouver deux fraas factieux qui constituent le stéréotype même de ce dont vient de parler Criscan. »

Nous atteignîmes le sommet quelques minutes plus tard, Lio et moi. Criscan fermait la marche encore loin derrière, pantelant, le souffle court. Toutes ces discussions étranges nous avaient rendus nerveux, et nous avions pratiquement couru le reste du chemin – non pas en raison d'une quelconque urgence, mais pour nous défouler un peu.

Le sommet de la butte donnait l'impression d'avoir été un endroit agréable à l'époque de saunt Bly. Il devait sa longévité au fait qu'une lentille de roche dure avait résisté à l'érosion et protégé la matière plus tendre en dessous, tandis que tout le reste alentour s'était lentement effacé. Il y avait là assez de place pour y construire une grande maison, disons, de la taille de celle dans laquelle vivait la famille de Jesry. De nombreuses structures différentes s'y étaient accumulées au fil des millénaires. Les premières strates étaient en maçonnerie : des pierres et des briques assemblées directement sur la plaque dure de la butte. Les générations suivantes avaient versé de la pierre synthétique sur ces strates pour ériger des fortins, des postes de garde, des casemates, des enceintes d'équipements militaires, et des fondations semelles pour les antennes, tours et pylônes. Tout cela avait ensuite été modifié : des passerelles avaient été ajoutées, usées, démolies ou abandonnées aux éléments, remplacées ou recouvertes par d'autres constructions. La pierre, qu'elle fût synthétique ou naturelle, était teintée d'un ocre profond dû à la rouille de toutes les structures métalliques qui s'étaient succédé ici. Pour une zone aussi petite, l'endroit était assez complexe – du genre que des enfants eussent pu explorer des heures durant. Pour Lio et moi, encore proches de l'enfance, la tentation était certaine, mais nous avions autre chose en tête. Alors nous cherchâmes des signes d'habitation. Le plus flagrant était un télescope réflecteur dressé sur un support surélevé qui avait autrefois porté une tour d'antennes. Nous commençâmes par là. Le télescope ressemblait en grande partie à un projet artistique que Cord ou l'un de ses amis eût pu réaliser dans un atelier de soudure avec de la ferraille. Mais en regardant à l'intérieur, nous vîmes un miroir poli à la main de douze pouces de diamètre qui semblait parfait, et il était facile de deviner qu'il disposait d'un axe polaire automatisé, assemblé à partir de moteurs, de boîtes de vitesses et de roulements trouvés on ne savait où. À partir de là, nous suivîmes sans peine une traînée d'indices qui menait à travers la plateforme, puis descendait un escalier extérieur vers une autre plateforme à un niveau inférieur, sur le côté sud-est du complexe. L'endroit avait été équipé d'un gril pour faire cuire la viande, d'une table et de chaises d'extérieur en poly, et d'un grand parasol. Des jouets d'enfant étaient rangés dans une caisse en poly avec un soin qui n'était pas celui d'un enfant, comme si des gosses montaient ici de temps en temps mais pas quotidiennement. Une porte menait à un labyrinthe de petites pièces – à peine plus grandes que des placards – qui avait été transformé en espace d'habitation. Nous ne pouvions savoir qui vivait là, mais ce n'était pas Orolo. D'après les phototypes sur les murs, il s'agissait d'un homme plus âgé avec une femme plus jeune, et au moins deux générations de rejetons. Les ikones étaient presque aussi nombreuses que les clichés, indiquant que c'était sans aucun doute une famille de déolâtres. Nous enregistrâmes toutes ces impressions en quelques secondes, avant de réaliser que nous nous étions introduits chez quelqu'un. Nous nous sentîmes stupides de notre bévue – tellement typique d'un avôt. Nous ressortîmes si précipitamment que nous manquâmes nous faire tomber mutuellement.

La terrasse était une dalle lisse de pierre synthétique. On se fût pourtant attendu d'un carreleur aussi zélé qu'Estémard qu'il l'eût améliorée. Mais nous remarquâmes alors un escalier qui remontait vers une corniche sur laquelle il avait construit un four en briques de terre cuite. Tout autour gisaient les résidus de maintes années de travail : de l'argile, des moules, des pots en céramique, et des milliers de carreaux et de brisures de carreaux dans le même répertoire de formes géométriques simples que ceux qui décoraient la nouvelle blanchisserie à Édhar. Estémard n'avait pas encore pavé sa terrasse parce qu'il n'avait toujours pas trouvé la configuration parfaite. Il n'avait pas résolu le téglon.

« Cliniquement fou, demandai-je à Lio, ou déjà bien avancé ? »

Criscan arriva par un autre chemin. Lorsqu'il nous trouva, il nous annonça qu'il avait vu une autre habitation, plus petite. Nous le suivîmes, comme il revenait sur ses pas autour de la branche sud du complexe.

Nous sûmes instantanément ce que c'était. Tous les marqueurs d'une micromath étaient présents. Elle était organisée dans un coin, accessible uniquement par un long chemin quelque peu circonvolué, après ce qui ressemblait à une barrière – essentiellement symbolique, étant donné qu'elle avait été improvisée récemment, avec des bâches en poly et du contreplaqué – et un portail. Une fois le seuil franchi, nous y fûmes comme chez nous. C'était une autre dalle à l'air libre. Un marchand de biens l'eût qualifiée de patio. Nous la vîmes comme un cloître miniature. Le moindre vestige du monde sæculier en avait été soigneusement évacué ; ne restaient que la pierre, vieille et teintée, et quelques objets du quotidien, tous faits main : une table et une chaise à l'abri d'une tenture tirée sur une structure de bois assemblée par plusieurs tours de cordelette. Un gros pot de peinture rouillé était posé dans un coin, son couvercle maintenu en place par un caillou. Lio l'ouvrit, plissa le nez, et annonça qu'il avait trouvé le pot de chambre d'Orolo. Il était vide et sec, comme son broc d'eau, et le placard de bois qui avait servi à entreposer de la nourriture avait été entièrement débarrassé, à l'exception des assaisonnements, des ustensiles et des allumettes. Une vieille porte de bois déglinguée menait à la cellule d'Orolo, qui avait été meublée avec des matériaux de récupération. La pendulette, par contre, était indéniablement moderne, avec un affichage numérique lumineux au centième de seconde. Des rayonnages faits d'anciennes marches de bois et de parpaings étaient occupés par quelques livres imprimés mécaniquement et des feuilles écrites à la main. Sur un mur, Orolo avait affiché avec des punaises des diagrammes et des notes. Sur un autre, des phototypes témoignaient de ses efforts pour saisir des images du vaisseau des cousins en se servant (du moins le supposions-nous) du télescope maison du haut. L'image type était à peine plus qu'un trait blanc épais sur un fond de traits blancs plus petits : le tracé des étoiles. Mais, dans un coin de cette mosaïque, Orolo avait affiché plusieurs phototypes sans rapport, arrachés dans des publications ou imprimés avec une apsynte. À première vue, ils ne représentaient rien d'autre qu'un grand trou dans le sol : une mine à ciel ouvert peut-être.

Le reste des feuilles formait une mosaïque de superpositions, avec des traits tracés entre elles, dessinant le diagramme d'un système de connexions arborescent. La feuille la plus haute était intitulée « Orithéna ». Près de ce sommet était écrit le nom d'Adrakhonès. À partir de là, une flèche descendait verticalement vers le nom de Diax. C'était une impasse. Mais une seconde flèche, descendant en s'écartant vers le côté, pointait vers le nom de Métékoranès, et de là, l'arborescence se ramifiait vers le bas pour inclure les noms de personnes venant de différents lieux et siècles.

« Oh oh, dit Lio.

– Cela ne me plaît pas du tout, admis-je.

– C'est une histoire de Lignage », ajouta Criscan.

La porte s'ouvrit, et tout se passa en un éclair. Sans

gravité, mais avec une réelle violence, au point que cela détourna pour un bon moment nos esprits des pistes qu'ils suivaient.

Un homme franchit la porte de la cellule, et Lio le mit aussitôt à terre. Une seconde après, il était assis sur la poitrine de l'homme et examinait, avec une immense fascination, une arme à projectiles qu'il venait de tirer d'un étui sur la cuisse de l'inconnu. « Avez-vous un couteau ou un quelconque objet tranchant ? » lui demanda Lio en regardant vers la porte.

D'autres personnes approchaient, Barb en tête.

« Lâchez-moi ! » cria l'homme.

Il nous fallut un certain temps pour réaliser qu'il parlait tærran.

« Rendez-moi ça ! »

Nous remarquâmes qu'il était assez âgé, alors qu'il s'était rué dans la pièce avec la vigueur d'un jeune homme.

« Estémard a un pistolet, annonça Barb. C'est une tradition locale. Ils ne considèrent pas cela comme une menace.

– Eh bien alors, je suis sûr qu'Estémard ne se sentira pas menacé si je le garde », répondit Lio. Il fit une roulade sur le côté, et se releva dans le même mouvement, pistolet en main, pointé vers le ciel.

« Vous n'avez rien à faire ici, dit Estémard. Quant à mon pistolet, abattez-moi ou rendez-le-moi. »

Lio n'envisagea même pas de le lui rendre.

Choqué, puis désorienté, j'étais resté jusque-là interdit. J'avais craint d'agir, de peur de commettre une erreur. Mais la vue de mes compagnons qui approchaient me ranima, parce que je ne voulais pas paraître déstabilisé ou indécis. « Puisque vous affirmez que nous n'avons rien à faire ici, lui fis-je remarquer, – ce que nous récusons, d'ailleurs –, il ne serait pas dans notre intérêt de vous fournir une arme. »

Pendant ce temps, d'autres membres de notre groupe pérégrin s'étaient amassés sur le patio. Fraa Jad entra, écarta

Estémard de son chemin d'un mouvement d'épaule, jaugea la cellule d'un seul regard, et se mit à examiner les feuilles et phototypes qu'Orolo avait punaisés aux murs. Cela, bien plus qu'être jeté à terre par Lio ou mis en plan par moi, fit réaliser à Estémard qu'il n'était pas de taille. Il parut se recroqueviller, et détourna les yeux. Contrairement aux autres, il n'avait pas eu longtemps pour s'accoutumer à la présence d'un millénarien.

« Lio, beaucoup de gens portent des armes, ici, expliqua Cord. Je comprends l'idée que tu as pu te faire, mais crois-moi, il n'allait pas s'en servir pour vous menacer. »

Personne ne répondit.

« Allez, bande de tristes, c'est l'heure du pique-nique !

– Un pique-nique ? demandai-je.

– Une fois notre service terminé, nous partageons un repas dans le pré, s'il fait beau », expliqua Estémard, que l'intervention de Cord semblait avoir un peu ragaillardi.

Je regardai par la porte, croisai le regard d'Arsibalt, resté sur le patio. Il fronça les sourcils : *Oui, Estémard est devenu déolâtre.*

À la concente, nous imaginions toujours les férals comme des hommes sauvages aux cheveux longs, mais Estémard ressemblait à un pharmacien à la retraite parti une journée en excursion.

Estémard me dévisagea avec attention. « Tu dois être Érasmas », dit-il, et tout parut réglé à ses yeux. Il inspira profondément, chassa les derniers vestiges du choc qu'il avait subi lorsque Lio lui avait donné une leçon d'horizontalité. « Oui, vous êtes tous invités au pique-nique, si vous promettez de n'agresser personne. » Percevant les objections que transmettait mon cerveau à mon visage, il sourit et ajouta : « Ceux qui ne vous ont pas agressés d'abord, tout du moins. Et cela a peu de chances d'arriver : ils sont plus tolérants avec les avôts que vous ne l'êtes avec eux.

– Où est Orolo ? »

Fraa Jad, toujours dressé dos à nous, et en l'instant plongé dans l'observation des phototypes de la mine à ciel ouvert, nous surprit tous en déployant sa voix gutturale : « Orolo est parti vers le nord. »

Estémard en resta bouche bée, puis un sourire se redessina sur son visage à mesure qu'il se figurait comment le millénarien avait compris cela. « Fraa Jad a raison.

– Nous allons participer au “pique-nique”, annonça fraa Jad, en prononçant le mot ouaïl avec des pincettes. Lio, Érasmas et moi descendrons en dernier, dans le véhicule de Ganélial Craide. »

La directive se répandit à travers le patio. Tout le monde tourna les talons et repartit vers les véhicules. Lio sortit le chargeur du pistolet, et les tendit séparément à Estémard, qui sortit, avec réticence, accompagné de Criscan. Dès qu'ils eurent dépassé le semblant de portail, fraa Jad se précipita pour arracher les feuilles des murs. Lio et moi l'aidâmes, puis lui tendîmes le fruit de notre récolte. La plupart des phototypes ne l'intéressaient pas, mais il prit ceux qui représentaient le grand trou dans le sol, et me les tendit.

Le millénarien retourna ensuite dans le cloître d'Orolo, et enfourna toutes les feuilles dans son brasero. Puis il fouilla dans le placard et sortit les allumettes. « J'infère de l'étiquette qu'il s'agit d'une praxis à faire du feu ? » s'enquit-il.

Nous lui montrâmes comment s'en servir. Il mit le feu aux feuilles d'Orolo. Nous demeurâmes sur place jusqu'à ce qu'elles fussent entièrement consumées. Puis fraa Jad brassa les cendres avec un bout de bois. « C'est l'heure du pique-nique », dit-il enfin.

Comme nous redescendions dans la caisse arrière ouverte du vachéché de Ganélial Craide, secoués et projetés en tout sens telles des bouteilles dans un carton, nous pûmes, au fil de notre spirale autour de la butte, voir épisodiquement le pique-nique prendre forme dans le pré communal de Samble. Il semblait que ces gens prenaient leur déjeuner sur l'herbe autant au sérieux que leurs services religieux.

Fraa Jad semblait avoir autre chose en tête, et ne dit rien jusqu'à ce que nous fussions presque à Samble. Alors il tapa sur le toit de la cabine du vachéché et, en tærran, demanda à Craide de bien vouloir s'arrêter quelques minutes. Dans un tærran échevelé au son résolument barbare, Craide répondit que cela ne posait aucun problème.

Il ne me serait jamais venu à l'esprit que quelqu'un comme lui pût parler notre langue. Mais c'était logique. Les contre-baziens se méfiaient des prêtres et autres intermédiaires. Ils pensaient que chacun devait lire les écritures lui-même. Presque tous lisaient des traductions en ouaïl. Mais il n'était pas si saugrenu d'imaginer que les membres d'une secte particulièrement fervente et isolée, comme les habitants de Samble, pussent apprendre le tærran classique pour ne plus devoir confier leurs âmes immortelles à des traducteurs.

Fraa Jad m'informa que je devais descendre. Je sautai de l'arrière du vachéché puis l'aidai, plus par respect que parce qu'il en avait réellement besoin. Nous nous écartâmes d'une centaine de pas, vers un virage depuis lequel on avait une vue remarquable sur le désert et jusqu'aux montagnes du nord, encore couvertes de neige par endroits, et parsemées des ombres des nuages.

« Nous sommes là comme Protas regardant Éthras en contrebas », remarqua-t-il.

Je souris, mais ne ris pas. L'œuvre de Protas était considérée par certains comme d'une naïveté embarrassante. Elle était rarement mentionnée, sauf par dérision ou ironie. Mais s'en gausser ainsi était une mode qui avait apparu et disparu des dizaines de fois, et j'ignorais ce que fraa Jad, dont la math était recluse depuis six cent quatre-vingt-dix ans, pouvait en penser. Plus je restais là à l'observer et à suivre son regard vers les nuages et les ombres qu'ils projetaient sur les versants des montagnes du nord, plus j'étais heureux de ne pas avoir ricané.

« Que penses-tu qu'Orolo a vu, quand il a regardé de cette façon ? demanda fraa Jad.

– Il appréciait énormément la beauté, et adorait regarder les montagnes depuis l'astrohenge, répondis-je.

– Tu crois qu'il a vu la beauté ? C'est une réponse aisée, parce que c'est beau. Mais à quoi pensait-il ? Quelles connexions faisait-il à partir de ce que la beauté lui permettait de percevoir ?

– Je ne peux pas répondre à cette question.

– Je ne te demande pas d'y répondre, mais de te la poser.

– Plus concrètement, que voulez-vous que je fasse ?

– Pars vers le nord, répondit-il. Cherche et trouve Orolo.

– Trédégarh est au sud-est.

– Trédégarh, répéta-t-il, comme s'il venait de la voir en rêve. Trédégarh est l'endroit où les autres et moi allons nous rendre après le pique-nique.

– J'ai pas mal contourné les règles en venant ici, dis-je. Nous avons perdu une journée…

– Une journée. *Une journée !* » Fraa Jad, le millénarien, trouvait très drôle que je m'inquiétasse d'une journée.

« Trouver Orolo pourrait prendre des mois. Pour un tel retard, je risquerais d'être proscrit. Ou, au moins, d'écoper encore de leçons.

– À quelle leçon en es-tu ?

– La cinquième.

– La neuvième », dit fraa Jad.

Un instant, je crus qu'il me corrigeait. Puis je craignis qu'il ne m'y condamnât. Et enfin, je compris que *lui* en était à la neuvième.

Il avait dû y passer des années.

Pourquoi ? Comment s'était-il mis dans une telle situation ?

Est-ce que cela l'avait rendu fou ?

Mais s'il avait été fou ou incorrigible, pourquoi l'aurait on mandé, lui, entre tous les millénos ? Après son voco, ses fraas et soors auraient-ils chanté comme ils l'avaient fait – comme si on leur arrachait le cœur ?

« Je me pose de nombreuses questions.

– La meilleure façon d'obtenir des réponses, c'est de partir vers le nord. »

J'ouvris la bouche pour répéter mes objections, mais il leva la main et m'interrompit : « Je ferai tout ce qu'il me sera possible pour m'assurer que tu ne sois pas puni. »

Il était loin d'être évident que fraa Jad pût avoir un tel pouvoir dans une convoxe géante, mais je n'avais pas la force de caractère nécessaire pour le lui dire en face. Et, dès lors, je ne pus que me résoudre à conclure : « Très bien. Après le pique-nique, je partirai vers le nord. Même si je ne comprends toujours pas ce que cela signifie.

– Alors poursuis ta route vers le nord jusqu'à ce que tu le comprennes », dit fraa Jad.

SEPTIÈME PARTIE

LE FÉRAL

Réticule : 1. En proto-, haut- et moyen-tærran, petit sac ou panier au tissage croisé et net. 2. En tærran praxique primitif, grille croisée ou non utilisée sur un appareil optique. 3. En tærran praxique tardif et novo-tærran, deux appareils syntactiques – ou plus – capables de communiquer.

Réticulum : 1. Réticule formé par l'interconnexion de deux ou plusieurs réticules. 2. Le plus grand des réticules, reliant entre eux la majorité des réticules de la planète. Parfois abrégé en *Ret.*

LE DICTIONNAIRE, 4ᵉ édition, 3000 apr. R.

Il était inutile d'essayer de convaincre Cord de ne pas venir avec moi. Nous nous contentâmes donc de monter dans son vachéché et de partir dès que le pique-nique fut terminé. Nous dûmes revenir de douze lieues sur nos pas pour trouver une route orientée au nord qui ne bifurquerait pas avant les montagnes. Dans la première ville que nous rencontrâmes, j'épuisai ma carte de paiement en achetant du carburant, des vivres et des vêtements chauds. Puis j'épuisai celle de fraa Jad.

Pendant que nous chargions nos provisions dans le vachéché, Ganélial Craide s'arrêta à notre hauteur. Sammanne était assis à côté de lui. Tous deux souriaient, ce qui était nouveau. Ils n'eurent pas à nous annoncer qu'ils venaient avec nous, et nous n'eûmes pas à en discuter. Ils s'employèrent à acheter les mêmes choses que nous. Craide avait une boîte de munitions pleine de pièces de monnaie, et Sammanne des données dans son brelot qui fonctionnaient comme de l'argent ; j'eus le sentiment qu'ils avaient tous les deux obtenu des fonds de leurs communautés respectives. Je n'étais pas heureux de revoir Craide. S'il avait effectivement reçu de l'argent des habitants de Samble pour cette expédition, cela soulevait toutes sortes de questions quant à ses (réelles) intentions.

Craide ayant réinstallé le tricycle à l'arrière de son vachéché, il ne lui restait plus beaucoup de place ; presque tout ce qui était encombrant finit dans le vachéché de Cord. Nous n'avions aucune idée de notre destination ni de ce à quoi nous devions nous attendre, mais nous semblions tous nous en être fait à peu près la même idée : Orolo était parti dans la montagne pour une bonne raison. Il y ferait froid, et nous aurions peut-être besoin de camper, alors nous avions pris des sacs de couchage d'hiver, des tentes, des réchauds, et du carburant. Sammanne pensait connaître un moyen de retrouver Orolo, et Craide prévoyait de se renseigner auprès de ses coreligionnaires à mesure de notre progression.

Nous remontâmes dans nos véhicules et partîmes vers le nord. Il nous faudrait deux heures pour atteindre les contreforts, où Craide connaissait des endroits pour bivouaquer. Il ouvrait la voie. Il se sentait obligé de le faire, et j'étais las de m'y opposer. Cord était heureuse de le suivre. Craide, assis aux commandes, raide, et Sammanne, penché sur l'écran lumineux de son super-brelot, nous donnaient l'impression de vouloir se charger de tous les détails. J'eusse été fort mal à l'aise de devoir suivre n'importe lequel des deux, mais ensemble, ils ne s'entendraient jamais sur rien, alors cela me paraissait raisonnable.

Je regrettais d'avoir dû me séparer de gens comme Arsibalt et Lio, avec lesquels je pouvais parler de beaucoup de choses. Mais lorsque nous eûmes viré vers le nord et pris le chemin des montagnes, mes regrets s'évanouirent, et firent place au soulagement. Il m'avait été révélé tant de choses ces dernières vingt-quatre heures – non seulement sur le vaisseau des cousins, mais plus encore sur le monde dans lequel j'avais vécu dix ans et demi – qu'il m'était impossible de tout assimiler en une seule fois. Pour citer un unique exemple, les auvents de chaume au-dessus des cylindres de déchets nucléaires eussent nécessité à eux seuls, si j'en avais appris l'existence à la concente, un certain temps d'ajustement. J'étais beaucoup plus à l'aise assis à côté de ma jermène, à regarder à travers le pare-brise, avec pour seule responsabilité de retrouver un fraa sauvage dans le désert. La nuit précédente, je m'étais adapté à un certain nombre de nouveaux faits étranges, simplement en dormant. Une technique similaire pourrait fonctionner maintenant : en faisant quelque chose de complètement différent durant quelques jours, j'en obtiendrais peut-être une meilleure compréhension qu'en m'agenouillant dans une cellule pour me concentrer, ou en en débattant longuement dans une salle de craie.

Et même si rien ne se passait ainsi, tant pis. J'avais juste besoin de faire une pause.

Cord passait beaucoup de temps à parler à Rosk au brelot. Ils s'étaient embrassés en se séparant, sur le pré communal de Samble. Il devait rentrer pour son travail. Maintenant, ils avaient des petits détails à régler. Ils ne se contentèrent pas d'une longue conversation brelotique, ils s'appelèrent et se rappelèrent une dizaine de fois. Cela me tapa sur les nerfs, et je me mis à espérer que nous allions entrer dans une zone perdue où sa connexion ne fonctionnerait plus. Mais, après un temps, je finis par m'y habituer, et commençai à m'interroger : si Rosk et Cord avaient besoin de communiquer autant pour organiser une séparation de quelques jours, qu'est-ce que cela impliquait pour Ala et moi ? Je ne cessais de revoir l'expression mortifiée de Tulia lorsque nous étions partis dans l'après-midi de la veille. Elle avait encore dû penser que je me montrais cruel avec Ala, cela paraissait évident.

« Existe-t-il actuellement un mécanisme fonctionnel qui permet d'envoyer des lettres ? demandai-je à Cord durant une pause entre deux appels avec Rosk.

– D'ici, cela ne va pas être simple, mais la réponse est oui », me dit-elle. Puis elle afficha un sourire radieux. « Tu veux écrire à une fille, Raz ? »

Comme je ne lui avais jamais parlé d'Ala et que j'avais posé ma question de façon totalement neutre, je fus choqué – puis irrité – qu'elle eût deviné aussi aisément. Elle jubilait encore devant mon air lorsque son brelot gazouilla, ce qui me donna quelques minutes pour retrouver une contenance.

« Parle-moi d'elle, me demanda Cord dès qu'elle eut terminé.

– Ala. Tu l'as rencontrée. C'était celle…

– Je me souviens d'Ala. Elle m'a bien plu !

– Vraiment ? Cela ne m'a pas sauté aux yeux.

– Non, ni bien d'autres choses, d'ailleurs », répliqua-t-elle, d'un ton si badin et innocent que je manquai laisser passer.

Je m'efforçai à demeurer muet et digne une bonne minute. « Elle et moi, nous nous sommes détestés presque toute notre vie, lui racontai-je. Tout particulièrement ces derniers temps. Puis il s'est passé quelque chose. Cela a été plutôt soudain. Mais merveilleux, en tout cas. »

Cord tourna la tête pour me faire un grand sourire, et faillit quitter la route.

« Le lendemain, elle a été mandée. Nous ne savions pas

encore que cela allait devenir une convoxe, donc pour nous, c'était comme si elle était morte à cet instant-là. Évidemment, cela m'a beaucoup affecté. Alors je l'ai en quelque sorte chassée de mon esprit en me concentrant sur mon travail. Puis, quand j'ai été mandé hier – on dirait que cela fait dix ans –, il m'est apparu que je pouvais la revoir. Mais quelques heures plus tard, j'ai décidé de faire ce petit détour – qui vient de devenir un plus grand détour. En fait, je suis techniquement un féral maintenant, alors je ne la reverrai peut-être jamais, à cause de la façon dont j'ai laissé fraa Jad me manipuler. Donc, on peut dire que les choses sont compliquées. Difficile de savoir combien de temps j'aurais à passer au brelot avec elle, si on devait régler tout cela. »

Cord prit un nouvel appel de Rosk, et le temps qu'ils eussent terminé, j'étais prêt à poursuivre : « Note bien, il ne s'agit pas juste de me plaindre de mon cas particulier. Tout est compliqué. Il s'agit du plus grand bouleversement depuis le troisième Sac. Il se passe tellement de choses bizarres – on dirait presque que la Discipline n'est plus qu'une mascarade.

– Mais ton mode de vie ne se résume pas à une série de règles, répliqua Cord. Il se conforme à ce que tu es – et tu suis cette voie pour des raisons bien autres. Tant que tu resteras fidèle à cela, la confusion dont tu parles finira par disparaître d'elle-même. »

Cela m'eût parfaitement convenu, excepté pour un détail : cela ressemblait fort à la mentalité que reprochaient aux Édhariens les gens qui croyaient en cette histoire de Lignage dont Criscan nous avait parlé. Instinctivement, je choisis de ne rien dire.

Puis Cord referma son piège sur moi : « Et de la même façon, tu peux devenir fou à essayer de régler tous les tenants et les aboutissants de ta relation avec Ala ; par contre, si tu lui envoies une lettre – ce qui est une excellente idée –, mets tout cela de côté. Oublie.

– *Oublie ?*

– Oui. Dis-lui juste ce que tu ressens.

– J'ai l'impression d'être transbahuté dans tous les sens. Voilà ce que je ressens. Tu veux que je le lui dise ?

– Non, non, non. Dis-lui ce que tu ressens *pour elle.* »

Mon regard descendit vers son brelot, posé sur le siège entre nous et pour une fois silencieux. « Tu es sûre que tu n'as pas reçu d'appels de Tulia, là-dessus ? Parce que j'ai l'impression que vous avez votre propre réticule privé. Comme…

– Comme les tics ? »

C'eût paru insultant dans ma bouche, mais là, elle trouva cela hilarant.

Nous levâmes les yeux vers la nuque de Sammanne qui se découpait dans la lumière de l'écran de son brelot.

« C'est bien le cas, répondit-elle. Nous sommes les tics filles, et si vous ne nous obéissez pas, nous vous ferons les leçons ! »

Cord avait un bloc-notes qui lui servait de carnet d'entretien pour son vachéché, alors je commençai ma lettre à Ala sur une page blanche. Cela se passa aussi mal que possible. J'arrachai la page et recommençai. Je n'arrivais pas à m'habituer à la façon dont le stylo jetable en poly foirait son encre pâteuse sur le papier industriel lisse et lustré. J'arrachai la page et recommençai.

Je dus m'interrompre pendant la quatrième mouture, parce que Ganélial Craide nous avait entraînés hors de la route, sur un chemin de terre mieux adapté à son vachéché qu'à celui de Cord. Les premières pentes basses des montagnes qui nous faisaient face étaient couvertes de plantations d'arbres-à-carburant, et sillonnées de chemins de terre comme le nôtre, assidûment fréquentés par des martels de transport de bois rond, poussiéreux et dangereux pour nous. Nous passâmes une demi-heure fort déplaisante à traverser cette zone. Puis nous atteignîmes une altitude où la période de croissance était trop courte et la pente trop raide pour cette industrie – ou n'importe quelle autre activité économique, d'ailleurs, à l'exception des loisirs.

Ganélial Craide nous mena jusqu'à un magnifique emplacement pour camper, au bord d'un petit lac, dans les collines. Les gens venaient ici en automne pour la chasse, nous expliqua-t-il, mais il n'y avait personne ce jour-là. Tout notre équipement était neuf, et nous dûmes tout sortir des emballages et nous débarrasser de tous les modes d'emploi et enveloppes et étiquettes avant de pouvoir en faire quoi que ce fût. Nous fîmes un feu de tous les rebuts, que nous alimentâmes avec du bois mort. Tandis que le soleil baissait, ce feu devint un tapis de braises, sur lequel nous fîmes cuire des chizburgs. Cord alla se coucher dans son vachéché, tandis que les trois hommes se partageraient une tente. Je restai dehors un peu plus longtemps, et achevai ma lettre à Ala à la lueur du feu. Ce qui s'avéra productif : la septième version était courte, et simple. Je m'étais simplement demandé tout du long : Si le destin faisait que nous ne nous revoyions plus jamais, qu'aurais-je besoin de lui dire ?

La journée du lendemain débuta de façon fort rafraîchissante : aucun événement capital, aucun nouveau venu ni révélation extraordinaire. Nous émergeâmes lentement dans le froid, allumâmes le réchaud, fîmes chauffer des rations, et nous préparâmes à repartir. Craide était heureux. Cela paraissait contre nature, mais en cet endroit et en cet instant, il rayonnait, occupé qu'il était à nous expliquer la meilleure façon de replier nos sacs de couchage, ou à manipuler le réchaud comme s'il se fût agi d'un réacteur nucléaire. Il devenait facile à vivre, quand il avait quelque chose à faire de son énergie. En y réfléchissant, j'en conclus qu'il était trop intelligent pour son environnement, et qu'il lui avait manqué l'occasion de devenir avôt. S'il était né parmi les pécos, il aurait fini dans une concente. En lieu de quoi il avait atterri au milieu d'une secte qui avait trop l'usage de ses capacités pour le laisser partir. Là-bas, son cerveau tournait à vide, et à toujours être la personne la plus intelligente à vingt lieues à la ronde, il ne savait plus comment se comporter avec d'autres gens intelligents.

Sammanne était complètement hors de son élément – il arrivait à peine à capter quoi que ce fût avec son brelot –, mais il se débrouillait néanmoins, comme si les souffrances indicibles faisaient partie du lot des tics. Il possédait un sac qui était pour lui ce que la veste de Cord était pour elle, et il ne cessait d'en tirer des outils utiles et des gadgets. Telle était du moins mon impression, puisque je n'avais pas l'habitude de posséder des choses.

Cord était songeuse, sauf quand je la regardais, auquel cas elle devenait bougonne. Je trouvais le temps long. Lorsque nous reprîmes enfin la route, je crus qu'il était aux environs de midi. Mais selon la pendulette du vachéché, trois heures nous séparaient encore de midi.

Nous nous enfonçâmes plus haut dans les montagnes. Tout cela était nouveau, pour moi. N'importe quel voyage l'eût été du reste. Lorsque j'étais enfant, avant d'être recouvré, je n'avais quitté la ville qu'à quelques occasions, pour des déplacements que mes aînés faisaient chez des amis ou de la famille des environs. Une fois à la concente, évidemment, je n'avais plus voyagé du tout. Et je ne l'avais pas regretté. Car j'ignorais ce qu'il y avait à regretter. Là, dans ces montagnes et ces collines, à voir ces immenses paysages naturels faits de forêts, de prés vert pâle, d'anciennes routes forestières, de forteresses abandonnées, de cabanes décrépites et de palais effondrés, je commençais à les considérer comme des endroits où je pourrais aller, si j'avais le temps de m'arrêter pour me promener. En ce sens, ces étendues différaient totalement de la concente, dont chaque allée était arpentée depuis des millénaires, et où descendre dans les sous-sols de la Dotation Shuf paraissait intrépide. Cela me poussa à me demander où mon esprit allait pouvoir se risquer et où les événements allaient m'emmener, maintenant que les circonstances m'avaient forcé à quitter la concente et à m'aventurer dans de tels endroits.

Cord changea de musique. La variété qu'elle avait passée ces derniers jours paraissait intempestive, dans ce contexte. Les mélodies douces ne supportaient pas la comparaison avec ce que nous voyions à travers les vitres, et les airs tonitruants juraient plus encore. Mais elle possédait un enregistrement de la musique de la concente, que nous vendions sur le marché du portail de jour avec notre miel et notre hydromel. Elle passa quelques morceaux au hasard, en commençant par un lamento pour le troisième Sac. Pour Cord, il s'agissait juste du titre numéro 37. Pour moi, c'était probablement le plus puissant de nos morceaux. Nous ne le chantions qu'une fois par an, à la fin d'une semaine de jeûne consacrée à l'énumération des noms des victimes et des titres des livres brûlés. En un sens, il était tout à fait approprié : si les cousins étaient hostiles, ils risquaient de mettre la planète à sac.

Au détour d'un virage, nous découvrîmes un mur de pierre pourpre qui serpentait jusqu'à disparaître au loin dans les nuages qui nous surplombaient de quatre cents toises. Il devait être là depuis un million d'années. À regarder cela tout en écoutant le lamento, je ressentis ce que je ne peux décrire que comme du patriotisme pour ma planète. Jusqu'à cet instant dans l'Histoire, il n'y avait jamais eu besoin d'un tel sentiment, parce qu'il n'y avait jamais rien eu à l'extérieur d'Arbre, à l'exception de points de lumière dans le ciel. Maintenant, tout avait changé, et au lieu de me considérer comme un membre de l'équipe du proveneur, ou de la math décénarienne, ou de l'ordre des Édhariens, je me sentais comme un citoyen du monde, et j'étais fier de faire ma petite part pour le protéger. Être un féral me convenait bien.

Les casinos et les visues n'étaient pas les seules expériences nouvelles que l'on faisait en sortant extra-muros. Même si l'on voyageait seul et que l'on s'en tenait uniquement aux régions sauvages – même si l'on ne voyait jamais un centre commercial ni n'entendait un mot d'ouaïl –, on accumulait des informations non sur le monde sæculier, mais sur le monde qui l'avait précédé, le terreau dont avaient émergé les cultures et les civilisations, et auquel elles étaient retournées. La source du monde sæculier, mais aussi du monde mathique. Le point où, sept mille ans plus tôt, ils avaient divergé.

Mère des mers : Étendue d'eau salée relativement petite mais complexe, reliée aux grands océans d'Arbre en trois endroits par des détroits, et généralement considérée comme le berceau de la civilisation classique.

LE DICTIONNAIRE, 4e édition, 3000 apr. R.

Nous franchîmes la crête du défilé, et redescendîmes vers une petite ville, Norslof. Cela me prit par surprise. J'avais vu la cartablette, mais dans la carte du monde fantasmée que j'avais dans la tête, les montagnes allaient beaucoup plus loin que cela.

Nous n'avions pas trouvé Orolo, mais nous nous étions tout de même intéressés à la région. En chemin, nous avions noté plusieurs endroits par lesquels il avait pu passer. Le plus prometteur, à mes yeux, était une minuscule math loqueteuse contruite sur une tour de guet installée là à l'origine pour détecter les feux de forêt. Elle se trouvait à des lieues à l'écart de la route, et mille pieds plus haut. Nous l'avions remarquée peu de temps après avoir franchi la crête. Une concente de taille normale n'eût jamais accepté la présence de quelqu'un comme Orolo, mais une math aussi reculée pouvait accueillir un voyageur qui parlait tærran et apporterait peut-être quelques idées neuves.

Nous nous arrêtâmes dans une grande station de ravitaillement pour martels, à plusieurs lieues du centre commercial de Norslof. Il était possible d'y louer des chambres, et permis de dormir dans son véhicule. Je m'étais dit que nous pourrions nous en servir de base pour retourner dans les montagnes chercher Orolo. Je changeai d'avis lorsque nous entrâmes dans le restaurant, embué et imprégné d'odeurs de charcuteries, et que tous les opérateurs de martels longue distance se tournèrent pour nous dévisager. Il était évident qu'ils n'avaient pas beaucoup de clients tels que nous, et que cela leur convenait parfaitement. C'était peut-être dû en partie au fait que nous étions un groupe de quatre dans une salle de solitaires. Mais même si nous étions venus un par un, nous aurions eu droit aux mêmes regards. Sammanne était habillé de vêtements extra-muros normaux, mais sa longue barbe et ses cheveux longs n'étaient pas dans la norme, outre que la structure osseuse de son visage le marquait ethniquement. Les hommes dans la salle ne l'eussent peut-être pas reconnu comme un tic – à supposer qu'ils sussent même ce qu'était un tic –, mais ils pouvaient voir que ce n'était pas l'un d'entre eux. Cord ne s'habillait pas et ne se mouvait pas comme leurs femmes. Le répertoire de ses expressions faciales et de sa gestuelle était en quelque sorte distinct du leur. Ganélial, étant un extra, aurait dû se fondre dans le paysage ; comme il appartenait à une communauté religieuse qui faisait tout son possible pour préserver son isolement de la culture de base, il le proclamait tout autant dans la façon dont il se tenait que dans les regards qu'il adressait aux autres. Quant à moi, je n'avais aucune idée de ce à quoi je ressemblais. Depuis que j'avais quitté la concente, j'avais passé la plus grande partie du temps en compagnie d'extras qui savaient que j'étais un avôt en pérégrination. Là, j'essayais de passer pour ce que je n'étais pas, et mon échec en la matière semblait aussi sûr que total.

Nous eussions encore plus attiré l'attention s'il n'y avait pas eu autant de visueurs dans la salle. Ils étaient accrochés aux murs, tournés vers les tables. Tous passaient les mêmes trans au même moment. À notre arrivée, ils montraient une maison en feu, de nuit. Les secours s'affairaient tout autour. Un gros plan montra une femme à l'étage, se penchant par une fenêtre qui crachait une fumée noire. Elle avait une serviette autour du visage. Elle lança un bébé. Je continuai de regarder pour voir ce qu'il se passait ensuite, mais le visueur revint alors en arrière et remontra deux fois de suite le lancement du bébé au ralenti. Puis cette scène fut remplacée par des images d'un joueur marquant de façon magistrale. Mais on le montrait ensuite se cassant la jambe, un peu plus tard au cours du même match. Ce fut également répété au ralenti et à plusieurs reprises, pour bien montrer la jambe qui se tordait avant de casser. Le temps que l'on s'assît à une table dans un coin, les visueurs montraient l'arrestation par la police d'un homme extraordinairement beau et élégamment vêtu. Mes compagnons jetaient un coup d'œil vers les images de temps en temps, puis détournaient la tête. Ils semblaient avoir développé une forme d'immunité. Moi, je n'arrivais pas à m'en détacher, alors je m'installai dans une position qui ne faisait face à aucun visueur. Néanmoins, chaque fois que la trans changeait de plan, mes yeux s'empressaient d'y revenir. J'étais comme un singe dans un arbre, à me concentrer sur ce qui bougeait le plus vite dans mon environnement.

Nous commandâmes à manger, et parlâmes doucement. La salle, qui s'était tue à notre arrivée, se dégela peu à peu et retrouva le murmure normal de ses conversations. Il me vint à l'esprit que nous n'aurions pas dû choisir un coin, parce que cela rendait toute sortie immédiate impossible, en cas de problème.

Lio me manquait terriblement. Il aurait estimé les menaces, si nécessaire, et aurait réfléchi à la façon de les contrer. Avec la possibilité de se tromper du tout au tout, comme avec Estémard et son pistolet. Mais au moins, il s'en serait chargé, me laissant me préoccuper d'autres sujets.

Prenons l'exemple de Sammanne. Lorsqu'il nous avait rejoints, j'en avais été heureux, parce qu'il savait faire tant de choses dont j'ignorais tout. Et tout cela était très bien quand nous étions quatre à camper au bord d'un lac. Mais maintenant que nous nous étions profondément enfoncés dans le monde sæculier, je repensais à l'antique tabou interdisant tout contact entre les avôts et les tics, que nous n'aurions pas pu briser de façon plus flagrante. Ces gens avaient-ils connaissance de ce tabou ? Et si oui, comprenaient-ils pourquoi il avait été instauré ? Étions-nous, en d'autres termes, en train de faire remonter des souvenirs et de ranimer des craintes anciennes ? Leur police nous protégerait-elle d'une foule hystérique, ou s'y joindrait-elle ?

Ganélial Craide commença à contacter ses coreligionnaires locaux par l'entremise de son brelot. Cela devint vite désagréable, et lorsqu'il remarqua que nous le dévisagions tous, il alla s'asseoir à une autre table. Je demandai à Sammanne s'il pouvait obtenir des informations sur la math-tour de guet, et il se mit à consulter sur son brelot des cartes et des photos satellites qui étaient bien meilleures que celles en mémoire sur la cartablette. J'avais rarement vu quoi que ce fût de comparable à ces images, qui devaient ressembler à ce que les cousins pouvaient voir d'Arbre depuis leur vaisseau. Cela répondit à une question qui me trottait dans le crâne depuis le matin de la veille. « Eh, je crois qu'Orolo regardait des images de ce genre. Il en avait affiché quelques-unes sur les murs de sa chambre.

– Il est dommage que vous ne me l'ayez pas dit plus tôt », répondit courtoisement Sammanne.

J'eus l'impression, et ce n'était pas la première fois, que nous, les avôts, étions des enfants, et que les tics, loin d'être une caste inféodée, étaient nos précepteurs. J'étais sur le point de m'excuser, quand je sentis que, si je commençais, je ne serais plus capable de m'arrêter. Je réussis, je ne sais comment, à maîtriser mon embarras avant qu'il n'atteignît le stade de la boue chaude sur le sommet du crâne.

(Sur les visueurs : un vieil immeuble démoli à l'aide d'explosifs ; des gens en liesse.)

« D'accord. Eh bien, maintenant que vous en parlez, fraa Jad a insisté pour que je les emporte », dis-je en tirant de la poche de ma chemise les phototypes pliés du grand trou dans le sol.

Je les étalai sur la table. Trois têtes convergèrent pour se pencher dessus. Même Craide, qui faisait les cent pas en tyrannisant son brelot, s'interrompit pour jeter un coup d'œil. Mais rien qui ressemblât à une identification ne vint illuminer son regard. « On dirait une mine. Probablement dans la toundra, dit-il pour dire quelque chose.

– Le soleil l'éclaire presque du dessus, lui fis-je remarquer.

– Et alors ?

– Eh bien, la latitude ne peut pas être élevée. »

Maintenant, c'était au tour de Craide d'être embarrassé. Il se détourna et fit comme s'il était pris par sa conversation.

(Sur les visueurs : des phototypes d'un enfant kidnappé, des images floues de l'enfant emmené hors d'un casino par un homme coiffé d'un grand chapeau.)

« Je me demandais, dis-je à Sammanne, si vous pouviez, je ne sais pas, vous servir de votre brelot pour commencer à scanner la planète à la recherche de ce genre de caractéristiques. Je sais que cela reviendrait à chercher une aiguille dans une botte de foin, mais si l'on était méthodiques et que l'on se relayait assez longtemps… »

Sammanne répondit à ma suggestion d'une façon assez comparable à celle dont j'avais accueilli l'idée de Craide que cette chose était dans la toundra. Il tint son brelot au-dessus de l'image et prit un phototype du phototype. Puis il passa quelques secondes à interagir avec la machine. Enfin il me montra ce qui s'affichait sur son écran : une image différente du même trou dans le sol. Sauf que c'était une trans en direct, sur le réticulum.

« Vous l'avez trouvé, dis-je, parce que je voulais aller lentement et m'assurer que je comprenais bien ce qu'il se passait.

– Un programme syntactique disponible sur le réticulum l'a trouvé, me corrigea-t-il. Le trou se trouve très loin d'ici, sur une île de la Mère des mers.

– Pouvez-vous me dire le nom de cette île ?

– Ecba.

– *Ecba ?* m'exclamai-je.

– Y a-t-il un moyen de savoir de quoi il s'agit ? » demanda Cord.

Sammanne zooma, mais c'était presque inutile. Maintenant que je savais qu'il se trouvait sur Ecba, je n'envisageais plus que ce trou pût être une mine à ciel ouvert. C'était visiblement une excavation – la terre qui en avait été extraite s'empilait tout autour en monticules. Et une rampe descendait en spirale jusqu'au fond plat.

C'était trop ordonné, trop minutieux pour une mine. Le fond était plat et soigneusement quadrillé.

« C'est une fouille archéologique, dis-je. Très grande.

– Qu'y a-t-il à déterrer sur Ecba ?

– Je peux me renseigner à ce sujet, dit Sammanne, et il s'apprêta à le faire.

– Attendez ! Zoomez en arrière. Encore, encore », lui demandai-je.

L'excavation apparaissait maintenant comme une cicatrice pâle à plusieurs lieues au sud-sud-est d'une montagne solitaire massive qui émergeait d'une mer ridée. La neige tachetait les hauteurs de la montagne, dont il manquait le sommet : une caldeira.

« C'est Orithéna, dis-je.

– La montagne ? demanda Cord.

– Non, la fouille. Quelqu'un exhume le temple Orithéna ! Il a été enfoui par une éruption volcanique en – 2621.

– Qui ferait cela, et pourquoi ? » demanda Cord.

Sammanne rezooma dessus. Maintenant que je savais quoi chercher, je pus voir que la fouille était ceinte d'une muraille, percée en un endroit d'un portail. À l'intérieur, plusieurs structures avaient été érigées autour d'un espace rectangulaire – un cloître. Une tour se dressait sur l'une d'entre elles.

« C'est une math, dis-je. En y repensant, j'ai un jour entendu dire – probablement par Arsibalt – qu'un ordre était parti pour Ecba, et avait commencé à creuser, à la recherche du temple Orithéna. Mais je pensais qu'il s'agissait juste de quelques fraas excentriques munis de pelles et de brouettes.

– Je ne vois aucun équipement lourd sur le site, fit remarquer Craide. Quelques personnes avec des pelles pourraient creuser un tel trou en s'y consacrant assez longtemps. »

Cela m'irrita quelque peu, parce que c'eût dû me paraître évident ; après tout, notre mynstère avait été construit de la même façon. Mais Craide avait raison, et je ne pouvais qu'en convenir aussi vigoureusement que possible pour couper court à ses explications.

« C'est très intéressant, dit Sammanne, mais c'est probablement une impasse, en ce qui nous concerne.

– Je suis d'accord », dis-je.

Ecba se trouvait sur un autre continent – ou, pour être

précis, dans la Mère des mers, qui baignait quatre continents, de l'autre côté de la planète.

« Orolo n'est pas dans les montagnes, annonça Ganélial Craide en rempochant son brelot. Il est passé par ici et a poursuivi son chemin. »

(Sur les visueurs : le mariage d'un très beau couple.)

« Comment le savez-vous ? » demanda Sammanne.

J'en fus heureux. Craide était tellement sûr de lui que je ne supportais plus de l'affronter, même pour la plus simple des questions. Sammanne, par contre, semblait prendre un malin plaisir à le faire.

Craide réagit aussitôt : « Il a été déposé en ville par des habitants de Samble qui rentraient chez eux, et il a passé la nuit d'avant-hier à l'arrière du vachéché de mon cousin, à près d'une lieue d'ici.

– À l'arrière de son vachéché ? Votre cousin n'a pas un lit d'appoint ? demanda Sammanne.

– Yulassétar voyage beaucoup, répondit Craide. L'arrière de son vachéché est plus confortable que sa maison.

– Vous dites que c'était avant-hier ? repris-je. Je n'imaginais pas que la piste était aussi chaude !

– Elle refroidit d'heure en heure… Yulassétar l'a aidé à s'équiper hier matin, puis il a été pris par un martel qui partait vers le nord.

– S'équiper comment ? demanda Cord.

– Avec des vêtements chauds, répondit Craide. Les plus chauds qui soient. Yul s'y connaît là-dedans, c'est son métier. Je suis sûr que c'est pour cette raison qu'Orolo est venu spécifiquement le voir à Norslof.

– Mais pourquoi Orolo voudrait-il poursuivre vers le nord ? demandai-je. Il n'y a rien là-bas, non ? »

Sammanne tapota ma cartablette – qui avait un écran plus grand que son brelot –, fit un grand zoom arrière, et afficha le nord et l'est. « Il n'y a pratiquement que de la taïga, de la toundra et de la glace entre ici et le Pôle nord. Il y a encore des exploitations d'arbres-à-carburant sur les cent premières lieues. Au-delà, il n'y a plus rien, sinon quelques unités d'extraction minière. »

L'image de la cartablette semblait le contredire, parce qu'elle indiquait un réseau routier dense dont les routes se croisaient en des localités souvent entourées d'une rocade. Mais tous les noms étaient inscrits du marron pâle qui dénotait des vestiges.

(Sur les visueurs : le décollage spectaculaire d'une fusée depuis des marais équatoriaux.)

« Orolo va à Ecba ! proclama Cord.

– Qu'est-ce que vous racontez ? s'étonna Craide.

– Ecba n'est pas sur ce continent, dis-je, il faudrait y aller par les airs.

– Il va passer par le Pôle, expliqua-t-elle. Il se dirige vers le traînoport quatre-vingt-trois nord. »

Nous avions l'habitude de parler du pouvoir sæculier comme d'un élément unique et immuable dans le temps. Cela paraissait simpliste, voire insultant, à certains extras – même s'ils faisaient à peu près la même chose lorsqu'ils parlaient des pouvoirs en place. Nous savions évidemment qu'il s'agissait d'une simplification. Mais pour nous, c'était une approximation commode. Quel que fût l'empire, la république, l'autocratie, la papauté, l'anarchie ou le désert dépeuplé qui, selon les périodes, s'étendait au-delà de nos murailles, nous pouvions l'appeler ainsi, et faire certaines prédictions le concernant.

Le récit que vous lisez ne cherche pas à décrire en détail la façon dont le pouvoir sæculier était constitué à mon époque. Ces informations peuvent être obtenues n'importe où. Il pourrait même être intéressant de ne rien savoir de l'histoire du monde jusqu'aux Événements horrifiques ; mais si vous l'avez étudiée, tout ce qu'il s'est passé depuis ne vous apparaîtra que comme des réitérations, et tous les détails de la façon dont était organisé le pouvoir sæculier de mon époque ne vous rappelleront que ses antiques précurseurs, avec simplement moins de majesté et de clarté, parce que les anciens le faisant pour la première fois croyaient accomplir quelque chose.

Mais là, je dois m'arrêter sur l'un de ces détails. Le pouvoir sæculier, de mon temps, composait une fédération. Celle-ci se divisait en unités politiques qui correspondaient plus ou moins aux continents d'Arbre. On pouvait voyager librement à l'intérieur de chacune de ces unités, mais pour passer de l'une à l'autre, il fallait fournir des documents. Lesquels n'étaient pas difficiles à obtenir – sauf lorsque l'on était un avôt.

Depuis la Reconstitution, nous existions totalement en dehors du système juridique du pouvoir sæculier. Celui-ci ne disposait d'aucune donnée sur nous, n'exerçait aucune juridiction sur nous, n'avait aucune responsabilité envers nous ; il ne pouvait pas nous mobiliser dans ses armées, ni nous assujettir à l'impôt – pas même franchir nos portails en dehors des apertes. Pour les mêmes raisons, il ne nous offrait aucune assistance quelle qu'elle fût, sinon nous protéger des attaques directes des foules ou des armées, selon son bon vouloir. Nous ne recevions ni pension de retraite ni soins médicaux de la part du pouvoir sæculier, et encore moins des pièces d'identité.

Il est devenu évident durant la rédaction de ce récit qu'il pourrait un jour être lu par les habitants d'autres mondes. Alors il me faut signaler que nous considérions avoir dix continents, mais que les cousins, ou quiconque découvrirait Arbre depuis le ciel sans préjugé, n'en verraient que sept – et ils auraient raison. Nous en comptions dix parce que le décompte originel avait été fait par des explorateurs partis de la Mère des mers, et qui ne pouvaient qu'émettre des suppositions quant à ce qui se trouvait à plus de quelques jours de marche de ses rives circonvoluées. Il était arrivé plus d'une fois qu'on eût attribué des noms distincts à des terres délimitées par des détroits et des golfes, mais que des explorations plus méthodiques – et beaucoup plus tardives – eussent révélé qu'il s'agissait de lobes de la même grande masse géographique, pointant vers la Mère des mers depuis des directions différentes. Entre-temps, ces lieux avaient creusé leur sillon dans les mythes et l'Histoire sous leurs anciens noms, qui dès lors ne pouvaient pas davantage être extirpés de notre culture que l'on eût pu retirer l'un des blocs de pierre colossaux qui formaient les fondations du mynstère.

De la même façon, durant la Rééclosion, des terres découvertes de l'autre côté du monde par rapport à la Mère des mers avaient été cartographiées comme un nouveau continent. Néanmoins, des siècles plus tard, on avait déterminé que le nord de ce continent passait par-dessus le Pôle nord et redescendait vers le sud jusqu'à la Mère des mers. Ce n'était pas du tout un nouveau continent, mais au contraire une extension du continent le plus ancien et le mieux connu. Jusque-là personne ne s'en était jamais aperçu, parce que même les populations aborigènes capables de vivre dans des maisons de glace ne pouvaient s'aventurer très au-delà de quatre-vingts degrés de latitude. Pour prouver que l'ancien continent et le nouveau ne faisaient qu'un, il fallait aller jusqu'à quatre-vingt-dix degrés nord et redescendre de l'autre côté en dessous de quatre-vingts degrés. Cela n'avait été accompli que durant le dernier siècle précédant les Événements horrifiques, et n'avait rien changé à l'habitude des gens de considérer l'endroit où Cord, Sammanne, Ganélial Craide et moi nous trouvions actuellement comme un continent distinct de la masse que formaient les terres au nord de la Mère des mers. La calotte glaciaire séparant les deux de façon plus radicale que ne l'eût fait un océan, aucune personnc normale ne serait passée de l'un à l'autre par cette voie-là. On s'y rendait par les airs, ou par la mer.

Mais pour embarquer dans un aéroplane ou sur un navire, il fallait pouvoir présenter des documents administratifs. Orolo n'en avait pas, et n'avait aucune chance d'en obtenir. Alors il avait dû obéir à la logique, tirer profit du fait que les deux continents n'en faisaient qu'un. Cord avait été la première à assembler mentalement toutes les pièces. Non. Elle avait été la *seconde*. Le premier avait été fraa Jad.

« Les trains-traîneaux ! C'est comme un élément d'un conte pour enfants, pour moi ! dit Sammanne. Ils sont toujours en exploitation ?

– Ils ont disparu un temps, mais les lignes ont été rouvertes, confirma Craide. Comme le prix des métaux est remonté, les gens se sont remis à dépiauter les vestiges des régions polaires.

– On fabriquait des pièces pour les traînomotrices, dans la manufacture où je travaillais, dit Cord. Nous avions le plus grand atelier situé aussi haut au nord, alors ils nous confiaient le travail. Cela a constitué une source de revenus pour la manufacture pendant plus de mille ans. Il fallait fabriquer les pièces dans des alliages spéciaux capables de résister au froid. » Elle poursuivit dans cette veine une minute ou deux ; elle pouvait parler des alliages comme d'autres filles de chaussures.

Craide et Sammanne, fascinés dans un premier temps, ne tardèrent pas à se lasser de ces interminables explications.

De mon côté, je revoyais fraa Jad dans la cellule d'Orolo, la veille. Il n'avait pas pu matériellement passer plus de trente secondes à regarder ces phototypes avant de tout comprendre. Même si l'on était du genre à attribuer des pouvoirs quasi surnaturels aux millénariens, cela semblait un peu étrange. Il devait déjà savoir certaines choses.

« Cette excavation », dis-je en tapotant du doigt sur le phototype.

Tout le monde me regarda bizarrement. Je réalisai que je venais d'interrompre l'exposé de Cord sur les fameux alliages.

(Sur les visueurs : les victimes d'une hécatombe routière ; leurs épouses hystériques déchirant leurs vêtements et se roulant par terre.)

« Je vous parie ma dernière barre énergétique que si vous vérifiez, vous trouverez qu'elle remonte à six cent quatre-vingt-dix ans.

– Vous pensez qu'ils ont commencé à creuser ce trou en l'an 3000, dit Ganélial Craide. Pourquoi ? Vous aimez les chiffres ronds ? »

C'était l'une des très rares tentatives de Ganélial Craide de s'essayer à l'humour, alors l'étiquette requérait que j'en sourisse avant de répondre. « Je pense que fraa Jad était déjà au courant. Il l'a reconnue dès qu'il l'a vue. Donc, je suppose que cette fouille a été lancée durant la dernière convoxe millennale. La math millénarienne de Saunt-Édhar ayant envoyé des délégués à cette convoxe, ils ont dû en entendre parler, et rapporter la nouvelle – d'où le fait que fraa Jad savait. »

Sammanne, comme à son habitude, était prêt à jouer l'avocat du diable : « Je ne dis pas le contraire, mais même si vous avez raison, il me paraît étrange que fraa Jad ait pu voir au premier coup d'œil qu'il s'agissait d'un phototype de la fouille d'Orithéna. Ça aurait pu être n'importe quelle excavation. Il n'y a rien pour la relier à Ecba. »

Jusqu'alors, nous nous étions surtout concentrés sur le phototype qui montrait la fouille dans son ensemble. Les autres étaient des détails agrandis, qui n'avaient au départ pas grand sens. En les réexaminant, je pus percevoir le tracé d'anciennes fondations, la base de colonnes, des surfaces planes de sol carrelé. L'une d'elles portait ce symbole :

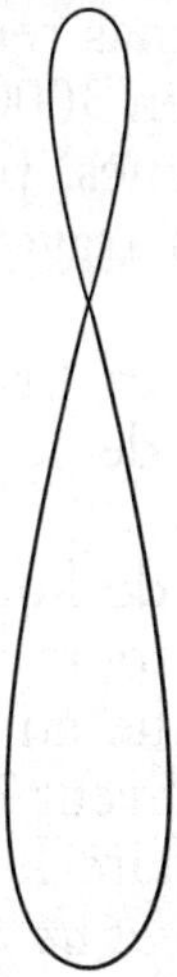

Je le leur indiquai. « C'est un analemme, dis-je. Le temple Orithéna était une grande camera obscura. Il y avait un petit trou dans le toit qui projetait une image du soleil sur le sol. Chaque jour, au fil des saisons, le rayon touchait le sol en un point différent, durant leur rituel de midi – qui est devenu notre proveneur. En une année, il dessinait cette forme sur le sol.

– Tu crois que fraa Jad a vu l'analemme sur ce phototype et qu'il s'est dit : *Ah ah ! Ce doit être le temple Orithéna* ? Cela me semble particulièrement rapide, dit Cord.

– Il a l'esprit très vif », rétorquai-je.

Ce n'était pas la plus courtoise des réponses ; Jesry m'eût mis en plan. Cord avait tout à fait raison de se montrer sceptique. Mais je ne voulais pas creuser davantage sur ce point. La vitesse à laquelle fraa Jad avait reconnu ce trou suggérait qu'il en savait beaucoup à son sujet – et que c'était probablement le cas des autres millénariens. Et je craignais que si nous tirions encore un peu sur ce fil, cela nous replongerait dans toutes ces histoires de Lignage.

« Tiens, comme c'est intéressant, dit Sammanne, les yeux

fixés sur son brelot. Érasmas remporte son pari : la fouille des phototypes a débuté en 3000 après la Reconstitution. » Il lut encore quelques lignes, puis releva la tête et sourit dans ma direction. « Les travaux ont été lancés par des édhariens !

– Génial, maugréai-je en brûlant d'envie d'attraper le brelot de Sammanne et de le jeter dans la cuvette des toilettes.

– Il s'agit d'un avatar de l'ordre de saunt Édhar. Mais beaucoup de fraas et de soors de maths édhariennes sont venus participer à la fouille au tout début.

– Combien d'avôts y vivent ? » demanda Cord.

Je pouvais l'imaginer faire le calcul de tête : *Si chaque avôt déplace vingt brouettées de terre par jour, et ce pendant six cent quatre-vingt-dix ans, quelle est la taille du trou ?*

« Il va me falloir un peu de temps pour dénicher cette information, répondit Sammanne en grimaçant. On ne trouve presque que des conneries sur ce sujet.

– Que voulez-vous dire par là ? » demanda Craide.

Nous le regardâmes tous, parce qu'il s'était instantanément mis sur la défensive.

Sammanne leva les yeux de son brelot et dévisagea Craide intensément. Il laissa s'écouler quelques instants, puis répondit d'une voix calme et posée : « Chacun peut publier ce qu'il veut sur n'importe quel sujet. En conséquence de quoi une très grande majorité de ce qui se trouve sur le réticulum est composée de conneries. Il faut filtrer. Les systèmes de filtrage sont anciens. Nous les améliorons, ainsi que leurs interfaces, depuis l'époque de la Reconstitution. Ils sont pour nous ce que le mynstère est pour fraa Érasmas et les siens. Lorsque je consulte un sujet donné, je ne vois pas seulement des informations sur ce sujet. Je vois des métadonnées qui me disent ce que le système a appris en recueillant ces informations. Si je recherche « analemme », le système de filtrage me dit que seules quelques sources ont fourni des informations là-dessus, pour la plupart tout à fait fiables – ce sont des avôts. Si je lance le nom d'une chanteuse de variété qui vient de rompre avec son petit ami, poursuivit Sammanne en indiquant d'un signe de tête une jeune femme en pleurs sur l'écran des visueurs, le système de filtrage me dit qu'une grande quantité de données a été publiée sur ce sujet récemment, avec un indice de fiabilité généralement fort médiocre. Et lorsque je recherche l'excavation du temple Orithéna sur l'île d'Ecba, le système de filtrage m'informe que des gens plus ou moins fiables publient lentement mais régulièrement sur ce sujet depuis sept siècles. »

Si cette explication avait eu pour objectif de calmer Craide, c'était raté : « Quel est pour vous l'exemple de quelqu'un de fiable ? Un fraa à l'étude dans une concente ?

– Oui, dit Sammanne.

– Et celui d'une source à la fiabilité douteuse ?

– Un adepte de la théorie du complot. Ou toute personne qui publie de longues divagations dont les seuls lecteurs sont des gens dans le même état d'esprit.

– Un déolâtre ?

– Cela dépend, répondit Sammanne, de ce sur quoi le déolâtre écrit.

– Et s'il écrit sur Ecba ? Sur Orithéna ? Sur le téglon ? demanda Craide en tapotant de l'index sur un phototype qui montrait le parvis décagonal du temple antique.

– Les filtres me disent que beaucoup de choses ont été publiées dans cette veine, dit Sammanne, comme vous semblez bien le savoir. Les trier est difficile. Lorsque je vois ce genre de schéma émerger, mon instinct me dit qu'il s'agit probablement en grande partie de conneries. C'est un jugement rapide et superficiel. Je peux me tromper, je m'excuse si le choix de mes termes vous a offensé.

– Vous êtes pardonné », lâcha Craide d'un ton bourru.

Après quelques instants d'un silence gêné, je repris la

parole : « Eh bien ! Tout cela était fascinant. C'est une bonne chose que nous l'ayons appris avant de perdre notre temps à explorer les montagnes. À l'évidence, la nature de mes recherches a changé. Aucun d'entre vous n'avait imaginé que cela impliquerait d'aller de l'autre côté de la planète. Donc vous allez tous vouloir faire demi-tour et repartir vers le sud. »

Ils se contentèrent tous de me dévisager, sans que leur expression laissât transparaître quoi que ce fût.

« Du moins, c'est ce que j'imagine, ajoutai-je.

– Cela ne change rien, dit Sammanne.

– Je ne vais pas abandonner mon jermin dans ce trou, dit Cord.

– Il va falloir deux véhicules, au cas où l'un tomberait en panne à cause du froid », dit Ganélial Craide.

Je ne pouvais nier la logique de son argument, mais je ne croyais pas un seul instant que ce fût la vraie raison qui le poussait à vouloir poursuivre. Pas après qu'il eut laissé échapper le mot « téglon ».

« D'ici au quatre-vingt-trois nord, il y a huit cents lieues à vol d'oiseau, dit Sammanne en manipulant son brelot. Près de mille par l'autoroute.

– Si Raz et vous apprenez à conduire pour que l'on puisse se relayer, on peut le faire en trois ou quatre jours, lui dit Craide.

– La route ne peut qu'empirer à mesure que l'on monte vers le nord, intervint Cord. Je dirais plutôt une semaine. » Craide s'apprêtait à la contredire, mais elle ajouta : « Et il va falloir modifier les véhicules. »

Alors nous nous installâmes sur le terrain derrière la station de ravitaillement et nous mîmes au travail. Lorsque les propriétaires eurent compris que nous n'étions que de passage et en route vers le Grand Nord, ils furent plus à l'aise avec nous, et tout s'en trouva facilité. Ils devaient se dire que nous n'étions qu'une bande de vagabonds de plus à partir dépouiller les vestiges, juste un peu mieux équipés et un peu plus en fonds que les autres.

Le lendemain, nous nous servîmes du vachéché de Cord pour aller acheter des pneus neufs pour celui de Craide. Puis de celui de Craide pour les pneus de Cord. Les nouveaux pneus étaient profondément rainurés, et hérissés de gros clous. Cord et Gnel (puisque Ganélial Craide insistait pour qu'on l'appelât ainsi dorénavant) travaillèrent ensemble sur quelque sorte de projet requérant beaucoup d'outils, et qui revenait à remplacer les lubrifiants et les liquides de refroidissement par des équivalents qui ne gèleraient pas. Ni Sammanne ni moi n'y connaissions grand-chose, alors nous restâmes alentour et tentâmes de nous montrer utiles. Sammanne se servit de son brelot pour étudier la route du Nord, lut les commentaires de voyageurs qui y étaient allés récemment.

« Eh, lui dis-je à un moment, je n'arrête pas de repenser à une trans que j'ai vue sur les visueurs, hier.

– Le bibliothécaire incendié ?

– Non.

– La coulée de boue sur l'école ?

– Non.

– Le garçon aux lésions cérébrales qui jouait avec des chiots ?

– Non.

– C'est bon, j'abandonne.

– La fusée qui décollait. »

Il me dévisagea. « Et ? Elle explosait ? Elle s'écrasait sur une école ?

– Non, justement. Elle ne faisait que décoller.

– Il y avait des célébrités à bord, ou…

– Rien qu'ils aient montré. Ils l'auraient montré, non ?

– Alors je me demande pourquoi ils en ont parlé. Il y a tout le temps des fusées qui décollent.

– En bien, je ne suis pas un spécialiste, mais elle m'a paru particulièrement grosse. »

Soudain Sammanne parut comprendre ce que je voulais dire. « Je vais voir ce que je peux trouver. »

Une femme un peu âgée, mais débordante d'énergie – l'une des coreligionnaires de Gnel –, arriva avec un gâteau qu'elle avait fait pour nous, puis entraîna Gnel dans une conversation interminable. Pendant qu'ils parlaient, un gros vachéché maculé de boue avec une cabane en bois à l'arrière fit une entrée tonitruante dans la station de ravitaillement, tourna deux fois autour de nous, et prit quatre places de stationnement. La dame au gâteau s'éloigna, l'air pincé. Un homme imposant avec une barbe descendit du vachéché à la cabane et s'avança vers Gnel les mains dans les poches, en regardant bizarrement alentour. Lorsqu'il fut devant Gnel, il sourit soudain et lui tendit la main. Après quelques instants d'hésitation, Gnel lui tendit la sienne et le laissa la serrer un temps. Ils n'échangèrent que quelques mots, puis le nouveau venu commença à tourner autour de nous, prenant mentalement note de nos préparatifs. Quelques minutes après, il alla déployer une sorte de comptoir pliant depuis le flanc de sa cabane sur roues, alluma son fourneau, et se mit à préparer des boissons chaudes à notre intention.

« C'est Yulassétar Craide, mon cousin, me dit Gnel pendant que nous le regardions ériger une petite cuisine, souffler sur la poussière des tasses, et nettoyer des casseroles avec un chiffon tiré de sa poche.

– Que s'est-il passé ? demandai-je.

– Qu'est-ce que vous voulez dire ? m'interrogea Gnel à son tour, perplexe.

– Il est évident à la façon dont cette dame et vous avez réagi qu'il y a quelque chose. Un problème entre vous.

– Yul est un héré..., commença Gnel, avant de se reprendre : Un apostat. »

Je voulus demander : *Et sinon, il est sympathique ?* mais préférai m'abstenir.

Yul ne fit aucun effort pour venir se présenter, mais lorsque je m'approchai, il se tourna vers moi avec un grand sourire et me serra la main, avant de revenir à sa tâche. « Tendez les bras », me dit-il. Je m'exécutai, et il me plaça un plateau dans les mains, sur lequel il posa des tasses remplies d'un liquide chaud. « Pour vos amis », ajouta-t-il.

J'insistai néanmoins pour qu'il vînt avec moi. Après avoir donné une tasse à Gnel, nous allâmes voir Sammanne, et je les présentai. Puis je convainquis Cord de sortir de sous son vachéché. Elle se releva, se brossa, et serra la main de Yul. Ils se regardèrent bizarrement, ce qui me poussa à me demander si leurs chemins ne s'étaient pas déjà croisés auparavant. Mais ni l'un ni l'autre n'en dirent rien. Elle accepta sa tasse, puis ils se détournèrent l'un de l'autre avec une sorte d'embarras.

Yulassétar Craide m'emmena en ville, où j'avais plusieurs choses à faire. D'abord, j'allai poster ma lettre à Ala, aux bons soins de la concente Saunt-Trédégarh. La femme au bureau de poste me posa énormément de problèmes, parce que l'adresse n'était pas conforme. Les concentes n'avaient pas d'adresse pour la même raison que je n'avais pas de passeport. Quelle erreur de ne pas avoir confié un message à Lio ou à Arsibalt pendant le pique-nique à Samble. Ils auraient pu le faire passer directement à Ala. En lieu de quoi je devais poster cette lettre à la concente, où elle serait interceptée par les hiérarques qui, s'ils s'en tenaient à la Discipline, ne l'en informeraient qu'à sa prochaine aperte, dans plus de neuf ans. Je ne pouvais qu'imaginer ce qu'elle penserait alors de moi, en lisant ce document jauni écrit par un garçon qui n'avait pas vingt ans.

Nous allâmes ensuite nous procurer des fourreaux, c'est-à-dire de grosses combinaisons orange dont les jambes pouvaient être jointes par une fermeture à glissière pour en faire des sacs de couchage. Conçus pour les chasseurs et les prospecteurs du Grand Nord, ils étaient équipés d'une alimentation catalytique, et tant qu'il y avait du carburant dans la poche, ils disposaient d'une puissance modeste qu'ils transmettaient le long des bras et des jambes, jusqu'à des coussinets chauffants placés dans les semelles des bottes et dans les paumes des moufles. Les modèles neufs pouvaient être particulièrement onéreux, mais Yul avait aidé Orolo à s'équiper à bon compte, l'autre jour. Il savait où l'on pouvait en trouver d'occasion, et connaissait quelques trucs pour les rendre plus confortables.

Une fois cela réglé, nous partîmes à la recherche d'autres équipements et fournitures. Chaque fois que je suggérais d'aller dans une boutique spécialisée, Yul grimaçait et grommelait, puis il m'expliquait comment l'on pouvait faire mieux en se servant de choses achetées pour un dixième du prix dans les magasins d'articles ménagers et les épiceries. Il avait toujours raison, évidemment. Il était guide de métier, emmenait des vacanciers dans les montagnes. Pourtant, il ne paraissait pas avoir de clients pour le moment, puisqu'il passa la journée à me transporter et à m'aider à prévoir tout ce dont nous allions avoir besoin. Quand quelque chose n'était pas disponible, il me promettait de nous le fournir sur ses propres stocks.

Les déplacements prenaient un temps incroyable. La circulation était toujours mauvaise, du moins pour ce que j'en savais. Mais je n'étais pas coutumier de la vie véhiculaire d'une cité. Lorsque le trafic s'arrêtait, les conducteurs et passagers des tomobiles alentour regardaient par les vitres le vachéché délabré de Yul. Les adultes détournaient rapidement le regard, mais les enfants adoraient le montrer du doigt et s'esclaffer. Et ils avaient des raisons de le faire : Yul et moi paraissions bien étranges en comparaison de ces gens qui se rendaient au travail ou à l'école.

Au début, Yul parut se sentir des obligations d'hôte

modèle. Pour me distraire pendant les encombrements, il me proposa de mettre de la musique d'un ton détaché, comme si la musique était une chose dont il avait entendu parler un jour. Ne rencontrant aucune objection, il se mit à manipuler les commandes de son système audio comme si elles s'en étaient détachées. Finalement, il le laissa en mode aléatoire. Plus tard, une fois qu'il se fut mis à parler, je l'éteignis discrètement, et il ne s'en aperçut pas.

Une partie de son travail, subodorais-je, était de mettre à l'aise des gens qu'il venait de rencontrer – ses clients –, et il faisait cela en racontant des histoires. Il y excellait. Je m'efforçai de le faire parler d'Orolo, mais il n'eut pas grand-chose à en dire. Orolo était peut-être très important pour moi, mais pour Yul, c'était un pied-tendre comme les autres, qui avait juste besoin de conseils pour voyager dans des conditions extrêmes. Cela, par contre, nous amena à parler des expéditions polaires, un sujet qu'il connaissait très bien.

Plus tard, je lui demandai s'il avait toujours voyagé dans le Grand Nord ; il pouffa et dit que non, il avait été pendant des années guide de rivière dans une région au sud de Samble, sillonnée de profondes gorges de grès débordant de formations rocheuses spectaculaires. Il me raconta quelques bonnes histoires sur ses périples, mais au bout d'un moment, il parut mal à l'aise et cessa de parler. Raconter des histoires, semblait-il, était une bonne façon de détendre l'atmosphère et de passer le temps, mais ce dont il avait réellement besoin, c'était d'un projet dans lequel il pourrait mettre son énergie et son intelligence.

À un moment de la journée, il cessa d'employer le « vous » – « Vous allez avoir besoin d'un surplus de carburant, au cas où il faudrait faire fondre de la neige pour boire » – et se mit à parler de « nous » – « Nous devrions compter sur quelque chose comme quatre crevaisons ».

La maison de Yul était juste un entrepôt pour tout

ce qui ne tenait pas dans son vachéché : équipement de bivouac, pièces de moteur, bouteilles vides, armes, et livres. Ces derniers étaient rangés en piles qui m'arrivaient à la hanche. Il ne semblait pas posséder d'étagères. Il y avait beaucoup de fiction, mais aussi de nombreux traités de géologie. De grands phototypes étaient punaisés aux murs, des agrandissements de formations colorées de roches sédimentaires sculptées par l'eau et le vent. Dans sa cave, où nous allâmes chercher de quoi compléter notre équipement, se trouvaient des piles de pierres tabulaires – des plaques de grès – contenant des fossiles.

Lorsque nous eûmes trouvé tout ce dont nous pensions avoir besoin, et alors que nous étions pris dans un autre embouteillage sur le chemin du retour, je lui demandai : « Vous avez compris que le monde était considérablement âgé, n'est-ce pas ?

– Oui, répondit-il immédiatement. J'ai passé des années sur des radeaux à descendre cette rivière. Des années. Sur la totalité des parcours, il y a des rochers éparpillés sur les rives. Des rochers de la taille d'une maison, qui se sont détachés des parois des gorges, plus haut. Il suffit de regarder une de ces gorges pour savoir à quel point c'est courant.

– Vous voulez parler des éboulements ?

– Oui. C'est comme quand on roule sur une autoroute, et que l'on voit des traces sur la chaussée, comme celles-là là-bas : n'importe quel imbécile peut alors dire qu'il y a des dérapages. Si l'on voit *beaucoup* de ces marques, c'est que les dérapages sont *courants*. Si l'on voit beaucoup de rochers au fond des gorges, alors les éboulements sont courants. Donc, je m'attendais à en voir un. Chaque jour, je descendais la rivière sur mon radeau avec des clients, et pendant qu'ils dormaient, ou discutaient de tout et de rien, je gardais un œil sur les parois, en attendant de voir un rocher se détacher.

– Mais ce n'est jamais arrivé.
– Jamais. Pas une seule fois.
– Alors vous avez réalisé que l'échelle des temps devait être énorme.
– Oui. J'ai essayé de l'estimer, une fois. Je n'ai pas la théorique. Mais j'ai gardé un œil sur cette rivière pendant cinq ans, et pas un seul rocher n'est tombé pendant tout ce temps. Si Arbre n'avait eu que cinq mille ans – si tous les rochers étaient tombés pendant un laps de temps aussi court –, alors j'aurais dû voir quelques éboulements.
– Les gens de votre arche n'ont pas aimé ce que vous avez eu à dire à ce sujet, devinai-je.
– Il y a une raison, si je suis parti de Samble. »
Ce fut la fin de la conversation. Nous étions dans les encombrements de fin de journée, et nous roulâmes longtemps en silence. J'étais fasciné par les petits aperçus de la vie des gens que je captais à travers les vitres de leurs tomobiles. Voir à quel point la vie de Yul pouvait paraître différente des leurs me frappa.

La façon dont cet homme avait décidé de se joindre à notre équipée dans le Grand Nord m'était étrange. Cela ne relevait d'aucun processus rationnel : pas d'examen des données, pas de réflexion sur les autres options. Mais c'était ainsi que Yul avait vécu toute sa vie. Il n'avait pas, réalisai-je soudain, été invité par Gnel à venir nous rendre visite à la station de ravitaillement. Il était juste venu. Il faisait quelque chose de nouveau avec des gens nouveaux chaque jour de sa vic. Et cela le rendait tout aussi différent que moi des gens pris dans cet embouteillage.

Alors, en regardant avec fascination ces inconnus dans leurs tomobiles, j'essayais de m'imaginer à leur place. Des milliers d'années plus tôt, le travail avait été divisé en tâches quotidiennes normalisées, en organisations de préposés interchangeables. La vie des gens avait été réorganisée pour être sans histoire. Il ne pouvait en être autrement ; c'était ainsi que fonctionnait une économie productive. Mais il était aisé de voir une intention derrière cela : pas exactement une intention maléfique, mais égoïste. Ceux qui avaient conçu le système étaient jaloux – non pas des richesses ou des pouvoirs, mais des histoires. Si leurs employés rentraient chez eux à la fin de la journée avec des histoires intéressantes à raconter, cela signifiait que quelque chose s'était mal passé : une panne générale, une grève, une tuerie de masse. Les pouvoirs en place n'eussent pas supporté que les individus eussent leur propre histoire, hors les histoires mensongères fabriquées pour les motiver. Ceux qui ne pouvaient pas vivre sans histoire avaient été refoulés dans les concentes ou dans des emplois comme celui de Yul. Tous les autres devaient chercher en dehors de leur travail le sentiment qu'ils appartenaient à une histoire, ce qui était probablement la raison pour laquelle ils aimaient autant le sport et la religion. Quel autre moyen avaient-ils de connaître l'aventure ? Un événement avec un début, un milieu et une fin, et dans lequel ils jouaient un rôle significatif ? Nous y avions naturellement accès, parce que nous faisions partie de ce projet d'apprentissage constant. Même si cela n'avançait pas toujours assez vite pour des gens comme Jesry, cela avançait. Chaque avôt pouvait expliquer sa place et son rôle dans cette histoire. Yul parvenait au même résultat en vivant ses histoires au jour le jour, avec pour seul inconvénient que le monde considérait celles-ci comme quantité négligeable. C'était peut-être pour cela qu'il éprouvait un tel besoin de les raconter – non pas seulement ses exploits dans la nature sauvage, mais aussi ceux de ses mentors.

Nous atteignîmes enfin la station de ravitaillement. Yul déploya sa cuisine ambulante et commença à préparer le dîner. Il n'annonça pas formellement qu'il venait avec nous, mais c'était évident à la façon dont il parlait, si bien qu'après un temps, Gnel alla dans la station trouver un arrangement avec les propriétaires pour que Cord pût laisser son vachéché sur place quelques semaines. Tandis qu'elle en transférait le chargement dans le véhicule de Yul, celui-ci la regardait attentivement tout en cuisinant, et il se mit bientôt à déplorer, sur le ton de la plaisanterie, la foule de choses selon lui inutiles qu'elle entassait dans sa maison sur roues. Cord ne fut pas en reste pour répliquer sur le même ton. Au bout de soixante secondes, ils se renvoyaient des commentaires incroyablement acerbes. Ne pouvant davantage m'immiscer dans leurs railleries qu'entre deux personnes qui s'embrasseraient ou se battraient, je me décalai vers Sammanne.

« J'ai trouvé la visue de la fusée, me dit-il. Vous aviez raison, sur sa taille. C'est l'une des plus grosses que l'on envoie de nos jours.

– Rien d'autre ?

– La charge, répondit-il. Sa forme et sa taille correspondent à un véhicule que l'on emploie généralement pour emporter des gens dans l'espace.

– Combien de personnes ?

– Huit maximum.

– Eh bien, y a-t-il des informations sur qui est à bord, ou sur ce qu'ils veulent faire ?

– Non, dit Sammanne en agitant la tête. Sauf si l'on considère cette absence d'information comme une information.

– Qu'entendez-vous par là ?

– Selon les pouvoirs en place, le véhicule est inhabité. Il s'agit de tester un nouveau système, contrôlé par apsynte. »

Je le dévisageai.

Il sourit et leva les mains. « Je sais, je sais ! J'ai fait des requêtes sur divers réticules de ma connaissance. Nous aurons peut-être quelque chose dans quelques jours.

– Dans quelques jours, nous serons au Pôle nord.

– Dans quelques jours, rétorqua-t-il, ce sera peut-être le meilleur endroit où l'on puisse se trouver. »

Le lendemain matin, après un petit déjeuner copieux préparé par Yul et Cord, nous entamâmes notre voyage vers le nord. Le vachéché de Cord resta là. Notre caravane était constituée des véhicules de Yulassétar, qui contenait la plus grande partie du chargement, et de Ganélial, qui emportait son tricycle à l'arrière.

La première étape consista à descendre vers la plaine côtière, à virer à droite à l'approche de l'eau salée, puis à dessiner un long arc de cercle incliné à gauche en longeant un golfe de l'océan septentrional. À la pointe de ce golfe se trouvait ce qui avait été le plus grand port du monde pendant deux siècles du premier millénaire après la Reconstitution, lorsque les eaux ne gelaient pas de l'année. En raison de son emplacement, il était devenu plus tard le moins « extrême » de tous les vestiges, le plus facile à dépouiller. La plus grande partie de ses ouvrages – viaducs, digues et ponts – avaient été démantelés par des prospecteurs qui avaient extrait les barres d'armature noyées dans la pierre synthétique, et transféré le métal là où l'on en avait besoin. Des arbres immenses recouvraient les montagnes de décombres. La seule structure qui demeurait de cette ère était un pont suspendu, enjambant le fleuve qui se déversait dans l'embouchure du golfe ; il se dressait assez haut au-dessus du niveau de la mer pour que les glaces dérivantes résurgentes ne l'eussent pas broyé. À cette époque de l'année, il n'y avait pas de glace en vue, mais il était facile de repérer les stigmates qu'elle avait infligés le long des décombres des rives. Ce port vestige était maintenant un village de pêcheurs, et une halte pour les martels. Quelques centaines de personnes y vivaient, du moins en été. Lorsque nous l'eûmes laissé derrière nous et que nous nous fûmes enfoncés dans les terres en roulant plein nord, nous ne vîmes plus que quelques rares hameaux, puis presque plus rien lorsque nous commençâmes à gravir des collines boisées. Nous redescendîmes dans un paysage indéniablement différent : la taïga, une région trop sèche et trop froide pour que les arbres y atteignissent beaucoup plus que la hauteur d'un homme. Tout trafic avait quasiment disparu de l'autoroute. Nous roulâmes une heure durant sans croiser de véhicule. Finalement, nous nous arrêtâmes sur un escarpement rocheux près d'une rivière, garâmes les vachéchés là où ils ne pouvaient pas être vus depuis la route, et dormîmes dans nos fourreaux.

Le lendemain matin, le réchaud flambant neuf que nous avions acheté après avoir quitté Samble cessa de fonctionner. Si Yul ne nous avait pas rejoints, nous eussions passé le reste du voyage à manger des barres énergétiques froides. Yul, l'air discrètement triomphant, concocta un petit déjeuner tonitruant sur sa batterie de brûleurs industriels rugissants. À regarder son cousin faire, Gnel semblait fier, quoique exaspéré. Comme pour dire : *Regardez les gens bien que nous savons produire, lorsqu'ils cessent de croire en notre religion.*

Comme il n'y avait presque pas de trafic sur la route, Yul me donna une leçon de conduite pendant que Cord démontait le réchaud. Elle diagnostiqua un orifice bouché, imputable aux impuretés du carburant qui s'étaient précipitées sous l'action du froid pendant la nuit.

« Tu es contrarié », me fit-elle remarquer un peu plus tard.

Je réalisai que je m'étais coupé de la conversation. De sa discussion avec Yul je n'avais pas entendu un traître mot.

« Quel est le problème ?

– Je n'arrive pas à croire qu'à notre époque, nous puissions avoir un problème avec un carburant chimique, répondis-je.

– Désolée. Nous aurions dû acheter un produit de marque.

– Non, cela n'a rien à voir. Tu n'as pas à t'excuser. Je dis juste que ce réchaud est d'une praxis qui a quatre mille ans.

– C'est tout aussi vrai de ce vachéché, et de tout ce qu'il contient, répliqua-t-elle, perplexe.

– Eh ! » s'exclama Yul, faussement offusqué.

Cord pouffa, ouvrit de grands yeux, puis reporta son attention sur moi. « Tout sauf ta sphère, évidemment. Et donc ?

– J'imagine que, comme je vis dans un endroit à quasiment zéro praxis, ce genre de chose ne m'était jamais venu à l'esprit, dis-je. Mais là, je suis frappé par son absurdité. Il n'y a aucune raison de se contenter de ce genre de rogaton. Un réchaud avec un carburant chimique peu fiable et dangereux, et des orifices qui se bouchent, en quatre mille ans nous aurions pu fabriquer mieux.

– Est-ce que je serais capable de démonter ce genre de réchaud plus performant et de le réparer ?

– Tu n'en aurais pas besoin, parce qu'il ne tomberait pas en panne.

– Mais je veux savoir si je comprendrais un tel réchaud.

– Tu es du genre à pouvoir comprendre à peu près n'importe quoi si tu t'y attelles.

– Jolie flatterie, Raz, mais tu continues d'éluder la question.

– Très bien, je comprends ce que tu veux dire. Tu veux savoir si un individu moyen pourrait comprendre le fonctionnement d'une telle chose…

– Je ne sais pas ce qu'est un individu moyen. Mais regarde Yul. Il a construit son fourneau lui-même, n'est-ce pas, Yul ? »

Gêné que Cord eût soudain fait porter la conversation sur lui, l'intéressé détourna le regard mais hocha la tête. « Ouais. J'ai eu les brûleurs par des prospecteurs, et j'ai soudé le châssis.

– Et cela a fonctionné, dit Cord.
– Je sais, dis-je en me tapotant le ventre.
– Non ; je veux dire que le système a fonctionné ! insista Cord.
– Quel système ?
– Le… le…, bafouilla-t-elle d'exaspération.
– Le non-système, dit Yul. L'absence de système.
– Yul savait que les réchauds de ce genre n'étaient pas fiables, reprit Cord en indiquant le nôtre d'un signe de la tête. Il le savait probablement d'expérience.
– Des expériences bien amères, tu peux le dire ! s'exclama Yul.
– Il a croisé des prospecteurs qui avaient trouvé des brûleurs d'une qualité supérieure dans un vestige du nord. Il a dû les maîtriser, les adapter. Il a trouvé un moyen de les faire fonctionner. Il les rafistole probablement tout le temps depuis.
– Il m'a fallu deux ans rien que pour mettre mon réchaud en service, reconnut Yul.
– Et rien de tout cela n'aurait été possible avec une technologie que seul un avôt peut comprendre, conclut Cord.
– D'accord, d'accord », dis-je – et j'en restai là.
Poursuivre la discussion n'eût mené à rien. Nous, les théôs, qui nous étions retirés (ou, selon la cuisson de l'Histoire que vous préférez, qui avions été confinés) dans les maths lors de la Reconstitution, avions le pouvoir de transformer le monde réel par la praxis. Jusqu'à un certain point, les gens ordinaires aimaient les changements que nous apportions. Mais plus la praxis devenait subtile, moins les gens la comprenaient, et plus ils devenaient dépendants de nous – et cela ne leur plaisait pas du tout.

Cord consacra un long moment à raconter à Yul ce qu'elle savait des cousins, et tout ce qu'il s'était passé durant le voyage de Saunt-Édhar à Samble, puis à Norslof. Yul l'écouta calmement, ce qui m'irrita. J'avais envie de l'attraper par les épaules, de le secouer, et de lui faire comprendre que c'était un événement à la signification cosmique : la chose la plus importante qui fût jamais arrivée. Mais il écoutait Cord comme si elle lui eût raconté qu'elle avait crevé en allant à son travail. Peut-être qu'il était dans les habitudes des guides des grands espaces de feindre un calme surnaturel lorsqu'on leur annonçait des nouvelles graves.

Au moins, cela me fournit une ouverture pour reprendre la discussion sur le réchaud d'une façon qui n'irriterait pas Cord. Lorsque la conversation s'étiola, je tentai : « Je vois pourquoi tous les deux – ou n'importe qui d'autre – vous préféreriez un réchaud que vous pouvez démonter et comprendre. Et cela me convient tout à fait – en temps normal. Mais la période actuelle n'a rien de normal. Si les cousins se révèlent être hostiles, comment pourrons-nous les affronter ? Parce qu'on dirait qu'ils viennent d'un monde qui n'a rien connu d'équivalent à la Reconstitution.

– Une dictature des théôs, dit Yul.

– Cela ne mène pas forcément à la dictature ! Si vous pouviez voir comment les théôs se comportent en privé, vous sauriez qu'ils ne seraient jamais capables d'être à ce point organisés. »

Mais Cord était totalement d'accord avec Yul sur ce point. « À partir du moment où ils atteignent le stade de la construction de vaisseaux comme celui-ci, dit-elle, c'est une dictature de fait. Tu as dit toi-même que cela nécessiterait les ressources d'une planète entière. Comment crois-tu qu'ils ont obtenu ces ressources ? »

Dans la plupart des cas, Cord et moi voyions les choses de la même façon, et l'opposition extras-avôts n'avait pas d'importance pour nous, alors l'entendre parler ainsi me fâcha plus que je ne voulus le laisser paraître. Je me tus, pour un temps. Dans des voyages aussi longs, une heure ou deux heures sans conversation n'avait aucune espèce d'importance.

En outre, je percevais que tout avait changé entre Cord et moi depuis que Yul avait apparu. Ces deux-là interagissaient naturellement. Quoi qu'il se passât entre eux, je n'en faisais pas partie, et j'en étais jaloux.

Nous traversâmes une autre cité vestige, presque aussi dégarnie que celle de la veille, et presque aussi totalement éradiquée.

« La praxis des cousins n'a rien de tellement extraordinaire, dis-je. Nous n'avons rien vu sur ce vaisseau qui n'aurait pu être construit durant notre propre ère praxique. Ce qui laisse à penser que nous pourrions construire une arme capable de neutraliser leur engin. »

Cord sourit, et la tension disparut. « On dirait fraa Jad l'autre jour ! s'exclama-t-elle, pleine d'affection – pour moi.

– Oh, vraiment ? Qu'a dit l'ancien ? » demandai-je d'un ton qui se vidait de toute amertume.

Elle fit une assez bonne imitation de son bougonnement : « *Leurs systèmes électriques pourraient être saturés par une déflagration de champs électrodomofriteurs*. À quoi Lio a répondu : *Excusez-moi, fraa Jad, mais nous ne savons plus les fabriquer*. Jad : *C'est pourtant simple, il suffit de partir d'une batterie alternée d'inducteurs de champ quesacécoi !* Lio : *Désolé, fraa Jad, mais plus personne ne connaît cette théorique, et il faut trente ans d'études pour nous remettre à niveau*. Et ainsi de suite. »

Je m'esclaffai. Puis, en comptant les jours de tête, je réalisai une chose : « Ils devraient être en train d'arriver à Saunt-Trédégarh, en cet instant. Ils commencent probablement à parler de la façon de construire ces inducteurs de champ quesacécoi.

– J'espère bien !

– Le pouvoir sæculier détient certainement des tonnes d'informations sur les cousins, qu'ils nous ont cachées jusqu'ici. Peut-être qu'ils sont même allés là-haut *parler* avec les cousins. Je parierais qu'ils vont partager toutes ces données avec les fraas et soors de la convoxe. J'aimerais y être. Je suis las de ne pas comprendre ! En lieu de quoi j'aide fraa Jad à comprendre pourquoi un proscrit veut visiter une fouille archéologique vieille de sept siècles. » De dépit, je me mis à tapoter nerveusement sur le tableau de bord.

« Eh ! s'exclama Yul d'un air faussement outré, en se redressant pour feindre de me donner un coup de poing dans l'épaule.

– J'imagine que je suis parfaitement dans mon rôle de pion, poursuivis-je.

– Ta vision de ce que doit être la convoxe me paraît bien romantique, dit Cord. Bien trop optimiste. Tu te souviens du premier jour, à la manufacture, quand tu essayais de faire monter dix-sept personnes dans six véhicules ?

– Très clairement.

– Cette histoire de convoxe est probablement la même chose, en mille fois pire.

– Sauf s'il y a quelqu'un comme moi, là-bas. Vous devriez voir comment je fais monter dix-sept touristes sur quatre radeaux.

– Eh bien, Yul n'est pas à Trédégarh, dit Cord, alors tu ne rates rien. Détends-toi et profite du voyage.

– D'accord, répondis-je en riant un peu. Ta compréhension de la nature humaine est meilleure que la mienne.

– Alors pourquoi ne me comprend-elle pas ? » demanda Yul.

À mesure que le voyage se poursuivait, la plupart d'entre nous passaient régulièrement d'un véhicule à l'autre. À l'exception de Gnel, qui restait toujours dans son vachéché, même s'il laissait parfois Sammanne conduire. Le lendemain, alors que Cord et moi étions seuls pour deux-trois heures, elle me dit qu'elle sortait maintenant avec Yul.

« Ah, répondis-je, je suppose que cela explique pourquoi vous avez passé autant de temps à “ramasser du bois”. » L’idée n’était pas de faire le malin, juste de prendre exemple sur le genre de pique que tous les deux échangeaient si facilement.

Mais Cord parut gênée, et je réalisai que j’avais touché un point sensible.

« Maintenant que tu me le dis, me rattrapai-je, cela aurait dû me paraître évident. J’imagine que je ne l’ai pas vu venir parce que je pensais que tu sortais avec Rosk. »

Cord trouva cela ridicule. « Tu te souviens de toutes ces conversations que j’ai eues avec lui au brelot l’autre jour ?

– Oui.

– Eh bien, en fait, on était en train de rompre.

– Tu sais, Cord, je ne voudrais pas jouer les avôts pédants, mais je n’ai pas pu ne pas entendre la moitié de ces conversations, et je ne crois pas avoir perçu le moindre mot évoquant une quelconque rupture. »

Elle me regarda comme si j’avais perdu la raison.

« Tout ce que je veux dire, repris-je en levant les mains, c’est que je n’avais pas la moindre idée de ce qui était en train de se passer.

– Moi non plus, répliqua Cord.

– Tu crois… », commençai-je. J’avais failli dire : *Tu crois que Rosk est au courant ?* Mais je réalisai juste à temps que c’eût été suicidaire. De mon point de vue, il s’agissait d’une façon tout à fait suspecte de considérer des relations importantes, mais je me souvins de la façon dont les choses s’étaient passées entre Ala et moi, et me dis que je n’étais pas en position de critiquer ma jermènc à ce sujet.

Cord et moi avions étonnamment peu parlé de notre famille – ou, plus exactement, de la famille que j’avais partagée avec elle jusqu’à ce que je « parte pour l’horloge ». Mais le peu que j’en avais entendu m’avait laissé sidéré quant à l’ingéniosité dont les gens pouvaient faire preuve dès lors qu'il s'agissait de rendre fous ou malheureux les membres de leur famille, ou les inconnus avec lesquels ils se trouvaient projetés au sein d'une concente. Cord paraissait avoir emmagasiné sur ce sujet une foule de connaissances, d'expériences et beaucoup de cynisme. Je ne pouvais m'empêcher de penser qu'elle avait un jour baissé les bras, et décidé de consacrer le reste de sa vie à maîtriser des choses telles que des machines, qui pouvaient être comprises et améliorées. Rien d'étonnant à ce qu'elle détestât l'idée de machines qu'elle n'eût pas comprises. Ni qu'elle refusât de perdre du temps à essayer de comprendre des choses incompréhensibles, comme la raison pour laquelle elle était maintenant la petite amie de Yul.

Lorsque le climat était plus chaud, des civilisations étaient allées et venues au fil de deux millénaires sur ces espaces aplanis par la glace comme le limon dans la poêle d'un prospecteur, formant des étendues bâties qui avaient demeuré longtemps après que les gens étaient partis. À un instant quelconque de ces deux millénaires, un milliard de personnes pouvaient avoir habité sur ce territoire, qui n'en abritait plus aujourd'hui que quelques dizaines de milliers. Combien de corps avaient été enterrés ici, combien avaient vu leurs cendres dispersées ? Dix, vingt, cinquante milliards ? Étant donné qu'ils employaient tous l'électricité, combien de lieues de câble de cuivre avaient été enchâssées dans leurs bâtiments et sous leurs trottoirs ? Combien d'années-homme avaient été consacrées à la seule mise en place de ces câbles ? Si un sur mille était un électricien, quelque chose comme un milliard d'années-homme avait été passé à tirer des câbles d'un point à un autre. Après que le climat se fut de nouveau refroidi et que les civilisations eurent, en l'espace de quelques siècles, dérivé vers le sud comme des icebergs, les prospecteurs étaient montés ici pour défaire ce milliard d'années-homme une heure après l'autre, et récupérer ces innombrables lieues de câble une coudée après l'autre. Les récupérateurs professionnels, travaillant à l'échelle industrielle, en avaient recouvré quatre-vingt-dix pour cent rapidement. J'avais vu des images de ces usines sur chenilles, qui roulaient à travers le Grand Nord et enfournaient des pâtés de maisons entiers, traitaient les ruines comme un robot extracteur le ferait d'une colline riche en minerai, réduisaient les bâtiments en pièces et triaient les débris selon leur densité. Les premières ruines que nous avions vues étaient les excréments laissés derrière elles par ces machines.

Dépouiller les ruines à la main était plus coûteux. Lorsque l'époque s'était faite plus prospère ailleurs, les métaux étaient devenus assez précieux pour que les prospecteurs pussent gagner leur vie en s'aventurant dans les vestiges extrêmes – d'anciennes cités lointaines, jamais atteintes par les usines sur chenilles – dont ils extrayaient tout ce qui pouvait avoir de la valeur : les câbles en cuivre, les poutrelles en acier, la plomberie, etc. Le butin atteignait la route sur laquelle nous roulions en plusieurs phases, passant d'un marché anarchique de petit bourg de la toundra à un autre. Les tempêtes de neige et les bandes de pirates arctiques pouvaient ralentir sa progression, mais il finissait toujours sur la route, empilé à l'arrière de martels délabrés dont le chargement ressemblait chaque fois à une masse faite à soixante-quinze pour cent de rouille, maintenue en place par la glace gelée et une enveloppe miteuse de neige sale. Les prospecteurs se déplaçaient en caravanes pour leur sécurité, alors il était inutile d'essayer de les dépasser, mais ils allaient bien assez vite pour nous, et nous offraient la sécurité du troupeau, une fois convaincus que nous étions des pèlerins et non des pirates. Nous nous maintenions à distance respectueuse derrière eux, pour avoir le temps de braquer quand un assemblage de plomberie rigide ou un écheveau de câbles tombait sur la route. Nos pare-brise devenaient opaques sous l'effet de la bouillasse que projetaient leurs pneus. Nous gardions nos vitres ouvertes pour pouvoir dégager la vue depuis l'intérieur avec des chiffons montés sur des manches. Le troisième jour, les chiffons gelèrent, et nous dûmes à partir de là maintenir le réchaud allumé dans l'habitacle pour les ramollir au-dessus d'un récipient d'eau bouillante. À travers les vitres ouvertes, nous regardions défiler les vestiges. Nous apprîmes à distinguer l'époque de leur construction en fonction de leurs fortifications – silos de missiles, pistes de décollage d'une lieue, murs rideaux, remparts de pierre, hectares de barbelés coupants, enceintes d'arbres épineux reséquencés –, toutes plus ou moins enfoncées ou éparpillées par les prospecteurs. À mesure des jours, toutes ces choses étaient de plus en plus étouffées, aplaties, broyées, noyées, puis enfin oblitérées par la glace. Après cela, les seules traces du passage des hommes que nous vîmes encore furent d'anciens traînoports, que des variations climatiques ou économiques avaient fragilisés assez longtemps pour entraîner leur extinction. Le paysage à sept cents toises de la route était d'un blanc immaculé, l'état des bords de la route de la saleté la plus immonde que j'eusse vue de tout le voyage.

Les accumulations sur les flancs ne cessaient de grandir et de noircir, jusqu'à ce que notre route devînt une tranchée charbonneuse de vingt pieds de profondeur, remplie de martels qui avançaient à la vitesse d'un homme qui court. Nous eussions pu éteindre nos moteurs, et le martel derrière nous nous eût poussés jusqu'au bout de la route. Eux avaient des cheminées pour amener de l'air frais dans leurs cabines. Nous n'avions pas pensé à nous équiper de cette façon, alors nous passâmes le dernier jour à respirer des gaz d'échappement gras et bleutés. Lorsque cela devenait trop nauséabond, nous sortions de la tranchée et passions les commandes à notre copilote – il y avait des rampes, de temps en temps – pour simplement marcher en longeant la voie (nous avions acheté des bottes de neige fabriquées à partir de matériaux de construction sur un marché de la toundra), ou pour rouler sur le tricycle de Gnel.

Ce fut lors d'une de ces balades – durant la toute dernière étape – que Yul finit par me poser la question du dinosaure du parc de stationnement. Depuis notre premier jour ensemble à Norslof, il était évident que quelque chose le démangeait. Lorsque Cord et lui s'étaient soudain mis ensemble, il avait évité d'être seul avec moi pendant deux-trois jours, puis voyant que je n'allais pas faire le premier pas, il avait commencé à chercher discrètement un moyen de me parler en tête à tête. Je me disais qu'il allait s'agir de sa relation avec Cord, mais Yul était plein de surprises.

« Certains disent que c'était un dinosaure, d'autres un dragon, lui répondis-je. L'une des premières choses que l'on nous enseigne sur cet incident est que rien de ce qui le concerne n'est certain…

– Parce que toutes les preuves ont été effacées par les incantants ?

– C'est entre autres ce que l'on dit. La deuxième chose que l'on nous enseigne, accessoirement, est qu'il ne faut jamais discuter de cet incident avec des sæculiers. »

Il prit un air frustré.

« Désolé, repris-je. C'est juste que les choses sont ainsi. La plupart des versions s'accordent sur le fait qu'un groupe – nous l'appellerons le groupe A – en est à l'origine, et qu'un groupe B l'a achevé. Dans la tradition populaire, A correspond aux soi-disant rhétôs, et B aux soi-disant incantants. Il a eu lieu trois mois avant le début du troisième Sac.

– Mais le dinosaure – ou le dragon, ou quoi que ce fût – a bien apparu dans le parc de stationnement. »

Yul et moi marchions côte à côte sur la neige compactée, à un jet de pierre à droite de la tranchée pleine de martels. Plus près, cela devenait dangereux, parce que des hommes, souvent saouls, filaient dans les deux sens dans des véhicules sur chenilles. La piste sur laquelle nous marchions semblait avoir été tracée par l'une de ces machines un ou deux jours plus tôt. Nous savions où se trouvaient nos vachéchés : nous avions appris à reconnaître les cheminées artisanales des martels contigus. Le trafic semblait avoir un peu accéléré, si bien que nous dûmes patauger un peu plus vite pour rester à leur niveau. C'était probablement dû au fait que nous n'étions plus très loin du traînoport. Nous pouvions voir ses antennes paraboliques, sa fumée et ses lumières, droit devant. Même si les vachéchés nous distançaient, nous pourrions l'atteindre à pied.

« Il n'était qu'à deux mille pieds de Muncoster, dis-je. Il y avait là une ville – elle y est d'ailleurs toujours. Niveau de richesse et de développement praxique : disons neuf sur une échelle de dix.

– Où en sommes-nous aujourd'hui ?

– Disons huit. Mais la société autour de Muncoster avait atteint son point culminant, même s'ils l'ignoraient alors. L'influence politique des déolâtres allait croissant.

– Quelle arche ?

– Je ne sais pas. L'une de celles qui cherchent avec acharnement à accroître son pouvoir. Ils avaient une iconographie…

– Une quoi ?

– Eh bien, corrigeai-je, disons qu'ils se sentaient menacés par certaines choses en lesquelles les avôts tendent à croire.

– Comme l'ancienneté du monde, dit Yul.

– Oui. Il y avait eu des problèmes lors de deux apertes annales, puis de plus gros problèmes durant l'aperte décennale de 2780 – la math des décénariens fut quelque peu saccagée pendant la dixième nuit. Mais les choses avaient ensuite paru s'apaiser. L'aperte était terminée. Les choses revenaient à la normale. Et donc, un parc de stationnement fut soudain mis en construction à deux pas de la concente.

Il faisait partie d'un centre commercial. Les avôts pouvaient le voir s'élever depuis les fenêtres de leurs tours – Muncoster a beaucoup de tours. Le parc fut achevé quelques mois plus tard. Des sæculiers allaient là-bas tous les jours, et y garaient leurs véhicules. Aucun problème. Six années s'écoulèrent. Le centre commercial s'étendit. Les ouvriers eurent besoin d'apporter quelques changements structurels au parc de stationnement pour pouvoir ouvrir une nouvelle aile. L'un d'entre eux se trouvait au quatrième niveau, muni d'un marteau-piqueur pour démolir une partie du sol, lorsqu'il remarqua quelque chose d'incrusté dans la pierre synthétique. Cela ressemblait à une griffe. Ils cherchèrent plus avant, enlevèrent de plus en plus de pierre. C'était un problème de sécurité majeur, parce qu'un bâtiment n'est plus structurellement cohérent s'il y a des choses comme des griffes et des os dans les éléments porteurs. Ils durent le consolider – le bâtiment se lézardait, s'affaissait sous leurs yeux. Plus ils en dégageaient, plus cela empirait. Au bout du compte, il leur apparut qu'ils avaient extrait le squelette entier d'un reptile de cent pieds de long, noyé dans une pierre synthétique qui n'avait été coulée que quatre ans plus tôt. Les déolâtres ne savaient pas trop quoi faire de cela. Il commença à y avoir des troubles graves et des violences autour des murailles de la concente. Puis un soir, un chant s'éleva de la tour des millénariens, qui dura toute la nuit. Le lendemain, le parc de stationnement était revenu à la normale. Voilà l'histoire.

– Et vous y croyez ? demanda Yul.

– *Quelque chose* s'est passé. Il y a des traces.

– Vous voulez dire des phototypes du squelette ?

– Je faisais plutôt allusion aux souvenirs des témoins. Aux quantités de bois utilisées pour consolider la structure. Aux bordereaux de la scierie. À l'usure imprévue des pneus des martels utilisés pour transporter le bois jusqu'au site.

– Comme des ronds dans l'eau.

– Oui. Si le squelette disparaît soudain, et qu'il n'y a aucune preuve physique qu'il a jamais été là, que reste-t-il ?

– Seulement les traces, dit Yul en hochant vigoureusement la tête, comme s'il le comprenait mieux que moi. Les ronds dans l'eau, sans le plouf.

– L'usure des pneus des martels n'a pas disparu. Les bordereaux de la scierie sont toujours aux archives. Mais dès lors, il y a un conflit. Le monde n'est plus cohérent – il y a des contradictions dans sa logique.

– D'immenses piles de bois de consolidation devant un parc de stationnement qui n'a jamais eu besoin d'être consolidé, dit Yul.

– Oui. Et cela ne revient pas à dire que c'est concrètement impossible. À l'évidence, il n'y a rien d'extraordinaire à trouver des piles de bois devant un parc de stationnement, ou des feuilles de papier dans un classeur à tiroirs. Mais le problème, la question que cela soulève, c'est que la situation dans son ensemble n'a plus de point d'équilibre. »

Je pensais en même temps au dialogue avec Orolo sur les dragons roses – et réalisai, tant de mois plus tard, que le choix de cette créature pour illustrer son propos n'était pas accidentel : il avait voulu nous rappeler l'incident même dont parlait Yul.

Nous entendîmes le mugissement d'un moteur derrière nous, et nous tournâmes pour découvrir Ganélial Craide venant sur nous sur son tricycle. Yul et moi échangeâmes un regard qui signifiait : *Ne parlons pas de cela devant lui.* Yul se pencha et ramassa deux poignées de neige, dont il essaya de faire une boule à lancer sur son cousin. Mais il faisait trop froid pour qu'elle s'agglomérât.

Nous atteignîmes le traînoport de quatre-vingt-trois nord à deux heures du matin, ce qui signifiait simplement que le soleil était un peu plus bas dans le ciel que d'habitude. La route-tranchée déboucha sur un plateau de glace damée large de près d'une lieue, et un peu en contrebas de la glace environnante, si bien que l'on avait l'impression de se trouver au fond d'un grand cratère de météorite. Ici et là se dressaient des modules d'habitation sur pilotis, qui pouvaient être déplacés ou ajustés lorsque la glace circulait en dessous. Les martels tendaient à se rassembler autour d'eux. Chacun était le quartier général d'un ferrailleur différent, et les opérateurs passaient de l'un à l'autre dans l'espoir d'obtenir le meilleur prix pour leur chargement. D'autres structures servaient d'hôtels, de restaurants, ou de bordels.

Le train-traîneau lui-même dominait le site. La première fois que je l'avais aperçu, avec le soleil bas derrière, je l'avais pris pour une usine. La motrice ressemblait à l'un de ces enfourneurs-dévoreurs de villes : une centrale électrique et un village de modules d'habitation construits sur un pont qui enjambait le vide entre deux ornières colossales. Derrière, son train était composé d'une demi-douzaine de traîneaux, chacun construit sur des patins parallèles placés dans les traînées de neige compacte creusées par les bandes de roulement de la motrice. Le premier était fait pour porter des conteneurs. Ces derniers étaient empilés sur quatre niveaux, et une grue mobile disgracieuse s'employait à en entamer un cinquième. Ensuite se trouvaient plusieurs traîneaux qui consistaient simplement chacun en une grande boîte ouverte. Une autre grue, équipée de pinces assez grosses pour attraper nos deux véhicules ensemble, soulevait des amas de ferraille depuis une pile dans la neige, et les déversait dans ces boîtes, produisant un fracas terrifiant. Le dernier traîneau était à plateau : un espace de stationnement mobile rempli à peu près à moitié de martels chargés à plein.

Nous passâmes quelque temps à tournicoter, mais d'avoir parlé à des opérateurs de martels lors des haltes, nous disposions d'une bonne vision d'ensemble de la façon dont cet endroit fonctionnait, et de quelques informations pertinentes sur les choses à *ne pas* faire. Suite aux recherches de Sammanne, nous savions déjà qu'un autre train-traîneau était parti deux jours plus tôt, et que celui qui était devant nous allait poursuivre son chargement pendant encore quelques jours.

Les déplacements étaient dangereux, parce qu'il n'y avait aucun système de priorité établi. Les martels et les vachéchés se contentaient de foncer en ligne droite vers l'endroit où leurs insouciants chauffeurs voulaient aller. Alors nous préférions prendre un véhicule même pour une courte distance. Nous trouvâmes le bureau sur pilotis responsable des réservations sur le plateau, et nous nous organisâmes pour y faire charger nos deux vachéchés. Nous payâmes un petit extra pour faire placer celui de Gnel au bord plutôt qu'au centre, parce qu'en nous servant de planches comme rampes, nous pourrions monter et descendre le tricycle à volonté. Cela devint notre moyen de déplacement sur le traînoport, mais comme il ne pouvait porter que deux personnes, chaque fois trois d'entre nous au moins étaient cloués sur place. Alors nous louâmes un module d'habitation sur la motrice, et nous nous y claquemurâmes. Ce n'était pas cher. Les toilettes étaient un trou dans le sol fermé d'une trappe, lestée de ferraille pour ne pas s'ouvrir sous l'effet des bourrasques du vent arctique. Quelques allers-retours en tricycle sur la longueur du train suffirent à transférer dans notre maisonnette les rations et diverses autres choses que nous avions chargées dans les vachéchés, ainsi qu'un arsenal étonnamment complet d'armes tranchantes ou à projectiles. Yulassétar et Ganélial Craide différaient peut-être quant à la religion, mais dans leur relation avec les armes, ils formaient un seul esprit dans deux corps différents. Ils allaient jusqu'à se servir du même genre de caissette pour ranger leurs pistolets, et du même genre de boîte pour les munitions. Beaucoup, sur le traînoport, portaient ouvertement des armes, et il y avait même un espace, aux limites de l'« agglomération », où l'on pouvait tirer dans la muraille de glace qui la ceignait, juste pour passer le temps. Dans l'ensemble, pourtant, cet endroit était plus paisible et prévisible que le territoire que nous avions traversé toute la semaine. D'après ce que je commençais à comprendre, cela devait provenir du fait qu'il s'agissait d'un lieu de commerce.

Une fois que nous fûmes installés, Sammanne et moi prîmes le tricycle et fîmes le tour des bars et des bordels, pour le cas où nous y trouverions Orolo. Cord parcourut la motrice en admirant son fonctionnement, et Yul la suivit. Il prétendait être aussi intéressé qu'elle par ces choses-là, mais à l'évidence, il craignait plutôt qu'elle se fît agresser si elle y allait seule.

Nous passâmes plusieurs jours à tuer le temps. J'essayai de lire les quelques livres de théorique que j'avais apportés, mais je n'arrivais pas à me concentrer, et finis souvent par dormir un temps déraisonnable. Sammanne avait trouvé un endroit près d'un module-bureau où il pouvait obtenir une liaison sporadique avec le réticulum. Il s'y rendait une fois par jour, puis revenait analyser les informations collectées. Yul et Cord regardaient des visues sur un petit écran de brelot quand ils n'étaient pas occupés à « ramasser du bois ». Ganélial Craide lisait ses écritures en haut-bazien, et commençait à exprimer un intérêt pour un sujet qu'il avait jusqu'alors eu la politesse d'éviter par égard pour moi : la religion.

Un jour Sammanne me sauva de l'embarras alors qu'il venait de rentrer de l'une de ses collectes de données – il y avait encore des petites échardes de glace dans sa barbe. Il releva soudain les yeux de son brelot, capta mon regard à travers la pièce, et revint à son écran. J'allai le rejoindre et m'accroupis à côté de son siège.

« Après notre départ de Samble, j'ai commencé à chercher à accéder à certains réticules, m'expliqua-t-il. Normalement, ils me sont fermés, mais je me suis dit que j'aurais peut-être une chance si j'expliquais ce que je faisais. Il a fallu un peu de temps pour que ma requête fût considérée. Les gens qui les contrôlent ont probablement fouillé le réticulum pour corroborer mon histoire.

– Comment fait-on cela ? » demandai-je.

Sammanne parut contrarié en entendant ma question. Peut-être qu'il était las de m'expliquer des choses ; ou qu'il désirait conserver un peu de respect pour la Discipline que nous violions de façon tellement flagrante. « Disons qu'il y a un visuocapteur dans la gargote de ce trou à rats où nous avons acheté des pneus-neige.

– Norslof, complétai-je.

– Oui. Ce visuocapteur est là pour des raisons de sécurité. Il nous voit marcher jusqu'à la caisse pour payer notre infâme nourriture. Les données sont transmises sur un réticule ou un autre. Celui qui étudie ces images peut voir que j'étais là à telle date avec trois autres personnes. Puis on peut se servir d'autres techniques pour déterminer qui sont ces trois personnes. L'une d'elles étant fraa Érasmas, de Saunt-Édhar, mon histoire est corroborée.

– D'accord, mais comment…

– Peu importe. » Comme s'il regrettait sa réponse, il ferma les yeux un instant, et se reprit : « Si vous tenez vraiment à le savoir, ils ont probablement soumis une ARCASMA sur moi.

– Une arcasma ?

– Une adjudication de réputation à la criée asynchrone, symétriquement modérée et anonymisée. N'essayez même pas, c'est un acronyme d'avant la Reconstitution. Il n'y a pas eu une seule véritable ARCASMA en trois mille six cents ans. À la place, nous faisons d'autres choses qui ont la même fonction, et nous leur donnons l'ancien nom. Dans la plupart des cas, il faut quelques jours pour qu'un changement de phase irréfutablement irréversible se produise dans le respectaprisme – peu importe –, et un jour de plus pour s'assurer que l'on n'est pas induit en erreur par une nucléation stochastique éphémère. Tout cela pour dire que je n'ai obtenu l'accès que je convoitais que récemment. » Il sourit, et un bout de glace tomba de sa barbe sur le tableau de commande de son brelot. « J'allais dire "aujourd'hui", mais cette maudite journée ne s'arrête jamais.

– Très bien. Je ne comprends pas vraiment ce que vous venez de dire, mais nous pouvons le garder pour plus tard.

– Ce serait une bonne chose. Ce qui est important, c'est que j'essayais d'obtenir des informations sur ce lancement de fusée que vous aviez aperçu sur les visues.

– Ah. Et vous avez réussi ?

– Je dirais que oui. Vous direz peut-être que non, parce que vous, les avôts, vous aimez que vos informations soient proprement écrites dans un livre et revérifiées par d'autres avôts. Celles que nous, nous échangeons sont floues, et ambiguës, et spéculatives. Souvent, il s'agit d'images ou de signatures acoustiques plutôt que de mots.

– Reproche accepté. Qu'avez-vous trouvé ?

– Huit personnes sont montées dans cette fusée.

– Donc, la version officielle était mensongère, comme nous l'avions soupçonné.

– Oui.

– Qui était-ce ?

– Je ne sais pas. C'est là que les choses deviennent floues et ambiguës. Le projet était extrêmement confidentiel. Secret militaire, et tout et tout. Il n'y a pas de manifeste de passagers que je pourrais vous lire. Pas de pile de dossiers. Tout ce que j'ai, ce sont dix secondes d'images vraiment très mauvaises du visuocapteur anticollision du pare-brise d'un vachéché d'entretien, prises alors qu'il se garait péniblement en marche arrière à deux cents toises de là. Les artefacts ont été filtrés, bien sûr. » Sammanne lança sur son brelot un fragment d'une visue aussi médiocre qu'annoncé.

On y voyait un bus arborant un marquage militaire garé à une vingtaine de pieds d'un grand bâtiment, sur le côté duquel une porte s'ouvrit. Huit personnes en combinaison blanche en sortirent et montèrent dans le bus. D'autres les suivirent, qui ressemblaient à des médecins et à des techniciens. Sammanne mit le fragment en boucle pour que l'on pût l'analyser. Au début, nous concentrâmes toute notre attention sur les quatre premières personnes en combinaison. Les visages étaient impossibles à distinguer, mais il est étonnant de voir tout ce que l'on peut déduire de la façon dont les gens se meuvent, comme j'allais bientôt l'apprendre. Trois des hommes en tenue blanche se déplaçaient en un triangle toujours changeant autour d'un quatrième, plus grand qu'eux, et à la coiffure impeccable. Il se tenait droit et avançait sans contrainte, alors que les trois autres étaient empressés et déférents. Sa combinaison était subtilement différenciée, ornée d'un motif en croisillons, ou d'un quadrillage, presque comme s'il était drapé de plusieurs verges de…

« De la corde, dis-je en mettant l'image en pause et en l'indiquant du doigt. J'ai déjà vu ça – pendant l'aperte. Il y avait un extra qui portait quelque chose de ce genre. C'était un prêtre de la férule céleste. C'est leur tenue de cérémonie. »

Entre-temps, Cord nous avait rejoints pour voir la visue. Debout derrière le siège de Sammanne, elle regardait par-dessus son épaule. « Les quatre qui sont derrière, dit-elle, ce sont des avôts. »

Jusqu'alors, nous n'avions eu d'yeux que pour le grand prêtre et ses trois acolytes. L'autre moitié du groupe ne faisait pas grand-chose : ils se contentaient de marcher en file du bâtiment au bus.

« Qu'est-ce qui te fait penser cela ? demandai-je. Je veux

dire, à part le fait qu'ils ne portent pas le moindre intérêt au type avec le motif de corde. Il n'y a rien qui les signale comme avôts.

– Oh si, dit Cord. La façon dont ils marchent.

– Qu'est-ce que tu racontes ? Nous sommes tous des bipèdes ! Nous marchons tous de la même façon ! » protestai-je.

Mais Sammanne s'était tourné pour faire un grand sourire à Cord. Il acquiesça avec enthousiasme.

« Vous êtes fous, tous les deux !

– Raz, Cord a raison, insista Sammanne.

– Pendant l'aperte, cela sautait aux yeux, expliqua-t-elle. Les extras traînent et roulent des mécaniques. Ils marchent comme si le monde leur appartenait. » Elle se dégagea de derrière le siège et fit quelques pas d'une démarche confiante et chaloupée. « Les avôts – et les tics – sont plus réservés. » Elle s'arrêta puis revint vers nous d'un pas rapide, mais sans brasser l'air.

Aussi insensé que cela pût paraître, je devais admettre que pendant l'aperte, j'avais moi aussi été capable de distinguer les extras des fraas et soors de loin, en partie à la façon dont ils se mouvaient. Je reportais mon attention vers l'écran. « Bien, je vous l'accorde, admis-je. Plus je les regarde, plus leur démarche me paraît familière. En particulier le grand, au bout. C'est le portrait craché de… » Je ne pus continuer. Tout le monde me regarda pour s'assurer que j'allais bien. Je ne pouvais plus décoller les yeux de la visue. Je la regardai encore défiler quatre fois, et chaque fois ma certitude se renforça un peu plus. « Jesry…

– Oh, mon Dieu ! s'exclama Cord.

– Qu'Il ait pitié de vous et vous bénisse, siffla Gnel, comme chaque fois qu'il entendait ce nom dans un juron.

– C'est effectivement bien ton ami, me dit Cord.

– Fraa Jesry est dans l'espace avec le férulaire céleste !

clamai-je, comme si j'avais besoin de m'entendre le dire pour y croire.

– Et je suis sûr qu'ils ont des discussions fascinantes », ajouta Sammanne.

Peut-être deux heures plus tard, alors que nous avions couvert les fenêtres pour tenter de dormir, tout se mit à bourdonner et à vibrer, avant qu'une secousse ne fît tomber par terre la moitié de nos affaires. Gnel et moi ouvrîmes les fermetures à glissière de nos fourreaux, et nous précipitâmes vers la passerelle d'où nous aperçûmes en contrebas des bancs de glace pulvérisés en nuages étincelants à mesure qu'ils étaient écrasés par les mouvements imperceptibles des bandes de roulement. Nous courûmes jusqu'au bout de la passerelle d'où un escalier menait presque jusqu'au niveau de la neige, sautâmes, démarrâmes le tricycle, et filâmes vers le plateau. Des déflagrations résonnaient tout le long du train comme la motrice progressait en commençant à accumuler de la puissance. Deux ou trois des rampes du plateau traînaient encore sur la glace, pour que l'embarquement pût se poursuivre jusqu'à la dernière minute – il faudrait encore une demi-heure avant que le train ne se déplaçât réellement. Nous nous ruâmes sur l'une d'entre elles, contournâmes un martel qui manœuvrait, et retrouvâmes le vachéché de Gnel. Nous montâmes à l'arrière dans l'élan du tricycle, puis rangeâmes les planches qui nous servaient de rampe sous le vachéché. Après quoi nous nous employâmes à purger le liquide de refroidissement des moteurs de tous les véhicules, et à le stocker dans des bidons en poly. Le temps que nous eussions terminé, le train avançait plus vite que nous ne pouvions marcher en bottes de neige, alors nous revînmes par le système de passerelles qui longeait et reliait les traîneaux. Cord et Yul avaient retiré les panneaux qui aveuglaient les fenêtres pour laisser entrer le soleil, et préparaient un petit déjeuner de fête. Nous étions en route pour le Pôle nord. J'en étais heureux. Mais en songeant à fraa Jesry en orbite, je n'aurais pas pu imaginer pire endroit où me trouver.

« Le bâtard ! maugréai-je. L'infâme bâtard ! »

Tout le monde me regarda. Nous venions de terminer un petit déjeuner plantureux. Yulassétar Craide regarda Cord comme pour dire : *Ton jermin… ton problème.*

« De qui parles-tu ? me demanda-t-elle.

– Jesry !

– Il y a quelques heures, tu pleurais presque sur son sort, et maintenant c'est un bâtard ?

– C'est tellement typique de sa part, dis-je.

– Il est fréquemment envoyé dans l'espace ? demanda Sammanne.

– Non. C'est difficile à expliquer, mais de nous tous… c'était lui qu'ils allaient choisir.

– Qui cela "ils" ? demanda Cord. Il est évident que ce n'était pas une opération de la convoxe.

– C'est vrai. Mais le pouvoir sæculier a dû aller voir les hiérarques à Trédégarh pour leur dire : *Envoyez-nous quatre des meilleurs*, et voilà le résultat. » J'agitai négativement la tête de dépit.

« Tu dois être fier… au moins un petit peu », tenta Cord.

J'enfonçai mon visage dans mes mains et soupirai. « Il va prendre contact avec des extrasylvestres. Moi, je prends un train à ferraille. » Je découvris mon visage et regardai Gnel. « Que savez-vous de la férule céleste ? »

Gnel cilla et resta un instant figé. J'avais évité de parler de religion pendant si longtemps, et maintenant, je lui posais une question directe sur ce sujet ! Son cousin exhala sèchement et détourna la tête, comme s'il redoutait ce qui allait suivre.

« Ce sont des hérétiques, dit Gnel doucement.

– Oui, mais c'est le cas de quasiment tout le monde à vos yeux, non ? Pourriez-vous être plus spécifique ?

– Vous ne comprenez pas. Il ne s'agit pas juste de n'importe quels hérétiques. Ils sont issus d'un schisme de ma foi. » Il regarda vers son cousin. « De notre foi. »

Cord donna un coup de coude à Yul, au cas où il n'aurait pas entendu.

« Vraiment ? demandai-je. Une subdivision schismatique des Samblites ? »

C'était une nouvelle, pour la plupart d'entre nous.

« Notre foi a été fondée par saunt Bly, proclama Gnel.

– Avant ou après que vous avez mangé son…

– Un vieux mensonge destiné à nous faire passer pour une bande de sauvages ! coupa Gnel.

– Il est presque impossible de faire revenir un foie humain à la poêle sans l'abîmer, renchérit Yul.

– Vous voulez dire que saunt Bly était devenu déolâtre ? Comme Estémard ? »

Gnel agita négativement la tête. « Il est dommage que vous n'ayez pas eu le temps de parler plus longuement avec Estémard. Ce n'est pas un déolâtre tel que vous le définiriez – ni comme je le définirais moi-même. Saunt Bly non plus. Et c'est en cela que nous différons de ceux de la férule céleste.

– Ils croient que Bly était un déolâtre ?

– Oui. Une sorte de prophète, selon eux, qui aurait trouvé une preuve de l'existence de Dieu et fut proscrit pour cela.

– C'est drôle, parce que si quelqu'un prouvait l'existence de Dieu, nous lui dirions juste : *Jolie démonstration, fraa Bly*, et nous nous mettrions à croire en Dieu. »

Gnel me lança un regard glacial : manifestement il ne croyait pas un seul mot de ce que je venais de dire. « Quoi qu'il en soit, dit-il d'une voix posée, ce n'est pas la version qu'en donne la férule céleste. »

Il me revint à l'esprit la discussion sur les iconographies avec grand-soor Tamura, la veille de l'aperte. « C'est un cas d'iconographie brumasienne, dis-je.

– Quoi ?

– La férule céleste prétend qu'il y a une conspiration ourdie par le monde mathique.

– Oui, dit Gnel.

– Quelque chose de très important – en l'occurrence, l'existence de Dieu – a été découvert. La plupart des avôts ont le cœur pur et voudraient révéler la nouvelle. Mais ils sont cruellement opprimés par cette conspiration, qui ne reculera devant rien pour garder le secret. »

Gnel s'apprêtait à faire un commentaire circonspect, mais Yul parla le premier : « C'est exactement cela.

– C'est déprimant, repris-je, parce que, de toutes les iconographies, celles qui reposent sur des théories conspirationnistes sont les plus difficiles à éradiquer.

– On ne s'en serait pas douté », commenta Sammanne en me regardant dans les yeux.

J'en fus embarrassé, et me tus un temps.

Cord brisa la glace : « Le vaisseau des cousins reste un secret. Alors nous ne savons pas ce qu'en pense la férule céleste, mais on peut le conjecturer : ils vont y voir…

– Un miracle, dit Yul.

– Une apparition d'un autre monde, plus pur et salutaire que le nôtre, devinai-je.

– Où les conspirations maléfiques n'existent pas, ajouta Cord. Des êtres venus nous révéler la vérité.

– Et les lasers qui ont éclairé les trois inviolées ? demanda Sammanne. Comment vont-ils être interprétés ?

– Cela dépend si la férule céleste sait que les trois inviolées sont des sites de stockage de déchets nucléaires, dis-je.

– *Quoi ?* s'exclamèrent les Craide.

– Même s'ils le savent, dit Cord, ils en donneront probablement une interprétation plus spirituelle.

– La férule céleste considère les millénariens comme étant du bon côté, ajouta Gnel, encore un peu secoué.

– Évidemment, commentai-je. Ils connaissent la vérité, mais ils ne peuvent l'annoncer au monde extérieur parce qu'ils sont séquestrés par les perfides décénariens et centénariens, c'est cela ?

– Oui, dit Gnel. Donc, ils verraient les lasers comme...

– Une approbation, dit Cord.

– Une bénédiction, dis-je.

– Une invitation, dit Yul.

– Eh bien, ils vont être surpris, dit Sammanne d'un air ravi.

– Probablement. Peut-être. On ne sait pas. J'espère juste que ce ne sera pas une mauvaise surprise pour Jesry, ajoutai-je.

– Pour ce bâtard de Jesry ? demanda Cord.

– Oui, répondis-je en gloussant. Pour ce bâtard de Jesry. »

J'étais d'humeur badine, car j'avais l'impression que nous avions réussi à éviter un des sempiternels sermons de Ganélial Craide ; jusqu'à ce que Cord se tournât vers lui et lui demandât : « À quel moment la férule s'est-elle écartée de votre foi, Gnel ? » Elle avait prononcé les derniers mots de façon un peu précipitée et étouffée, parce que Yul avait malicieusement glissé le bras autour de ses épaules pour lui mettre la main devant la bouche, et qu'elle avait dû écarter ses doigts pour continuer de parler.

« Nous lisons les écritures dans le texte bazien original, répondit Gnel, alors vous devez imaginer que nous sommes des fondamentalistes primitifs. Peut-être est-ce le cas, dans ce sens. Mais nous ne sommes pas aveugles à ce qu'il s'est passé dans le monde mathique – tant l'ancien que le nouveau – durant les cinquante derniers siècles. La parole de Dieu ne varie pas. Le Livre n'a à être ni corrigé ni traduit. Mais ce que les hommes connaissent et savent en dehors du Livre change tout le temps. C'est ce que vous faites, vous les avôts : vous essayez de comprendre la création de Dieu sans vous servir des révélations directes qui nous furent données par Lui il y a près de six mille ans. Pour nous, vous êtes comme des hommes qui se seraient bandé les yeux avant d'explorer un nouveau continent. Vous êtes terriblement handicapés, mais pour cette raison, vous avez peut-être développé des sens qui nous font défaut. »

Après quelques instants de silence, je pris la parole : « Je vais me retenir pour ne pas détailler tout ce qui ne va pas dans ce que vous venez de dire. Mais votre message semble être que nous ne sommes ni malfaisants ni fourvoyés. Vous pensez qu'au bout du compte, nous convergerons avec le Livre.

– Évidemment, dit Gnel. Il ne peut pas en être autrement. Mais nous ne croyons pas en une conspiration ourdie pour dissimuler la vérité.

– Il pense que votre confusion est sincère », traduisit Yul.

Gnel acquiesça.

« C'est très aimable de votre part, dis-je.

– Nous avons conservé les carnets de saunt Bly, reprit Gnel. Je les ai moi-même lus. Il est évident que ce n'était pas un déolâtre.

– Excusez-moi de parler ainsi, intervint Sammanne précautionneusement, comme toujours lorsqu'il s'apprêtait à attaquer quelqu'un, mais n'est-ce pas un peu dingue pour une bande de déolâtres que de fonder une religion sur les écrits d'un individu dont ils savent pertinemment qu'il était athée ?

– Nous nous identifions à ses efforts, répondit Gnel, pas blessé le moins du monde. Ses efforts pour découvrir la vérité.

– Mais ne la connaissez-vous pas déjà ?

– Nous connaissons les vérités qui sont dans le Livre.

Quant à celles qui n'y sont pas, nous les percevons, mais nous ne les connaissons pas.

– Cela ressemble à quelque chose…, commençai-je avant de me mordre la langue.

– Que dirait un avôt ? Quelqu'un comme Estémard, ou Orolo ?

– Ne le mêlons pas à cela, s'il vous plaît, dis-je.

– Très bien, répliqua Gnel dans un haussement d'épaules. Orolo restait à l'écart. Il préservait la Discipline, pour autant que je sache. Je ne lui ai jamais parlé. »

Là, je dus prendre sur moi. Compter jusqu'à dix. Prendre le râteau. Ces gens se souciaient des vérités éternelles. Pensaient que certaines de ces vérités – mais pas toutes – étaient écrites dans un livre. Que leur livre était juste, contrairement aux autres. Ils avaient au moins cela en commun avec la plupart des gens qui avaient vécu. Très bien – tant qu'ils me laissaient en paix. Maintenant, leur nouvelle combine consistait à tirer leur inspiration d'un saunt des avôts. Mais il n'importait nullement que je trouvasse une logique à cela.

« Vous percevez les vérités, mais vous ne les connaissez pas, répéta Cord. Votre service religieux, à Samble l'autre jour – nous pouvions vous entendre chanter. C'était très émouvant.

– C'est pour cette raison qu'Estémard y assiste, alors qu'il n'est pas croyant, acquiesça Gnel.

– Il n'est pas intellectuellement convaincu par vos arguments, traduisit Cord, mais il ressent une partie de ce que vous ressentez.

– C'est exactement cela ! » s'exclama Gnel, ravi. On eût dit qu'il avait trouvé une nouvelle convertie.

« Eh bien, même sans être croyante, je peux comprendre son intérêt », dit Cord.

Je la dévisageai. Yul cacha son visage dans ses mains.

« Je ne dis pas que je risque de rejoindre cette arche, se défendit-elle. Juste qu'il était fascinant, après avoir conduit pendant des heures au milieu de nulle part, de tomber sur ce bâtiment où des gens étaient rassemblés et de ressentir le lien émotionnel qu'ils partageaient. De savoir qu'ils le faisaient depuis des siècles.

– Nos arches, nos villes comme Samble, dit Gnel, elles sont mourantes. Voilà pourquoi les services sont tellement passionnés. »

C'était la première fois qu'il disait quelque chose qui ne croulait pas sous les certitudes, alors nous en fûmes tous surpris. Yul sortit son visage de ses mains et regarda son cousin en plissant le front.

« Elles sont mourantes à cause du férulaire céleste ? devina Sammanne.

– Il prêche une foi simple et sans sophistication, qui se répand comme une épidémie. Ceux qui l'adoptent se détournent de nous et nous traitent comme si nous étions des hérétiques. Cette foi nous décime », dit Gnel en adressant à son cousin un regard fort peu amène.

C'était très intéressant, mais j'avais à réfléchir à d'autres choses : donc, Estémard a touché le fond. Mais Orolo ?

Je me souvins de la conversation que j'avais eue avec Orolo juste avant le confinement de l'astrohenge – celle au sujet de la beauté. Celle qui m'avait sauvé la vie. Rétrospectivement, c'était peut-être à ce moment-là qu'il avait commencé à craquer. Comme s'il était devenu fou à l'instant où j'avais cessé de l'être.

Je chassai ces pensées. Orolo avait été proscrit. Il n'y avait qu'un seul endroit où il pouvait chercher refuge : la butte de Bly. Une fois arrivé là, il avait continué d'observer la Discipline. Pas de chants dans l'arche, en ce qui le concernait. Et il était parti dès qu'il avait pu. Eh bien…

Une seconde. Non, il n'était pas parti dès qu'il avait pu. Il n'était parti vers le nord que deux jours avant nous – le matin après que les lasers avaient illuminé les trois inviolées. Qu'est-ce qui avait pu le pousser à prendre sa chape, sa cordelière et sa sphère, et à partir pour Ecba, plutôt que n'importe où ailleurs ?

Peut-être que d'ici quelques jours, je pourrais tout simplement lui poser la question.

Totobono : Substance chimique naturelle qui, lorsqu'elle est présente en concentration suffisante dans le cerveau, provoque la sensation que dans l'ensemble tout va bien. Isolée par des théôs durant le premier siècle apr. R. et mise en circulation en tant que produit pharmaceutique, elle devint omniprésente lorsqu'une herbe commune, appelée subséquemment *joviale,* fut séquencément modifiée pour la générer comme un sous-produit de son métabolisme. La joviale fut subséquemment incluse dans les Onze.

LE DICTIONNAIRE, 4e édition, 3000 apr. R.

Le voyage dura environ deux jours – où, là-haut, deux cycles d'éveil et de sommeil. Je me sentis soudain plein d'énergie pour me remettre au travail. Le trajet de Samble au traînoport avait ménagé une pause bienvenue dans mes lectures et mes réflexions, mais avoir vu Jesry m'avait brutalement ouvert les yeux. Je dormais peut-être douze heures par jour et le reste du temps regardais des visues, mais mes amis, eux, travaillaient aussi dur que d'habitude et effectuaient des missions dangereuses. Il m'était difficile d'y faire grand-chose, cela dit. Les vibrations continues et les violents à-coups ponctuels du train-traîneau en faisaient un espace aussi éloigné d'un cloître qu'il se pût être. Lire et écrire étaient laborieux ; même regarder des visues était pénible. Quant à affronter l'extérieur, c'était hors de question. Je comprenais pourquoi tant de gens abusaient de substances diverses.

Avant le départ, Sammanne avait fait des recherches sur la façon de franchir la frontière sans papiers. Les migrants économiques le faisaient tout le temps, et certains avaient publié leur histoire sur le ret, ce qui me donna une idée générale des erreurs à ne pas commettre. Le plus important était de ne pas rester sur le train-traîneau jusqu'au bout. Apparemment, l'autre traînoport était plus pointilleux que celui par lequel nous étions passés.

D'après ce que nous avions pu lire, des agents allaient monter à bord depuis un avant-poste à deux-trois degrés au nord du site d'embarquement, et inspecter le train dans sa totalité pendant les dernières heures du trajet. On pouvait essayer de se cacher, mais c'était risqué. Les illégaux préféraient généralement descendre du train un peu avant l'avant-poste, en trouvant un arrangement avec des traîneurs locaux qui les déposeraient au-delà du poste-frontière.

Il y en avait de deux catégories : les passeurs plus anciens, établis, qui disposaient de longs trains-traîneaux de transport avec lesquels ils franchissaient les montagnes et allaient jusqu'à la côte gelée, cent lieues plus loin ; et les nouveaux venus, qui se servaient de machines plus courtes et plus maniables, de moindre autonomie, pour simplement contourner le traînoport. Nous espérions que je pourrais trouver l'un de ces derniers. Mais les petits traîneaux ne fonctionnaient pas par mauvais temps. Évidemment, tout ce trafic eût pu être éradiqué si le pouvoir sæculier s'y était sérieusement intéressé, mais il apparaissait qu'il était disposé à regarder ailleurs tant que les illégaux avaient la courtoisie d'agir de façon un peu clandestine.

À cause du brouillage des satellites de navigation dû aux cousins, nous ne pouvions pas connaître notre latitude, mais nous pouvions tout de même nous faire une idée de la distance parcourue. Lorsque nous jugeâmes que nous approchions, j'enfilai tous les vêtements chauds en ma possession, et remplis la poche à carburant de mon fourreau. Le sac que l'on m'avait donné au voco était trop petit, trop neuf et trop joli, mais Yul annonça qu'il avait, dans son vachéché, un vieux sac à dos, plus gros et avec une armature métallique. Alors nous nous préparâmes et rejoignîmes le plateau à l'arrière par les passerelles. Bien que dos au vent, nous étions secoués et ballottés chaque fois que les patins heurtaient des amoncellements de glace. Nous dûmes pelleter trois pieds de neige de son véhicule. La neige se remit à tomber alors que nous nous échinions, si drue qu'elle semblait s'accumuler plus vite que nous ne la dégagions. Mais finalement, nous pûmes monter à l'arrière du vachéché de Yul, et nous y trouvâmes le fameux sac à dos qui n'attirerait pas trop l'attention parmi ceux que j'allais bientôt côtoyer. J'y transférai le contenu de mon sac. Nous y ajoutâmes des barres énergétiques, des vêtements de rechange, et des choses diverses et variées, puis attachâmes une paire de bottes de neige sur le côté, juste au cas où.

Une fois de retour en tête du train, Gnel me fournit des pièces : assez pour payer mon passage si je négociais, mais pas suffisamment pour me faire passer pour riche. Sammanne m'imprima une carte de la région du traînoport. Cord me serra dans ses bras et me fit une bise sur la joue. Je ressortis sur la passerelle, tirai le bord en fausse fourrure de ma capuche vers l'extérieur pour protéger mon visage des bourrasques, et regardai à gauche du train. Telle une portée de chiots suivant leur mère, trois trains-traîneaux beaucoup plus petits nous flanquaient dans l'ombre. Ils s'étaient matérialisés depuis la tempête dans le dernier quart d'heure. Chacun était composé d'un tractoneige à chenilles tirant derrière lui quelques traîneaux. Dans le lot, j'aperçus des conteneurs ouverts, et des plateaux. Ils servaient à la contrebande de biens. D'ailleurs, l'un d'entre eux était chargé en cet instant même : il s'était positionné en parallèle du troisième traîneau de notre train, et des hommes y jetaient des caisses et des sacs pansus. D'autres conteneurs, par contre, étaient couverts – des tentes y avaient été dressées. Je vis deux hommes en fourreau orange sauter dans l'un d'entre eux.

Sammanne m'avait donné une consigne et deux règles. La consigne : monter dans un traîneau avec beaucoup d'autres passagers. Ce serait plus sûr. Règle numéro 1 : ne jamais mettre pied à terre, sous peine d'être abandonné et de mourir. Règle numéro 2 : j'y viens maintenant.

Gnel et moi arpentâmes les passerelles pendant un quart d'heure, espérant voir quelque chose de plus petit que ces trois trains. Quoique minuscules à côté de notre train-traîneau colossal, ils étaient bien plus grands que la plupart des véhicules que l'on pouvait voir sur les routes plus au sud. Ils allaient probablement partir vers l'ouest et les montagnes. Nous n'avions vu aucun des petits véhicules agiles qui faisaient du trafic à courte distance autour du traînoport – probablement à cause de la tempête.

Un traîneur à l'œil perçant me remarqua. Il accéléra, fit cracher un tourbillon de fumée noire à son moteur, et se porta à notre niveau. Il n'avait qu'un traîneau derrière son tractoneige. Il ouvrit sa vitre, sortit son visage hirsute et rougeaud, et annonça un prix. Je reculai de quelques pas pour pouvoir regarder à l'intérieur du traîneau. Vide. Il annonça un prix plus bas avant que je n'eusse dit un mot.

Il ne me paraissait pas très sain de me jeter sur le premier qui se présentait, alors j'agitai négativement la tête, m'écartai, et redescendis vers un train plus grand qui chargeait des passagers. Sa façon de procéder semblait plus professionnelle – si ce mot pouvait avoir un sens ici – mais j'arrivais trop tard : les traîneaux étaient déjà pleins de groupes de migrants apparemment organisés, dont les regards suggéraient que je ne serais pas le bienvenu. Un troisième train, mêlant traîneaux de passagers et de contrebande, paraissait plus prometteur : il y avait assez de personnes à bord pour que je ne craignisse pas d'être abandonné.

Nous voyant, moi et deux autres âmes solitaires, négocier

avec le conducteur de ce dernier train, le premier traîneur revint. Il passa devant pour que je pusse voir à travers les rabats de la tente de son traîneau qu'il avait pris deux passagers. La portière de son tractoneige pendait, ouverte à contresens, pour montrer son tableau de bord. Un écran lumineux trônait au-dessus, affichant un tracé haché qui se déplaçait horizontalement à mesure que nous avancions : un sonique. La règle numéro 2 était de ne jamais me risquer dans un traîneau qui n'en avait pas. L'appareil utilisait les ondes sonores pour sonder la glace et repérer les crevasses cachées. La plupart pouvaient être franchies grâce à la longueur du train de roulement du tractoneige, mais certaines étaient assez grandes pour l'engloutir, ainsi que tout ce qu'il traînait.

Je demandai au chauffeur où il allait.

« Kolya », me répondit-il.

Le long train à charge mixte allait vers un autre endroit, appelé Imnash. Nous savions que le prochain brise-glace partirait de Kolya dans trente et une heures. Alors, une fois que nous nous fûmes entendus sur le prix, je descendis mon sac dans le train à un seul traîneau, et rejoignis ses deux passagers. Selon la coutume, je payai au chauffeur la moitié de la somme convenue, et gardai l'autre moitié dans ma poche, payable à l'arrivée. Pendant encore un quart d'heure, il joua des coudes des deux côtés du colosse, et réussit à trouver un passager de plus sur le flanc droit. À partir de ce moment-là, il n'y eut plus personne sur les passerelles. Tous les petits trains-traîneaux se détachèrent soudain du grand, comme s'ils avaient reçu un signal. J'en déduisis que nous devions approcher de l'avant-poste où les agents monteraient pour l'inspection.

À cinquante pieds, nous pouvions à peine distinguer le train géant ; à cent, il était invisible. Une minute plus tard, même la pulsation de sa centrale électrique avait été assourdie par la neige et noyée par la note plus aiguë du moteur de notre petit convoi.

Ce n'était vraiment pas ce que j'avais eu en tête lorsque j'étais sorti du cancel au grand voco, deux semaines plus tôt ! Même lorsque j'avais décidé de suivre Orolo au-delà du Pôle, je n'aurais jamais imaginé que la dernière étape se déroulerait ainsi. Si quelqu'un m'avait dit à Samble que j'allais me lancer dans une telle chevauchée, j'aurais trouvé une excuse pour rallier directement Trédégarh. Une chose que je n'aurais pas saisie, par contre, à Samble, c'était à quel point ici tout cela était routinier. Maintenant que j'avais embarqué, je n'avais plus qu'à essayer de tuer le temps pendant les vingt-quatre heures que mettrait cet engin pour atteindre la mer.

Nous étions assis tous les quatre sur deux bancs qui se faisaient face et eussent pu accueillir huit personnes. Nous nous ressemblions tous, dans nos fourreaux. Le mien paraissait neuf à côté des leurs, bien que j'eusse passé une semaine dedans. Malgré les efforts que nous avions faits pour m'équiper de bagages d'apparence piteuse, les miens rutilaient en comparaison de ceux des deux premiers passagers : des sacs à provisions en poly, noués entre eux avec du poly, et renforcés avec du poly. Le dernier passager avait une valise sanglée de plusieurs tours de cordelette jaune.

Les deux premiers s'appelaient Laro et Dag, le dernier Brajj, des noms assez communs extra-muros. Je leur dis m'appeler Vit. Converser plus avant était difficile, à cause du bruit du moteur, et ils ne semblaient de toute façon pas très bavards. Laro et Dag se pelotonnaient sous une couverture. J'avais l'impression qu'il s'agissait de deux frères. Brajj, monté en dernier, se trouvait le plus près des rabats à l'arrière. Entre sa masse (il était plus grand que moi) et sa valise, il prenait beaucoup de place. Mais c'était une bonne chose pour faire obstacle aux paquets de neige qui s'engouffraient au gré des mouvements du traîneau.

J'avais laissé tous mes livres à Cord. Personne n'avait de visueur. Il n'y avait rien à voir dehors, hormis des tourbillons de neige. Je réglai mon chauffage catalytique sur le minimum nécessaire pour conserver mes doigts, croisai les bras, étendis mes jambes sur mon sac, m'affaissai sur le banc de bois, et m'efforçai de ne pas penser à la lenteur avec laquelle le temps passait.

Il semblait s'être écoulé des années depuis que j'avais quitté l'environnement confortable de la concente. Mais ici, sur ce traîneau, je m'étais enfoncé dans une rêverie où je pouvais pratiquement voir mes fraas et soors, et entendre leurs voix. D'Arsibalt, Lio et Jesry, je passai à l'image plus agréable d'Ala. Je l'imaginai à Trédégarh, un endroit dont je ne savais pas grand-chose, sinon qu'il était plus ancien et plus grand que Saunt-Édhar, et que le climat y était meilleur, les jardins plus luxuriants et plus fragrants. Je m'y vis moi aussi, ayant survécu à ce voyage, trouvé Orolo, rejoint Trédégarh, et été autorisé à en franchir le portail, plutôt que proscrit ou invité à passer les cinq années suivantes avec le Livre pour seule compagnie. Une fois ces formalités accomplies, je conjurai le rêve à demi conscient d'un banquet dans un vieux réfectoire opulent de Trédégarh, où des fraas et soors venus de toute la planète levaient leurs verres pleins d'un breuvage exquis à Ala et moi pour célébrer nos observations à la camera obscura. Puis ma rêverie prit un tour plus intime, impliquant une promenade dans un jardin isolé… qui me fit somnoler. Cela ne se passait pas du tout comme je m'y attendais. La partie de mon cerveau qui avait la charge des rêves éveillés fabriquait celui-ci pour me réconforter et m'apaiser, pas pour déchaîner les passions.

Un changement de position du traîneau m'éveilla juste assez pour me faire réaliser que je m'étais endormi.

Dans le franchissement du Pôle, nous avions suivi un

isthme majeur. Deux plaques tectoniques s'étaient heurtées dans le Grand Nord, formant une chaîne de montagnes qui eût été difficile à franchir si elle n'avait pas été enterrée sous une lieue de glace. Durant la dernière journée, le continent s'était élargi souterrainement, mais nous étions restés à droite ou, maintenant que nous redescendions vers le sud, sur son versant ouest. Pas complètement au bout, parce que la côte ouest était une chaîne de montagnes escarpée, issue d'une zone de subduction. Il y avait très peu d'espaces plats entre elle et la mer gelée, et ceux-ci étaient couverts de glaciers, nourris par les montagnes et parsemés de crevasses traîtresses. Alors le train-traîneau restait quelques lieues à l'intérieur des terres après la chaîne côtière, traversant un plateau à la glace stable. C'était là que se trouvait le traînoport. De là, des routes partaient plein sud à travers la glace, la toundra et la taïga, pour rejoindre le réseau de transport qui se ramifiait sans fin, jusqu'à la Mère des mers. Mais le premier avant-poste par cette voie se situait à des centaines de lieues. Des trafiquants comme notre conducteur ne pouvaient pas prospérer en emportant leurs passagers aussi loin. Aussi viraient-ils à droite, ou à l'ouest, contournaient le traînoport, et prenaient l'un des trois cols qui fendaient la chaîne côtière pour rejoindre les ports de la côte océanique, lesquels étaient reliés au sud par des brise-glace.

Cord, Sammanne et les Craide allaient tout bonnement monter dans leurs vachéchés et rouler vers le sud depuis le traînoport. Si le temps avait été meilleur et que les trafiquants à faible rayon d'action avaient travaillé aujourd'hui, j'eusse pu payer l'un d'entre eux pour me faire contourner le traînoport et me déposer sur la route quelques lieues au sud, où je serais simplement remonté dans le vachéché de Yul. En lieu de quoi mes quatre compagnons allaient rouler deux jours sans moi vers le sud et une zone plus tempérée, puis virer à l'ouest et traverser les montagnes jusqu'à un port appelé Mahsht – le port d'attache de la flotte des brise-glace. Entre-temps, j'aurais embarqué sur l'un d'eux, ou sur l'un des navires du convoi qui se déplaçait dans son sillage, et rejoint Mahsht. Une fois que nous serions tous réunis, la Mère des mers ne serait plus qu'à quelques jours de route. Ce que je faisais était donc le plan B – le plan A se résumait en un bête contournement –, et, franchement, nous ne l'avions pas discuté en détail, parce que nous ne nous attendions pas à ce que les choses se déroulassent ainsi. J'avais l'impression d'avoir pris ma décision de façon un peu hâtive et d'avoir oublié quelques détails importants, mais durant les deux premières heures dans ce petit traîneau, j'avais eu le temps d'y réfléchir, et d'en conclure que tout allait bien se passer.

Quoi qu'il en soit, lorsque je sentis le traîneau s'incliner, je le pris comme un signe du début de notre ascension vers l'un des cols qui reliaient le plateau à la côte. Selon Sammanne, l'un des trois était de loin préférable aux deux autres, mais les avalanches le rendaient parfois impraticable. Les conducteurs des traîneaux ne savaient jamais, d'un jour sur l'autre, lequel ils finiraient par utiliser. Ils prenaient leur décision au dernier moment, en fonction des informations transmises par les autres trafiquants. Comme notre chauffeur était dans un véhicule séparé, enfermé dans une cabine chauffée, je n'avais aucun moyen d'entendre ses communications et d'être informé des événements.

Quelques heures plus tard, par contre, la vélocité de notre traîneau s'effondra, et il finit par s'immobiliser. Nous consacrâmes une minute à réapprendre à nous mouvoir. Je regardai ma montre, et fus ébahi de voir que nous étions en route depuis seize heures. J'avais dû en passer huit ou dix à dormir – rien d'étonnant à ce que je fusse courbaturé. Brajj ouvrit l'un des rabats pour laisser entrer une lumière grise, brillante, mais sans point d'origine identifiable. La tempête avait cessé, il n'y avait pas de neige dans l'air, même si les nuages couvraient toujours le ciel. Nous nous étions arrêtés sur le versant d'une montagne, mais le terrain à cet endroit était raisonnablement plat – une sorte de piste à traîneaux, devinai-je, qui traversait les montagnes par le col que notre chauffeur avait décidé d'emprunter.

Brajj ne faisait nullement mine de vouloir sortir. J'allais passer par-dessus ses jambes étirées, quand il leva la main pour m'arrêter. Un instant plus tard, nous entendîmes une série de coups en provenance du tractoneige, suivis d'un craquement et d'un déchirement comme on forçait pour ouvrir sa portière bloquée par une couche de glace. Des semelles descendirent un marchepied d'acier, et firent crisser la neige. Brajj abaissa sa main et retira ses jambes : je pouvais y aller. Ce ne fut qu'alors que je me souvins de l'avertissement de Sammanne : ne jamais mettre pied à terre, sous peine de risquer d'être abandonné. Brajj, qui semblait en avoir déjà fait l'expérience, savait qu'il n'était pas prudent de s'aventurer à l'extérieur tant que le chauffeur n'était pas sorti du tractoneige.

Nous avions investi dans des lunettes de neige, au quatre-vingt-trois. Je les rabaissai sur mes yeux et remontai vers l'avant, où je découvris un inconnu, debout dans la neige à côté du tracteur, urinant vers le flanc haut de la montagne. Je me dis qu'il devait y avoir une couchette dans le tractoneige, et que les deux chauffeurs devaient se relayer. Justement, le premier passa un visage endormi par la portière, mit ses lunettes, et sortit pour aller rejoindre l'autre. Ils gardèrent la portière ouverte, apparemment pour écouter les radiotransmissions. Elles venaient par salves sporadiques, étrangement modulées. J'en saisis assez pour comprendre que les opérateurs de trains-traîneaux s'échangeaient des informations sur l'état des cols, et sur leurs positions respectives. Mais peu de choses leur parvenaient. Lorsqu'une transmission émergeait du haut-parleur, les deux chauffeurs cessaient de parler, se tournaient vers la portière ouverte, et tendaient l'oreille.

Laro et Dag descendirent et passèrent de l'autre côté du traîneau – sur le flanc bas. J'entendis des exclamations, puis ils se mirent à parler avec excitation. Les chauffeurs en parurent agacés, gênés qu'ils étaient pour suivre les salves déformées de la radio.

Je passai de l'autre côté. De là, nous avions une vue superbe sur une pente enneigée, interrompue çà et là par des aiguilles de pierre noire, jusqu'à une vallée en U. Nous étions à son nord. À notre droite, elle s'élargissait et s'aplatissait en rejoignant la bande côtière. À notre gauche, elle se faisait de plus en plus pentue à mesure qu'elle rejoignait les montagnes blanches. Donc, nous avions franchi la crête de la chaîne côtière, et redescendions vers l'un des ports gelés.

Mais ce n'était pas ce qui avait provoqué les exclamations de Laro et Dag. Ils regardaient un serpent noir de quatre lieues de long, baigné de vapeur, qui ondulait dans la vallée en direction des montagnes : un convoi de véhicules lourds, compact de la tête à la queue. Tous de la même couleur.

« Des militaires », annonça Brajj en descendant du traîneau. Il agita la tête d'un air stupéfait. « On dirait presque que c'est la guerre.

– Un exercice ? suggéra Laro.

– Un grand, alors, répondit Brajj avec scepticisme. Et ce n'est pas le bon équipement. » Il s'était exprimé avec tant d'autorité et de dérision que je supposai que c'était un militaire à la retraite – ou un déserteur. Il secoua la tête. « Il y a une division de montagne en pointe, dit-il en indiquant la tête de la colonne, qui, je le remarquai alors, était constituée de dizaines de véhicules blancs à chenilles. Mais après, il n'y a plus que des troupes de plaine. » Il montra le premier des martels opaques, puis balaya la vallée du bras, par-dessus le reste de la colonne, jusqu'à la mer gelée, qui nous apparaissait d'ici comme un plateau blanc brouillon zébré de fissures bleues. Une tache jaune et brune indiquait le port que nous essayions d'atteindre. Un layon d'eau noire avait été tracé par un brise-glace, mais disparaissait déjà à mesure que la glace se refermait derrière lui.

Je n'étais ni un praxique ni un tic, mais j'avais vu suffisamment de visues quand j'étais enfant, et entendu assez de choses de la part de Sammanne, pour avoir une idée globale de la façon dont la radio fonctionnait. Il n'y avait qu'une bande passante à se partager. Dans la plupart des cas, c'était amplement suffisant, même dans les grandes villes. Mais les militaires en employaient beaucoup, et brouillaient parfois ce qu'ils n'utilisaient pas. Les opérateurs de trains-traîneaux, dans ces montagnes, avaient l'habitude d'avoir une bande passante presque illimitée à leur disposition, et en étaient devenus dépendants – comme je l'ai dit, ils échangeaient sans cesse des informations sur la météo et les conditions au sol. Or, à un moment du voyage, nos chauffeurs avaient dû remarquer quelque chose d'inédit : les communications passaient rarement, et étaient de très mauvaise qualité. Ils avaient dû croire au début que leur équipement fonctionnait mal, jusqu'au moment où ils avaient franchi la crête et découvert ceci : des centaines, peut-être des milliers de véhicules militaires. C'étaient eux qui monopolisaient toute la bande passante.

Ce qui s'offrait à nos yeux était tellement singulier que nous aurions pu rester des heures à l'observer, si Brajj ne s'était pas tourné pour s'intéresser aux chauffeurs. Ils s'affairaient sur le tractoneige, chassaient la glace de divers équipements, inspectaient les chenilles, vérifiaient les attaches entre le tracteur et notre traîneau, contrôlaient les niveaux des liquides du moteur. Brajj était un homme calme et réservé, mais extrêmement vigilant – voire appréhensif – quant au fait de se savoir sur la neige alors que les deux chauffeurs étaient sur le tracteur. Après une minute, il n'en put plus, et remonta à l'intérieur. Je m'empressai de suivre son exemple. Quelques instants seulement après que j'eus repris ma place, nous entendîmes la portière du tractoneige se refermer. Nous appelâmes Laro et Dag qui, à quelques pas derrière le traîneau, regardaient avec fascination le convoi militaire. Nous réussîmes à attirer l'attention de Dag. Il tourna la tête vers nous, mais parut ne toujours pas comprendre ce qu'il se passait, jusqu'à ce que le moteur du tracteur rugît, et qu'un rouage claquât en s'enclenchant. Dag donna un coup sur l'épaule de Laro, puis fit deux pas vers nous, attrapa son compagnon par le col au passage, et l'entraîna dans son sillage. Brajj se plaça à l'arrière et tendit le bras pour les aider à se hisser à bord. Je me rapprochai pour faire de même. Le moteur rugit plus fort, et nous entendîmes le claquement caractéristique des chenilles qui commençaient à se mouvoir. Laro et Dag atteignirent notre main à peu près en même temps ; Brajj et moi en attrapâmes chacun un, et les tirâmes à l'intérieur. Leur élan les propulsa jusqu'à l'avant du traîneau. Le claquement des chenilles avait déjà pris un rythme régulier.

Mais nous, nous ne bougions pas.

Brajj et moi regardâmes la neige dehors. Puis nous nous regardâmes l'un l'autre.

Nous bondîmes chacun d'un côté du traîneau. Le tractoneige était à cinquante pieds de nous, et prenait de la vitesse. L'attelage qui l'avait relié à nous frottait dans la neige derrière lui.

Nous nous élançâmes à sa poursuite. Les plaques tassées par son passage supportaient notre poids la plupart du temps, mais régulièrement, nous les traversions et nous enfoncions à mi-cuisse. En tout cas, je fus le plus rapide. J'avais couvert peut-être cent pieds lorsque la portière passager s'ouvrit et que le second chauffeur émergea. Il descendit sur la sorte de plaque qui était au-dessus de la chenille droite, et me montra d'un geste la longue arme à projectiles suspendue dans son dos.

« Qu'est-ce que vous faites ? » criai-je.

Il se pencha à l'intérieur, attrapa un gros carton, et le fit verser dans la neige : des barres énergétiques. « Nous allons devoir passer par un autre col maintenant, tonna-t-il en retour. Il est plus éloigné, plus pentu. Nous n'avons pas assez de carburant.

– Alors vous nous abandonnez ? »

Il agita négativement la tête et lança autre chose dans la neige : un bidon de carburant pour fourreaux. « On va voir si on peut mendier un peu de carburant auprès des militaires là-bas, cria-t-il de plus loin. Puis on reviendra vous chercher. » Sur ce, il s'engouffra dans la cabine et referma la portière derrière lui.

Sa logique était évidente. Ils avaient été surpris par le convoi de soldats. Ils n'avaient pas assez de carburant pour un détour. S'ils nous emmenaient avec eux pour aller en quémander, il sauterait aux yeux des militaires qu'ils étaient des contrebandiers, et ils auraient des problèmes. Alors ils devaient nous laisser à l'écart le temps de la transaction. Et comme ils savaient que nous ne serions pas d'accord, ils ne nous avaient pas laissé le choix.

Brajj m'avait rejoint. Il avait tiré d'on ne sait où une petite arme de poing. Mais il était clair, autant pour les uns que pour les autres, qu'il ne servait à rien de faire feu sur le tractoneige. Seuls ce dernier et les deux hommes qui le conduisaient pouvaient nous sortir de là.

Lorsque Brajj et moi revînmes au traîneau, en portant le carburant et les barres énergétiques, nous trouvâmes Laro et Dag à genoux, face à face, se tenant les mains l'un de l'autre, et marmonnant à une telle vitesse que je ne pouvais pas saisir un mot. Je n'avais jamais vu personne se comporter de cette façon, et il me fallut un temps pour réaliser qu'ils priaient. Embarrassé, je m'écartai pour laisser passer Brajj : peut-être voudrait-il se joindre à eux. Mais en voyant les déolâtres, il n'afficha que du mépris. Il croisa mon regard et fit un signe de tête en direction des rabats de la tente. Je le rejoignis à l'extérieur. Nous étions tous les deux encapuchonnés, enlunettés et emmitouflés contre le froid. Le givre s'accumulait sur nos masques faciaux à mesure que nous parlions.

Brajj avait regardé sa montre toutes les deux minutes depuis que nous avions été abandonnés. « Cela fait un quart d'heure, dit-il. S'ils ne sont pas revenus dans deux heures, il faudra que nous nous débrouillions par nous-mêmes pour sauver notre peau.

– Vous croyez vraiment qu'ils nous laisseraient mourir ici ? »

Brajj choisit de me répondre indirectement : « Peut-être qu'ils vont se retrouver dans une situation où ils n'auront pas le choix. Peut-être qu'ils n'obtiendront pas de carburant. Peut-être qu'ils vont tomber en panne. Ou que les militaires vont les réquisitionner. En tout cas, il faut que nous ayons une alternative.

– J'ai une paire de bottes de neige…

– Je sais. Il nous en faut trois autres. Remplissez vos sacs à eau. »

Les fourreaux avaient sur le devant des poches qui pouvaient être remplies de neige. Avec le temps, elle fondait et devenait de l'eau potable. Cela consommait de l'énergie, mais c'était viable, tant que l'on avait de quoi se nourrir et du carburant pour le fourreau. Nous avions les deux – pour l'instant. Nous bourrâmes les nôtres d'autant de neige que possible. Puis nous refîmes le plein de nos poches à carburant avec le bidon que les chauffeurs nous avaient laissé. Brajj interrompit la prière des deux déolâtres et insista pour qu'ils se rechargeassent également en eau et en carburant. Puis il nous intima à chacun de manger deux barres énergétiques. Alors seulement, nous pûmes nous mettre au travail.

La tente était maintenue en place par des mâts métalliques flexibles. Nous les pliâmes et les retirâmes. Cela eut pour effet d'attirer l'attention de Laro et de Dag : notre abri ayant disparu, ils n'avaient plus d'autre choix que de se rallier à notre plan. Brajj avait un outil de poche muni d'une lame de scie ; il se mit à couper les mâts en segments plus petits. Le voyant faire, les deux autres se mirent au travail avec enthousiasme. Dag, qui était le plus robuste des deux, prit la relève dans la découpe des mâts. Brajj chargea Laro de récupérer chaque pouce de corde et de ficelle à notre disposition. Puis – dirigeant peut-être par l'exemple – il dénoua la cordelette jaune qu'il avait utilisée pour sangler sa valise : il y en avait trente pieds. Il ouvrit les loquets, et se débarrassa de son contenu : des centaines de petites ampoules, chacune empaquetée dans un nodule de mousse. Je n'avais jamais vu ces choses auparavant, mais je pensai qu'il s'agissait de produits pharmaceutiques.

« Un rigidifiant », expliqua Brajj en voyant mon air interrogateur.

Le corps de la valise était fait d'un simili cuir résistant que nous débitâmes en semelles pour les bottes de neige. Nous pliâmes des bouts de mâts de la tente pour en faire de grossières armatures rectangulaires sur lesquelles nous laçâmes les semelles avec les ficelles des bagages improvisés de Laro et de Dag. Cela prit du temps, parce que nous devions procéder à mains nues, et que nos doigts s'engourdissaient en quelques secondes. Leurs bagages contenaient principalement de vieux vêtements, qu'ils étaient prêts à abandonner, et des souvenirs de leurs familles, qu'ils voulaient garder. Je tirai l'un des bancs hors du traîneau, le retournai, et le débarrassai de ses minces pieds à coups de botte. Il allait nous servir de luge. Nous le chargeâmes de nos provisions, enveloppées dans ce qu'il restait de la tente. Mon sac à dos avait déjà été dépouillé de son armature et de tout ce qui pouvait servir de ficelle. J'ajoutai mes barres énergétiques et mon réchaud aux provisions, jetai mes vêtements de rechange, et mis ma chape et ma sphère (réduites à leur taille minimale) dans les poches de poitrine de mon fourreau. J'envisageai d'ajouter ma cordelière à notre réserve, mais nous semblions en avoir suffisamment : Laro avait trouvé un rouleau de corde de cinquante pieds rangé sous l'un des bancs, et nous en avions tiré cinquante autres des fixations de la tente notamment. Cela, plus les trente pieds de cordelette jaune de Brajj, suffit pour nous encorder à intervalle de trente ou quarante pieds, une précaution indispensable si l'un d'entre nous glissait sur un flanc pentu ou tombait dans une crevasse, nous expliqua Brajj.

Ces préparatifs prirent près de quatre heures, alors nous nous mîmes en route en retard par rapport au programme de Brajj. Le convoi en contrebas semblait ne pas avoir bougé d'un pouce. Brajj estima le dénivelé entre la vallée et nous à deux mille pieds. Il nous dit qu'au « pire du pire », il nous faudrait « couper le cordon », se laisser glisser sur la glace jusqu'à la vallée, et s'en remettre à la miséricorde de l'armée. Ils nous emprisonneraient peut-être, mais il était peu probable qu'ils nous laissassent mourir. Ce ne pouvait être tenté qu'en dernier recours, par contre, parce que nous avions de forts risques de tomber dans une crevasse avant d'atteindre la vallée.

Brajj prit la tête de la cordée. Il était armé d'une bonne longueur de mât de tente afin de sonder la neige devant lui, et repérer les crevasses. À la hanche, il avait son « croc », un lourd couteau à longue lame. Il affirma que si l'un d'entre nous tombait dans une crevasse, il se jetterait au sol et l'enfoncerait dans la glace pour s'y ancrer et arrêter notre chute. Il me plaça à l'autre extrémité et s'assura que j'étais bien équipé d'un bout de métal en L, récupéré sur l'armature de mon sac à dos, que je serais censé utiliser de la même façon. Il me fit même m'exercer à me jeter dans la neige face en avant, en plantant mon L dans la glace. Dag, puis Laro furent encordés entre nous deux. La luge traînait derrière moi.

La première partie de notre périple fut hésitante et frustrante, parce que les bottes de fortune ou les attaches qui les retenaient à leurs pieds semblaient se défaire tous les dix pas. L'expédition paraissait vouée à l'échec à peine commencée. Mais je remarquai bientôt qu'une heure s'était écoulée sans interruption. J'aspirai dans le tube relié à ma poche à eau, mâchonnai lentement une barre énergétique. Je regardai alentour, et trouvai finalement la vue belle.

Totobono ! Cette pensée me frappa comme une boule de neige en plein visage. J'avais quitté la concente depuis un peu plus de deux semaines, et mangé uniquement des aliments extra-muros. Lio, Arsibalt et les autres avaient probablement atteint Trédégarh en moins d'une semaine – un délai trop court pour être affectés. Moi, j'avais été exposé assez longtemps pour que ce produit chimique omniprésent eût élu domicile dans mon cerveau, altérant subtilement la façon dont j'envisageais chaque chose.

Qu'auraient dit mes fraas et soors des décisions que j'avais prises ces derniers temps ? Rien de bien amène. Il suffisait de regarder où ces décisions m'avaient entraîné ! Et pourtant, même dans cette situation épouvantable, je m'étais contenté de baguenauder avec rien d'autre en tête que la beauté du paysage !

Je tentai de m'imposer un état d'esprit plus austère, m'efforçai d'envisager des complications éventuelles auxquelles je devrais me préparer. Le croc pouvait servir d'ancre en situation de crise – mais Brajj pouvait tout aussi bien l'utiliser pour se dégager si quelqu'un tombait. Que devrais-je faire dans ce cas ? D'un autre côté, me disais-je, Brajj avait pris le commandement, et ses décisions avaient été raisonnables jusqu'ici. Au lieu de me perdre en conjectures, mieux valait revenir à ce qu'il se passait ici et maintenant.

Ou était-ce le totobono qui parlait ?

Durant les premières heures, nous suivîmes les traces laissées par le tractoneige, mais ensuite elles virèrent et descendirent le long d'un cirque – un val semi-circulaire creusé par un glacier tributaire –, en direction de la vallée. Cela nous eût menés droit au convoi militaire, alors nous quittâmes la piste et nous engageâmes pour la première fois dans la neige immaculée. Dans un premier temps, nous progressâmes lentement, parce qu'il nous fallait remonter jusqu'à ressortir du cirque. Le temps que la pente redevînt moins abrupte, j'étais prêt à « couper le cordon », selon l'expression de Brajj. Si je m'en remettais à la mansuétude d'un opérateur de martel militaire, que pouvait-il m'arriver, dans le pire des cas ? Je n'avais violé aucune loi. Seuls mes trois compagnons avaient besoin de se livrer à ces extrémités ridicules pour échapper à l'attention des autorités. Mais, pour le meilleur et pour le pire, nous étions encordés, et je ne pouvais pas me libérer sans mettre en danger tant leurs vies que la mienne. Je ne pouvais qu'attendre le moment où *eux* couperaient le cordon.

Puis nous franchîmes une crête intermédiaire, et arrivâmes en vue de la côte. Je fus ébahi de découvrir à quel point elle était proche. Le dénivelé était important, mais la distance horizontale ne pouvait pas être très grande. Nous pouvions facilement distinguer chaque bâtiment du port et compter les navires de transport militaires amarrés à ses quais. Des aéroplanes de l'armée également étaient alignés au bord d'une piste sale, coincée entre la côte et le pied des montagnes. Nous en regardâmes un décoller et virer vers le sud.

Deux-trois navires civils se trouvaient également dans le port, et cela nous donna à tous l'idée que si nous pouvions seulement arriver en bas en un seul morceau – ce qui représentait sans doute moins d'une journée de marche –, il nous serait peut-être possible de négocier notre passage sur l'un d'entre eux et de prendre la mer derrière le prochain brise-glace. Alors nous fîmes une pause en préparation de ce qui, nous le savions tous, allait être une dernière étape longue et ardue. Je me forçai à manger deux autres barres énergétiques. Elles commençaient à me donner la nausée, mais ce n'était peut-être que l'effet de mon inquiétude quant au totobono. Je les fis passer avec de l'eau, et remplis de nouveau mes poches à neige et ma réserve de carburant. Nos provisions restaient respectables – les conducteurs du tractoneige avaient compté large, pensant peut-être qu'ils ne reviendraient pas avant un moment. J'étais heureux que nous eussions pris l'initiative de partir seuls, plutôt que nous pelotonner dans la tente sans savoir si nous allions survivre.

Après une heure de pause, nous remballâmes le contenu de la luge et nous remîmes en marche. Nous descendîmes dans un vallon au fond arrondi, un autre cirque qui semblait s'incurver en direction du port. Brajj décida de suivre cette voie, au risque que le flanc du cirque devînt trop abrupt pour que nous pussions le négocier, et que nous eussions à revenir sur nos pas. Cela m'inquiéta grandement à plusieurs reprises durant les deux heures qui suivirent, mais chaque fois que nous franchîmes un virage, ou la crête d'une petite élévation, nous découvrîmes devant nous une demi-lieue entière sans obstacle insurmontable. Dans les descentes plus abruptes, j'avais fort à faire pour retenir la luge qui essayait de me dépasser – la seule solution était de la laisser me tirer, en me penchant en arrière pour contrebalancer son poids. Dans ces moments, les autres, qui n'avaient pas cette charge, avaient tendance à me distancer. La corde qui me reliait à Laro se tendait, me rappelant son impatience. J'avais envie de le rattraper et le frapper. Heureusement, Brajj empêchait tout débordement. Même sur des parties qui paraissaient lisses et sûres, il marchait au même rythme, prenant le temps tous les deux pas de sonder la neige devant lui avec son bout de mât.

J'avais depuis longtemps appris à distinguer les empreintes de Brajj de celles des deux autres, et de temps en temps je remarquais, avec une irritation indescriptible, qu'elles divergeaient : Brajj était parti dans le zig pour quelque raison, et Dag dans le zag ; Laro avait suivi les pas de son compagnon, m'obligeant à faire de même, et donc à m'engager dans des endroits que Brajj n'avait pas sondés.

Nous avions probablement descendu les trois quarts du dénivelé qui nous séparait du port. Le reste serait probablement plus facile. Laro et Dag avaient le tempérament de manouvriers – il leur restait énormément d'énergie, et ils brûlaient de passer outre le pas scrupuleux de Brajj, pour rejoindre au plus vite un endroit où ils pourraient trouver un repas chaud et se débarrasser de ces maudits fourreaux. Ce fut dans l'une de ces descentes abruptes où la luge était passée devant moi et où je m'escrimais entre mes deux cordes que je remarquai une subite perte d'équilibre. La tension du cordage qui me reliait à Laro avait soudain augmenté. J'enfonçai ma botte gauche en appui et tirai en arrière, mais la fatigue des dernières heures avait transformé les muscles de ma jambe en gelée flageolante. Je tombai à genoux, la corde nouée à ma taille m'entraînant en avant. Juste avant de piquer du nez dans la neige, j'aperçus Brajj dressé face à moi, à cent pieds, croc en main. Laro roulait et boulait sur la pente, m'entraînant avec lui. Dag, lui, avait disparu.

Cette image fixe s'imprima en moi tandis que je dévalais, tiré par Laro et la luge. Et, réalisai-je, par Dag. Il avait dû tomber dans une crevasse ! Pourquoi Brajj n'avait-il pas interrompu sa chute ? La corde – la cordelette de trente pieds en poly jaune qui reliait Brajj et Dag – avait dû se rompre. Ou alors Brajj l'avait tranchée d'un coup de son croc. J'étais le seul à pouvoir nous sauver, Laro, Dag et moi, grâce à mon bout de métal en L. J'aurais dû l'avoir en main, prêt à servir en cas d'accident. Mais pour pouvoir retenir la luge à deux mains, j'avais glissé mon L dans l'une des attaches de mon fourreau. Y était-il encore ? Je battis frénétiquement d'une jambe, et réussis à me remettre sur le dos. Mon crâne projetait une vague d'étrave qui noyait mon visage sous la neige. Je la soufflai par le nez et me retins d'inhaler. Je tâtonnai en cherchant quelque chose de dur et le trouvai – du moins je le pensais : à travers les moufles, il était difficile d'en être certain. J'écartai le piolet de mon corps, battis de nouveau des jambes, et réussis à rouler sur le ventre. Ma tête sortit de la neige, et j'entendis Laro crier quelque chose – il avait dû passer par-dessus le bord de la crevasse. Pesant de tout mon poids, j'enfonçai mon L. Il accrocha – si l'on peut dire – et fit pivot : mon corps tourna autour, alors que la corde à ma taille, maintenant soumise aux poids combinés de Laro et de Dag, m'entraînait vers le bas de la pente. Le piolet résista dans mes mains, mais pas suffisamment : il ne semblait pas fixé. Ou plutôt si, mais dans un banc de neige qui s'était désolidarisé et dévalait la pente en dessous de moi. Un coup de malchance : dans une neige plus dense, le piolet eût eu de la prise, mais la tempête d'hier avait laissé une couche de poudreuse qui se mouvait librement sur les couches tassées.

Une autre violente secousse à la taille m'indiqua que la luge venait de passer par-dessus bord. Je sortis la tête de cette mini-avalanche, et eus l'étrange impression que je ne me déplaçais pas – parce que, évidemment, la neige autour de moi glissait à la même vitesse. Puis il n'y eut plus rien sous mes orteils. Rien sous mes chevilles. Rien sous mes genoux, mes hanches. La corde me tirait vers le bas avec le poids de deux hommes. Je suppose que je fis une sorte de salto arrière en tombant dans la crevasse. Mais je ne connus la terreur de la chute libre qu'une fraction de seconde : je sentis un terrible choc au niveau de mon dos, et je m'immobilisai. La tension de la corde me plaquait contre une masse fixe et gelée. Des blocs de neige épars continuaient de pleuvoir sur moi. Je me souvins d'une histoire confuse que Yul m'avait racontée sur les avalanches, où il était question de « nager » pour préserver un volume d'air devant le visage. Je ne pouvais pas nager, mais je relevai un bras et pliai le coude au-dessus de mon nez et de ma bouche. Le poids de la neige sur mon corps augmentait régulièrement, la tension de la corde se relâchait. La plus grande partie de l'avalanche semblait dévaler plus bas encore, de part et d'autre de mon corps, tandis que je restais paralysé.

Curieusement, j'entendis la voix de Jesry dire dans ma tête : *Oh, oh, tu es un tout petit peu enterré vivant.* Quel crétin !

Puis je n'entendis plus que les battements de mon cœur.

Je poussai du coude. La neige s'écarta un peu et m'offrit un vide devant le visage – de l'air pour un temps. Plus important, cela m'évita de paniquer, et me permit d'ouvrir les yeux. Il y avait un peu de lumière gris-bleu. J'entendis Arsibalt commenter : *Juste assez pour lire !* et Lio répondre : *Encore aurait-il fallu penser à emporter un livre.*

Pour une raison ou pour une autre, je ne m'enfonçais pas davantage dans la crevasse. Pas encore. J'avais l'impression de ne pas être tombé très profond. Quelque chose avait arrêté ma chute. Je me dis que la luge avait dû se ficher en biais entre les parois de la crevasse, et que j'étais tombé dessus. Violemment. Je pris le temps d'agiter mes chevilles et mes orteils, juste pour m'assurer que je ne m'étais pas brisé la colonne vertébrale. J'eusse aimé vérifier avec les mains, mais l'une était collée contre mon corps et l'autre – celle que j'avais refermée sur mon visage – était enfoncée dans la neige. Je pouvais néanmoins la baisser vers mon corps. Je trouvai la fermeture à glissière de ma poche de poitrine, et l'ouvris. Puis je ramenai ma main vers mon visage et ôtai ma moufle avec les dents. J'enfonçai ma main libre dans ma poche, et en tirai ma sphère.

Les sphères ne disposent pas de commandes en tant que telles. Elles reconnaissent les gestes. On leur parle avec les mains. Ma main était un peu raide, mais je pus exécuter le mouvement de dévissage qui la faisait augmenter. Au bout d'un moment, la sphère réduisit ma réserve d'air en envahissant l'espace devant moi, et appuya sur ma poitrine. C'était effrayant. Mais j'avais dans l'idée qu'il n'y avait pas une grande épaisseur de neige au-dessus de moi. Alors je continuai de la faire grandir. Et juste au moment où je crus mourir écrasé sous ma propre sphère, j'entendis des bruits – une petite avalanche. J'inversai le mouvement. La sphère se réduisit, la pression disparut, et je découvris devant moi un espace dégagé entre deux parois de glace bleue. Le ciel était visible. Ainsi que Brajj, debout au bord de la crevasse, regardant vers moi. J'étais tombé d'environ vingt pieds.

« Vous êtes un avôt, fut la première chose qu'il me dit.

– Oui.

– Vous avez autre chose dans votre sac à malices ? Parce que je n'ai pas de corde. Tout est parti avec les deux ganuches. » Il tapota la cordelette jaune nouée autour de sa taille.

Il n'en pendait plus qu'environ un pied sous le nœud. Exactement la longueur à laquelle la lame de son croc l'aurait tranchée dans un moment de panique – ou de calcul froid.

« Je m'étais dit que vous l'aviez peut-être coupée », dis-je. Je ne sais pas pourquoi. J'imagine qu'il s'agissait de cette étrange propension des avôts à énoncer les faits.

« Peut-être que c'est bien ce que j'ai fait. »

Nous nous observâmes un temps. Il m'apparut que Brajj

était un homme exceptionnellement rationnel – plus que certains avôts. Comme Craide ou Cord ou artisan Quin, c'était encore un de ces individus assez intelligents pour devenir avôts, mais qui, pour une raison ou une autre, s'étaient retrouvés extra-muros. Dans son cas, il semblait que se retrouver seul, sans le moindre lien avec quiconque de son genre, l'avait rendu impitoyablement calculateur.

« Disons qu'il ne vous importe pas que je vive ou que je meure, repris-je. Disons que chaque décision que vous avez prise était entièrement fondée sur votre propre intérêt. Vous nous avez gardés en vie, emmenés avec vous, et vous vous êtes encordé à nous parce que vous saviez que si vous tombiez, nous essaierions de vous aider. Mais, à la minute où l'un d'entre nous est tombé, vous avez tranché la corde pour vous sauver. Vous avez regardé dans cette crevasse par simple curiosité. Rien d'autre. Puis vous avez vu ma sphère. Vous savez que je suis un avôt. Quelle est votre décision ? »

Brajj trouva cela plutôt amusant. Il entendait rarement des gens intelligents énoncer les choses, et il en appréciait le côté nouveau. Il réfléchit à ma question une minute ou deux, se détourna un temps pour regarder vers le reste de la pente. Puis il ramena son attention sur moi. « Bougez les jambes. »

Je le fis.

« Les bras. »

Je le fis.

« Les deux ganuches n'en valaient pas la peine, dit-il.

– C'est un terme raciste qualifiant Laro et Dag ?

– Un terme raciste ? Oui, c'est un *terme raciste*, dit-il d'un ton moqueur. Les ganuches sont utiles pour creuser des tranchées et arracher les mauvaises herbes. En revanche ils sont totalement nuls dans ce genre de situation. Mais vous, vous m'aiderez peut-être à rester en vie. Comment comptez-vous sortir de là ? »

Cela faisait trois mille sept cents ans que nous vivions avec l'interdiction de posséder autre chose qu'une chape, une cordelière et une sphère. Des rayons entiers de livres avaient été écrits sur les usages ingénieux que certains avôts avaient faits de ces objets dans des circonstances difficiles. Bon nombre de ces astuces avaient un nom : le « rochet de saunt Ablavan », l'« engin de Ramgade », le « fraa fainéant ». Je n'étais pas un expert, mais quand nous étions plus jeunes, nous avions feuilleté avec Jesry certains de ces livres, et travaillé quelques-unes de ces astuces, juste pour le plaisir.

Les cordelières et les chapes étaient faites de la même matière : une fibre qui pouvait s'enrouler en spirale sur elle-même, devenant courte, dense et élastique, ou se détendre en un filament droit, long, mince et amorphe. L'hiver, nous commandions aux fibres de nos chapes de se tasser. Elles raccourcissaient alors, mais elles devenaient épaisses et chaudes à cause des poches d'air que créaient les spirales. En été, nous les déployions, et elles devenaient longues et lisses. De la même façon, la cordelière pouvait être épaisse et courte, ou longue et fine.

Je fis ma sphère aussi grosse que ma tête, l'enveloppai dans ma chape, et nouai l'ensemble avec ma cordelière. Puis je fis encore grossir la sphère, en laissant la chape s'étendre dans le même temps. La sphère se logea entre les parois. Elle pouvait monter, mais pas descendre, parce que la crevasse s'élargissait vers le haut et se rétrécissait vers le bas. Je la poussai un peu, et elle trouva un nouvel équilibre, un peu plus haut. Puis je l'élargis et la poussai, l'élargis et la poussai, de quelques pouces chaque fois. Les parois étaient étonnamment irrégulières, si bien que ce fut un peu plus compliqué que prévu, mais une fois que j'eus bien maîtrisé le mouvement, cela alla assez vite.

« Je l'ai ! » cria Brajj.

La sphère s'écarta de moi, en frottant contre les parois

de glace. Je fus pris de panique, avant de retrouver ma cordelière en battant du bras. Je la laissai filer dans ma main jusqu'à ce que Brajj eût tiré la sphère hors de la crevasse. Nous étions maintenant reliés par la cordelière. Il planta son croc dans la glace, là-haut, et l'enroula autour de la poignée du couteau – du moins, c'est ce qu'il me dit.

Je ne voulais pas perdre ce qui me reliait à la luge et à Laro et Dag, mais je devais m'en libérer pour avoir le moindre espoir d'améliorer ma situation. J'attachai le bout de ma cordelière à la boucle du fil de cordée qui ceinturait ma taille, puis je coupai cette boucle, me libérant des centaines de livres qui me tiraient vers le fond. Ma cordelière était maintenant notre seul lien avec la luge et nos deux compagnons. J'expliquai à Brajj comment faire réduire ma sphère. Il me la lança. Je la plaçai de nouveau entre les parois de la crevasse. Cette fois – maintenant que j'étais libre de mes mouvements –, je pus monter à califourchon dessus. Pour la première fois depuis l'accident, je me détachai de la masse dure qui avait interrompu ma chute et m'avait sauvé la vie. En regardant vers le bas, je vérifiai qu'il s'agissait effectivement de la luge, fichée en biais entre les parois comme un bâton dans la mâchoire d'un monstre. Dégagée de mon poids, elle bougea et, un instant plus tard, dévala encore de dix pieds avant de se bloquer de nouveau. Brajj avait noué son extrémité de ma cordelière autour de son croc planté, par sécurité. Je pus m'extirper de la crevasse en agrandissant la sphère, qui me poussait à mesure qu'elle gonflait, tout en gardant ma cordelière enroulée autour de la main, au cas où je tomberais. Une fois que je fus sorti, nous doublâmes le croc en y ajoutant mon piolet improvisé, et y enroulâmes également ma cordelière.

Un temps, nous pûmes remonter le fil de cordée en faisant réduire ma cordelière (une simple implémentation du rochet de saunt Ablavan), mais après quelques minutes, elle fut à court d'énergie. Si je la laissais au soleil assez longtemps, elle se rechargerait, mais nous n'avions pas le temps. Et elle n'emmagasinait pas beaucoup d'énergie, de toute façon. Alors, Brajj et moi continuâmes à la force des bras. Une fois que nous eûmes ressorti la luge, cela devint beaucoup plus facile. Peu après, le corps de Laro apparut dans la vallée de lumière bleue, émergeant de la neige accumulée au fond. Le fil de cordée pendait encore en dessous de lui sur dix pieds, puis s'achevait par un nœud en lambeaux. Il avait tenu assez longtemps pour nous entraîner dans notre plongeon, avant de céder sous le choc lorsque la luge et moi nous étions immobilisés. Après quoi Dag avait dû tomber en chute libre jusqu'au fond de la crevasse, et être enterré sous des monceaux de neige. J'espérais que sa mort avait été plus rapide que cette épouvantable dégringolade.

Brajj ne cessait de m'adresser des regards noirs, comme pour dire : *Pourquoi faisons-nous cela ?* Mais je l'ignorai et continuai de tirer sur le fil de cordée jusqu'à ce que nous eussions hissé le corps de Laro au bord de la crevasse. Lorsque nous le fîmes enfin rouler sur le sol, il se contracta, haleta, et cria le nom de sa déité.

Là, je compris Brajj. Il était plus malin, plus rationnel que moi, en l'instant. Il s'était probablement demandé : *Et que ferons-nous s'il est vivant ?*

Je m'étendis dans la neige quelques minutes, à moitié mort. Toutes les blessures que j'avais subies dans ma chute se faisaient maintenant sentir.

Il n'y avait rien d'autre à faire que de poursuivre notre route. Furieux de se voir encombré d'un homme blessé, Brajj ne cessait de tourner en rond en piaffant, et de regarder avidement le reste de la descente en se demandant s'il ne serait pas préférable de tenter sa chance seul. Au bout de quelques minutes, il décida de rester avec nous – pour le moment.

Laro avait une fracture du fémur, et des lacérations sanglantes au crâne. Entre ces blessures et le fait d'être resté un moment enterré dans la neige, il était hagard.

L'une de ses bottes de neige pendait encore à son pied. Je la démontai et m'en servis pour faire une attelle. Puis je fis ma sphère grosse et plate.

La sphère est une membrane poreuse. Chaque pore est une petite pompe qui peut faire entrer ou sortir l'air. Comme un ballon autogonflant. La constante de raideur – l'élasticité – de la membrane est contrôlable. Si l'on abaisse significativement l'élasticité (c'est-à-dire si on la rend rigide) et que l'on fait entrer beaucoup d'air, elle devient une petite pilule dure. Je fis exactement le contraire. Je la fis très élastique, et expulsai presque tout l'air. J'étalai ma chape à plat sur la neige, et tirai la sphère flasque par-dessus. Puis je demandai à Brajj de m'aider à faire rouler Laro au milieu. Il hurla et appela sa mère et sa déité pendant l'opération, ce que je considérai comme étant plutôt bon signe, parce qu'il paraissait plus alerte. Je l'enroulai dans la sphère, puis refermai la chape autour sans serrer, en laissant sa tête à l'extérieur. Je nouai l'ensemble avec ma cordelière. Enfin, je gonflai un peu la sphère, tout en commandant à la chape de ne pas s'étendre. La sphère se déploya pour former un cocon autour de Laro. L'ensemble faisait entre deux et trois pieds de diamètre, et glissait relativement bien sur la neige, parce que j'avais fait la chape fine et lisse. Je n'aurais pas pu le hisser en haut d'une côte, mais pour notre descente, cela ferait probablement l'affaire.

Brajj tirant la luge et moi Laro, nous nous encordâmes avec la corde intacte, et nous repartîmes, Brajj toujours en tête et armé de son bout de mât pour repérer les crevasses.

Je m'efforçai de ne pas penser à l'éventualité que Dag fût encore vivant au fond de la crevasse.

Puis je m'efforçai de ne pas me demander combien

d'autres cadavres de migrants seraient retrouvés sur ce territoire si toute la glace et la neige fondaient jamais.

Puis je m'efforçai de ne pas me demander si Orolo en ferait partie.

Pour l'instant, je devais juste m'assurer de ne pas être le prochain. Je faisais très attention aux empreintes de pas de Brajj. S'il tombait dans une crevasse, j'essaierais peut-être de le sauver – pour la même raison qu'il m'avait tiré d'un mauvais pas. Mais si moi, je tombais, nous étions morts tous les deux, Laro et moi. Alors je marchais là où il marchait.

Après quelques heures, je perdis le sens de ce qu'il se passait. Mes pensées ne reconnaissaient que le mouvement de mes pieds. Il n'y aurait aucun sens à tenter de décrire cet abattement, ce dénuement moral et physique. Dans les rares moments où j'étais assez lucide pour penser, je me rappelais que les avôts avaient connu des sorts bien pires durant le troisième Sac ou d'autres périodes.

J'étais tellement anesthésié que je n'ai aucun moyen de savoir à quel moment Brajj nous faussa compagnie. C'est la voix de Laro qui me ramena à la vie. Il hurlait et gesticulait pour essayer de sortir de la sphère. Je dis à Brajj que nous devions nous arrêter. N'entendant aucune réponse, je regardai alentour et réalisai qu'il était parti. La corde qui nous liait avait été victime de son croc. Et il n'y avait à cela rien d'étonnant : nous étions dans une vallée qui menait directement au port, à peut-être une lieue de là, et le sol était noirci et damé par tous les pneus et les chenilles qui l'avaient emprunté. Nous étions sur le chemin du convoi militaire. Aucun risque de crevasse. Alors Brajj nous avait laissés nous débrouiller. Je ne l'ai jamais revu.

Laro continuait à chercher frénétiquement à se libérer. Peut-être que cela durait depuis longtemps. Je craignis qu'il ne se blessât en se débattant ainsi. Je gonflai la sphère jusqu'à ce qu'il ne pût plus bouger du tout, puis m'accroupis à côté de lui, le regardai dans les yeux, et lui parlai pour le ramener à la raison. Ce fut monumentalement difficile. Je connais des personnes, comme Tulia par exemple, qui sont capables de raisonner quelqu'un sans effort – ou du moins qui en donnent l'impression. Yul, pour sa part, lui aurait simplement hurlé au visage, en jouant de sa forte personnalité. Mais ce n'était pas une chose qui me venait naturellement.

Il voulut savoir où était Dag. Je lui répondis qu'il était mort, ce qui n'aida pas à le calmer – mais je ne pouvais pas lui mentir, et j'étais trop épuisé pour trouver autre chose.

Soudain, des bruits de moteur retentirent dans l'air froid et paisible. Ils venaient de plus haut dans la vallée. Un petit convoi de vachéchés militaires se dirigeait vers nous – un détachement de la grande procession que nous avions aperçue, chargé de revenir au port pour quelque affaire. Le temps qu'ils fussent à portée de voix, Laro s'était repris – quoique secoué de déchirants sanglots incontrôlables. Je détendis la sphère, dénouai la cordelière, le libérai de l'ensemble, puis rangeai le tout dans mes poches.

En vrais professionnels, les militaires s'arrêtèrent à notre hauteur et nous embarquèrent vers la ville. Ils ne posèrent pas de question, du moins dans mon souvenir. Même si je n'étais pas alors d'humeur enjouée, je remarquai l'ironie de la situation. Dans ma vision simpliste du monde sæculier, j'avais supposé que ces soldats, parce qu'ils ressemblaient un peu à des policiers avec leurs uniformes et leurs armes, agiraient comme tels et nous arrêteraient. En fait, ils ne se souciaient pas le moins du monde de faire appliquer la loi, ce qui est logique si l'on y réfléchit. Ils déposèrent Laro dans un hospice tenu par le kelx local – un culte religieux influent dans la région – et me déposèrent au bord de l'eau. Je m'offris un repas décent dans une taverne, puis m'endormis la tête sur la table, avant d'être éjecté. Là, debout dans la rue, j'eus l'impression d'être aplati, dilué, comme si cette pâle lumière arctique pouvait me traverser et m'infliger un coup de soleil au cœur. Mais je pouvais encore marcher et j'avais de l'argent – le chauffeur du train-traîneau n'avait pas touché la seconde moitié de son paiement.

Je pris un billet pour Mahsht sur le premier navire de transport en partance, embarquai dès qu'on me laissa monter à bord, me hissai sur ma couchette, et m'endormis encore une fois dans cet horrible fourreau.

Kelx : **1.** Religion créée durant le XVIe ou le XVIIe siècle apr. R. Son nom est une contraction du tærran *ganakelux* qui signifie « résidence du triangle », ainsi appelée à cause de l'importance symbolique des triangles dans cette iconographie religieuse. **2.** Arche de la religion kelx.

Kédev : Adepte de la religion kelx, de la foi triangulaire.

LE DICTIONNAIRE, 4e édition, 3000 apr. R.

À près de la moitié d'une traversée de quatre jours, je m'étais assez remis pour être capable d'introspection. Je passai beaucoup de temps assis dans le restaurant du navire, à manger. Je devais rester le plus immobile possible, parce que je m'étais abîmé les côtes et le dos dans ma chute, et que chaque mouvement était douloureux – même respirer. La nourriture était bonne, en comparaison des barres énergétiques. Peut-être que je mangeais autant dans l'espoir de faire monter le taux de totobono dans mon sang, et de chasser les sombres pensées qui m'occupaient l'esprit.

Fraa Jad ne pouvait pas avoir prémédité que je me fisse tuer. Qu'est-ce qui avait mal tourné, alors ? Mes décisions malavisées ? Le trafic de migrants à travers le Pôle existait depuis assez longtemps pour que Jad en eût entendu parler – il savait qu'un féral comme Orolo passerait par là pour se rendre à Ecba. C'était donc une pratique ancienne et établie. Nous avions tous sous-estimé ses dangers, précisément en raison de son ancienneté. Nous avions supposé que rien ne pouvait durer aussi longtemps sans être sécurisé – en nous fondant sur la façon dont les avôts géreraient ces choses s'ils en avaient la charge.

Mais nous n'en avions pas la charge, et les choses n'étaient pas gérées de cette façon.

À moins que le convoi militaire n'eût précipité dans le chaos une entreprise habituellement stable et sûre.

Ou que nous n'eussions tout simplement pas eu de chance.

« Il semblerait que vous veniez de connaître quelque situation malséante. »

Je sortis de ma rêverie, et levai les yeux – pas la tête, parce que j'avais un torticolis terrible. Un homme se tenait devant moi. Probablement dans sa troisième décennie. Je l'avais déjà remarqué, qui m'observait la veille. Cette fois, il était venu jusqu'à moi, et m'avait dit cela pour entamer la conversation.

Je suis confus de devoir dire que j'éclatai de rire. Il me fallut une minute pour me reprendre.

Une situation malséante pour moi, c'était celle où je sillonnais le lit de mon lacis à quatre pattes, le printemps venu, quand nous devions identifier les mauvaises herbes que nous devions déraciner avec des binettes avant de les empiler et de les brûler, pour ne conserver qu'une terre défrichée dont nous pulvérisions les mottes à la main, afin de favoriser l'expansion du système racinaire des plantes du lacis. Alors, quand cet étranger avait qualifié ma traversée du Pôle en ces termes, je m'étais tout de suite vu dans la boue, ou couvert de mauvaises herbes, ce qui n'en était d'ailleurs pas si éloigné. Mais je me souvins que j'étais extra-muros, où le sens littéral des mots avait été oublié il y avait de cela des millénaires, et où il était normal de s'exprimer avec des clichés.

Rien de tout cela ne pouvait être expliqué à un étranger, alors je ne pouvais que rester là à glousser inconsidérément, en espérant qu'il n'en prendrait pas ombrage au point de me molester. Mais il était patient. Il parut même attristé de voir quelqu'un dans un état aussi pathétique. Je ne pouvais que m'en réjouir car, au vu de sa taille, il eût pu me faire très mal.

Cela me donna une idée qui fit cesser mes gloussements. « Eh, lui dis-je, vous ne disposeriez pas de quelques vêtements en trop ? Je pourrais vous les acheter.

– Vous avez besoin de vêtements propres », énonça l'étranger.

Ce qui ranima mes gloussements. De temps en temps me parvenaient des bouffées de mon odeur, mais je ne pouvais évidemment pas mettre ma chape.

« Je dispose de plus de vêtements qu'il ne me sied, et je m'en séparerai volontiers », ajouta-t-il.

Il s'exprimait de façon fort curieuse. Les sæculiers quasi lettrés allaient dans des boutiques acheter des lettres préécrites, imprimées mécaniquement sur du beau papier, avec de jolies images, qu'ils s'envoyaient en signe d'affection. Ces messages étaient rédigés dans un style ampoulé que personne n'utilisait oralement – à l'exception de l'homme qui se tenait face à moi et employait des formules comme « situation malséante ».

« Je ne demande rien en retour. Mais j'espère que vous vous joindrez à nous pour le service – une fois changé. »

Ainsi, c'était cela. Ce type voulait me convertir à son arche. Il m'avait observé et m'avait considéré comme un pauvre hère – une âme fin prête à être sauvée.

Je n'avais rien de mieux à faire, et il était devenu plus qu'évident que j'avais besoin de mieux connaître les us et coutumes du monde sæculier. Alors je jetai mes vêtements puants et mon fourreau, me lavai aussi bien que je le pus debout face à un lavabo, et mis ses vêtements à l'odeur étrange. Puis je me rendis dans la cabine surpeuplée et surchauffée où son arche célébrait ses services. Il y avait une vingtaine de fidèles et un magister, un homme opiniâtre du nom de Sark, qui apparemment passait sa vie sur des navires de ce genre, à prêcher devant des marins et des pêcheurs.

Il s'agissait d'un kelx – une arche du triangle –, dont on appelait les membres des kédevs. Cette foi différait complètement de celle de Ganélial Craide. Elle avait été inventée près de deux mille ans plus tôt par un prophète ingénieux qui devait être inhabituellement modeste – on ne savait presque rien de lui – et n'était pas adoré en tant que fondateur. Comme la plupart des religions, elle était aussi fissurée que les glaciers sur lesquels je m'étais aventuré ces derniers temps. Mais toutes ses branches et tous ses schismes s'entendaient pour dire qu'il existait un autre monde, plus réel en un sens, que le nôtre. Et que, dans ce monde, se trouvait un voleur qui avait attiré une famille dans un traquenard. Il avait tué le père d'emblée, violé et supprimé la mère, puis pris leur fille en otage. Peu après, alors qu'il tentait d'échapper à la capture, il avait étranglé la jeune innocente. Mais il avait été arrêté tout de même, et tenu longtemps enfermé dans un donjon – « la moitié de sa vie » –, en attendant qu'un magistrat se prononçât sur son affaire. Au procès, il avait reconnu sa culpabilité. Le magistrat lui avait demandé s'il y avait une quelconque raison pour qu'il ne fût pas mis à mort. Le condamné avait répondu qu'il en existait bien une, qui lui était apparue durant ses années dans le donjon. Durant toutes ses méditations, la seule chose qu'il n'avait jamais pu écarter était la mort de la jeune fille, parce qu'elle avait en elle le potentiel de faire tant de choses qui ne seraient jamais réalisées. Dans chaque âme, avait affirmé le condamné, résidait la capacité de créer un monde entier, aussi immense et varié que celui dans lequel ils vivaient, lui et le magistrat. Mais si cela était vrai de l'innocente, cela l'était également du condamné, en conséquence de quoi il ne devait pas – ni personne d'autre jamais – être mis à mort.

Le magistrat, en entendant cela, s'était montré sceptique quant à la capacité du condamné à effectivement créer un monde entier. Relevant le défi, celui-ci avait commencé à raconter la chronique d'un monde qu'il avait imaginé, et à narrer l'histoire de ses dieux, de ses héros et de ses rois. Cela avait pris toute la journée, alors le magistrat avait ajourné la séance. Mais il avait averti le condamné que son sort était toujours dans la balance, parce que le monde qu'il avait inventé débordait tout autant de guerres, de crimes et d'atrocités que celui où ils vivaient. Le report de son exécution était donc lié au monde qu'il avait imaginé. Si les divers problèmes que présentait ce dernier ne trouvaient pas une issue satisfaisante le lendemain, le condamné serait exécuté le soir même au coucher du soleil.

Le lendemain, il s'était efforcé de satisfaire le magistrat tout en se redonnant un peu de marge. Pour cela il avait introduit de nouveaux problèmes, ainsi que des personnages tout aussi moralement ambigus que les précédents. Le magistrat ne pouvant trouver de raison suffisante pour l'exécuter, il avait reporté l'affaire au jour suivant, et au suivant, et au suivant.

Le monde dans lequel je vivais avec Jesry et Lio et Arsibalt, Orolo et Jad, Ala et Tulia et Cord, et tous les autres était celui-là même que le condamné créait jour après jour dans la salle du tribunal. Tôt ou tard le magistrat prendrait une décision qui y mettrait fin. Si ce monde – le nôtre – lui paraissait être, à la réflexion, un endroit décent, il laisserait le condamné vivre, et notre monde continuerait d'exister dans son esprit. Si en revanche il ne reflétait, dans son ensemble, que la dépravation du condamné, le magistrat le ferait exécuter, et notre monde cesserait d'exister. Nous pouvions aider le condamné à vivre, et donc préserver notre existence et celle de notre monde en nous efforçant à chaque instant d'en faire un endroit meilleur.

Voilà pourquoi Alwash – le grand étranger – m'avait donné ses vêtements. Il essayait d'empêcher la fin du monde.

« Kelx » était une contraction du mot tærran qui signifiait « résidence du triangle ». Les triangles appartenaient à l'iconographie de cette religion. Dans l'histoire qui précède, il y avait trois personnages-clés : le condamné, le magistrat et l'innocente. Le condamné représentait un principe créatif mais dénaturé ; le magistrat le jugement et la bonté ; l'innocente l'inspiration susceptible de racheter le condamné. Pris individuellement, chacun était imparfait ; mais considérés en tant que triade, ils nous avaient créés, nous et notre monde. Les débats quant à la nature de cette triade avaient provoqué cent guerres, mais en tout état de cause, tous croyaient en une interprétation ou une autre de l'histoire de base. À ce point de l'Histoire, leur culte vivait dans l'ombre d'autres religions, ce qui les avait rendus particulièrement amers et apocalyptiques. Leur foi postulait qu'un jour ou l'autre le magistrat prendrait sa décision, par conséquent les magisters – comme se nommaient les membres de leur clergé – pouvaient à volonté stimuler émotionnellement leurs ouailles en leur annonçant que le jugement approchait.

Ce fut l'objet du sermon du jour. Les kédevs n'avaient pas de services religieux longs et complexes comme les baziens. Ce jour-là nous eûmes droit à une harangue de magister Sark, suivie de questions posées aux kédevs, et d'une autre harangue en clôture. Sark demanda à chaque homme présent dans la cabine (il n'y avait pas de femmes) ce qu'il avait fait récemment pour rendre le monde meilleur. Nous étions peut-être tous imparfaits – comment eût-il pu en être autrement, puisque nous étions le fruit de l'imagination d'un violeur assassin –, mais de par la pureté de l'innocente au moment de sa mort, qui avait imprégné l'inspiration du condamné, nous avions la capacité de rendre le monde meilleur, d'une façon qui satisferait l'omniscient magistrat.

Aussi fou que cela pût paraître, je trouvai cela engageant, dans mon état de faiblesse générale, et décidai de faire l'expérience – de jouer le jeu un temps. Cela pourrait sembler hors de propos pour un avôt, mais en fait, nous avions l'habitude dans notre théorique de nous voir présenter des hypothèses cosmographiques extravagantes, et de supposer pour les besoins du raisonnement qu'elles étaient vraies, pour voir où elles menaient.

Je connaissais l'histoire du condamné depuis aussi longtemps qu'il m'en souvînt mais, assis dans cette cabine, j'appris deux choses sur leur foi – ou au moins celle de cette secte. D'abord, que les événements de notre monde qui se déroulaient en parallèle – chacun faisant quelque chose de différent en un instant donné – étaient fractionnés et présentés séquentiellement au magistrat par le condamné. Comme il était impossible de raconter simultanément les histoires de milliards de personnes, il faisait de courts récits successifs. Ainsi, mon expédition sur le glacier avec Brajj, Laro et Dag avait été narrée en une fois au magistrat, après quoi le condamné était remonté dans le temps pour en revenir à ce que, par exemple, Ala avait fait ce jour-là. Ou, si Ala n'avait rien fait d'inhabituel – si elle n'avait pas eu de décision importante à prendre –, alors le condamné avait pu ne rien dire d'elle, de sorte qu'elle aurait échappé à la scrutation du magistrat pour un temps.

La totalité de l'attention du magistrat était concentrée sur une seule histoire à la fois. Lorsque votre histoire était racontée, elle était impitoyablement analysée par le magistrat, qui voyait tout ce que vous faisiez et savait tout ce que vous pensiez – d'où l'importance de faire les bons choix dans ces moments-là ! Si vous assistiez assez souvent aux services religieux kelx, vous développiez un sixième sens quant aux histoires racontées au magistrat, et saviez mieux quels étaient les meilleurs choix à faire.

La seconde chose que j'appris, c'est que l'inspiration transmise de l'innocente au condamné au moment de sa mort était virale. Elle se propageait à partir de là à chacun de nous. Ainsi, chacun d'entre nous avait le même pouvoir de créer des mondes nouveaux. En espérant qu'un jour, un élu créerait un monde parfait. Si cela arrivait jamais, alors non seulement lui et son monde, mais également tous les autres mondes et leurs créateurs, jusqu'au condamné, seraient sauvés en retour.

Lorsque Sark dirigea son regard brûlant sur moi et me demanda ce que j'avais fait dernièrement pour sauver le monde, je commençai, toujours dans l'idée de jouer le jeu, à lui raconter une version expurgée de la descente du glacier. J'écartai toute mention de la chape, de la cordelière et de la sphère, tout comme j'avais l'intention d'omettre le sort de Dag – mort ou laissé pour mort. Mais à mesure de mon récit, il me devenait impossible de ne pas mentionner certains éléments. Cela m'échappa, aussi irrémédiablement que les entrailles d'une bête blessée glissant de son ventre. Je ne contrôlais plus rien. J'avais cru pouvoir jouer à une sorte de jeu de salon, mais mes émotions avaient pris le dessus, et dictaient mes paroles. Quelque chose dans la structure de cette arche, réalisai-je – trop tard –, était conçu pour user de ce genre d'émotions. Je n'étais pas le premier étranger à me joindre à l'une de ces réunions et à me dévoiler. Ils s'y attendaient. Ils comptaient dessus. Ils n'existaient pas depuis deux mille ans par hasard.

Lorsque j'eus terminé, je me tournai vers Alwash, m'attendant à voir un sourire triomphant sur son visage. Oui, il m'avait possédé. Mais il ne paraissait pas du tout victorieux. Juste sérieux, et un peu triste. Comme s'il avait su ce qui allait se passer. Ce n'était pas la première fois qu'il assistait à une telle expérience. Il l'avait lui-même vécue.

Le silence qui suivit fut long, sans paraître embarrassant. Puis magister Sark me dit qu'il n'était pas évident que j'eusse fait quoi que ce fût de mal, étant donné les circonstances. J'en déduisis que lorsque le magistrat avait entendu l'histoire de Brajj, « Vit », Laro et Dag de la bouche du condamné, il ne l'avait pas considérée comme un motif d'exécuter ce dernier. C'était un témoignage neutre. Je m'en sentis immensément soulagé, et aussitôt après me détestai de m'être laissé manipuler émotionnellement par un mystificateur.

Si mon embarras persistait, conclut Sark, je devais faire en sorte de produire meilleure impression la prochaine fois que le condamné jugerait bon de narrer certaines de mes affaires devant le tribunal céleste.

D'autres avaient des histoires bien pires à raconter au magister. Je ne pus croire certaines des choses que j'entendis. Je n'étais pas le seul novice dans cette congrégation : aux grimaces de certains, je compris qu'eux aussi avaient été contraints de venir. J'avais dans l'idée qu'ils dramatisaient parfois leurs histoires, pour voir s'ils pouvaient faire sortir le magister de ses gonds.

Apparemment, la règle, dans ces services, était qu'une fois tous les présents « confessés », le magister concluait de façon fracassante. « Il est de mise, depuis toujours, de dire que le jour du jugement final du magistrat approche. Sempiternellement, il approche. Mais aujourd'hui, je vous dis qu'*il est là*. Les signes et les présages le prouvent ! Le magistrat, ou son bailli, *a été aperçu dans les cieux* ! Il a dirigé son œil rouge vers les avôts dans leurs concentes et a rendu son jugement sur eux. Maintenant, il tourne son œil vers nous ! Le prétendu férulaire céleste s'est présenté devant lui pour lui faire ses suppliques, et le magistrat l'a vu pour ce qu'il était – il l'a rejeté avec virulence !

Que fera-t-il de vous qui êtes rassemblés ici dans cette cabine ? Lors de sa dernière apparition devant le tribunal, de qui parlera le condamné ? Parlera-t-il de toi, Vit, et de tes actes ? Pour prouver que lui et toutes ses créations méritent de survivre, parlera-t-il de toi, Traid, ou de toi, Théras, ou de toi, Ever-Ell ? Seront-ce vos actions qui, le jour dernier, feront pencher la balance d'un côté ou de l'autre ? » Question – sciemment – ardue. Magister Sark n'avait aucune intention d'y répondre. En lieu de quoi il regarda longuement et intensément chacun dans les yeux.

Sauf moi. Je fixais une cloison en essayant de me figurer ce qu'il venait de dire. Le magistrat avait été vu dans les cieux ? Le férulaire céleste avait été rejeté avec virulence ? Étais-je censé prendre cela littéralement ?

S'il était arrivé quelque chose au férulaire céleste, qu'en était-il de Jesry ?

Je brûlais de le savoir. Sans oser le demander.

Lorsque ce fut terminé, je n'avais plus assez d'énergie pour bouger. Tandis que la cabine se vidait, je restai là, avachi, le dos contre la paroi d'acier, à laisser les vibrations du moteur du navire m'envahir l'esprit. L'un des autres kédevs était resté pour discuter avec Alwash. Lorsque la cabine fut presque vide, ils se dirigèrent vers moi. Je me redressai et m'efforçai de rassembler assez de forces pour affronter une autre harangue religieuse.

« Je me demandais, dit le nouveau, qui s'appelait Malter, si vous étiez un avôt. »

Je ne réagis ni ne répondis. J'essayai de me souvenir de ce que les kédevs pensaient de nous.

« La raison pour laquelle je vous demande cela, poursuivit Malter, c'est qu'il y avait des rumeurs en ville, avant que nous ne prenions la mer, selon lesquelles un avôt voyageant incognito était descendu du glacier dans les jours précédents, et qu'il avait eu des problèmes proches de ce que vous avez décrit. »

J'en fus surpris. Pas longtemps. Il était facile d'imaginer Laro divaguant devant qui voulait l'entendre au sujet de son aventure bizarre et tragique avec un avôt du nom de Vit. Ensuite on avait peut-être fait le lien avec moi parce que j'avais dû attirer l'attention.

« J'ai toujours voulu rencontrer un avôt, dit Malter. Je crois que ce serait un honneur.

– Eh bien, répondis-je, vous venez d'en rencontrer un. »

> **Veau :** Avôt. Cette dénomination désobligeante utilisée extra-muros est liée aux sæculiers qui adhèrent à des iconographies dépeignant les avôts de façon extrêmement négative.
>
> *LE DICTIONNAIRE, 4e édition, 3000 apr. R.*

Mahsht faisait quatre fois la taille de la cité qui entourait Saunt-Édhar, ce qui en faisait la plus grande ville que j'eusse vue de ma pérégrination – et de ma vie, d'ailleurs. À la grande consternation des habitués de ce navire – ceux qui allaient et venaient entre ici et l'Arctique sur ce genre d'embarcation –, nous ne fûmes pas autorisés à entrer dans le port et à nous amarrer à quai comme de coutume. Nous dûmes faire halte et mouiller aux abords. Le bruit courut depuis la passerelle que Mahsht était en effervescence à cause des convois militaires, et que des arrangements différents survenaient d'heure en heure.

Je passai la plus grande partie de la journée sur le pont, à simplement regarder, en me réjouissant de me trouver dans une partie du monde où les éléments ne se liguaient pas pour me tuer. Même si Mahsht se trouvait plus au nord qu'Édhar, à cinquante-sept degrés de latitude, son climat était modéré par un courant chaud océanique. Cela dit, il faisait frais – d'une fraîcheur supportable. On pouvait se sentir bien avec une veste du moment que l'on restait sec, ce qui pouvait se révéler être une gageure.

Mahsht s'était développée dans un fjord qui se séparait en trois bras de mer, chacun flanqué d'un type différent d'installations. La première unité était militaire, et en pleine activité. La deuxième commerciale. Construite vers la fin de l'ère praxique pour organiser le transport de chargements en caissons d'acier, elle n'avait pas beaucoup changé depuis. Normalement, notre navire eût dû être affecté à un terminal passager de ce secteur. La dernière unité, et la plus ancienne, avait été bâtie en pierre et en brique mille ans avant la Reconstitution, à une époque où les navires étaient mus par la force du vent, et déchargés à la main. Apparemment, il y avait encore une demande pour de tels équipements, parce que des petits navires entraient et sortaient sans cesse de ses docks.

La vieille ville et les équipements du port se dressaient sur des battures remblayées, incisées d'un réseau de canaux étroits et irréguliers dans Mahsht la vieille, impeccablement quadrillés pour les parties commerciale et militaire. La majorité des terres qui séparaient les bras de mer du fjord étaient trop abruptes pour la construction. Les aiguilles et arêtes rocheuses portaient d'anciens châteaux, des casinos de luxe, et des stations radars. Le territoire à l'extérieur de la ville était plus pentu encore : une muraille vert sombre embrumée dont émergeaient des constructions indistinctes, suspendues à des angles improbables à une demi-lieue au-dessus du niveau de la mer. Alwash m'expliqua que là les gens payaient pour descendre en glissant sur de la neige damée. Cela ne me tenta pas le moins du monde.

Après une journée d'attente, un remorqueur vint nous chercher et nous mena à un quai de Mahsht la vieille. Selon les habitués, cela ne s'était jamais produit auparavant – ils débarquaient toujours au « nouveau » port commercial. Donc, même si j'étais passionné par le fonctionnement du remorqueur et les vues changeantes de la vieille ville et de ses entrepôts, ses arches, ses cathédrales et son centre-ville, il me fallait réfléchir à la façon dont j'allais retrouver Cord, Sammanne, Gnel et Yul – ou au moyen de les aider à me retrouver. Devais-je marcher jusqu'au port commercial, en supposant qu'ils m'attendaient là-bas ? Ou auraient-ils déjà appris que le trafic était perturbé, et décidé de me chercher dans la vieille ville ?

Dès que je descendis la passerelle, il m'apparut que Mahsht la vieille était le bon endroit où débarquer. Comme la partie militaire de la ville ne pouvait tolérer le désordre et que la partie commerciale n'y trouvait aucun intérêt pécuniaire, le chaos se concentrait dans la vieille ville, qui était devenue le royaume des projets éventés et des improvisations subséquentes. Toutes les chambres ayant été monopolisées par les entrepreneurs venus du sud et impliqués dans ce projet de déplacement de l'armée vers le nord, les gens dormaient dans les tomobiles et les vachéchés, ou dans la rue. Pour se garder de toute intrusion, toutes les portes étaient verrouillées, et souvent gardées. On canalisait les gens vers de grands espaces, comme les quais, ou des battures non construites, ou des terrains sur lesquels d'anciens entrepôts avaient été détruits pour faire place à de nouveaux projets immobiliers qui n'avaient jamais vu le jour. C'est dans ce bouillon de culture que la passerelle me recracha. Je descendis la rampe en cherchant des yeux mes amis dans la foule. À mesure que je les cherchais, on me poussait à descendre, et je voyais de moins en moins. Puis je fus en bas, et je ne vis plus rien du tout. N'ayant aucun plan, je laissai les mouvements de la foule m'entraîner. Lorsque je percevais des zones de calme ou de piétinement dans le flux, je m'y glissais, pour pouvoir me redresser et regarder alentour. D'après ce que je viens d'en dire, on pourrait penser que la misère régnait sur cette ville, mais plus je l'observais, plus il m'apparaissait qu'il y avait du travail ici, que les gens étaient venus pour en trouver, et que ce spectacle – dont je faisais partie – témoignait d'une sorte de prospérité. De jeunes hommes faisaient la queue pour parler à des gens importants que je supposais être des acheteurs de main-d'œuvre. Ceux qui avaient trouvé du travail se voyaient proposer des biens et des services divers : des gens faisaient cuire de la nourriture dans des carrioles ou sur des brasiers, d'autres exhibaient des objets mystérieux tirés des profondeurs de leurs poches, d'autres encore se tenaient de façon bizarre – et je finis par comprendre à leur posture qu'ils ou elles faisaient commerce de leur corps. De vieux véhicules usés roulaient au pas au milieu de la foule, pour déposer ou prendre des passagers. Les seuls moyens de transport qui semblaient avoir une quelconque efficacité étaient des engins à pédales, ou des cyclomes pétaradants. Des prédicateurs d'arches diverses, installés aux goulets d'étranglement des mouvements de la foule, hurlaient des sermons et des prophéties dans des amplificateurs crachotants. Il y avait tant d'ordures non collectées et de déjections humaines partout, que je fus heureux qu'il ne fît pas plus chaud.

La générosité du climat attirait depuis longtemps les migrants, qui venaient des quatre coins de la planète, individuellement ou par vagues, et s'enfonçaient dans les fjords et les vallées montagneuses pour vivre comme ils l'entendaient. Avec le temps, ils avaient développé leur propre façon de s'habiller, et même des caractéristiques génétiques distinctes. J'achetai à manger sur une carriole – de loin la meilleure nourriture que j'eusse goûtée depuis mon dernier dîner à Saunt-Édhar – et restai sur place, à mâchonner en regardant le spectacle. Des hommes des montagnes aux cheveux longs, toujours seuls. Une grande famille se déplaçant en formation serrée, les hommes coiffés de chapeaux à large bord, les femmes le visage voilé. Un groupe multiracial, tous vêtus de maillots rouges, les hommes comme les femmes le crâne rasé. Une race – si c'était le mot juste – de gens de grande taille, au nez anguleux et à la chevelure prématurément blanchie, qui vendaient avec force cris des fruits de mer frais présentés dans des caisses en poly remplies d'algues.

Une heure après ma descente du navire, je devais reconnaître que retrouver Cord, Sammanne et les Craide pourrait facilement prendre plus d'une journée. Dès lors, je me demandai où j'allais dormir cette nuit – puisque j'avais enfin atteint une latitude où le soleil se couchait quelques heures à cette période de l'année. Je savais qu'il n'y avait pas de grande concente aussi haut au nord, mais dans une ville aussi ancienne que celle-ci, il devait bien y avoir au moins une petite math – peut-être même une math remontant à l'ère mathique classique. Comme je me préparais à les convaincre de m'accueillir, je remontai une large rue qui courait du front de mer jusqu'à la cathédrale bazienne, tout en gardant un œil sur les façades des bâtiments anciens, en quête d'éléments architecturaux mathiques ou de n'importe quoi qui évoquât un cloître.

Je remarquai un visuocapteur perché sur un réverbère en fer noir, qui me fit penser à Sammanne et à sa capacité à tirer des informations de ce genre d'accessoire. Peut-être que j'avais fait les choses à l'envers. Il se pouvait que Sammanne me cherchât sur les visuocapteurs, mais que mes amis ne parvinssent pas à me rejoindre parce que je me déplaçais tout le temps. Alors je décidai de demeurer un temps bien en évidence au même endroit. Je venais juste de croiser Malter et Alwash, qui m'avaient donné l'adresse d'une auberge missionnaire kelx où je pourrais dormir en dernier recours. Puisque je disposais d'un plan de secours, je pouvais bien me permettre d'attendre un peu. Je choisis un endroit sur l'esplanade de la cathédrale, bien en vue du visuocapteur pointé sur la façade de la mairie de Mahsht la vieille.

Ce fut précisément à cet endroit que je me fis agresser. Du moins, je crus d'abord qu'il s'agissait d'une agression.

Mon attention avait été attirée par un saltimbanque qui faisait des acrobaties cinquante pieds plus loin. « Eh, Vit ! » entendis-je derrière moi. Je tournai la tête, droit vers un poing lancé. Pendant que j'étais à terre, quelqu'un tira mon pull de mon pantalon, exposant mon ventre. Pour quelque raison, je pensai à l'agression de Lio durant l'aperte, lorsque les pécos avaient retourné sa chape sur son visage. Alors, au lieu de me protéger la tête comme j'aurais dû le faire, je tentai maladroitement de redescendre mon pull. Des mains s'affairaient à arracher quelque chose de la ceinture de mon pantalon. Il s'agissait de ma chape, de ma cordelière et de ma sphère, dont j'avais soigneusement fait un petit paquet avant de le glisser bien à l'abri sous mes vêtements.

Le sol n'offre pas la meilleure des perspectives. Encore moins lorsque l'on est couché sur le flanc en position fœtale, à regarder vers le haut du coin d'un œil. Mais il me sembla que deux hommes tiraillaient le paquet qu'ils venaient de me voler, essayaient de le défaire. La cordelière se détendit, et la chape, que j'avais faite en une configuration appelée l'enveloppe au huitième, s'ouvrit. En tomba ma sphère, réduite à une bille. Je l'attrapai au second rebond. Un pied écrasa ma main.

« Il essaie de s'en servir ! » cria quelqu'un.

Un homme se laissa tomber sur moi, genoux écartés. Je réagis par réflexe. Lio m'avait enseigné qu'une fois chevauché, on ne se relevait jamais, alors, sentant ce qui arrivait, je roulai sur le ventre, dos au ciel, et repliai mes genoux sous moi, si bien que je présentais ma croupe plutôt que mon ventre à l'homme qui se laissait tomber, et conservais l'usage de mes jambes. Ma main était toujours clouée au sol par un pied, mais je n'avais pas lâché ma sphère. Je la fis plus grande. En grossissant elle repoussa le pied, qui finit par libérer ma main. Je la ramenai vers moi, et poussai aussi fort que je le pus de mes deux bras et de mes deux jambes. Le type qui me chevauchait enroula ses bras autour de mon tronc quand je me relevai, mais j'attrapai l'un de ses doigts et le retournai. Il hurla et me lâcha. Je fonçai droit devant sans me retourner.

« Il m'a lancé un sort ! entendis-je crier. Le veau m'a lancé un sort ! »

Quelque chose en moi – pas la partie la plus sagace – voulut lui expliquer que c'était idiot, mais je préférai me contenter de mettre la plus grande distance possible entre ma personne et ces mystérieux agresseurs. Vit… comment avaient-ils eu connaissance de ce nom ? Je jetai un coup d'œil en arrière. Mon passage à travers la foule avait laissé un vide dans mon sillage. Plusieurs hommes s'y étaient engouffrés, et me pourchassaient. Je ne les avais jamais vus auparavant. Par contre, il y avait quelque chose de familier dans leurs visages : ils appartenaient au même groupe ethnique que Laro et Dag. Des ganuches, comme les avait appelés Brajj.

Ils avaient du mal à tenir le rythme, mais je n'arrivais pas à distancer leurs cris : « Arrêtez-le ! Arrêtez le veau ! » Cela ne parut pas avoir beaucoup d'effet. Alors ils se firent plus malins : « À l'assassin ! À l'assassin ! Arrêtez-le ! » Cela ne servit qu'à me faciliter les choses, parce que personne ne voulait se mettre sur le chemin d'un assassin de grande taille, et lancé à pleine vitesse. Alors ils hurlèrent : « Au voleur ! Au voleur ! Il a volé l'argent d'une vieille dame ! » C'est là que la foule se resserra et que des jambes commencèrent à se tendre pour me faire des croche-pieds.

J'en esquivai quelques-unes, en me disant que je devais quitter au plus vite cette grand-place surpeuplée. Je m'engouffrai dans la première rue venue, et de là dans une allée transversale. Elle était si étroite que je pouvais toucher les bâtiments de part et d'autre, mais au moins, j'étais sauf. J'entendis un bruit de cyclomes. Des garçons qui connaissaient le réseau des allées se préparaient à me couper la route à la prochaine intersection.

J'essayai quelques portes, mais elles étaient toutes verrouillées. Puis je commis l'erreur de faire la même chose à la vue d'un garde armé qui se tenait devant une maison d'échange de devises quelques portes plus haut. Il prit son arme en main et maugréa quelque chose dans son col. Je repartis d'où je venais, pris la première autre allée latérale que je pus trouver, et filai de cinquante toises vers l'endroit où elle traversait un étroit canal. Deux garçons en cyclomes s'arrêtèrent et bloquèrent le pont juste quand je l'atteignais. D'un coup d'œil, je vis que le fond boueux du canal était à l'air libre. Ce devait être marée basse. Je sautai sans réfléchir, atterris et roulai dans la boue molle, sentis une douleur, mais sans avoir l'impression de m'être fracturé quelque chose, pour autant que je pusse en juger. D'un côté, le canal s'incurvait en direction de la grand-place. De l'autre, il ouvrait sur le ciel, et le front de mer. Je courus par là, en me disant que si je réussissais à atteindre la grève, je pourrais chiper un canot, ou quémander un passage. J'étais même prêt à m'enfuir à la nage en derrière extrémité.

Mais cette gadoue me ralentissait. Et j'étais épuisé, à bout de souffle. Des ponts surplombaient le canal tous les cent pas, et je commençais à voir s'y amasser des gens qui me montraient du doigt avec excitation.

Je me retournai. La foule sur les ponts derrière moi était encore plus dense. Les gens avaient des bouteilles et des pierres dans les mains. Prendre cette direction eût été un suicide. Les parois du canal étaient verticales, mais la maçonnerie était ancienne et grossière ; je tentai d'en escalader une. Le bruit des cyclomes fondit sur moi, et quelque chose me frappa au sommet du crâne.

Je repris connaissance après être tombé dans une coudée d'eau au milieu du canal, et ne me redressai pour respirer que le temps de recevoir une douzaine de pierres et de bouteilles.

« Arrêtez, arrêtez ! Le veau n'a nulle part où aller ! Contentez-vous de vous assurer qu'il ne s'enfuie pas, cria une sorte de chef autoproclamé, un robuste ganuche aux cheveux ébouriffés. Notre témoin sera bientôt là ! » proclama-t-il.

Alors l'attente commença. La foule se décanta. Pour la plupart, c'étaient des passants qui avaient été attirés vers les ponts ou le bord du canal par simple curiosité, ou en croyant aider à capturer un voleur à la tire. Ceux-là s'éloignèrent bientôt, ou furent écartés par d'autres individus : des ganuches avec des brelots. Si bien que, lorsque le fameux témoin fit son apparition à l'arrière d'un taxi à pédales, une ou deux minutes plus tard, il n'y avait plus que des ganuches tournés vers moi. Et aucun d'entre eux ne pensait que j'étais un voleur à la tire. Que croyaient-ils ? Ils ne se posaient probablement même pas la question.

Le témoin, c'était Laro. Il avait la jambe dans un plâtre militaire standard. « C'est lui ! Je n'oublierai jamais son visage. Il s'est servi de la sorcellerie des veaux pour sauver sa peau, mais il a laissé notre frère Dag pour mort. »

Je le dévisageai avec l'air de dire : *Ce doit être une plaisanterie*, mais son expression était si sincère que j'en vins à douter de ma propre version des faits.

« Les flics arrivent ! » avertit quelqu'un.

En fait, j'entendais ce genre d'avertissement depuis que j'étais bloqué là. En un sens, j'eusse aimé les voir arriver, mais je n'étais pas certain qu'ils me traiteraient mieux.

« Finissons-en ! » hurla quelqu'un d'autre, avant de se tourner vers le chef, qui s'approcha du bord.

Il était flanqué d'un grand type, qui tenait un gros moellon à deux mains au-dessus de la tête, et me fixait intensément des yeux. Le chef pointa son doigt vers moi.

« C'est un veau. Laro en est témoin. Et ces deux-là en ont trouvé les preuves sous ses vêtements ! »

Deux jeunes ganuches – ceux qui m'avaient agressé – furent poussés en avant avec tant de force qu'ils manquèrent tomber dans le canal. Ils tenaient ma chape, ma cordelière et ma sphère. Sur ordre du chef, ils les exhibèrent bien haut pour que tous pussent voir ces « preuves ». La foule lança des « Ouh » et des « Ah », comme s'il se fût agi des cœurs de bombes nucléaires.

« Le veau a violé la loi ancienne qui maintient son espèce à l'écart. Il est venu parmi nous en espion. Nous savons tous ce qu'il a fait à ce pauvre Dag. Nous ne pouvons qu'imaginer le sort qu'il réservait à Laro, si celui-ci n'avait pas bravement échappé à ses griffes. Allons-nous tolérer cela ?

– Non ! hurla la foule.

– Allons-nous obtenir justice de la part de la police ?

– Non !

– Mais obtiendrons-nous justice tout de même ?

– Oui ! »

Le chef fit un signe de tête au grand type avec la pierre. Celui-ci la projeta dans ma direction avec une telle lenteur que je pus aisément m'écarter de sa trajectoire. Mais une vingtaine de projectiles plus petits et plus rapides la suivirent. Tandis que je courais en tout sens pour ne pas offrir une cible trop facile, j'aperçus un escalier de pierre dans le canal à une trentaine de toises de là. Si je pouvais le gravir sans encombre, je reviendrais au moins au niveau de la rue, plutôt que de rester coincé désespérément en contrebas de la foule. Je m'élançai, et reçus plusieurs bouteilles et pierres dans le dos, mais j'avais replié mes bras derrière ma tête pour la protéger.

J'atteignis effectivement le haut des marches, mais ils m'y attendaient. J'étais à peine remonté qu'ils m'avaient déjà bousculé et jeté à terre sur le pavé. L'un d'entre eux se laissa tomber sur moi, à moins qu'il n'eût simplement raté son coup. J'attrapai le pan de sa veste et le tirai contre moi, me servant de son corps comme bouclier. Certains jouèrent des coudes pour venir me frapper, mais voyant leur comparse sur leur trajectoire, la plupart restèrent en arrière. Des mains se tendirent pour l'attraper et l'aider à se remettre sur pied. Je finis avec sa veste serrée dans la main. J'essayai de me relever, mais fus repoussé vers le sol. Je me mis en position fœtale et repliai mes bras autour de ma tête.

Ce fut quelques secondes plus tard que j'entendis le cri.

C'était sans conteste une voix humaine, mais ne ressemblait à rien de ce que j'eusse jamais entendu. La seule façon de décrire à quel point il était déconcertant serait de dire qu'il exprimait parfaitement ce que je ressentais alors. Je me demandai même, dans mon état de panique et de confusion, s'il ne s'était pas échappé de ma propre gorge. Quoi qu'il en soit, cela eut pour effet d'immobiliser tout le monde. Au lieu de continuer à m'agresser à qui mieux à mieux, ils cherchaient tous à comprendre d'où ce cri était venu, et ce qu'il présageait.

Je roulai sur le dos. Un espace s'était libéré autour de moi. Plus exactement, autour de moi et d'un homme au crâne rasé en maillot rouge.

Il s'avança vers moi et tira de sa poche quelque chose qui grossit rapidement : une sphère. En une seconde, il l'avait faite de cinq pieds de diamètre, en la gardant un peu molle. Il la déploya sur moi. Ma tête et mes pieds dépassaient, mais le reste de mon corps était protégé contre les coups – du moins tant que cet homme maintiendrait la sphère en place. Un coup de vent eût pu la déloger. Mais il l'assura en sautant dessus et en se perchant à son sommet – une position précaire, même si on s'y tenait sur ses deux pieds. Lui, par contre, plaçait tout son poids sur un pied, et gardait l'autre relevé. Parfois, quand nous étions plus jeunes, nous nous ingéniions à nous tenir debout sur nos sphères, par jeu. Certains adultes s'y employaient, pour améliorer leur équilibre et leurs réflexes. Néanmoins, cela semblait être un bien étrange moment et un bien étrange endroit pour un exercice de callisthénie.

Cela déconcerta les gens plus encore que le cri. Mais après quelques instants, un jeune homme aperçut ma tête – une cible évidente et fort tentante –, s'avança vers moi, et recula une jambe pour frapper. Je fermai les yeux et serrai les dents. Au-dessus de moi, j'entendis un coup sec. Je rouvris les yeux, pour voir mon agresseur partir en arrière. Une seconde plus tard, je sentis quelque chose pulvériser mon visage : une pluie de sang. Quelques petits cailloux tombèrent sur le sol autour de ma tête. En clignant des paupières pour chasser le sang, je réalisai que ce n'était pas des cailloux, mais des dents.

Un autre cri émana de la frange de la foule. Complètement différent du premier, il exprimait une douleur incommensurable, en même temps que la surprise, comme dans : *Je n'aurais jamais imaginé que quelque chose pût être aussi douloureux que ce qu'il m'arrive maintenant !* Cela attira l'attention de tous, hormis d'un ganuche, qui se dirigea vers mon protecteur et moi en arborant un étrange sourire figé, tira un couteau de sa poche, et en fit jaillir la lame. L'homme perché sur la sphère au-dessus de moi simula le départ d'un coup de pied fouetté de sa jambe libre, et l'autre type plongea son arme vers l'endroit où le pied était censé frapper ; mais avant même qu'il n'eût réalisé quoi que ce fût, mon protecteur avait attrapé la main qui tenait le couteau et l'avait retournée – non pas simplement en pliant le poignet à l'envers, mais en réalisant un saut périlleux avant par-dessus le bras de l'attaquant, dont tous les os et articulations se rompirent en un enchaînement de claquements et de bruits sourds. La sphère roula au sol. Le couteau tomba par terre. J'essayai de mettre la main dessus, mais trop tard : mon protecteur l'avait chassé du pied. Le couteau alla voler vers le canal, où il disparut.

J'étais sans protection. Mais cela importait peu, parce que toute la foule s'était lancée en direction de cet horrible cri sidéré. Je me redressai, me mis à quatre pattes, puis à genoux.

Celui qui criait était un ganuche adulte, maintenu dans une sorte d'immobilisation complexe par une femme au crâne rasé en maillot rouge. Derrière elle, un homme d'apparence similaire et d'environ dix-huit ans assommait sèchement tous ceux qui approchaient. Le temps que tout me fût visible, la foule avait commencé à leur jeter des pierres. Mon protecteur m'abandonna pour aller rejoindre les deux autres maillots rouges, et les aider à parer les projectiles. Ils commencèrent à battre en retraite. La plus grande partie de la foule continua de se presser sur eux, mais certains s'éloignèrent ; lapider un avôt isolé, passe encore, mais ce qu'il se passait maintenant leur plaisait beaucoup moins.

Je me dis que le moment était venu de m'éclipser, mais en me retournant, je me trouvai nez à nez avec le chef ganuche. Il tenait un pistolet. Et le pointait sur moi. « Non, non, dit-il, nous ne t'avons pas oublié. Bouge ! » Il me fit un signe du bout de l'arme, m'indiquant la direction où la foule semblait se diriger. Ceux-là poursuivaient lentement les maillots rouges qui reculaient depuis le bord du canal vers un espace plus large à vingt toises de là : une place sur laquelle deux rues se rejoignaient au bord du canal. « Fais demi-tour et marche », m'ordonna-t-il.

Je tournai les talons et me dirigeai vers la place. Presque tous nous ayant dépassés, je me trouvais derrière, dans les derniers rangs d'une centaine de personnes qui, après avoir avancé au petit trot, couraient maintenant vers les trois maillots rouges. Battant en retraite, ceux-ci avaient tiré leur otage jusque sur la place, dans leur tentative d'échapper à cette force massivement supérieure en nombre, qui lançait des pierres et agitait des couteaux.

Toujours sous la menace du chef ganuche, j'entrai sur la place. Le bord du canal était à ma gauche, la place se déployait à ma droite. Des cris de guerre retentirent soudain depuis cette direction. J'emploie le terme « cri de guerre » pour qualifier le hurlement inhumain que le premier maillot rouge avait poussé en jaillissant de nulle part pour me protéger. Là, on en entendait dix à la fois. Depuis le premier cri qui avait eu pour effet, comme je l'ai dit, de paralyser tout le monde, j'avais compris que ce son était associé à des experts du combla, prompts à ravager membres et visages.

Une rangée de maillots rouges se matérialisa sur notre flanc droit, restée jusque-là en embuscade sur la place en attendant que les trois autres nous amenassent tous dans la position voulue. Toutes les têtes se tournèrent vers eux, tous les corps s'écartèrent d'eux. Chaque maillot rouge laissa deux membres de la foule en sang sur le pavé avant que nous n'eussions même réalisé ce qu'il se passait. Puis la rangée de maillots rouges pivota pour incorporer les trois premiers, qui abandonnèrent leur supplicié. Les ganuches comprenant qu'ils étaient débordés à droite et que la place dans son ensemble était une position ennemie, incapables de s'écarter à gauche à cause du canal, ils tournèrent les talons, espérant repartir par là d'où ils étaient venus. Mais une deuxième salve de cris de guerre fusa alors, comme de nombreux maillots rouges jaillissaient du canal. Ils s'étaient cachés là, accrochés aux parois rugueuses comme des alpinistes, et nous les avions dépassés sans le savoir. Toute retraite étant impossible, la foule n'avait plus d'autre issue que de repartir droit devant vers la place, entre les maillots rouges et le canal, ou de sauter dans ce dernier.

Dès que certains se furent précipités dans l'une ou l'autre de ces directions, tout le monde voulut faire de même, et ce fut la panique. Les maillots rouges les laissèrent passer. En quelques instants, presque tous mes agresscurs avaient tout bonnement disparu. Les deux rangées de maillots rouges se rejoignirent alors et s'amalgamèrent pour former une sorte de cercle de vingt pieds de diamètre. Tous étaient tournés vers l'extérieur, leurs têtes toujours en mouvement. Au milieu du cercle se trouvaient trois personnes : le chef ganuche armé de son pistolet, moi et un maillot rouge qui bougeait sans cesse, de façon à toujours se trouver entre moi et le canon de l'arme.

Depuis le périmètre, une femme en maillot rouge cria soudain : « Mousquet ! » – un terme tærran ridiculement archaïque décrivant une arme à feu à canon long. Alors que les deux hommes à côté d'elle se tournaient pour scruter partout alentour, tous les autres firent ce qui était le plus naturel : suivre le regard de la femme vers le haut d'un martel, garé en bordure de la place. Hissé sur le toit, un ganuche pointait une arme longue vers nous. La femme qui avait crié « mousquet » s'élança, leva les mains, et fit une roue qui l'amena au bord d'un conteneur à ordures. De là, elle bondit sur le côté, roula, et se releva au bord d'une fontaine sur laquelle elle planta un pied pour s'arrêter et repartir en direction d'un arbre malingre. Elle en saisit le tronc au passage pour pivoter, alla rebondir sur un banc, se fondit dans un petit groupe de passants, et réapparut aussitôt après en courant droit sur l'homme qui tenait l'arme ; mais elle vira alors pour plonger derrière un kiosque. Elle continua de cette façon à progresser vers le tireur du martel. Il n'arrivait pas à la mettre en joue, tant elle était insaisissable. À sa place, je n'eusse pas pu tirer, quand bien même ma vie en eût dépendu : la virtuosité de cette femme était fascinante à regarder.

La détonation qui retentit soudain ne provenait ni de l'homme sur le martel ni du chef ganuche derrière moi. Elle venait d'ailleurs, sans que l'on sût d'où exactement parce que le claquement se répercuta sur les façades de tous les bâtiments de la place. Mes genoux fléchirent.

À cinq pieds de moi, je vis le chef ganuche en fâcheuse posture : un maillot rouge avait profité de la diversion pour frapper, et le désarmer.

La femme acrobate continuait de progresser vers l'homme armé sur le martel, qui s'était pétrifié et cherchait à identifier la source de la détonation. À ce moment une deuxième détonation retentit. L'arme du ganuche vola et retomba sur le pavé. Il attrapa sa main en hurlant. La femme en maillot rouge cessa sa gymnastique, et se mit à courir droit sur l'arme.

« Mousquet ! » s'écria un autre maillot rouge en indiquant l'autre côté du canal. Une fois encore, les deux comparses à côté de lui se tournèrent pour inspecter d'autres directions. Comme tous les autres, il me fallut un temps pour distinguer ce qu'il avait vu.

De l'autre côté du canal se trouvait une carriole-restaurant, prudemment abandonnée par son propriétaire. Un tricycle à moteur s'était rangé derrière, profitant de la profusion de panneaux et de bannières pour se dissimuler aux regards. L'homme aux commandes du tricycle n'était autre que Ganélial Craide. Debout sur la plateforme passager, Yulassétar portait une arme longue. Il s'adressa au tireur du martel, en criant pour se faire entendre : « Le premier coup était destiné à t'immobiliser. Le deuxième à te neutraliser. Le troisième ne te laissera pas le temps de comprendre à quoi il sert. Montre-moi tes mains. Je veux voir tes mains ! »

Le ganuche leva les mains – dont l'une était ensanglantée et informe.

« Cours ! » tonna Yul en épaulant.

Le ganuche dévala précipitamment l'avant du martel, roula quelques instants sur le pavé, se releva et prit ses jambes à son cou.

« Raz, il faut qu'on file ! me cria Yul. Et vous tous, en maillots rouges, qui que vous soyez ou quoi que vous soyez, vous êtes les bienvenus, si vous voulez vous joindre à nous. Vous avez peut-être autant envie que nous de quitter urgemment cette ville. »

Aux commandes de son tricycle, Yul derrière lui, Gnel enquilla le pont qui enjambait le canal au niveau de la place, et vint vers moi. Le cercle de maillots rouges s'ouvrit pour le laisser passer. Il les regarda d'un air un peu tendu, et s'arrêta à côté de moi. Je ne bougeais pas très bien. Yul se pencha au-dessus de moi, referma son poing sur ma ceinture, juste au creux de mon dos, et me hissa à bord du tricycle comme il eût sorti un touriste inanimé de la rivière. Sur le tricycle maintenant fort chargé, Gnel fit précautionneusement demi-tour sur la place, et remonta l'une des rues. Il portait des écouteurs reliés à un brelot. Sammanne devait lui transmettre des instructions.

Les maillots rouges nous suivirent au pas de course, sur les côtés et derrière le tricycle. Apparemment, ils abondaient dans le sens de Yul : le moment était amplement venu de quitter la ville. Une fois que la direction que nous prenions fut claire, ils prirent le rythme, menaçant presque de nous doubler – ce qui poussa Gnel à mettre un peu plus les gaz. Nous parcourûmes ainsi une demi-lieue en quelques minutes, et entrâmes dans un quartier de lignes de chemin de fer et d'entrepôts qui n'était pas aussi peuplé que le centre de Mahsht la vieille. Ici, il était possible de rouler presque normalement dans les rues. Deux véhicules apparurent de nulle part et manquèrent nous renverser : les vachéchés de Yul et de Gnel, conduits par Cord et Sammanne respectivement.

Comme nous le vîmes plus tard, les maillots rouges étaient au nombre de vingt-cinq. Nous réussîmes je ne sais comment à tous les embarquer à bord de nos deux vachéchés et du tricycle. Je n'avais jamais vu des gens aussi serrés.

Il y en avait même sur le toit du véhicule de Yul, qui se tenaient par les coudes pour ne pas tomber.

Cord prit tout cela calmement jusqu'au moment où ils s'étaient empilés sur le vachéché, et qu'il devint évident qu'elle allait transporter une douzaine et demie d'experts du combla en maillots rouges. Tandis que nous nous éloignions de la ville, elle n'avait de cesse de jeter des coups d'œil atterrés dans ma direction.

« Tout va bien, lui expliquai-je. Ce sont des avôts – ils ont dû être mandés. Je ne sais pas de quelle math ils viennent – visiblement une math spécialisée dans le combla –, peut-être une émanation de la Combe chantante, ou quelque chose de ce… »

Derrière moi, un maillot rouge hilare traduisait tout cela en tærran ; il déclencha un franc gloussement général.

L'embarras me frappa. Un embarras horrible, qui me procura cette sensation familière de boue chaude sur la tête : ces gens *étaient* de la Combe chantante.

J'essayai de me tourner pour les regarder, mais quelque chose m'empêchait de bouger. Je cherchai quoi à tâtons, et sentis trois mains : on me pressait sur le crâne des tampons de tissu. Des lacérations. Je ne m'en étais pas rendu compte. Ce n'étaient pas ces étrangers amassés dans le vachéché qui perturbaient Cord ; c'était mon visage en sang.

Presque tout ce temps, j'avais ressenti les mauvaises émotions. Au tout début, l'agression des deux ganuches m'avait effrayé. Une réaction appropriée, qui m'avait poussé à m'enfuir. Mais j'étais convaincu que j'allais trouver une solution. Que j'allais échapper à la foule par les rues, par le canal. Que je pourrais faire entendre raison à Laro, plaider ma cause. Qu'ils ne voulaient pas vraiment me tuer, que tout cela ne pouvait être réel. Que la police allait bientôt intervenir. Ensuite une sorte d'acceptation hébétée de mon sort m'avait envahi. Enfin, les fraas et soors de la Combe chantante avaient apparu. Tout, alors, m'avait semblé fascinant, voire exaltant, et j'avais vécu cela dans une sorte d'ivresse biologique : la réaction de mon organisme aux blessures et à la surexcitation. Il y avait à peine quelques instants, j'avais accueilli Cord avec une étreinte baignée de sang, comme si de rien n'était.

Après quelques minutes de route, néanmoins, je m'effondrai. Toutes mes blessures transmirent leurs messages de douleur à mon cerveau, comme des petits soldats répondant à l'appel. Quelle qu'eût été la substance bénéfique que mes glandes injectaient dans mon flux sanguin, sa production cessa d'un coup. Ce fut comme si une trappe s'était ouverte sous mes pieds. Subitement je ne fus plus qu'une boule de nerfs prise de frissons et de sanglots, gémissant et se tortillant de douleur.

Vingt minutes de route, sur les indications de Sammanne, nous menèrent en un lieu situé sur la rive gauche d'une grande rivière qui courait des montagnes jusqu'à la branche du fjord de Mahsht la vieille. Ce devait être une barre sablonneuse bien plus large à quelque époque antérieure, mais le site avait depuis longtemps été pavé, et avait accueilli une succession de complexes industriels, tous maintenant en ruine. Il y avait à l'une de ses extrémités un ponton pour des bateaux de plaisance légers, et une aire de pique-nique avec des latrines malodorantes. Nous nous y installâmes, effarouchant quelques vacanciers. Je fus sorti du vachéché de Yul, et étendu sur une des tables à pique-nique, que l'on avait couverte de matelas de camping plus confortables, eux-mêmes tendus de bâches pour être protégés de tout ce qui s'écoulait de mon corps. Yul ouvrit sa trousse médicale qui, comme tout le reste de son équipement, ne provenait pas d'une boutique, mais réunissait divers objets hétéroclites. Dans un grand sac en poly épais, il versa la poudre blanche d'un tube : du sel et des antiseptiques. Puis il le remplit d'une dizaine de pintes d'eau du robinet, puis l'agita une minute, produisant une solution saline stérile. Il prit le sac sous le bras, le serrant contre ses côtes pour projeter un jet de fluide qu'il dirigea sur mes blessures pour les nettoyer. Pour chaque blessure, il arrachait la gaze et aspergeait jusqu'à me faire hurler, puis comptait encore trente secondes. Gnel prenait la suite, avec un produit qui sentait fort. Lorsqu'il l'appliqua sur mon arcade fendue, je réalisai qu'il s'agissait d'un tube de colle, de celles que l'on utiliserait pour réparer l'anse cassée d'une tasse à thé. Les blessures trop larges pour être collées étaient refermées avec du ruban adhésif d'emballage en fibre de verre. Parfois, une soor de la Combe chantante me piquait avec une aiguille à couture et du fil de pêche fourni par Gnel. Dès qu'une blessure était traitée à la colle, au ruban adhésif ou au fil de pêche, un maillot rouge y étalait un lubrifiant, puis la recouvrait d'une substance blanche. Un fraa de la Combe chantante, à l'évidence masseur, palpa tout mon corps – sans que nous eussions même été présentés – à la recherche de fractures et d'hémorragies internes. Si ma rate n'était pas fendue lorsque son tour vint, elle devait l'être lorsqu'il passa au foie. Son verdict : légère commotion cérébrale, trois côtes cassées, fracture spiroïde du bras, deux osselets cassés dans une main, et je devais m'attendre à avoir du sang dans les urines pendant un bon moment.

Honteux de la façon dont je m'étais effondré dans le vachéché, je fis d'énormes efforts pour ne pas hurler plus que nécessaire. Pour quelque raison, je pensai à Lio. Il avait toujours vénéré tout ce qui venait de la Combe, avant même d'être recouvré. À Saunt-Édhar, il traquait le moindre livre qui en provenait, le plus petit récit de qui affirmait s'y être rendu, ou prétendait avoir été étrillé par des comblatants. Il eût été mortifié en apprenant que je n'avais pas été totalement imperméable à la douleur en présence de ces gens.

J'entendis qu'on discutait – trop loin pour que je puisse entendre de quoi. Lorsqu'ils eurent fini de me recoller le crâne, je pus tourner la tête et voir Sammanne parler avec un fraa prééminent, et une soor réconforter Cord, qui se remettait à sangloter dès qu'elle regardait dans ma direction. Après un temps, lorsqu'on fut certain que j'étais tiré d'affaire et qu'on pouvait m'adresser la parole, fraa Osa – le Premier parmi les égaux des comblatants – vint me parler. À l'exception de la couturière, qui poursuivait méticuleusement son œuvre sur une longue déchirure difforme de mon crâne, tous mes soigneurs ramassèrent leurs détritus et s'éloignèrent. Yul alla prendre Cord dans ses bras et l'entraîna quasiment de force jusqu'au bord de la rivière, où elle put pleurer toutes les larmes de son corps.

« Hier, nous avons été mandés », me raconta fraa Osa. Il s'agissait du premier maillot rouge que j'avais vu pendant la bastonnade, celui qui m'avait recouvert de sa sphère et s'était perché dessus sur un pied. Il était probablement dans sa cinquième décennie. « On nous a dit de nous rendre à Trédégarh. Nous avons consulté un globe, et déterminé que le meilleur itinéraire passait par Mahsht. »

La Combe chantante se trouvait à une quarantaine de lieues de Mahsht. De là, une grande route circulaire à travers l'océan pouvait les mener à Trédégarh, alors leur itinéraire me paraissait logique.

« Des gens de la région nous ont amenés jusqu'à Mahsht. Tout comme toi, nous l'avons découverte en pleine effervescence. Ceux d'entre nous qui parlent ouaïl sont allés se renseigner sur un passage par voie de mer. Nous avons été approchés par ton magister.

– Mon magister ? » m'exclamai-je. Puis je surpris une fugace expression d'ironie sur le visage d'Osa. Il plaisantait.

Mais seulement à moitié.

« Sark, dit-il, nous est bien connu. Il vient à nos apertes, et nous expose ses idées. » Osa haussa les épaules, et fit un doux geste de balance des deux mains, sa façon de me dire qu'ils avaient tenté de considérer équitablement ses prêches. « Quoi qu'il en soit, il nous a reconnus dans la rue. Il est venu nous dire qu'un avôt isolé était pourchassé par une foule en colère. Nous y avons vu une émergence. »

Un instant, je crus qu'il avait voulu employer un mot ouaïl, et buté sur la prononciation d'« urgence ». Mais il me revint en mémoire les histoires de combe-l'art que Lio m'avait rabâchées pendant des années.

À l'époque de la Reconstitution, plus précisément durant l'année zéro, alors qu'on prospectait les sites des premières nouvelles maths dans le but de poser les premières pierres de leurs horloges et de leurs mynstères, un groupe d'avôts fraîchement intégrés s'était aventuré dans une partie reculée du désert, en vue d'entamer un projet de ce type. Là, au milieu de vastes plantations d'herbe-à-bonds, ils avaient malencontreusement découvert une distillerie clandestine qui en extrayait une drogue illégale, ce qui leur avait attiré les foudres d'une population locale hostile. Les avôts n'étaient pas armés. Ils venaient des quatre coins du monde, et n'avaient quasiment rien en commun : la plupart ne parlaient même pas tærran. Mais il se trouvait qu'un certain nombre d'entre eux appartenaient à une école d'arts martiaux ancienne – ce qui, à cette époque, était sans lien avec le monde mathique, même si ces arts avaient été développés dans un environnement monacal. Quoi qu'il en soit, ils n'avaient jamais auparavant fait usage de leurs talents hors de la salle d'entraînement, mais la situation présente leur imposait de réagir. Beaucoup avaient été tués. Certains s'étaient révélés très efficaces ; d'autres étaient restés figés, et n'avaient pas fait mieux que ceux dépourvus de formation martiale. Ce genre de situation en vint à être appelé une émergence. Certains survivants avaient fondé la math de la Combe chantante. Selon Lio, ils consacraient presque autant de temps à réfléchir au concept d'émergence qu'à s'entraîner physiquement – pour eux, tout l'entraînement du monde était inutile, voire pire, si l'on ne savait pas quand en faire usage. Une chose plus complexe qu'il n'y paraissait, car à trop attendre on intervenait trop tard et à agir trop vite on ne faisait qu'empirer les choses.

« La principale caractéristique de l'ennemi était l'aspect irréfléchi de son agression », reprit fraa Osa. Sa main traversa l'air et se referma, comme s'il attrapait le poignet d'un agresseur. Après ce geste éloquent, il ne me sembla pas enclin à s'étendre davantage sur la stratégie qu'ils avaient employée.

« Vous vous êtes dit : *Puisqu'ils sont d'humeur, autant leur donner une raison de se montrer agressifs* », tentai-je pour le pousser à s'épancher un peu plus.

Fraa Osa sourit et acquiesça.

« Alors vous avez attrapé ce type, et euh… » Pour une fois, je m'interrompis au lieu d'énoncer la vérité : ils avaient torturé ce ganuche. Je ne voulais pas paraître critique envers ces gens qui venaient de risquer leur vie pour sauver la mienne.

Fraa Osa continua de sourire et de hocher la tête. « C'est une technique de compression des nerfs, dit-il. Cela paraît extrêmement douloureux, mais n'entraîne aucune lésion. »

Ses mots soulevaient toutes sortes de questions intéressantes : y avait-il réellement une différence entre blesser et le faire croire ? Pouvait-on torturer quelqu'un si cela n'entraînait pas de lésion ? Une fois encore, j'avais de nombreuses raisons de ne pas poursuivre dans cette direction. « Eh bien, en tout cas, cela a fonctionné, dis-je. La foule s'est retournée contre vous – vous avez simulé une reculade, vous les avez attirés dans un piège – et vous avez semé la panique. »

Nouveaux sourires et acquiescements. Fraa Osa n'était tout simplement pas d'humeur à s'étendre sur le sujet.

« Mais vous avez disposé de combien de temps pour préparer ce plan ? demandai-je.

– Pas suffisamment.

– Je vous demande pardon ?

– Il n'y a pas assez de temps, lors d'une émergence, pour réfléchir à un plan. Et encore moins pour le communiquer. J'ai simplement dit aux autres que nous allions imiter la cavalerie de sire Frode à la seconde laisse des joncs, là où ils mirent en déroute l'escadron du prince Térazyne. Sauf que les bords du canal figureraient les hautes jonchères, et que la petite place tiendrait lieu de ravine ravageuse. Comme tu le vois, ce n'est pas très long à expliquer. »

Je hochai la tête comme si j'avais la moindre idée de ce qu'il disait. Je ne savais même pas à quelle guerre il faisait allusion, ni à quel millénaire. « Et pourquoi ces maillots rouges ? » demandai-je, alors que j'en avais déjà une petite idée.

Fraa Osa sourit tristement. « Ils nous ont été fournis au voco, répondit-il. Un don d'une arche locale. Je suis impatient d'atteindre Trédégarh et de retrouver la chape et la cordelière.

– En parlant de cela… »

Il agita négativement la tête. « Ta chape, ta cordelière et ta sphère sont perdues. Nous aurions peut-être pu les récupérer, mais nous sommes partis quelque peu précipitamment.

– Bien sûr. Ce n'est rien. » Et, en un sens, ce n'était effectivement rien. Les fraas et soors les perdaient de temps en temps. Elles étaient remplacées. Mais perdre les miennes, mes derniers liens avec le monde mathique, me déplaisait. Beaucoup de souvenirs s'y attachaient. Maintenant, j'étais comme n'importe quel sæculier. Ce qui me préservait sans doute en partie du danger – plus personne ne pourrait les tirer de leur cachette en arguant qu'il y avait là motif à me pendre haut et court. Néanmoins, je me sentais un peu plus seul.

Sammanne s'approcha pour dire quelques mots à Yul, qui se redressa d'un bond, alla chercher son arme, la saisit par le canon et, après avoir pris quelques pas d'élan, la lança de toutes ses forces. En tournoyant, elle franchit la moitié de la largeur de la rivière, avant de disparaître dans les flots. Une minute plus tard, deux tomobiles remplies de sergents de ville mahshtenais apparurent et déversèrent leurs équipages. À l'exception de fraa Osa et de la soor qui me recousait, tous les avôts de la Combe chantante étaient assis sur le sol, jambes croisées sous eux, l'air serein. Les sergents de ville en restèrent quasiment bouche bée. Combien de milliers de visues avaient été produites sur les exploits imputables aux comblatants ? Les agents n'eussent même pas pu les considérer comme suspects. Ils les voyaient plutôt comme des attractions touristiques. Des animaux de zoo. Des vedettes de cinéma. D'autant que les comblatants en avaient conscience, et savaient en jouer. Ils avaient pris la pose, et donnaient l'impression de méditer. Les agents y crurent. Leur chef eut une longue conversation, d'abord tendue, avec Yul et fraa Osa. La soor à l'aiguille continuait de tirer du fil de pêche à travers mes chairs, et je serrais les dents si fort que je pouvais les entendre craquer. Finalement, elle fit un dernier nœud, et s'éloigna sans mot dire – sans même un regard. J'eus une illumination : j'éprouvais peut-être des sentiments pour ces gens parce qu'ils m'avaient aidé et parce que j'avais vu trop de visues sur eux avant d'être recouvré. On les avait mandés précisément parce qu'ils n'étaient pas tendres.

Cord approcha et me toisa, les mains dans les poches, faisant l'inventaire de mes pansements.

« Tu vois bien qu'ils ne couvrent qu'un tout petit pourcentage de mon corps, en fait », tentai-je.

Cela ne la fit pas rire.

« Notre plan n'a pas aussi bien marché que prévu », essayai-je encore.

Elle détourna la tête et renifla. « Ce n'est pas ta faute. Comment aurions-nous pu savoir ? dit-elle.

– Je suis désolé de t'avoir entraînée dans tout cela. Je ne comprends pas comment les événements ont pu aussi mal s'enchaîner. »

Elle me dévisagea intensément, et ne vit rien, j'imagine, sinon un air stupide sur mon visage. « Tu n'as pas la moindre idée de ce qu'il se passe, n'est-ce pas ?

– Je suppose que non. Je sais simplement que les militaires ont fait mouvement vers le Pôle. » Un souvenir me revint. « Et sur le navire, un magister a fait des allusions bizarres au férulaire céleste, en prétendant qu'il avait été rejeté avec virulence. »

Alors même que je disais cela, un vieil autobus bringuebalant apparut sur la route. Aux commandes se trouvait magister Sark. C'était le genre de coïncidence insolite qui poussait certaines gens à croire aux apparitions et aux phénomènes paranormaux. Je chassai cela de mon esprit, en me disant que mon inconscient avait perçu le bus du coin de l'œil quelques instants avant que je ne le reconnusse consciemment.

« Tu es toujours avec moi ? demanda Cord.

– Oui. Euh, et Jesry ? Est-ce qu'il va bien ?

– Nous le pensons. On te mettra au courant de tout dès que possible. »

Nous tournâmes la tête vers Yul, qui avait trouvé le moyen de faire rire l'officier responsable. Une décision avait été prise entre eux.

L'officier vint vers moi et, en connaisseur, fit quelques remarques sur mon état – d'après lui, je devais être un vrai dur à cuire ; puis il me demanda si je voulais porter plainte – engager des poursuites. À contrecœur, je lui répondis que non. En faisant cela, je concluais apparemment un marché. Personne ne m'informa jamais des détails, mais en gros, nous étions tous libres de partir. Les meneurs de la foule s'en tireraient avec quelques blessures et un déficit d'amour-propre. Et ces agents s'éviteraient une montagne de paperasses : des paperasses qui eussent été dix fois plus complexes que ce dont ils avaient l'habitude, parce qu'une partie des intervenants étaient des avôts, au statut légal épineux.

Magister Sark n'était pas resté les bras croisés pendant ce temps. Le bus, orné de toute une iconographie triangulaire, était celui de son kelx, à Mahsht. Il était assez grand pour transporter tous les comblatants. Un membre de son kelx s'était porté volontaire pour les conduire plus au sud, vers une autre ville plus grande et moins agitée que Mahsht, d'où ils pourraient négocier un passage vers Trédégarh. Le chauffeur, expliqua-t-il, était en route, mais étant donné les conditions de circulation difficiles, il allait peut-être falloir l'attendre un peu.

Le magister me regardait tout en parlant, et pour quelque raison, j'en éprouvai du ressentiment. Je n'aimais pas avoir une dette envers lui, et n'avais aucune envie de devoir subir un nouveau panégyrique de sa religion pendant que nous patientions. En fait, il était apparemment plus intéressé par mon état de santé que par une nouvelle discussion, et dès qu'il détourna les yeux, j'eus un peu honte de la façon dont j'avais réagi. Y avait-il réellement une telle différence entre la notion kelx de l'existence rapportée au magistrat, et le concept d'émergence des comblatants ? Les deux semblaient provoquer des comportements fort similaires : je devais la vie au fait que Sark et Osa eussent eu le même état d'esprit, aujourd'hui à Mahsht.

Une fois sur pied, je boitai jusqu'à magister Sark, lui tendis la main et le remerciai. Il la serra fermement, sans un mot.

« Le condamné a eu une bonne histoire à raconter au

magistrat, aujourd'hui », dis-je. Je suppose que j'essayais de l'incommoder.

Son visage s'assombrit. « Il n'a pas pu la raconter sans parler aussi de ceux qui se sont mal conduits. Oui, que l'esprit de l'innocente en soit remercié, le bien a prévalu. Mais je peinerais à croire que le jugement ultime du magistrat aura été affecté, dans un sens ou dans l'autre, par ce que le condamné lui a narré aujourd'hui. »

Une fois encore, je fus surpris par la capacité de cet homme à dire des choses intelligentes et sages, tout en les mêlant à ses absurdités préhistoriques. « Pour ce qui vous concerne, en tout cas, lui fis-je remarquer, vous semblez avoir agi d'une façon qui donne une bonne image de vous et de votre monde.

– L'innocente m'a inspiré, insista-t-il. Tout le crédit lui en revient.

– Je vous en remercie personnellement, quoi qu'il en soit, et vous prie de transmettre mes remerciements à l'innocente la prochaine fois que vous serez en contact. »

Il agita la tête d'un air exaspéré, puis finit par glousser légèrement, encore qu'un gloussement de rire chez un homme aussi strict tînt plutôt d'un mélange d'étouffement et de toussotement. « Vous n'y comprenez absolument rien.

– Cela me convient, répondis-je. Je ne suis pas en état d'entamer un dialogue, mais peut-être qu'un autre jour, j'aurai l'occasion de vous expliquer comment je vois toutes ces choses. »

Sa réaction fut évasive, mais comprenant que la discussion était terminée, il s'éloigna. Je pris du papier vierge dans le vachéché de Yul, et me mis à griffonner des messages pour mes amis, à la convoxe. Magister Sark entama une longue conversation avec Yul et Cord, qu'interrompait de temps en temps Ganélial Craide. Appartenant à une tout autre foi, il fulminait en faisant les cent pas à distance, avant de revenir discuter âprement un autre point de déologie.

Une tomobile fit son apparition, déposa le chauffeur qui emmènerait les comblatants vers le sud, et embarqua magister Sark. Les comblatants commencèrent à prendre place dans le bus. Fraa Osa fut le dernier à monter. Je lui tendis ma pile de messages. « Pour mes amis à Trédégarh, expliquai-je, si vous voulez bien les leur porter. »

Il s'inclina.

« Vous m'avez déjà beaucoup rendu service, alors il n'y aurait pas de problème à refuser, poursuivis-je.

– C'est toi qui nous as rendu service, rétorqua-t-il, en provoquant une émergence dans l'émergence plus grande, et en nous donnant l'occasion de nous entraîner. »

Je ne dis rien. Je m'interrogeai sur cette « émergence plus grande » qu'il avait évoquée, et supposai qu'il devait parler des cousins.

Il feuilleta le paquet de missives. « Tu as beaucoup d'amis à la convoxe ! » me fit-il remarquer. Il me regarda d'un air interrogateur, comme pour me demander : *Mais quel est ton rôle dans cette histoire ?*

Je fis mine de ne pas comprendre. « La longue lettre est pour une fille du nom d'Ala. Les autres sont pour des fraas et soors…

– Aah ! s'exclama fraa Osa en en soulevant une. Tu connais le célèbre Jesry ! »

Peu désireux de penser à ce qu'impliquait le fait que Jesry fût célèbre, j'attirai son attention sur la dernière lettre du paquet. « Lio, dis-je. Fraa Lio pratique le combe-l'art.

– Ah ! » s'exclama-t-il. Comme si Lio était unique dans ce domaine, comme si le monde, depuis des milliers d'années, ne comptait pas régulièrement des millions de passionnés du combe-l'art.

« Principalement en autodidacte. Mais c'est important, pour lui. Même si cette missive lui était remise par le plus subalterne des membres de la math de la Combe chantante, ce serait le plus grand honneur de sa vie. Euh… ne lui dites pas que j'ai dit cela. »

Fraa Osa s'inclina de nouveau. « Je me conformerai à toutes tes instructions. » Il posa un pied sur le marchepied du bus. « Maintenant, il est temps de te dire au revoir. À moins que… » Ses yeux coururent de mon visage au bus.

Cela me fit un choc. Je me figurai ce long voyage, en compagnie de véritables avôts de la Combe chantante, peut-être une nuit ou deux dans les chambres d'un casino du sud, un passage – sûr et bien organisé – vers Trédégarh, les retrouvailles avec mes amis là-bas. Et si l'on trouvait le moyen de mettre la main sur un avion, tout cela pourrait même se faire en une journée. Je l'imaginai assez fort pour le savourer, pour être impatient d'embarquer.

Mais je savais que ce n'était qu'un rêve. Que je devais les laisser. Que plus je faisais durer, plus ce serait difficile.

« J'ai envie de monter à bord de cet engin et d'aller à Trédégarh avec vous autant que cette eau a envie de trouver l'océan, dis-je en indiquant la rivière de la main. Mais abandonner au beau milieu de ma mission – *juste parce que je suis à bout, que les autres me manquent et que j'ai peur* – serait une folie. Fraa Jad – le millénarien qui m'en a donné la charge – ne pourrait jamais le comprendre. »

Pour la première fois, fraa Osa parut interloqué. « Un millénarien ? répéta-t-il.

– Oui.

– Alors tu ferais mieux d'achever ta tâche.

– C'est un peu ce que je me dis. »

Il s'inclina encore une fois – plus bas que précédemment. Puis il me tourna le dos et monta dans le bus. Je me rendis aux latrines, urinai du sang, puis montai dans le vachéché de Yul. Sammanne s'y trouvait aussi. Nous prîmes la grand-route, et nous dirigeâmes vers le sud. Je m'assoupis.

Ils me dirent que je n'avais dormi qu'une demi-heure, mais cela me parut beaucoup plus long. Une fois réveillé, je passai à l'arrière du vachéché, où il faisait plus sombre, et Sammanne me passa une visue sur son brelot.

Sammanne était le seul membre de l'équipe à ne m'adresser ni commentaires ni questions sur mes blessures et mon état émotionnel. Cela pouvait le faire paraître insensible, mais franchement, arrivé à ce moment de la journée, j'aurais pu vivre avec beaucoup moins de preuves de compassion.

« Il y a très peu d'explications liées à ces données, en raison de la façon dont elles ont été obtenues », me prévint-il pendant qu'il les chargeait.

La qualité de l'image était, encore une fois, horrible. Il me fallut une minute rien que pour être sûr que cela avait été tourné en couleur. Tout n'était que noir total (l'espace, et les ombres) ou blanc aveuglant (tout ce qui incluait le soleil). Je réalisai bientôt que cela avait été pris en dirigeant un visuocapteur portable vers un hublot sale.

« Le dégazement », commenta Sammanne, ce qui ne me dit pas grand-chose. Il m'expliqua que les matériaux utilisés pour construire la capsule spatiale avaient, dans le vide de l'espace, libéré des sous-produits gazeux qui s'étaient solidifiés sur les hublots du vaisseau spatial.

« On imaginerait que ce genre de problème aurait été résolu, dis-je.

– Ils l'ont construite dans la précipitation », répondit-il.

Un cercle parfait, au centre d'un triangle équilatéral parfait, dominait la vue.

« C'est l'arrière du vaisseau extrasylvestre, expliqua Sammanne. La plaque de propulsion. Ils la maintiennent systématiquement orientée vers la capsule – réfléchissez-y. »

Après quelques instants, je tentai : « Eux – les cousins – ne pouvaient pas être certains que la capsule spatiale n'emportait pas une ogive nucléaire. Alors ils ont maintenu face à elle la partie de leur vaisseau capable de résister à ce genre de bombe.

– Oui, mais pas seulement, dit Sammanne avec un sourire malicieux pour me titiller.

– Ils pouvaient cracher l'une de leurs propres bombes nucléaires par l'arrière et détruire la capsule n'importe quand, s'ils en avaient envie.

– C'est bien cela. Et en plus, on n'a pas une bonne vision de leur vaisseau, sous cet angle. Aucune chance d'en tirer quelque renseignement militaire.

– Où est le trou d'où sortent les bombes ? demandai-je.

– Ne le cherchez pas, on ne peut pas le voir. Il est minuscule, à l'échelle de la plaque. Il est obturé par un volet quand il n'est pas en service. On ne peut pas le distinguer tant qu'il n'est pas ouvert.

– Parce qu'il va s'ouvrir ?

– Le mieux est probablement de regarder la visue. » Sammanne tendit la main et monta un peu le volume.

Le son était un rugissement de bruits ambiants : sifflements, bourdonnements, vrombissements, et parasites de tonalités diverses. Il y avait quelques mots ou phrases hurlés par-dessus le vacarme, mais les gens parlaient rarement, et lorsqu'ils le faisaient, c'était généralement de façon succincte, en jargon militaire.

« Inconnu à deux heures », dit une voix.

L'image vira et zooma, le triangle grandissant jusqu'à ce que son côté fût devenu un trait séparant le blanc du noir. Dans la partie noire, on pouvait discerner une masse grise : juste un amas de pixels de quelques teintes plus clair que le noir. Mais il s'éclaircissait et grandissait.

« À l'approche », confirma une autre voix.

La bouillie sonore prit une résonance différente. Les gens parlaient. Je crus entendre des intonations d'une phrase en tærran.

« Préparez la sortie ! » ordonna quelqu'un d'une voix impérieuse.

Pour la première fois, le visuocapteur se détourna du hublot et se recentra sur l'intérieur de la capsule. Succédant aux interminables images exécrables de la plaque de propulsion, le plan parut inconcevablement détaillé, clair et coloré. Plusieurs personnes flottaient dans un espace confiné. Certaines étaient sanglées dans des fauteuils devant des consoles. D'autres se tenaient à des poignées, pour mieux maintenir leurs visages contre les hublots. L'une d'entre elles était à l'évidence Jesry, facilement reconnaissable. Au milieu de la capsule se trouvait l'homme grand à la coiffure soignée. Cette fois il n'avait pas l'air en forme. L'apesanteur avait mis la pagaille dans ses cheveux. D'évidence, il était malade, le visage gonflé et verdâtre. Il paraissait las et déconcentré – peut-être à cause des anti-nauséeux ? Ses impressionnants atours avaient disparu, révélant toutes sortes de choses sur son état de santé que seul son médecin eût dû connaître. Deux personnes s'employaient à l'équiper d'une étrange tenue composée d'un réseau de tubes dans un bâti de tissu élastique. Il semblait que cette affaire durait depuis un moment, mais qu'ils n'accéléraient que maintenant, et l'un de leurs comparses abandonna son hublot pour voler à leur rescousse. Le férulaire céleste (il n'était pas totalement établi que ce fût lui, mais cela semblait plus que probable) sortit suffisamment de sa torpeur pour prendre la mouche. Il fixa le visuocapteur des yeux, et leva l'index. L'un de ses assistants se laissa dériver pour aller boucher la vue, et dit : « Veuillez accorder à Sa Sérénité un peu…

– Un peu de sérénité ? » compléta Jesry, hors champ.

Des paroles ulcérées furent échangées. La voix impérieuse leur ordonna de la fermer. La dispute fit place à des discussions techniques sur la combinaison qu'ils disposaient autour du corps du férulaire céleste. Un homme en charge d'une console annonça les données actualisées de l'approche de l'appareil inconnu.

« Vous allez devenir la première personne à jamais converser avec des extrasylvestres. Quel est votre plan ? »

La réponse du férulaire céleste fut brève et indistincte. Il était loin du micro, il ne se sentait pas bien, et à ce stade, il avait suffisamment fréquenté Jesry pour savoir que la conversation ne se terminerait pas bien.

Le visuocapteur revint sur le férulaire céleste. Ils avaient fini de le harnacher, et assemblaient une combinaison spatiale par-dessus, un membre à la fois.

Hors champ, Jesry intervint de nouveau : « Comment savez-vous si les géomètres vont même appréhender ce concept ? »

Nouvelle réponse évasive, inaudible, du férulaire (qui, il faut le reconnaître, ne pouvait pas parler normalement, parce qu'on était en train de mettre son système de communication en place).

« Les géomètres ? demandai-je.

– C'est le nom que les gens de la convoxe ont donné aux extrasylvestres, apparemment », répondit Sammanne.

« Il me semblerait utile de prévoir une liste d'observations à faire avant d'y aller, poursuivit Jesry. Par exemple, prennent-ils des précautions sanitaires ? Il serait significatif qu'ils craignent nos germes – ou pas. »

Le férulaire céleste repoussa cette suggestion d'une remarque humoristique que ses assistants trouvèrent drôle.

« Vous avez déjà regardé des insectes à la loupe ? tenta Jesry. Ce serait une bonne façon de se préparer à cela. Ils ont l'air tellement différents de ce dont nous avons l'habitude qu'on peut aisément en être déstabilisé, dans un premier temps. Mais si l'on peut dépasser cette réaction émotionnelle, alors on peut voir de quelle façon ils fonctionnent. Comment transmettent-ils leur poids au sol ? Comptez les orifices. Cherchez les symétries. Observez leurs périodicités. Je veux dire, à quel rythme respirent-ils ? À partir de là, nous pourrions faire des déductions sur leur métabolisme. »

L'un des assistants coupa court en disant à Jesry que le moment était venu de prier. La combinaison était complète, à l'exception du casque. La tête du férulaire – méconnaissable sous les écouteurs, le micro, les lunettes connectées – dépassait d'une carapace rigide massive. Il tint les mains de ses assistants comme il le put, à travers ses gants épais. Ils fermèrent les yeux et dirent quelque chose à l'unisson. Un bruyant claquement-crissement métallique les interrompit.

« Contact, clama une voix. Nous avons été accrochés par un télémanipulateur. »

Le visuocapteur dépassa un membre d'équipage qui regardait sa montre, et revint sur le hublot sale pour se fixer sur l'engin inconnu. C'était un appareil squelettique, entièrement mécanique, sans compartiment pressurisé où un cousin eût pu prendre part au vol : juste une structure avec une demi-douzaine de bras robotisés de tailles variables, et des propulseurs, des projecteurs et des antennes paraboliques pointées dans toutes les directions. L'un des bras s'était étiré et avait accroché un pied d'antenne à l'extérieur de la capsule.

Tout alla soudain plus vite. Le casque avait déjà été verrouillé sur la tête du férulaire céleste, les membres d'équipage avaient écarté les assistants et manipulaient les commandes de la combinaison. À travers la bulle, on pouvait voir les yeux du férulaire qui couraient en tout sens de façon hésitante, réagissaient aux incompréhensibles craquements et sifflements de la combinaison dont tous les systèmes s'animaient. Ses lèvres s'agitèrent, puis il hocha la tête et leva le pouce lorsque les communications furent testées.

Ils le poussèrent à travers une écoutille au bout de la

cabine, la refermèrent derrière lui, et tournèrent une roue pour la verrouiller. Il était dans le sas.

« Pourquoi y va-t-il seul ? demandai-je.

– C'est censément ce que les cousins – excusez-moi, les géomètres – ont demandé. "Envoyez-nous une personne", ont-ils dit.

– Et c'est lui qu'ils ont choisi ? » m'exclamai-je avec incrédulité.

Sammanne haussa les épaules. « Cela fait partie de la stratégie des géomètres, non ? Si nous avions été autorisés à envoyer une délégation entière, nous aurions pu varier la sélection. Mais si l'ensemble de la planète ne peut envoyer qu'un seul représentant, le choix que nous faisons en dit énormément sur nous.

– Oui, mais pourquoi… »

Sammanne m'interrompit d'un mouvement d'épaules encore plus exagéré. « Vous ne vous attendez pas sérieusement à ce que je sois capable d'expliquer pourquoi le pouvoir sæculier prend les décisions qu'il prend ?

– D'accord. Désolé. Ne faites pas attention. »

Des sifflements, des claquements et des interjections inquiètes de l'équipage signalèrent l'ouverture de l'écoutille extérieure du sas. Un petit bras se déplia depuis la sonde-robot des géomètres, et se tendit vers le vaisseau, hors du champ du visuocapteur. Lorsqu'il revint en arrière, quelques instants plus tard, il emportait le férulaire céleste avec lui. Sa pince d'acier s'était refermée sur un crochet en métal qui saillait de l'épaule de la combinaison – un point de levage. Les géomètres comprenaient notre ingénierie, et savaient reconnaître un crochet.

La sonde-robot se désengagea de la capsule, projeta une bouffée de gaz pour aller dériver plus loin et, quelques secondes après, déclencha des propulseurs plus puissants, qui la firent accélérer en direction de l'icosaèdre. Le férulaire céleste fit signe de la main. « Tout va bien », annonça-t-il par radio. Puis sa voix fut remplacée par un bourdonnement discordant.

Un membre d'équipage coupa la transmission. « Ils nous brouillent, annonça-t-il. Sa Sérénité est seul.

– Non, répliqua un assistant. Dieu est avec lui. »

Le visuocapteur zooma sur le férulaire, tiré en arrière vers l'icosaèdre. Il devenait de plus en plus difficile à voir, même en zoomant au maximum, mais il semblait gesticuler, tapoter sur son casque, et agiter les bras en tout sens.

« D'accord, on a compris, dit Jesry. Vous ne nous entendez plus.

– Son rythme cardiaque m'inquiète. Bien trop élevé pour un homme de son âge, intervint un membre d'équipage.

– Vous recevez encore la télémétrie ? demanda Jesry.

– À peine. Ils ont brouillé les voix d'abord. Maintenant, ils attaquent les autres canaux. Nan, c'est fini. Au revoir. »

Sammanne glissa cette remarque, peut-être superflue : « Les géomètres sont de vrais durs à cuire, militairement. »

La visue se poursuivit sans commentaire notable jusqu'à ce que la sonde-robot et le férulaire fussent réduits à un petit tas de pixels gris. Puis ils disparurent, et tout fut noir.

Sammanne mit sur pause. « Dans l'original s'ensuivent quatre heures où il ne se passe pratiquement rien, dit-il. Ils restent assis là, à attendre. Votre ami Jesry entraîne les flagorneurs du férulaire dans un débat philosophique, et les met plus bas que terre. Après quoi, plus personne ne veut parler. Le seul fait digne d'intérêt, c'est qu'au bout d'une heure, le brouillage cesse.

– Vraiment ? Alors ils peuvent reparler au férulaire ?

– Je n'ai pas dit cela. Les signaux de brouillage ne sont plus émis, mais ils ne reçoivent aucune donnée de la combinaison du férulaire. Le plus probable, c'est que la combinaison est désactivée.

– Parce que quelque chose est arrivé au férulaire céleste, ou…

– La plupart pensent qu'il est sorti de sa combinaison. Comme elle n'était plus utile, elle a été désactivée pour conserver l'énergie.

– Ce qui implique…

– Que l'icose – comme on l'appelle – a une atmosphère que nous pouvons respirer, oui, dit Sammanne. Ou que le férulaire était déjà mort à son arrivée.

– Le férulaire céleste est mort ? »

Sammanne remit la visue en lecture. L'horloge dans le coin avait avancé de plusieurs heures.

« Nouvelles émissions de l'icose, annonça un membre d'équipage fatigué. Pulsations répétitives. Micro-ondes. Forte puissance. Je dirais qu'ils nous illuminent au radar.

– Comme s'ils ne savaient pas déjà où nous sommes, railla quelqu'un.

– Arrêtez de discutailler ! tonna la voix que j'en étais venu à considérer comme celle du capitaine. Vous pensez qu'ils nous acquièrent ?

– Comme dans acquérir un objectif pour un tir, traduisit Sammanne.

– C'est exactement ce genre de signal de faisceau étroit, répondit le premier, mais stable – plutôt que focalisé.

– Une activité sur la plaque de base ! cria Jesry. En plein centre. »

L'image vira une nouvelle fois vers l'immense cercle dans le triangle. Puis elle zooma. Une petite tache sombre était visible au centre. À mesure que le zoom augmentait, elle grandit pour devenir un pore circulaire.

« Mettez-moi un peu de distance, ordonna le capitaine.

– Préparez-vous à une accélération d'urgence… trois, deux, un, maintenant », dit une autre voix.

Tout partit en vrille pendant une minute. Équipage et objets volèrent en tout sens. Des bruits sourds et des sifflements se firent entendre. Tout ce qui n'était pas fixé finit collé à la paroi la plus proche de l'icosaèdre, tandis que la capsule accélérait pour s'en éloigner. La femme qui tenait le visuocapteur jura, mais elle le recolla vite au hublot.

« Quelque chose sort de cet orifice ! » annonça Jesry, et une fois de plus, nous eûmes droit à un long zoom tournant. Cette fois, le trou n'était pas impeccablement géométrique et noir, mais rosacé avec des contours indistincts. Le bout rose bougea : il se sépara de la base de l'icosaèdre. Une fois éjecté, il dériva dans l'espace. Le trou se referma en iris derrière lui.

« Cela n'a pas l'air d'être une bombe, dit une voix.

– C'est le moins que l'on puisse dire, maugréa Sammanne.

– Ramenez-nous dessus.

– Préparez-vous à une accélération… trois, deux, un, maintenant. »

De nouveau ce fut le chaos, comme la capsule inversait sa direction pour repartir vers l'icosaèdre. Une fois encore, nous dûmes attendre que l'inlassable femme au visuocapteur retrouvât son petit hublot sale et recentrât sa visée.

Elle hoqueta.

Moi aussi.

« Qu'est-ce que c'est ? » demanda l'une des voix. Ils ne pouvaient pas voir ce qu'elle – et donc moi qui regardais sa visue – pouvait voir, parce qu'ils ne regardaient pas à travers une optique grossissante.

« C'est lui, dit la femme au visuocapteur. C'est le férulaire céleste. » Elle omit de signaler un détail important, le fait qu'il était nu comme un ver. « Ils ont jeté le férulaire céleste par le sas ! »

Sammanne arrêta la visue. « C'est devenu la dernière expression à la mode, me dit-il. Mais, techniquement, ce n'est pas un sas. C'est un orifice par lequel ils crachent leurs petites bombes nucléaires. »

Le férulaire, à ce stade, était encore minuscule et mal

défini, mais je me doutais de ce que l'on verrait en gros plan.

« Je peux la remettre en lecture si vous voulez, proposa Sammanne sans grand enthousiasme. Ou…

– J'ai déjà vu bien assez de sang pour aujourd'hui, merci, répondis-je. Mais on n'explose pas, ou quelque chose…

– Il y a eu un peu de cela. Le temps qu'ils le ramènent à bord de la capsule – eh bien, ce n'était pas beau à voir.

– Alors, les géomètres l'ont juste, quoi, exécuté ?

– On ne le sait pas. Il a pu mourir de cause naturelle. Ils ont constaté une rupture d'anévrisme, à l'autopsie.

– J'imagine que beaucoup de choses se sont rompues !

– Berk ! dit Cord depuis l'avant.

– Exactement. Alors, il est difficile de dire si cela s'est produit avant ou après son éjection.

– Y a-t-il eu une quelconque communication avec les géomètres depuis ?

– Nous n'avons aucun moyen de le savoir. Cette visue a fuité. En dehors de cela, les pouvoirs en place se sont montrés très efficaces dans leur contrôle de l'information.

– Est-ce que tout le monde a vu cette visue ? Est-ce que le monde entier est au courant ?

– Les pouvoirs en place ont fermé la plus grande partie du réticulum pour empêcher la propagation de la visue, répondit Sammanne. Peu de gens l'ont vue. Ceux qui disent savoir quelque chose n'ont, pour la plupart, fait qu'entendre des rumeurs.

– Ce qui est presque pire que les faits », commentai-je, avant de lui raconter ce qu'avait dit magister Sark. « Quand est-ce arrivé ? demandai-je.

– Pendant que nous franchissions le Pôle. La capsule a atterri le lendemain. Hormis le férulaire, tous étaient sains et saufs. Dans le même temps, l'armée avait commencé à faire mouvement vers les pôles, comme vous vous en êtes aperçu.

– Ce qui n'a aucun sens, à mes yeux.

– Pour ce que j'en sais, reprit Sammanne, l'icose est sur une orbite qui limite sa trace au sol à une bande autour de l'équateur…

– Oui. Et si l'on s'éloigne suffisamment en direction du nord ou du sud, on peut s'en écarter…, poursuivis-je.

– Et donc, peut-être, se mettre hors de portée de ses armes ?

– Cela dépend des armes en question. Mais ce qui n'a aucun sens à mes yeux, c'est que les géomètres peuvent changer d'orbite quand ils le veulent. Les premiers mois, ils étaient sur une orbite polaire, vous vous souvenez ?

– Oui, évidemment que je m'en souviens.

– Ensuite, ils ont changé d'orbite, et…

– Et quoi ? demanda Sammanne après un temps, parce que je m'étais interrompu.

– Et j'ai vu – ou, plus exactement, Ala et moi avons vu l'éclat des bombes qu'ils faisaient exploser pour faire ce changement d'orbite. D'après Lio, “les manœuvres de changement de plan sont énergivores”. S'ils voulaient revenir maintenant sur une orbite polaire – pour utiliser leurs armes contre nos armées aux pôles –, il leur faudrait faire exploser le même nombre de bombes. » Je regardai Sammanne dans les yeux. « Ils sont à court de carburant.

– Vous voulez dire de bombes ?

– Oui. Les bombes nucléaires sont le carburant qui fait avancer leur vaisseau. Ils ne peuvent en embarquer qu'une certaine quantité. Quand ils n'en ont presque plus, ils doivent…

– S'en procurer d'autres, dit Sammanne.

– Ce qui revient à trouver une civilisation technologiquement avancée et l'écumer. Piller ses réserves de combustible nucléaire. Ce qui, dans notre cas, signifie…

– Édhar, Rambalf et Trédégarh, acheva Sammanne.

– C'était le message qu'ils nous envoyaient la nuit où on a vu les lasers briller, dis-je. La nuit où j'ai été mandé.

– La nuit où fraa Orolo est redescendu de la butte de Bly, ajouta Cord, et a pris la direction d'Ecba. »

DU MÊME AUTEUR

CHEZ ALBIN MICHEL

Anatèm, tome 2, 2018

CHEZ D'AUTRES ÉDITEURS

Le samouraï virtuel (titre alternatif : Snowcrash), 1996

L'Âge de diamant, 1996

Cryptonomicon :
1. *Le code Enigma*, 2000
2. *Le réseau Kinakuta*, 2001
3. *Golgotha*, 2001

Zodiac, 2002

Panique à l'université, 2004

Les deux mondes :
1. *Le réseau*, 2014
2. *La frontière*, 2014

ALBIN MICHEL IMAGINAIRE

Robert Jackson Bennett
American Elsewhere (prix Shirley Jackson)

Peter A. Flannery
Mage de bataille, tome 1

À PARAÎTRE

Sue Burke
Semiosis (titre provisoire)

Peter A. Flannery
Mage de bataille, tome 2

Shaun Hamill
Une cosmologie de monstres (titre provisoire)

Kameron Hurley
Les étoiles sont Légion

Derek Künsken
Le magicien quantique (titre provisoire)

Sam J. Miller
La cité de l'orque (titre provisoire)

Neal Stephenson
Anatèm, tome 2

Tom Sweterlitsch
The Gone World (titre provisoire)

Composition : Nord Compo
Impression : CPI Bussière en septembre 2018
Éditions Albin Michel
22, rue Huyghens, 75014 Paris
www.albin-michel.fr
ISBN : 978-2-226-43513-2
N° d'édition : 23027/01 – N° d'impression : 2038194
Dépôt légal : octobre 2018
Imprimé en France